OCTOBRE

Søren Sveistrup

OCTOBRE

ROMAN

Traduit du danois
par Caroline Berg

Albin Michel

Ce livre est un ouvrage de fiction.
Toute ressemblance avec des faits avérés, des lieux existants
ou des personnes réelles, vivantes ou décédées, serait purement fortuite.

Édition originale danoise parue sous le titre :
KASTANJEMANDEN
Chez Politikens Forlag, Copenhague, en 2018

Publié avec l'accord de Politiken Literary Agency.

À mes fils adorés, Sila et Sylvester

MARDI 31 OCTOBRE 1989

1

Les feuilles mortes tombent doucement dans la lumière du soleil, sur la route humide qui coule au milieu de la forêt comme un fleuve à la surface noire et lisse. Elles s'élèvent en un bref tourbillon au passage de l'éclair blanc de la voiture de police, puis se posent sur les tas agglutinés de part et d'autre de la route.

Marius Larsen lève le pied dans le virage, notant au passage qu'il va devoir rappeler au service de la voirie d'envoyer la balayeuse jusqu'ici. Quand les feuilles restent trop longtemps sur la chaussée, elles réduisent l'adhérence des véhicules et cela peut coûter des vies. Marius le leur a dit et répété. Il est dans la police depuis quarante et un ans, à la tête du commissariat depuis dix-sept, et tous les ans, quand l'automne arrive, il est obligé de le leur redire. Mais ce ne sera pas pour aujourd'hui, parce que aujourd'hui, il doit se concentrer sur *la* conversation.

Marius Larsen tripote, agacé, les boutons du poste de radio sans parvenir à trouver la station qu'il cherche. Il tombe uniquement sur des émissions d'information, dans lesquelles on ne parle que de Gorbatchev, de Reagan et de la potentielle chute du mur de Berlin. Il paraît que c'est imminent et que l'événement marquera peut-être le commencement d'une nouvelle ère.

Il y a longtemps qu'il aurait dû lui parler, mais il ne pouvait pas s'y résoudre. Sa femme pense qu'il va prendre sa retraite dans une semaine. Il est temps qu'il lui dise la vérité. À savoir qu'il ne peut pas se passer de son travail. Il a réglé toutes les questions administratives, mais reporté la date. Il n'est pas encore prêt à prendre racine sur le canapé d'angle devant *La Roue de la fortune*, à ratisser le jardin avec elle et à jouer à la bataille avec leurs petits-enfants.

Marius n'est pas inquiet à l'idée de lui avouer sa décision, mais il sait qu'elle aura de la peine. Elle se sentira trahie et se lèvera de table pour aller récurer les fourneaux dans la cuisine, puis elle lui tournera le dos pour lui dire qu'elle comprend. Alors que ce n'est pas vrai. C'est pour différer un peu cette conversation avec sa femme que, lorsqu'il a entendu l'appel sur le canal de la police, il y a dix minutes, il a dit qu'il s'en chargerait. En temps normal, il aurait fait à contrecœur ce long trajet dans les bois jusqu'à la ferme d'Ørum pour lui demander de tenir ses bêtes. Ce n'est pas la première fois que ses vaches et ses porcs défoncent les clôtures et s'égaillent dans les champs du voisin jusqu'à ce que Marius ou l'un de ses collègues vienne lui remonter les bretelles. Mais cette fois, il était plutôt content de la diversion. Il a bien sûr commencé par demander au poste de garde qu'on prévienne Ørum chez lui ainsi que sur son deuxième lieu de travail, au débarcadère du ferry-boat, mais comme le fermier ne répondait ni à un endroit ni à l'autre, il a pris la route.

Marius a enfin trouvé de la variété danoise. Le refrain du « Canot rouge pétard » éclate dans l'habitacle de la vieille Ford Escort et il monte encore le son. Il profite avec délice de l'automne et du plaisir de conduire. De la forêt avec ses belles couleurs rouges, jaunes et brunes mélangées au vert des conifères. Les premières parties de chasse de la saison le réjouissent d'avance. Il baisse sa vitre, lève la tête pour voir les cimes des arbres éclaboussées de soleil et, pendant quelques instants, oublie son âge.

À la ferme, la cour est déserte. Il descend de voiture et claque la portière en se disant qu'il y a bien longtemps qu'il n'est pas venu jusqu'ici. La vieille exploitation est mal entretenue. Les fenêtres de l'étable ont plusieurs vitres cassées, la chaux sur les murs se détache par endroits et le portique abandonné, au milieu de la pelouse trop haute, semble écrasé par les grands châtaigniers qui s'élèvent tout autour de la ferme. La cour en terre battue est jonchée de feuilles et de châtaignes qui craquent sous ses pieds. Il avance jusqu'au perron et frappe à la porte.

Personne ne vient lui ouvrir et il crie le nom d'Ørum plusieurs fois. En vain. Il ne voit aucun signe de vie nulle part et décide de laisser un mot qu'il griffonne sur son bloc avant de le glisser dans la boîte aux lettres. Au-dessus de lui, deux corbeaux survolent la cour et vont se poser derrière le vieux Massey Ferguson qui rouille devant le hangar. Marius a fait tout ce chemin pour rien et à présent, il va devoir aller jusqu'au débarcadère pour parler au fermier Ørum. Mais sa contrariété ne dure qu'un instant car en rejoignant sa voiture, il lui vient une idée. Marius n'a jamais d'idées de ce genre et il se dit qu'il n'a pas perdu son temps, avec ce détour. Pour faire passer la pilule, il va proposer à sa femme un petit voyage à Berlin. Ils pourraient y aller une semaine, ou au moins un week-end, aussitôt qu'il pourra prendre un congé. Ils iraient en voiture, sentiraient le vent de l'histoire et cette nouvelle époque en marche, ils iraient manger des *knödels* et de la choucroute, comme du temps où ils étaient partis, il y a si longtemps déjà, faire du camping à Harzen avec les enfants. Une fois à sa voiture, Marius découvre pourquoi les corbeaux sont allés se poser derrière le tracteur. Ils sautillent allègrement sur une masse livide et informe. En s'approchant, il s'aperçoit qu'il s'agit du cadavre d'un cochon. Les yeux sont morts, mais le corps tremble et tressaute comme pour faire fuir les charognards qui picorent sa chair à travers l'orifice de la balle qui lui transperce la nuque.

Marius entre dans la maison. Le vestibule est plongé dans le noir. Il sent une forte odeur d'humidité et de moisissure mêlée à un autre effluve qu'il ne parvient pas à identifier sur le moment.

« Ørum, tu es là ? C'est la police. »

Personne ne lui répond, mais il entend l'eau couler quelque part dans la maison et se rend dans la cuisine. La fille doit avoir 16 ou 17 ans. Elle est encore à table et ce qui reste de son visage criblé de balles baigne dans son assiette de porridge. Par terre, sur le sol recouvert de linoléum, gît le cadavre de son frère, adolescent également, mais un peu plus âgé. Il a reçu une balle en pleine poitrine et sa nuque appuyée contre la porte du four forme un angle étrange. Marius se fige. Il a déjà vu des cadavres, bien sûr, mais jamais il n'a été confronté à une scène de ce genre, et il reste paralysé plusieurs secondes avant de pouvoir sortir son arme de service de l'étui pendu à sa ceinture.

« Ørum ? »

Marius ressort de la cuisine, appelant le fermier, arme au poing. Toujours pas de réponse. Il trouve le corps suivant dans la salle de bains et cette fois, il doit mettre la main sur sa bouche pour ne pas vomir. L'eau continue à couler du robinet de la baignoire pleine de sang qui déborde sur le sol carrelé vers la grille d'évacuation. Une femme nue, qui doit être la mère, est couchée par terre dans une position improbable. Un bras et une jambe ont été séparés du torse. Plus tard, dans le rapport d'autopsie, il sera noté qu'elle a été découpée à la hache, à coups répétés. D'abord dans la baignoire, et ensuite sur le sol où elle rampait pour essayer de s'échapper. Il sera écrit aussi qu'elle a tenté de se protéger avec ses mains et ses pieds, qui montrent de nombreuses lésions défensives. Sa figure est méconnaissable parce qu'on lui a défoncé le crâne à coups de hache.

Marius serait resté longtemps tétanisé devant la scène macabre s'il n'avait pas perçu un mouvement du coin de l'œil. À moitié cachée par le rideau de douche arraché, il devine une silhouette. Il écarte le rideau avec précaution et découvre un petit garçon à la tignasse hirsute. Il a peut-être 10 ou 11 ans. Il gît dans une mare de sang mais un coin du rideau qui lui couvre la bouche frémit légèrement et régulièrement. Il respire. Marius se penche sur l'enfant, soulève le rideau en plastique, lui prend le bras et pose les doigts sur son poignet. Il a des coupures sur les bras et les jambes, son tee-shirt et sa culotte sont ensanglantés et une hache a été jetée par terre à côté de sa tête. Marius sent battre le pouls de l'enfant et il se lève avec précipitation.

Les mains tremblantes, il décroche le téléphone posé à côté d'un cendrier plein qu'il renverse par mégarde sur le tapis, mais quand il a le commissariat au bout du fil, il est suffisamment cohérent pour leur exposer la situation. Ambulance. Renforts. Urgence. Aucune trace du fermier Ørum. Tout le monde sur le pont. Vite ! Sa première idée en raccrochant est de retourner voir le petit garçon, mais il se souvient tout à coup qu'il devrait y avoir un autre enfant, car celui qu'il a vu dans la salle de bains a une sœur jumelle.

Après avoir inspecté la pièce dans laquelle il se trouve, Marius retourne vers le vestibule et l'escalier qui conduit au premier étage. Devant la cuisine, il remarque que la porte donnant sur le sous-sol est entrouverte. Il croit avoir entendu un bruit tout en bas. Des pas. Un raclement. Mais maintenant il n'entend plus rien. Il ressort son pistolet. Il ouvre en grand la porte de la cave et descend lentement les marches étroites. Ses pieds se posent prudemment sur le sol en béton. Ses yeux s'accoutument lentement à l'obscurité. Au pied de l'escalier, il y a un couloir, puis une autre porte qui doit ouvrir sur la cave. Il hésite, son instinct le prévient qu'il devrait s'arrêter là. Attendre l'ambulance et ses collègues, mais Marius pense à la fille, la jumelle. Une fois devant la porte, il remarque qu'elle a été fracturée. La chaîne et le cadenas sont par terre. Marius entre dans une pièce faiblement éclairée par un soupirail terni par des années de poussière. Il devine pourtant la petite silhouette qui se cache sous la table, dans le coin le plus reculé. Il s'empresse de la rejoindre, range son arme, se baisse et lui dit :

« Tout va bien. C'est fini. »

Il ne voit pas son visage. Elle tremble et se recroqueville dans l'angle du mur sans le regarder.

« Je m'appelle Marius. Je suis policier. Je suis là pour t'aider. »

Terrorisée, la fillette reste prostrée, comme si elle ne l'entendait pas. Marius discerne à présent les détails du local dans lequel il se trouve et il comprend lentement à quoi il a servi. Il a un haut-le-cœur. À travers une porte menant à une deuxième pièce, il voit des étagères fixées de guingois sur le mur. Il quitte un instant la petite fille pour aller voir de plus près. Il ne saurait pas dire combien il y a de petits bonshommes et de petites bonnes femmes en marrons posés sur ces étagères. Il y a des animaux, aussi. Des grands et des petits, enfantins et effrayants, certains achevés, d'autres difformes. Marius est fasciné par leur nombre et leurs différences. Ces figurines l'emplissent d'un profond malaise et, tandis qu'il les contemple, le garçon entre derrière lui.

Pendant un quart de seconde, Marius songe qu'il faudra demander aux experts de la scientifique de vérifier si la porte de la cave a été forcée de l'intérieur ou de l'extérieur. Pendant un autre quart de seconde, il se dit qu'une chose monstrueuse a pu s'échapper de cette cave, comme les bêtes se sont échappées de leur enclos, mais quand il se retourne et se trouve nez à nez avec le garçon, ses pensées s'envolent comme de petits nuages affolés dans le ciel. La hache s'abat violemment sur sa mâchoire et tout s'obscurcit.

LUNDI 5 OCTOBRE
DE NOS JOURS

2

La voix murmure partout autour d'elle dans la nuit. Elle murmure et persifle – elle la relève quand elle tombe et la fait tourner sur elle-même dans les rafales du vent. Laura Kjær ne voit plus rien. Elle n'entend plus le bruissement des feuilles dans les arbres. Elle ne sent plus l'herbe froide sous ses pieds. Il n'y plus que cette voix qui chuchote entre deux coups de cette étrange canne prolongée d'une boule hérissée de picots en métal. Laura se dit que si elle cesse de résister, la voix se taira peut-être, mais elle se trompe. Elle continue, et les coups aussi, et au bout d'un moment, Laura ne peut plus bouger. Elle sent à présent les dents acérées d'une lame sur son poignet et, avant de perdre connaissance, elle entend le hurlement électrique de la scie qui démarre et le diamant attaquer l'os.

Quand elle revient à elle, elle ignore combien de temps elle est restée évanouie. Il fait encore noir. La voix est toujours là et on dirait presque qu'elle lui a manqué :

« Comment ça va, Laura ? »

Le ton est doux et tendre et bien trop proche de son oreille. Mais la voix n'attend pas de réponse de sa part. Elle a momentanément retiré l'adhésif qui recouvrait sa bouche et Laura pleure et supplie la voix. Elle fera tout ce qu'elle voudra. Pourquoi elle – qu'est-ce qu'elle a fait pour mériter ça ?

La voix répond qu'elle le sait parfaitement. Elle se penche, tout près, et murmure à son oreille, et elle sent qu'elle attendait cet instant depuis longtemps. Elle doit se concentrer pour entendre les mots. Elle comprend ce que dit la voix, mais elle n'arrive pas à la croire. Sa douleur dépasse toutes les douleurs réunies. Ça ne peut pas être à cause de *ça*. Il ne le faut pas. Elle repousse les mots comme des éléments de cette situation démente dans laquelle elle se trouve. Elle voudrait se relever et continuer à se battre, mais son corps la lâche, et elle éclate en sanglots hystériques. Elle le sait depuis quelque temps, et en même temps, pas vraiment. Ce n'est qu'à présent, lorsque la voix le lui murmure à l'oreille, qu'elle comprend que c'est vrai. Elle voudrait crier de toutes ses forces, mais ses tripes sont déjà en train de lui remonter dans la gorge, et quand elle sent la canne effleurer sa joue, elle bondit et se remet à courir dans le noir.

MARDI 6 OCTOBRE
DE NOS JOURS

3

Il commence à faire jour. Quand Naia Thulin prend son sexe et le guide à l'intérieur de son ventre, il n'est pas encore tout à fait sorti du sommeil. Elle le sent gonfler en elle et commence à bouger, d'avant en arrière. Puis elle s'accroche à ses épaules et les mains de l'homme en dessous d'elle se réveillent, lentement, maladroitement.

« Hé ! Attends-moi… »

Il est à moitié endormi, mais Naia n'attend pas. Elle a eu envie de ça, en ouvrant les yeux. Son mouvement se fait plus insistant, plus violent, une main sur le mur, elle trouve son équilibre. Il est dans une position inconfortable, sa tête cogne contre la tête de lit et la tête de lit cogne contre le mur, mais elle s'en fout. Elle continue et il cède. Quand elle jouit, elle plante les ongles dans sa poitrine et absorbe sa douleur et son plaisir tandis qu'ils se tordent tous deux en un spasme synchronisé.

Elle reste un instant, légèrement essoufflée, à écouter le camion poubelle dans la cour. Puis elle roule sur le côté et se lève, laissant dans le vide ses mains qui n'ont pas fini de lui caresser le dos.

« Je voudrais que tu partes avant qu'elle se réveille.

– Pourquoi ? Elle aime bien quand je suis là.

– Allez, ouste ! Lève-toi.
– Seulement si vous venez vivre avec moi. »
Elle lui jette sa chemise à la figure et disparaît dans la salle de bains. Il retombe sur l'oreiller avec un sourire.

4

C'est le premier mardi d'octobre. L'automne a tardé à venir, mais aujourd'hui, un ciel bas de nuages anthracite recouvre la ville et c'est sous une pluie torrentielle que Naia Thulin traverse la rue au milieu des voitures, après s'être garée. Son téléphone vibre dans la poche de son manteau, mais elle le laisse sonner. Elle a la main posée dans le dos de sa fille pour la guider dans la circulation matinalc. Le réveil a été mouvementé. Lee n'a pas arrêté de parler du jeu vidéo League of Legends, qu'elle est trop petite pour connaître, mais dont elle sait absolument tout, et sa nouvelle idole est une adolescente du nom de Park Su.

« Je t'ai mis tes bottes en caoutchouc si vous devez aller au parc. Et n'oublie pas que c'est grand-père qui viendra te chercher mais que tu dois traverser toute seule. Pense à regarder d'abord à gauche puis à droite...

– ... et encore à gauche. Et je dois mettre ma veste pour qu'on voie bien les bandes fluo.

– Reste tranquille une minute que je noue tes lacets. »

Elles sont devant l'école et se mettent à l'abri sous le toit du parking à vélos. Thulin se baisse et Lee s'efforce de ne pas bouger alors qu'elle brûle d'envie de sauter dans les flaques.

« Quand est-ce qu'on emménage avec Sebastian ?

– Je n'ai jamais dit qu'on allait emménager avec Sebastian !

– Alors, pourquoi il n'est pas là le matin alors qu'il est là le soir ?

– Parce que le matin, les grands ont des tas de choses à faire et que Sebastian est obligé de partir tôt à son travail.

– Ramazan a un nouveau petit frère et maintenant il a quinze photos sur son arbre généalogique alors que moi, je n'en ai que trois. »

Thulin jette un rapide coup d'œil à sa fille, maudissant intérieurement les jolis panneaux avec leurs arbres généalogiques que la maîtresse décore avec des feuilles mortes et expose sur les murs de la classe pour qu'enfants et parents puissent les admirer. D'un autre côté, elle est reconnaissante à Lee de toujours compter son grand-père comme un membre à part entière de la famille, bien qu'il ne soit pas réellement son grand-père.

« Ce n'est pas le nombre de photos qui compte. Et d'ailleurs, avec la perruche et le hamster, ça fait cinq.

– Il n'y a pas d'animaux sur l'arbre des autres élèves.

– Les pauvres ! Ils n'ont pas la chance que tu as. »

Lee ne répond pas et Thulin se redresse.

« Nous ne sommes peut-être pas nombreux, mais nous sommes heureux, et c'est ça qui est important. Non ?

– Alors, je pourrai avoir une deuxième perruche ? »

Thulin réfléchit à la façon dont cette conversation a commencé et à comment elle en est arrivée là. Sa fille est décidément plus maligne qu'elle ne le pensait.

« On en reparlera. Attends une seconde. »

Son portable vibre à nouveau et elle sait que cette fois elle est obligée de répondre.

« J'arrive dans un quart d'heure.

– Prenez votre temps, répond la voix féminine au bout du fil en qui elle reconnaît la secrétaire du commissaire Nylander. Je vous appelais pour vous prévenir que le commissaire est obligé de repousser à mardi prochain le rendez-vous qu'il vous avait donné ce matin. Il m'a aussi demandé de vous dire que vous devez prendre le nouveau avec vous aujourd'hui pour qu'il serve à quelque chose pendant qu'il est là.

– Maman ! Je vais à la garderie du matin avec Ramazan ! »

Thulin voit sa fille courir vers son camarade. Tout naturellement, elle rejoint la famille syrienne composée d'une femme, d'un homme qui porte un nouveau-né dans ses bras et de deux autres enfants. Aux yeux de Thulin, ils représentent la famille modèle, sortie tout droit d'un magazine.

« C'est la deuxième fois qu'il annule. Ce que j'ai à lui dire ne prendra pas plus de cinq minutes. Il est où, là ?

– Je regrette, il est en route pour une réunion budgétaire. Il voulait savoir de quoi il s'agit, au fait. »

La réponse qui lui brûle la langue est que les neuf mois qu'elle vient de passer à la brigade criminelle ont été aussi passionnants qu'une visite guidée du musée de la Police, que ses missions ont été d'un ennui mortel, que le niveau technologique du département est à peu près aussi avancé que celui d'un Commodore 64 et qu'elle rêve de passer à autre chose, mais elle dit :

« Rien d'important. Merci quand même. »

Elle raccroche et agite la main vers Lee qui s'est retournée pour lui dire au revoir avant d'entrer dans l'école. La pluie commence à imprégner sa veste et, zigzaguant entre les voitures, elle se dit qu'elle n'attendra pas mardi pour avoir cet entretien avec le patron. En ouvrant la portière de sa voiture, elle a brusquement le sentiment qu'on la regarde. De l'autre côté du croisement, à travers la file de véhicules roulant pare-chocs contre pare-chocs, elle distingue vaguement une silhouette isolée, tournée vers elle. Mais quand la circulation se fluidifie, l'individu a disparu. Thulin secoue la tête pour chasser cette impression désagréable et se met au volant.

5

Les interminables couloirs de l'hôtel de police résonnent sous les pas des deux hommes alors qu'ils croisent un groupe d'inspecteurs marchant en sens inverse. Le commissaire Nylander a une sainte horreur des conversations entre deux portes, mais il sait que s'il ne saisit pas cette occasion de parler au directeur, il ne s'en présentera pas d'autres ce jour-là, il ravale donc sa fierté et trottine derrière son supérieur, tandis que s'enchaîne leur dialogue stérile :

« Vous comprenez, Nylander, en ce moment, il s'agit de se serrer la ceinture. Et cela concerne tous les départements.

– On m'avait promis qu'on augmenterait mes effectifs.

– Tout est une question de timing. Actuellement, le ministère de la Justice a d'autres priorités. Il souhaite faire du NC3 le département le plus performant d'Europe dans la lutte contre la cybercriminalité, ce qui l'oblige à faire des économies.

– Je ne vois pas pourquoi la Crim' devrait avoir à en pâtir. Ça fait des lustres que nous avons besoin d'un supplément d'hommes.

– Rassurez-vous, je ne vous oublie pas. Mais, j'y pense, on vient de vous envoyer du renfort, non ?

– Oui, si on veut ! Un enquêteur qui vient passer quelques jours ici parce qu'il s'est fait virer d'Europol, ça ne compte pas.

– Il risque de rester un peu plus longtemps que prévu. En fonction des décisions qui seront prises à La Haye. Je crois que vous devez vous estimer heureux que le ministère ne vous ait pas *enlevé* des effectifs. Actuellement, il vaut mieux voir le verre à moitié plein qu'à moitié vide, non ? »

Le directeur de la police s'est arrêté et se tourne vers Nylander pour bien se faire comprendre. Le commissaire voudrait répondre qu'il n'est pas d'accord. Qu'il manque d'hommes, qu'on lui a promis que le problème serait bientôt résolu et qu'au lieu de ça, on lui annonce qu'on va privilégier le NC3, comme on appelle prétentieusement le département national de lutte contre la cybercriminalité. Il voudrait dire aussi qu'on se moque de lui en espérant qu'il va se contenter d'un investigateur sur le retour tombé en disgrâce à La Haye, mais on ne lui en laisse pas le temps.

« Tu as une minute ? » Thulin arrive de nulle part et le directeur profite de l'occasion pour entrer dans la salle de conférences et fermer derrière lui.

Nylander fixe un instant la porte, puis repart en sens inverse.

« Non, réplique-t-il à Thulin, et toi non plus, d'ailleurs. Tu dois appeler le central pour qu'on te transmette les éléments de la plainte déposée à Husum, et je voudrais que tu emmènes le gars d'Europol avec toi pour le roder.

– Et en ce qui concerne…

– Je n'ai pas le temps de parler de ça maintenant. Je ne doute pas de tes qualités, mais tu es la plus jeune inspectrice à avoir jamais intégré la brigade criminelle et il me semble un peu prématuré de ta part de vouloir devenir capitaine ou je ne sais quelle autre promotion que tu es venue me demander.

– Je n'ai aucune envie de devenir capitaine. Je voudrais juste que tu me fasses une recommandation pour entrer au NC3. »

Nylander s'arrête sur le seuil de la rotonde et la regarde, les yeux ronds.

« Le département de lutte contre la cybercriminalité.

– Je sais parfaitement ce que c'est que le NC3. Mais pourquoi ?

– Parce que je trouve qu'ils travaillent sur des dossiers intéressants.

– Par rapport à quoi ?

– Par rapport à rien. J'aimerais juste...

– Mais tu viens d'arriver ! Le NC3 n'engage pas les gens parce qu'ils viennent déposer une candidature comme ça, sur un coup de tête. Ce n'est même pas la peine d'y penser.

– Ce sont eux qui m'ont conseillé de postuler. »

Nylander s'efforce de cacher sa surprise. Il sait qu'elle dit la vérité. Il étudie le bout de femme qu'il a devant lui. Quel âge peut-elle avoir ? 29 ou 30 ans ? C'est un drôle de petit oiseau qui ne paye pas de mine et il se souvient comment il l'a lui-même sous-évaluée avant de devoir réviser son jugement. Récemment, il a réparti ses enquêteurs dans deux groupes, le groupe A et le groupe B. Malgré son jeune âge, le premier nom qu'il avait inscrit dans le groupe A, autour duquel il comptait consolider le département, avec ceux de vieux briscards comme Jansen et Ricks, avait été celui de Naia Thulin. Il a même envisagé de la nommer capitaine. Il est de la vieille école, il n'est pas pour les inspecteurs de police de sexe féminin, le caractère réservé de la jeune femme ne plaide pas non plus en sa faveur, mais elle est plus intelligente que la plupart et travaille à un rythme qui donne à certains enquêteurs l'air de faire du surplace. Thulin trouve sans doute que le niveau technologique de la Crim' est digne de l'homme de Néandertal et il ne peut pas lui donner tort sur ce point. Une raison supplémentaire pour garder une geek comme elle dans le département, afin qu'il ait une chance d'évoluer avec son temps. Et, pour être honnête, s'il s'obstine à lui rappeler à chacun de leurs entretiens qu'elle est encore novice dans le métier, c'est surtout pour s'assurer qu'elle ne s'en ira pas.

« Qui t'a contactée ?

– Le patron, comment s'appelle-t-il déjà ? Isak Wenger. »

Une ombre glisse sur le visage de Nylander.

« J'ai été contente de travailler à la brigade criminelle, mais j'aimerais poser ma candidature au plus tard à la fin de la semaine.

– Je vais y réfléchir.

– On en parle vendredi ? »

Nylander s'éloigne. Pendant un court moment, il sent qu'elle le suit du regard et il sait qu'elle reviendra à la charge vendredi pour obtenir cette recommandation. Ils en sont là. Son département est devenu une couveuse pour l'élite, le nouveau cheval de bataille du ministère, le NC3. Dans un instant, quand il entrera en réunion pour discuter du budget de l'année à venir, il se verra confirmer ce favoritisme sous forme de chiffres et de réduction d'enveloppe. À Noël, cela fera trois ans qu'il a pris la tête de la brigade criminelle, mais il est dans une ornière et s'il ne se passe pas quelque chose très bientôt, il va devoir revoir son plan de carrière.

6

Les essuie-glaces charrient des masses d'eau sur le pare-brise. Quand le feu passe au vert, la voiture de police quitte les embouteillages du centre-ville et les culs de bus avec leurs publicités pour implants mammaires, traitements au botox et autres liposuccions, et met le cap sur la banlieue.

La radio est allumée. Le bavardage des animateurs et les derniers tubes à la mode – qui ne parlent que de sexe – sont momentanément remplacés par un flash info dans lequel le présentateur annonce qu'on est le premier mardi d'octobre et donc le jour de la rentrée du Parlement danois. La principale nouvelle concerne bien sûr Rosa Hartung, qui regagne son siège après le drame survenu à sa fille un an plus tôt, une affaire qui a tenu le pays en haleine pendant des semaines. L'étranger assis à côté de Thulin coupe le son.

« Tu n'aurais pas une paire de ciseaux, par hasard ?

– Non, j'emporte rarement des ciseaux en voiture. »

Thulin quitte un instant la route des yeux pour jeter un coup d'œil à son passager qui se bat avec l'emballage d'un nouveau téléphone. En arrivant sur le parking en face de l'hôtel de police, tout à l'heure, elle l'a trouvé appuyé à son véhicule de service, en train de fumer une cigarette. C'est un homme grand, élancé, mais un peu négligé. Avec des cheveux mouillés et ébouriffés, une paire de Nike trempée aux pieds, un baggy trop léger et un gilet en doudoune qui avait également pris la pluie. Visiblement, il n'était pas habillé pour le climat de Copenhague et Thulin s'est dit qu'il avait dû partir de La Haye dans les vêtements qu'il avait sur le dos. Un petit sac de voyage avachi posé à ses pieds confortait cette impression. Thulin avait entendu ses collègues parler de lui à la machine à café et elle savait qu'il avait débarqué à l'hôtel de police la veille. Il était apparemment ce qu'on appelle un agent de liaison, basé au quartier général d'Europol à La Haye, mais il a brusquement été démis de ses fonctions et envoyé à Copenhague après être passé en conseil de discipline pour une connerie quelconque, ce qui donne évidemment lieu à pas mal de railleries à son endroit. Les relations entre la police danoise et Europol sont déjà tendues à cause du non massif des Danois à un référendum, il y a quelques années, sur un projet de renforcement de l'intégration danoise à l'UE.

Il était perdu dans ses pensées, et quand elle est venue se présenter, il lui a simplement serré la main en disant « Hess ». Il n'a pas été plus bavard depuis lors. Elle ne l'est pas non plus d'habitude mais, l'entretien avec Nylander s'étant plutôt bien déroulé, elle est convaincue que son passage par la Crim' sera bientôt du passé et elle se dit que cela ne la tuera pas de se montrer aimable envers un collègue en difficulté. Dans la voiture, elle lui a fait un topo sur l'affaire sur laquelle ils partaient enquêter, mais le type s'est contenté de hocher la tête d'un air moyennement intéressé. Il doit avoir entre 37 et 41 ans et, avec son air de vieil adolescent, il lui fait penser à un acteur de cinéma, mais elle ne se souvient plus lequel. Même s'il a une bague au doigt, sans doute une alliance, son instinct lui dit qu'il est divorcé ou en instance de divorce. Lui parler lui a un peu donné l'impression de faire des balles contre un mur, mais il en faudrait plus pour altérer sa bonne humeur. De surcroît, elle s'intéresse sincèrement à l'initiative de collaboration internationale des polices dont il fait partie.

« Tu restes combien de temps à Copenhague ?

– Un jour ou deux. C'est en cours de discussion.

– Ça te plaît de travailler à Europol ?

– Oui, c'est sympa. Et il fait meilleur qu'ici.

– C'est vrai que votre département de cybercriminalité recrute des hackers qu'il a lui-même repérés et arrêtés ?

– Aucune idée, je ne m'occupe pas de cybercriminalité. Ça t'ennuie si je me casse un petit moment, quand on aura fini d'examiner la scène de crime ?

– Tu veux déjà t'en aller ?

– Juste une heure. Il faut que j'aille chercher les clés de mon appartement.

– Pas de problème.

– Merci.

– Normalement, tu es basé à La Haye ?

– Oui, ou là où on a besoin de moi.

– C'est-à-dire ?

– Ça dépend. Marseille, Gênes, Amsterdam, Lisbonne... »

Son passager se concentre à nouveau sur son emballage de téléphone qui continue à lui résister, mais Thulin devine que la liste est beaucoup plus longue. Il y a quelque chose de cosmopolite chez cet homme. Un voyageur sans bagage pour qui ces villes lointaines n'ont plus rien d'exotique, si toutefois elles l'ont été un jour.

« Il y a combien de temps que tu es parti ?

– Bientôt cinq ans. Je t'emprunte ça une minute. »

Hess prend un stylo dans le fourre-tout entre les deux sièges pour couper le blister.

« Cinq ans ? »

Thulin est surprise. La plupart des agents de liaison dont elle a entendu parler ont des contrats de deux ans. Quelques-uns les prolongent, sans jamais dépasser quatre ans. Elle n'a jamais entendu parler d'un officier de liaison qui ait été en opex pendant cinq ans.

« Eh oui, le temps passe.

– C'est à cause de la réforme de la police ?

– Que quoi ?

– Que tu es parti. J'ai entendu dire qu'il y en a plein qui sont partis parce qu'ils étaient mécontents de...

– Non, ce n'est pas pour ça.

– Pour quoi, alors ?

– Je suis parti comme ça. »

Elle le regarde. Il tourne brièvement les yeux vers elle et c'est la première fois qu'elle le remarque. L'œil gauche est vert et l'œil droit, bleu. Il n'y a pas de colère dans son regard, mais le message est clair, il n'en dira pas plus. Thulin met le clignotant et s'engage dans un lotissement. S'il veut jouer les machos au passé mystérieux, elle n'y voit pas d'inconvénient. Il y a assez de mecs dans son genre à l'hôtel de police pour former une équipe de football.

Leur destination se révèle être une maison contemporaine bien entretenue avec un garage attenant. Elle est située dans un quartier résidentiel de Husum avec des haies de troènes et de jolies boîtes aux lettres au bord de la route. C'est dans ce genre d'endroit que viennent s'installer les classes moyennes quand les enfants arrivent et que leurs revenus le leur permettent. La sécurité, des tas de ralentisseurs sur la route pour maintenir la vitesse à 30 km/heure. Un trampoline dans le jardin et sur la route des traces de craie que la pluie n'a pas encore effacées. Au moment où Thulin se gare à côté des véhicules de patrouille et du van de la police scientifique, ils croisent deux écoliers à vélo avec des casques et des bandes réfléchissantes sur leur blouson. Quelques voisins papotent sous leur parapluie, derrière le cordon de sécurité.

« Excuse-moi, il faut que je prenne cet appel. »

Il y a moins de deux minutes que Hess a inséré la carte SIM dans le portable et envoyé un SMS et déjà, il sonne.

« Je t'en prie, prends ton temps. »

Thulin sort sous la pluie. Hess reste dans la voiture et démarre une conversation en français. En remontant l'allée pavée de dalles de béton, elle pense qu'elle vient peut-être de trouver une raison supplémentaire de se réjouir de changer de job.

7

Dans une rue élégante à l'est de Copenhague, les voix des deux animateurs de la matinale résonnent entre les murs d'une vaste maison patricienne. Assis dans le confortable canapé d'angle du studio, leurs tasses de café posées sur une table basse, ils viennent de lancer un nouveau débat :

« C'est donc aujourd'hui que le Parlement ouvre ses portes pour une nouvelle année. C'est toujours, on le sait, un jour important pour nos hommes et femmes politiques, mais ça l'est tout particulièrement en cette rentrée pour l'une d'entre elles, j'ai nommé Rosa Hartung, notre ministre des Affaires sociales qui, vous vous en souvenez, a perdu sa fille de 12 ans le 18 octobre de l'année dernière. Rosa Hartung avait pris une année sabbatique après que sa fille avait tragiquement... »

Steen Hartung éteint l'écran plat suspendu à côté du réfrigérateur et ramasse son matériel et ses dessins d'architecte, qu'il vient de faire tomber sur le plancher de la grande cuisine d'inspiration *campagne française*.

« Allez, dépêche-toi de te préparer. On s'en va dès que maman sera partie. »

Son fils est toujours installé à la grande table de la cuisine en train de griffonner sur son livre de maths, au milieu des reliefs du petit déjeuner. Gustav commence à neuf heures tous les mardis, et tous les mardis, Steen doit lui répéter que ce n'est pas le moment de faire ses devoirs.

« Pourquoi est-ce que je ne peux pas aller à l'école tout seul à vélo ?

– Nous sommes mardi, tu as tennis après les cours et c'est moi qui viendrai te chercher pour t'accompagner. Tu as préparé tes affaires ?

– Yes. »

La jeune fille au pair philippine entre à ce moment-là et dépose le sac de sport de Gustav à côté de la porte. Steen lui jette un regard plein de gratitude tandis qu'elle commence à débarrasser la table.

« Merci, Alice. Allez fils, on y va.

– Tous les autres enfants y vont à vélo. »

À travers la fenêtre, Steen voit la grosse voiture noire remonter l'allée et se garer dans une flaque d'eau.

« Allez, papa, juste pour une fois ?

– Non, on fait comme d'habitude. La voiture est là. Tu sais où est maman ? »

8

Au milieu de l'escalier, Steen s'arrête et l'appelle. La vieille demeure a plus de cent ans et une surface de près de 400 mètres carrés. Il en connaît chaque recoin, car il l'a rénovée lui-même. À l'époque où ils l'ont achetée, ils avaient besoin d'espace, mais à présent, elle est beaucoup trop grande pour eux. Il regarde dans la chambre, puis dans la salle de bains, avant de remarquer la porte entrouverte, de l'autre côté du couloir. Il hésite un instant, puis pousse la porte de la chambre qui fut jadis celle de sa fille.

Son épouse est assise sur le matelas du lit sans draps, son manteau sur le dos. Il regarde les murs nus et les cartons de déménagement entassés dans un coin. Et tourne à nouveau les yeux vers sa femme.

« La voiture est là.

– Merci… »

Elle acquiesce mais ne se lève pas. Steen fait un pas dans la chambre et sent le froid glacial qui y règne. Rosa serre un tee-shirt jaune entre ses mains.

« Ça va ? »

La question est stupide car elle n'a pas du tout l'air d'aller bien.

« J'avais ouvert la fenêtre hier et je n'ai pas pensé à la refermer. Je m'en suis aperçue tout à l'heure. »

Il hoche la tête bien qu'elle n'ait pas répondu à sa question. Dans le hall, ils entendent leur fils crier que Vogel est arrivé, mais aucun d'eux ne réagit.

« J'ai oublié son odeur. »

Ses doigts caressent le coton jaune du tee-shirt et elle l'inspecte comme si quelque chose était caché dans les fibres du tissu.

« Je voulais juste sentir. Mais elle n'est plus là non plus. Ni dans aucun de ses autres objets. »

Il s'assied à côté d'elle.

« Peut-être que c'est bien. Peut-être que c'est mieux comme ça.

– Pourquoi est-ce que ce serait mieux… ? Non, ce n'est pas mieux. »

Il ne répond pas et il sent qu'elle regrette ce qu'elle vient de dire, lorsqu'elle ajoute d'une voix plus douce :

« Je ne sais pas si j'en suis capable… Je ne trouve pas cela normal.

– C'est parfaitement normal. Et c'est la seule chose à faire. Tu me l'as dit toi-même. »

Leur fils les appelle de nouveau.

« Si elle était là, elle te dirait d'y aller. Elle te dirait que ça va bien se passer. Et que tu es formidable. »

Rosa ne répond pas. Elle reste encore un petit moment sans bouger, le tee-shirt sur les genoux. Enfin, elle lui prend la main, la serre tendrement et essaye de sourire.

« Ok, super, à plus. » Le conseiller personnel de Rosa Hartung coupe son téléphone portable et la regarde descendre l'escalier. « J'arrive trop tôt ? Tu veux que je demande à la reine de repousser la rentrée à demain ? »

L'indéfectible bonne humeur de Frederik Vogel la fait sourire et elle se dit qu'il a le don d'apporter un souffle d'air frais dans la maison. Quand il est là, il n'y a plus de place pour la morosité.

« Non, ça va. Je suis prête.

– Parfait, alors on va jeter un coup d'œil au programme. Il y a pas mal de demandes – certaines sont intéressantes, d'autres, assez prévisibles, sachant qu'elles proviennent des hebdomadaires.

– On verra ça dans la voiture. Gustav, n'oublie pas qu'on est mardi et que c'est papa qui vient te chercher. Tu m'appelles s'il y a un problème. D'accord, chéri ?

– Oui, je sais. »

Le gamin soupire et Rosa a juste le temps de lui ébouriffer tendrement les cheveux avant que Vogel lui ouvre la portière.

« Je dois aussi te présenter ton nouveau chauffeur et il nous faudra établir un calendrier des négociations... »

Debout à la fenêtre de la cuisine, Steen surveille leur départ. Il attend qu'elle ait dit bonjour au nouveau chauffeur attaché à sa personne et pris place sur la banquette arrière, puis il lui lance un sourire d'encouragement un peu forcé. Quand la voiture s'éloigne enfin, il se sent soulagé.

« On y va, ou quoi ? »

C'est son fils qui pose la question depuis le hall d'entrée, où il est en train de mettre ses bottes et son anorak.

« Un instant, j'arrive. »

Steen sort un sac rempli de mignonnettes du réfrigérateur. Il en vide une cul sec et sent le Jägermeister brûlant descendre dans sa gorge et dans son estomac. Il range les autres dans sa serviette et prend les clés de la voiture sur la table de la cuisine.

9

Il y a quelque chose dans cette maison qui met Thulin mal à l'aise. Le sentiment se manifeste à l'instant même où, les mains gantées et les pieds couverts de plastique de protection bleu, elle pénètre dans l'entrée sombre. En bas de la penderie, en dessous des manteaux, vestes et blousons, toutes les paires de chaussures de la famille sont sagement alignées. Des sous-verres proprets aux motifs floraux décorent les murs du corridor. La chambre à coucher paraît de prime abord à la fois féminine et innocente, peinte et meublée dans des nuances de blanc, à l'exception du store plissé rose pâle, encore baissé.

« La victime s'appelle Laura Kjær, elle a 37 ans et elle travaillait comme assistante dentaire dans un cabinet de groupe dans le centre de Copenhague. Il semble qu'elle soit allée se coucher et se soit fait surprendre dans son lit par son agresseur. Son petit garçon de 9 ans qui dormait dans sa chambre, située au bout du couloir, n'a rien vu, rien entendu. »

Thulin se penche au-dessus du lit à deux places, dont une seule a été utilisée, tandis qu'un agent d'un certain âge, en uniforme, la met au courant de la situation. Une lampe de chevet est tombée de la table de nuit et a atterri en douceur sur le tapis blanc à poils longs.

« Quand le petit garçon s'est réveillé ce matin, il n'y avait personne dans la maison. Il a préparé son petit déjeuner tout seul, il s'est habillé et il a attendu sa mère. Quand il a vu qu'elle n'arrivait pas, il s'est rendu chez la voisine. La voisine est entrée dans la maison et l'a effectivement trouvée déserte. Lorsque, un peu plus tard, elle a entendu un chien aboyer sur le terrain de jeux, elle est allée voir ce qui se passait. Là, elle a découvert la victime et elle nous a aussitôt appelés.

– On a contacté le père ? »

Thulin sort de la pièce pour jeter un coup d'œil dans la chambre d'enfant, suivie par le policier, puis elle reprend le corridor en sens inverse, sans qu'il l'ait lâchée d'une semelle.

« D'après la voisine, le père est mort d'un cancer il y a environ deux ans. La victime a rencontré un autre homme six mois plus tard et ils se sont installés ensemble, dans sa maison à elle. Le type est dans le Jutland, pour un salon. On lui a téléphoné dès notre arrivée, il ne devrait pas tarder. »

Sans entrer dans la salle de bains, Thulin constate la présence de trois brosses à dents électriques suspendues les unes à côté des autres sur le mur à côté du lavabo, d'une paire de pantoufles posée sur le carrelage et de deux peignoirs de bain identiques sur des cintres accrochés à une patère. Elle passe du couloir à la cuisine, où les techniciens de la police scientifique, en combinaison blanche, relèvent des empreintes digitales. La cuisine est aussi banale que le quartier où se trouve la maison. Design scandinave acheté chez IKEA ou Ilva. Sur la table, trois sets et un vase contenant un petit bouquet automnal agrémenté de branchages, un banc avec des coussins et, sur l'égouttoir de l'évier, une assiette sale avec un reste de corn flakes et de lait. Probablement celle du garçon. Dans le séjour, des photos de la petite famille défilent dans un cadre digital posé à côté d'un fauteuil. Elle suppose que les personnes sur les photos sont la mère, l'enfant et le beau-père. Ils sourient et ont l'air heureux. Laura Kjær est une belle et mince jeune femme rousse aux cheveux longs, mais on sent une fragilité dans son regard chaleureux et immédiatement sympathique. La maison est agréable et pourtant, il y a quelque chose dans cet endroit qui gêne profondément Thulin.

« Des signes d'effraction ?

– Aucun. Nous avons vérifié toutes les portes et toutes les fenêtres. La victime a bu une tasse de thé et regardé la télévision avant d'aller se coucher. »

Thulin survole le panneau d'affichage de la cuisine, mais n'y trouve qu'un emploi du temps scolaire, un calendrier, les horaires d'ouverture de la piscine, une publicité pour une société d'élagage, une invitation à une soirée Halloween envoyée par le syndicat des propriétaires et une fiche de rendez-vous au service pédiatrique du Rigshospitalet. Normalement, c'est en cela que Thulin excelle : déceler des détails qui peuvent avoir leur importance. Parce qu'elle a pris l'habitude de le faire dans sa vie à elle. Rentrer, ouvrir la porte et remarquer immédiatement les petites choses qui détermineront s'il s'agit d'une bonne ou d'une mauvaise journée. Mais ici, il n'y a rien à découvrir. Juste une famille modèle dans un environnement impeccable. Le genre de décor dans lequel elle ne pourrait jamais vivre et, l'espace d'un instant, elle se dit que c'est précisément cela qu'elle n'aime pas dans cette maison.

« Vous avez vu les ordinateurs, les tablettes, les téléphones portables ?

– Apparemment rien n'a été volé, Genz et son équipe ont tout ramassé et c'est déjà parti au labo. »

Thulin hoche la tête. La plupart des crimes et assassinats se résolvent de cette façon. Il y a presque toujours un SMS, un appel téléphonique, un mail ou un échange Facebook qui révèle pourquoi les choses se sont passées comme elles se sont passées et Thulin a hâte d'avoir accès à cette mine de renseignements.

« C'est quoi cette odeur ? Du vomi ? »

Thulin vient seulement de prendre conscience de l'odeur prégnante et désagréable qui la suit depuis qu'elle est entrée. Le vieux policier semble embarrassé par sa question et elle remarque qu'il est un peu pâle.

« Je suis désolé. J'arrive juste de l'endroit où on l'a trouvée. Je croyais avoir l'habitude, mais… je vais vous accompagner.

– Ne vous inquiétez pas, je trouverai toute seule. Prévenez-moi quand le concubin sera là. »

L'agent lui fait un sourire reconnaissant et elle sort dans le jardin par la baie vitrée qui donne sur l'arrière de la maison.

10

Le trampoline a connu des jours meilleurs, idem pour la petite serre couverte de mousse, à gauche de la terrasse. Sur la droite, un carré de pelouse trempée s'étend vers l'arrière d'un garage métallique rutilant, sans doute très pratique, mais dont l'aspect jure avec la maison contemporaine aux murs blancs. Thulin se dirige vers le fond du jardin. De l'autre côté de la haie vive, des policiers en uniforme et des experts de la police scientifique s'activent dans la lumière des projecteurs. Elle se faufile à travers les arbustes aux feuilles écarlates et jaunes et débouche sur un terrain de jeux pour enfants dont les éléments sont en bois naturel. Un flash se déclenche plusieurs fois de suite sous la pluie près d'une cabane légèrement décatie et elle reconnaît à distance la silhouette dynamique de Genz, qui immortalise les détails de la scène de crime avec son appareil photo tout en dirigeant sa petite armée en blanc.

« Où vous en êtes ? »

Simon Genz lève les yeux de l'objectif. Son visage grave s'illumine d'un bref sourire en apercevant Thulin. Genz doit être quelque part au milieu de la trentaine, en excellente forme physique, et le bruit court qu'il aurait participé à cinq marathons rien que cette année. Il est le plus jeune patron de toute l'histoire de la police scientifique et, parmi ses collègues de travail, il est l'une des rares personnes que Thulin écoute réellement. Il est intelligent, très fort dans son domaine et doué d'une capacité de jugement qu'elle a appris à respecter. Si elle le tient malgré tout à distance, c'est parce qu'il lui a proposé un jour d'aller courir avec lui et que c'est hors de question pour elle. Depuis huit mois qu'elle est arrivée à la Crim', il est le seul avec qui elle ait établi un semblant de relation amicale, mais elle trouve qu'il n'y a rien de moins excitant au monde qu'une histoire d'amour au bureau.

« Salut Thulin. Nous n'avons pas beaucoup avancé. Il pleut sans discontinuer et le crime remonte à plusieurs heures.

– On a une idée du moment exact de la mort ?

– Pas encore. Le médecin légiste est en route. Mais il a commencé à pleuvoir un peu avant minuit et je ne serais pas surpris qu'elle ait été tuée à peu près à cette heure-là. S'il y avait des traces de pas au sol, elles sont maintenant sérieusement brouillées. Mais nous ne baissons pas les bras. Tu veux la voir ?

– Je veux bien, oui. »

La victime est assise dans l'herbe, recouverte d'un drap blanc de la police scientifique, et elle a le dos appuyé à l'un des piliers qui soutiennent la terrasse de la cabane pour enfants. Les couleurs rouge et jaune des bignones qui se mêlent à la végétation derrière donnent à la scène un aspect paisible. Genz découvre délicatement la morte. Elle est avachie comme une poupée de chiffon et vêtue seulement d'une petite culotte et d'un caraco qui devait être écru, mais qui à présent est souillé de pluie et d'un sang presque noir. Thulin approche et s'accroupit pour mieux voir. La tête de Laura Kjær est enveloppée de gaffer noir. L'adhésif passe entre ses lèvres entrouvertes et figées dans un rictus, et fait plusieurs fois le tour de sa tête et de ses cheveux roux et mouillés. L'un de ses yeux a été violemment enfoncé dans sa tête et on peut voir loin au fond de son orbite, tandis que son autre œil regarde dans le vide. Sa peau bleuâtre est lacérée d'innombrables plaies, ecchymoses et griffures, et ses mains, attachées à la hauteur des poignets à l'aide de larges liens en plastique, sont enfouies sous un tas de feuilles entre ses cuisses. Thulin n'a pas besoin de la regarder très longtemps pour comprendre ce qui a retourné l'estomac du vieux policier. En temps normal, la vue d'un cadavre ne l'affecte pas. Travailler à la police criminelle demande un certain détachement face à la mort, et si ce n'est pas le cas, il vaut mieux faire autre chose. Mais Thulin n'a jamais rien vu d'aussi pitoyable que cette femme suppliciée, appuyée à une maison d'enfants sur un terrain de jeux sous la pluie.

« Il faudra vérifier auprès du médecin légiste, mais à mon avis, certaines de ses plaies semblent indiquer qu'elle a tenté d'échapper à son agresseur en s'enfuyant à travers les arbres. Soit en s'éloignant de la maison, soit en y retournant. Mais il faisait un noir d'encre et elle devait être très affaiblie par l'amputation qui a forcément eu lieu avant qu'on l'asseye contre la terrasse de cette cabane.

– L'amputation ?

– Tiens-moi ça. »

Genz lui tend distraitement le gros appareil photo avec son flash. Il s'accroupit près du cadavre et, à l'aide de sa lampe torche en guise de levier, il soulève délicatement les poignets attachés de la jeune femme. À cause de la rigidité cadavérique, ses bras se lèvent mécaniquement et Thulin découvre que la main droite de Laura Kjær n'était pas enfouie sous les feuilles comme elle l'avait cru. Le bras s'arrête de façon grotesque juste en dessous du poignet où une plaie irrégulière a mis à nu os et tendons.

« Nous pensons pour l'instant qu'on a dû lui faire ça à l'extérieur, car nous n'avons pas trouvé de traces de sang, ni dans le garage, ni dans la maison. J'ai demandé à mes assistants de fouiller soigneusement le garage pour vérifier la présence éventuelle de gaffer, de liens en plastique, d'outils de jardinage et de bricolage, pour l'instant sans résultat. Nous nous étonnons également de ne pas encore avoir retrouvé la main manquante, mais nous poursuivons nos recherches.

– Peut-être qu'un chien l'a emportée. »

La suggestion émane de Hess, qui arrive par le jardin et vient de traverser la haie. Il regarde rapidement autour de lui en frissonnant sous la pluie et Genz lui jette un regard surpris. Sans trop savoir pourquoi, Thulin est agacée par la remarque, même si elle se rend compte qu'il n'a pas forcément tort.

« Genz, je te présente Hess. Il est avec nous pour quelques jours.

– Bonjour. Bienvenue. »

Genz lui tend la main mais Hess fait un mouvement du menton vers la maison voisine.

« Quelqu'un a entendu quelque chose ? Les gens qui habitent là ? »

Un roulement de tonnerre, un train qui passe bruyamment sur les rails mouillés, à proximité du terrain de jeux, et Genz doit hurler sa réponse :

« Non, il semble que personne n'ait rien entendu ! Les trains de voyageurs circulent moins la nuit, mais il y a un certain nombre de trains de marchandises qui empruntent cette voie. »

Le bruit s'éloigne et Genz se tourne vers Thulin.

« J'aimerais pouvoir te dire que j'ai relevé un tas d'indices, mais pour l'instant, je n'ai que ça. Et je crois que je n'ai jamais vu une victime aussi mal en point.

– Ça, c’est quoi ?
– Quoi donc ?
– Ça, là. »

Genz est toujours accroupi à côté du cadavre et il doit se relever pour voir ce qu’elle veut lui montrer. Derrière la victime, un objet entortillé dans une ficelle se balance à une solive de la minuscule véranda. Genz démêle la ficelle et l’objet se met à osciller librement. Il s’agit de deux marrons superposés, reliés l’un à l’autre. Un petit en haut et un plus gros en bas. Le marron supérieur est percé de deux trous pour figurer des yeux. Dans celui du bas, on a enfoncé des allumettes en guise de bras et de jambes. C’est une petite figurine, composée de deux boules et de quatre brindilles, cela n’a rien d’effrayant, pourtant, l’espace d’une seconde, le cœur de Thulin s’arrête sans qu’elle soit capable de dire pourquoi.

« Oh ! Un bonhomme en marrons ! s’exclame Hess. Vous croyez qu’on devrait l’interroger ? »

Hess regarde Thulin d’un air innocent. Apparemment, les blagues de flics au ras des pâquerettes ont cours aussi à Europol. Elle ne s’abaisse pas à lui répondre. Genz et elle ont le temps d’échanger un regard avant que ce dernier soit interpellé par l’un de ses assistants.

Hess plonge la main dans la poche intérieure de sa veste pour y prendre son portable qui sonne à nouveau et quelqu’un siffle derrière la maison. C’est le policier à l’estomac fragile qui cherche à attirer l’attention de Thulin en restant à distance raisonnable. Elle jette un dernier regard circulaire sur le terrain de jeux et les arbres aux feuilles couleur de bronze, mais il n’y a plus rien à voir. Seulement des balançoires détrempées, deux cages à poules et un parcours du combattant. La présence des policiers et techniciens en blanc qui piétinent sous la pluie battante à la recherche de traces et d'indices confère à l'endroit une atmosphère fantômatique.

Thulin retourne vers la maison. En passant près de Hess, malgré le passage d'un autre train, elle l'entend parler français au téléphone.

11

Vogel profite du trajet vers le centre-ville pour exposer les divers points du programme de la journée. Les membres du gouvernement se retrouveront au palais de Christiansborg puis, selon la tradition, ils se rendront à la Slotskirke, la chapelle du château, pour assister à une messe. Ensuite, Rosa ira saluer son équipe au ministère des Affaires sociales, dont les locaux se trouvent au bord du Holmens Kanal, juste en face de la cour centrale de Christiansborg, avant de revenir au palais pour l'ouverture officielle du Parlement.

Le reste de la journée est soigneusement minuté également. Rosa apporte au planning quelques modifications qu'elle note sur le calendrier de son iPhone. C'est une précaution inutile puisque son secrétaire tient tout à jour pour elle, mais elle préfère. Elle a besoin de s'occuper de détails et de garder pied dans la réalité, pour avoir encore l'impression de contrôler sa vie. Surtout aujourd'hui. Quand la voiture entre dans la cour du Parlement, elle cesse d'écouter son conseiller. Les drapeaux danois flottent devant la façade du bâtiment et la place est envahie par les camions des médias. Les reporters se préparent et fignolent leurs questions sous leur parapluie, les flashes des photographes crépitent.

« Ne vous arrêtez pas, Asger, nous rentrerons par-derrière. »

Le nouveau chauffeur acquiesce à l'ordre de Vogel, mais Rosa n'est pas d'accord :

« Ça va. Déposez-moi ici. »

Vogel la regarde, surpris, et le chauffeur jette un coup d'œil dans le rétroviseur. Elle remarque à ce moment-là la gravité de son visage, malgré son jeune âge.

« Si je ne leur parle pas maintenant, ils ne vont pas me lâcher de la journée. Roulez jusqu'à la porte et arrêtez-vous devant, s'il vous plaît.

– Tu es sûre, Rosa ?

– Absolument. »

La voiture ministérielle se range contre le trottoir. Le chauffeur fait le tour du véhicule pour lui ouvrir la portière arrière. Elle sort et franchit les quelques pas qui la séparent du grand escalier de Folketinget, tout se déroule comme au ralenti : les cameramen qui se retournent, les journalistes qui avancent vers elle, les visages à la bouche ouverte et les mots distordus.

« Rosa Hartung, vous avez une minute ? »

Puis la réalité la heurte de plein fouet. La foule explose, les caméras se jettent sur elle, les questions des reporters lui tombent dessus comme une averse de grêle. Rosa gravit les deux premières marches et absorbe le spectacle qu'elle a sous les yeux. Les voix, les spots et les micros, un bonnet bleu tiré sur un front plissé, un bras qui s'agite, un regard sombre qui observe la scène à distance.

« Madame Hartung, avez-vous une déclaration à faire ? »

« Quel effet ça vous fait d'être de retour ? »

« Vous pouvez nous accorder deux minutes ? »

« Rosa Hartung ! Par ici ! »

Rosa sait qu'on parle d'elle dans les comités de rédaction depuis des mois, en particulier ces derniers jours, mais personne n'avait envisagé la possibilité qu'elle fasse une entrée comme celle-ci et elle sait qu'ils ne sont pas prêts. C'est justement ce qui l'a décidée à les affronter.

« Reculez ! Madame la ministre va parler. »

Vogel est venu faire bouclier de son corps pour que les journalistes la laissent respirer. Le premier rang recule et Rosa peut voir les visages levés vers elle. Elle connaît la plupart d'entre eux.

« Comme vous le savez tous, ça a été une période difficile. Ma famille et moi sommes reconnaissants du soutien que nous avons rencontré pendant cette épreuve. Aujourd'hui, c'est une nouvelle année parlementaire qui commence et il est temps pour moi d'aller de l'avant. Je remercie le Premier ministre pour la confiance qu'il me témoigne et j'ai hâte de m'attaquer aux tâches politiques qui m'attendent. J'espère que vous le comprenez et que vous saurez le respecter. Je vous remercie. »

Rosa Hartung continue de monter l'escalier derrière Vogel qui lui fraie un passage.

« Pensez-vous être prête à vous remettre au travail, Madame la ministre ? »

« Comment vous sentez-vous, madame Hartung ? »

« Comment prenez-vous le fait que l'assassin n'ait pas voulu révéler où il a enterré le corps de votre fille… ? »

Vogel parvient à la mener jusqu'à la grande porte au sommet de l'escalier et, quand sa secrétaire lui attrape la main sur le seuil pour la traîner à l'intérieur, elle a l'impression qu'elle vient de l'arracher à un océan déchaîné.

12

« Comme tu vois, on nous a livré des nouveaux canapés et nous avons un peu changé la décoration, mais si tu veux récupérer ton ancien mobilier…

– Non, c'est parfait. Le changement me convient très bien. »

Rosa vient d'entrer dans son bureau, au quatrième étage du ministère des Affaires sociales. L'arrivée à Christiansborg et la messe ont été l'occasion de nombreuses retrouvailles et c'est un soulagement pour elle d'échapper à l'attention dont elle a été l'objet. Ses collègues la serraient dans leurs bras, chaleureux et compatissants, et elle a fait en sorte d'être constamment en mouvement, sauf pendant le service religieux durant lequel elle a essayé de se concentrer sur le sermon du pasteur. Ensuite, Vogel a dû s'entretenir avec divers élus et, en compagnie de sa secrétaire et de quelques assistants parlementaires, elle s'est rendue à pied, en traversant la place du palais royal, au grand immeuble gris-brun du ministère des Affaires sociales. Elle est contente que Vogel soit occupé, cela va lui permettre de rencontrer tranquillement le personnel et de se retrouver en tête à tête avec sa secrétaire particulière.

« Je ne sais pas très bien comment te demander ça, alors je ne vais pas y aller par quatre chemins : comment te sens-tu ? »

C'est le seul endroit et l'unique moment où elles auront le temps d'aborder le sujet et Rosa connaît suffisamment sa secrétaire pour savoir qu'elle ne veut que son bien. Liu est d'origine chinoise, mariée avec un Danois, mère de deux enfants, et l'une des personnes les plus gentilles que Rosa ait jamais rencontrées, mais comme à Christiansborg et comme à l'église, elle est obligée de botter en touche :

« Je te remercie de me poser la question. Je vais aussi bien que possible en fonction des circonstances et je suis impatiente de me mettre au travail. Et chez toi, comment ça se passe ?

– Bien ! Le plus petit a eu un peu de colique. Et le grand... Enfin, tout va bien.

– Le mur du fond est plutôt vide, non ? »

Rosa sent que Liu est dans ses petits souliers.

« J'ai enlevé toutes les photos. Je me suis dit que tu voudrais décider toi-même de ce que tu désirais garder. Il y en a plusieurs où... vous êtes tous ensemble... je ne savais pas si tu avais l'intention de... »

Rosa jette un coup d'œil dans le carton posé contre le mur et aperçoit le coin d'une photo de Kristine.

« Je verrai cela plus tard. Dis-moi plutôt combien il me reste de temps pour prendre quelques rendez-vous.

– Très peu. Tu vas rencontrer le personnel dans un instant et puis il y a l'ouverture officielle, le discours du Premier ministre, et ensuite...

– Je vois, mais j'aimerais commencer à recevoir des gens dès aujourd'hui. Pas des rendez-vous importants, juste des rencontres informelles entre deux manifestations officielles. En chemin, tout à l'heure, j'ai essayé d'envoyer quelques mails aux personnes à qui je pense, mais je n'avais pas de connexion.

– C'est toujours le cas, malheureusement.

– Alors, sois gentille de m'envoyer Engells. Je lui donnerai la liste des gens que je veux voir.

– Je regrette, mais Engells n'est pas là. Il avait une course à faire.

– Ah bon ? »

Rosa regarde sa secrétaire d'un air surpris et soudain, elle comprend qu'elle s'est trompée sur la cause du malaise et de la nervosité de la jeune femme. Un jour comme aujourd'hui, le chef de cabinet du ministère des Affaires sociales aurait dû être là pour l'accueillir. Son absence lui semble tout à coup de très mauvais augure.

« C'est-à-dire que... En fait, il a dû partir brusquement parce que... Écoute, il te dira cela mieux que moi quand il reviendra.

– Quand il reviendra d'où ? Qu'est-ce qui se passe, Liu ?

– Je ne sais pas. Et je suis sûre que ça va s'arranger, mais comme je...

– Dis-moi. »

La secrétaire hésite. Elle semble désemparée.

« Je suis vraiment désolée. Il est arrivé tellement de jolies lettres de gens qui te soutiennent et t'encouragent, je ne comprends pas comment quelqu'un a pu envoyer une horreur pareille.

– De quoi tu parles ?

– Je ne l'ai pas lue. Mais je crois savoir que c'était une lettre de menace. D'après ce que disait Engells, j'ai cru comprendre que cela concernait ta fille. »

13

« Je ne comprends pas, je lui ai parlé hier soir… Je venais de finir de dîner, j'ai appelé à la maison et tout était normal. »

Le concubin de Laura Kjær, Hans Erik Hauge, 43 ans, est écroulé sur une chaise dans la cuisine, il n'a pas encore retiré son blouson trempé de pluie et tient fébrilement ses clefs de voiture à la main. Il a les yeux rouges et mouillés de larmes et regarde d'un air égaré par la fenêtre les silhouettes vêtues de blanc qui évoluent dans le jardin et derrière la haie, avant de se tourner à nouveau vers Thulin.

« Comment c'est arrivé ?

– Nous n'en savons rien pour le moment. Pouvez-vous me répéter ce que vous vous êtes dit, au téléphone ? »

Distraite par le vacarme, Thulin regarde du coin de l'œil l'homme d'Europol ouvrir et refermer bruyamment tiroirs et placards de cuisine. Elle se fait la réflexion qu'il arrive à l'agacer sans même avoir besoin de parler.

« Rien de spécial. Comment a réagi Magnus ? J'aimerais le voir.

– Vous le verrez plus tard. Est-ce qu'elle a dit quelque chose qui vous a surpris, est-ce qu'elle vous a paru inquiète… ?

– Non, pas du tout. Nous avons parlé de Magnus et puis elle a dit qu'elle était fatiguée et qu'elle voulait aller se coucher. »

La voix de Hans Henrik Hauge est près de se briser. C'est un homme de grande taille, costaud, bien habillé, mais il a l'air fragile et Thulin se dit que si elle n'accélère pas un peu la cadence, elle n'arrivera pas au bout de son interrogatoire avant qu'il fonde en larmes.

« Depuis combien de temps vous connaissiez-vous ?

– Un an et demi.

– Vous étiez mariés ? »

Thulin observe depuis quelques minutes les mains de Hauge et la bague qu'il tripote inlassablement.

« Nous étions fiancés. Je lui avais offert une bague. Nous devions nous marier en Thaïlande, cet hiver.

– Pourquoi en Thaïlande ?

– Nous avions tous les deux été mariés auparavant et nous voulions faire quelque chose de différent.

– À quelle main portait-elle sa bague ?

– Pardon ?

– Sa bague. À quelle main la portait-elle ?

– La droite, je crois. Pourquoi est-ce que vous me demandez ça ?

– Je vous pose simplement des questions, et il est important que vous y répondiez. Pouvez-vous me dire où vous vous trouviez hier ?

– À Roskilde. Je suis programmeur informatique. Je suis parti en voiture hier matin et il était prévu que je reste au salon jusqu'à cet après-midi.

– Hier soir, vous étiez avec quelqu'un là-bas ?

– Oui, avec notre sous-directeur. Enfin, je suis rentré au motel vers neuf ou dix heures du soir. C'est à ce moment-là que je l'ai appelée.

– Pourquoi n'êtes-vous pas simplement rentré ?

– Parce que la boîte nous a demandé de dormir sur place. Nous avions des réunions de bonne heure.

– Vous vous entendiez bien, Laura et vous ? Vous n'aviez pas de problèmes ?

– Nous étions heureux ensemble. Qu'est-ce qu'ils fabriquent dans le garage ? »

Les yeux humides de Hauge sont à nouveau attirés par ce qui se passe dehors, cette fois à l'arrière du garage où deux techniciens sont en train de refermer une porte derrière eux.

« Ils relèvent des empreintes, s'il y en a. Est-ce que quelqu'un, à votre avis, avait des raisons de vouloir du mal à Laura ? »

Hauge a les yeux posés sur elle, mais il ne la regarde pas vraiment. Il a l'air ailleurs.

« Est-ce qu'elle pourrait avoir eu des secrets pour vous ? Un rendez-vous avec quelqu'un d'autre, par exemple.

– Bien sûr que non. Je voudrais voir Magnus, maintenant. En plus, il faut qu'il prenne ses médicaments.

– Qu'est-ce qu'il a ?

– Nous ne savons pas. Enfin… Il est suivi par un médecin au Rigshospitalet, qui pense qu'il souffre d'une forme d'autisme et qui lui a prescrit un traitement contre l'anxiété. Magnus est un gentil garçon, mais il est très renfermé et il n'a que neuf… »

La voix de Hans Henrik Hauge se brise à nouveau. Thulin s'apprête à reprendre ses questions, mais Hess la devance :

« Donc vous alliez bien, d'après vous. Il n'y avait aucune tension entre vous.

– J'ai déjà répondu à cette question. Où est Magnus ? Je veux le voir, tout de suite.

– Pourquoi avez-vous fait changer la serrure ? »

La phrase est tombée comme un éclair d'un ciel bleu et Thulin se tourne brusquement vers Hess. C'est une question innocente et il l'a posée distraitement en sortant un objet d'un tiroir de cuisine. Un morceau de papier sur lequel sont collées deux clés neuves.

Hauge regarde Hess et l'objet qu'il tient à la main avec l'air de ne pas comprendre.

« C'est la facture d'un serrurier. Il y est indiqué que la serrure a été changée le 5 octobre à 15 h 30. C'est-à-dire hier après-midi, après l'heure où vous nous dites être parti pour ce salon.

– Je n'en sais rien. Magnus avait perdu sa clé plusieurs fois et nous avions parlé de faire changer la serrure. Mais je ne savais pas que Laura s'en était occupée… »

Thulin se lève pour regarder la facture qu'elle prend des mains de Hess. Elle l'aurait trouvée un peu plus tard quand elle aurait commencé à fouiller la maison, mais elle décide d'embrayer, malgré son agacement :

« Vous ne saviez pas que Laura avait fait changer la serrure ?

– Non.

– Elle ne vous en a pas parlé au téléphone hier soir ?

– Non… Enfin, je ne crois pas.

– Vous voyez une raison pour laquelle elle ne l'a pas fait ?

– Je suppose qu'elle comptait me le dire plus tard. En quoi est-ce important ? »

Thulin le regarde sans répondre. Hans Henrik Hauge lui retourne son regard avec de grands yeux candides. Tout à coup, il se lève et sa chaise se renverse.

« Je ne comprends pas pourquoi vous me gardez ici. J'ai le droit de voir Magnus. J'exige de le voir immédiatement ! »

Thulin hésite, puis fait un signe de tête à un agent qui attend sur le pas de la porte.

« Ensuite, nous aurons besoin de vous faire un prélèvement ADN et de prendre vos empreintes digitales. C'est important pour nous de pouvoir distinguer les empreintes qui appartiennent à la maison et les autres. Vous comprenez ? »

Hauge hoche distraitement la tête et sort en compagnie du policier. Hess a retiré ses gants en latex, il remonte la fermeture éclair de son blouson et attrape la poignée de son sac de voyage qu'il avait posé sur un morceau de polyane de protection.

« Je te retrouve à l'institut médico-légal. Je pense qu'il faut vérifier l'alibi du beau-père.

– Merci. Je vais essayer de m'en souvenir. »

Hess hoche la tête sans relever le sarcasme et sort de la cuisine, croisant au passage un policier qui y entre.

« Si vous voulez interroger le garçon, il est chez la voisine. Vous pouvez le voir par la fenêtre. »

Thulin s'approche de la fenêtre donnant sur la maison d'à côté et voit effectivement à travers la haie dégarnie un jardin d'hiver derrière de grandes baies vitrées. Le gosse est assis à une table blanche, en train de jouer sur ce qui ressemble à une console de jeux. Elle ne le voit que de profil, mais cela lui suffit pour se rendre compte qu'il y a quelque chose de mécanique dans ses gestes, une absence dans son attitude.

« Il ne parle pas beaucoup. On dirait qu'il est un peu attardé. Il ne s'exprime que par monosyllabes. »

Thulin observe l'enfant en écoutant la description qu'en fait le policier et, l'espace d'un instant, elle se reconnaît dans ce petit garçon, dans cet abîme de solitude qui est le sien aujourd'hui et qui le restera pendant de nombreuses années. Puis le garçon disparaît derrière le dos d'une femme d'un certain âge, sans doute la voisine, qui entre dans la véranda, suivie par Hans Henrik Hauge. Celui-ci sanglote en voyant

Magnus, il s'accroupit près de lui et le prend dans ses bras, mais l'enfant reste dans la même position, les doigts posés sur le clavier de la console.

« Je vais le chercher ? »

L'agent attend la réponse de Thulin, sans cacher son impatience :

« Je vous ai demandé si je devais...

– Non. Laissez-leur un instant. Mais surveillez le concubin et faites vérifier son alibi. »

Thulin s'éloigne de la fenêtre. Elle espère que cette affaire est aussi simple qu'elle en a l'air. L'image du bonhomme en marrons suspendu à la cabane pour enfants lui revient à l'esprit. Elle voudrait déjà être ailleurs en train de se battre contre le cybercrime.

14

Par les baies vitrées du cabinet, on a une vue panoramique sur tout Copenhague. Les tables à dessin sont comme de petites îles disséminées dans le vaste espace éclairé par en haut. On dirait que la pièce va chavirer parce que tout le monde est rassemblé du côté où se trouve l'écran plat. Steen Hartung arrive avec ses planches sous le bras au moment où la chaîne info achève de diffuser les images de l'arrivée de son épouse à Christiansborg. Certains de ses collaborateurs remarquent sa présence et s'empressent de faire semblant de travailler alors qu'il se dirige vers son bureau. Seul Bjarke, son associé, le regarde avec un sourire un peu gêné.

« Bonjour, tu as une minute ? »

Ils entrent dans son bureau et Bjarke ferme la porte.

« Elle s'en sort drôlement bien, je trouve.

– Merci pour elle. Tu as pu parler aux clients ?

– Oui, ils sont contents.

– Alors, pourquoi est-ce que nous n'avons pas encore le contrat ?

– Parce qu'ils sont prudents. Ils veulent d'autres dessins, mais je leur ai dit qu'il allait te falloir plus de temps.

– D'autres dessins ?

– Comment ça va à la maison ?

– Je peux réduire les délais. Il n'y a pas de problème. »

Steen fait le vide sur sa table pour pouvoir poser ses planches et sent l'agacement monter, tandis que son associé continue à le jauger :

« Tu te mets trop la pression, Steen. Personne ne t'en voudra de prendre du temps pour toi. Repose-toi un peu sur les autres. C'est pour ça qu'on les a embauchés, bon Dieu !

– Contente-toi de prévenir le client que le projet sera finalisé dans deux jours. Il faut que nous décrochions ce marché.

– Ce n'est pas le plus important. Je m'inquiète pour toi, Steen. Je pense sincèrement que...

– Steen Hartung à l'appareil. »

Steen a décroché son portable à la première sonnerie. La personne au bout du fil se présente comme la secrétaire de son avocat et Steen tourne le dos à son associé pour lui faire comprendre qu'il veut être tranquille.

« Non, vous ne me dérangez pas. De quoi s'agit-il ? »

Dans le reflet de la grande fenêtre panoramique, Steen voit son associé s'éloigner. Son interlocutrice reprend :

« Je voulais simplement apporter quelques précisions aux informations que vous avez déjà. Je tiens à vous dire qu'il n'est pas nécessaire de nous répondre immédiatement. Je comprendrais que vous souhaitiez attendre, mais à présent que la date anniversaire approche, nous voulions vous rappeler que vous avez le droit d'entamer une procédure de présomption d'absence. »

Pour une raison ou une autre, ce n'était pas du tout ce à quoi Steen s'attendait. Il sent la nausée monter et, pendant quelques secondes, il regarde fixement son reflet dans la baie mouillée, incapable de bouger.

« Comme vous le savez sans doute, c'est une mesure à laquelle on peut recourir lorsque la personne disparue n'a jamais été retrouvée. Dans le cas bien sûr où il ne subsiste aucun doute. Bref, vous êtes en droit de décider si vous voulez mettre un point final dès à présent. Nous voulions juste vous en informer afin que vous puissiez en discuter avec Mme Hartung.

– C'est ce que nous allons faire. »

La personne au bout du fil se tait quelques instants.

« Comme je vous l'ai dit, il n'est pas nécessaire de...

– Si vous voulez bien m'envoyer les formulaires, je les signerai et j'en parlerai à ma femme. Merci. »

Il éloigne doucement le téléphone de son oreille et coupe la communication. Deux pigeons trempés se font la cour sur l'appui extérieur de la grande fenêtre. Il les regarde sans les voir et, dès qu'il se déplace, ils décollent et s'éloignent à tire-d'aile. Steen sort une mignonnette de son sac et en verse le contenu dans son mug de café, avant de se pencher sur ses planches. Comme ses mains tremblent, il doit mobiliser les deux pour se servir de ses instruments. Il sait que c'est la bonne décision et il voudrait que ce soit déjà terminé. Ce n'est qu'un détail administratif, c'est pourtant un pas essentiel. Les morts ne doivent pas faire de l'ombre aux vivants. C'est ce qu'ils leur ont dit, les psychologues et autres psychothérapeutes, et il sent dans chaque fibre de son corps qu'ils ont raison.

15

« La lettre a été envoyée à ton adresse officielle au Parlement. La police du Renseignement cherche encore à identifier l'expéditeur. Ils le trouveront, mais cela risque de prendre un peu de temps. Je suis vraiment désolé », dit Engells.

Rosa vient de faire le tour du ministère pour saluer l'ensemble du personnel. Engells l'attendait à son retour. À présent, elle se tient près de la fenêtre, derrière son bureau, et il la regarde avec cet air de pitié qu'elle ne peut plus supporter.

« Ce n'est pas la première fois que je reçois des lettres de menace. En général, elles émanent de pauvres types qui ne savent pas ce qu'ils font.

– Celle-ci est différente. Plus méchante. L'auteur a utilisé des photos récupérées sur la page Facebook de ta fille, qui a pourtant été supprimée quand elle est… quand elle a disparu. Ce qui veut dire qu'il s'agit d'une personne qui s'intéresse à toi depuis longtemps. »

La nouvelle déstabilise Rosa un instant, mais elle parvient à dissimuler son étonnement.

« J'aimerais voir ce mail.

– Nous l'avons transféré au service du Renseignement et ce sont eux qui…

– Allons, Engells, je te connais, tu n'envoies rien sans t'assurer d'avoir gardé au moins sept copies. Je veux voir ce mail. »

Engells la regarde longuement, hésitant, mais finit par ouvrir son attaché-case et en sortir une feuille qu'il pose sur la table. Elle la prend entre ses mains. Au départ, elle a quelque peine à retrouver le texte du message au milieu du kaléidoscope d'impressions sur la page. Puis elle reconnaît les jolis selfies que faisait Kristine. Celui où elle roule par terre en sueur et hilare sur le sol du gymnase dans sa tenue de handball. Celui où elle est en route pour la plage sur son nouveau VTT. Celui où elle fait une bataille de boules de neige avec Gustav dans le jardin. Ceux où elle se déguise devant le miroir de la salle de bains et une multitude d'autres portraits souriants et gais. Rosa sent le manque et la peine la submerger, jusqu'à ce que son regard s'arrête sur les mots dont elle comprend aussitôt qu'ils s'adressent à elle, personnellement : « Bonne rentrée. Tu vas crever, salope. »

Le message est écrit avec des lettres rouges tracées en arc de cercle au-dessus des photos, et la menace est d'autant plus cruelle qu'elle semble avoir été rédigée par la main maladroite d'un enfant. Quand Rosa reprend la parole, elle doit faire un effort pour contrôler sa voix :

« Ce ne sont pas les fous qui manquent. Je ne pense pas qu'il faille y attacher trop d'importance.

– Je sais, mais là…

– Je ne me laisserai pas intimider. Je fais mon boulot. Les renseignements n'ont qu'à faire le leur.

– Nous avons décidé de t'attacher des gardes du corps. Ils seront là pour te protéger si…

– Je ne veux pas de gardes du corps.

– Mais pourquoi ?

– Parce que je ne crois pas en avoir besoin. Le mail est à la fois la menace et l'agression. Il a été envoyé par un malheureux qui se cache derrière un écran. Et pour être honnête, nous n'avons pas besoin de cela à la maison en ce moment. »

Engells la regarde d'un air surpris, comme chacune des rares fois où elle a évoqué un détail de sa vie privée dans leurs conversations.

« Nous avons avant tout besoin de normalité pour que la vie puisse reprendre son cours… »

Le chef de cabinet est sur le point de riposter. Elle ne lui en laisse pas le temps :

« Je te suis reconnaissante de t'inquiéter pour moi, Engells, mais si c'est tout, j'aimerais aller écouter le discours du Premier ministre.

– Entendu. Je fais passer le message. »

Rosa se dirige vers la porte où Liu l'attend déjà. Engells la suit des yeux et Rosa devine qu'il va rester là un long moment.

16

Le long bâtiment rectangulaire avec sa chapelle attenante est situé sur l'artère qui relie le nord et l'est de Copenhague, c'est-à-dire le quartier de Nørrebro et celui d'Østerbro. Il y a souvent beaucoup de circulation devant l'entrée, autant de voitures que de piétons pressés. À un jet de pierre, on entend des voix enjouées venant des terrains de jeux et des pistes de skate-board des jardins de Fælledparken. Mais dès qu'on pénètre dans cet édifice tout en longueur, avec ses quatre salles d'autopsie stériles et ses chambres froides dans la cave, il est impossible de ne pas penser à la mort et au caractère éphémère de toute chose. L'endroit est presque irréel. Thulin se rend régulièrement à l'institut médico-légal, et chaque fois, elle n'a qu'une hâte : repasser en sens inverse le tourniquet à l'entrée du couloir interminable où elle marche en ce moment. On vient de lui remettre le rapport d'autopsie de Laura Kjær et elle cherche maintenant à joindre Genz. Le répondeur de l'expert de la police scientifique débite pour la deuxième fois son invitation à laisser un message, et Thulin raccroche et recompose le numéro avec obstination. Genz est l'homme le plus exact qu'elle connaisse, et c'est la première fois depuis qu'elle travaille avec lui qu'il ne rend pas ses conclusions en temps et en heure. C'est également la première fois qu'il ne prend pas la communication quand elle l'appelle. Il lui avait promis de lui apporter avant 15 heures les copies des mails reçus et envoyés par la victime, ainsi que la liste de ses SMS et de ses appels téléphoniques entrants et sortants. Il est maintenant 15 h 30 et elle n'a pas de nouvelles.

Le rapport d'autopsie n'a rien ajouté de notable à ce qu'ils savaient déjà. Le visiteur d'Europol, ou quel que soit l'endroit d'où il venait réellement, n'était évidemment pas au rendez-vous qu'il lui avait lui-même donné, et Thulin ne l'avait d'ailleurs pas attendu une seule seconde avant de dire au légiste de commencer. Indifférent à la présence sur la table de l'enveloppe corporelle de Laura Kjær, le médecin légiste relisait ses conclusions à l'écran tout en racontant tranquillement à Thulin sa journée très chargée, probablement à cause des nombreux accidents de la route dus à la pluie. Ensuite, il lui a décrit par le menu le contenu de l'estomac de la morte. Son dîner s'était composé d'un potage au potiron et d'une salade de brocolis avec du poulet, le tout accompagné d'une tasse de thé. Mais il était possible qu'elle l'ait prise plus tôt dans la soirée. Quand Thulin lui a demandé d'en venir aux points qui pourraient éventuellement être utiles à son enquête, cela n'a pas été du goût du médecin. « Allons Thulin, un peu de respect pour l'artiste », a-t-il répliqué. Mais elle ne s'est pas démontée et elle a insisté. Cette journée ne lui avait apporté aucune des réponses qu'elle espérait et le bruit de la pluie crépitant sur le toit, tandis que le légiste lisait interminablement ses notes, lui donnait l'impression d'être enfermée dans un cercueil.

« J'ai compté un nombre impressionnant d'hématomes et de plaies. La victime a été frappée entre 50 et 60 fois à l'aide d'un objet contondant en acier ou en aluminium. Je ne saurais pas dire de quel genre d'arme il s'agit, mais à en juger par les marques laissées sur le corps, je dirais qu'elle se terminait par une boule de la taille d'un poing hérissée de petites piques de deux à trois millimètres.

– Une sorte de masse d'arme avec des pointes ?

– Oui, quelque chose comme ça, mais je ne crois pas qu'on ait affaire à un morgenstern. Je me suis demandé s'il s'agissait d'un outil de jardinage, mais je ne suis pas arrivé plus loin dans ma réflexion. Les liens en plastique autour de ses poignets l'ont empêchée de se défendre. Plusieurs de ses blessures proviennent de chutes qu'elle a faites, probablement en essayant d'échapper à son agresseur. »

Thulin avait déjà appris tout cela lors de sa conversation avec Genz ce matin et elle aurait préféré avoir un quelconque indice pointant dans la direction du concubin, Hans Henrik Hauge. Elle lui a demandé ce qu'il en était.

« Oui et non, a répondu le légiste, agacé. Les premiers examens font apparaître des cheveux et de l'ADN appartenant au compagnon de la victime sur sa culotte, sa nuisette et son corps, ce qui n'a rien d'extraordinaire si elle était en train de dormir dans le lit dans lequel ils dorment ensemble habituellement.

– Des traces de viol ? »

Le médecin légiste avait éliminé cette hypothèse et par le fait exclu un mobile d'ordre sexuel.

« À moins de considérer un acte sadique comme l'expression d'une pulsion sexuelle. »

Thulin lui a demandé d'étayer ce propos et il lui a rappelé que Laura Kjær avait été littéralement torturée.

« Son agresseur n'a pas pu éviter de voir sa souffrance pendant qu'il la lui infligeait. S'il avait seulement voulu la tuer, il aurait pu le faire beaucoup plus vite. Elle a dû perdre connaissance plusieurs fois et je ne serais pas étonné que son martyre ait duré au moins vingt minutes avant qu'il lui administre le coup dans l'œil qui lui a été fatal. »

L'examen de la plaie d'amputation de sa main, qui n'avait toujours pas été retrouvée, n'avait fourni aucun indice. Le médecin légiste a signalé qu'on observait souvent des amputations dans les règlements de comptes de voyous, la plupart du temps sous forme de doigts coupés en guise de remboursement d'une dette, en général à l'aide d'un hachoir à viande, d'un sabre de samouraï ou d'un objet de ce genre. Ce qui n'était pas le cas en l'occurrence.

« Un taille-haie, un coupe-branche ? a suggéré Thulin en pensant aux outils qu'elle avait vus dans le garage à Husum.

– Non. La main a été coupée avec une scie électrique. Scie circulaire ou meuleuse. Vraisemblablement à batterie rechargeable puisque le meurtrier se trouvait sur un terrain de jeux et qu'il a travaillé sans établi. Je parierais pour une lame diamant ou l'équivalent.

– Une lame diamant ?

– Il existe plusieurs sortes de lames de scie selon l'utilisation qu'on veut en faire. Les lames diamant sont les plus robustes. On s'en sert pour tailler du carrelage, du béton ou des briques et on peut les trouver chez n'importe quel marchand de matériaux. La découpe a été rapide. En revanche, la lame avait des dents longues, raison pour laquelle la plaie est plus grossière et plus irrégulière que si elle avait été faite avec une lame à petites dents. Quoi qu'il en soit, cette amputation l'a considérablement affaiblie. »

Lorsque Thulin a appris du médecin légiste que Laura Kjær était encore vivante au moment où son meurtrier lui avait coupé une main, cela lui a été si pénible qu'elle n'a pas écouté les deux phrases qui ont suivi et qu'elle a dû lui demander de les répéter. Les autres blessures de Laura

Kjær montraient qu'à peine consciente et à bout de forces en raison de la perte de sang, elle avait malgré tout essayé d'échapper à son bourreau, jusqu'à ce qu'elle soit devenue si faible qu'il avait pu sans difficulté la disposer sur le lieu de son exécution devant la cabane pour enfants. Thulin imaginait cette femme s'enfuyant dans la nuit noire, son assassin sur les talons, et cela lui a fait penser à cette journée d'été où, petite, elle était allée rendre visite à une amie dans la ferme de ses parents et avait vu une poule sans tête courant dans tous les sens après qu'on l'avait tuée. Thulin a repoussé cette image et demandé au légiste ce qu'avait donné l'examen des ongles, de la bouche et des écorchures de la victime, mais apparemment, hormis les traces citées précédemment, Laura Kjær semblait n'avoir jamais été en contact direct avec son agresseur. Il a ajouté que la pluie pouvait être en partie responsable de cet état de fait.

Thulin est arrivée au tourniquet et, à nouveau, elle tombe sur la messagerie automatique de Genz. Cette fois, la troisième, elle laisse un court message dans lequel elle lui demande de la rappeler de toute urgence. Il pleut toujours. Thulin enfile son imperméable et décide que la meilleure manière d'utiliser son temps serait d'aller attendre les nouvelles à l'hôtel de police.

Pour l'instant, ils savent que le concubin Hans Henrik Hauge est effectivement parti du Salon de l'informatique hier soir aux alentours de 21 h 30, après avoir bu un verre de vin blanc avec le sous-directeur de sa société et deux collègues du Jutland en discutant d'un nouvel antivirus. Après, l'alibi de Hauge devient plus flou. Il a pris une chambre au motel, mais personne n'a pu affirmer que son break Mazda 6 avait passé la nuit sur le parking. En théorie, il a parfaitement pu rentrer chez lui à Husum et revenir. Le *doute raisonnable* n'est toutefois pas assez prononcé pour les soumettre, lui et sa voiture, à une investigation plus poussée, raison pour laquelle Thulin a besoin de voir Genz et de connaître les conclusions de son expertise au plus vite.

« Excuse-moi, c'était un peu plus long que prévu. » Hess arrive alors qu'elle s'apprête à passer le tourniquet pour repartir. Ses pieds laissent des flaques d'eau sur le sol. Il retire sa veste trempée et la secoue. « Je n'arrivais pas à joindre l'agent immobilier. Tout va bien ?

– Oui, cool. »

Thulin sort sans regarder derrière elle. Elle se retrouve sous une pluie battante et court jusqu'à sa voiture pour éviter de se mouiller plus que nécessaire. Elle entend Hess derrière elle :

« Je ne sais pas où tu en es, mais si tu veux, je peux aller interroger les collègues de la victime, ou bien...

– C'est fait, merci. Ne t'inquiète pas pour ça. »

Thulin déverrouille la voiture avec la télécommande et s'assoit au volant, mais, avant qu'elle ait eu le temps de claquer sa portière, Hess arrive et la retient. Il frissonne un peu et la regarde.

« Je crois que tu n'as pas compris ce que je t'ai dit. Je suis désolé d'arriver en retard, mais...

– J'ai parfaitement compris. Tu as fait une connerie à La Haye. Quelqu'un t'oblige à venir pointer à l'hôtel de police jusqu'à ce que tu sois autorisé à retourner à ton poste, mais ça ne t'amuse pas du tout, alors tu te débrouilles pour passer le temps en bossant le moins possible. »

Hess ne bouge pas. Il se contente de la regarder avec ces drôles d'yeux auxquels elle n'a pas encore réussi à s'habituer.

« Tu n'avais rien de très compliqué à faire aujourd'hui, il me semble.

– Te fatigue pas. Je vais t'arranger le coup. Occupe-toi de La Haye et de ton appartement, et tu peux compter sur moi pour ne pas cafter auprès de Nylander. Ça marche ?

– Thulin ! »

Elle regarde vers l'entrée du bâtiment. Le médecin légiste vient d'apparaître sur le trottoir, à l'abri sous un grand parapluie.

« Genz dit qu'il n'arrive pas à te joindre. Il voudrait que tu le retrouves le plus vite possible au laboratoire.

– Pourquoi ? Il ne peut pas me le dire par téléphone ?

– Il veut te montrer quelque chose. Il dit qu'il faut que tu voies ça de tes propres yeux parce que, autrement, tu risques de ne pas le croire. »

17

Le nouveau QG en forme de cube qui abrite désormais les locaux de la police technique et scientifique est installé dans la partie nord-ouest de la ville. La nuit a commencé à tomber sur le parking planté de bouleaux, mais on travaille encore à plein régime dans les laboratoires situés à l'étage, au-dessus du vaste garage qui occupe le rez-de-chaussée.

« Et les SMS, les mails, les appels, vous les avez vérifiés ?

– Nos informaticiens n'ont encore rien découvert de significatif, mais je t'assure que c'est moins important que ce que je vais te montrer dans une minute. »

Thulin marche sur les talons de Genz, qui est venu les chercher dans le hall et a confirmé à la réception que Thulin et Hess étaient ses invités. Hess a insisté pour l'accompagner, sans doute pour ne pas être accusé de tirer au flanc. Sans marquer d'intérêt particulier, il a survolé dans la voiture le rapport d'autopsie du légiste, mais elle n'a pas jugé utile de discuter de l'affaire avec lui. Le trajet en voiture l'a déjà mise sur les nerfs et le mystère dont Genz entoure sa découverte ne fait rien pour arranger son humeur, mais manifestement il ne dira rien avant qu'ils soient dans son laboratoire.

Des cloisons en verre et de grandes baies vitrées les entourent de tous les côtés. Des techniciens s'activent à leur table de travail comme de petites abeilles blanches et un nombre incalculable de climatiseurs et de thermostats veillent à ce que la température et l'hygrométrie soient maintenues à un niveau idéal dans les différents aquariums pour optimiser les analyses.

Depuis les années 1990, la police technologique est également responsable des traces numériques par l'intermédiaire d'un service spécialisé dans l'examen des outils informatiques de la victime et du ou des suspects. Avec l'explosion de la cybercriminalité à l'échelle planétaire, l'arrivée massive des hackers et le terrorisme international, ce service a dû être démantelé en 2014 pour être remplacé par le fameux NC3. Mais à ce jour, pour des raisons d'ordre pratique, le laboratoire continue de s'occuper d'expertises locales et de moindre importance, comme l'analyse des ordinateurs et téléphones portables trouvés au domicile de Laura Kjær.

« Vous n'avez pas découvert d'autres empreintes ? Dans la chambre, dans le garage ? »

Thulin fait les cent pas dans le grand laboratoire où Genz les a conduits.

« Non. Mais avant de t'en dire plus, il faut que je sache si on peut faire confiance à ce type-là. »

Genz a fermé la porte derrière eux et fait un signe de tête en direction de Hess. Malgré la petite satisfaction qu'elle ressent à entendre Genz exprimer aussi ouvertement sa défiance à l'égard de l'étranger, Thulin est tout de même surprise :

« Que veux-tu dire ?

– Ce que je m'apprête à te révéler est assez énorme et je ne voudrais pas que l'information tombe entre de mauvaises mains. Ça n'a rien de personnel, j'espère que vous me comprenez. »

La dernière phrase s'adresse à Hess, qui reste impassible.

« Il a officiellement été engagé par Nylander comme enquêteur. Maintenant qu'il est là, je suppose qu'on peut lui faire confiance.

– Je ne plaisante pas, Thulin.

– J'en prends la responsabilité. Dis-moi ce que tu as. »

Genz hésite encore un instant avant de se pencher vers son clavier. D'une main, il tape quelques mots de passe, pendant qu'il attrape ses lunettes de lecture de l'autre. Thulin ne l'a jamais vu comme ça. Il est à la fois grave et exalté et quand elle découvre que son humeur est due à une cause aussi anodine que l'empreinte digitale qui apparaît sur l'impressionnant écran haute définition accroché au mur, au-dessus de son gigantesque bureau, cela la laisse perplexe.

« Je suis tombé dessus par hasard. Nous avons relevé les empreintes sur la cabane pour enfants contre laquelle le meurtrier a déposé le cadavre, au cas où il se serait appuyé à un pilier, ou griffé sur un clou ou quelque chose comme ça. C'était mission impossible, bien sûr. La cabane était couverte d'empreintes appartenant aux nombreux enfants qui viennent y jouer. Pour la routine, on a également relevé les empreintes sur le bonhomme en marrons qui était suspendu à une solive de la véranda, derrière la tête de Laura Kjær.

– Venons-en au fait, Genz, qu'est-ce qu'il y a de si important ?

– Cette empreinte se trouvait sur le marron inférieur, celui qui sert de corps au personnage. C'était la seule empreinte dessus. Je ne sais pas si vous le savez, mais quand nous identifions une empreinte digitale, nous nous appuyons sur dix points singuliers, aussi appelés minuties. Dans le cas qui nous intéresse, nous n'avons malheureusement pu en repérer que cinq, l'empreinte étant partiellement effacée. Mais en principe, cela suffit. En tout cas, cela s'est révélé suffisant dans de nombreux procès où...

– Suffisant pour quoi, Genz ? »

Tout en parlant, il avait désigné les cinq *minuties* en questions sur une ardoise digitale posée sur son bureau, à l'aide d'un stylo électronique. Il pose le stylo et répond :

« Oui, pardon... Suffisant pour déterminer que l'empreinte digitale trouvée sur ce marron correspond – au moins en cinq points – à celle de Kristine Hartung. »

La nouvelle surprend Thulin au point que, pendant quelques secondes, elle oublie de respirer. Elle ne sait pas à quoi elle s'attendait lorsque Genz lui a annoncé qu'il avait quelque chose d'important à lui dire, mais elle pensait au moins que sa découverte restait dans le même système solaire que le sien.

« C'est l'ordinateur qui a établi la correspondance après avoir identifié les cinq minuties semblables. Cela se fait automatiquement parce que le logiciel de recherche est relié à une banque de données qui contient des milliers de traces digitales d'affaires antérieures. Normalement, nous préférerions avoir quelques points de plus. Dix, ça serait l'idéal, mais comme je l'ai dit tout à l'heure, cinq suffisent à...

– Kristine Hartung est présumée morte. »

Thulin s'est ressaisie et c'est d'une voix irritée qu'elle poursuit :

« Les conclusions de l'enquête ont déterminé qu'elle avait été tuée il y a un peu moins d'un an. Le dossier est classé et l'assassin condamné.

– Je sais. »

Genz retire ses lunettes et la regarde.

« Je dis simplement que les empreintes...

– Alors il doit s'agir d'une erreur.

– Il n'y a *pas* d'erreur. J'ai vérifié et revérifié pendant trois heures parce que je ne voulais rien affirmer tant que je n'étais pas sûr. Mais je le suis maintenant. C'est un match parfait sur cinq minuties.

– Tu bosses avec quel logiciel ? »

Hess s'est levé de la chaise sur laquelle il s'était assis en retrait avec son téléphone portable et Thulin remarque que son expression a changé, il est devenu plus attentif. Elle écoute Genz expliquer d'un ton réservé quelle technique dactyloscopique il emploie et Hess lui fait remarquer qu'on utilise la même à Europol.

Genz s'anime, surpris et heureux que l'étranger connaisse ses méthodes de travail, mais Hess n'a pas l'air de partager son enthousiasme.

« Qui est Kristine Hartung ? » demande-t-il.

Les yeux de Thulin quittent l'empreinte digitale à l'écran pour plonger dans le regard bleu et vert.

18

La pluie s'est arrêtée et les terrains de football autour du gymnase sont déserts. La silhouette solitaire sort d'entre les arbres et traverse les terrains sous les projecteurs, dans les scintillements de la pelouse synthétique. Alors qu'elle passe la dernière cage de but et s'approche de la barrière en béton séparant le stade du parking désert, il voit que c'est elle. Elle porte les mêmes vêtements que le jour de sa disparition. Elle a cette démarche qu'il connaît si bien et grâce à laquelle il est capable de la repérer au milieu de milliers d'autres enfants. Elle se met à courir en apercevant la voiture et, quand sa capuche tombe sur ses épaules, son visage baigné de lumière se fend d'un large sourire. Elle a les joues rouges à cause du froid, il sent déjà son odeur et il sait ce qu'il éprouvera quand elle viendra se serrer contre lui. Elle rit et crie son nom, comme elle l'a fait tant de fois auparavant, et il a l'impression qu'il va éclater de bonheur quand il sort de la voiture et la prend dans ses bras pour la faire tourner, tourner, tourner.

« Qu'est-ce que tu attends ? Démarre ! »

La portière arrière claque violemment. Steen Hartung se réveille, un instant désorienté. Il s'est endormi, la tête sur le côté. Son fils est assis sur la banquette arrière, en survêtement, avec ses sacs et ses raquettes, et les autres garçons passent à vélo en regardant Steen et en rigolant entre eux.

« Tu as terminé…

– Démarre, s'il te plaît !

– Attends, il faut que je cherche la clé. »

Steen ouvre la portière pour allumer la lumière dans l'habitacle et la trouve sur le tapis de sol sous le volant. Son fils se fait tout petit sur son siège tandis que les derniers enfants s'éloignent.

« Ah… la voilà. »

Steen claque sa portière.

« Ça s'est bien passé ?

– Je ne veux plus que tu viennes me chercher.

– Pourquoi tu dis ça ?

– Ça pue dans cette voiture.

– Écoute, Gustav, tu n'as pas…

– À moi aussi, elle me manque. Ce n'est pas pour ça que je me suis mis à boire ! »

Steen se fige. Il regarde les arbres dehors et sent le poids de milliers de feuilles mortes et humides s'abattre sur lui et l'enterrer. Dans le rétroviseur, il voit le reflet de son fils. Il a la tête tournée vers l'extérieur et le regard dur. Il n'a que 11 ans et sa phrase pourrait être drôle, mais ce n'est pas le cas.

Steen voudrait répondre quelque chose. Mentir, prétendre que c'est faux, dire à son fils qu'il s'est trompé, éclater de rire et lancer une plaisanterie qui le ferait rire aussi, parce que Gustav ne rit plus, il y a si longtemps qu'il ne l'a plus entendu rire.

« Excuse-moi… Tu as raison. »

Le regard de son fils ne s'adoucit pas. Il reste obstinément fixé sur le parking vide.

« Je ne devrais pas. Je te promets de faire un effort… »

Il ne dit toujours rien.

« Je sais que tu ne me crois pas, mais je te jure que je parle sérieusement. Je ne le ferai plus. La dernière chose que je veuille, c'est te faire de la peine. D'accord ?

– J'ai le temps d'aller jouer avec Kalle, avant le dîner ? »

Kalle est le meilleur copain de Gustav et ils habitent dans la même rue. Steen regarde une dernière fois dans le rétroviseur avant de tourner la clé de contact et de démarrer.

« Oui. Bien sûr que tu peux aller jouer. »

19

« Et ensuite, que s'est-il passé ?

– L'opposition s'est déchaînée. Ils ont complètement disjoncté. Tu te souviens de cette jolie femme de l'Alliance rouge et verte, celle avec les lunettes en écaille ? »

Steen est aux fourneaux, en train d'assaisonner le plat. Il hoche la tête en souriant. La radio est allumée et Rosa se sert un verre de vin rouge. Elle lui propose de l'accompagner, mais il refuse d'un geste.

« Tu parles de celle qui avait un peu trop bu à un déjeuner de Noël et qu'on a dû ramener chez elle ?

– Oui, celle-là. Eh bien, elle s'est levée tout à coup dans la salle et elle s'est mise à injurier le Premier ministre, pendant que le président de l'Assemblée essayait en vain de lui dire de se rasseoir. Ensuite, elle s'en est prise au chef du parti. Déjà, elle avait refusé de se lever à l'entrée de sa majesté la reine. Toute la salle a commencé à la huer et finalement, elle s'est mise dans une telle colère qu'elle a jeté ses fiches qui ont volé de tous les côtés, ainsi que son stylo et son étui à lunettes. »

Rosa rit et Steen sourit. Il y a très longtemps qu'ils n'ont pas passé un moment ainsi, à bavarder tous les deux dans la cuisine. Beaucoup trop longtemps. Il repousse l'autre sujet très loin dans sa tête. Le sujet auquel il n'a pas le courage de penser. Celui qui va attrister Rosa de nouveau. Ils se regardent avec sur le visage les dernières traces d'un sourire et se taisent, un long moment.

« Je suis content que tu aies passé une bonne journée. »

Elle hoche la tête et boit son vin, un peu trop vite, mais elle sourit toujours.

« Et je ne t'ai pas encore parlé du porte-parole du parti populaire. » La sonnerie de son portable posé sur la table l'interrompt. « Mais je t'en parlerai tout à l'heure. Je vais aller me changer et donner quelques consignes à Liu pour demain. »

Elle emporte le téléphone et il l'entend parler dans l'escalier qui mène au premier étage. Steen jette le riz dans l'eau bouillante et, quand la sonnette résonne dans le hall d'entrée, il ne s'en étonne pas. Il pense que c'est Gustav qui revient de chez Kalle et qui a la flemme d'ouvrir avec sa propre clé.

20

Lorsqu'on vient ouvrir la porte de la grande maison et que Thulin se retrouve nez à nez avec Steen Hartung, elle regrette aussitôt d'être venue. Il a un tablier noué autour de la taille et tient dans une main un broc verseur avec au fond quelques grains de riz. Dans son regard, elle voit qu'il attendait quelqu'un d'autre.

« Vous êtes Steen Hartung ?

– Oui.

– Pardonnez-nous de vous déranger. Nous sommes de la police. »

L'expression de l'homme change aussitôt. C'est comme si quelque chose se brisait en lui, ou plutôt comme s'il était replongé brutalement dans une réalité oubliée.

« On peut entrer ?

– De quoi s'agit-il ?

– Il n'y en a pas pour longtemps. Mais il vaut mieux que nous parlions à l'intérieur. »

Thulin et Hess attendent sans échanger un mot dans le grand salon. Ils regardent autour d'eux, aussi gênés l'un que l'autre. Derrière les grandes baies vitrées donnant sur la terrasse, le jardin est plongé dans le noir. La table est mise pour trois personnes sous la lampe Arne Jacobsen et une odeur d'épices arrive jusqu'à eux de la cuisine où doit mijoter un ragoût. Thulin a tout à coup envie de s'enfuir en courant, avant que Steen Hartung revienne. Elle jette un regard en coin à son collègue qui lui tourne le dos tandis qu'il inspecte la pièce des yeux. Elle comprend qu'il n'y a pas d'aide à attendre de ce côté.

Après leur conversation avec Genz, Thulin avait téléphoné à Nylander. Il était énervé parce qu'elle le dérangeait au milieu d'une réunion et encore plus quand elle lui avait dit la raison de son appel. Nylander avait commencé par se montrer incrédule et avait affirmé qu'il ne pouvait s'agir que d'une erreur, mais quand il avait enfin admis que Genz avait vérifié et revérifié un nombre incalculable de fois, il avait été réduit au silence. Malgré l'opinion déplorable qu'elle avait du département, Thulin savait que Nylander n'était pas un imbécile, et aussi qu'il prenait l'information très au sérieux. Il avait fini par conclure qu'il devait y avoir une explication logique à la présence de ces empreintes, une coïncidence qui trouverait son explication dès qu'ils auraient tous les éléments et il les avait envoyés voir la famille Hartung pour éclaircir le mystère.

Hess n'a fait aucun commentaire. Pendant le trajet en voiture, elle lui a retracé les grandes lignes de l'affaire Kristine Hartung. À l'époque, elle n'était pas encore inspectrice à la brigade criminelle, mais l'affaire avait été largement débattue, tant à l'hôtel de police que dans les médias, longtemps après qu'elle avait été résolue. Et on en parle d'ailleurs encore. Kristine Hartung était la fille de Rosa Hartung, femme politique et ministre des Affaires sociales, qui a justement fait son come-back en politique le matin même. La petite fille avait disparu un peu moins d'un an auparavant, en rentrant du sport. Son sac et son vélo avaient été jetés au milieu d'une forêt et, quelques semaines plus tard, on avait arrêté un nerd du nom de Linus Bekker. L'homme avait été plusieurs fois condamné pour viol et un nombre colossal d'indices et de preuves matérielles l'accusaient. Pendant son interrogatoire à l'hôtel de police, le suspect avait avoué avoir violé Kristine Hartung avant de l'étrangler. Il avait aussi déclaré l'avoir découpée la nuit suivante à l'aide de la machette qu'on avait retrouvée dans son garage, couverte du sang de Kristine Hartung. Linus Bekker, qui souffrait de schizophrénie paranoïde, disait avoir enterré les morceaux de la fillette dans diverses forêts du nord de Seeland, sans être capable toutefois d'indiquer ces endroits à la police. Après deux mois de recherches qui avaient mobilisé d'importantes ressources humaines, on avait renoncé à retrouver le corps, en particulier à cause de l'arrivée du gel qui rendait la tâche impossible. Le procès, qui avait fait couler beaucoup d'encre, s'était terminé par la peine la plus sévère qui soit, c'est-à-dire un internement psychiatrique d'une durée indéterminée, ce qui signifiait que l'homme resterait vraisemblablement enfermé pendant au moins quinze à vingt ans.

Après avoir éteint la radio dans la cuisine, Steen Hartung les rejoint dans le séjour.

« Ma femme est en haut. Si vous avez… »

Steen Hartung s'interrompt et il cherche ses mots :

« … Si vous avez trouvé quelque chose… Je voudrais que vous m'en parliez à moi avant d'en informer Rosa.

– Ce n'est pas le cas. Cela n'a rien à voir avec ça. »

L'homme scrute son visage. Il a l'air soulagé, mais aussi intrigué et inquiet.

« Aujourd'hui, nous avons découvert un objet sur une scène de crime sur laquelle nous sommes intervenus. Cet objet portait les empreintes digitales de votre fille. Elles se trouvaient sur un bonhomme en marrons, c'est-à-dire un personnage fabriqué avec deux marrons et quatre allumettes. J'en ai pris une photo que j'aimerais que vous examiniez. »

Thulin tend à Steen un cliché qu'il regarde avec effroi avant de relever les yeux vers Thulin.

« Ce n'est pas sûr à 100 % qu'il s'agisse de ses empreintes digitales mais la probabilité est suffisamment grande pour que nous soyons obligés de chercher une explication à leur présence. »

Steen lui prend le cliché des mains.

« Je ne comprends pas. Des empreintes digitales... ?

– C'est ça. L'objet que vous voyez sur cette photo se trouvait sur un terrain de jeux à Husum. Plus exactement à Cedervænget 7. Est-ce que cette adresse ou ce terrain de jeux vous disent quelque chose ?

– Rien du tout.

– Et une femme du nom de Laura Kjær ? Ou son fils Magnus ? Ou un homme qui s'appelle Hans Henrik Hauge ?

– Non plus.

– Est-il envisageable que votre fille ait pu connaître cette famille ? Ou quelqu'un d'autre dans ce quartier ? Est-ce qu'elle a pu aller jouer là-bas ou rendre visite à quelqu'un ?

– Non, nous vivons ici. Je ne comprends rien à cette histoire. »

Thulin ne sait plus quoi dire.

« Il y a sûrement une explication logique. Si votre épouse est là, nous pourrions peut-être lui demander...

– Non, je ne veux pas que vous demandiez quoi que ce soit à ma femme. »

Steen les regarde à présent avec agressivité.

« Je regrette, mais nous devons comprendre pourquoi ces empreintes se trouvaient là.

– C'est votre problème. Vous ne parlerez pas à ma femme. Ma réponse vaut la sienne. Nous ne savons absolument pas pourquoi les empreintes de ma fille se trouvaient sur ce bonhomme en marrons, nous ne connaissons pas l'endroit dont vous parlez et je ne vois pas où vous voulez en venir ! »

Steen Hartung s'aperçoit soudain que Thulin et Hess fixent un point derrière lui. Rosa est redescendue et elle les regarde depuis le hall.

Pendant quelques secondes, tout le monde se tait. Rosa Hartung entre dans le salon et ramasse la photo que Steen Hartung a jetée par terre dans son accès de colère. À nouveau, Thulin a envie de s'enfuir et elle est de plus en plus énervée contre Hess parce qu'il reste en retrait, sans rien dire.

« Nous sommes désolés de venir vous ennuyer, mais nous...

– J'ai entendu. »

Rosa Hartung observe la photo du bonhomme en marrons. Elle la regarde comme si elle espérait y trouver quelque chose. Son mari se dirige vers la porte d'entrée.

« Ils partaient. Je leur ai dit que nous ne savions rien. Merci d'être passés. Au revoir.

– Elle les vendait au bord de la route... »

Steen Hartung se fige sur le seuil et se retourne vers sa femme.

« Chaque automne. Avec son amie Mathilde, une fille de sa classe. Elles passaient des heures à les fabriquer... »

Rosa Hartung lève les yeux de la photo et regarde son mari. Thulin lit dans le regard de Steen Hartung qu'il se souvient, tout à coup.

« Comment ça, elles les vendaient ? »

C'est Hess qui s'est approché.

« Elles avaient monté un petit stand. Elles les vendaient aux passants, ou aux automobilistes qui voulaient bien s'arrêter.

Elles faisaient aussi des gâteaux et préparaient de la citronnade. Les gens achetaient à boire et à manger en même temps que les figurines…

– Elles ont fait ça aussi l'automne dernier ?

– Oui, je crois… Elles s'asseyaient à cette table. Les marrons venaient du jardin. Elles s'amusaient bien. L'été, elles organisaient un marché aux puces, mais… Kristine trouvait que c'était mieux à l'automne, surtout si nous avions le temps de les fabriquer ensemble. Je m'en souviens parce que la dernière fois, c'était le week-end avant… »

Rosa Hartung s'interrompt.

« Pourquoi est-ce important ?

– Ça ne l'est probablement pas, mais nous étions obligés de vérifier, par rapport à une autre affaire. »

Rosa Hartung ne dit rien. Son mari est resté un pas derrière elle, et c'est comme s'ils étaient tous deux en chute libre. Hess les regarde, impassible. Thulin arrache la photo des mains de Rosa Hartung comme on attrape une planche de salut.

« Merci beaucoup. Nous avons tout ce qu'il nous faut. Pardon pour le dérangement. »

21

Elle jette un rapide coup d'œil dans le rétroviseur et démarre. Quand elle a ouvert la portière pour Hess dans l'allée, il lui a dit qu'il avait envie de marcher, ce qui convient parfaitement à Thulin.

Elle tourne dans la première rue pour sortir du lotissement et, en roulant vers le centre-ville, elle passe deux coups de fil. Le premier à Nylander, qui devait attendre son appel car il décroche aussitôt. Elle entend sa femme et ses enfants derrière lui et, lorsqu'elle lui relate l'entretien qu'ils viennent d'avoir avec les parents de Kristine Hartung, il semble se satisfaire de leur explication. Avant de raccrocher, il lui rappelle que l'information doit rester confidentielle. Il n'a pas envie que les médias en fassent tout un foin aux dépens des pauvres parents. Thulin l'écoute d'une oreille distraite. Elle n'avait pas besoin de lui pour le savoir.

Ensuite, elle téléphone à la troisième personne sur l'arbre généalogique de sa fille, celui qu'elle a baptisé grand-père, le toujours loyal et solide Aksel, à qui elle doit tout. Elle est heureuse d'entendre sa voix et le calme dont il ne se départit jamais lui fait du bien. Il lui raconte qu'ils sont en train de jouer à un jeu sud-coréen de e-sport hypercompliqué auquel il ne comprend rien. Lee demande derrière si elle peut dormir chez grand-père et Thulin cède, bien qu'elle n'ait aucune envie d'être seule ce soir. Aksel le devine au ton de sa voix, mais elle s'empresse de dire que tout va bien et coupe la communication.

À travers la vitre arrière, elle voit des familles rentrer chez elles chargées de sacs de commissions, et elle a une sorte de pressentiment qu'elle s'efforce de chasser. Une petite fille a vendu un bonhomme en marrons au bord de la route, et ce bonhomme est réapparu sur la véranda d'une cabane de jeu pour enfants quelque part à Husum. Fin de l'histoire. Rien de plus à dire. Sur une brusque impulsion, elle change de direction et se dirige vers Store Kongensgade.

Un vieux monsieur avec un manteau de fourrure et un petit chien dans les bras sort de l'immeuble bourgeois et la regarde d'un air suspicieux lorsqu'elle en profite pour entrer sans sonner à l'interphone. Elle monte le large escalier jusqu'au deuxième étage et entend de la musique derrière la porte. Elle frappe une seule fois, puis ouvre sans attendre et pénètre dans le vaste hall. Sebastian a son téléphone portable à la main. Il vient de terminer une conversation, sourit, agréablement surpris, toujours impeccable dans son costume, le seul uniforme toléré dans sa branche.

« Salut ! »

Thulin se débarrasse de son manteau.

« Déshabille-toi, j'ai une demi-heure. »

Elle ouvre sa braguette et s'apprête à détacher sa ceinture quand elle entend un bruit de pas.

« Où ranges-tu ton tire-bouchon, mon garçon ? »

Un homme d'un certain âge avec un visage taillé à la serpe apparaît, une bouteille de vin à la main, et, pendant une pause dans la musique, Thulin prend conscience de la cacophonie de voix venant du grand salon.

« Mon père. Papa, je te présente Naia. »

Sebastian sourit. Deux enfants traversent le hall en courant et disparaissent dans la cuisine.

« Ravi de vous rencontrer. Chérie, tu peux venir un moment ? »

Avant que Thulin ait eu le temps de réagir, elle se retrouve entourée de la mère de Sebastian et de plusieurs membres de sa famille. Après avoir essayé trois fois de refuser leur invitation, elle se rend compte qu'elle est obligée de rester dîner.

22

Il bruine, les néons des abris à vélos éclairent un côté du terrain de basket en plein air. Les enfants de type oriental, trempés jusqu'aux os, s'arrêtent brièvement de jouer pour le regarder passer. Puis ils reprennent leur partie. Il n'y a pas beaucoup de Blancs dans la cité d'Odinparken, aux confins de Nørrebro, alors, quand un Danois de souche débarque, il attire l'attention. Le plus souvent, il s'agit d'un flic, en uniforme ou en civil, mais d'habitude ils arrivent par deux, jamais seuls comme ce type qui marche tranquillement, un sachet de fast-food à la main, vers une des barres qui entourent la place.

Hess monte l'escalier extérieur jusqu'à la coursive du troisième étage et se dirige vers la dernière porte. Des poubelles, des vélos et autres bricoles s'entassent devant les autres logements et, à travers une fenêtre entrouverte, une langue exotique et des parfums épicés donnent à Hess l'impression qu'il est de retour à Paris, dans le quartier de Barbès. Devant la porte de l'appartement 37C, il n'y a qu'une vieille table de jardin rongée par les intempéries et une chaise en plastique bancale. Il s'arrête et prend la clé dans sa poche.

Le deux-pièces est sombre, il doit allumer le plafonnier. Son petit sac de voyage est posé contre le mur, là où il l'a laissé après que l'agent immobilier lui a remis la clé plus tôt dans la journée. L'appartement était occupé par un étudiant bolivien, mais depuis que le jeune homme est retourné chez lui au mois d'avril, il n'a pas été reloué. Ce qui n'a rien de surprenant. Le séjour est équipé d'une table, de deux chaises et d'une kitchenette avec deux plaques électriques. Le parquet est défoncé et la peinture sur les murs, écaillée. Il ne contient aucun objet personnel, hormis un vieux poste de télévision analogique, qui fonctionne parce qu'il est relié au câble de la copropriété. Hess n'a jamais éprouvé le besoin de l'aménager, parce qu'il n'y vient jamais, mais, les mensualités du prêt étant couvertes par les loyers, il ne l'a jamais revendu. Il retire sa veste, pose son holster et ses cigarettes sur la table et suspend sa veste sur le dos d'une chaise pour la faire sécher. Pour la troisième fois en une demi-heure, il essaye d'appeler François au numéro convenu, mais son ami ne répond toujours pas et Hess ne laisse pas de message.

Il s'assoit à la table, ouvre la boîte-repas asiatique et allume la télévision. Sans appétit, il avale le poulet et les nouilles, zappant paresseusement d'une chaîne à l'autre jusqu'à ce qu'il tombe sur un reportage montrant des images de Christiansborg et de Rosa Hartung, tandis qu'une voix off relate l'histoire de sa fille, enlevée et tuée par Linus Bekker. Hess continue son zapping et s'arrête sur une chaîne nature et une émission sur une espèce d'araignées dont les bébés ont la particularité de manger leur mère dès qu'ils sortent de l'œuf. Le sujet ne l'inspire pas, mais au moins les images ne perturbent pas sa réflexion qui tourne autour d'une seule question : comment va-t-il s'y prendre pour retourner le plus vite possible à La Haye ?

Hess a eu une semaine difficile. Samedi dernier, Freimann, son patron allemand chez Europol, l'a démis de ses fonctions avec effet immédiat. La sanction n'était ni inattendue, ni injustifiée, mais elle était excessive, tout du moins aux yeux de Hess. La décision a fait son chemin dans le système, la nouvelle est rapidement arrivée à Copenhague, et dès le dimanche soir, on l'a renvoyé au Danemark pour le faire passer en conseil de discipline. Lors de la réunion qui s'est tenue à l'hôtel de police, lundi matin, ses supérieurs hiérarchiques danois n'ont pas cru à sa version des faits, et il s'est entendu dire que la situation était d'autant plus fâcheuse que les relations entre la police danoise et Europol étaient déjà tendues en raison du fameux non au référendum. On l'accuse principalement d'avoir, par son comportement, contribué à compromettre une collaboration qui ne tenait déjà plus qu'à un fil et ne dépendait que du bon vouloir d'Europol. Un des patrons a même qualifié le problème d'*embarrassant* et Hess a dû déployer tous ses talents de comédien pour prendre un air contrit, tandis que le conseil des sages énumérait la liste de ses méfaits : refus de l'autorité et insolence envers ses supérieurs, absentéisme, nonchalance, tendance à profiter de ses séjours dans les grandes capitales européennes pour faire la tournée des bars. En guise de conclusion, on a eu recours à l'explication fourre-tout de burn-out pour sceller son destin. Il s'est défendu en affirmant qu'il s'agissait d'une tempête dans un verre d'eau et qu'après l'évaluation de ses résultats, les choses tourneraient forcément à son avantage. Dans son esprit, il était déjà à bord du vol de 15 h 55 pour La Haye, pour lequel il avait d'ailleurs pris une réservation et, à moins que l'avion n'ait du retard, il arriverait à temps pour se jeter sur le canapé dans son appartement de Zeekantstraat pour voir le match de Ligue des Champions entre l'Ajax Amsterdam et Dortmund. Mais le verdict était tombé, implacable. Jusqu'à ce que les choses soient éclaircies, Hess reviendrait travailler dans son ancien service, la brigade criminelle, avec obligation de se présenter dès le lendemain matin à l'hôtel de police.

Hess n'a pratiquement rien emporté pour son voyage à Copenhague. Avant de partir, il a jeté quelques objets de première nécessité dans son sac de voyage et, après la réunion catastrophe, il est retourné à l'hôtel de la Mission, près de la gare centrale, pour reprendre ses esprits, alors qu'il venait de payer sa note le matin. Il a d'abord téléphoné à son coéquipier, François, pour lui apprendre la nouvelle et pour prendre la température à La Haye. François est un Français chauve de 41 ans, originaire d'une famille de Marseille, dans la police depuis trois générations, un dur à cuire, mais une bonne pâte et le seul de ses collègues que Hess apprécie et en qui il ait confiance. François lui a répondu que son évaluation était en cours, qu'il le tiendrait au courant et le défendrait autant qu'il pourrait. En revanche, il faudrait qu'ils fassent un point régulièrement pour harmoniser leurs déclarations afin que leurs rapports respectifs ne révèlent pas qu'ils sont en contact. Si l'affaire allait jusqu'à la faute disciplinaire, on risquait de les mettre sur écoute et il vaudrait peut-être mieux qu'ils se procurent de nouveaux téléphones. Après cette conversation, Hess a pris une bière dans le minibar et tenté de joindre l'agent immobilier qui gardait la clé de son appartement, pour ne pas ajouter d'autres nuits d'hôtel à sa note de frais. Mais l'agence était évidemment fermée. Hess s'est endormi tout habillé sur son lit et il a raté la déculottée à 3-0 que les Allemands de Dortmund ont infligée à l'Ajax Amsterdam.

Les araignées ont terminé de dévorer leur génitrice quand son nouveau téléphone portable sonne enfin. L'anglais de François n'étant pas très fluide, Hess préfère parler français avec lui, même s'il ne maîtrise pas très bien cette langue.

« Comment s'est passée ta première journée de boulot ? demande François.

– Super. »

Ils se mettent rapidement d'accord sur ce que Hess va écrire dans son rapport et François l'informe de l'évolution de la situation à La Haye. Sur le point de raccrocher, Hess sent que le Français lui cache quelque chose.

« Qu'est-ce qu'il y a ?

– Je crois que tu n'as pas envie de le savoir.

– Accouche.

– Ne m'en veux pas de te dire ça, mais pourquoi est-ce que tu es si pressé de revenir ? Pourquoi est-ce que tu ne restes pas à Copenhague quelque temps pour te reposer ? C'est peut-être ce qu'il pouvait t'arriver de mieux. Tu te mets un peu au vert, le temps de recharger tes batteries, tu sors avec quelques gentilles Danoises, et ensuite…

– Tu avais raison. Je n'ai pas envie d'entendre ça. Contente-toi de faire ton rapport et de le remettre à Freimann le plus vite possible. »

Hess raccroche. À mesure que la journée avance, l'idée de devoir rester à Copenhague lui est de plus en plus insupportable. Les quelque cinq années qu'il a passées à Europol n'ont certes pas été qu'une partie de plaisir, mais n'importe quel endroit au monde lui semble préférable à la capitale danoise. En principe, un agent de liaison envoyé par la police danoise se retrouve dans un bureau au quartier général, vissé à une chaise devant un écran d'ordinateur, mais, très vite après son arrivée, Hess a été chassé par une équipe d'investigation transnationale, ce qui l'a amené à voyager en moyenne cent cinquante jours par an. Les affaires s'étaient enchaînées. Berlin l'avait conduit à Lisbonne qui l'avait envoyé en Calabre. De Calabre il avait atterri à Marseille et ainsi de suite. Ses voyages avaient seulement été interrompus par de brefs séjours à La Haye, où on avait mis à sa disposition un appartement de fonction. Ses contacts avec l'administration danoise se limitaient aux rapports occasionnels qu'il était tenu de rendre et dans lesquels il faisait état des réseaux de crime organisé en Europe du Nord, et en particulier en Scandinavie et au Danemark. La plupart du temps par e-mails, plus rarement par Skype, et ces contacts sporadiques lui convenaient parfaitement. Tout comme il lui convenait parfaitement d'être apatride. Avec le temps, il avait même accepté que l'appareil policier européen soit un colosse aux pieds d'argile, encombré d'une infinité de barrières politiques et juridiques, qui, au lieu de s'effacer, lui semblaient plus insurmontables d'année en année. Était-ce de l'épuisement professionnel ? Peut-être, après tout. Dans son métier d'enquêteur, il était constamment confronté à l'injustice organisée, à la cruauté et à la mort. Il suivait des pistes, récoltait des indices et interrogeait d'innombrables suspects dans plusieurs langues, mais il arrivait trop souvent à son goût que les prévenus passent à travers les mailles du filet, parce que les politiques ne parvenaient pas à se mettre d'accord d'un pays à l'autre. D'un autre côté, l'organisation était si vaste et si compliquée qu'on le laissait faire à peu près ce qu'il voulait. En tout cas, jusqu'à ce que Freimann, son nouveau patron, arrive à la tête du service : un jeune bureaucrate de l'ex-Allemagne de l'Est, qui avait vu dans cette collaboration policière transfrontalière un signe du Tout-Puissant et qui s'était mis à faire du zèle et un sérieux ménage, sous prétexte d'optimiser le système. Mais après cette première journée de travail à Copenhague, même l'idée d'un week-end sur une île déserte avec Freimann lui paraîtrait un enchantement.

Pourtant, elle avait plutôt bien commencé, cette journée. Il avait échappé aux retrouvailles avec ses anciennes connaissances de l'hôtel de police et on l'avait expédié sur le terrain dès la première heure. L'enquêtrice avec qui il fait équipe est plus maligne que la plupart et manifestement indifférente à sa présence, ce qu'il voit comme un avantage. Mais ensuite, la découverte d'empreintes digitales sorties d'outre-tombe a compliqué un crime en apparence banal, dans un quartier résidentiel avec haies de troènes et ralentisseurs et, avant de comprendre ce qui lui arrivait, il s'est retrouvé dans un foyer où le chagrin suintait des murs comme un épais goudron.

Après sa visite à la famille Hartung, il a eu besoin d'air. Quelque chose continuait à le déranger et ce n'était pas seulement la peine de cette famille. Il s'agissait d'un détail. Une intuition qui n'avait pas encore pris la forme d'une véritable pensée. Ou alors, c'était déjà une idée, au contraire, et cette idée charriait derrière elle un nuage de questions qu'il repoussait, consciemment ou inconsciemment, afin de ne pas se sentir obligé d'agir en conséquence.

Hess a marché dans les rues mouillées et il a fait un grand détour pour rentrer chez lui, dans cette ville qu'il ne connaissait plus. Des constructions de verre et d'acier partout, des travaux de voirie ambitieux témoignant d'une cité en pleine mutation. Une capitale comme beaucoup d'autres capitales européennes, sauf qu'elle était plus petite, moins haute et – comme il se l'est dit en croisant une joyeuse famille nombreuse qui bravait l'automne et la pluie pour s'amuser dans le parc d'attractions de Tivoli – plus rassurante que les mégalopoles du sud de l'Europe. Tandis qu'il longeait le lac, les tas de feuilles mortes tombées des marronniers lui ont fait penser à Laura Kjær. La jolie carte postale du pays des contes de fées a recommencé à se craqueler et, en arrivant au pont Dronning-Louise, ses propres souvenirs sont revenus le hanter comme des petits fantômes taquins, pour ne disparaître qu'en arrivant dans le quartier de Nørrebro.

Hess sait qu'il devrait s'en foutre. Que ce n'est pas son problème. Qu'il y a des cinglés partout et que chaque jour il y a des parents qui perdent leur enfant et vice versa. Il l'a vu si souvent, dans tant de pays et tant de villes. Dans tant de visages dont il n'a pas envie de se souvenir. Dans quelques jours, on lui téléphonera de La Haye pour lui dire que tout est oublié, et alors, ce qu'il vient de vivre aujourd'hui n'aura plus d'importance. Il montera à bord d'un avion ou d'une voiture, parce qu'on lui aura confié une nouvelle mission. En attendant, il faut juste passer le temps.

Hess prend conscience que, depuis un long moment, il fixe, apathique, les murs écaillés de son séjour. Avant que l'anxiété ne le rattrape, il jette à la poubelle le carton avec le reste de nouilles et sort de l'appartement.

23

La voix de Bob le bricoleur emplit le salon et le plus jeune des enfants de Nerhu Amdi écoute avidement tous ses conseils. Le concierge est en train de préparer un curry d'agneau aux épinards pour sa femme et ses quatre enfants quand on frappe à la porte. Sa femme lui crie qu'elle parle affaires avec sa cousine au téléphone et qu'elle ne peut pas y aller. Contrarié, le tablier noué autour de la taille, il va ouvrir la porte et se retrouve nez à nez avec l'homme blanc du 37C qu'il a déjà aperçu plus tôt dans la journée.

« Oui ?

– Excusez-moi de vous déranger, mais je voudrais peindre mon appartement, le 37C.

– Peindre ? Maintenant ?

– Oui. L'agent immobilier qui s'en occupe m'a dit que vous étiez le concierge de l'immeuble et que vous saviez où je peux trouver les brosses et les pots de peinture. »

Nerhu Amdi remarque que l'homme a les yeux de deux couleurs différentes, l'un bleu, l'autre vert.

« Vous ne pouvez pas faire ça comme ça ! Vous devez d'abord demander l'autorisation au propriétaire, et le propriétaire est en voyage.

– Je *suis* le propriétaire.

– Vous *êtes* le propriétaire ?

– Peut-être pourriez-vous simplement me prêter la clé. Le matériel est dans la cave ?

– Oui, mais il fait nuit. Vous ne pouvez pas peindre à cette heure-ci, à moins que vous ayez des spots. Vous avez des spots ?

– Non, mais c'est maintenant que j'ai le temps de le faire, répond l'homme avec impatience. Je suis à Copenhague pour quelques jours et je voudrais mettre l'appartement en état pour le vendre. Alors, si cela ne vous dérange pas trop, j'aimerais bien avoir cette clé.

– Je n'ai pas le droit de la prêter. Attendez-moi dans le couloir, je vais venir vous ouvrir. »

L'homme hoche la tête et s'en va. La femme de Nerhu Amdi a éloigné le téléphone de son oreille et elle envoie à son mari un long regard las, tandis qu'il se met en quête de la clé. Aucun Blanc doué de raison ne possède un appartement dans ce quartier, surtout pour l'habiter, alors il se dit qu'il a intérêt à rester prudent.

Le rouleau fait de rapides allers-retours sur le mur, maculant d'une pluie de taches le papier kraft qu'il a étalé sur le sol. En apportant au propriétaire du 37C un deuxième seau de peinture, Nerhu Amdi le trouve en train de badigeonner le mur dans un va-et-vient énergique, la sueur lui coulant sur le visage.

« Il restait encore un pot, mais je n'ai pas regardé si c'est la même référence.

– Ça n'a pas d'importance, du moment que c'est du blanc.

– C'est très important, au contraire. Il faut que ce soit la même référence. »

Afin de faire de la place sur la table pour le pot de peinture et de vérifier si le code est identique, Nerhu déplace la veste de l'homme et découvre un holster avec une arme. Le concierge se fige.

« Ne vous inquiétez pas. Je suis de la police.

– Oui, bien sûr », dit Nerhu en faisant un pas en arrière et en repensant au regard de sa femme.

L'homme fait claquer son badge du bout des doigts, le reste étant moucheté de blanc.

« Je ne vous raconte pas de craques. Regardez. »

La plaque ne rassure qu'à moitié Nerhu Amdi. Le type s'est déjà remis à sa peinture.

« Vous êtes un agent en civil ? C'est une planque, ici ? »

Le quartier d'Odinparken a la réputation d'être un vivier de bandes et de terroristes islamistes en tout genre et Nerhu Amdi a de bonnes raisons de poser la question.

« Non, c'est juste mon appartement. Pas de planque ici. Mais je travaille à l'étranger maintenant, alors je voudrais m'en débarrasser. Laissez la porte ouverte en partant, pour aérer. »

La réponse désarçonne le concierge. Il ne comprend toujours pas comment l'homme a pu avoir l'idée d'investir à Odinparken, mais il est rassuré qu'il lui ait demandé de partir. C'est une réaction très danoise et normale. Malgré tout, Nerhu Amdi reste un instant à l'observer et il ne peut pas se retenir de faire une remarque. Le type peint comme une brute. Et comme si sa vie en dépendait.

« Vous appuyez trop fort. Je peux voir ce rouleau…

– Mais non, ça va très bien.

– Et vous n'avez pas assez de lumière pour travailler.

– Tout va bien, je vous dis.

– Arrêtez ! Si je ne vous aide pas, vous ne serez pas content du résultat.

– Je vous promets d'être très content. »

Entre-temps, Nerhu a réussi à voir le rouleau, sans que l'homme l'ait lâché.

« C'est bien ce que je pensais. Il est usé. Il faut le changer. Laissez-moi faire.

– Mais non, ça va.

– Ça ne va pas du tout. Je suis un ancien artisan peintre, et avoir des compétences donne des obligations.

– Écoutez, j'ai juste envie de peindre, c'est tout.

– Les compétences donnent des obligations, je vous dis ! C'est comme ça. Quand on sait faire quelque chose, on doit le faire. Je regrette. »

L'homme accepte enfin de lâcher le manche. Pendant quelques secondes, il a le regard perdu dans le vide, comme si Nerhu venait de lui enlever sa raison d'être. Le concierge se dépêche de s'enfuir avec le rouleau avant qu'il sorte de sa torpeur.

Chez lui, il déniche quelques lampes de chantier et un nouveau rouleau caché dans un seau de ménage au fond de la penderie du couloir. Son épouse est à table avec les enfants et elle ne comprend pas pourquoi son mari se mêle de ça. Le 37C n'a qu'à se débrouiller jusqu'à ce qu'ils aient fini de manger.

« Si ça se trouve, c'est un pauvre cinglé que les services sociaux ont installé dans l'immeuble et il t'a raconté des histoires. »

Nerhu Amdi renonce à lui expliquer que quand on veut peindre, on doit le faire correctement. Son matériel sous le bras, il ferme la porte derrière lui. Mais alors, il aperçoit le propriétaire du 37C en train de courir à toutes jambes le long du terrain de basket.

Nerhu Amdi n'y comprend plus rien. Il hausse les épaules en se disant que décidément, les gens n'ont plus aucun respect de nos jours, et il pense que sa femme avait peut-être raison en parlant de cinglé et des services sociaux. Quoi qu'il en soit, il est content que le proprétaire du 37C veuille vendre l'appartement.

24

Contre toute attente, Thulin commence presque à s'amuser à ce dîner de bourgeois. Sebastian vient d'une riche famille de juristes à la réputation bien assise, avec à sa tête un patriarche à la personnalité écrasante qui, nommé juge à la Cour suprême il y a dix ans, a laissé à ses deux fils la direction du cabinet familial. Sebastian et son grand frère sont loin d'être d'accord sur tout, ce qui apparaît clairement pendant le dîner. Les remarques néolibérales sans nuances de l'aîné sur l'État et la société fusent au-dessus de la table, aussitôt contrées par les réponses rapides et fines de Sebastian et les commentaires pleins de sarcasme de sa belle-sœur qui affirme que son mari a cessé d'avoir un cœur le jour où il a réussi le concours du barreau. Le père a longuement questionné Thulin sur son travail à la Criminelle et l'a félicitée de vouloir rejoindre le NC3 qui, à son avis, représente l'avenir par rapport à la très désuète police judiciaire. Le grand frère affirme que ni l'un ni l'autre n'existeront encore quand, dans vingt ans, la police aura été entièrement privatisée, ou du moins c'est ce qu'il espère. Lorsque arrive le plat principal, il change de sujet et demande à Thulin pourquoi les qualités de son frère ne lui ont pas encore donné envie de s'installer avec lui.

« Il n'en a pas assez dans le pantalon pour te donner ce dont tu as besoin ?

– Si, tout à fait, répond-elle, mais je préfère abuser de lui sexuellement plutôt que de tuer le désir dans une relation de couple. »

La femme du grand frère s'étrangle avec une gorgée de vin en éclatant de rire et postillonne sur la chemise Hugo Boss de son mari, qui se met à frotter énergiquement la tache avec sa serviette en tissu.

« Je lève mon verre à cette judicieuse remarque ! » claironne-t-elle avant de finir son vin, sans laisser aux autres convives le temps d'accompagner son toast.

Sebastian sourit à Thulin et sa mère lui serre affectueusement la main sous la table.

« Quoi qu'il en soit, nous sommes heureux de vous avoir rencontrée et je sais que Sebastian l'est aussi.

– Maman, je t'en prie.

– Quoi ! Qu'est-ce que j'ai dit ? »

Elle a les yeux de Sebastian et son regard est aussi chaleureux. Cette chaleur a frappé Thulin le jour de leur rencontre, il y a un peu plus de quatre mois, alors qu'elle était assise dans le public du tribunal pour une affaire sur laquelle elle avait travaillé. Rencontrer Sebastian Valeur dans un tribunal correctionnel était à peu près aussi incongru que de voir exposée une Tesla toute neuve dans un musée de voitures anciennes, mais, avec un peu de honte, elle avait dû revoir ses préjugés à son endroit. Commis d'office d'un prévenu somalien, il avait défendu son client sans arrogance, mais avec assez d'intelligence et d'habileté pour le convaincre de plaider coupable des violences conjugales dont on l'accusait. Après l'audience, Sebastian l'avait rattrapée devant le bâtiment et, bien qu'elle ait refusé son invitation à aller boire un verre, elle avait été attirée par lui. Un jour, en fin d'après-midi, au début du mois de juin, elle a débarqué sans prévenir dans son cabinet rue Amaliegade et dès qu'ils ont été seuls dans les locaux, elle lui a baissé le pantalon. Elle ne pensait pas le revoir, mais sexuellement, ils s'entendaient bien, et Sebastian a compris qu'elle n'avait pas envie de se promener main dans la main avec lui sur la promenade de Langelinie. Mais à présent qu'elle est dans sa salle à manger en train de rire des facéties de sa famille pour le moins excentrique, cette hypothèse lui semble déjà moins effrayante.

La sonnerie d'un téléphone interrompt la conversation autour de la table. Thulin plonge la main dans sa poche pour répondre :

« Oui, allô !

– Hess. Où se trouve le gamin en ce moment ? »

Thulin se lève et se rend dans le hall pour parler tranquillement.

« Quel gamin ?

– Le garçon de Husum. J'ai une question à lui poser, le plus vite possible.

– Tu ne peux pas le voir maintenant. Le médecin a jugé qu'il était en état de choc. On l'a conduit aux urgences.

– Dans quel hôpital ?

– Pourquoi ?

– Laisse tomber. Je me débrouille.

– Mais pourquoi est-ce que tu... »

Hess a raccroché. Thulin soupire, le portable à la main. Les voix dans la salle à manger ont repris, mais elle ne les écoute plus. Lorsque Sebastian la rejoint pour lui demander s'il y a un problème, elle a déjà mis sa veste et ouvert la porte pour s'en aller.

25

Quand Thulin arrive dans le service de pédopsychiatrie de l'hôpital de Glostrup, les couloirs sont déserts et plongés dans une douce pénombre. Elle trouve Hess en train de discuter avec une infirmière d'un certain âge dans un bureau derrière l'accueil. Leurs voix passent sous la paroi de verre et deux adolescents en pantoufles s'arrêtent pour écouter ce qui se passe. Thulin les écarte, frappe à la porte et entre.

« Tu peux venir avec moi, s'il te plaît ? »

Hess se tourne vers Thulin, surpris, et lui emboîte le pas à contrecœur. L'infirmière les suit des yeux, contrariée.

« Il faut que je parle à ce garçon, mais on leur a promis qu'il ne serait plus dérangé aujourd'hui.

– C'est moi qui leur ai fait cette promesse. De quoi est-ce que tu veux parler avec lui ? »

Thulin remarque que Hess a des taches de peinture blanche sur le visage et sur les mains.

« On l'a déjà interrogé aujourd'hui, et si tu ne peux pas me dire de quoi il s'agit, c'est que ça ne doit pas être très important.

– J'ai juste une ou deux questions à lui poser. Si tu parviens à convaincre l'infirmière, je te promets de me faire porter pâle demain pour que tu ne m'aies plus dans les pattes.

– Dis-moi d'abord ce que tu comptes lui demander. »

26

Le service de psychiatrie pour enfants et adolescents est très semblable au service pour adultes, sauf qu'on y a installé des îlots de jouets, de livres et de mobilier miniature qui ne suffisent d'ailleurs pas à réchauffer l'atmosphère stérile et triste des lieux. Mais Thulin sait qu'il existe des endroits bien pires pour les enfants.

L'infirmière sort enfin de la chambre du garçon et regarde Thulin droit dans les yeux, ignorant Hess.

« Je lui ai promis que cela ne prendrait que cinq minutes. Mais je vous préviens, il ne parle pas beaucoup. À vrai dire, il n'a pratiquement communiqué avec personne depuis son arrivée. Et c'est son droit le plus strict. Nous sommes d'accord, n'est-ce pas ?

– Bien entendu. Merci. Ça va aller.

– Je surveille l'heure. »

L'infirmière désigne sa montre-bracelet et jette un regard furieux à Hess, qui a déjà la main posée sur la poignée de la porte.

Magnus Kjær ne lève pas les yeux à leur entrée. Il est assis dans son lit, sous la couette, un ordinateur portable ouvert sur les genoux. Le couvercle porte le logo de l'hôpital. On lui a donné une chambre individuelle. Les rideaux sont tirés, une unique lampe est allumée sur la table de chevet, mais le visage du garçon est éclairé par l'écran.

« Bonsoir Magnus, excuse-moi de te déranger. Je m'appelle Mark et elle, c'est... »

Hess lance un bref coup d'œil à Thulin, qui est en train de se faire à l'idée que Hess a aussi un prénom.

« Naia. »

Le petit garçon ne leur dit pas bonjour. Hess s'approche du lit.

« Qu'est-ce que tu fais ? Je peux m'asseoir un peu ? »

Il s'assied sur la chaise près du lit, tandis que Thulin reste à distance. Quelque chose lui dit de laisser ces deux-là tranquilles. Elle ne s'explique pas ce qui lui dicte cette conduite mais elle sait que c'est la bonne.

« Je voudrais te poser une question, Magnus. Si tu me le permets. Tu me le permets, Magnus ? »

Il regarde patiemment l'enfant, qui ne réagit toujours pas, et Thulin se demande s'ils perdent leur temps. Le garçon ne pense qu'à l'écran qu'il a sous les yeux et toute son attention est portée sur le clavier. Ses doigts pianotent à une vitesse vertigineuse. C'est comme s'il avait créé une bulle autour de lui. Hess pourrait sans doute lui poser des questions jusqu'à demain matin qu'il n'aurait pas plus de chances d'obtenir une réponse de sa part.

« À quoi tu joues ? Ça se passe bien ? »

Rien.

Thulin reconnaît de loin le jeu League of Legends pour l'avoir déjà vu sur l'ordinateur de sa fille.

« C'est un jeu de e-sports dans lequel il s'agit de... »

Hess lève une main pour faire signe à Thulin de se taire, sans quitter des yeux l'écran.

« Tu joues sur la Faille de l'Invocateur. Moi aussi, c'est la carte que je préfère. C'est Lucian le Purificateur, ton champion ? »

Toujours rien. Hess montre un symbole en bas de l'écran.

« Si Lucian est ton avatar, tu auras bientôt assez de buffs pour un upgrade.

– Je l'ai déjà. J'attends le prochain niveau. »

La voix du petit garçon est sourde et sa diction, mécanique. Impassible, Hess désigne du doigt un point sur l'écran.

« Fais attention, tu as des sbires qui arrivent, là. Si tu ne fais rien, ils vont prendre Nexus. Sers-toi de ta mana, sinon tu vas être rekt.

– Je serai pas rekt. J'ai déjà jeté un sort. »

Thulin s'efforce de cacher sa surprise. Ses collègues de l'hôtel de police ne comprennent pas mieux les jeux vidéo que le cantonais, contrairement à Hess, manifestement. Elle observe le visage de Magnus et, instinctivement, elle sent que c'est la meilleure conversation qu'il ait eue aujourd'hui. Ce qui est peut-être aussi le cas pour l'homme assis à son chevet, qui a l'air littéralement captivé.

« Tu joues bien. Quand tu feras un break, je te confierais bien une autre mission. Une mission un peu différente de celles que tu accomplis dans LoL, mais pour laquelle tu auras quand même besoin de tous tes skills. »

Magnus rabat aussitôt le couvercle de l'ordinateur et, sans lever les yeux vers Hess, attend patiemment d'entendre ce que celui-ci va lui demander. Hess sort trois clichés de la poche intérieure de sa veste et les pose sur la couverture, à l'envers. Thulin, surprise, s'approche du lit.

« Ce n'est pas ce qui était convenu. Tu n'avais pas parlé de photos. »

Hess l'ignore et regarde le garçon.

« Dans un instant, je vais retourner ces photos une par une, Magnus. Tu auras dix secondes pour examiner chacune d'entre elles et me dire si tu remarques un détail qui ne devrait pas s'y trouver. Ou quelque chose qui n'est pas comme d'habitude. Un objet insolite qui n'appartient pas à l'image. Un peu comme si un cheval de Troie s'était infiltré dans ton ordi. Tu vois ce que je veux dire ? »

L'enfant de 9 ans acquiesce, le regard fixé avec détermination sur le dos des photos. Hess retourne la première. Il s'agit d'une partie de la cuisine de Cerdervænget, plus précisément les étagères sur lesquelles sont rangés des flacons d'épices et les médicaments que Magnus prend contre son anxiété. La photo a dû être prise par Genz et son équipe. Thulin comprend qu'avant de venir, Hess est passé au bureau récupérer ces clichés et cela la rend doublement attentive.

Les yeux de Magnus sautent d'un détail à l'autre, analysant l'image, puis il secoue la tête. Hess le félicite d'un clignement de paupières et retourne la deuxième photo. C'est une autre prise de vue parfaitement anodine, représentant cette fois un angle du salon avec un canapé sur lequel se trouvent une couverture pliée et des magazines féminins. À l'arrière-plan, sur le rebord de la fenêtre, le cadre digital est resté figé sur un portrait de Magnus. L'enfant, à nouveau, secoue la tête. Hess retourne le dernier cliché. On y voit une partie de la cabane sur l'aire de jeux à Husum. Thulin sursaute et s'empresse de s'assurer qu'il n'y a aucune trace de Laura Kjær. L'angle de prise de vue montre les balançoires et les arbres aux feuilles couleur bronze, en arrière-plan. Le garçon met moins d'une seconde à poser l'index sur le petit bonhomme en marrons suspendu à la poutre de la maison pour enfants, dans le coin supérieur droit du cliché. Thulin regarde le doigt, et le silence dans la chambre a le temps de se transformer en une boule dure, dans son ventre, avant que Hess reprenne la parole :

« Tu en es sûr ? Tu n'as jamais vu cet objet avant ? »

Magnus Kjær secoue la tête.

« Je suis allé au terrain de jeux avec maman hier, avant le dîner. Il n'y avait pas de bonhomme en marrons.

– Bravo... Tu es super fort. Est-ce que tu sais qui l'a accroché sur la cabane ?

– Non. La mission est terminée ? »

Hess pose un long regard sur le jeune garçon et il se lève.

« Oui. Merci, Magnus... Tu nous as bien aidés.

– Maman ne reviendra plus ? »

Pendant quelques secondes, Hess est pris au dépourvu, il ne sait pas quoi répondre. Magnus ne les regarde toujours pas, et la question reste trop longtemps en suspens avant que Hess lui prenne la main sur la couverture et lui dise doucement :

« Non. Elle ne reviendra plus. Elle est ailleurs, maintenant.

– Au ciel ?

– Oui. Elle est au ciel. Dans un bel endroit.

– Et toi, tu reviendras jouer avec moi ?

– Bien sûr. Un de ces jours. »

Le petit garçon a relevé le couvercle de l'ordinateur et Hess doit lui lâcher la main.

27

Hess fume une cigarette, le dos tourné à l'entrée de l'hôpital. Le vent emporte la fumée en volutes entre le bâtiment et les arbres. En face de lui s'étend le vaste parking sombre planté de vieux arbres immenses et noirs, dont les racines soulèvent l'asphalte et crèvent le revêtement en long et en large. Au moment où Thulin passe les portes en verre à ouverture automatique, elle voit une ambulance traverser la cour cahin-caha et disparaître dans le parking souterrain.

Elle a dû arrondir les angles avec l'infirmière avant de quitter le service et s'assurer qu'on s'occuperait le mieux possible de Magnus Kjær. Ce n'est qu'en prenant congé qu'elle s'est aperçue que Hess n'était plus là et en arrivant sur le parking, elle est contente de voir qu'il l'a attendue.

« Que va-t-il advenir de lui ? »

La question la surprend. Elle ne connaît Hess que depuis vingt-quatre heures, pourtant, elle comprend aussitôt ce qu'il veut dire.

« Les services sociaux ont pris le relais. Comme il n'a pas d'autre famille, ils doivent être en train de mettre quelque chose en place avec le beau-père. Sauf s'il s'avère qu'il est coupable, bien sûr. »

Hess la regarde.

« Tu crois qu'il l'est ?

– Il n'a pas d'alibi. Et dans 99 % des cas, l'assassin c'est le concubin ou le mari. Magnus ne nous a pas appris grand-chose, si ?

– Moi je trouve que si, au contraire. S'il dit vrai, ce bonhomme avec ses inexplicables empreintes digitales a été placé sur le lieu du crime le soir ou la nuit du meurtre. Personnellement, je trouve ça très bizarre, et savoir que quelqu'un l'aurait acheté sur un stand au bord de la route il y a un an ne m'éclaire pas beaucoup.

– Les deux événements ne sont pas nécessairement liés, dit Thulin. Le beau-père peut tout à fait avoir assassiné sa compagne, et le gamin peut se tromper en ce qui concerne le bonhomme en marrons. Les coïncidences existent, et bien malin celui qui saurait les expliquer. »

Hess est sur le point de répliquer, mais il s'abstient et écrase sa cigarette sous son pied.

« Oui, tu as sans doute raison. »

Brusquement, il incline la tête en guise d'au revoir. Thulin le suit des yeux tandis qu'il s'en va à grandes enjambées. Elle ouvre la bouche pour lui demander s'il veut qu'elle le ramène en ville mais un bruit derrière elle attire son attention. Le vent a fait tomber une petite sphère verte hérissée de piquants, qui va rejoindre ses semblables dans le caniveau, près du cendrier. Elle lève les yeux vers les branches mouvantes d'un marronnier et les nombreuses cosses attendant d'éclore. Les fruits lui font penser à Kristine Hartung chez elle, fabriquant des petits personnages sur la table du salon de ses parents. Ou ailleurs.

LUNDI 12 OCTOBRE
DE NOS JOURS

28

« J'en ai assez de vous répéter toujours la même chose. Je vous dis que je suis rentré au motel et que je me suis couché. Maintenant, je voudrais savoir quand vous allez me laisser rentrer chez moi, avec Magnus ! »

La petite pièce au bout du long couloir est inondée de lumière. Hans Hauge pleurniche et se tord les mains. Ses vêtements sont froissés, il pue la transpiration et l'urine. Il y a six jours maintenant qu'on a retrouvé le corps de Laura Kjær, et deux jours que Thulin a décidé de demander sa mise en garde à vue. Le juge leur a donné quarante-huit heures pour trouver une raison de le mettre en examen, cependant, pour l'instant, ils n'ont rien. Thulin est convaincue que Hauge en sait plus qu'il n'en dit, mais l'homme n'est pas idiot. Informaticien, diplômé de l'université du Danemark du Sud, de la vieille école et sans originalité dans sa démarche professionnelle, il n'est toutefois pas dénué de talent. Il a beaucoup bougé mais il prétend que c'est le lot de tous les programmeurs informatiques free-lance. Jusqu'à ce qu'il rencontre Laura Kjær et accepte un CDI de consultant dans une moyenne entreprise située sur le front de mer à Kalvebod Brygge.

« Personne ne vous a vu le lundi soir au motel et personne n'a remarqué votre voiture sur le parking avant le lendemain matin à 7 heures. Pouvez-vous nous dire où vous vous trouviez ? »

Quand Hauge a été mis en garde à vue, il a fait usage de son droit à demander la présence d'un avocat commis d'office. On lui a envoyé une jeune femme dynamique, qui sent bon et s'habille dans des vêtements que Thulin n'aurait jamais les moyens de s'offrir. C'est elle qui a pris la parole en premier :

« Mon client affirme avoir passé la nuit au motel. Sans jamais perdre son calme, il vous a répété qu'il n'avait rien à voir avec le crime et, à moins que vous n'ayez de nouveaux éléments qui vous permettent de le maintenir en détention, je vous demande de le libérer dans les délais les plus brefs. »

Thulin ne regarde que Hauge.

« Le fait est que vous n'avez aucun alibi. De plus, Laura Kjær a fait changer les serrures de la maison sans vous consulter. Pouvez-vous nous expliquer pourquoi ?

– Je vous l'ai déjà dit. Magnus avait égaré un trousseau de clés...

– Est-ce que ce n'était pas plutôt parce qu'elle avait rencontré quelqu'un d'autre ?

– Non !

– Et pourtant, cela vous a mis en colère quand elle vous a dit au téléphone qu'elle avait changé les serrures...

– Elle ne me l'a pas dit, justement...

– La maladie de Magnus a dû peser sur votre relation. Je comprends parfaitement que cela ait pu vous mettre en colère si tout à coup elle vous a annoncé qu'il y avait quelqu'un d'autre dans sa vie pour la consoler.

– S'il y avait quelqu'un d'autre, je n'étais pas au courant. Et je n'en ai jamais voulu à Magnus d'être comme il est.

– Mais vous en vouliez à Laura ?

– Absolument pas.

– Elle a changé les serrures de la maison parce qu'elle en avait assez de vous et c'est ce qu'elle vous a dit ce soir-là au téléphone. Vous vous êtes senti trahi parce que vous aviez fait beaucoup pour elle et son fils, alors vous êtes retourné à la maison...

– Je ne suis pas retourné à la maison...

– Vous avez frappé à la porte ou à la fenêtre et elle vous a ouvert parce qu'elle ne voulait pas que vous réveilliez Magnus. Vous avez essayé de la raisonner, vous lui avez rappelé la bague qu'elle portait au doigt.

– Tout cela est complètement faux...

– ... Cette bague que vous lui aviez offerte, mais elle ne vous a pas écouté et elle se fichait de ce que vous lui racontiez. Vous êtes sortis dans le jardin, où elle a continué à vous demander de disparaître de sa vie. Elle vous a dit que c'était fini entre vous. Que vous n'aviez aucun droit, même pas celui de revoir Magnus, parce que vous n'étiez rien pour eux, et à un moment...

– Je vous répète que c'est faux ! »

Bien qu'elle ait toujours les yeux fixés sur Hauge qui se tord à nouveau les mains et tripote sa bague, Thulin sent le regard désapprobateur de l'avocate.

« Tout cela ne nous mène à rien. Mon client a perdu sa fiancée et à présent, il faut penser à l'enfant. Je trouve inhumain de le garder ici plus longtemps. Mon client voudrait rentrer chez lui au plus vite afin de construire une vie décente pour le petit garçon aussitôt qu'il sera sorti...

– ... Nous voulons juste rentrer chez nous, bon Dieu ! Combien de temps encore allez-vous occuper notre maison ? Vous n'avez pas bientôt fini, là-bas ? »

Quelque chose dans l'exclamation de Hauge interpelle Thulin. Ce n'est pas la première fois que l'informaticien de 43 ans manifeste de l'impatience envers la police qui lui interdit l'accès à la maison et continue de fouiller, alors que la logique voudrait qu'il soit content au contraire que les experts prennent leur temps pour relever tous les indices possibles. D'un autre côté, la maison a été examinée en long et en large, et si Hauge avait quelque chose à cacher là-bas, ils l'auraient découvert depuis longtemps. Bref, il va bien falloir qu'elle accepte de croire qu'il ne pense qu'au bien-être de l'enfant.

« Mon client devrait bien sûr montrer plus de compréhension pour votre travail, mais est-ce qu'il peut partir, à présent ? »

Hans Henrik Hauge pose sur Thulin un regard plein d'espoir. Elle sait qu'elle doit céder à la requête de l'avocate et que, dans un instant, elle va être obligée d'informer Nylander qu'ils n'ont aucune piste sérieuse dans l'affaire Laura Kjær. Nylander ne mâchera pas ses mots pour lui demander d'arrêter de gaspiller le temps et les ressources du département et il voudra aussi savoir où est passé Hess. Ce qu'elle ignore, pour la bonne raison que c'est elle qui lui a dit de ne pas venir. Depuis mardi soir, quand ils se sont quittés devant l'hôpital de Glostrup, il n'a pratiquement rien fichu et il s'est contenté d'aller et venir à sa guise. Il l'a appelée une fois ce week-end pour lui poser une question sur l'affaire. On aurait dit qu'il se trouvait dans un magasin de bricolage. En tout cas, quelqu'un derrière lui parlait de peinture et de référence de couleur. Après avoir raccroché, elle a pensé qu'il avait simplement appelé pour pointer et donner l'impression qu'il participait à l'enquête. Elle n'a évidemment pas l'intention de raconter tout cela à Nylander, mais elle est certaine que l'absence de Hess l'agacera autant que la garde à vue inutile du suspect, et les deux sujets ne feront rien pour servir ses intérêts lorsque, à la fin de la conversation, elle essaiera à nouveau d'obtenir cette recommandation pour le NC3 dont il n'a pas eu le temps de parler avec elle vendredi dernier comme convenu.

« Il peut partir, mais la maison restera sous scellés jusqu'à ce que la police scientifique ait terminé. Votre client devra trouver un autre endroit où habiter en attendant. »

L'avocate referme sa serviette d'un air satisfait et se lève. Thulin a l'impression un court instant que Hauge va protester, mais un regard de l'avocate l'incite à se taire.

29

Les grands bouleaux avec leurs feuilles jaunies se balancent dangereusement dans la tempête quand Hess gare la voiture de service devant l'entrée principale de l'institut médico-légal. Au premier étage, il désamorce les réticences de la réceptionniste en montrant son badge et en annonçant qu'il a rendez-vous. Quand il arrive un instant plus tard dans sa blouse blanche, Genz a l'air surpris de le voir.

« J'ai besoin de ton aide pour une expérience. Il n'y en a pas pour longtemps, mais j'ai besoin d'une pièce stérile et d'une personne capable de regarder dans un microscope.

– Tu es au bon endroit et la majorité des gens qui travaillent dans ce service répondent à ces critères. De quoi s'agit-il ?

– D'abord, j'ai besoin de savoir si je peux te faire confiance. C'est un tir dans le brouillard et j'ai sans doute tort de perdre du temps avec cela, mais dans tous les cas de figure, il faut que cela reste entre toi et moi. »

Genz, qui jusqu'alors a regardé Hess avec un certain scepticisme, se fend d'un sourire.

« Si c'est la réponse du berger à la bergère, je te prie de m'excuser pour la dernière fois. Tu dois comprendre que j'étais obligé d'être prudent.

– Maintenant, c'est moi qui dois l'être.

– Tu ne plaisantes pas ?

– Je ne plaisante pas. »

Genz jette un coup d'œil derrière lui, comme s'il pensait à la tonne de travail qui l'attend.

« Eh bien, si c'est important et que cela reste dans le cadre de la loi, je t'écoute.

– Je pense pouvoir l'affirmer. À moins que tu ne sois végétarien. Où est-ce que je peux rentrer la voiture ? »

La dernière porte du bâtiment se lève automatiquement et, une fois que Hess a fait entrer le véhicule de service en marche arrière, Genz appuie sur un bouton pour la refermer rapidement et éviter que les feuilles mortes envahissent le local, poussées par les rafales de vent. La pièce a la taille d'un garage automobile. C'est l'une de celles que la police scientifique utilise pour expertiser les véhicules et, bien que ce ne soit pas la voiture qu'il veuille faire examiner, Hess regarde avec approbation les néons au plafond et les écoulements au sol.

« Alors, qu'est-ce que tu as besoin que je regarde ?

– Tu veux bien me donner un coup de main avec ça ? »

Hess ouvre le coffre et Genz pousse un cri de surprise en découvrant le cadavre mou et pâle qui se trouve à l'intérieur, enveloppé dans du plastique transparent.

« Qu'est-ce que c'est ?

– Un porc. D'environ trois mois, acheté aux halles où il était encore suspendu à un crochet il y a une heure. Aide-moi à le déposer sur la table. »

Hess attrape les pattes arrière du porc. Genz lui saisit les pattes avant avec hésitation. Ensemble, ils installent l'animal sur une table en inox contre l'un des murs. Il a la panse ouverte, on l'a vidé de ses organes et son regard vide fixe le mur.

« Je ne comprends pas bien. En quoi ceci peut-il être important ? S'il s'agit d'une plaisanterie, j'ai autre chose à faire.

– Ce n'est pas une plaisanterie. Kalorius, ici présent, pèse 45 kilos, c'est-à-dire à peu près le poids d'un préadolescent. Il a une tête et quatre membres et, même si ses cartilages, ses muscles et ses os sont un peu différents de ceux d'un être humain, cela nous donnera une base de comparaison pour examiner l'outil, une fois que nous aurons terminé de le dépecer.

– Le dépecer ? »

L'air incrédule, Genz suit des yeux Hess qui est retourné à la voiture pour chercher un dossier posé sur la banquette arrière, ainsi qu'un paquet de forme allongée. Il coince le dossier sous son bras et déchire l'emballage du paquet dont il extrait une machette de presque un mètre de long.

« C'est cet objet que je voudrais que nous examinions quand nous aurons terminé de débiter l'animal. Cette machette est à peu près identique à celle qu'on a trouvée chez l'auteur présumé de l'enlèvement de la petite Hartung. Je voudrais que nous l'utilisions pour découper le cochon, en imitant la description que le meurtrier a faite du découpage du corps de sa victime. Je vais t'emprunter un tablier, si tu permets. »

Hess pose l'arme et le dossier de l'affaire Kristine Hartung sur la table en inox, le temps de mettre un tablier qu'il décroche d'un portemanteau. Le regard de Genz va de Hess au rapport pour revenir à Hess.

« Mais pourquoi ? Je croyais que l'affaire Hartung n'avait rien à voir. Thulin m'a dit que...

– En effet. Et si quelqu'un te demande quoi que ce soit, nous avons simplement découpé un cochon pour l'avoir dans le congélateur à Noël. Tu veux commencer, ou je m'y colle ? »

Si on lui avait dit ça il y a quelques jours, Hess aurait refusé de croire qu'il se retrouverait dans cet endroit en train de découper un porc. Mais un événement lui a fait voir le meurtre de Laura Kjær sous un angle complètement différent. C'est le sentiment de malaise qu'il a ressenti après avoir vu Magnus à l'hôpital psychiatrique de Glostrup. Qu'un bonhomme en marrons ait été accroché sur le lieu du crime à peu près au moment où celui-ci s'était produit était certes une coïncidence surprenante, mais déjà dans le train qui le ramenait de Glostrup, il a repris toute l'affaire Hartung depuis le début. A priori, il n'avait pas de raisons de douter des faits tels que les lui avait exposés Thulin, c'est-à-dire que la fille Hartung avait été tuée et coupée en morceaux il y a un peu moins d'un an. La police danoise n'est pas l'endroit le plus facile pour travailler, l'expérience le lui a démontré, mais son efficacité et son taux de réussite placent la brigade criminelle de Copenhague parmi les meilleures polices d'Europe. La vie d'un homme représente encore quelque chose dans ce pays, a fortiori celle d'un enfant qui avait pour mère une femme politique de haut niveau. Le fait que Kristine Hartung soit la fille d'une ministre signifiait que sa disparition avait donné lieu à une enquête importante, mobilisant un grand nombre d'inspecteurs de police, des techniciens de la police scientifique, des médecins légistes, le groupe d'intervention et plusieurs membres des services secrets, vingt-quatre heures sur vingt-quatre, pendant plusieurs semaines. Le crime avait dû être perçu comme une atteinte à la démocratie et on n'avait probablement pas lésiné sur les moyens. Hess ne remettait donc pas l'enquête en cause, ni son résultat. Ne restaient que l'étrange coïncidence et ce malaise qui ne l'avait pas lâché jusqu'à son retour dans sa tanière d'Odinparken.

Au fil des jours, l'affaire Laura Kjær avait suivi son cours prévisible avec la logique mise en cause du concubin, Hans Henrik Hauge, et Hess en avait pris son parti. L'enquête était entre les mains de Thulin, qui avait l'air d'être quelqu'un de volontaire, sans doute parce qu'elle aspirait à quitter la Crim' et à avancer rapidement dans sa carrière. Elle semblait plutôt inaccessible, mais il est vrai qu'en dehors de sa visite à Magnus Kjær, il ne s'était pas montré très investi dans l'affaire et avait saisi la moindre occasion pour disparaître. Il avait passé une grande partie de son temps à rédiger son rapport à l'intention du patron d'Europol, qu'il avait communiqué d'abord à François. Après quelques ajustements, les deux rapports avaient été envoyés et, en attendant la décision de son patron allemand, il avait entrepris de remettre en état son appartement. Avec l'espoir de bientôt retrouver son poste, il avait contacté un agent immobilier pour le mettre en vente. Il avait même appelé plusieurs agences. Les trois premières qu'il avait eues au bout du fil n'avaient pas envie d'avoir l'appartement dans leur fichier. La quatrième avait bien voulu s'en occuper, mais l'agent immobilier l'avait prévenu que ce serait long, le quartier n'ayant pas très bonne réputation. « À part pour un islamiste ou quelqu'un qui serait fatigué de l'existence », avait-il plaisanté sans vergogne. Le concierge pointilleux avait continué à se mêler des travaux, et il n'avait pas manqué de lui prodiguer conseils et recommandations pendant qu'il jouait du rouleau. Malgré tout, les travaux avaient bien avancé.

La veille au soir, il s'était passé quelque chose. D'abord, il avait eu un appel de La Haye. Une secrétaire lui avait dit, en anglais, d'une voix réfrigérante, que Freimann souhaitait prendre un rendez-vous téléphonique avec lui à 15 heures, le lendemain. La nouvelle avait mis Hess de bonne humeur. C'était une porte ouverte à la communication. Il avait profité de cet état légèrement euphorique pour attaquer le plafond, une corvée qu'il avait repoussée jusque-là. Comme il était en rupture de cartons, il avait dû étaler sur le sol des journaux que le concierge pakistanais avait bien voulu aller chercher pour lui, dans la cave. Mais, alors qu'il venait de finir de peindre le plafond de la kitchenette, du haut de son escabeau, il avait reconnu le regard de Kristine Hartung sur une page de journal.

La tentation avait été trop forte et il était descendu de son escabeau pour ramasser la page avec ses doigts pleins de peinture. « Où est Kristine ? » disait le gros titre. Il avait ensuite fallu qu'il se mette en quête de la suite de l'article, qu'il avait fini par dénicher parmi les journaux étalés sur le sol des toilettes. Il s'agissait de ce qu'en termes journalistiques on appelle un portrait. Il était daté du 10 décembre de l'année précédente. L'article faisait un résumé de l'affaire pour parler ensuite des recherches infructueuses du cadavre de Kristine Hartung. L'enquête par elle-même était achevée, mais le journal parvenait encore à faire du sensationnel en spéculant sur le destin de la dépouille de l'enfant. Le coupable, Linus Bekker, avait avoué le viol, le meurtre et le découpage du corps un mois plus tôt, mais les morceaux du cadavre n'avaient pas été retrouvés à ce jour. L'article était illustré de photos en noir et blanc, pleines d'atmosphère, sur lesquelles on voyait des policiers arpenter les sous-bois. Quelques sources policières étaient citées pour avoir suggéré qu'un renard, un blaireau ou quelque autre animal avait pu déterrer les morceaux du corps et les manger. Le commissaire

Nylander gardait espoir, même s'il devait admettre que les conditions météorologiques allaient rapidement compliquer la tâche. Le journaliste demandait à Nylander si, en l'absence de cadavre pour étayer ses dires, on était en droit d'imaginer que Linus Bekker pouvait avoir menti, mais Nylander avait repoussé cette hypothèse. Outre ses aveux, la police disposait de preuves matérielles de sa culpabilité, qu'il s'agisse du meurtre ou du découpage, mais il refusait de s'exprimer sur ce sujet.

Hess avait essayé ensuite de retourner à sa peinture, mais il avait rapidement compris qu'il allait devoir faire un saut à l'hôtel de police. D'une part, pour aller chercher la voiture dont il aurait besoin le lendemain pour récupérer une ponceuse à parquet chez un loueur de matériel, d'autre part, pour se tranquilliser l'esprit.

Il avait trouvé les locaux déserts – ce qui n'avait rien d'étonnant à dix heures du soir, un dimanche –, mais il avait eu la chance de mettre la main sur une secrétaire d'astreinte. Il s'était installé devant un ordinateur au fond du bureau et, avec son aide, il avait pu entrer dans la banque de données, sous prétexte qu'il devait vérifier un détail dans l'affaire Laura Kjær. Dès que la fonctionnaire avait eu le dos tourné, il avait commencé ses recherches sur Rosa Hartung.

Le matériel était énorme. Près de 500 personnes avaient été interrogées. Des centaines de lieux avaient fait l'objet d'une perquisition et un nombre incalculable de pièces avaient été envoyées au laboratoire pour y être analysées. Pour faciliter sa recherche, Hess avait décidé de se concentrer sur les preuves de la culpabilité de Linus Bekker. Ce qu'il découvrit ne lui apporta pas la sérénité qu'il espérait. Au contraire.

Il n'aima pas du tout apprendre que la police s'était intéressée à Linus Bekker suite à une dénonciation anonyme.

Certes, l'homme avait déjà été interrogé parce qu'il avait été condamné par le passé pour délinquance sexuelle, mais son interrogatoire n'avait rien donné. Ce n'était qu'après l'appel anonyme le mettant en cause qu'il y avait eu une percée dans l'enquête et on n'avait jamais pu mettre la main sur l'auteur de l'appel. Le deuxième élément qui dérangeait Hess était que Linus Bekker avait été incapable de se rappeler les endroits où il avait enterré les différentes parties du corps, sous prétexte qu'il faisait noir et qu'il se trouvait dans un état de grande confusion mentale.

En matière de preuves contre lui, en revanche, on avait, suite à l'appel anonyme, trouvé un indice de taille. Dans le garage de son immeuble à Bispebjerg, où il occupait un studio en rez-de-chaussée, on avait découvert l'outil avec lequel Kristine Hartung avait été découpée, vraisemblablement la fameuse preuve à laquelle Nylander faisait référence dans l'article. L'arme, une machette de 90 cm, avait été examinée par les experts. Confronté à l'évidence que l'objet portait, avec 0 % de marge d'erreur, des traces du sang de Kristine Hartung, Linus avait avoué le crime. Il avait expliqué comment il avait fait monter l'enfant dans sa voiture, il avait dit qu'il l'avait emmenée dans les bois, puis qu'il l'avait battue, violée et étranglée. Ensuite, il racontait qu'il avait enveloppé son cadavre dans un sac en plastique de 100 litres qui se trouvait dans son coffre, et qu'il était rentré chez lui chercher la machette et une pelle dans son garage. Il avait avoué avoir régulièrement des black-out qui ne lui laissaient que de brefs flashs de ce qui s'était passé. Il lui semblait que la nuit était tombée pendant qu'il roulait avec la fillette morte dans la malle arrière et qu'il s'était retrouvé dans une forêt du nord de Seeland. Là, il se souvenait avoir creusé un trou, débité le corps et enterré quelque chose, sans doute le torse. Il avait poursuivi son chemin à travers la forêt et enterré les autres morceaux à un autre endroit. Grâce à la machette, dont il ne faisait aucun doute qu'elle avait servi à découper le corps de Kristine Hartung, l'enquête avait été résolue.

Pourtant, c'est précisément l'analyse de cette machette qui a poussé Hess à se rendre aux halles le lendemain. Sur le chemin du retour, il s'est arrêté en centre-ville dans un magasin de chasse et de pêche à Gammeltorv, où il se rappelait être allé du temps où il était inspecteur à la Crim'. La boutique proposait encore un certain nombre d'armes exotiques et Hess avait peine à croire qu'elles soient vraiment légales. C'est là qu'il a trouvé la machette. Elle n'était pas en tout point identique à celle de l'affaire Hartung, mais elle avait la même longueur, elle était faite du même matériau et elle avait à peu près le même poids et la même incurvation que l'arme du crime. Il s'est demandé à qui s'adresser pour l'aider à effectuer l'expérience, et son choix s'est arrêté sur Genz, dont la réputation va au-delà des frontières, au point que ses collègues d'Europol font parfois appel à lui.

Le dépeçage du porc est quasiment terminé. Après avoir détaché de la bête une deuxième patte – un membre antérieur – de deux coups énergiques et précis au niveau de l'articulation de l'épaule, Hess s'essuie le front et s'écarte de la table.

« Alors ? On a terminé ? »

Genz, qui s'est surtout rendu utile en tenant l'animal, le lâche pour regarder sa montre, tandis que Hess lève la lame dans la lumière pour en observer le fil et les traces laissées par le contact avec l'os.

« Pas encore. D'abord, on va nettoyer tout ça, et ensuite, j'espère que tu as un très bon microscope.

– Pour quoi faire ? Je ne comprends toujours pas à quoi tu veux en venir. »

Hess ne répond pas. Prudemment, il glisse le doigt sur la lame.

30

De mauvaise humeur, Thulin fait défiler les données personnelles de Laura Kjær sur l'écran plat. Les techniciens informatiques les ont réparties en trois dossiers distincts, contenant respectivement ses SMS, ses mails et ses publications sur Facebook. Thulin a eu beau lire l'ensemble plusieurs fois toute cette dernière semaine, elle n'a toujours aucune idée de ce qu'elle cherche. Hauge vient d'être relâché et l'enquête pédale dans le vide. Elle demande aux deux brigadiers qui l'assistent de lui faire un topo sur les autres pistes à suivre, à présent que celle du concubin a été mise de côté. Elle a besoin de cartouches pour aller voir Nylander tout à l'heure et lui faire son rapport.

« L'éducateur du gamin est un suspect potentiel. Il a été régulièrement en contact avec la victime, l'enfant passant constamment d'un état de repli sur lui-même à une soudaine agressivité allant jusqu'à la violence. Le type dit qu'il a passé plusieurs séances à essayer de convaincre sa mère de le mettre dans une école spécialisée, mais peut-être que ces entretiens ont évolué vers autre chose.

– Quoi par exemple ? lui demande Thulin.

– Bah, je ne sais pas… la petite dame écarte les cuisses une fois ou deux et puis un jour pas comme les autres, il débarque sans prévenir pour tremper son biscuit, elle n'est pas d'accord et c'est là que ça dégénère. »

Thulin lève les yeux au ciel et se concentre à nouveau sur la myriade de lettres et de messages qui se succèdent à toute vitesse.

Les techniciens avaient raison. Les échanges de Laura Kjær sur les réseaux sociaux dans la période qui précède le meurtre n'ont aucun intérêt, au sens où ils ne révèlent rien qui soit susceptible de constituer un indice. Ils ne contiennent que des banalités, y compris ceux qui sont adressés à Hans Henrik Hauge ou envoyés par lui. Alors Thulin a demandé à remonter deux ans en arrière, c'est-à-dire jusqu'au moment du décès de son mari.

Dans son bureau à l'hôtel de police, elle a accédé aux données à l'aide du code que lui avait communiqué Genz par téléphone. Il en avait d'ailleurs profité pour lui demander quelle suite avait eue la surprenante découverte des empreintes de Kristine Hartung sur la scène de crime. Bien que Genz soit tout à fait en droit de la lui poser, la question avait agacé Thulin et elle lui avait répondu sèchement qu'ils avaient trouvé une explication logique et que la coïncidence ne méritait pas qu'on s'y attarde. Ensuite, elle a regretté cette réaction épidermique. Genz est l'un des rares techniciens à suivre l'évolution des affaires sur lesquelles il travaille et c'est tout à son honneur. Elle s'est dit qu'après tout, elle devrait peut-être accepter d'aller courir avec lui.

Thulin ne pouvait évidemment pas tout lire, mais un piquetage a suffi à lui donner une idée de la personnalité de feu Laura Kjær. Ce qui ne l'a avancée à rien. Deux jours après le meurtre, elle était allée rencontrer les collègues de Laura Kjær sur son lieu de travail afin d'en apprendre un peu plus sur la jeune femme que ce qu'elle avait pu apprendre à travers sa correspondance. Mais dans le stérile centre de soins dentaires situé dans une rue piétonne proprette en centre-ville, ses collègues éplorées et encore sous le choc lui avaient simplement confirmé que la vie de Laura Kjær tournait principalement autour de sa famille, et en particulier de son fils. Quand elle avait perdu son mari deux ans auparavant, elle avait été triste, bien sûr, mais principalement à cause de Magnus, le décès de son père ayant transformé le petit garçon de sept ans, plein de joie de vivre, en un enfant silencieux et renfermé. Laura n'était pas douée pour la solitude, et c'était l'une de ses jeunes collègues qui lui avait donné l'idée de retrouver l'amour en s'inscrivant sur divers sites de rencontres. Elle était sortie avec plusieurs hommes, d'abord par le biais d'applications de rencontres sexuelles comme Tinder, Happn et Grindr. Mais ça, Thulin le savait déjà parce qu'elle l'avait vu dans ses mails. Ces rencontres n'avaient pas permis à Laura Kjær de rencontrer un homme cherchant une relation durable. Alors elle s'était inscrite sur un site appelé *My second Love* où, après quelques tentatives infructueuses, elle était tombée sur Hans Henrik Hauge. Contrairement aux autres candidats, Hauge avait eu les épaules assez larges pour ouvrir les bras à son fils Magnus et, d'après ses collègues, Laura était amoureuse et très heureuse d'avoir pu reconstruire une famille avec lui. Mais à mesure que l'état de Magnus s'aggravait, son fils était devenu son principal sujet de conversation avec ses collègues, entre deux détartrages et une dévitalisation. Elle ne parlait plus que de trouver de nouveaux spécialistes capables d'aider son fils, dont le comportement avait entre-temps été diagnostiqué comme étant une forme d'autisme.

Thulin n'avait pas pu leur arracher le moindre commentaire négatif sur Hauge, qu'elles connaissaient un peu parce qu'il venait parfois chercher Laura après le travail. Il avait manifestement été pour elle un grand soutien et se souciait beaucoup du bien-être de l'enfant dont il s'occupait avec patience. Plusieurs collègues de Laura avaient même affirmé que sans sa rencontre avec Hans Henrik Hauge, Laura n'aurait pas tenu le coup. Cependant, ces dernières semaines, elle s'était mise à parler moins souvent de Magnus, à part qu'elle avait demandé un congé le vendredi qui avait précédé sa mort pour passer du temps avec lui. Elle avait également refusé de participer à une formation à laquelle elle était censée se rendre avec plusieurs de ses collègues et qui aurait nécessité qu'elle passe la nuit du samedi au dimanche à Malmø, en Suède.

Les derniers SMS sur le téléphone portable de Laura Kjær confirmaient ces informations. Hauge lui avait envoyé plusieurs messages pendant ses heures de travail, dans lesquels il s'inquiétait de la voir s'isoler et refuser toute activité extérieure pour rester avec son fils, messages auxquels Laura répondait de façon succincte, ou pas du tout. Hauge n'exprimait toutefois aucune impatience ni aucune colère dans ces échanges. Dans ses tentatives répétées pour attirer son attention, il l'appelait au contraire « amour de ma vie », « poussin », « mon chaton » et autres mièvreries qui donnaient à Thulin envie de vomir.

Thulin pensait, et espérait peut-être, que Hauge se montrerait sous un jour différent quand, après la fin de sa garde à vue, elle avait obtenu un mandat du juge et avait pu avoir accès à ses échanges sur les réseaux sociaux. Mais là encore, elle avait été déçue. Tout ce qu'elle avait lu n'avait fait que confirmer le portrait d'un homme dévoué à son travail, très apprécié dans l'entreprise d'informatique qui l'employait à Kalvebod Brygge, et dont les principales passions, mis à part Laura et Magnus, étaient la maison et le jardin, ainsi que son garage, qu'il avait apparemment bâti lui-même de A à Z, y compris le terrassement. La page Facebook de Hauge était pour ainsi dire en hibernation et ne montrait qu'une photo de lui en bleu de travail, en train de pousser une brouette dans le jardin, en compagnie de Laura et de Magnus. Thulin n'avait rien vu de suspect nulle part. Même pas une innocente petite recherche d'images pornographiques dans son historique. Lors de sa garde à vue, quand elle lui avait demandé pourquoi il s'intéressait si peu aux réseaux sociaux, il avait répondu que son travail lui faisait passer suffisamment de temps devant des écrans et qu'il préférait faire autre chose de ses loisirs. Ce portrait d'un homme tranquille et sans histoire avait été confirmé par ses collègues et rares connaissances : personne n'avait rien remarqué d'anormal dans son comportement, ni au salon où il s'était rendu avant la mort de Laura, ni ailleurs.

Thulin s'était ensuite plongée dans les comptes rendus d'expertises de Genz et de ses techniciens : la voiture de Hauge, une partie de ses vêtements et ses chaussures avaient été emportés au laboratoire et soigneusement examinés au cas où on y aurait trouvé des traces de sang appartenant à Laura Kjær, ou quelque autre élément suspect lié à la nuit du meurtre. Mais ce n'était pas le cas, et quand Genz avait ajouté que ni le gaffer que Laura Kjær avait sur la bouche, ni les liens en plastique qu'elle avait autour des poignets ne correspondaient à ceux qu'on avait vus sur les étagères du garage, Thulin avait commencé à perdre espoir. On n'avait pas retrouvé l'objet contondant ayant servi à la tuer, et la scie utilisée pour l'amputer n'était nulle part dans les environs. Sa main restait également introuvable.

Thulin referme le dossier et prend une décision. Elle va laisser Nylander poireauter un peu. Elle n'a pas assez d'éléments pour lui faire le rapport qu'elle lui a promis. Elle se lève et interrompt la discussion de ses deux assistants qui parlent toujours de l'éducateur.

« Laissez tomber l'éducateur, continuez avec Hauge. Vérifiez à nouveau les enregistrements des caméras de surveillance routière et retrouvez-moi la voiture de Hauge entre 22 heures et 7 heures du matin, sur le trajet entre le salon et Husum.

– La voiture de Hauge ? Mais on l'a déjà fait, ça !

– Alors, recommencez.

– Mais on vient de le libérer !

– Appelez-moi si vous trouvez quelque chose. Moi, je retourne voir son patron. »

Elle ignore leurs protestations et se dirige vers la sortie, où elle croise Hess qui entre au même moment.

« Tu as une minute ? »

Il a l'air pressé et jette un coup d'œil aux deux brigadiers derrière elle. Thulin le plante là.

« Non, pas vraiment. »

31

« Excuse-moi de ne pas être venu ce matin. J'ai appris que Hauge avait été relâché, mais j'imagine que ça n'a pas d'importance. En revanche, je crois qu'il faut qu'on reparle de cette empreinte digitale.

– Cette empreinte n'a rien à voir avec l'enquête, Hess. »

Thulin marche à pas rapides dans l'interminable couloir, Hess sur ses talons.

« Le gamin dit que le bonhomme en marrons n'y était pas avant le meurtre. Tu devrais voir si quelqu'un d'autre peut confirmer cette information. Des gens qui habitent le quartier, des gens qui auraient pu voir quelque chose. »

Thulin approche de la rotonde et de son escalier en colimaçon. Son portable sonne, mais elle n'a pas envie de ralentir et elle le laisse sonner tandis qu'elle dévale l'escalier, Hess la suit toujours.

« Non. Nous avons déjà l'explication. On commence à dire dans le département que nous ferions mieux de nous occuper des affaires qui ne sont pas encore élucidées, plutôt que de perdre notre temps avec celles qui le sont.

– C'est justement de ça que je veux te parler ! Tu ne peux pas t'arrêter une seconde ? Merde ! »

Thulin est arrivée au pied de l'escalier dans la rotonde déserte. Hess l'attrape par l'épaule et elle est obligée de s'arrêter. Elle se dégage avec humeur et le regarde. Il brandit une chemise dans laquelle elle reconnaît un compte rendu d'affaire.

« Selon l'analyse effectuée à l'époque, on n'a trouvé aucune poussière d'os sur l'arme que Linus Bekker a utilisée pour découper en morceaux le cadavre de Kristine Hartung. On y a trouvé le sang de la victime et, ajouté au témoignage de l'assassin, cela a suffi à rendre plausible l'histoire du débitage.

– De quoi est-ce que tu parles ? Et d'abord, comment as-tu eu ce rapport ?

– J'arrive de la police scientifique où Genz m'a donné un coup de main pour faire une petite expérience. Quand on coupe et qu'on casse un os, quel que soit l'os, une poussière microscopique se dépose dans les fissures et les encoches de la lame. Regarde cet agrandissement de la machette dont nous nous sommes servis pour faire le test. Il est pratiquement impossible d'éliminer ces minuscules grains de poussière d'os, malgré tous les efforts qu'on peut faire pour nettoyer l'outil. Dans le rapport d'analyse génétique de l'époque, il n'a été retrouvé que des traces de sang sur l'arme du crime. Pas de poussière d'os. »

Hess tend à Thulin plusieurs photos en très gros plan de minuscules particules sur une surface métallique, probablement la machette qui a également été photographiée de près. Mais ce sont surtout les morceaux de viande sur les autres clichés qui la font réagir.

« C'est quoi ? Un porc ?

– C'était une simple expérience. Cela ne constitue pas une preuve, mais ce que je veux dire, c'est que…

– Tu ne crois pas que si cela avait été important, on aurait mentionné ce détail dans le rapport, au moment de l'enquête ?

– Ça ne l'était pas à ce moment-là, parce le meurtrier avait avoué, mais maintenant qu'on a découvert cette empreinte digitale, je pense que ça l'est. »

La porte s'ouvre et un souffle de vent glacé entre dans la rotonde en même temps que deux individus hilares. Le premier est Tim Jansen, un inspecteur de police immense, toujours flanqué de son coéquipier, Martin Ricks. Jansen a la réputation d'être un bon flic, avec du métier, mais Thulin sait que c'est avant tout un sale macho, et elle se souvient du jour où, lors d'un entraînement de corps-à-corps, l'hiver dernier, il s'est frotté le bas-ventre contre elle et n'a cessé que lorsqu'elle lui a enfoncé son coude dans le plexus solaire. Jansen est justement le policier qui, en compagnie de son coéquipier, a soutiré des aveux au coupable dans l'affaire Kristine Hartung. Leur statut à la Criminelle est devenu inattaquable.

« Tiens, un revenant ! Ça va, Hess ? Tu es en permission ? »

Jansen a pris un petit air innocent, et Hess se garde bien de lui répondre. Il attend que les deux inspecteurs soient ressortis de la rotonde pour reprendre la parole, et Thulin a envie de lui dire que cet excès de prudence est aussi ridicule que superflu, mais elle s'abstient.

« C'est peut-être anodin, sachant que le sang de la victime se trouvait sur l'arme du crime, et personnellement, je me contrefous de cette histoire, mais je trouve que ce serait bien si toi, tu allais demander à ton supérieur ce qu'il faut faire de cette information », poursuit-il en soutenant son regard.

Thulin ne juge pas utile de le dire à Hess, mais après leur visite à l'hôpital de Glostrup, elle aussi a fait quelques recherches pour se remettre à jour sur l'affaire Hartung. Juste pour s'assurer qu'elle ne passait pas à côté de quelque chose, mais elle n'en a pas eu l'impression. Elle s'est seulement rendu compte à quel point leur visite avec Hess avait dû être douloureuse pour les parents de Kristine, et elle s'est sentie coupable d'avoir débarqué comme ça.

« Qu'est-ce qui te fait dire ça ? L'expérience en matière d'affaires criminelles que tu as acquise à La Haye ?

– Non, c'est...

– Alors, mêle-toi de ce qui te regarde et cessons de déterrer de vieilles histoires et de remuer le couteau dans la plaie des gens qui souffrent. Figure-toi qu'à la Crim', il y a des flics qui font leur boulot, contrairement à toi. »

Hess la regarde en silence. Elle lit dans ses yeux vairons qu'il est surpris. Elle voit comme une circonstance atténuante qu'il ait été tellement préoccupé par ses propres problèmes qu'il n'a pas réalisé le mal qu'il pouvait faire, ce qui ne change rien à la question. Elle vient d'ouvrir la porte pour sortir quand une voix venant du haut de l'escalier résonne dans la rotonde :

« Thulin, les experts informatiques cherchent à te joindre ! »

L'un de ses assistants s'approche, un téléphone à la main.

« Je les rappellerai plus tard.

– C'est important. Il vient d'arriver un message sur le portable de Laura Kjær. »

Hess a comme un sursaut. Elle prend le téléphone que lui tend le brigadier.

Un jeune expert du labo technologique, dont elle ne saisit pas le nom, lui expose la situation de manière confuse et précipitée :

« Je vous appelle à cause du portable de la victime. On résilie toujours l'abonnement auprès de la compagnie de téléphone une fois qu'on a fini avec, mais cela prend souvent plusieurs jours avant que la ligne soit coupée, et du coup, elle reste active et on peut continuer à...

– Parlez-moi juste du message. »

Thulin regarde la cour, la galerie avec ses colonnades et les feuilles qui tombent en écoutant le technicien lire le SMS envoyé à la morte. Elle sent les yeux de Hess dans sa nuque, frissonne dans le courant d'air froid et demande à son interlocuteur s'ils ont pu tracer l'appel.

32

Son rendez-vous avec Gert Bukke, le président du parti de coalition, a commencé seulement depuis un quart d'heure quand Rosa Hartung se rend compte que quelque chose ne va pas.

Ces dernières journées à Christiansborg ont été laborieuses et les propositions de chacune des parties sur les différents postes du budget de politique sociale, en prévision de la prochaine loi de finances, ont fait d'innombrables allers-retours entre son ministère et le bureau de Bukke. Vogel et elle ont travaillé d'arrache-pied afin de trouver un projet de politique sociale assez consensuel pour convenir à la fois au gouvernement et à leur parti de soutien, mais l'activité a fait du bien à Rosa. Depuis dix jours, elle essaye d'oublier le choc causé par la visite de ces deux policiers en mettant toute son énergie à tenter de parvenir à un accord. C'est ce que le Premier ministre attend d'elle et elle ne veut pas le décevoir. Elle tient d'autant plus à se montrer digne de sa confiance qu'elle lui a garanti qu'elle était prête à assumer de nouveau ses responsabilités. Ce qui n'était sans doute pas tout à fait la vérité, mais pour Rosa, se remettre au travail était devenu une nécessité vitale. La semaine n'avait été perturbée par aucune nouvelle menace et elle commençait à croire que tout allait s'arranger. Jusqu'à maintenant. Ils sont dans la salle de conférences voisine de l'hémicycle et elle observe depuis un moment les réactions de Gert Bukke. Vogel lui expose les propositions de réformes sur lesquelles ils ont travaillé et il hoche poliment la tête, mais Rosa vient de s'apercevoir qu'en réalité, il n'écoute pas et se contente de gribouiller sur son bloc-notes. Quand il prend la parole, elle sursaute :

« J'entends ce que vous me dites. Il va falloir que j'en parle avec mon groupe parlementaire.

– Tu leur en as déjà parlé. Plusieurs fois, même.

– Eh bien, je vais recommencer. D'accord ?

– Tu sais bien que ton groupe te suit dans tes décisions, Bukke. J'ai vraiment besoin de savoir si nous allons pouvoir arriver à un accord avant...

– Merci, Rosa, je connais la procédure. Mais comme je viens de le dire... »

Rosa le regarde se lever. Elle n'est pas dupe de son attitude qui signifie clairement qu'il veut faire traîner les choses, mais elle ne comprend pas pourquoi. Bukke a quelques soucis avec sa base et sa cote de popularité auprès des électeurs n'est pas au plus haut. Normalement, s'il passe un accord avec elle, cela devrait lui remettre le vent en poupe.

« Nous voulons bien faire encore un petit effort pour aller dans ton sens, Bukke, mais nous refusons de nous laisser mettre la pression plus longtemps. Cela fait bientôt une semaine que nous sommes en négociations et nous avons déjà fait un grand nombre de concessions. Il est hors de question que nous...

– À la manière dont moi je vois les choses, c'est le Premier ministre qui nous met la pression, à vous comme à nous, et je t'avoue que ça ne me plaît pas du tout. Alors, je vais prendre le temps qu'il faut.

– De quelle pression est-ce que tu parles ? »

Bukke se rassoit et se penche vers elle.

« Je t'aime bien, Rosa. Et sache que je compatis à ta douleur et à ton deuil. Mais pour être franc, je crois qu'on se sert de toi pour faire passer une pilule difficile à avaler. Et moi, on ne me prend pas pour un con.

– Je ne comprends pas ce que tu veux dire.

– Pendant ton absence, le gouvernement a été mêlé à des affaires pas très propres. Les sondages sont catastrophiques et le Premier ministre est aux abois. Il compte se servir de la prochaine loi de finances pour jeter de la poudre aux yeux, et comme par hasard, il fait revenir sa ministre la plus populaire, toi, pour jouer le rôle du prestidigitateur, afin de récupérer son électorat à temps pour les élections.

– Ce n'est pas lui qui m'a *fait revenir*. C'est moi qui lui ai demandé de me laisser reprendre mon poste.

– Admettons.

– Et si tu trouves que cette proposition n'est que de la poudre aux yeux, je veux bien qu'on en discute. Nous sommes au pouvoir et nous devons rester soudés pendant encore deux ans. Moi, tout ce qui m'intéresse, c'est de trouver une solution qui satisfasse toutes les parties. Mais toi, il semble que tu préfères jouer la montre.

– Je ne joue pas la montre. Je dis juste qu'il y a des problèmes à résoudre. J'ai mes priorités et tu as les tiennes. Il est normal que la tâche soit un peu compliquée. »

Bukke sourit, diplomate, et Rosa le regarde un instant sans rien dire. Vogel a déjà essayé une première fois d'arrondir les angles et il essaye à nouveau :

« Imaginons, Bukke, que nous acceptions de couper légèrement les… »

Mais Rosa vient d'avoir une idée et elle se lève subitement.

« Ça suffit. Laissons à Bukke le temps de discuter avec son groupe. »

D'un signe de tête, elle prend congé et met le cap sur la porte avant que Vogel ait eu le temps d'ajouter un seul mot.

La salle des pas perdus de Christiansborg est pleine de touristes accompagnés par leurs guides enthousiastes pointant du doigt les plafonds et les portraits à l'huile des différents chefs d'État qui se sont succédé au fil des ans. Rosa a déjà remarqué les autocars de touristes et la file d'attente devant le poste de sécurité en arrivant avec son chauffeur ce matin et, bien qu'elle soit pour une certaine transparence de la fonction gouvernementale, c'est avec un visage fermé qu'elle traverse la foule vers la sortie pour rejoindre son ministère. Vogel la rattrape à mi-chemin.

« Je te rappelle que nous avons besoin du soutien de Bukke. Son parti est la base parlementaire du gouvernement. Tu ne peux pas te permettre ce genre de réaction. Même s'il s'est montré trop personnel.

– Ça n'a absolument rien à voir. Nous avons perdu une semaine pour rien. Il est juste en train d'essayer de prouver que je ne suis pas à la hauteur. Il veut que les négociations tournent court pour que le Premier ministre soit obligé de lancer des élections. »

Rosa a compris que Bukke en avait assez de composer avec le gouvernement. L'opposition lui a probablement déjà fait des propositions alléchantes. S'il y a de nouvelles élections et que le gouvernement doit démissionner, le parti centriste de Bukke sera libre de former une nouvelle alliance. En disant qu'ils avaient chacun leurs propres priorités, il lui annonçait simplement qu'il préférait lui faire porter le chapeau pour leur absence de résultats.

Vogel la regarde en continuant de marcher à son rythme.

« Bref, tu crois que l'opposition lui a fait miroiter quelque chose. Si c'est le cas, en quittant la table des négociations, tu lui donnes tout loisir d'y réfléchir. Je ne suis pas sûr que le Premier ministre va apprécier.

– Je ne quitte rien du tout. Mais si Bukke nous met la pression, nous nous défendrons en faisant la même chose.

– Comment ? »

Rosa vient de réaliser qu'elle a commis une erreur. Elle a réussi à éviter les médias depuis son retour en demandant à son secrétariat de refuser poliment mais fermement toutes les demandes d'interviews. D'abord, parce qu'elle savait quel serait le véritable sujet de ces interviews, ensuite, parce qu'elle préférait employer ce temps pour les négociations. Mais surtout pour la première raison. Vogel a essayé de la faire changer d'avis, mais elle a tenu bon. À présent, en analysant la situation de l'extérieur, elle comprend que s'ils vont dans le mur, son invisibilité sera prise pour de la faiblesse.

« Organise-moi des interviews. Des tas d'interviews. Autant que tu arrives à en caser. Nos propositions de politique sociale doivent être entendues le plus largement possible. Ça, ça va mettre la pression à Bukke.

– Je suis d'accord. Mais tu sais que tu ne pourras pas t'en tenir à la politique. »

Rosa n'a pas le temps de répondre. Une jeune femme vient de lui percuter l'épaule et elle est obligée de se retenir au mur pour ne pas tomber.

« Ho ! Vous ne pouvez pas faire attention ? » lance Vogel d'un ton furieux à la femme qui jette un coup d'œil en arrière sans prendre la peine de s'arrêter. Elle porte un gilet en duvet et un sweat rouge dont la capuche est relevée sur sa tête. Rosa a juste le temps d'apercevoir ses yeux noirs avant qu'elle s'éloigne, apparemment pour rejoindre un groupe de touristes.

« Quelle brute ! Ça va, tu n'as mal nulle part ? »

Rosa hoche la tête et repart.

« Je m'y mets tout de suite », lui dit Vogel en sortant son portable de sa poche.

Quand ils attaquent les premières marches de l'escalier, Vogel est déjà en ligne avec le premier journaliste. Rosa se retourne pour voir si elle aperçoit la jeune femme, mais elle ne la repère plus dans le groupe des touristes. Cette femme avait quelque chose de vaguement familier mais elle ne se souvient ni où, ni dans quelles circonstances elle l'a rencontrée.

« Tu serais prête à répondre à une première interview dans un quart d'heure ? »

La voix de Vogel la ramène à la réalité et Rosa oublie l'idée qui lui est passée par la tête.

33

La circulation est dense sur Jarmerplads, la tempête automnale agite et menace d'arracher les bâches qui recouvrent l'échafaudage devant la tour médiévale en ruine. La voiture de police traverse la place sur les chapeaux de roues avec sirène et gyrophare, monte sur le trottoir, dépasse la ruine, puis se retrouve bloquée derrière un pick-up communal lourdement chargé de feuilles trempées.

« Donnez-moi une indication plus précise. Il est où le signal, maintenant ? »

Tout en essayant de contourner le véhicule, Thulin pianote sur son volant, attendant avec impatience la réponse du technicien sur sa radio.

« Le signal du portable est parti de Tagensvej, il a longé les lacs et se déplace actuellement sur l'avenue Gothersgade, vraisemblablement à bord d'une voiture.

– Et l'identité de l'émetteur ?

– Nous n'avons rien. Le message a été envoyé d'un téléphone à carte intraçable. Nous vous l'avons envoyé, pour que vous puissiez le voir vous-même. »

Thulin écrase le klaxon, trouve un passage entre deux voitures et accélère, tandis que Hess, à côté d'elle, lit à haute voix le SMS sur l'écran de son portable :

« *Entre, monsieur Marron, entre. M'as-tu apporté des marrons aujourd'hui ? Merci bien, c'est gentil...*

– Ça vient d'une comptine pour enfants. *Entre, monsieur Pomme, entre.* Ensuite, les enfants changent le nom du fruit : *monsieur Prune*, *monsieur Marron*, tout ce qu'ils veulent. Vous allez vous pousser, oui ou merde ! »

Thulin klaxonne à nouveau et double une fourgonnette. Hess se tourne vers elle.

« Qui d'autre que nous sait que nous avons trouvé ce bonhomme en marrons sur le lieu du crime ? Ça a été mentionné dans un rapport, une expertise ou quelque chose ?

– Non, Nylander l'a passé sous silence, ça n'apparaît nulle part. »

Thulin sait pourquoi Hess pose la question. S'il y avait eu une fuite à propos de l'empreinte digitale de Kristine Hartung sur le bonhomme en marrons, n'importe quel cinglé aurait pu se mettre à envoyer toutes sortes de messages. Mais en l'occurrence, l'explication ne tient pas. Surtout que le message a été envoyé sur le portable de Laura Kjær.

« Bon, et maintenant ? On va où ? demande-t-elle au technicien, revoyant en pensée le cadavre de la jeune femme.

– Le signal a descendu la rue Christian-IX, je crois qu'il est entré dans un bâtiment. Il est plus faible. »

Le feu est rouge, mais Thulin double les voitures qui la précèdent en roulant sur le trottoir et elle traverse le carrefour pied au plancher, sans regarder ni à droite, ni à gauche.

34

Thulin et Hess abandonnent la voiture et descendent en courant la rampe d'accès au parking. Ils dépassent une longue rangée de véhicules qui attendent devant la barrière. La dernière fois que le technicien a pu tracer le signal, il indiquait que l'expéditeur du message avait pris le même chemin. Le parking est presque plein. On est lundi, au milieu de l'après-midi, et un grand nombre d'usagers garent ou reprennent leur voiture. Des familles chargées de gros sacs de provisions et de citrouilles qu'ils vont découper chez eux pour fêter Halloween. Une musique d'ambiance sort des haut-parleurs, interrompue de temps en temps par une voix déformée annonçant les promotions à ne pas rater, au rez-de-chaussée du magasin.

Thulin court droit vers le local du gardien, à l'autre extrémité du sous-sol. Un jeune homme, assis de profil, est en train de ranger des classeurs sur une étagère.

« Bonjour, je suis de la police. Je voudrais savoir… »

Thulin s'aperçoit alors que le gardien a des écouteurs dans les oreilles. Il ne réagit que lorsqu'elle frappe violemment à la vitre en brandissant son badge.

« Je voudrais savoir quels sont les véhicules qui sont entrés ces dernières cinq minutes !

– Qu'est-ce que vous voulez que j'en sache ?

– Regardez sur votre écran, dépêchez-vous ! »

Thulin lui indique les petits moniteurs accrochés au mur derrière lui et le gars commence tout juste à comprendre qu'il y a urgence.

« Rembobinez, vite ! »

Ils n'ont plus aucune trace du signal depuis que la voiture est entrée dans le bâtiment, mais Thulin se dit que si elle voit les plaques des voitures qui sont entrées au cours des cinq dernières minutes, elle pourra identifier les conducteurs. Pour l'instant, le gardien est encore à la recherche de la télécommande.

« Je me souviens d'une Mercedes, d'un véhicule de coursier et de plusieurs voitures individuelles.

– Allez, allez, allez !

– Thulin ! Le signal se dirige vers la rue Købmagergade ! »

Thulin se retourne vers Hess qui, le téléphone à l'oreille pour suivre les indications de l'unité de surveillance, zigzague entre les voitures vers une sortie pour piétons. Elle revient vers le gardien qui a enfin trouvé ce qu'il cherchait.

« Laissez tomber. Montrez-moi les moniteurs qui correspondent aux caméras de vidéosurveillance installées à l'intérieur du magasin, en particulier celles qui se trouvent au rez-de-chaussée et qui filment la sortie vers Købmagergade ! »

Le gardien lui désigne les trois moniteurs supérieurs et Thulin regarde défiler les images en noir et blanc. Une foule dense se croise dans tous les sens. C'est une véritable fourmilière. Au départ, la tâche paraît impossible, mais soudain, elle repère une silhouette. L'homme se déplace d'un pas plus déterminé que les autres clients et il marche droit vers la sortie débouchant sur la rue piétonne de Købmagergade. L'individu tourne le dos à la caméra. Son costume et ses cheveux bruns disparaissent derrière une colonne et Thulin se met à courir.

35

Erik Sejer-Lasse marche trois pas derrière la femme, assez près pour sentir son parfum. Elle a une petite trentaine. Elle porte une jupe noire avec des collants noirs et le claquement de ses Louboutin est sur le point de le rendre fou tandis qu'il la suit dans le rayon Victoria's Secret du grand magasin. C'est une femme qui prend soin d'elle et elle a exactement les mensurations qu'il aime, la taille fine et une forte poitrine. Il devine qu'elle travaille dans un endroit avec des miroirs, des huiles essentielles, des pierres chaudes et ce genre de conneries, en attendant de faire partie des meubles dans la demeure d'un homme riche. Il pense à ce qu'il va lui faire : la pousser dans un coin tranquille, soulever sa jupe et lui enfoncer son engin par-derrière. Il tiendra ses cheveux décolorés d'une main et il lui tirera la tête en arrière jusqu'à ce qu'elle crie de douleur. Il pourrait aussi avoir accès à sa caverne des délices en l'invitant dans un restaurant à la mode ou une boîte de nuit branchée où elle poufferait, impressionnée chaque fois qu'il passerait sa carte Visa Platinum dans la machine, mais ce n'est pas ce dont il a envie… ce n'est pas ce qu'elle mérite. Il entend son téléphone sonner, et quand il l'extrait de son sac en bandoulière et jette un coup d'œil sur l'écran, son fantasme éclate comme une bulle de savon.

« Quoi ? »

Il a répondu d'une voix glaciale, et il sait que ça a fait de la peine à sa femme, mais c'est bien fait pour elle. Après tout, c'est sa faute s'il est comme il est. Il cherche des yeux la femme aux Louboutin, mais elle a déjà disparu dans la foule.

« Excuse-moi de te déranger.

– Qu'est-ce que tu veux ? Je ne peux pas te parler maintenant.

– Je voulais seulement te demander si ça t'ennuie si je vais chez ma mère avec les filles. Et que je reste dormir là-bas ce soir. »

Il devient suspicieux.

« Pourquoi tu ferais cela ? »

Elle ne répond pas immédiatement.

« Il y a longtemps qu'elles ne l'ont pas vue. Et comme tu n'es pas à la maison, de toute façon…

– Est-ce que tu aimerais que je sois à la maison, Anne ?

– Oui, bien sûr. Mais tu m'as dit que tu devais travailler tard ce soir, alors…

– Alors quoi, Anne ?

– Excuse-moi… On va rester là… si tu ne trouves pas que ce soit une bonne idée… »

Il y a quelque chose chez elle qui l'exaspère. C'est dans sa voix. Il n'a pas confiance. Il voudrait qu'il en soit autrement, il voudrait tant de choses, il voudrait pouvoir revenir en arrière et tout recommencer en s'y prenant autrement. Soudain, il entend un claquement de talons sur le sol en marbre et, quand il se retourne, il voit la femme aux Louboutin sortir d'un stand de cosmétiques, un joli petit sachet se balançant au bout de ses doigts manucurés, et se diriger vers l'ascenseur près de la sortie du magasin donnant sur Købmagergade.

« Pas de problème. Allez-y si ça vous fait plaisir. »

Erik Sejer-Lassen raccroche et arrive à entrer dans l'ascenseur juste avant que les portes se referment.

« Je peux monter avec vous ? »

Elle est seule dans la cabine et le regarde, un peu surprise, avec son visage de poupée. Elle le jauge rapidement. Il la voit évaluer son visage, ses cheveux bruns, son costume de prix et ses chaussures. Ses traits s'illuminent d'un grand sourire.

« Bien sûr. »

Erik Sejer-Lassen a juste le temps de répondre à son sourire, d'appuyer sur le bouton et de se retourner vers la femme, avant qu'un type bloque la fermeture des portes avec son bras. La seconde d'après, il le plaque contre la paroi en lui écrasant le nez contre le miroir. Il sent le poids de l'homme dans son dos, ses mains qui le fouillent et, l'espace d'un éclair, il voit ses yeux de deux couleurs différentes et pense que le type est peut-être fou.

36

Il est parfaitement clair pour Steen que le client n'y connaît rien et ne saurait pas distinguer le haut du bas des planches qu'il lui présente. C'est fréquent, mais ça l'énerve encore plus que d'habitude parce que celui-là fait une vertu de son ignorance en prétendant qu'elle lui permet de garder une perception « libre », « destructurée » et « spontanée ».

Son associé Bjarke et lui-même attendent dans la grande salle de conférences que le client daigne lever les yeux d'un énième dessin et qu'il leur donne enfin son avis. Steen regarde discrètement sa montre. La réunion s'éternise, il y a déjà cinq minutes qu'il devrait être dans sa voiture, et en route pour l'école. Mais le client a 23 ans, il est multimillionnaire grâce à une start-up informatique, il s'habille comme un gamin de 15 ans, avec un sweat à capuche, un jean troué et des baskets blanches, et Steen devine qu'il ne saurait orthographier le mot « fonctionnalisme » qu'à l'aide du correcteur d'orthographe de l'iPhone X flambant neuf posé devant lui sur la table, qu'il tripote en permanence.

« Écoutez, les mecs, je trouve que celui-là manque de détails.

– Il me semble vous avoir entendu dire que le précédent en avait trop, je me trompe ? »

Steen n'a pas besoin de regarder Bjarke pour savoir qu'il a blêmi. Il se dépêche d'ailleurs de désamorcer la question de son collègue :

« Ce n'est pas un problème, on peut en remettre une partie.
– Et puis, il faudrait que tout ça soit plus *punchy.* »

Steen n'attendait que cette remarque pour ressortir les planches précédentes.

« Voici ce que nous vous avons montré la dernière fois. C'était à la fois pêchu et audacieux, *punchy* et *spunky*, et vous nous avez dit que c'était *trop*.

– Parce que *c'était* trop ! Ou alors, pas assez... »

Steen pose un regard las sur le gamin qui le regarde avec un grand sourire.

« Votre problème, c'est que vous nous proposez un projet *inbetween*. Vous nous apportez un dessin après l'autre – et je ne doute pas que vous connaissiez votre job –, mais tout cela est sans nuances, nous attendons quelque chose de... *no strings attached*. Vous voyez ce que je veux dire ?

– Non, pas du tout. Mais si vous voulez, on peut vous mettre des animaux en plastique rouge vif le long de l'allée et transformer le hall d'accueil en bateau de pirate ! »

Bjarke éclate d'un rire trop bruyant pour calmer le jeu, mais le jeune Roi-Soleil ne saisit pas la perche.

« C'est peut-être une bonne idée. Ou alors, je peux confier le budget à vos concurrents, si vous n'en avez pas de meilleures d'ici votre deadline, ce soir. »

Quelques minutes plus tard, Steen appelle de sa voiture le cabinet d'avocats pour signaler qu'il n'a pas encore reçu le certificat de décès présumé. La secrétaire semble surprise et lui présente ses excuses. Steen l'interrompt un peu trop vite, mais elle a noté le message et promet de remédier à ce retard.

Quand il se gare devant l'entrée de l'école, il a eu le temps de vider trois mignonnettes de bitter. Cette fois, il a pensé au chewing-gum et roulé plusieurs kilomètres la vitre ouverte.

Gustav ne l'attend pas sous les arbres comme d'habitude et il ne répond pas sur son portable. Tout à coup, Steen se demande s'il est en retard ou en avance. La cour est déserte et il regarde sa montre. Il y a longtemps qu'il n'est pas entré dans l'école de son fils. Pour être honnête, il ne se souvient pas de la dernière fois que c'est arrivé. C'est comme si Gustav et lui savaient qu'il valait mieux pour tous les deux qu'il s'abstienne. Mais Gustav n'est pas là et, dans une demi-heure, Steen doit être de retour au cabinet pour revoir les plans du Roi-Soleil, alors il ouvre sa portière avec humeur et sort de la voiture.

37

La porte de la classe de Gustav est grande ouverte mais il n'y a personne à l'intérieur. Steen avance dans le corridor, soulagé que les élèves soient encore en cours et pas en récréation. Les couloirs sont déserts et il échappe aux regards curieux. En passant devant les classes de maternelle, il s'oblige à ne pas regarder les décorations sur les murs, avec leurs branches mortes et leurs bonshommes en marrons. La dernière visite de la police a été un véritable cauchemar. Cette histoire d'empreinte digitale l'a profondément ébranlé. Quand il s'est rendu compte de ce qu'ils disaient, il a été bouleversé par les sentiments que la nouvelle faisait naître en lui. L'espoir, mélangé à l'incompréhension. Ils avaient vécu cela si souvent, Rosa et lui – revenir à la case départ –, sauf que cette fois ils ne s'y attendaient pas. Ils en ont parlé ensuite, ils se sont dit que c'était inévitable et que, au moins pour Gustav, ils devaient rester assez forts pour surmonter les montagnes russes émotionnelles que chaque rappel de leur fille provoquerait en eux à l'avenir. Quelle que soit la forme qu'il prendrait. Ils se sont consolés mutuellement en se persuadant qu'ils faisaient des progrès. À présent, il est bien déterminé à ne pas se laisser déstabiliser, même s'il a l'impression de sentir le regard des bonshommes en marrons dans sa nuque jusqu'au moment où il tourne à l'angle du couloir pour entrer dans la grande salle.

Steen se fige. Il met quelques secondes à comprendre que ce sont les élèves de l'ancienne classe de Kristine qui s'y trouvent. Il y a longtemps qu'il ne les a pas vus, mais leurs visages lui sont tous familiers.

Ils sont sagement assis en train de travailler en petits groupes autour de tables blanches dispersées sur la moquette brune. Dès que le premier élève l'aperçoit, l'attention générale se concentre sur lui et tous les enfants le regardent. Personne ne dit rien. L'espace d'un instant, il ne sait pas quoi faire, mais finalement, il opte pour une retraite silencieuse.

« Bonjour. »

Steen se retourne vers la fillette qui vient de le saluer. Elle est assise toute seule à la table la plus proche, quelques manuels scolaires empilés devant elle. Il reconnaît Mathilde. Elle semble plus mûre. Plus grave. Elle est vêtue de noir et lui sourit gentiment.

« Tu cherches Gustav ?

– Oui. »

Il l'a vue des milliers de fois. Elle est venue si souvent chez eux qu'il s'adressait à elle comme si elle était sa propre fille, mais ça c'était avant. Maintenant il a du mal à trouver ses mots.

« J'ai vu sa classe passer il y a un moment déjà. Je pense qu'ils vont bientôt revenir.

– Merci. Tu sais où ils sont allés ?

– Non. »

Steen regarde sa montre machinalement alors qu'il sait exactement l'heure qu'il est.

« Bon, alors je vais aller l'attendre dans la voiture.

– Comment ça va chez vous ? »

Steen regarde Mathilde et essaye de sourire. C'est une des questions dangereuses, mais on la lui a posée si souvent qu'il a appris à y répondre rapidement :

« Ça va. Nous avons beaucoup de travail, mais c'est une bonne chose. Et toi, comment vas-tu ? »

Elle hoche la tête et essaye de sourire, mais le cœur n'y est pas.

« Je suis désolée de ne pas être venue vous voir plus souvent.

– Ne t'inquiète pas. Nous allons bien.

– Bonjour, Steen, je peux faire quelque chose pour toi ? »

Steen se retourne vers Jonas Kragh, un instituteur d'une quarantaine d'années qui s'avance vers lui. Il porte un jean et un tee-shirt noir moulant. Son regard est aimable, mais également vigilant et inquisiteur, et Steen sait pourquoi. Les camarades de classe de Kristine ont été très choqués par ce qui était arrivé et, depuis, l'école tente d'aider les élèves à surmonter cette épreuve. L'enseignant faisait partie de ceux qui estimaient judicieux que les élèves n'assistent pas à la cérémonie funèbre, un événement qui, pour des raisons évidentes, n'avait eu lieu que plusieurs mois après la disparition de Kristine. D'après lui, cela aurait fait plus de mal que de bien aux enfants, parce que cela risquait de rouvrir une plaie qui avait commencé à se refermer. À l'époque, il était venu expliquer son point de vue à Steen. Finalement, la direction de l'école avait tranché : ce serait aux élèves eux-mêmes de décider s'ils souhaitaient se rendre à la cérémonie ou pas, et presque toute la classe était venue.

« Non, merci, j'allais repartir. »

La cloche sonne alors qu'il arrive à sa voiture. Il s'assoit au volant et claque la portière, puis se concentre pour essayer de reconnaître la silhouette de Gustav au milieu de la foule d'enfants qui passent la porte. Il se dit qu'il a bien fait de partir. Revoir Mathilde a ravivé le souvenir de la visite de la police et il est obligé de se remémorer les conseils du dernier psychologue qu'ils sont allés voir : le chagrin est un amour qui n'a plus de maison. Il faut vivre avec et tâcher de continuer d'avancer.

Il entend Gustav s'asseoir à côté de lui dans la voiture et lui raconter que la maîtresse les a emmenés à la bibliothèque de l'école pour les inciter à emprunter des livres à lire à la maison, c'est pour ça qu'il est en retard. Steen voudrait pouvoir hocher la tête pour dire à son fils que ce n'est pas grave, mettre son clignotant et s'en aller, mais il reste là, sans rien faire, les mains posées sur le volant. Il est obligé d'y retourner, il ne peut pas faire autrement. La cloche sonne à nouveau et il a résisté à son impulsion. Il sait que ce serait une transgression des règles qu'il s'est imposées. D'un autre côté, s'il n'y va pas maintenant, il n'ira jamais poser la question à Mathilde, or la réponse à cette question est très importante. Peut-être plus importante que tout au monde.

« Qu'est-ce qui se passe, papa ? »

Steen ouvre la portière.

« Il faut que je fasse un truc, j'en ai pour une minute. Attends-moi ici.

– Tu vas faire quoi ? »

Steen claque la portière et avance vers l'entrée de l'école, les feuilles mortes tournoyant autour de lui.

38

« Qu'est-ce qui vous prend ? J'exige une explication ! » aboie Erik Sejer-Lassen.

Thulin active l'icône Messages sur son Samsung Galaxy et fait défiler la liste de ses SMS, tandis que Hess vide son attaché-case sur le cuir blanc du canapé d'angle.

Ils sont dans le bureau d'Erik Sejer-Lassen, au dernier étage du bâtiment. Tandis qu'une foule de gens se bouscule au son d'une musique impersonnelle dans les étages inférieurs, l'étage le plus près du ciel est entièrement réservé aux impressionnants bureaux de la société d'investissement d'Erik Sejer-Lassen. La lumière du jour décline peu à peu et, derrière la cloison en verre, le personnel chuchote avec des mines inquiètes en regardant le directeur qui, il y a quelques instants, a été traîné hors de l'ascenseur d'une manière sans équivoque.

« Vous n'avez aucun droit de faire ça. Qu'est-ce que vous foutez avec mon portable ? »

Thulin ne l'écoute pas et éteint le téléphone en regardant Hess et le contenu de la mallette dispersé sur le canapé.

« Le message n'y est pas.

– Il l'a peut-être effacé. Le signal émet encore depuis ici. »

Hess plonge la main à l'intérieur d'une pochette en plastique pendant qu'Erik Sejer-Lassen s'approche de Thulin.

« Je n'ai rien fait de mal, alors, soit vous fichez le camp d'ici, soit vous m'expliquez tout de suite…

– Quel rapport avez-vous avec Laura Kjær ?

– Avec qui ?

– Laura Kjær, 37 ans, assistante dentaire. Vous venez d'envoyer un texto sur sa messagerie.

– Je n'ai jamais entendu ce nom-là !

– Qu'avez-vous fait de votre deuxième téléphone ?

– Je n'en ai pas d'autre.

– Qu'est-ce qu'il y a dans ce paquet ? »

Hess brandit sous le nez de Sejer-Lassen un paquet molletonné de format A5 qui se trouvait dans le sac en plastique.

« Je n'en sais rien. Je viens juste d'aller le chercher. J'arrive d'une réunion et j'ai reçu un SMS d'un livreur disant qu'il avait déposé un paquet pour moi à l'épicerie 7-Eleven… Hé !? »

Médusé, Sejer-Lassen regarde Hess déchirer l'enveloppe.

« Qu'est-ce que vous faites ? Qu'est-ce qui se passe ici ? »

Hess lâche brusquement le paquet, qui tombe sur le cuir blanc. La déchirure de l'enveloppe est assez large pour que Thulin puisse voir une deuxième pochette en plastique transparent, maculée de taches sèches, et le vieux Nokia qui clignote à l'intérieur. Un objet grisâtre d'une forme étrange est attaché au téléphone avec du gaffer. Thulin devine en voyant la bague qu'il doit s'agir de la main amputée de Laura Kjær.

Erik Sejer-Lassen fixe bouche bée le contenu de l'enveloppe.

« Qu'est-ce que c'est que ce truc ? »

Hess et Thulin se regardent et Hess s'approche de l'homme.

« Maintenant, je vais vous demander de bien réfléchir. Laura Kjær…

– Mais puisque je vous dis que je ne sais rien !

– Qui vous a envoyé ce paquet ?

– Je viens de le recevoir ! Je ne sais pas…

– Où étiez-vous lundi soir de la semaine dernière ?

– Lundi soir ? »

Les voix de Hess et de Sejer-Lassen s'estompent tandis que Thulin balaie des yeux le bureau de l'homme d'affaires. Elle sait instinctivement que la conversation est sans importance. On dirait que tout cela a été mis en scène pour créer la confusion. Comme si quelqu'un s'amusait à leurs dépens et que cette personne était en train de se moquer d'eux en les voyant tourner en rond comme des mouches dans un bocal. Elle se concentre pour essayer de comprendre pourquoi ils sont ici, et pourquoi cet endroit est à la fois juste et hors sujet.

Quelqu'un a envoyé ce message exprès pour les attirer jusqu'ici. Quelqu'un voulait qu'ils suivent le signal du Nokia et qu'ils découvrent la main de Laura Kjær chez Erik Sejer-Lassen. Mais pour quelle raison ? Ce n'était pas pour les aider et, manifestement, ce n'était pas non plus parce que Sejer-Lassen pouvait éclairer leur lanterne. Alors, pourquoi les conduire jusqu'à lui ?

Le regard de Thulin s'arrête sur une jolie photo encadrée d'Erik Sejer-Lassen avec sa femme et ses enfants, posée sur une étagère de la bibliothèque Montana, et la raison la plus horrible lui vient à l'esprit.

« Où est votre femme ? »

L'exclamation de Thulin interrompt l'échange de Hess et Erik Sejer-Lassen. Ils se tournent tous deux vers elle.

« Votre femme ! Où est-elle en ce moment ? »

L'homme secoue la tête. Il ne comprend plus rien, mais Hess regarde à son tour la photo de famille sur la bibliothèque et Thulin voit dans ses yeux qu'il vient d'avoir la même idée qu'elle. Erik Sejer-Lassen hausse les épaules et se met à ricaner, incrédule.

« Je n'en sais rien, où elle est. À la maison, sans doute. »

39

C'est la plus grande maison de ce quartier de Klampenborg. Depuis que Anne Sejer-Lassen, son mari et leurs deux enfants sont venus s'y installer, il y a quelques mois, elle a pris l'habitude d'arrêter son jogging devant l'immense portail automatique et de prendre l'allée gravillonnée jusqu'à la maison en marchant pour reprendre son souffle et faire redescendre son rythme cardiaque. Mais pas ce jour-là. Depuis qu'elle a réussi à rassembler son courage et à téléphoner à Erik, elle a couru aussi vite qu'elle pouvait pour rentrer et elle continue de courir sur le gravier, le long des haies bien taillées, devant la fontaine d'albâtre et le Land Rover. Elle se fiche d'avoir laissé la grille ouverte parce que, dans quelques minutes, elle va la repasser dans l'autre sens, avec sa voiture, pour la dernière fois de sa vie. Elle vient de téléphoner à la baby-sitter pour la prévenir qu'elle irait chercher Lina et Sofia à la maternelle et à la garderie. En arrivant au pied du grand escalier en pierre, elle caresse distraitement la tête du chien qui vient lui faire la fête, elle prend la clé sous le pot et ouvre la porte.

Dans la maison, il commence déjà à faire sombre. Essoufflée, elle allume la lumière avant de taper le code pour désactiver l'alarme. Elle retire rapidement ses chaussures de sport et monte l'escalier d'un pas vif et déterminé, le chien sur ses talons. Elle sait ce qu'elle va emporter, car elle a cent fois fait sa valise dans sa tête. Dans la chambre d'enfants au premier étage, elle attrape au fond du placard les deux balluchons de vêtements qui sont prêts depuis plusieurs jours, pense à prendre les trousses de toilette et les brosses à dents dans la salle de bains. Son téléphone sonne. Elle voit à l'écran que c'est son mari qui la rappelle, elle ne décroche pas. Elle n'a plus de temps à perdre. Elle le rappellera plus tard, lui dira qu'elle n'a pas pu répondre parce qu'elle était au volant et il ne comprendra pas ce qui se passe avant demain, quand il apprendra qu'elle n'est pas chez sa mère. Elle fourre les affaires des filles dans le gros sac de voyage toujours rangé dans le dressing de la chambre, elle y met aussi ses propres vêtements et les trois passeports rouge betterave. Elle le referme et redescend l'escalier quatre à quatre. En arrivant dans le grand séjour avec ses baies vitrées panoramiques donnant sur la forêt, elle s'aperçoit qu'elle a oublié quelque chose. Elle lâche précipitamment la valise, pose son téléphone dessus et remonte au premier. Il fait nuit à présent dans la chambre d'enfants. Elle cherche fébrilement sous les couettes et les lits, mais c'est sur le rebord de la fenêtre qu'elle trouve les deux indispensables pandas en peluche des filles. En dévalant les marches vers le rez-de-chaussée, elle se dit qu'elle a de la chance de les avoir trouvés si vite et aussi qu'elle doit penser à prendre son portefeuille et ses clés de voiture. Elle récupère le tout dans la cuisine, sur la grande table rustique fabriquée par un ébéniste chinois, et retourne dans le salon où elle se fige.

À l'endroit où elle avait laissé le sac de voyage, il n'y a plus rien. Pas de bagage, plus de téléphone. La lumière bleuâtre de l'éclairage extérieur brille à travers les vitres et sur les lames grisées de la terrasse en bois exotique, un petit bonhomme en marrons la regarde. Elle n'y comprend rien. Elle se dit que les filles ont dû le fabriquer avec la jeune fille au pair, qu'elle a peut-être posé le sac de voyage et le téléphone autre part, mais en un éclair, elle sait que ce n'est pas vrai.

« Erik… ? Erik, c'est toi ? »

La maison est plongée dans un profond silence. Personne ne répond et lorsqu'elle baisse les yeux vers le chien qui s'est mis à grogner, il regarde quelque chose, derrière elle, dans le noir.

40

Le maître est en train de leur parler de l'histoire d'Internet, de Berners-Lee à Bill Gates et Steve Jobs, quand quelqu'un entre brusquement dans la classe. De sa place près de la fenêtre, Mathilde reconnaît le papa de Kristine. Il s'excuse pour le dérangement, un peu confus, comme s'il venait de se rendre compte qu'il est entré sans frapper.

« J'ai besoin de parler à Mathilde. Je n'en ai pas pour longtemps. »

Mathilde se lève avant que le maître ait eu le temps de répondre. Elle sent qu'il n'apprécie pas l'interruption et elle sait très bien pourquoi, mais elle s'en fiche.

Quand Steen referme derrière eux la porte de la salle, Mathilde lit sur son visage qu'il y a un problème. Elle se rappelle encore le jour où, il y a bientôt un an de cela, il est venu la voir chez elle pour lui demander si elle savait où était Kristine. Elle a essayé de l'aider, mais il avait beau se rassurer à haute voix en disant que Kristine était allée chez une autre de ses amies, elle voyait bien que tout ce qu'elle disait ne faisait que l'inquiéter encore plus.

Mathilde a encore du mal à accepter que Kristine ne soit plus là. Quelquefois, quand elle pense à elle, elle a l'impression que tout cela n'est qu'un rêve. Qu'elle a seulement déménagé et qu'elle vit toujours, dans un autre endroit. Que bientôt elle reviendra et qu'elles reprendront leurs belles parties de rigolade. Mais quand elle croise Gustav à l'école, ou qu'elle aperçoit Rosa, ou Steen, de temps en temps, elle sait que ce n'est pas un rêve. Elle les a si bien connus. Elle adorait venir chez eux et cela lui fait de la peine quand elle voit à quel point le malheur les a changés. Elle ferait n'importe quoi pour les aider, mais à présent qu'elle est en tête à tête avec Steen, elle a quand même un peu peur, parce qu'elle sent qu'il n'est pas dans son état normal. Il a l'air pressé et embrouillé, et lorsqu'il commence à parler, à s'excuser et à lui expliquer qu'il a besoin de savoir comment ça se passait quand elles fabriquaient des bonshommes en marrons chez eux, l'année dernière, son haleine est acide et désagréable.

« Des bonshommes en marrons ? »

Mathilde est un instant décontenancée par la question. Elle ne comprend pas tout de suite ce qu'il lui demande.

« Tu veux savoir comment on les fabriquait ?

– Non. Je voudrais que tu me dises qui de vous deux les fabriquait. »

Mathilde hésite. Elle ne se souvient pas et il la regarde avec impatience.

« J'ai besoin de le savoir.

– Toutes les deux, je crois.

– Tu crois, ou tu es sûre ?

– J'en suis sûre. Pourquoi ?

– Tu me dis qu'elle aussi les fabriquait ? Tu en es certaine ?

– Oui. On les faisait ensemble. »

Elle voit sur son visage que ce n'est pas la réponse qu'il espérait et, pour une raison ou pour une autre, elle se sent coupable.

« On faisait toujours ça chez vous, et...

– Oui, je sais. Et ensuite, qu'est-ce que vous en faisiez ?

– On s'installait sur le bord de la route et on les vendait. Avec des gâteaux et…

– À qui les vendiez-vous ?

– Je ne sais pas. À tous ceux qui voulaient bien nous les acheter. Pourquoi est-ce…

– Vous les vendiez aux voisins, à des gens que vous connaissiez, ou aussi à des étrangers ?

– Je ne me rappelle pas…

– Enfin, tu dois bien te souvenir si tu les connaissais !

– Non. Je ne les connaissais pas.

– C'était des étrangers ou des personnes du quartier que Kristine connaissait ? Dis-moi qui vous achetait ces bonshommes ?

– Je ne sais pas.

– Mathilde, c'est important que tu te souviennes !

– On peut savoir ce qui se passe ici ? »

L'instituteur vient d'entrer dans la salle, mais Steen ne lui jette qu'un bref coup d'œil.

« Rien, on a presque fini.

– Tu veux bien venir avec moi une seconde, Steen. »

L'enseignant est venu se placer devant Mathilde et il essaye d'emmener le père de Kristine avec lui. Mais Steen résiste.

« Si tu as quelque chose d'important à dire à Mathilde, tu dois le faire dans les règles. Ça a été une période difficile pour tout le monde, pour vous principalement, mais aussi pour les camarades de classe de Kristine.

– J'ai juste quelques questions à lui poser. Je n'en ai pas pour longtemps.

– Dans ce cas, je veux que tu me dises de quoi il s'agit. Sinon, je vais devoir te demander de partir. »

Sous le regard inquisiteur de l'instituteur, le père de Kristine se dégonfle subitement comme un ballon. Il pose sur

Mathilde un regard affolé. Il vient de s'apercevoir que tous les élèves de la classe sont maintenant entrés par la porte restée ouverte.

« Pardon, je ne voulais pas... »

Il s'interrompt et se retourne. Mathilde voit que Steen a également pris conscience de la présence de Gustav, à l'autre bout de la pièce. Gustav ne dit rien. Il se contente de regarder son père, puis il tourne les talons et s'enfuit. Steen le suit et il est presque arrivé à la porte quand Mathilde l'appelle :

« Attends ! »

Steen se retourne lentement et elle le rejoint.

« Je suis désolée de ne pas me souvenir de tout.

– Ce n'est pas grave. Excuse-moi, Mathilde.

– Mais en y réfléchissant, je me rappelle maintenant que l'année dernière, on n'en a pas fait du tout. Des bonshommes en marrons. »

Il a les yeux rivés au sol. Tout son corps est courbé comme sous une charge invisible. Mais quand la phrase de Mathilde arrive jusqu'à son cerveau, il se redresse et la regarde.

41

La septième interview avec la presse écrite vient de s'achever et Rosa court dans le couloir du ministère en compagnie d'Engells quand son téléphone sonne. Tout en enfilant son manteau, elle voit le visage de son mari s'afficher sur l'écran, mais elle ne peut pas répondre si elle veut que son chef de cabinet ait le temps de la briefer sur le dernier rapport du ministère des Affaires sociales.

Les interviews se sont bien passées. Elle a parlé de la nécessité de joindre les actes à la parole et a pu mentionner l'excellente collaboration entre son ministère et le parti de soutien, chaque mot prononcé ayant eu pour but de ramener Bukke dans le corral. Elle a aussi répondu aux questions indiscrètes des journalistes, malgré l'énergie que cela lui coûtait : « Ça fait quoi de revenir ? », « Qu'est-ce qui a changé dans votre vie après la disparition de votre fille ? », « Comment se remet-on d'un tel drame ? »… Le plus étrange pour elle a été de réaliser que le jeune reporter qui lui avait posé cette dernière question partait du principe que si elle avait repris son poste de ministre, c'était parce qu'elle s'était remise de la perte de sa fille.

« Dépêchez-vous ! Si vous voulez que la ministre ait le temps d'assimiler les chiffres, il faut que je les lui communique en chemin. »

Liu trépigne devant l'ascenseur. Engells remet le rapport à la secrétaire et souhaite bonne chance à Rosa d'une tape sur l'épaule.

« Où est passé Vogel ? demande Rosa.

– Il nous retrouve là-bas. Il a dit qu'il devait d'abord passer à TV2. »

Ils ont accepté deux interviews en direct, aux infos. La première à la radio, sur DR Byen, la deuxième à la télévision, pour TV2, et le timing est serré. Ils prennent l'ascenseur menant à une sortie à l'arrière du ministère où le chauffeur peut plus facilement les attendre que devant l'entrée principale, où il y a beaucoup de circulation. Liu presse le bouton du rez-de-chaussée.

« Le bureau du Premier ministre est au courant de la situation, mais Vogel dit qu'il ne faut pas que tu entres en conflit avec Bukke.

– Je ne suis en conflit avec personne. Je lui fais seulement savoir que c'est nous qui menons la barque, pas lui.

– Je te répète simplement ce que Vogel a dit. Ton attitude est particulièrement importante en ce moment. La presse écrite est une chose…

– Je sais ce que j'ai à faire, Liu.

– Je n'en doute pas, mais c'est du direct, et ils ne vont pas s'en tenir à la politique. Vogel m'a demandé de te rappeler de t'en tenir à ton retour au gouvernement. Enfin, tu sais qu'ils vont te poser des questions indiscrètes. Vogel voulait juste que tu saches qu'il n'a pu obtenir de leur part aucune garantie.

– Il faudra faire avec. Si c'est pour reculer maintenant, ce n'était pas la peine que je revienne. Où est la voiture ? »

Rosa est sortie de l'ascenseur et a passé le poste de sécurité avec Liu sur ses talons. Elles sont debout en plein vent sur le trottoir de la rue Admiralgade, mais la voiture ministérielle n'attend pas là où elle était censée attendre. Rosa sent que cela surprend Liu, mais, comme d'habitude, la secrétaire s'efforce de se comporter comme si tout était parfaitement sous contrôle.

« Ne bouge pas, je vais le chercher. Il se gare souvent dans une cour, tout près d'ici, entre deux courses. »

Liu part en courant sur les pavés en regardant de tous les côtés et sort son portable de son sac à main. Celui de Rosa sonne à nouveau et cette fois, elle décroche tout en emboîtant le pas à sa secrétaire. Le vent est glacé. En passant Boldhusgade, elle aperçoit le palais de Christiansborg de l'autre côté du canal.

« Bonjour, chéri. Excuse-moi, je ne vais pas avoir beaucoup de temps pour te parler. Je suis en route pour la radio et j'ai des chiffres à revoir dans la voiture. »

La communication n'est pas bonne et elle a du mal à entendre ce que dit Steen. Il semble bouleversé et son discours n'est pas clair. Au début, elle ne comprend que « Mathilde » et « important ». Elle répète ce qu'elle lui a dit précédemment et tente de lui expliquer qu'elle n'entend presque rien, mais il insiste pour lui raconter quelque chose. À l'entrée d'une cour, Rosa aperçoit maintenant Liu qui parle d'un ton excité au nouveau chauffeur qui, pour une raison ou pour une autre, n'est pas venu les attendre devant la sortie.

« Je suis désolée, Steen, on se parlera plus tard. Je suis vraiment obligée de raccrocher, là.

– Écoute-moi, s'il te plaît ! »

Soudain, la voix de Steen devient nette et parfaitement audible :

« Tu as dit à la police qu'elles fabriquaient des bonshommes en marrons. Est-ce que tu peux t'être trompée ?

– Plus tard, Steen, ce n'est vraiment pas le moment.

– Je viens de voir Mathilde. Il paraît que l'année dernière, elles n'en ont pas fait. Elles ont fabriqué des animaux, des araignées et toutes sortes de choses, mais pas de bonshommes en marrons. Comment les empreintes de Kristine peuvent-elles se trouver sur ce bonhomme ? Tu comprends ce que j'essaye de te dire ? »

Rosa s'arrête, parce que la voix de Steen disparaît de nouveau.

« Allô, Steen, tu m'entends ? »

Elle sent un nœud se former dans son ventre, mais la couverture est faible et bientôt un bip lui indique qu'elle est interrompue. Elle avance d'un pas peu assuré vers Liu, qui a le regard fixé sur quelque chose et ne lève les yeux que lorsque le chauffeur lui touche le bras pour lui signaler la présence de Rosa.

« Viens, on va prendre un taxi, dit Liu, qui l'a rejointe à l'entrée de la cour.

– Il faut que je rappelle Steen. Pourquoi est-ce qu'on ne prend pas la voiture ?

– Je t'expliquerai en route. Viens.

– Non. Dis-moi ce qui s'est passé.

– Allez, suis-moi. On est pressées ! »

Mais c'est trop tard, Rosa vient d'apercevoir la voiture ministérielle. Le pare-brise est cassé et on a écrit quelque chose en grandes lettres rouges en travers du capot. On dirait que le message est écrit avec du sang et elle se fige, choquée, en déchiffrant le mot formé par les lettres : « ASSASSIN ».

Liu lui prend le bras et l'éloigne.

« Je lui ai demandé d'appeler la sécurité. Allons-y maintenant. »

42

Les silhouettes des arbres défilent dans l'obscurité. Thulin ne ralentit que lorsque Hess lui signale qu'ils sont arrivés au numéro qu'ils cherchent. Elle s'engage dans l'allée de l'immense demeure de Klampenborg à une telle allure que le gravier crisse sous les roues. Elle remonte jusqu'à l'entrée et Hess saute du véhicule avant qu'il soit tout à fait arrêté. Elle voit avec soulagement qu'une voiture de patrouille du commissariat local est déjà arrivée sur les lieux et, quand elle monte le grand escalier et pénètre dans le hall, un agent vient à sa rencontre, arrivant du premier étage.

« Nous avons fait le tour de toute la maison. Apparemment, il s'est passé quelque chose dans le salon.

– Thulin ! »

Elle entre dans le séjour et voit une grande tache de sang sur le mur et le chien couché en dessous, mort, le crâne enfoncé. Il y a des meubles renversés, une baie vitrée fendue de haut en bas et du sang sur les encadrements de portes et sur le sol, où gisent deux pandas en peluche. Un sac de voyage est caché derrière une porte avec un téléphone portable à côté.

« Envoyez des hommes et des chiens dans les bois, tout de suite ! »

Hess ouvre la porte de la terrasse tout en donnant des ordres à l'agent, un peu dépassé, qui sort son téléphone portable. Une chaise de jardin est renversée, Hess la dégage d'un coup de pied. Thulin et lui traversent en courant la pelouse, en direction de la forêt.

43

Anne Sejer-Lassen court aussi vite qu'elle peut dans le noir, avec les branches qui lui fouettent le visage. Les aiguilles de pin et les racines lui déchirent les pieds, mais elle continue de courir, dépassant ses limites, et commence à avoir des crampes. À chaque seconde, elle espère repérer un détail dans la forêt qu'elle croyait si bien connaître, mais il n'y a que l'obscurité, et le bruit de sa respiration et des branches qui cassent risque de révéler à celui qui la suit l'endroit exact où elle se trouve.

Elle s'arrête devant un grand arbre. S'appuie à l'écorce humide, retient son souffle, écoute les bruits de la forêt. Son cœur est sur le point d'éclater et l'hystérie est proche. Elle a l'impression d'entendre des voix, au loin, mais elle a perdu le sens de l'orientation et elle a peur, en appelant au secours, d'alerter son poursuivant. Elle a couru longtemps, elle doit être loin de la maison. Elle se demande si son agresseur a réussi à la suivre à la même vitesse et dans la même direction. Elle est perdue, mais elle se rassure en constatant qu'elle ne voit plus le faisceau de la torche dans la nuit. Elle n'entend plus aucun bruit non plus, ça *doit* vouloir dire qu'elle lui a échappé.

Devant elle, loin entre les arbres, elle aperçoit soudain de la lumière. Elle se déplace lentement, en arc de cercle, et en écoutant attentivement, elle a l'impression d'entendre aussi un bruit de moteur à distance. Soudain, elle sait où elle est. La lumière doit venir des phares d'une voiture qui roule sur la petite départementale allant du rond-point à la plage. Elle tend ses muscles, respire un grand coup et s'élance. Il lui reste 150 mètres à parcourir pour atteindre la route. Elle sait précisément où celle-ci décrit une courbe et où elle va pouvoir couper la route de la voiture. Encore 50 mètres et elle se mettra à crier. Plus que 30. Même avec le bruit du moteur, le chauffeur l'entendra et son poursuivant sera contraint d'abandonner.

Le coup de batte l'atteint de face. Quelque chose s'enfonce dans sa joue et elle comprend qu'il était devant elle à l'attendre, certain qu'elle réagirait aux phares de la première voiture. À plat ventre sur la mousse, elle sent un goût métallique se répandre dans sa bouche. Elle se redresse sur les genoux, paniquée, et le même bâton qui semble se terminer par une boule hérissée de pointes revient la frapper au visage. Elle retombe et sanglote.

« Comment vas-tu, Anne ? »

La voix murmure près de son oreille, mais avant qu'elle ait le temps de répondre, son agresseur lui assène une pluie de coups. Elle gémit entre deux impacts et demande pourquoi. Pourquoi elle ? Qu'est-ce qu'elle a fait pour mériter cela ? Quand la voix répond à sa question, ses forces l'abandonnent. Une botte immobilise son bras au sol et une lame se pose sur son poignet. Elle supplie pour qu'on l'épargne. Pas pour elle, mais pour ses enfants. Un instant, on dirait que l'individu se ravise et Anne sent une caresse sur sa joue.

44

Thulin balade le faisceau de sa lampe torche sur les arbres mouillés, les souches et les branches. Elle appelle la femme dans le noir. Loin devant elle, sur la gauche, elle entend Hess qui fait la même chose et elle aperçoit la lumière mouvante de sa lampe qui progresse rapidement. Ils ont couru longtemps, plusieurs kilomètres, et Thulin veut appeler de nouveau, mais au même instant, une douleur fulgurante à un pied la projette au sol. L'obscurité se referme sur elle. Elle cherche, fébrile, sa lampe de poche qui a dû s'éteindre. Elle se met à genoux, fouille les tas de feuilles humides. Soudain, elle a l'impression d'apercevoir une silhouette et elle se fige. L'individu est immobile et il la regarde depuis l'autre côté d'une petite clairière. Il est à peine à 20 mètres et se confond avec l'obscurité.

« Hess ! »

Son cri résonne dans la forêt, elle sort son pistolet de son holster, tandis que Hess court vers elle, sa torche allumée. Quand il la rejoint, elle tient son arme braquée vers la silhouette et Hess, essoufflé, éclaire la nuit dans la même direction.

Anne Sejer-Lassen est accrochée à une haie. Deux branches passent sous ses aisselles et maintiennent debout son corps martyrisé. Ses pieds nus se balancent au-dessus du sol, elle a la tête affaissée sur la poitrine et ses longs cheveux lui recouvrent le visage. Quelque chose lui semble bizarre. En s'approchant, Thulin comprend ce qui la trouble. Les bras d'Anne Sejer-Lassen sont trop courts. Ses deux mains ont disparu. Et c'est alors qu'elle remarque le petit bonhomme en marrons planté dans l'épaule gauche d'Anne Sejer-Lassen. Thulin a l'impression qu'il sourit.

MARDI 13 OCTOBRE
DE NOS JOURS

45

Il pleut. De longues chaînes de policiers vêtus de noir fouillent la forêt, leurs torches dirigées vers le sol, tandis qu'un hélicoptère survole inlassablement les cimes des arbres, les balayant régulièrement du pinceau de son projecteur. Il est plus de minuit, Hess et ses collègues fouillent le terrain depuis plus de sept heures. Trois chefs de groupe d'intervention ont cartographié le secteur et l'ont divisé en cinq zones distinctes, qui chacune ont été ratissées par leurs hommes équipés de lampes Maglite et accompagnés de chiens.

Dès la découverte du corps d'Anne Sejer-Lassen, le périmètre de la forêt a été sécurisé et on a mis en place des barrages sur les routes avoisinantes. On a arrêté des voitures, interrogé des gens, mais Hess craint que cela n'ait servi à rien. Ils sont arrivés trop tard et ils ont toujours du retard sur le meurtrier. La pluie a commencé de tomber peu après qu'ils sont arrivés dans les bois et les traces de pas ou de pneus qui auraient pu s'y trouver sont depuis longtemps effacées. Il a l'impression de pourchasser un fantôme qui aurait les dieux de la météo de son côté. Il pense au cadavre d'Anne Sejer-Lassen, au petit bonhomme sur son épaule, et se sent comme le spectateur d'une pièce bizarre et macabre à laquelle il n'a jamais demandé d'assister et qui chercherait désespérément la sortie du théâtre. Ses vêtements sont trempés. Il revient de l'extrémité nord de la forêt par l'un des principaux chemins que les chefs de groupe ont tracés sur la carte. Un jeune policier est sorti de la chaîne pour aller pisser contre un arbre et Hess lui passe un savon parce qu'il aurait dû s'éloigner de la zone de recherche d'empreintes. Le policier s'empresse de rejoindre la formation et Hess regrette de lui avoir parlé comme il l'a fait. Il se sent un peu rouillé. Il a perdu sa forme physique, sa réflexion est désordonnée. Il y a trop longtemps qu'il n'a pas été confronté à ce genre d'affaire. À vrai dire, il ne l'a jamais été. Il se dit qu'il devrait être assis en ce moment sur son canapé, en train de regarder un match de foot sur l'écran plat de son appartement à La Haye, ou bien être en route pour quelque mission dans une ville européenne, au lieu de ça, il est en train de crapahuter dans un bois au nord de Copenhague, sous une pluie battante qui les colle au terrain.

Hess revient à la scène de crime où d'énormes spots éclairent la haie et dessinent de longues ombres aux techniciens vêtus de blanc qui se déplacent entre les arbres. On a décroché le cadavre de la femme il y a quelques heures pour le conduire à l'institut médico-légal. Il cherche Thulin et la voit arriver de la zone ouest, les cheveux mouillés et en bataille. Elle parle au téléphone tout en essuyant de l'autre main des taches de boue sur son visage. Elle découvre la présence de Hess, répond à son regard interrogatif en secouant la tête. Ils n'ont rien trouvé non plus dans la zone ouest.

« En revanche, je viens de parler à Genz », dit-elle après avoir raccroché.

Quand le chef de la police scientifique était arrivé sur les lieux après la découverte du corps d'Anne Sejer-Lassen, Hess lui avait demandé de sécuriser le bonhomme en marrons et de l'apporter aussitôt au laboratoire pour qu'ils puissent procéder à une analyse rapide. Hess croise le regard de Thulin à travers la pluie et il devine le résultat avant qu'elle le lui donne.

46

C'est le milieu de l'après-midi. De la fenêtre du bureau des officiers de la police judiciaire, au deuxième étage, Nylander aperçoit les vautours de la liberté d'expression, avec leurs téléphones portables, leurs caméras et leurs micros, devant l'entrée de la cour aux colonnades. Malgré les innombrables recommandations faites à tous les employés, il constate une fois de plus que cet endroit est une véritable passoire. Douze heures seulement après la découverte du corps d'Anne Sejer-Lassen dans la forêt, la presse commençait déjà à faire des spéculations sur le lien qu'il pouvait y avoir entre ce meurtre et celui de Laura Kjær à Husum. Apparemment, une « source proche de la police » avait apporté un témoignage anonyme dans ce sens. Et, comme si les médias qui campaient devant la porte ne suffisaient pas, Nylander était également harcelé par le sous-directeur de la police, dont il s'est provisoirement débarrassé en lui promettant de le rappeler un peu plus tard. Pour le moment, il doit se concentrer exclusivement sur l'enquête et il se tourne avec impatience vers Thulin, qui est en train de faire un topo à l'équipe d'investigation.

La majorité d'entre eux ont participé à la battue de la nuit dernière et manquent de sommeil, mais, vu la gravité de la situation, tout le monde se tient éveillé pour écouter ce qu'elle a à leur dire.

La nuit a été longue aussi pour Nylander. Il dînait dans un restaurant de Bredgade avec les principaux membres du syndicat des patrons. Il y avait quelques huiles autour de la table et c'était pour lui une occasion rêvée de se faire des relations. Malheureusement, il a été dérangé au téléphone et a dû quitter la table au milieu du tiramisu. À vrai dire, il n'a nul besoin de se rendre sur les scènes de crime. Il a des gens pour ça. Mais il a pour principe d'être présent, parce qu'un général doit marcher devant et donner l'exemple. Si on ne le fait pas, et si par hasard cela tourne mal, on prête trop facilement le flanc à la critique. Nylander est trop malin pour ça. Il a trop souvent vu des collègues commissaires et hauts fonctionnaires ficher leur carrière en l'air parce que le pouvoir les avait rendus arrogants. Exceptionnellement, dans l'affaire Laura Kjær à Husum, il ne s'était pas rendu sur place parce qu'il était en pleine réunion budgétaire, et quand Thulin lui avait téléphoné pour lui dire qu'on avait trouvé près du cadavre des empreintes correspondant à celles de Kristine Hartung, il avait vu cela comme une vengeance des dieux. Alors, hier soir, Nylander a quitté le restaurant aussitôt, et sans regret. De toute façon, à l'heure du dessert, la plupart de ces cols blancs avaient ingurgité une telle quantité d'alcool qu'ils ne parlaient plus que de leurs propres faits de guerre. Un jour, ils lui mangeront tous dans la main. Mais pour cela, il doit garder l'esprit clair et l'œil vigilant, pour le cas où le voyant rouge se mettrait à clignoter, ce qui est le cas à présent. Et dans les grandes largeurs.

Depuis qu'il s'est rendu sur la scène de crime dans les bois, il a retourné dans sa tête tous les scénarios possibles, mais cela ne l'a mené nulle part, tout simplement parce que l'histoire est invraisemblable. Ce matin, il est allé personnellement voir Genz à l'institut de médecine légale, espérant s'entendre dire que ces empreintes digitales étaient le fruit d'une erreur d'interprétation, mais il en a été pour ses frais. Genz lui a répondu que dans les deux cas, il y a suffisamment de minuties identiques pour une authentification : c'était bien celles de Kristine Hartung. Tout ce qu'il peut en déduire pour l'instant, c'est qu'il a intérêt à ne pas faire de faux pas, s'il veut se tirer indemne de cette affaire.

« ... Et les deux victimes étaient proches de la quarantaine. Toutes deux ont été surprises à leur domicile. Selon les premières conclusions du médecin légiste, ces femmes ont été battues et tuées par un objet contondant qui est entré par l'œil et a touché le cerveau. La première femme a été amputée de la main droite, la deuxième, de la main gauche et de la main droite. Toutes les deux étaient apparemment en vie au moment de l'amputation. »

L'assemblée des inspecteurs examine les photos des mortes que Thulin fait circuler entre les tables. Parmi les nouveaux, certains détournent les yeux. Nylander a vu les images lui aussi, mais elles ne lui ont pas fait autant impression. Quand il a démarré dans la police, il se demandait pourquoi il était moins affecté par ce genre de choses que beaucoup de ses collègues, mais à présent, il n'y voit que des avantages.

« Que savons-nous de l'arme du crime ? demande-t-il, interrompant l'exposé de Thulin.

– Rien de définitif. Une arme blanche contondante non identifiée terminée par une boule de métal munie de petites pointes. Il ne s'agit pas d'un morgenstern mais c'est le même principe. Pour ce qui est des amputations, elles ont probablement été réalisées avec une sorte de scie circulaire à lame diamant fonctionnant sur batterie. Les premières observations semblent prouver que c'est le même instrument qui a été utilisé dans les deux...

– Et le SMS posthume envoyé à Laura Kjær ? On connaît l'expéditeur ?

– Le message a été envoyé avec un vieux Nokia à carte prépayée, sans abonnement, qui a pu être achetée n'importe où. Le téléphone, qu'on a récupéré attaché à la main de Laura Kjær avec du gaffer, ne nous mènera à rien non plus parce qu'il contient uniquement le message en question et aucune autre information permettant d'identifier son propriétaire. D'après Genz, le numéro de série a été effacé au fer à souder.

– Le coursier qui a livré le paquet et que vous avez suivi grâce au signal du mobile doit bien savoir qui est l'expéditeur.

– Bien sûr. Le problème, c'est que c'est Laura Kjær elle-même qui a commandé la course.

– Pardon ?

– Leur service clientèle dit qu'une personne les a appelés hier vers midi. Cette personne a réservé un coursier pour venir récupérer un paquet chez Laura Kjær, sur le palier du 7, chemin de Cedervænget, à Husum. C'est-à-dire à l'adresse de Laura Kjær. Quand le coursier est arrivé un peu après 13 heures, le paquet se trouvait à l'endroit indiqué, prêt à être emporté, avec de l'argent liquide pour le règlement. Le coursier l'a déposé à la supérette 7-Eleven au rez-de-chaussée du grand magasin, avec laquelle Erik Sejer-Lassen a un arrangement de dépôt de colis. Le livreur n'en sait pas plus et il n'y avait sur le paquet que ses empreintes digitales, celles du vendeur du 7-Eleven et celles de Sejer-Lassen.

– Et la personne qui a appelé pour commander la livraison ?

– L'employé ne se souvient même plus si c'était un homme ou une femme.

– Et à Cedervænget ? Quelqu'un a bien dû voir qui avait déposé le paquet ? »

Thulin secoue la tête.

« Nous avons d'abord pensé au concubin de Laura Kjær, Hans Henrik Hauge, mais il a un alibi. L'examen médico-légal indique que le crime a été commis aux alentours de 18 heures et, d'après son avocate, Hauge était alors avec elle, sur le parking du cabinet dans lequel elle travaille, en train de se plaindre que nous ne le laissions toujours pas rentrer chez lui.

– Alors, nous n'avons rien ? Témoins, appels téléphoniques, n'importe quoi ?

– Pas encore. Il ne semble pas non plus qu'il y ait de lien entre les victimes. Elles vivent dans des endroits différents, elles n'ont pas les mêmes fréquentations et elles n'ont apparemment rien en commun, hormis ces deux bonshommes en marrons et les empreintes sur lesquelles nous allons commencer à trav…

– Quelles empreintes ? »

Nylander jette un bref coup d'œil à l'inspecteur Jansen, qui vient de poser cette question. Il est comme toujours assis à côté de son fidèle coéquipier Martin Ricks. Nylander sent que Thulin le regarde. Il lui avait demandé avant cette réunion de lui laisser le soin de divulguer cette information.

« Dans les deux cas, on a retrouvé sur le lieu du crime un bonhomme fabriqué avec des marrons et des allumettes. Soit directement sur la victime, soit à proximité. Les experts ont relevé des empreintes sur les deux petits bonshommes et, d'après les analyses dactyloscopiques, ces empreintes pourraient correspondre à celles de Kristine Hartung. »

Nylander a volontairement parlé d'un ton calme et posé, sans le moindre effet dramatique, et, pendant quelques secondes, personne dans la pièce ne réagit. Puis, Jansen et quelques autres réalisent ce que pourrait signifier cette nouvelle et bientôt, c'est une onde de choc et d'incrédulité qui se propage dans la salle. Nylander reprend la parole :

« Écoutez-moi, s'il vous plaît. Le laboratoire est en train de faire des analyses complémentaires et nous ne devons pas tirer de conclusions hâtives avant d'en savoir plus. Pour l'instant, nous ne savons rien. Ces empreintes n'ont peut-être aucun rapport avec les affaires qui nous occupent aujourd'hui, et si quiconque parle de cette découverte à qui que ce soit à l'extérieur de ces quatre murs, je ferai personnellement en sorte qu'il ou elle ne travaille plus jamais dans la police. Est-ce que c'est clair ? »

Nylander a bien réfléchi à la manière dont il devait gérer la question. Ils ont largement assez de deux meurtres sur les bras. Deux meurtres qui de surcroît sont peut-être l'œuvre d'un seul et même criminel – bien que Nylander ait encore un peu de mal à accepter cette idée. Mais tant qu'il restera le moindre doute sur la provenance de ces empreintes digitales, il ne veut pas que cet élément vienne embrouiller l'enquête. L'affaire Hartung est l'une des plus belles réussites de sa carrière. Elle aurait pu lui coûter son poste, s'il n'y avait eu cette soudaine percée avec l'arrestation de Linus Bekker. Certes, ils n'avaient pas retrouvé le corps de la fillette, mais c'était beaucoup demander aussi, pour diverses raisons. Le coupable n'avait pas été capable de se souvenir des endroits où il avait enterré le corps, mais il avait avoué, et il y avait bien assez de preuves pour le faire condamner.

« Mais vous allez quand même devoir rouvrir l'affaire Hartung. »

Nylander et tous les autres se tournent vers la personne qui vient de parler et leur regard atterrit sur l'homme d'Europol. Jusqu'alors il est resté muet, absorbé dans la contemplation des photos qui circulaient. Il porte encore les vêtements qu'il avait dans les bois cette nuit, il a les cheveux emmêlés et sales, mais bien qu'il ne ressemble à rien, cela ne l'empêche pas d'avoir l'air vif.

« Une empreinte peut être considérée comme un hasard, pas deux. Et s'il s'agit en effet des empreintes de Kristine Hartung, les conclusions de l'enquête sur sa disparition pourraient être erronées.

– Qu'est-ce que tu veux dire ? »

Tim Jansen regarde Hess comme s'il venait de lui demander de rendre son salaire du mois.

« Merci, Jansen, je m'en occupe. »

Nylander a tout de suite senti où menait cette conversation et c'est exactement ce qu'il veut éviter, mais Hess reprend la parole avant qu'il ait eu le temps de le faire :

« Je n'en sais pas plus que vous. Mais à ce jour, le cadavre de Kristine Hartung n'a pas été retrouvé et les preuves scientifiques de l'époque ne suffisent manifestement pas à conclure à son décès. Aujourd'hui, nous voyons apparaître des empreintes et je dis juste que cela nous oblige à nous poser certaines questions.

– Ce n'est pas ça que tu dis, Hess. Tu suggères que nous n'avons pas bien fait notre boulot.

– Je t'assure que ça n'a rien de personnel. Mais deux femmes ont été tuées, et si on veut empêcher qu'il y en ait d'autres, il faut…

– Je ne le prends pas personnellement. Et les trois cents policiers qui ont contribué à résoudre cette affaire ne le prendront sûrement pas pour eux non plus. Je trouve juste marrant que la remarque vienne de quelqu'un qui vient tout juste de débarquer parce qu'il a été viré de La Haye à coups de pied au cul. »

La réplique de Jansen fait sourire quelques-uns de ses collègues. Nylander continue à fixer Hess, impassible. Il a parfaitement entendu ce que Hess vient de dire, et depuis, il n'écoute plus.

« Qu'est-ce que tu entends par : "empêcher qu'il y en ait d'autres" ? »

47

Zélée, la chargée de communication de l'hôtel de police tente de lui expliquer comment s'en sortir, mais Nylander l'interrompt et déclare qu'il va se débrouiller. Dans d'autres circonstances, il l'aurait laissée venir, il l'aurait écoutée jusqu'au bout, parce qu'elle lui a tapé dans l'œil depuis le jour où elle est entrée en poste et a commencé à faire des allers-retours dans son bureau pour lui prodiguer ses conseils. Mais pour l'instant, il est en train de descendre l'escalier de la rotonde et il a besoin du reste du trajet pour mettre de l'ordre dans ses idées avant de rencontrer la presse. Ses trois années de cafés latte et de sexe sans lendemain, en licence de connaissance des médias à l'université, ne lui sont d'aucune utilité en l'occurrence. Surtout après la réunion très perturbante qu'il vient d'avoir avec Hess et Thulin dans son bureau.

Alors qu'il est sur le point d'arriver dans la cour, un message sur son téléphone l'informe que Rosa Hartung a réussi à se liberer et qu'elle est en route pour l'hôtel de police. Aussitôt, il donne des instructions par téléphone pour s'assurer qu'on fera entrer la ministre et son mari par l'arrière et pour rappeler qu'il doit l'interroger personnellement.

C'est Hess qui avait proposé qu'ils se retrouvent dans son bureau après le briefing, afin de pouvoir parler tranquillement.

Il avait commencé par poser les photos des deux scènes de crime sur la table.

« La première victime, Laura Kjær, a été amputée d'une main. La deuxième, Anne Sejer-Lassen, des deux. Il se peut que le meurtrier ait continué à martyriser Anne Sejer-Lassen si nous ne l'avions pas dérangé, mais vous devez tout de même envisager la possibilité que nous ayons retrouvé les victimes exactement dans l'état dans lequel il voulait qu'on les trouve.

– Je ne comprends pas. Essayez d'être plus clair, je suis pressé », avait répliqué Nylander.

Thulin, que Hess avait apparemment mise au courant de sa théorie avant la réunion, avait montré à Nylander les gros plans des figurines qu'il avait déjà examinés jusqu'à la nausée.

« Un bonhomme en marrons est composé d'une tête et d'un corps. La tête a des yeux, découpés à l'aide d'un surin ou d'un autre objet pointu. Le corps est piqué d'allumettes qui représentent les bras et les jambes. Un bonhomme en marrons n'a ni mains, ni pieds. »

Nylander s'était tu et avait regardé les photos des personnages en marrons, avec leurs bras tronqués. Il avait l'impression d'être en classe de maternelle, en train d'écouter la maîtresse raconter une histoire. Il ne savait pas très bien s'il devait rire ou pleurer.

« Vous n'êtes pas en train de me dire ce que je crois que vous êtes en train de me dire. »

L'idée était perverse. Il fallait être soi-même pervers pour l'avoir eue, mais Nylander avait soudain compris ce que Hess voulait dire pendant le briefing, quand il avait dit qu'il fallait empêcher qu'il y en ait d'autres. Personne n'avait commenté la remarque, mais l'idée que l'agresseur était en train de fabriquer son propre bonhomme de chair et de sang était difficile à chasser.

Hess avait de nouveau insisté sur la nécessité de rouvrir l'affaire Hartung. Il disait toujours « vous » en parlant du dossier Kristine Hartung. « *Vous* allez devoir » et « *Vous* devez envisager la possibilité que… », jusqu'à ce que Nylander lui rappelle deux choses. Premièrement, il faisait partie de la brigade criminelle au même titre que tous les autres inspecteurs de police et personne ne semblait très pressé de le voir revenir à La Haye, bien au contraire. Deuxièmement, il était hors de question de rouvrir l'affaire Hartung. Quelle que soit l'explication qu'on finirait par trouver sur la présence de ces empreintes digitales, l'affaire Hartung était classée. L'assassin avait avoué, l'affaire avait été jugée, et rien au monde ne pouvait justifier une nouvelle enquête sur la disparition de Kristine Hartung. Pour la même raison, Nylander avait décidé qu'il mènerait lui-même l'entretien avec les parents Hartung afin de les mettre au courant de la découverte de nouvelles empreintes digitales. Il fallait dédramatiser l'événement et en outre, il avait appris par le service du Renseignement que la ministre avait assez de problèmes comme ça, sachant qu'une ou plusieurs personnes l'avaient harcelée ces derniers temps et étaient même allées jusqu'à casser le pare-brise de sa voiture ministérielle et maculer le capot de sang d'animal.

Nylander n'avait pas jugé utile de mettre Thulin et Hess au courant de ces éléments et il avait prié ce dernier de sortir pour pouvoir parler en tête à tête avec son enquêtrice. Il lui avait alors demandé sans ambages si elle pensait que Hess était en état de continuer à travailler sur l'enquête. Il n'avait pas posé cette question sans raison. En fouillant dans son dossier datant de l'époque où il travaillait encore à la brigade criminelle, il était tombé sur la raison tragique pour laquelle Hess avait quitté le service, et, bien que l'homme ait acquis une grosse expérience au sein d'Europol, les problèmes qu'il avait actuellement avec l'autorité semblaient prouver qu'il avait fait son temps.

Mais Thulin avait plaidé en sa faveur, alors qu'a priori elle ne paraissait pas avoir beaucoup de sympathie pour le personnage. À l'issue de cette conversation, il lui avait dit de continuer l'enquête à condition de le prévenir aussitôt s'il y avait le moindre problème avec Hess. Évidemment, Nylander avait conclu son discours en précisant que la recommandation pour le NC3 attendrait que la situation se tasse. Thulin était assez fine pour comprendre que de sa loyauté envers lui dépendrait cette recommandation, ce qui était exactement le but recherché.

Nylander passe la grille de l'hôtel de police. Les vautours sont toujours là, à attendre que quelqu'un tombe par la fenêtre, peut-être. C'est lui qui a eu l'idée de les rencontrer ici, plutôt que d'organiser une conférence de presse. Au moins, il pourra facilement se replier dans la cour si cela devient nécessaire. Dès qu'il sent la lumière des flashes sur son visage, il reprend son rôle et réalise à quel point ça lui a manqué d'être le centre de l'attention. C'est ça qu'il sait faire. C'est vrai qu'il joue sa tête à chaque fois, mais cela en vaut la peine. Ces prochaines semaines, ce sera à lui que tout le monde voudra parler, et avec l'intérêt que suscite cette affaire, c'est peut-être la chance qu'il attendait. Dans un éclair de lucidité, il se dit que si cela devait tourner mal, ce serait bien pratique d'avoir Mark Hess sous le coude pour lui faire porter le chapeau.

48

Les sanglots des deux petites filles qui se trouvent dans leur chambre au premier étage résonnent dans tous les coins de la maison flambant neuve. Y compris dans la cuisine, où Erik Sejer-Lassen est assis devant l'imposante table d'un ébéniste chinois, toujours vêtu du costume qu'il portait la veille, quand on a ouvert dans son bureau le colis contenant la main de Laura Kjær. Hess, assis à côté de lui, est convaincu que l'homme n'a pas dormi depuis. Il a les yeux rouges et gonflés, sa chemise est froissée, des jouets traînent sur le sol et plusieurs casseroles sales sont posées sur la cuisinière. Hess remarque que Thulin tente en vain de croiser son regard depuis l'autre côté de la table.

« Essayez de regarder cette photo encore une fois. Vous êtes sûr que votre épouse ne connaissait pas cette femme ? »

Erik Sejer-Lassen examine le portrait de Laura Kjær, mais rien dans son regard n'indique que son visage lui est familier.

« Et cette femme ? Rosa Hartung, la ministre des Affaires sociales. Votre femme la connaissait-elle personnellement ? Vous en a-t-elle parlé à une quelconque occasion, ou peut-être l'avez-vous rencontrée ensemble... ? »

Mais l'homme d'affaires secoue la tête, apathique, en regardant la photo de Rosa Hartung que Thulin a glissée vers lui. Hess voit qu'elle tente de réprimer son agacement, et il la comprend. C'est la deuxième fois de la semaine qu'elle se trouve confrontée à un veuf incapable de répondre à une seule de ses questions.

« Écoutez, Sejer-Lassen, nous avons besoin de votre aide. Il doit bien y avoir quelque chose qui vous revient. Avait-elle des ennemis, quelqu'un dont elle avait peur, ou… ?

– Puisque je vous dis que je ne sais rien de plus. Elle n'avait pas d'ennemis. C'était une femme au foyer sans histoire, qui ne s'intéressait qu'à sa maison et à ses enfants… »

Thulin prend une profonde inspiration et poursuit son interrogatoire, mais en fait, Hess a l'impression que l'homme dit la vérité. Il s'efforce de faire abstraction des pleurs des enfants et, depuis un moment déjà, il regrette de ne pas avoir dit à Nylander de se démerder sans lui, quand il en a eu l'occasion ce matin. D'un autre côté, lorsqu'il s'est reveillé dans son appartement d'Odinparken après seulement trois heures de sommeil, avec des petits bonshommes en marrons et des morceaux de cadavre sur la rétine, il savait qu'il ne pouvait plus faire machine arrière. Le concierge pakistanais est arrivé peu après pour l'engueuler parce qu'il avait laissé le matériel de peinture et la machine à poncer sur la coursive et il lui a répondu qu'il n'avait pas le temps de s'en occuper. Sur le chemin de l'hôtel de police, il a appelé La Haye et tenté de présenter ses excuses pour le rendez-vous téléphonique manqué avec Freimann, hier après-midi, cela lui était complètement sorti de la tête. La froideur de la secrétaire laissait peu de doute sur ce qu'elle en pensait. Il a finalement renoncé à lui expliquer la raison de sa défection et s'est dépêché de se faufiler dans la foule matinale de la gare centrale pour aller étudier les photos des détails du cadavre d'Anne Sejer-Lassen. Il avait décidé qu'il n'y avait plus de souci à se faire s'il constatait d'autres coupures à la scie que celles de ses poignets. Si l'instrument utilisé pour lui amputer les mains avait laissé d'autres traces, il pourrait abandonner l'idée démente avec laquelle il s'était réveillé ce matin. Mais il avait eu beau regarder, l'auteur du crime n'avait pas essayé d'amputer d'autres parties du corps de sa victime. Il a même téléphoné au médecin légiste pour s'en assurer. Celui-ci lui a confirmé que dans les deux cas, l'outil n'avait servi qu'à couper les poignets des victimes, et cette information n'a fait que conforter son pressentiment. Il ne pouvait évidemment pas affirmer qu'il y aurait d'autres meurtres, mais son intuition lui disait qu'il avait raison de le craindre. Dans l'idéal, il aurait aimé pouvoir arrêter le temps et se plonger dans le dossier Hartung, avant de décider de la marche à suivre dans les deux enquêtes, mais Nylander avait donné des ordres, et Thulin et lui ont dû obtempérer et se rendre chez Sejer-Lassen, où ils se trouvent encore, sans avoir avancé d'un pouce.

Ils ont passé deux heures à fouiller la maison aux allures de palais et le terrain sur lequel elle est bâtie. Très vite, ils se sont aperçus que la caméra de surveillance dirigée vers la forêt, sur la façade nord de la maison, avait été désactivée. N'importe qui pouvait être passé par-dessus la clôture et avoir pénétré dans la maison sans se faire voir, à partir du moment où Anne Sejer-Lassen était rentrée de son jogging et avait désactivé l'alarme. Les voisins n'ont rien vu, ce qui est parfaitement plausible, sachant que les maisons de la rue se trouvent suffisamment éloignées les unes des autres pour que, pour une fois, un agent immobilier n'ait pas menti en parlant d'absence de vis-à-vis.

Pendant que Genz et les experts de la police scientifique étaient occupés à ratisser le jardin, le salon et le hall pour y relever d'éventuelles empreintes, Thulin et Hess ont visité les chambres du premier étage et fouillé placards et tiroirs afin d'en apprendre un peu plus sur la victime. Le premier étage est composé de neuf pièces, en comptant le spa et le dressing. Hess n'est pas un spécialiste en matière de matériel hi-fi, mais rien que la valeur de l'écran plat Bang&Olufsen dans la chambre à coucher suffirait comme apport pour acheter un ou deux appartements dans la cité d'Odinparken. Avec un goût certain, on a évité rideaux et persiennes pour occulter les impressionnantes baies vitrées, mais en se tenant au milieu de la pièce, Hess n'a pas pu s'empêcher de constater que l'agresseur avait ainsi profité tranquillement d'une vue dégagée sur la maîtresse de maison et ses habitudes du soir, caché dans la pénombre du jardin, où il recommence maintenant à pleuvoir.

La décoration et le choix des matériaux sont également irréprochables dans les autres pièces du premier étage. Dans le dressing d'Anne Sejer-Lassen, plusieurs rangées de chaussures à talons sont alignées dans un ordre parfait, les robes et les pantalons bien repassés sont suspendus à des cintres en bois identiques, et la lingerie et les bas soigneusement pliés dans leurs tiroirs respectifs. La salle de bains attenante est digne d'une suite dans un hôtel cinq étoiles : vasque double, grande baignoire en faïence italienne encastrée dans le sol, spa et sauna. Dans la chambre d'enfants, d'immenses fresques d'animaux de la jungle peintes par Hans Scherfig entourent les deux petits lits au-dessus desquels s'étend un ciel étoilé avec ses planètes et ses satellites égarés.

Rien dans leurs recherches ne leur a permis de comprendre pourquoi quelqu'un était venu surprendre Anne Sejer-Lassen chez elle, l'avait poursuivie dans la forêt et lui avait scié les deux poignets.

Alors ils se sont concentrés sur l'interrogatoire du mari. Anne et lui s'étaient rencontrés au lycée d'Ordrup. Ils avaient fêté la fin de leurs études à la Copenhagen Business School en partant faire un tour du monde, ils s'étaient d'abord établis en Nouvelle-Zélande, puis à Singapour. Erik avait eu la main heureuse en misant sur diverses entreprises de biotechnologie, mais Anne rêvait d'avoir une vie de famille et des enfants. Ils avaient eu deux filles et quand la plus grande avait eu l'âge d'être scolarisée, ils étaient rentrés au Danemark, d'abord en location dans les nouveaux immeubles d'Islands Brygge avec vue sur le canal, où ils étaient restés jusqu'au moment où ils avaient acheté la maison de Klampenborg, près de l'endroit où Erik avait grandi.

Hess avait le sentiment que c'était Erik qui assurait leur train de vie, et même si Anne avait également passé un diplôme d'architecte d'intérieur il y a quelques années, elle avait surtout mis un point d'honneur à être mère, à tenir sa maison et à organiser des réceptions pour leurs amis, qui étaient principalement ceux d'Erik.

On avait envoyé un inspecteur à Helsingør, où habitait la mère d'Anne, et en lisant son rapport, Hess apprit qu'Anne avait grandi dans un milieu modeste, qu'elle avait perdu son père alors qu'elle était encore enfant, et que depuis toute petite, son ambition avait été de fonder une famille. La voix brisée par les larmes, sa mère a expliqué qu'elle n'avait pas vu sa fille et ses petites-filles autant qu'elle l'aurait souhaité, et qu'elle pensait que c'était la faute d'Erik Sejer-Lassen, qui ne l'avait jamais beaucoup appréciée. Ni Anne, ni son mari n'avaient exprimé ouvertement cette antipathie, mais elle avait remarqué qu'elle ne voyait Anne et les petites que lorsque Erik était au travail ou quand, à de rares occasions, sa fille venait lui rendre visite chez elle. La mère a toujours pensé que le rapport de force dans leur couple était mal équilibré, mais Anne avait toujours défendu son mari et, à sa connaissance, elle n'avait jamais envisagé de le quitter. La mère a compris qu'elle devait garder ses opinions pour elle si elle voulait continuer à voir sa fille. Ce qui n'arriverait plus jamais après le drame de la veille.

Les chiffres des minutes sur l'horloge digitale de l'un des grands fours Smeg de la cuisine changent à nouveau et Hess s'efforce d'écouter les questions que pose Thulin, plutôt que les pleurs au premier étage.

« Votre épouse avait préparé un sac de voyage et elle avait prévenu la baby-sitter qu'elle irait elle-même chercher les enfants. Elle était sur le départ. Où allait-elle ?

– Je vous l'ai déjà dit. Elles allaient voir sa mère chez qui elles comptaient passer la nuit.

– Ce n'est pas notre impression. Elle avait préparé des vêtements pour un séjour de plus d'une semaine et pris son passeport et ceux de vos filles, alors, où allait-elle ? Pourquoi cherchait-elle à s'enfuir ?

– Elle ne cherchait pas à s'enfuir.

– Moi je crois que si. Et on ne part pas sans raison. Alors, soit vous allez me dire gentiment pourquoi votre femme voulait vous quitter, soit je vais devoir demander un mandat pour éplucher votre téléphone et tous vos outils de communication pour tenter de le découvrir. »

Erik Sejer-Lassen commence à avoir l'air mal à l'aise.

« Notre couple allait bien. Mais nous – enfin moi, j'avais des problèmes.

– Quel genre de problèmes ?

– J'ai eu des aventures. Rien de sérieux. Mais… peut-être qu'elle s'est aperçue de quelque chose.

– Des aventures ? Avec qui ?

– N'importe qui.

– Qui ? Comment ? Des femmes ? Des hommes ?

– Des femmes. Des inconnues. Des femmes que je rencontrais dans la rue ou sur des sites de rencontres. Des histoires sans importance.

– Pourquoi le faisiez-vous, alors ? »

Sejer-Lassen hésite.

« Je ne sais pas. Quelquefois la vie ne vous donne pas exactement ce que vous en attendiez.

– Que voulez-vous dire ? »

L'homme d'affaires regarde dans le vide. Hess aurait pu prononcer lui-même cette phrase, mais il se demande ce qu'un homme comme Sejer-Lassen pouvait espérer de plus qu'une femme ravissante, une famille et une cage dorée à 35 millions de couronnes.

« Quand et de quelle façon votre épouse aurait-elle pu découvrir vos infidélités ? demande Thulin avec humeur.

– Je ne sais pas, mais vous...

– Nous avons fouillé le téléphone portable, les mails et les réseaux sociaux de votre femme, monsieur Sejer-Lassen. Si elle s'était rendu compte de quelque chose, elle en aurait sûrement parlé à quelqu'un. À vous directement, ou à sa mère, ou à une amie, mais il n'y a rien à ce sujet nulle part.

– Ah bon...

– Donc ce n'est pas pour cette raison qu'elle voulait s'en aller. Alors, je vous repose la question : pourquoi votre femme voulait-elle vous quitter ? Pourquoi a-t-elle préparé ses bagages et...

– Je n'en sais *rien* ! Vous m'avez demandé une raison, et c'est la seule qui me vienne à l'esprit, putain ! »

L'accès de colère de Sejer-Lassen paraît un peu disproportionné à Hess dans un premier temps, puis il se dit que l'homme est simplement à bout de nerfs. La nuit a été longue et cet interrogatoire a assez duré. Il décide de l'interrompre :

« Merci. On va s'arrêter là. Si quelque chose vous revient, vous nous appelez aussitôt, d'accord ? »

Erik Sejer-Lassen acquiesce avec reconnaissance et Hess a beau avoir le dos tourné pour prendre sa veste, il sent que Thulin va exprimer sa désapprobation. Heureusement, l'arrivée de la jeune fille au pair dans la cuisine en compagnie des deux petites filles avec leur manteau sur le dos l'en empêche.

« Je peux emmener les filles manger une glace ? » demande-t-elle en anglais.

Hess et Thulin l'ont déjà interrogée. Elle a vu Anne ce matin. Elle a déjeuné à l'église philippine réformée et a reçu un message dans l'après-midi lui disant qu'Anne irait elle-même chercher les filles à l'école. Elle a visiblement beaucoup de respect pour la famille Sejer-Lassen et plus encore pour la police, et Hess devine que son permis de séjour ne doit pas être tout à fait en règle. Elle porte la plus petite des filles dans ses bras et tient la deuxième par la main. Elles ont les yeux rouges et gonflés. Erik Sejer-Lassen se lève et va les rejoindre.

« *Yes. It's a good idea, Judith. Thank you.* »

Erik Sejer-Lassen caresse les cheveux de l'une des petites filles et sourit à l'autre d'un sourire douloureux, puis ils se dirigent tous les quatre vers la porte de la cuisine qui donne sur l'extérieur.

« C'est moi qui déciderai quand cet interrogatoire sera terminé. »

Thulin vient se planter devant Hess de manière à ce qu'il ne puisse pas éviter son regard.

« Je te rappelle que nous étions avec lui hier soir pendant que sa femme se faisait assassiner, alors je ne pense pas que ce soit lui le meurtrier.

– Nous cherchons un lien entre les deux victimes. La première a fait changer les serrures de sa maison, l'autre était vraisemblablement sur le point de quitter le domicile conjugal.

– Moi, je ne cherche pas de lien. Je cherche un assassin. »

Hess s'apprête à tourner les talons pour aller voir où en est la police scientifique, mais Thulin lui barre la route.

« Ok, alors on va régler nos différends tout de suite. Tu as quelque chose à me dire ? Ça te pose un problème de bosser avec moi ? de coordonner nos démarches ?

– Aucun. Mais je propose qu'on se répartisse le boulot, au lieu de tirer chacun à un bout de la même corde comme deux imbéciles.

– Je dérange ? »

La porte coulissante blanc crème donnant sur le hall glisse de côté et Genz apparaît dans sa combinaison spatiale immaculée, une mallette à la main.

« On remballe. Je ne veux pas être le porteur de mauvaises nouvelles avant d'être complètement sûr, mais il semble que nous ayons ici aussi peu d'indices que chez Laura Kjær. Le détail le plus remarquable que nous ayons trouvé est une trace de sang entre les lattes du plancher dans le hall. Mais elle n'est pas récente et ne correspond pas au groupe sanguin de la victime, alors je doute que cela nous mène bien loin. »

Sur le plancher du hall derrière Genz, on constate effectivement la lueur verte du luminol dans l'éclairage du polilight. Un technicien est en train de prendre des photos.

« Pourquoi y a-t-il du sang dans votre entrée ? »

Thulin pose la question à Sejer-Lassen, qui est revenu dans la cuisine et s'est mis à ramasser machinalement les jouets qui traînent partout.

« Si c'est au pied de l'escalier, ça peut être celui de Sofia, notre aînée. Elle est tombée il y a quelques mois. Elle a eu le nez et la clavicule cassés et nous avons dû l'emmener aux urgences.

– Ça pourrait être ça. Au fait, Hess, je voulais vous dire merci pour le cochon, de la part de notre comité des fêtes. »

Genz retourne auprès des autres cosmonautes et ferme la porte coulissante derrière lui. Hess vient d'avoir une idée et il se tourne vers Erik Sejer-Lassen avec un intérêt renouvelé, mais Thulin est plus rapide :

« Dans quel hôpital Sofia a-t-elle été admise, après sa chute ?

– Le Rigshospitalet. Elle n'y est restée que quelques jours.

– Dans quel service ? »

Cette fois, c'est Hess qui pose la question. Le fait que les deux inspecteurs se préoccupent soudain de ce détail trouble manifestement Sejer-Lassen, qui s'immobilise au milieu de la cuisine, un tricycle dans la main.

« En pédiatrie. Je crois. C'est Anne qui l'a conduite à l'hôpital et elle aussi qui y est retournée pour faire des contrôles ensuite. Pourquoi ? »

Aucun des deux inspecteurs ne répond. Thulin se dirige vers la porte d'entrée et Hess sait que, cette fois encore, elle ne le laissera pas prendre le volant.

49

Quiconque entre dans le service pédiatrique du Rigshospitalet rue Blegdamsvej ne peut s'empêcher d'admirer le mur du couloir couvert d'innombrables dessins d'enfants, petits ou grands et de toutes les couleurs. Hess ne fait pas exception à la règle. Il y a tant de joie de vivre et de douleur réunies dans un même périmètre qu'il s'arrête, fasciné, pendant que Thulin se rend à l'accueil pour signaler leur arrivée.

Quand Erik Sejer-Lassen a parlé de l'hospitalisation de sa fille au service pédiatrique de l'hôpital général de Copenhague, ils se sont rappelé en même temps le pense-bête accroché au tableau, dans la cuisine de Laura Kjær. Pendant le trajet, Hess a téléphoné au Rigshospitalet et une infirmière du service pédiatrique lui a confirmé que le fils de Laura Kjær et la fille aînée d'Anne Sejer-Lassen avaient tous deux un dossier chez eux, mais elle n'a pas pu lui donner d'autres informations, ni même lui dire si les enfants avaient été hospitalisés à la même période. Ils sont donc allés sur place, parce que c'était le seul dénominateur commun qu'ils aient trouvé entre les deux affaires et parce que le Rigshospitalet était sur leur chemin pour rentrer à l'hôtel de police. La journée n'a apporté aucun élément nouveau, ni dans la première enquête, ni dans la seconde, et l'appel de Nylander, dans la voiture, pour leur dire que Rosa Hartung et son mari ne lui avaient rien appris qu'ils ne sachent déjà, n'a pas contribué à améliorer leur humeur.

Thulin revient du comptoir de l'accueil en évitant son regard interrogateur et met le cap sur la machine à café à l'usage des visiteurs.

« Ils essayent de joindre le chef de service qui, d'après les dossiers médicaux, a eu affaire aux deux enfants.

– On va pouvoir le rencontrer tout de suite ?

– Je n'en suis pas sûre, mais si tu as autre chose sur le feu, ça ne me pose aucun problème. »

Hess ne répond pas. Il regarde autour de lui avec impatience. Partout dans le couloir et dans la salle commune déambulent des enfants malades ou blessés. Certains ont des plaies au visage, d'autres un bras en écharpe ou une jambe dans le plâtre. Il y a des enfants sans cheveux sur la tête, d'autres en fauteuil roulant, d'autres encore qui traînent avec eux une potence avec une perfusion reliée à une veine de leur bras. Au milieu du service se trouve une salle avec de grandes fenêtres et une porte bleue décorée de pochoirs représentant des ballons de baudruche et des feuilles mortes. Des voix enfantines chantant en chœur attirent Hess vers la porte entrouverte. D'un côté de la salle, quelques enfants plus âgés que les autres dessinent, de l'autre côté, un groupe de très jeunes gamins est assis en demi-cercle sur des tabourets en plastique de toutes les couleurs, le visage tourné vers une animatrice à genoux, qui tient à la main un panneau sur lequel est dessinée une grosse pomme rouge.

« Entre, monsieur Pomme, entre. M'as-tu apporté des pommes aujourd'hui ? Merci beaucouououp... »

L'animatrice hoche la tête, encourageant les enfants, et après qu'ils ont mis tout leur cœur dans le dernier mot, elle pose le panneau et en prend un autre sur lequel est dessiné un marron.

« Et on repart ! *Entre, monsieur Marron, entre. M'as-tu apporté des marrons...* »

Hess en a froid dans le dos.

Il s'éloigne de la porte à reculons et croise le regard de Thulin.

« Vous êtes les parents d'Oscar, qui est parti passer une radio ? »

Une infirmière se dirige vers eux. Thulin, qui est en train de boire un café dans un gobelet en plastique, avale de travers et s'étrangle.

« Non, pas exactement, répond Hess. Nous, on est de la police. Et on attend le chef de service.

– Il est occupé, malheureusement. Il fait sa visite du soir. »

L'infirmière est jolie. Elle a des yeux sombres et brillants et de longs cheveux noirs tirés en queue de cheval. Elle doit avoir une trentaine d'années, mais son air sérieux la fait paraître plus âgée.

« Alors il va devoir l'interrompre. Soyez gentille de lui dire que nous sommes pressés. »

50

Hussein Majid, chef du service de pédiatrie du Rigshospitalet, les invite à prendre place dans la salle du personnel devant une table encombrée de tasses blanches, d'iPad graisseux, de boîtes de sucrettes et de journaux froissés. C'est un homme d'une quarantaine d'années, aussi grand que Hess, propre sur lui, avec une blouse blanche ouverte, un stéthoscope autour du cou et des lunettes carrées. Une alliance montre qu'il est probablement marié, malgré la manière dont il accueille Thulin. La rapidité avec laquelle le praticien répond à la poignée de main de Hess se transforme aussitôt en un sourire et un regard insistant lorsqu'il prend celle de Thulin. Hess est un instant surpris qu'il la trouve séduisante car lui-même ne l'a jamais remarqué. Jusqu'alors, il l'a surtout trouvée agaçante, mais à contrecœur, il est forcé d'admettre que c'est avec raison que les yeux du médecin suivent discrètement les courbes de ses hanches et de sa croupe quand elle se retourne pour prendre une chaise. L'idée le traverse que Hussein Majid a peut-être regardé Laura Kjær et Anne Sejer-Lassen de la même façon, quand elles sont venues dans son service avec leur enfant.

« Je suis malheureusement au milieu de ma visite, mais si on peut faire vite, je serai ravi de pouvoir vous être utile.

– C'est très gentil à vous. Merci infiniment », répond Thulin.

Majid pose deux chemises cartonnées et son téléphone portable sur la table devant lui, puis propose à Thulin un café, ce qu'elle accepte avec coquetterie. Hess a l'impression qu'elle a totalement oublié pourquoi ils sont là, mais il réprime son agacement et s'avance sur sa chaise.

« Comme vous le savez déjà, nous aimerions vous poser quelques questions à propos de Magnus Kjær et de Sofia Sejer-Lassen, et nous vous saurions gré de ne retenir aucune information. »

Hussein Majid tourne les yeux vers Hess et répond avec une autorité naturelle et une amabilité sans doute principalement destinée à Thulin :

« Bien entendu. Il est exact que les deux enfants ont été admis dans mon service – quoique pour des raisons totalement différentes. Puis-je vous demander pourquoi ces enfants vous intéressent ?

– Non, vous ne pouvez pas.

– Bon. Très bien. »

Le médecin lance un petit sourire de connivence à Thulin, qui hausse les épaules, comme pour excuser son collègue qui reprend :

« Pour quoi étaient-ils hospitalisés ? »

Majid pose une main sur les dossiers des enfants sans faire mine de les ouvrir.

« Magnus Kjær est suivi ici dans le cadre d'un traitement de longue durée qui a commencé il y a dix-huit mois environ. Les différents spécialistes des maladies infantiles qui travaillent avec moi reçoivent les patients ici avant de les diriger vers les services concernés. Magnus a été examiné et diagnostiqué par nos neurologues pour un trouble du spectre de l'autisme. Quant à Sofia Sejer-Lassen, elle a simplement été admise dans le service pour une fracture, suite à un accident domestique survenu il y a deux mois environ. Elle est ressortie rapidement, après une opération sans complications, mais avec un protocole de rééducation qui s'est déroulé principalement dans notre service de réadaptation fonctionnelle.

– Bref, les deux enfants ont séjourné dans ce service, insiste Hess. Savez-vous s'ils se connaissaient ? Ou si leurs parents ont eu l'occasion de se rencontrer ?

– N'ayant eu aucun rapport direct avec ces enfants, je ne suis pas en mesure de vous dire s'ils se sont effectivement vus.

– Qui les a amenés ?

– Je crois me souvenir que c'était les mères, mais si vous avez absolument besoin de le savoir, vous devriez leur poser la question.

– C'est à vous que je la pose, pour l'instant.

– Et je vous ai donné ma réponse. »

Majid sourit gentiment. Hess estime que l'homme a une intelligence au-dessus de la moyenne et il se demande s'il sait qu'il n'a plus le loisir de les interroger.

« C'est vous personnellement qui avez reçu les mères quand elles sont arrivées ici ? »

C'est Thulin qui vient de poser cette question apparemment innocente, et le chef de service semble content de pouvoir s'adresser à nouveau à elle :

« Je reçois beaucoup de parents, et oui, je me souviens avoir reçu ces deux mamans. C'est une partie importante de mon travail de rassurer autant que faire se peut les mères, et parfois les pères. Il est essentiel d'établir avec eux un climat de confiance et d'intimité pendant le traitement du petit patient ou de la petite patiente. C'est dans l'intérêt de tous et principalement du malade. »

Le médecin sourit à Thulin et va même jusqu'à lui lancer un clin d'œil complice. On dirait qu'il est en train de lui vendre un séjour en amoureux aux Maldives. Thulin lui rend son sourire.

« On peut considérer que vous les connaissiez bien, alors ?

– Qu'entendez-vous par "bien" ? »

Majid a l'air un peu étonné, mais il sourit toujours. La formule a également surpris Hess, Thulin ne fait pourtant que commencer :

« Vous les avez rencontrées en privé ? Vous êtes tombé amoureux d'elles ? Ou bien vous vous êtes contenté de coucher avec elles ? »

Majid ne s'est pas départi de son sourire, mais il hésite.

« Pardon ?

– Vous m'avez bien entendue. Répondez, maintenant.

– Pourquoi est-ce que vous me demandez cela ? De quoi s'agit-il exactement ?

– Pour l'instant, il s'agit de vous poser quelques questions. Il est très important en revanche que vous nous disiez la vérité.

– Ça ne sera pas long. Je dirige un service dans lequel nous recevons en moyenne 10 % de patients de plus que nous ne devrions par rapport à notre capacité. Ce qui signifie que je dispose de quelques minutes pour chaque enfant quand je fais le tour des chambres. Alors, dans la mesure du possible, je fais en sorte de ne consacrer mon temps ni aux mères, ni aux pères, ni à la police, mais aux enfants.

– Je croyais vous avoir entendu dire qu'il était important de rester proche des mamans.

– Ce n'est pas ce que j'ai dit et je n'aime pas vos sous-entendus.

– Ce ne sont pas des sous-entendus. Un sous-entendu, c'est ce que vous avez fait tout à l'heure en me faisant un clin d'œil et en parlant d'intimité. Moi, je n'ai pas fait de sous-entendus en vous demandant si vous couchiez avec elles. »

Majid sourit jaune et secoue la tête, incrédule.

« Donnez-nous, je vous prie, votre opinion sur ces deux mères.

– Elles étaient inquiètes pour leur enfant, comme tous les parents que nous voyons ici. Mais si c'est ce genre de questions que vous êtes venus me poser, j'ai autre chose à faire. »

Hussein Majid fait mine de se lever, mais Hess, qui a apprécié la dernière joute, pousse un tabloïd taché vers le médecin.

« Vous allez rester où vous êtes. Ne serait-ce que parce que vous savez parfaitement pourquoi nous sommes là. Et puis parce que, pour l'instant, vous êtes le seul lien entre les victimes de deux affaires qui nous intéressent. »

Le chef de service jette un coup d'œil sur les photos prises dans la forêt et survole les gros titres qui font le rapprochement entre les deux meurtres. Il semble légèrement déstabilisé.

« Je vous jure que je n'ai rien d'autre à dire. Je me souviens plus particulièrement de la mère de Magnus parce qu'elle est venue plus souvent. Les neurologues sont parvenus à plusieurs diagnostics successifs et elle était désespérée de voir que l'état de son fils ne progressait pas. Finalement, elle a cessé de venir et je n'en sais pas plus.

– Est-ce qu'elle a cessé de venir car vous lui aviez fait des avances, ou bien…

– Je ne lui ai pas fait d'avances ! Elle a appelé pour nous dire qu'elle avait été victime d'une dénonciation concernant Magnus auprès des services sociaux de la commune et qu'elle voulait se concentrer là-dessus. Je pensais qu'elle reviendrait ensuite, mais elle n'est jamais revenue.

– Pourtant, s'occuper de Magnus était une priorité dans la vie de Laura Kjær. Elle devait avoir une très bonne raison pour ne plus vouloir vous voir.

– Ce n'est pas moi qu'elle ne voulait plus voir, parce que tout cela n'a rien à faire avec moi ! Je vous ai dit qu'elle avait fait l'objet d'une dénonciation.

– Mais encore ? »

C'est Hess qui insiste, mais au même moment, la jeune infirmière passe la tête dans la salle et s'adresse au médecin :

« Excusez-moi de vous déranger. Ils ont besoin d'une réponse chambre 9 parce qu'on attend le patient au bloc.

– J'arrive. On a fini.

– Je vous ai demandé ce que c'était que cette histoire de dénonciation. »

Hussein Majid s'est levé et ramasse précipitamment ses affaires sur la table.

« Je ne sais rien de plus. Je n'ai que la version de la mère. Apparemment, quelqu'un avait écrit aux services sociaux pour l'accuser de ne pas bien s'occuper du garçon.

– Pardon ? On l'accusait de quoi, exactement ?

– Aucune idée. Elle avait l'air bouleversée. Ensuite, nous avons reçu un coup de fil d'un assistant social qui nous a demandé de lui parler de Magnus, ce que nous avons fait. Nous lui avons décrit le traitement qu'il avait suivi chez nous et la façon dont nous essayions de régler son problème. C'est tout.

– Et vous êtes sûr que vous n'êtes pas allé faire un petit tour chez elle pour la consoler ? tente à nouveau Thulin, se levant de sa chaise et lui barrant le chemin de la sortie.

– Oui, j'en suis sûr ! Et maintenant, je voudrais aller faire mon travail, s'il vous plaît. Merci. »

Hess se lève également.

« Est-ce que Laura Kjær vous a donné le nom du lanceur d'alerte ?

– Non. Je crois qu'il s'agissait d'un appel anonyme. »

Le docteur Hussein Majid sort de la salle, ses dossiers entre les mains, en faisant un large cercle pour ne pas effleurer Thulin. Alors qu'il disparaît à l'angle du corridor, Hess entend à nouveau les enfants chanter.

51

Henning Loeb, employé des services sociaux à l'hôtel de ville de Copenhague, vient de finir un déjeuner tardif dans la cantine déserte lorsqu'il reçoit un appel sur son mobile. La journée a mal commencé. Sur le chemin ce matin, il avait été surpris à vélo par la pluie et, quand enfin il avait pu se mettre à l'abri sous le hangar à bicyclettes de la mairie, il était trempé comme une soupe, des pieds à la tête. Malgré cela, son chef, le directeur du service de protection de l'enfance et de l'adolescence, l'avait chargé d'une expertise dans une procédure accélérée contre une famille afghane, en présence de l'avocat de celle-ci, les parents s'étant insurgés contre la décision des services sociaux de leur retirer la garde de leur enfant.

Henning Loeb connaissait le dossier par cœur et c'était lui qui avait préconisé le placement en famille d'accueil. Pendant une heure et demie, il a dû une fois de plus écouter les lamentations et les mensonges des parents. La plupart des retraits de garde sur la commune concernent des familles d'immigrés, et cette fois, il a dû avoir recours à un interprète, ce qui a considérablement ralenti le processus. La discussion était d'ailleurs vaine et inutilement chronophage puisque, sur le principe, l'affaire était déjà entendue. Le père immigré avait battu sa fille de treize ans à plusieurs reprises parce qu'elle était tombée amoureuse d'un Danois de son âge. Mais dans une société démocratique, on doit autoriser ce genre de brute à s'exprimer, et pendant que les arguments fusaient d'un côté à l'autre de la table, Henning s'est contenté de regarder s'écouler la pluie devant les fenêtres de l'hôtel de ville en grelottant sur sa chaise. Quand ça a enfin été terminé, ses vêtements étaient encore humides, mais il a quand même dû se plonger dans ses dossiers tandis que l'horloge avançait trop vite à son goût, parce qu'il avait pris du retard dans son travail. Il lui manquait un dernier entretien avant d'être muté à la commission d'hygiène, de sécurité et de protection de l'environnement, un département bien mieux organisé, qui se trouvait au deuxième étage, dans des bureaux qui sentaient bon, et cet important rendez-vous avait justement lieu cet après-midi. S'il arrivait à se mettre à jour, il aurait juste le temps de se faire beau et, si tout se passait bien, il pourrait bientôt abandonner le radeau en perdition sur lequel il était embarqué, une embarcation qui ne tarderait pas à couler sous le poids de ses passagers violents, incestueux ou psychotiques. Il estimait que ce ne serait que justice s'il pouvait à l'avenir payer son loyer en se bornant à apporter des propositions pour la rénovation du mobilier urbain et l'embellissement des parcs, tout en jouissant de la vue sur la jolie stagiaire rousse au sourire enjôleur, une étudiante en architecture qui s'habillait en minijupe quelle que soit la saison. Cette fille méritait un homme, un vrai. Henning n'aurait peut-être pas le privilège d'être celui-là, mais personne ne pourrait l'empêcher de fantasmer sur elle en attendant.

L'inspecteur de police au bout du fil est une véritable sangsue et Henning Loeb ne tarde pas à regretter d'avoir décroché son téléphone. Il s'adresse à lui de la manière que le petit fonctionnaire déteste le plus, c'est-à-dire avec autorité et à l'impératif. En quelques phrases, il exige qu'il lui fournisse les renseignements qu'il demande dans les plus brefs délais. Pas dans un instant, et encore moins plus tard dans l'après-midi. Henning doit donc lâcher tout ce qu'il a entre les mains et retourner illico devant son ordinateur.

« J'ai besoin de tout ce que vous avez sur une affaire concernant un garçon du nom de Magnus Kjær. »

L'inspecteur a le numéro de Sécurité sociale du gosse et Henning ouvre le dossier sur son PC tout en expliquant qu'il est responsable de plusieurs centaines de cas et qu'il ne peut évidemment pas tous se les rappeler de but en blanc.

« Contentez-vous de me lire ce que vous avez dans le dossier. »

Henning fait défiler à l'écran les éléments qu'il possède, faisant attendre exprès son interlocuteur quelques instants de plus que nécessaire. Il s'avère qu'il s'agit d'une affaire qu'il a lui-même traitée et qu'heureusement, il va pouvoir résumer en quelques phrases.

« J'ai sous les yeux le dossier de Magnus. Nous avons reçu une dénonciation, sous la forme d'un mail anonyme, au sujet de la mère de ce garçon, Laura Kjær, qui, d'après le lanceur d'alerte, était incapable de s'occuper de son enfant. Nous sommes allés au domicile de la famille et avons examiné le cas, sans trouver de fondement à cette accusation. Voilà, c'est tout...

– Je vous prie de bien vouloir me communiquer tous les éléments, s'il vous plaît. Tout de suite. »

Henning réprime un soupir. Comme cela risque de prendre du temps, il passe à la vitesse supérieure et donne au policier la version la plus courte possible, élaguant considérablement le rapport qu'il a sous les yeux.

« La dénonciation est arrivée par mail il y a environ trois mois, par le biais du centre médico-social, qui a une antenne dans toutes les communes du pays, suite à une décision du ministère des Affaires sociales. Les gens ont la possibilité de s'adresser anonymement à ces centres s'ils ont connaissance d'enfants victimes de maltraitances. Dans le cas qui vous intéresse, le lanceur d'alerte n'a pas souhaité se faire connaître. En gros, il demandait qu'on retire au plus vite la garde de l'enfant à sa mère, qui était – je le cite – *une sale pute égocentrée*, fin de citation. Le mail disait aussi qu'elle *préférait écarter les cuisses plutôt que de s'occuper des problèmes de son petit garçon* – et je le cite à nouveau : *On n'a pas le droit d'être aussi bête !* L'expéditeur du mail nous demandait de nous rendre au domicile pour nous rendre compte par nous-mêmes du bien-fondé d'un éloignement du milieu familial.

– Et sur place, qu'est-ce que vous avez constaté ?

– Rien du tout. Nous nous sommes donné la peine d'aller vérifier si effectivement l'enfant était maltraité, nous avons parlé avec le garçon – plutôt introverti – et avec ses parents, la mère et le beau-père, je crois. Ils étaient tous les deux très choqués. Mais rien ne permettait de prêter foi aux accusations du dénonciateur, comme c'est souvent le cas dans ce genre de harcèlement.

– J'aimerais voir ce mail. Pourriez-vous m'en envoyer une copie, je vous prie ? »

C'était exactement la requête que Henning Loeb attendait.

« Mais bien sûr. Aussitôt que vous m'aurez montré un mandat. D'ici là, si vous permettez...

– Vous n'avez aucune idée de l'identité de l'expéditeur du mail ?

– Aucune. Je vous rappelle que c'est la définition du mot “anonyme”. Et maintenant, si vous per...

– Qu'est-ce qui vous fait dire qu'il s'agissait de harcèlement ?

– Eh bien, nous n'avons rien constaté, n'est-ce pas ? Et puis, c'est surtout à cela que sert le centre d'appels, au harcèlement et à la délation. Vous n'avez qu'à poser la question aux douanes ou au fisc. Les politiciens eux-mêmes incitent la population à le faire, alors les gens se dénoncent les uns les autres, pour un oui pour un non, y compris quand ils n'ont rien à y gagner. Personne ne réfléchit au fait qu'il y a des personnes comme nous qui passent du temps et dépensent l'argent du contribuable à aller vérifier ce qu'ils nous écrivent et ce qu'ils nous racontent. Bref, si vous avez terminé...

– Pas encore. Puisque je vous tiens, j'aimerais que vous regardiez si vous avez reçu une dénonciation concernant deux autres enfants. »

Et voilà que le flic lui donne deux autres numéros de Sécurité sociale, ceux de deux filles cette fois, Lina et Sofia Sejer-Lassen. Bien que la famille vive maintenant à Klampenborg, il sait qu'elle habitait jusqu'à récemment à Islands Brygge et dépendait de la commune de Copenhague. L'éventuelle dénonciation sur laquelle il se renseigne aurait été déposée à cette époque-là. Très énervé à présent, Henning tape sur son clavier après avoir jeté un coup d'œil à sa montre. Il a encore le temps de se préparer à l'entretien s'il ne traîne pas. L'ordinateur réagit instantanément aux deux numéros de Sécurité sociale et Henning profite que le gars soit en train de les lui répéter pour survoler le compte rendu de l'affaire. Il est sur le point de dire qu'il se rappelle ce cas, parce que c'est également lui qui s'en est occupé, mais il hésite car il vient de remarquer une chose à l'écran qu'il n'avait pas repérée avant. Il retourne en arrière et ouvre à nouveau le dossier Magnus Kjær pour confirmer son impression et relire la formulation du mail anonyme. Henning Loeb vient de tomber par hasard sur une chose qu'il ne comprend pas et cela le rend méfiant.

« Non, je regrette. Je n'ai rien à ces noms-là. Enfin, pas à première vue.

– Vous en êtes sûr ?

– Le système ne reconnaît pas les deux numéros de Sécurité sociale. C'est tout ? Parce que pour tout vous dire, je suis assez pressé. »

Après avoir raccroché, Henning Loeb ne se sent pas très à l'aise. À tout hasard, il envoie un mail au service informatique pour dire que le logiciel a buggé et qu'il n'a pas pu renseigner la police dans une affaire pour laquelle elle l'a consulté. Non pas qu'il pense que ce soit important, mais on ne sait jamais. Ce qui est important, c'est que Henning n'ait plus qu'un entretien à passer pour monter en grade et échapper à toute cette merde. Disparaître le plus loin possible. Au deuxième étage où il sera comme un coq en pâte, derrière un bureau, à la commission de sécurité et de protection de l'environnement, et, qui sait, peut-être entre les cuisses de la jolie rouquine.

52

Le soleil s'est couché sur le lotissement de Husum. Les réverbères sont allumés le long des rues avec leurs panneaux de limitation de vitesse et leurs dos-d'âne, où les enfants peuvent jouer sans risque. Une douce lumière éclaire les allées, venant des cuisines où s'affairent les ménagères pendant que leurs maris leur racontent leur ennuyeuse journée de boulot. En descendant de la voiture de service sur l'allée Cedervænget, Thulin sent une bonne odeur de frikadelles émaner de chez les voisins de la famille Kjær. Seule la maison toute blanche avec son garage en tôle portant le n° 7 sur la boîte aux lettres est obscure. Elle a l'air triste et abandonnée.

Sous la pluie battante, son téléphone collé à l'oreille, Thulin écoute les dernières remarques désagréables de Nylander puis raccroche. Elle accélère le pas et rattrape Hess devant la porte d'entrée.

« Tu me donnes la clé ? » dit-il en tendant la main.

Une bande jaune et noire interdit toujours l'accès à la maison et Thulin fouille dans sa poche à la recherche de la clé.

« Tu dis bien que les services sociaux n'ont rien trouvé sur place qui permette de prêter foi aux accusations du délateur ?

– C'est ça. Pousse-toi. Tu me caches la lumière. »

Hess lui a pris la clé des mains et cherche la serrure dans la lumière chiche d'un réverbère.

« Alors, qu'est-ce qu'on fait là ?

– Je te l'ai dit. Je veux juste voir la maison.

– On a déjà vu la maison. Plusieurs fois, même ! »

Quand Thulin a eu Nylander au téléphone, tout à l'heure, il a été déçu par les résultats obtenus ce jour-là, ou plus exactement par l'absence de résultats, et il ne comprenait pas pourquoi ils retournaient à Cedervænget. Thulin non plus, d'ailleurs. Lorsqu'elle a appris par l'avocat de Hans Henrik Hauge qu'il avait un alibi pour l'heure du meurtre d'Anne Sejer-Lassen, ça l'a contrariée, mais elle s'en est remise. Et maintenant, elle se retrouve au point de départ, en train de regarder la maison déserte où tout a commencé il y a une semaine.

Hess lui a rapporté sa conversation avec le fonctionnaire des services sociaux, qu'il avait appelé en sortant du service pédiatrique du Risghospitalet. Assise dans la voiture, sur le parking de l'hôpital, la pluie tombant à grosses gouttes sur le pare-brise, elle l'a écouté lui parler du mail anonyme accusant Laura Kjær d'être une si mauvaise mère que quelqu'un avait jugé urgent d'éloigner son fils du milieu familial. Elle l'a entendu raconter que les services sociaux avaient vérifié l'accusation et qu'ils étaient arrivés à la conclusion que la dénonciation était injustifiée et qu'il s'agissait d'un harcèlement. Mais à partir de ce moment-là de l'exposé de Hess, Thulin a décroché. Elle trouvait surprenant que Laura Kjær n'ait parlé de cette dénonciation qu'au médecin de l'hôpital, mais cela pouvait à la rigueur s'expliquer : les médecins pensaient que le fils de Laura Kjær était autiste, mais les gens de son école, par exemple, auraient pu croire en voyant le comportement de Magnus, que sa mère n'était pas capable de s'occuper de lui. Il n'en fallait pas plus pour donner à une personne bien pensante l'idée de la dénoncer aux services de protection de l'enfance. Laura n'avait aucun moyen de savoir si le délateur anonyme faisait partie de ses relations, si c'était un instituteur ou un parent d'élève, ou bien l'un de ses propres collègues, et elle avait eu toutes les raisons de vouloir rester discrète sur le sujet. Quoi qu'il en soit, elle avait manifestement fait tout ce que peut faire une mère pour aider son fils et, même si Thulin n'avait aucune sympathie pour Hans Henrik Hauge, elle était bien obligée d'admettre que le beau-père semblait également lui avoir apporté tout son soutien. Alors, quel intérêt cette accusation de maltraitances peut-elle avoir pour l'enquête ? Sans compter que le gars de la mairie a affirmé qu'il n'existait pas de dénonciation équivalente concernant Anne Sejer-Lassen, et donc aucun lien justifiant le fait de suivre cette piste.

Mais Hess a insisté pour retourner chez Laura Kjær et Thulin regrette amèrement de ne pas l'avoir fait débarquer de l'enquête ce matin, lors de la réunion avec Nylander. Elle ne nie pas la possibilité que Hess ait raison de croire que l'assassin peut continuer, et devant le cadavre d'Anne Sejer-Lassen, dans la forêt, son instinct lui a soufflé qu'ils étaient confrontés à une réelle menace. Mais ils n'ont pas la même façon d'appréhender l'investigation et elle n'est pas ravie non plus à l'idée de devoir jouer les balances auprès de Nylander et d'avoir à le prévenir si Hess se trompait d'enquête et se mettait à creuser dans l'affaire Hartung. Surtout si sa recommandation pour le NC3 doit en dépendre.

« Nous cherchons l'auteur de deux crimes et tu dis toi-même qu'il ne va pas s'arrêter là, alors pourquoi perdre notre temps à fouiller une maison qui l'a déjà été ?

– Tu n'es pas obligée de m'accompagner. Au contraire, je préfère que tu ailles demander aux riverains s'ils ont entendu parler de cette dénonciation et s'ils savent qui en est l'auteur. Comme ça, on sera plus vite rentrés, qu'en penses-tu ?

– J'en pense que je ne vois pas l'intérêt. »

La bande de sécurité se déchire quand Hess ouvre la porte et rentre au sec. Il referme derrière lui tandis que la pluie redouble d'intensité et que Thulin se met à courir pour aller frapper à la porte du voisin le plus proche.

53

Hess remarque d'abord le calme qui règne dans la maison. Il attend un instant que ses yeux s'accoutument à l'obscurité. Après avoir actionné en vain trois interrupteurs, il doit se rendre à l'évidence : la compagnie d'électricité a coupé le courant. La propriété était au nom de Laura Kjær, son décès a été dûment enregistré et l'achèvement administratif d'une vie humaine a suivi son cours.

Hess sort sa lampe de poche et éclaire ses pas dans le couloir et le reste de la maison. Sa conversation avec l'assistant social lui trotte toujours dans la tête. Il ne sait pas encore ce qu'il doit en conclure. Peut-être rien du tout. Il sait seulement qu'il doit revoir la maison. L'interrogatoire du chef de service à l'hôpital s'était pourtant bien passé. À un moment, il avait même pensé qu'ils étaient au bon endroit, face au bon interlocuteur. Les deux victimes avaient eu affaire au médecin, et son intuition lui disait que les enfants étaient le dénominateur commun. Mais ensuite, le médecin a mentionné la dénonciation anonyme.

Chercher une piste ici est pour le moins hasardeux. D'une part, l'endroit a été fouillé par plusieurs équipes d'enquêteurs et d'experts. D'autre part, le mail date d'il y a trois mois et s'il y avait eu un indice à découvrir, on l'aurait déjà trouvé ou il aurait disparu depuis longtemps. Mais quelqu'un avait dénoncé Laura Kjær. Quelqu'un s'était suffisamment intéressé à elle pour écrire un courrier haineux suggérant qu'on lui retire son enfant de force, et Hess ne peut pas s'empêcher d'espérer que la maison lui apportera des réponses.

À mesure qu'il avance dans le couloir qui dessert toutes les pièces, il constate que les lieux portent encore les traces du travail des techniciens de la police scientifique. Restes de poudre d'aluminium sur les poignées et les encadrements des portes, étiquettes adhésives numérotées sur certains meubles. Hess se déplace d'une pièce à l'autre jusqu'à une petite chambre d'amis, apparemment utilisée comme bureau, mais qui pour l'instant a l'air étrangement vide, parce que l'ordinateur qui devrait s'y trouver est encore entre les mains de la police. Il ouvre des tiroirs et des placards, survole des notes anodines et divers papiers, puis il se rend dans la salle de bains et dans la cuisine où il recommence le même manège. Mais il nc trouve rien d'intéressant. La pluie tambourine sur le toit. Hess retraverse le couloir et il entre dans la chambre à coucher, où le lit est toujours défait et la lampe couchée sur le tapis. Quand Thulin revient, il est en train de fouiller le tiroir où Laura Kjær rangeait ses sous-vêtements.

« Les voisins ne savent rien. Aucun d'entre eux n'a entendu parler de cette dénonciation. Ils répètent tous que la mère et le beau-père étaient attentifs et aimants avec le gamin. »

Hess ouvre un placard.

« Je rentre au bureau. Je veux en savoir plus sur ce toubib et sur les aventures de Sejer-Lassen. Pense à rapporter la clé quand tu auras fini.

– Ok, à plus ! »

54

Thulin claque volontairement la porte du 7 de la rue Cedervænget avec un peu plus d'énergie que nécessaire. Elle trottine sous la pluie et doit faire un bond de côté pour éviter un cycliste qui arrive brusquement dans le noir, avant de rejoindre la voiture et de se mettre au volant. Ses vêtements sont mouillés de son porte-à-porte, mais elle tient déjà sa vengeance, puisque Hess, lui, devra marcher jusqu'à la gare pour retourner en ville. Ils n'ont rien fait de constructif aujourd'hui, ils n'ont aucune piste tangible et on dirait que la pluie tombe exprès pour effacer toutes les empreintes pendant qu'ils tournent en rond.

Thulin démarre, passe la première et accélère. Elle a encore du travail devant elle. Elle doit retourner au bureau faire un point sur les rapports de ses collègues et les résultats obtenus, mais avant tout, elle a envie de relire les éléments du dossier, de reprendre l'affaire depuis le début et de trouver un lien quelque part. Peut-être aura-t-elle également le temps de joindre Hans Henrik Hauge et Erik Sejer-Lassen pour leur demander si eux aussi ont rencontré le docteur Hussein Majid puisqu'il connaissait les deux victimes. Elle vient de mettre son clignotant pour quitter Cedervænget, quand quelque chose attire son attention dans le rétroviseur et lui fait poser le pied sur la pédale de frein.

Elle aperçoit dans le rétroviseur une voiture en stationnement, à 50 mètres derrière elle, sous de grands pins au fond d'une impasse qui donne dans la rue. Le véhicule se confond avec les arbres et la haie de buissons en lisière du terrain de jeux. Thulin fait marche arrière et se gare parallèlement au véhicule. Il s'agit d'un break noir, sans signe distinctif particulier, ni à l'extérieur, ni à l'intérieur. La vapeur qui s'élève au-dessus du capot indique que le moteur est encore chaud et que la voiture s'est arrêtée là très récemment. Thulin regarde autour d'elle. Quand on a une visite à faire dans un quartier résidentiel, on stationne devant la maison où on va, mais le chauffeur de ce véhicule a choisi de se garer à l'écart, au fond d'une voie sans issue. Elle songe un instant à appeler pour faire vérifier la plaque d'immatriculation, mais son portable sonne au même moment et elle voit à l'écran que c'est Lee. Elle se souvient brusquement qu'elle doit aller la chercher chez son grand-père, répond à sa fille et repart.

55

La chambre de Magnus Kjær est décorée avec simplicité, en comparaison avec celle des filles de Sejer-Lassen, mais, malgré le faible éclairage de sa lampe de poche, Hess voit qu'elle est chaleureuse. Tapis à poils longs, rideaux verts et abat-jour en papier chinois pendu au plafond. Petites affiches représentant Donald Duck et Mickey Mouse sur les murs et des tas de personnages en plastique issus de mondes imaginaires dans lesquels le bien l'emporte sans doute immanquablement sur le mal. Une tasse contenant des crayons de couleur et des feutres est posée sur la table, et en examinant le contenu d'une petite bibliothèque à côté du bureau, Hess découvre que Magnus s'intéresse aussi aux échecs. Machinalement, il extrait quelques livres des rayons. C'est une chambre rassurante, peut-être la plus agréable de la maison.

Hess s'approche du lit et, par habitude, il se met à genoux et regarde en dessous, même si ses collègues ont déjà fait la même chose. Dans le faisceau de la torche, il aperçoit un objet coincé entre le montant du lit et le mur. Quand, au prix de quelques efforts, il parvient à l'attraper, c'est pour s'apercevoir qu'il s'agit simplement d'un manuel de League of Legends. Hess a subitement mauvaise conscience parce qu'il n'a pas respecté sa promesse de retourner voir le petit garçon à l'hôpital.

Il pose le manuel et commence à regretter de ne pas avoir profité de la voiture pour retourner en ville avec Thulin. Cette dénonciation anonyme lui avait semblé être un détail susceptible d'éclairer cette affaire sous un nouveau jour, mais maintenant, il se sent un peu bête à l'idée de devoir aller à la gare à pied sous la pluie, à moins d'avoir la chance de croiser un taxi. Il est fatigué et se demande s'il va s'allonger pour faire une petite sieste sur le lit accueillant de Magnus ou rentrer à l'hôtel de police et faire croire à Nylander qu'il doit absolument rentrer à La Haye ce soir. Il pourrait aussi se contenter de lui dire la vérité. C'est-à-dire qu'il ne s'estime pas à la hauteur de la tâche. Qu'en réalité, il se fout comme d'une guigne de Kristine Hartung, de ses empreintes digitales et de toutes ces conneries, et que c'est le manque de sommeil qui lui a inspiré des théories cauchemardesques sur les morceaux de cadavre et les bonshommes en marrons. Avec un peu de chance, il a encore le temps d'attraper l'avion de 20 h 45 et d'aller demain matin supplier Freimann de lui redonner son poste, une pensée qui à ce moment-là lui semble presque séduisante.

Hess jette un dernier regard par la fenêtre, vers le jardin et le terrain de jeux où a été découvert le corps de Laura Kjær, et c'est là qu'il voit les dessins. Des dessins d'enfant sur des pages A4, à moitié cachés par le rideau, piqués sur un clou au mur. Le premier représente une maison que Magnus Kjær a dû dessiner quand il était un peu plus petit. Hess l'éclaire. Les traits sont naïfs. En neuf ou dix coups de crayon, Magnus a croqué une maison avec une porte et un soleil qui brille au-dessus. Une intuition pousse Hess à regarder le dessin d'en dessous. À nouveau, c'est une maison, peinte en blanc cette fois et comportant plus de détails. Hess reconnaît la maison de Cedervænget dans laquelle il se trouve en ce moment.

Sur le troisième dessin, encore la maison blanche, le soleil, et cette fois, Magnus a ajouté le garage. Le quatrième et le cinquième dessin sont identiques, mais entre-temps, Magnus a grandi et sa technique s'est améliorée. Hess est presque impressionné par le talent du gosse et il sourit. Jusqu'au dernier dessin, le sujet est le même. Maison, soleil, garage. Pourtant, sur celui-là, il y a quelque chose qui cloche : le garage est totalement disproportionné et prend plus de place que la maison. Il dépasse largement au-dessus du toit et ses murs épais et noirs sont asymétriques.

56

Hess claque la porte de la terrasse derrière lui. En s'éclairant avec sa lampe de poche, il marche sur les pavés mouillés derrière la maison. L'air est froid et son souffle forme de la buée. Quand il tourne à l'angle de la maison, l'odeur des frikadelles flotte toujours dans le jardin. Il soulève le volet du garage et s'apprête à entrer dans le bâtiment métallique, quand il réalise soudain qu'il n'a pas entendu le claquement sec de la bande adhésive de la police scientifique qui en interdisait l'accès. Il décide que c'est sans importance et referme derrière lui.

Le garage est grand et haut sous plafond. Il doit faire au moins six mètres de long et quatre de large. Il a été bâti avec des matériaux modernes, structure en acier et bardage en tôles. Hess se souvient avoir vu le même modèle dans divers catalogues de magasins de bricolage. Il est assez vaste pour abriter une voiture et tout un tas de bricoles en plus. Un grand nombre de boîtes en plastique transparent encombrent la presque totalité du sol en béton. Certaines caisses sont sur roues, d'autres, empilées les unes sur les autres, forment de hautes tours et il ne peut s'empêcher de penser à ses propres possessions terrestres entassées dans des cartons et des sacs en plastique depuis bientôt cinq ans, dans un garde-meuble à Amager.

Au son de la pluie qui tambourine sur le toit, Hess se fraie un chemin entre les piles de caisses jusqu'au fond du garage. D'après ce qu'il peut voir dans le faisceau de la torche, elles ne contiennent rien d'inhabituel. Vêtements, couvertures, vieux jouets, ustensiles de cuisine, assiettes et saladiers, le tout bien trié et dans un ordre impeccable. Un nombre impressionnant d'outils de jardin, soigneusement suspendus à de gros crochets métalliques, recouvrent pratiquement l'un des longs côtés, sauf à l'emplacement d'une étagère métallique sur laquelle sont rangés des pots de peinture, quelques outils pour le bricolage et les menus travaux du jardin. Bref, c'est juste un garage. Le dessin de Magnus lui a semblé préoccupant, mais il se dit à présent qu'il n'est que l'œuvre d'un enfant qui, d'après ses médecins, souffre de graves problèmes psychologiques.

Hess, un peu énervé, retourne à la porte. Tout à coup, il sent que ses pieds reposent sur une surface irrégulière, légèrement surélevée par rapport au sol. Pas beaucoup, juste de quelques millimètres. Il éclaire ses pieds et constate qu'il marche sur un paillasson en caoutchouc noir, de forme rectangulaire, mesurant un mètre sur cinquante centimètres, posé devant l'étagère métallique, comme s'il avait été mis là uniquement pour offrir une surface confortable pour travailler. Bref, personne n'aurait remarqué ce tapis s'il n'était pas déjà en train de chercher une aiguille dans une meule de foin. Hess s'écarte du tapis et, mû par une brusque intuition, se baisse pour le soulever. Mais le paillasson ne bouge pas et il ne réussit à passer ses doigts en dessous que sur deux ou trois centimètres. Il sent alors une fente dans le béton, parallèle au paillasson. Il prend un tournevis sur l'étagère métallique, met la torche dans sa bouche et l'immobilise entre ses dents, puis il plante le tournevis dans la fente pour faire levier. Le sol et le tapis collé dessus se soulèvent assez pour que Hess puisse y glisser les doigts et ouvrir une trappe dans le sol.

Il contemple la trappe et le rectangle noir à ses pieds avec circonspection. Sur la face interne de la trappe se trouve une poignée permettant de la refermer de l'intérieur. Hess sort la torche de sa bouche et la dirige vers le trou. Le faisceau éclaire à environ deux mètres de profondeur, mais tout ce qu'il parvient à distinguer, c'est un socle en bois servant de base à l'échelle de meunier fixée sur le mur qui se trouve sur la gauche. Il s'assied sur le sol, remet la torche dans sa bouche, pose un pied sur le premier barreau et commence à descendre. Il n'a aucune idée de ce qui l'attend, mais à chaque barreau, son appréhension grandit. Une odeur particulière lui monte aux narines, un mélange de matériaux de construction et de parfum. Il ne lâche la rampe que lorsque son pied touche la terre ferme et balaye l'espace autour de lui avec sa lampe.

La pièce ne mesure que 4 mètres sur 3, mais elle est quand même plus grande que Hess se l'était imaginée. En revanche, c'est tout juste s'il tient debout sans baisser la tête. Il remarque plusieurs prises électriques le long des plinthes, les murs en parpaings sont peints à la chaux et le sol est recouvert d'un parquet flottant en damier. Tout est propre et net. Au premier coup d'œil, la pièce n'a rien d'inquiétant hormis le simple fait qu'elle existe. Quelqu'un a pris des mesures, creusé la terre, acheté des matériaux, il a installé cette pièce, l'a isolée acoustiquement et l'a fermée avec une épaisse trappe. Bien que celle-ci soit restée ouverte, le bruit de la pluie et de la vie au-dessus semble très loin. Il réalise maintenant qu'il craignait de tomber sur des morceaux du corps de Kristine Hartung et il est soulagé de trouver la pièce presque vide. Une jolie table basse, d'un blanc immaculé, trône au milieu, à côté d'une étrange lampe noire sur trépied. Une serviette de toilette est pendue à la poignée d'une armoire tout en hauteur, blanche également. Une tenture rouge recouvre le mur du fond, derrière un sommier et un matelas avec un drap blanc. La lampe de poche commence à clignoter et Hess doit la secouer pour la faire fonctionner. Il se dirige vers le lit et remarque à présent les spots dirigés vers le lit. Mais ce qui attire surtout son attention, c'est le carton qui pour une raison mystérieuse a été posé par terre, tout seul au milieu de la pièce. Hess s'agenouille devant et l'éclaire avec sa lampe. Contrairement à l'ordre qui règne partout, le contenu du carton semble y avoir été jeté pêle-mêle, comme dans la précipitation. Il y a du lubrifiant et des bougies parfumées, une bouteille Thermos, une tasse sale, un cadenas et des tas de câbles pour la réception wi-fi. Il y a aussi un MacBook Air, d'où part un fil qui court sur le parquet flottant jusqu'à la lampe sur trépied. Hess comprend alors qu'il ne s'agit pas d'une lampe, mais d'une caméra. Comme les spots, l'objectif est dirigé vers le lit.

Hess sent la nausée l'envahir. Il voudrait se relever. Sortir de ce trou, prendre la pluie. Mais il ne peut plus lâcher le parquet des yeux. Parce qu'il vient de remarquer des traces humides sur le mélaminé. Ça pourrait être les siennes, mais il sait que ce n'est pas le cas. Avant d'aller jusqu'au bout de sa pensée, il perçoit un mouvement derrière lui, du côté du placard, et reçoit un premier coup sur la tête, suivi de plusieurs autres. Il fait tomber la lampe torche, des rais de lumière strient le plafond, qui se divise en une multitude d'images, comme lorsqu'on regarde dans un kaléidoscope, tandis que les coups continuent de pleuvoir sur son visage et emplissent sa bouche de sang.

57

Hess s'écrase le nez contre la table basse, mais il fait aussitôt volte-face. Presque inconscient, il se met malgré tout à donner des coups de pied à son agresseur. Il retombe et sa tête heurte violemment le mur. La douleur se répercute dans sa mâchoire. Il a une oreille qui siffle et il roule sur le matelas pour tenter de retrouver l'équilibre. Il entend quelqu'un fouiller dans le carton et courir vers l'échelle de meunier. Cela l'oblige à réagir. Il se relève, il ne voit rien. Il titube dans le noir, les mains en avant, essayant de se rappeler où est l'échelle. Soudain, il est propulsé contre le mur et sent sous ses doigts la surface rêche des parpaings. Enfin, ses doigts agrippent quelque chose. Un déplacement d'air précipité au-dessus de sa tête lui apprend que son assaillant est tout près. Ses mains et ses pieds trouvent les barreaux et, alors qu'il atteint le sommet de l'échelle, il tend le bras dans le noir et sa main se referme sur une cheville. L'inconnu tombe au milieu d'une montagne de caisses en plastique et tente de se dégager. Mais Hess s'accroche. Il se hisse plus haut et devine les contours du MacBook sur le sol bétonné du garage. Puis il reçoit deux coups de talon en pleine figure et sent le poids de son agresseur qui, avec une vitesse étonnante, vient s'asseoir sur son dos et lui enfonce son genou dans la nuque, écrasant son visage par terre. Hess se débat, seul le haut de son corps émergeant du trou, et il a le souffle coupé. Ses pieds s'agitent dans le vide comme ceux d'un pendu au bout d'une corde et il voit l'individu tendre la main vers le tournevis qu'il a été assez bête pour laisser à côté de la trappe. Il a la tête qui tourne, il a peur de s'évanouir. Tout devient noir. Il reprend conscience en entendant une voix qui l'appelle. C'est celle de Thulin. Elle crie son nom, de la rue ou de l'intérieur de la maison, mais il est incapable de lui répondre. Couché sur le béton du garage avec sur la trachée-artère un poids de cent kilos qui refuse de bouger, il remue les bras, fébrile tout à coup, et sa main droite se referme sur quelque chose de froid qui résiste, qu'il ne peut ni dégager ni utiliser comme une arme. Il tire malgré tout, de toutes ses forces. Le métal cède. Un vacarme assourdissant résonne dans le garage quand l'étagère chargée de pots de peinture bascule et tombe.

58

Depuis la porte de la terrasse, Thulin scrute le jardin sombre et silencieux noyé de pluie. Elle a déjà appelé Hess à plusieurs reprises. D'abord dans la maison, et maintenant dehors. Elle recommence sans obtenir de réponse et se sent chaque fois plus bête. Au départ, elle a fait demi-tour parce qu'elle avait soudain compris à qui appartenait le break noir. À présent, elle est simplement agacée que Hess soit parti en oubliant de verrouiller la maison.

Thulin s'apprête à refermer la baie vitrée de la terrasse lorsqu'elle entend le vacarme venant du garage. Elle appelle à nouveau. En voyant dans l'obscurité une silhouette sortir du garage et se précipiter vers le fond du jardin, elle croit d'abord que c'est Hess qui cavale dans tous les sens, dans son obstination à chercher on ne sait quoi. Mais elle n'a pas fait trois pas sur la terrasse que son arme de service est déjà pointée vers l'individu qui s'enfuit vers la haie et pénètre sur le terrain de jeux. Elle a beau courir à perdre haleine, elle le perd de vue avant d'arriver à la cabane pour enfants. Elle scrute les alentours, trempée et essoufflée, et le bruit d'un train de marchandises lui fait tourner la tête vers la voie ferrée. Le fuyard a dévalé le talus et suit maintenant les rails. Thulin se lance à sa poursuite, tandis que le train approche par-derrière.

La sirène à fond, il passe près d'elle à une telle allure que le déplacement d'air la projette sur le bas-côté. L'homme devant elle se retourne une fraction de seconde et, juste avant que le train arrive à sa hauteur, il bifurque à 90 degrés et traverse la voie. Thulin fait demi-tour. Elle court maintenant vers la queue du convoi pour pouvoir passer elle aussi de l'autre côté et reprendre la chasse. Mais il est interminable, elle doit renoncer. Dans l'espace entre les wagons, elle aperçoit les yeux fous de Hans Henrik Hauge qui la regarde plusieurs fois avant de disparaître dans les bois.

59

Des voitures de police, gyrophares activés, bloquent les deux accès de l'allée et les chroniqueurs judiciaires les plus acharnés commencent à arriver. Certains sont accompagnés d'un caméraman et d'une voiture de régie qui feront parvenir en temps réel au JT les dernières nouvelles et l'évolution de la situation, minute par minute, même s'ils n'en savent pas plus que ce qu'ils aperçoivent derrière le barrage de police. Quelques riverains sont à nouveau rassemblés et, pour la deuxième fois de la semaine, ils contemplent la maison d'architecte du numéro 7 avec des mines choquées. Le quartier n'offre pas beaucoup plus de distractions que les fêtes de voisins et le tri des ordures, alors Thulin devine que les événements de la semaine resteront longtemps dans les mémoires.

Elle est sortie pour téléphoner à Lee et lui dire bonsoir. Sa fille est manifestement ravie de devoir dormir une fois de plus chez son grand-père, mais Thulin a du mal à se concentrer sur la conversation et, tandis que Lee lui parle d'une nouvelle appli et d'une invitation à aller jouer avec son ami Ramazan, elle repasse dans sa tête les événements de la soirée. Alors qu'elle roulait sur l'autoroute Ring 2, elle a pensé que le break noir pouvait être la Mazda 6 de Hans Henrik Hauge, c'est pour ça qu'elle a fait demi-tour. Mais Hauge a réussi à lui échapper et, après la course-poursuite, elle a trouvé Hess sur le sol bétonné du garage, assommé et contusionné, mais suffisamment lucide pour s'être aussitôt préoccupé du MacBook que Hauge était apparemment venu chercher. Il a appelé les experts, informé Nylander et lancé contre Hans Henrik Hauge un avis de recherche, qui pour l'instant n'a donné aucun résultat.

Les combinaisons blanches de la police scientifique ont donc repris du service, dans et devant le garage, cette fois. Ils ont apporté un groupe électrogène et de gros projecteurs qui émettent une puissante lumière blanche. Ils ont dressé une tente dans l'allée, et la majeure partie des caisses en plastique ont été transportées dehors de façon à faciliter l'accès à la pièce en sous-sol.

Thulin termine sa conversation avec Lee et elle arrive dans le garage au moment où Genz émerge de la cave, armé de son appareil photo. Quand il retire son masque et fait son rapport, elle remarque qu'il a l'air fatigué.

« Les matériaux utilisés pour construire la pièce indiquent qu'elle a été aménagée en même temps que le garage. La taille du trou n'est pas si importante que Hauge n'ait pas pu le creuser lui-même avec un Bobcat, qu'il a dû louer de toute façon pour enfoncer les poteaux. C'est un travail qu'il a pu facilement mener seul, en deux jours, s'il n'a pas été dérangé. La pièce est totalement insonorisée dès qu'on ferme la trappe, ce à quoi Hauge a très certainement veillé. »

Thulin ne dit rien et Genz poursuit :

« Nous avons trouvé quelques jouets appartenant à Magnus Kjær, des crèmes lubrifiantes, des bouteilles de soda, des bougies parfumées et divers autres objets. La pièce est alimentée en courant électrique et elle a une connexion wi-fi. Les empreintes digitales que nous avons relevées appartiennent toutes à Hans Henrik Hauge et au petit garçon. »

Pour Thulin, tout cela n'a aucun sens. Elle n'a connu ce genre de cas que par ouï-dire, ou dans la presse, ou dans les livres. Elle a bien sûr comme tout le monde entendu parler de Joseph Fritzl, de Marc Dutroux et autres psychopathes, mais elle réalise que jusqu'alors, elle n'y croyait qu'à moitié.

« Pourquoi une connexion wi-fi ?

– On l'ignore encore. Il semble que Hauge soit venu récupérer certaines choses, mais on ne sait pas lesquelles. En revanche, on a découvert dans le carton des codes inscrits dans un carnet caché. Il semble qu'il se soit servi d'un réseau pair-à-pair connu pour garantir l'anonymat du serveur et de l'utilisateur, peut-être pour le streaming.

– Streaming de quoi ?

– Hess est en train d'essayer d'ouvrir le Mac. Mais pour l'instant, il se casse les dents sur le mot de passe, alors j'ai peur qu'il faille le ramener au labo pour le craquer. »

Thulin prend une paire de gants jetables des mains de Genz et veut le contourner pour entrer dans le garage, mais Genz la retient.

« Tu devrais laisser les informaticiens l'emporter. Ils t'appelleront dès qu'ils auront quelque chose. »

Thulin voit dans ses yeux noirs que sa remarque part d'un bon sentiment. Il cherche à l'épargner, mais elle l'écarte et continue vers la cave.

60

Thulin descend en marche arrière l'échelle de meunier. Quand ses deux pieds sont posés sur le parquet en mélaminé du sous-sol, elle se retourne pour examiner la pièce désormais éclairée par deux gros spots placés chacun à une extrémité. Deux techniciens en informatique parlent à mi-voix avec Hess du MacBook et du matériel wi-fi posés sur la table.

« Est-ce que vous avez essayé de le redémarrer en mode récupération ? »

Hess lui jette un bref regard. Il a un œil tuméfié, les mains bandées, et il presse d'une main un morceau d'essuie-tout ensanglanté sur son occiput.

« Oui, mais il paraît qu'il a installé un FileVault. Ils ne peuvent pas l'ouvrir ici.

– Poussez-vous, je vais le faire.

– Ils disent qu'il vaut mieux…

– Si vous commettez une seule erreur, vous allez effacer une partie de la mémoire utilisée par le programme ! » prévient un technicien.

Hess regarde Thulin un court instant puis il s'écarte du MacBook et fait signe aux techniciens de la police scientifique de faire la même chose.

C'est vite réglé. Thulin connaît tous les systèmes d'exploitation et, en moins de deux minutes de pianotage avec ses gants en plastique, elle a désactivé le mot de passe de Hauge. L'ordinateur s'allume et ils voient apparaître à l'écran une grande image avec divers personnages de Walt Disney. Dingo, Donald et Mickey. À gauche de l'écran s'affichent 12 dossiers, chacun portant le nom d'un mois de l'année.

« Ouvre le plus récent. »

Thulin a déjà double-cliqué sur le dernier dossier intitulé « Septembre ». Un nouvel éventail donne le choix entre cinq icônes qui toutes représentent un symbole de jeu. Thulin en choisit un au hasard et double-clique à nouveau. Une image emplit l'écran. Moins de trois secondes plus tard, elle regrette de ne pas avoir suivi le conseil de Genz. Elle a une brusque envie de vomir.

61

Les informations, qu'ils écoutent sur la radio de la voiture, ne proposent pour l'instant que de vagues supputations, un récapitulatif de l'affaire et, bien sûr, l'avis de recherche lancé contre Hans Henrik Hauge. Le tube pop rock qui suit étant clairement une apologie de la sodomie, Thulin éteint la radio. Elle n'a pas envie de parler et cela lui convient parfaitement que Hess soit une fois de plus occupé avec son téléphone.

En partant de Husum, ils sont passés à Glostrup, dans le service où Magnus Kjær est toujours hospitalisé. Ils ont informé une femme médecin de la situation dans le bureau des infirmières et Thulin a été un peu rassurée de la voir réellement choquée et de sentir chez elle une véritable compassion. Thulin lui a donné des instructions très strictes pour que Hans Henrik Hauge n'approche Magnus sous aucun prétexte, dans le cas où il lui viendrait l'idée de passer à l'hôpital. Une hypothèse assez improbable, sachant qu'il est en cavale et recherché par la police. La thérapeute leur a affirmé que l'enfant allait aussi bien que possible au regard des circonstances, mais Thulin et Hess ont malgré tout voulu passer le voir dans sa chambre avant de repartir. Le garçon dormait et ils sont restés un petit moment à le regarder à travers la vitre rectangulaire de la porte.

Pendant près de quinze mois, ce pauvre gamin a été soumis à toutes sortes d'abus, pendant que divers médecins mettaient ses problèmes de communication sur le compte d'une forme d'autisme. Pour autant que Thulin puisse en juger, il a sans doute été parfaitement normal jusqu'à la mort de son père et l'arrivée dans la vie de sa mère de Hans Henrik Hauge, qui l'avait probablement choisie sur ce site de rencontres justement parce qu'elle disait dans son profil qu'elle était maman d'un petit garçon. Ce qui devait faire d'elle un article de second choix aux yeux de certains hommes avait attiré le pédophile vers elle. À travers l'historique de ses contacts, Thulin avait remarqué que Hauge contactait principalement des femmes seules avec enfants, mais elle n'y avait pas attaché d'importance particulière. Elle en avait simplement déduit qu'il recherchait une compagne d'à peu près le même âge que lui.

L'extrait de film que Thulin a vu sur le MacBook de Hauge montre comment il s'y prenait pour réduire l'enfant au silence. Assis au bord du matelas, dans la pièce souterraine avec sa tenture rouge surréaliste en toile de fond, on le voit rappeler à Magnus d'une voix d'instituteur qu'il a envie de rendre sa maman heureuse et surtout de ne plus jamais la voir aussi triste que quand son père est mort, puis, sur le même ton anodin, il ajoute que Magnus n'a sûrement pas envie que Hauge fasse du mal à sa maman.

Dans le film qu'ils ont visionné, Magnus ne se débat pas lorsque Hauge le viole. Thulin n'a pas voulu regarder, mais elle sait que c'est ce qui s'est passé. Elle sait aussi que le film a été partagé ou streamé sur le Net. Expurgé évidemment des scènes qui précèdent le viol et de toutes les images où on peut reconnaître Hauge. Et ça n'a pas été la seule fois. Loin de là.

Laura Kjær ne pouvait pas avoir été au courant des viols, mais la dénonciation anonyme dont les services sociaux étaient venus leur parler avait forcément dû l'alerter. Elle avait rejeté l'accusation de maltraitances, mais cette visite l'avait sûrement inquiétée, malgré tout. Peut-être avait-elle commencé à douter de son compagnon, parce que le moment de la dénonciation correspondait à celui où elle avait arrêté de sortir de chez elle quand son fils n'était pas à l'école ou en sa compagnie. Il est possible qu'elle se soit mise à avoir peur de Hauge. Quoi qu'il en soit, elle avait fait changer les serrures de la maison pendant qu'il était parti faire un salon. Une précaution inutile, malheureusement, puisqu'elle a été assassinée et abandonnée sur un terrain de jeux en compagnie d'un bonhomme en marrons moqueur. Et Thulin n'a pas l'impression que Hess et elle se soient beaucoup rapprochés de son assassin ces dernières heures.

« Tant pis, merci, au revoir. »

Hess éteint son téléphone portable.

« Il semble que nous ne puissions parler ni à cet assistant social, ni à personne d'autre qui soit au courant de cette affaire, avant demain matin.

– Tu penses que le lanceur d'alerte est le meurtrier ?

– C'est possible. En tout cas, cela vaut la peine de le vérifier.

– Et pourquoi pas Hauge ? »

Thulin connaît déjà la réponse à sa question, mais elle ne peut pas s'empêcher de la poser et Hess prend son temps pour lui répondre :

« Beaucoup d'éléments laissent penser que la même personne a commis les deux crimes. Hauge a un mobile pour le meurtre de Laura Kjær, mais aucun pour celui d'Anne Sejer-Lassen. En plus, dans le deuxième cas, il a un alibi. Sans compter que nous venons d'apprendre que Hauge est pédophile. Il prend son pied en abusant de jeunes enfants.

Mais rien ne prouve qu'il prenne plaisir à violenter, amputer et tuer des femmes. »

Thulin ne répond pas. Toute sa colère est en ce moment dirigée contre Hauge et pour l'instant, elle voudrait pouvoir consacrer tout son temps et toute son énergie à le retrouver, lui et personne d'autre.

« Ça va ? »

Elle sent le regard inquisiteur de Hess, mais elle n'a pas envie de parler de Hauge et des images sur son MacBook.

« C'est moi qui devrais te poser cette question. »

Hess la regarde d'un air légèrement surpris et, sans quitter la route des yeux, Thulin lui fait remarquer qu'une rigole de sang coule de son oreille. Hess l'éponge avec le morceau d'essuie-tout qu'il a toujours à la main, tandis qu'elle tourne dans la rue de son immeuble. Soudain, une idée lui traverse la tête :

« Comment la personne qui l'a dénoncée pouvait-elle être au courant des viols subis par Magnus Kjær, si personne d'autre n'était au courant ?

– Bonne question.

– Et si cet individu savait ce qui se passait et qu'il savait aussi que la mère l'ignorait, pourquoi la tuer elle et pas Hauge ?

– Autre bonne question. Mais quand je t'entends exposer les faits de cette manière, je me dis qu'à ses yeux, elle aurait peut-être dû le savoir et il lui en voulait peut-être de ne pas avoir réagi, pas assez vite, en tout cas.

– Ça fait beaucoup de peut-être.

– N'empêche que ça tient la route… surtout que l'assistant social n'a pas trouvé de dénonciation équivalente concernant Anne Sejer-Lassen », dit Hess, se moquant de lui-même.

Après avoir vérifié l'identité de son correspondant, il rejette un appel sur son téléphone. Thulin se range le long du trottoir et coupe le moteur.

« D'un autre côté, Anne-Sejer Lassen était en train de ficher le camp de chez elle avec ses gosses. Et maintenant que nous savons ce qui est réellement arrivé à Magnus Kjær, je crois que ce serait une bonne idée de vérifier si l'accident de la fille aînée d'Anne Sejer-Lassen était vraiment un accident ou le résultat d'un événement d'un tout autre ordre. »

Hess la regarde sans rien dire, mais elle voit dans ses yeux qu'il a compris. Elle sent que sa phrase oriente sa réflexion dans une direction différente.

« Je croyais que nous avions déjà trop de peut-être ?

– Peut-être pas. »

Après ce qu'ils ont découvert dans le garage des Kjær, un sourire semble plutôt déplacé, mais Thulin ne peut retenir celui qui lui plisse les lèvres à ce moment-là. L'humour permet de prendre de la distance avec l'inadmissible et, de surcroît, elle a le sentiment qu'ils tiennent quelque chose. Elle entend un bruit sec de phalanges contre sa vitre. Sebastian est là, sur le trottoir. En costume et trench-coat noir, il tient dans une main un bouquet de fleurs enveloppé dans de la cellophane et attaché avec une multitude de rubans, et dans l'autre une bouteille de vin.

62

Sans allumer la lumière, Thulin s'assied à la table basse et ouvre son ordinateur portable, puis elle attaque la lecture des rapports envoyés par les enquêteurs de son équipe sur les éléments récoltés dans la journée. Elle se concentre en particulier sur ce qui concerne Erik Sejer-Lassen. Sebastian est reparti et c'est ce qu'elle souhaitait, mais elle aurait aimé que cela se passe différemment.

« Quand tu ne me rappelles pas, tu t'exposes à ce que je débarque sans prévenir », avait-il dit d'un ton taquin alors qu'ils entraient ensemble dans son appartement.

En allumant la lumière de la cuisine, elle avait eu l'impression de ne pas être rentrée chez elle depuis une éternité. Ses vêtements humides après la fouille dans la forêt de Klampenborg étaient toujours entassés dans un coin et un bol dans lequel séchait un reste de yaourt datant de son petit déjeuner traînait encore sur la table.

« Comment savais-tu que je rentrerais à cette heure-ci ?

– J'ai tenté ma chance, et ça a marché. »

La situation sur le trottoir avait été embarrassante et elle s'en voulait encore de ne pas avoir remarqué la Mercedes anthracite de Sebastian garée devant sa porte avant qu'il la surprenne en frappant à la vitre. Elle était descendue de voiture, et Hess avait fait la même chose pour venir s'asseoir au volant, puisqu'il avait été convenu qu'il garderait le véhicule de service pour rentrer chez lui. Sebastian et lui s'étaient retrouvés face à face et ils s'étaient salués d'un hochement de tête, le premier énergiquement, le second avec plus de réserve, tandis que Thulin se dirigeait vers sa porte d'entrée, sans prendre la peine de les présenter. C'était un moment parfaitement banal, mais cela l'agaçait quand même que Hess ait croisé Sebastian et qu'une partie de sa vie privée lui soit dévoilée. Ou bien était-ce Sebastian qui l'agaçait ? Ça avait été comme de se retrouver tout à coup en présence d'un être venant d'une autre planète. Mais n'était-ce pas justement ce qui lui plaisait chez lui ?

« Il faut que je me remette au travail tout de suite.

– C'était ton nouveau collègue ? Celui qui s'est fait virer d'Europol ?

– Comment sais-tu qu'il vient d'Europol ?

– J'ai déjeuné aujourd'hui avec un substitut du procureur. Il a juste mentionné en passant qu'un gars avait déconné à La Haye et qu'il avait été renvoyé à la Crim' à Copenhague. Je me suis dit que ça devait être le boulet qu'on t'avait refilé et qui ne voulait rien foutre. Comment marche ton enquête ? »

Thulin regrettait d'avoir parlé de Hess presque chaque fois qu'elle avait eu Sebastian au téléphone cette semaine et même pendant le week-end. Elle avait prétendu qu'elle n'avait pas le temps de le voir à cause de l'enquête et avait expliqué qu'elle avait une surcharge de boulot parce que son nouveau coéquipier ne l'aidait pas. Ce qui lui paraissait à présent une description injuste de Hess.

« J'ai vu aux infos qu'il s'était passé un truc sur la première scène de crime aujourd'hui. C'est pour ça qu'il avait l'air d'avoir pris une enclume sur la tête ? »

Sebastian avait voulu la prendre dans ses bras et elle s'était écartée.

« Je préfère que tu t'en ailles. J'ai beaucoup de choses à lire ce soir. »

Il avait essayé de la caresser et elle l'avait repoussé. Il avait recommencé en lui disant qu'elle lui manquait et qu'il avait envie d'elle. Il lui avait même rappelé que sa fille n'était pas là et qu'ils pouvaient faire l'amour où ils voulaient, y compris sur la table de la cuisine.

« Pourquoi est-ce que tu n'as pas envie ? Il y a un problème avec Lee ? Comment va-t-elle ? »

Mais Thulin n'avait pas non plus eu envie de parler de Lee et elle lui avait à nouveau demandé de s'en aller.

« Je vois ! C'est toi qui décides où et quand, et moi, je n'ai pas mon mot à dire ?

– C'est comme ça que ça a toujours été. Et si ça ne te convient pas, je te propose qu'on en reste là.

– Tu as trouvé quelqu'un de plus amusant, peut-être ?

– Non. Mais je te promets que lorsque ce sera le cas, tu seras le premier informé. Merci pour les fleurs. »

Sebastian avait éclaté de rire, mais elle avait eu toutes les peines du monde à le faire sortir de chez elle. C'était sans doute la première fois qu'une femme le mettait à la porte alors qu'il était venu lui rendre visite avec du vin et des fleurs. Et cela l'avait sans doute d'autant plus surpris que la rebuffade venait d'*elle*. Thulin se promit de l'appeler le lendemain, dès qu'elle aurait une seconde.

Thulin a le temps de manger la moitié d'une pomme devant son ordi avant que son téléphone sonne. C'est Hess. Comme, lors de leur conversation dans la voiture, il avait promis de se renseigner sur les circonstances exactes de l'accident domestique de l'aînée des Sejer-Lassen, elle attendait plus ou moins son appel. Elle trouve donc surprenant qu'il lui demande poliment s'il la dérange.

« Non, ça va. Tu m'appelles pour quoi ?

– Tu avais raison. Je viens d'avoir le service de traumatologie du Rigshospitalet. En plus de l'épisode où la grande s'est cassé le nez et la clavicule, les deux filles sont venues consulter plusieurs fois après des accidents au domicile. Du temps où la famille Sejer-Lassen habitait à Islands Brygge et après qu'elle ait déménagé à Klampenborg. Il n'a jamais été question d'abus sexuels, mais il n'est pas exclu que les deux filles aient été victimes de maltraitances, simplement d'un genre différent de ce qu'a subi Magnus Kjær.

– Combien d'*accidents* ?

– Je n'ai pas encore fait le compte. Mais beaucoup trop. »

Thulin l'écoute. Quand il a fini d'énumérer la liste des traumatismes pour lesquels les fillettes ont été soignées, elle sent monter à nouveau la nausée, comme tout à l'heure dans la cave de Husum.

Elle l'écoute à peine lorsqu'il lui propose qu'ils commencent la journée de demain par une visite à la mairie de Gentofte.

« La maison de Sejer-Lassen à Klampenborg dépend de la commune de Gentofte. Si un lanceur d'alerte a déposé une dénonciation anonyme contre Anne Sejer-Lassen dans la boîte mail des services sociaux là-bas, ça voudra dire que nous sommes sur la bonne voie. »

Avant de raccrocher, il lui dit : « Je crois que je ne t'ai pas remerciée d'être revenue, tout à l'heure. » Elle répond : « Je t'en prie, à plus. »

Ensuite, elle a du mal à se concentrer et décide de faire une nouvelle entorse à la règle en allant se chercher un Red

Bull dans le réfrigérateur, pour éviter de s'endormir. Mais en se levant, machinalement, elle regarde par la fenêtre.

De son quatrième étage, Thulin peut normalement voir les toits et les tours de la ville, presque jusqu'aux lacs. Mais depuis un mois, un échafaudage qui a été monté devant l'immeuble d'en face la prive de cette vue. Quand le vent souffle fort, comme ce soir, les bâches claquent et l'édifice métallique craque et grince dans tous ses assemblages, comme s'il était sur le point de se disloquer. Ce n'est pourtant pas le bruit qui attire l'attention de Thulin ce soir, mais l'impression qu'il y a quelqu'un sur l'échafaudage. Est-ce qu'elle a pu se tromper ? Non, elle est certaine d'avoir vu une silhouette sur la passerelle, juste en face de son appartement. Pendant quelques secondes, elle a eu le sentiment que la personne la regardait. Soudain, une image lui revient, celle de cet homme qui la surveillait à travers la foule, la semaine dernière, alors qu'elle venait de déposer sa fille à l'école. Son instinct de survie lui souffle qu'il s'agit de la même personne. Mais quand une bourrasque de vent s'empare à nouveau de la bâche, la gonflant comme un gigantesque spi, il n'y a plus personne. Thulin éteint la lampe et l'ordinateur. Pendant plusieurs minutes, elle reste immobile dans son séjour, retenant son souffle, les yeux rivés sur l'échafaudage.

VENDREDI 16 OCTOBRE
DE NOS JOURS

63

C'est le matin, il est encore tôt, mais Erik Sejer-Lassen ignore quelle heure il est, car sa Tag Heuer à 45 000 euros est entreposée depuis hier soir dans un box, au deuxième étage de l'hôtel de police, avec sa ceinture et ses lacets. Lui-même est enfermé dans une cellule au sous-sol. Un agent ouvre la porte et lui annonce qu'il va de nouveau être interrogé. Erik Sejer-Lassen suit son geôlier à travers les couloirs, monte derrière lui l'escalier en colimaçon qui les ramène vers la lumière et la civilisation, tandis qu'il ronge son frein, prêt à laisser éclater sa colère.

La police a débarqué hier soir à son domicile, sans s'annoncer. Il était en train d'essayer de consoler ses filles en larmes dans leurs lits quand la baby-sitter l'a informé qu'il y avait deux policiers à la porte et qu'ils venaient le chercher pour l'emmener au poste. Il a argué qu'il était père de famille et ne pouvait en aucun cas s'en aller de chez lui à une heure pareille, mais on ne lui a pas laissé le choix. Il a été surpris d'apprendre qu'ils avaient pris la peine d'aller demander à sa belle-mère de garder les enfants. Erik ne lui avait pas parlé depuis la mort d'Anne. Il savait qu'elle se faisait du souci pour ses petites-filles et qu'elle ne manquerait pas de lui proposer une aide dont il préférait se passer. On aurait dit qu'ils étaient tous ligués contre lui. Elle était là, au pied de l'escalier du perron, cachée derrière les policiers, en train de le regarder d'un air terrifié, comme si c'était lui qui avait tué sa fille. En montant dans la voiture de police, il l'a vue passer le seuil de sa porte et, au moment où la voiture a démarré, ses filles se sont précipitées vers leur grand-mère et se sont accrochées à ses jambes.

À l'hôtel de police, on lui a demandé d'emblée et sans aucune explication pourquoi ses filles avaient eu autant d'accidents et de blessures toutes ces dernières années. Il ne comprenait plus rien. Et il ne voyait pas quel rapport cela pouvait avoir avec le reste. Il a gueulé qu'il exigeait de parler à un officier supérieur ou bien d'être raccompagné chez lui immédiatement. On ne lui a accordé ni l'un, ni l'autre. À la place, on l'a mis en garde à vue sous l'accusation de « rétention d'informations dans le cadre de l'enquête sur le meurtre d'Anne Sejer-Lassen » et il a dû se résoudre à se laisser enfermer dans une cellule au sous-sol, comme un criminel.

La première fois qu'Erik Sejer-Lassen avait battu sa femme, c'était pendant leur nuit de noces. Ils venaient d'entrer dans la suite qu'il avait réservée à l'Hôtel d'Angleterre. Il avait pris sa jeune épouse par le bras et l'avait traînée à travers les pièces en la secouant comme un prunier et en lui hurlant des injures, les dents serrées. Ça avait été un mariage fastueux. La famille d'Erik avait payé la réception, le célèbre chef étoilé suédois, les douze plats exotiques, la location des salons dans le château de Havreholm et tout le toutim, vu que la famille d'Anne n'avait pas un rond. Et tout ce qu'Anne avait trouvé à faire pour le remercier, ç'avait été de parler trop longtemps et de manière trop intime avec un de ses anciens camarades de la pension de Herlufsholm, où ils avaient fait leurs études, ce qui avait mis Erik dans une telle colère qu'il avait passé la soirée à ronger son frein en attendant de pouvoir abandonner ses invités et de se retrouver en tête à tête avec elle à l'hôtel. Anne s'était excusée en pleurant, arguant qu'elle n'avait parlé avec son ami que pour se montrer aimable, mais Erik n'avait rien voulu entendre. De rage, il avait déchiré sa robe de mariée, il l'avait battue puis il l'avait prise de force. Ensuite, il s'était excusé et lui avait déclaré qu'il l'aimait comme un fou. Le lendemain, au petit déjeuner, la joue écarlate de la jeune femme avait été mise par les derniers convives sur le compte d'une torride nuit de noces. Erik Sejer-Lassen avait commencé à haïr sa femme cette nuit-là. Parce qu'elle avait tout accepté et avait continué à le regarder toutes ces années d'un regard énamouré, en papillotant des cils.

Les années passées à Singapour avaient été les plus heureuses de leur mariage. Il avait réussi en un temps record et au-delà de toute espérance, avec quelques investissements judicieux dans des entreprises de biotechnologie. Anne et lui avaient rapidement été adoptés par la jet-set locale, composée d'expats anglais et américains. Il ne la frappait que de temps en temps, en général parce qu'il estimait qu'elle n'avait pas montré envers lui la loyauté qu'il attendait, loyauté qui consistait à lui dire absolument tout ce qu'elle faisait. En contrepartie, il adoucissait leur existence par des sauts de puce aux Maldives ou des treks au Népal. Avec l'arrivée des enfants, leur vie avait changé. Au départ, il s'était opposé au rêve que nourrissait Anne de fonder une famille. Mais avec le temps, il avait commencé à voir quelque chose de séduisant et de patriarcal dans cette idée de reproduction dont il parlait et entendait parler dans les comités de direction des entreprises de biotechnologie dont il faisait partie. Il avait détesté apprendre que son sperme était de mauvaise qualité et encore plus être contraint de consulter une clinique de la fertilité. Parce qu'elle avait osé le suggérer, il l'avait bousculée et envoyée valser contre les murs de leur penthouse. Neuf mois plus tard, il n'avait ressenti aucune joie à la naissance d'une petite fille, à l'hôpital Raffle, mais il s'était dit que cela viendrait avec le temps. Ce qui malheureusement ne s'était pas produit. Quant à l'arrivée de la deuxième, Lina, elle l'avait laissé parfaitement indifférent. En outre, Anne avait dû subir une césarienne, qui avait tellement endommagé son ventre que cela avait sonné le glas de leur vie sexuelle et qu'Erik avait dû renoncer à l'espoir d'avoir un jour un garçon.

Pendant les dernières années qu'ils avaient passées à Singapour, il s'était consolé en ayant des tas d'aventures et en se félicitant de ne pas avoir perdu son sens des affaires. Puis Anne avait souhaité que leurs enfants soient scolarisés au Danemark et ils avaient quitté l'Asie. Ils s'étaient d'abord installés dans un appartement luxueux à Islands Brygge, où ils étaient restés un an, en attendant que les travaux de la maison de Klampenborg soient terminés. La bonne société de Copenhague lui avait paru étriquée et sclérosante et il avait très vite regretté l'atmosphère internationale et la liberté auxquelles il s'était habitué à Singapour. Il s'était lassé de la compagnie de ses anciens amis, pour qui il n'avait en réalité que du mépris, avec leurs signes extérieurs de richesse et leurs femmes-trophées qui ne savaient rien faire d'autre que parler de leurs maisons et de leur progéniture. La grande ressemblance de ses filles avec leur mère était également un motif de déception. En grandissant, elles se transformaient sous ses yeux en clones grossiers et gras d'Anne, singeant bêtement sa vision romanesque et stupide de l'existence. Le pire étant sans doute qu'elles ne semblaient pas avoir plus de combativité que la femme qu'il avait épousée.

Un soir, dans l'appartement d'Islands Brygge, au moment d'aller se coucher, elles s'étaient mises à chouiner pour une bagatelle. Anne et la jeune fille au pair étant sorties toutes les deux, c'était lui qui avait dû gérer la situation. Il avait fini par leur coller une gifle et leurs pleurs s'étaient aussitôt arrêtés. Deux semaines plus tard, la plus grande, qui avait toujours du mal à manger proprement, avait une fois de plus mis de la purée partout. Las de faire des remarques et de prodiguer d'inutiles conseils pédagogiques, il l'avait frappée et elle était tombée de sa chaise. Dans la salle d'attente du service où on avait diagnostiqué à sa fille un traumatisme crânien, il avait fait comprendre à Judith, la baby-sitter qui l'accompagnait, que si elle ne voulait pas être renvoyée dans les rizières par le premier avion, elle avait intérêt à la fermer. Anne était revenue affolée de chez sa mère, et il avait été surpris de voir avec quelle facilité il avait réussi à lui faire gober son histoire de gamine maladroite, laquelle gamine avait d'ailleurs parfaitement compris, malgré son intelligence limitée, qu'elle avait tout intérêt à taire la vérité à sa mère.

Les *accidents* s'étaient produits souvent dans l'appartement d'Islands Brygge, trop souvent sans doute, mais ils avaient nettement amélioré la vie d'Erik. Anne le regardait parfois avec suspicion, mais elle n'avait jamais posé de questions, en tout cas pas avant la visite impromptue des services sociaux, peu de temps avant le déménagement. Ils avaient reçu une dénonciation anonyme concernant une maltraitance supposée des fillettes et, pendant quelque temps, Erik avait dû tolérer que ce minable fonctionnaire vienne régulièrement fouiner chez lui. Grâce à son avocat, il avait fait en sorte que cela cesse et l'homme avait dû promettre de ne plus jamais venir les harceler, lui et sa famille. Erik avait décidé qu'il essaierait de mieux se contrôler à l'avenir, en tout cas jusqu'à ce qu'il ait réussi à mettre la main sur le délateur.

Suite à cet épisode, Anne lui avait demandé pour la première fois s'il était responsable des accidents survenus aux filles. Il avait évidemment nié, mais après qu'ils avaient emménagé à Klampenborg et que la plus grande était tombée dans l'escalier, elle avait cessé de le croire. Elle avait pleuré, s'était fait des reproches à elle-même et lui avait dit qu'elle voulait divorcer. Bien entendu, il s'y était préparé. Il lui avait répondu que si elle entreprenait une démarche de ce genre, il lui enverrait ses avocats et veillerait à ce que plus jamais elle ne revoie ses enfants. Elle avait déjà signé il y a longtemps un contrat selon lequel il garderait la totalité de ce qu'il avait apporté dans le mariage, et si elle n'était pas contente de sa cage dorée à Klampenborg, elle pouvait se préparer à vivre avec le minimum social, sur le canapé de sa mère.

L'harmonie familiale n'était jamais revenue, mais il pensait qu'elle avait renoncé, jusqu'à ce que la police lui apprenne qu'elle n'allait pas chez sa mère le jour où elle avait été tuée, mais qu'elle s'apprêtait à le quitter. Elle avait eu l'intention de l'abandonner, tel le bouc émissaire dans son ghetto de riches, et, comme par miracle, quelqu'un était venu l'éliminer. Ce dernier détail restait incompréhensible pour lui, mais il lui donnait le sentiment qu'il y avait tout de même une justice. Ses relations avec ses enfants, qui allaient maintenant lui appartenir à lui seul, s'arrangeraient sûrement du fait qu'il n'y avait plus personne pour contrarier son autorité.

C'est donc la conscience tranquille qu'Erik Sejer-Lassen entre dans ce bureau de la brigade criminelle pour y être entendu. Il reconnaît les deux inspecteurs qu'il a déjà rencontrés, le type dont on ne sait pas de quelle couleur sont ses yeux et le petit canon aux yeux de biche à qui, dans d'autres circonstances, il aurait bien donné un coup de queue qu'elle n'aurait pas été près d'oublier. Ils ont tous les deux une sale gueule. Fatigués et abattus, surtout lui avec ses hématomes bleus et jaunes sur la figure, comme s'il venait de se faire tabasser. Erik comprend sur-le-champ qu'il n'aura aucun mal à en faire ce qu'il veut. Ils vont devoir le libérer en moins de temps qu'il n'en faut pour le dire parce qu'ils n'ont rien contre lui.

« Monsieur Sejer-Lassen, nous avons interrogé votre jeune fille au pair et cette fois, elle nous a dit vous avoir vu frapper vos enfants au moins à quatre occasions. Son récit ne manquait pas de détails.

– Je ne sais pas de quoi vous voulez parler. Si Judith vous a dit que j'avais porté la main sur mes enfants, c'est une menteuse. »

Après cette belle répartie, Erik s'imagine qu'ils vont discuter un peu de qui a tort, qui a raison, mais ils poursuivent.

« Nous savons qu'elle dit la vérité. Parce que figurez-vous que nous avons également les témoignages des deux jeunes Philippines qui ont travaillé pour vous quand vous viviez à Singapour. Toutes les trois vous dépeignent, indépendamment, sans s'être consultées, comme un homme violent. Le procureur a donc décidé de vous mettre en accusation pour violences sur mineurs pour les faits relevés dans les sept rapports hospitaliers correspondant aux années où vous avez vécu au Danemark. »

Le type continue son laïus et Sejer-Lassen sent le regard froid de la biche posé sur lui.

« Votre garde à vue est pour l'instant prolongée de quarante-huit heures. Vous avez le droit de demander l'assistance d'un avocat, et si vous n'avez pas les moyens, le tribunal peut vous proposer un avocat commis d'office. Jusqu'à ce que la sentence soit prononcée, les services sociaux prendront en charge l'intérêt de vos enfants en étroite collaboration avec leur grand-mère, qui a d'ores et déjà proposé d'être leur tutrice. Dans le cas où vous seriez jugé coupable des faits qui vous sont reprochés et condamné, il faudra déterminer si vous conserverez leur garde et si vous aurez le droit de les voir en présence d'un tiers. »

Les bruits autour de lui s'assourdissent. Sejer-Lassen regarde un moment dans le vide. Puis il baisse les yeux. Devant lui sur la table sont étalés les dossiers médicaux contenant les rapports des médecins, des photos et des radiographies des lésions de ses filles et, en les voyant étalées ainsi, tout cela semble extrêmement grave. Il entend vaguement la femme aux yeux de biche expliquer que Judith leur a raconté la visite d'un assistant social envoyé par la commune de Copenhague, suite à une dénonciation anonyme, peu avant leur déménagement d'Islands Brygge à Klampenborg. Cette dénonciation est le seul sujet qu'ils désirent aborder avec lui aujourd'hui, son affaire ayant d'ores et déjà été transmise à un autre département de la police.

« Savez-vous qui était le lanceur d'alerte ? »

« Avez-vous la moindre idée de l'identité de la personne qui vous a dénoncé aux services sociaux ? »

« Qui savait que vous battiez vos enfants, en dehors de la jeune fille au pair ? »

L'inspecteur aux hématomes essaye de lui faire comprendre l'importance que pourraient avoir ses réponses, mais Erik Sejer-Lassen est incapable de dire un mot. Il regarde les photos.

Un peu plus tard, on le ramène dans sa cellule et, au moment où la porte se referme sur lui, il fond en larmes. Pour la première fois depuis qu'elles sont nées, ses filles lui manquent.

64

Hess a l'impression que sa tête va éclater et il donnerait beaucoup pour se trouver dehors, dans le vent glacé. La sensation d'engourdissement de son cerveau, après son combat dans le garage avec Hans Henrik Hauge, s'est muée en un insistant mal de tête et le fait que le beau-père de Magnus se soit littéralement volatilisé n'arrange pas les choses.

Ce matin, il a dû assister à l'interrogatoire d'Erik Sejer-Lassen à l'hôtel de police, et en ce moment, il est en compagnie de Henning Loeb et de son supérieur hiérarchique dans un bureau surchauffé du service de protection de l'enfance et de l'adolescence. Il remarque qu'il n'y a dans la pièce aucun objet susceptible d'intéresser un enfant ou un adolescent, c'est juste un espace administratif froid et impersonnel, avec les hautes boiseries en acajou qui habillent presque tous les murs de la mairie de Copenhague.

Le travailleur social ne met pas longtemps à se chercher des excuses, surtout vis-à-vis de son chef de service qui gigote nerveusement sur la chaise d'à côté.

« Comme je vous l'ai dit, le logiciel a buggé, c'est pour ça que je n'ai pas pu vous donner l'information.

– Mardi, au téléphone, vous avez prétendu que vous n'aviez aucune trace d'une dénonciation concernant les enfants d'Anne Sejer-Lassen.

– Je pense vous avoir simplement dit que le logiciel ne pouvait pas me donner l'information à ce moment-là.

– Non, ce n'est pas ce que vous m'avez dit. Je vous ai donné les numéros de Sécurité sociale des deux fillettes et vous m'avez affirmé…

– Bon, écoutez, je ne me rappelle pas les mots exacts…

– Ce que je ne comprends pas, c'est pourquoi vous avez essayé de me cacher la vérité.

– Je n'ai pas cherché à vous cacher quoi que ce soit… »

Henning Loeb continue de se débattre en regardant son chef du coin de l'œil et Hess s'en veut de ne pas être venu le voir il y a plusieurs jours, comme il en avait eu l'intention.

Parce qu'il pensait que ce type lui avait dit la vérité en prétendant qu'Anne Sejer-Lassen n'avait pas fait l'objet d'une dénonciation similaire, il avait lâché la piste du délateur anonyme de Laura Kjær après la découverte de la cave sous le garage. Hess s'était fié à l'affirmation du travailleur social selon laquelle la famille Sejer-Lassen était inconnue des services sociaux de Copenhague et, quand Thulin et lui s'étaient adressés à la mairie de Gentofte, dont elle dépendait depuis qu'elle avait déménagé d'Islands Brygge à Klampenborg, celle-ci n'avait aucune trace d'une quelconque dénonciation concernant Anne Sejer-Lassen. La théorie selon laquelle les deux affaires auraient pu avoir pour dénominateur commun le fait que les enfants des deux femmes assassinées avaient été victimes de maltraitances ne tenait plus. Personne dans l'entourage des Sejer-Lassen n'avait suggéré que les accidents des filles puissent être mis sur le compte d'autre chose que la malchance. La jeune fille au pair avait été plus hésitante mais elle n'avait craqué que la veille, après que Hess et Thulin lui avaient promis de la protéger contre d'éventuelles représailles de la part d'Erik Sejer-Lassen. Entre deux sanglots, elle avait mentionné le travailleur social de la commune de Copenhague venu poser des questions alors qu'il habitaient encore à Islands Brygge, suite à un mail anonyme indiquant qu'Anne Sejer-Lassen ne s'occupait pas assez bien de ses enfants.

Henning Loeb ne lui avait pas laissé une bonne impression après leur entretien de mardi dernier, et l'interrogatoire d'aujourd'hui – qu'il mène seul parce que Thulin et les informaticiens de la police sont occupés à chercher des indices susceptibles de les renseigner sur l'identité du lanceur d'alerte dans les ordinateurs du service – ne fait qu'accentuer ce sentiment. L'homme continue d'expliquer la rétention d'informations par un problème technique, mais en relisant les deux mails anonymes, dénonçant respectivement Laura Kjær et Anne Sejer-Lassen, Hess vient de découvrir une autre explication.

Le courriel accusant Anne Sejer-Lassen était arrivé par le biais du service Allô Enfance maltraitée environ deux semaines après celui qui dénonçait Laura Kjær et peu de temps avant l'installation des Sejer-Lassen dans la maison de Klampenborg. Il est particulièrement explicite et couvre presque une page A4. Dans une formulation sans nuance, il incite purement et simplement à un retrait du milieu familial des deux filles d'Anne Sejer-Lassen, Lina et Sofia, pour motif de maltraitance. Le texte est loghorréique, exempt de ponctuation, comme un interminable réquisitoire, très différent du style froid et concis de la lettre concernant Laura Kjær. Anne Sejer-Lassen est décrite comme une pintade prétentieuse, plus préoccupée d'elle-même que de ses filles, obsédée par l'argent et le luxe. La nécessité du retrait du milieu familial y apparaît comme une évidence, pour peu qu'on prenne la peine de lire les rapports médicaux des divers hôpitaux dans lesquels les enfants ont été soignés. La police et la taille des caractères sont également différentes dans les deux mails, pourtant, quand on les lit l'un après l'autre, il est impossible de ne pas remarquer que l'expéditeur utilise dans les deux cas l'insulte « sale pute égocentrée » et l'expression plutôt désuète : « A-t-on le droit d'être aussi bête ? » Dans le cas d'Anne Sejer-Lassen, elle revient même plusieurs fois. Quelqu'un qui lit ces deux textes ne peut que penser qu'ils ont été rédigés par la même personne et deviner que les différences sont délibérées. Hess comprend que c'est ce qui a dû troubler Henning Loeb et l'a incité à répondre par la négative quand il s'est enquis des filles d'Anne Sejer-Lassen.

Quoi qu'il en soit, le travailleur social se défend bec et ongles, y compris sur la façon dont il a traité l'affaire. L'enquête a été menée dans les règles de l'art, et dans les deux cas, les parents ont nié les faits qui leur étaient reprochés. Il répète cela plusieurs fois, comme si dans l'exercice de ses fonctions, il avait toujours affaire à des parents qui avouent leur crime aussitôt que les services sociaux viennent frapper à leur porte.

Son chef de service décide de venir à son secours :

« L'enquête présente apporte évidemment un nouvel éclairage sur cette affaire et je vais immédiatement demander que l'on revoie les conclusions de l'époque. »

Cela réduit Loeb au silence, tandis que son supérieur s'évertue à affirmer sa bonne volonté. Hess sent la peau de son crâne se tendre à nouveau. Il se dit qu'il aurait dû se faire examiner mardi, quand il se trouvait dans le service de traumatologie de l'hôpital, au lieu de rentrer à Odinparken dans son appartement en chantier.

Ce soir-là, il s'était endormi en pensant au type qui attendait Thulin devant chez elle avec un bouquet de fleurs et du vin et, il ne savait pas pourquoi, ça l'avait irrité. Il n'y avait pourtant aucune raison pour qu'elle n'ait pas quelqu'un qui l'attende quand elle sortait du boulot. Et d'ailleurs, en quoi cela le regardait-il ?

Le lendemain matin, il avait été réveillé par la sonnerie insistante du téléphone et avec le pire mal de tête de sa vie. C'était François qui ne comprenait pas pourquoi il ne s'était pas donné plus de mal pour joindre Freimann après le rendez-vous téléphonique manqué. Il avait renoncé à récupérer son job, ou quoi ? Il était complètement inconscient ! Hess lui avait dit qu'il le rappellerait plus tard, et il avait raccroché. Le petit Pakistanais du 34C devait avoir un sixième sens pour deviner l'heure à laquelle il se réveillait, car deux minutes plus tard, il était sur le pas de sa porte à regarder le désordre tout en lui annonçant qu'un agent immobilier était venu la veille pour visiter et avait trouvé porte close.

« Et les pots de peinture sur la coursive ? Et la ponceuse ? Il faut tout de même penser aux autres locataires ! » s'était plaint le concierge.

Hess lui avait promis de s'en occuper, mais il n'avait pas eu le temps parce que Thulin et lui avaient eu le nez dans le guidon pour coincer ce salaud de Sejer-Lassen.

« Que pouvez-vous nous dire à propos du délateur ? Avez-vous découvert quelque chose lors des visites que vous prétendez avoir effectuées dans ces familles ? tente Hess de nouveau.

– Nous ne prétendons pas être allés voir ces familles, nous l'avons fait ! Mais, comme je vous l'ai dit…

– Bon, maintenant, ça suffit ! aboie Hess subitement. Un gamin se faisait violer dans une cave aménagée en dessous d'un garage et deux gamines ont dû être rafistolées tellement de fois que les maltraitances dont elles étaient victimes auraient dû vous sauter aux yeux, ou bien peut-être avez-vous encore une autre excuse pour n'avoir rien vu ?! Bref ! Ce n'est pas de cela que je vous parle. Je vous demande si vous savez quoi que ce soit sur le type qui vous a alerté.

– Je vous ai dit tout ce que je sais. Et je n'aime pas le ton que vous prenez avec moi. Je vous assure que j'ai… »

Nylander arrive à ce moment-là.

« Merci, messieurs. Nous allons faire une pause. »

Il reste sur le seuil de la porte et fait signe à Hess qu'il veut lui parler. Hess est content de sortir du bureau confiné et de le suivre sur le palier, où plusieurs employés de bureau et quelques stagiaires jeunes diplômés en sciences sociales les regardent passer avec curiosité.

« Ce n'est pas votre rôle de porter un jugement sur le travail des services sociaux.

– J'essaierai de m'en souvenir.

– Où est Thulin ?

– Dans le bureau d'à côté avec les informaticiens. Ils cherchent l'expéditeur des deux mails de dénonciation.

– Nous pensons que c'est le coupable ? »

Hess s'efforce de dissimuler son agacement devant ce « nous ». Freimann s'exprimait de la même manière et il se demande si Nylander et lui ont fait la même école de management.

« C'est notre meilleure piste, pour l'instant. Quand pourrons-nous interroger Rosa Hartung ?

– Pour lui demander quoi ?

– Eh bien…

– La ministre a déjà été interrogée. Elle ne connaît ni Laura Kjær, ni Anne Sejer-Lassen.

– Certes. Mais le simple fait que nous nous trouvions ici aujourd'hui nous oblige à l'interroger de nouveau. Les deux victimes ont fait l'objet d'une dénonciation visant à leur faire enlever la garde de leurs enfants. Mais peut-être que ce n'était pas son véritable but. Peut-être que le délateur cherchait à dénoncer le dysfonctionnement d'un système. Quoi qu'il en soit, il faudrait être idiot pour ne pas comprendre que tout cela a quelque chose à voir avec Rosa Hartung. Elle est ministre des Affaires sociales de ce pays, que je sache, et plus j'y pense, plus je trouve révélateur que le premier crime ait eu lieu à peu près au moment où elle a repris ses fonctions au gouvernement.

– Vous faites du bon travail, Hess. Et je ne suis pas du genre à condamner un homme parce que sa réputation le précède, mais je ne vous laisserai pas me traiter d'idiot.

– Vous m'avez mal compris, de toute évidence. Permettez-moi simplement d'ajouter l'insignifiant détail des empreintes de Kristine Hartung trouvées sur un bonhomme en marrons, sur les deux scènes de crime…

– Écoutez-moi bien, Hess. Votre employeur à La Haye m'a demandé mon avis sur vos capacités professionnelles et j'aimerais pouvoir vous aider à vous remettre en selle. Mais pour cela, il va falloir que vous vous concentriez sur l'essentiel. Il n'y aura plus d'interrogatoire de Rosa Hartung, parce que ce n'est pas utile aux enquêtes en cours. Vous m'avez bien entendu ? »

Hess est légèrement désarçonné par la remarque de Nylander concernant son patron à La Haye. Pendant quelques secondes, il est trop surpris pour répondre. Le commissaire se tourne vers Thulin qui sort de la salle d'informatique.

« Alors ?

– Les deux mails ont été envoyés par l'intermédiaire du même serveur en Ukraine, mais l'hébergeur de la messagerie n'est pas connu pour collaborer avec les autorités. Au contraire. Nous finirons sans doute par obtenir d'elles une adresse IP mais je ne serais pas surprise que cela prenne au moins deux semaines, et à ce moment-là, il sera trop tard.

– Vous voulez que je demande au ministre de la Justice de se mettre en relation avec son homologue ukrainien ?

– Je doute que cela change quoi que ce soit. Même s'ils acceptaient de nous aider, cela prendrait un temps dont nous ne disposons pas.

– Il s'est passé moins d'une semaine entre le premier meurtre et le second. Si l'assassin est aussi cinglé que vous le dites, on ne va pas rester là à se tourner les pouces.

– Il y a peut-être mieux à faire. Les deux dénonciations ont été transmises aux services sociaux de la commune par le biais du centre d'appels pour la protection de l'enfance. Le premier il y a trois mois, l'autre deux semaines plus tard. Si nous partons du principe que les mails ont été écrits par la même personne et considérons que le meurtrier a l'intention de sévir à nouveau…

– Il doit déjà avoir envoyé une dénonciation anonyme concernant la prochaine victime.

– Exactement. On a juste un petit problème. Le centre d'appels reçoit en moyenne cinq messages anonymes par semaine, rien que pour signaler des maltraitances d'enfants et d'adolescents, soit 260 dénonciations par an. Toutes ne préconisent pas le retrait de force du milieu familial, mais comme ils n'ont pas de système de classification, il est impossible de savoir combien il y en a réellement. »

Nylander hoche la tête.

« Je vais aller en discuter avec le responsable du service. Ils ont des choses à se faire pardonner. De quoi avez-vous besoin ?

– Hess ? » l'interpelle Thulin.

Il a l'impression que quelqu'un donne des coups de marteau à l'intérieur de sa boîte crânienne. Et savoir que Freimann et Nylander communiquent entre eux le déstabilise. Il s'efforce de mettre de l'ordre dans ses idées avant de répondre à Thulin.

« Il nous faudrait toutes les dénonciations anonymes concernant des enfants maltraités ou des victimes d'abus sexuels au cours de ces six derniers mois. En particulier celles qui accusent des femmes entre 20 et 50 ans, avec suggestion de retrait du milieu familial. Des cas ayant *déjà* été traités par les services sociaux, mais sans que les maltraitances aient pu être constatées et sans qu'il ait été jugé utile de donner suite. »

Le directeur du service vient de les rejoindre dans le couloir. Attentif, il regarde leur petit groupe. Nylander l'informe de ce qu'on attend de lui.

« Ça va prendre du temps. Les dossiers ne sont regroupés nulle part », répond le chef du service.

Hess se dirige déjà vers le bureau surchauffé qu'il vient de quitter et Nylander lui lance un regard interrogateur.

« Alors, je suggère que vous mettiez tous vos effectifs au travail. Nous, on n'a rien d'autre à faire. Si nous avons les dossiers dans une heure, ce sera parfait. »

65

Dénoncer anonymement aux services sociaux de la commune de Copenhague les mères de famille inaptes à remplir correctement leur rôle se révèle être une activité très à la mode. En tout cas, il y a pléthore de dossiers et, à mesure que les employés entrent et sortent et que le tas grandit devant lui sur le bureau dans la salle de conférences, Hess commence à se demander si leur plan est aussi bon que Thulin et lui le pensaient. Mais après ce que lui a dit Nylander, il n'a pas d'autre choix que de s'y coller. Pendant que Thulin parcourt les rapports sur un ordinateur portable Acer, installée dans l'open space, Hess tourne des pages, certaines encore tièdes, tout juste sorties de l'imprimante.

Sa méthode est simple. Il ouvre le dossier et ne lit que le texte de la dénonciation. Quand le délateur n'a pas le profil de l'homme qu'il recherche, il pose le dossier sur la pile de gauche. S'il lui paraît intéressant, il atterrit à sa droite.

Très vite, ce tri rudimentaire s'avère plus compliqué que prévu. Toutes les dénonciations expriment la même vindicte que les deux mails accusant Laura Kjær et Anne Sejer-Lassen. Elles sont majoritairement dictées par la colère. Certaines allusions permettent de deviner aisément si c'est un ex-mari, une tante ou une grand-mère qui se sont sentis obligés d'envoyer un courrier anonyme résumant les manquements d'une ancienne épouse, d'une nièce ou d'une petite-fille. Mais Hess n'est jamais tout à fait sûr, et le tas de droite augmente à vue d'œil. Ce sont des lettres effroyables qui donnent une idée très claire de la véritable guerre civile dans laquelle vivent des enfants innocents. Une guerre qui n'est sans doute pas terminée, puisque Hess n'a réclamé que les comptes rendus des affaires dans lesquelles on a finalement classé sans suite les accusations du délateur. Dans chaque cas cependant, les services sociaux ont dû examiner les circonstances et, même si cela ne dédouane en rien Henning Loeb, Hess commence à comprendre un peu mieux son cynisme. En effet, il apparaît assez clairement que le bien-être des enfants n'est pas l'unique préoccupation des délateurs.

Après avoir terminé de lire les quelque quarante dénonciations contenant une requête anonyme d'intervention au domicile envoyées sur la période des six derniers mois, Hess est à la limite de la saturation. Qui plus est, ce travail lui a pris beaucoup plus de temps que prévu. Il a mis presque deux heures au lieu d'une seule, parce qu'il a dû se plonger plusieurs fois dans le cas lui-même pour se faire un avis. Mais le plus déprimant est qu'en théorie, leur meurtrier aurait pu écrire la plupart d'entre elles. Et aucune n'emploie les expressions « sale pute égocentrée » et « A-t-on le droit d'être aussi bête ? ».

Une secrétaire vient lui annoncer qu'ils sont arrivés au bout des cas correspondant aux critères qu'il a définis et Hess reprend la pile de droite de zéro. Lorsqu'il a terminé de parcourir les dossiers pour la deuxième fois, la nuit est tombée devant les fenêtres à croisillons de l'hôtel de ville. Il n'est que quatre heures et demie de l'après-midi, mais les réverbères sont déjà allumés sur le boulevard H.-C.-Andersen et, le long des jardins de Tivoli, les ampoules multicolores luisent entre les branches nues des arbres sombres. À présent, Hess a sélectionné sept mails, et il n'est pas du tout certain d'en tenir un seul qui ait un rapport avec leur enquête. Dans tous les sept, l'auteur suggère que l'enfant ou les enfants soient retirés à la garde de leur mère. Les dénonciations sont très différentes les unes des autres. Certaines sont longues, d'autres, courtes. Dans l'une, un détail lui laisse à penser, après mûre réflexion, que le délateur doit être un membre de la famille. Pour une autre, il croit qu'il doit s'agir d'un animateur de centre aéré, parce qu'elle contient une information interne de réunion d'encadrants.

Il ne parvient pas à percer les cinq dernières. Il en élimine une parce qu'elle contient un vocabulaire désuet qui pourrait être celui d'un grand-parent et une autre parce qu'elle est truffée de fautes d'orthographe. Il n'en reste plus que trois. Une dans laquelle le délateur accuse une mère gambienne de laisser ses enfants se faire exploiter au travail. Une autre où il est question d'une femme handicapée qui délaisse sa progéniture parce qu'elle se shoote. Et une dernière au sujet d'une préretraitée soupçonnée de coucher avec son fils.

Les trois dénonciations contiennent des accusations graves et Hess songe que si le meurtrier en est l'auteur, elles sont probablement le reflet de la vérité. En tout cas, elles se sont révélées exactes en ce qui concernait Laura Kjær et Anne Sejer-Lassen.

« Tu en es où ? demande Thulin qui vient d'entrer dans la salle de conférences, son ordinateur portable sous le bras.

– Je n'ai pas beaucoup avancé.

– Il y en a trois qui sortent du lot : la mère gambienne, la femme handicapée et la préretraitée.

– Oui, peut-être. »

Il n'est pas surpris que Thulin ait retenu les trois mêmes dossiers que lui. Il commence d'ailleurs à se demander si elle ne se débrouillerait pas mieux sans lui.

« Je trouve qu'on devrait aller leur rendre une petite visite. À toutes les trois. »

Thulin le regarde avec impatience. Hess a toujours mal à la tête. Quelque chose rend toute cette enquête laborieuse et l'empêche de se sentir réellement concerné, mais il n'arrive pas à mettre le doigt dessus. En regardant par la fenêtre, il s'aperçoit qu'il fait encore plus noir que tout à l'heure et il sait qu'ils doivent prendre une décision, s'ils veulent accomplir quelque chose aujourd'hui.

« Notre assassin se doute sûrement que nous nous apercevrons tôt ou tard que ses victimes ont été signalées aux services sociaux. Qu'en penses-tu ? demande-t-il à Thulin.

– Je pense comme toi. Il compte peut-être même là-dessus. Mais il ne sait pas quand.

– Donc, il savait qu'à un moment ou à un autre nous allions lire les dénonciations de Laura Kjær et d'Anne Sejer-Lassen. Vrai ou faux ?

– Pourquoi est-ce que tu joues aux devinettes ? Si on ne se bouge pas les fesses très vite, on ferait aussi bien de retourner tirer des sonnettes. »

Mais Hess ne veut pas lâcher son idée. Il poursuit :

« Si tu étais le meurtrier et que tu avais écrit ces deux mails de délation, et si tu savais que nous allions les découvrir et nous croire très malins, comment rédigerais-tu le troisième ? »

Hess voit à son expression qu'elle comprend où il veut en venir. Son regard saute de lui à l'écran qu'elle a emporté.

« En admettant que tu aies raison et qu'il cherche à nous embrouiller, j'ajouterais deux lettres aux trois que j'ai sélectionnées. Celle avec les fautes d'orthographe et celle écrite en vieux danois.

– Laquelle est la plus idiote, à ton avis ? » demande Hess.

Thulin parcourt rapidement l'écran pendant qu'il cherche les deux dossiers sur la table et les ouvre. Cette fois, il sent quelque chose se réveiller en lui tandis qu'il relit le mail plein de fautes d'orthographe. Peut-être qu'il se fait des idées. Mais peut-être pas. Thulin tourne l'écran vers lui et il acquiesce. Ils sont tombés sur le même cas. La dénonciation d'une Jessie Kvium. 25 ans. Domiciliée dans la cité d'Urbanplanen.

66

D'un pas pressé, Jessie Kvium traîne derrière elle sa fille de six ans. Le jeune instituteur pakistanais au regard gentil la rattrape avant qu'elle disparaisse à l'angle du couloir.

« Jessie, je peux vous parler une minute ? »

Elle essaye de lui expliquer qu'elles doivent se dépêcher parce que Olivia va être en retard à la danse mais elle voit à son air décidé qu'il ne la laissera pas s'échapper comme ça. En général, elle fait en sorte de l'éviter parce qu'il a le don de lui donner mauvaise conscience, mais cette fois, elle essaye de s'en sortir par une offensive de charme. Elle papillote des yeux avec coquetterie et écarte ses cheveux de sa figure en montrant son joli vernis à ongles pour qu'il remarque qu'elle a pris soin d'elle aujourd'hui. Elle a passé deux heures chez le coiffeur, même si ce n'était qu'au salon pakistanais du boulevard Amager. Il a l'avantage d'être bon marché et de proposer maquillage et manucure quand il y a de l'attente, comme c'était le cas aujourd'hui. Sa jupe jaune lui moule les hanches. Elle vient tout juste de l'acheter chez Høg & Møg pour le prix dérisoire de 79 couronnes, d'une part parce qu'elle est dans un tissu léger de plein été et qu'elle allait être renvoyée avec les invendus, de l'autre parce qu'elle a fait valoir à la vendeuse qu'elle commençait à se déchirer aux coutures, ce qui n'a aucune importance pour l'usage qu'elle compte en faire.

Mais son sourire et ses minauderies glissent sur l'enseignant comme l'eau sur les plumes d'un canard. Elle pense d'abord qu'il va lui reprocher d'arriver toujours à 17 heures pile, c'est-à-dire à l'heure de la fermeture de la garderie. Et elle compte bien lui rabaisser son caquet en lui répondant qu'on a tout de même le droit de profiter des services pour lesquels on paye des impôts. Mais aujourd'hui, Ali, comme elle croit savoir qu'il s'appelle, est venu lui dire qu'Olivia n'a toujours pas de vêtements de pluie et de bottes en caoutchouc.

« Les chaussures qu'elle porte sont très jolies, mais elle se plaint d'avoir froid aux pieds quand elles sont mouillées et je trouve qu'elles ne sont pas adaptées à la saison. »

L'instituteur jette un coup d'œil discret aux baskets trouées d'Olivia et Jessie a envie de lui dire de la fermer. Elle n'a pas 500 couronnes à dépenser pour ce genre d'équipement en ce moment et si elle avait les moyens, elle préférerait inscrire sa fille ailleurs que dans une école où 50 % des élèves parlent arabe et où, lors des réunions de parents d'élèves, il ne faut pas moins de trois traducteurs pour se comprendre. Non pas qu'elle soit déjà venue à une réunion de parents d'élèves, mais c'est ce qu'elle a entendu dire.

En apercevant plusieurs autres instituteurs dans le couloir, Jessie opte pour le plan B :

« Je lui ai déjà acheté un imperméable et des bottes, mais on les a oubliés à la campagne. Je vous promets qu'on pensera à les rapporter la prochaine fois qu'on ira. »

C'est évidemment un mensonge. Il n'y a ni imperméable, ni bottes en caoutchouc et encore moins de maison de campagne, mais comme d'habitude, la demi-bouteille de vin blanc qu'elle vient de boire à l'appartement, avant de se changer et de venir chercher la gosse à l'école, l'aide à trouver les mots.

« Ah, très bien. Et sinon, comment ça se passe avec Olivia à la maison ? »

Jessie sent que les autres enseignants les regardent tandis qu'elle répond que tout va bien. Ali baisse un peu la voix pour lui dire que cela le surprend parce que, en classe, la petite fille a de plus en plus de mal à communiquer avec les autres. Elle ne joue plus avec ses camarades et il aimerait qu'ils se voient bientôt tous les trois pour aborder le problème. Jessie s'empresse de le remercier avec autant d'enthousiasme que s'il venait de leur proposer un tour à la fête foraine en promettant de payer toutes les attractions.

Quelques minutes plus tard, elle est en train de fumer une cigarette par la vitre de la petite Toyota Aygo pendant que sa fille enfile son tutu de danseuse sur la banquette arrière. L'habitacle est sombre et rassurant et Jessie dit à Olivia que l'instituteur a raison et qu'elles vont bientôt aller lui acheter cette tenue de pluie.

« Mais il faut que tu fasses un effort et que tu joues avec les autres.

– J'ai mal à mon pied.

– Ça passera avec l'échauffement. C'est important que tu ne manques aucun cours, ma chérie. »

L'école de danse se trouve au dernier étage du centre commercial d'Amager et elles arrivent sur place à peine deux minutes avant que le cours commence. En sortant du parking, elles doivent courir dans l'escalier, alors que toutes les autres petites princesses sont déjà prêtes sur le parquet verni dans leurs tutus hors de prix et à la dernière mode. Olivia n'a qu'un justaucorps de chez Føtex, qu'elle portait déjà l'année dernière, et bien qu'il serre un peu aux épaules, elle peut bien le mettre encore cette année. Jessie se dépêche d'enlever son manteau à sa fille et de la pousser sur le parquet où le professeur l'accueille gentiment. D'un côté de la salle sont assises les mamans, élégantes et tirées à quatre épingles. Elles parlent de leurs vacances aux Perruchees, de *coaching bien-être* et de *bonheur à l'école*. Jessie les salue poliment et leur sourit, alors qu'elle a envie d'immoler toutes ces sorcières par le feu.

Les filles commencent à danser et elle regarde autour d'elle avec impatience en lissant sa jupe, mais il n'est pas encore arrivé. Pendant quelques minutes, elle se sent terriblement exposée sous les regards des autres mères, tandis que la déception commence à lui serrer le cœur. Elle était tellement sûre qu'il allait venir que son absence lui fait perdre confiance dans la relation qu'elle pensait avoir avec lui. Comme elle n'est pas à l'aise en présence des autres femmes, alors qu'elle s'était promis de se taire, elle se met à bavarder nerveusement :

« Qu'est-ce qu'elles sont jolies, nos petites princesses ! Je n'arrive pas à croire qu'elles ne dansent que depuis un an ! »

Chaque parole qu'elle prononce lui vaut des regards méprisants. Enfin, la porte de la salle s'ouvre et il entre. Il accompagne une petite fille qui s'empresse de rejoindre ses camarades et de se mettre à danser. Il la regarde et il regarde aussi les autres mères, les salue d'un signe de tête, décontracté. Le cœur de Jessie s'accélère. Il se déplace avec aisance, balançant au bout de ses doigts la clé de l'Audi qu'elle connaît si bien à présent. Il échange quelques phrases avec les autres mamans, les fait rire, et soudain, elle réalise qu'il ne l'a pas regardée une seule fois. Il l'ignore, alors qu'elle est là, à côté de lui, telle une chienne fidèle. Au bout d'un moment, elle en a assez et elle lui dit qu'elle a besoin de discuter de quelque chose avec lui. Quelque chose de très important, sur la sociabilité et la culture de classe, des termes qu'une des autres bonnes femmes vient d'utiliser. Il se tourne vers elle, comme s'il venait de découvrir sa présence, mais, avant qu'il ait le temps de réagir, elle s'éloigne vers la sortie. Elle lance un regard par-dessus son épaule et constate avec satisfaction qu'il lui a emboîté le pas après s'être excusé auprès des autres mères. Il a dû se dire qu'il aurait eu l'air grossier de rester planté là alors qu'elle lui demandait de venir parler avec elle d'un sujet si important.

Elle descend l'escalier et passe la lourde porte du couloir désert qui passe sous l'école de danse. Elle l'entend arriver derrière elle, s'arrête et se retourne pour l'attendre. Elle voit tout de suite qu'il est en colère.

« C'est quoi ton problème ? T'as pas compris que c'était fini ? Je veux que tu me foutes la paix, putain ! »

Elle tend la main vers lui, agrippe son pantalon, ouvre sa braguette, glisse les doigts à l'intérieur et trouve tout de suite ce qu'elle cherche. Il tente de la repousser, mais elle le tient fermement et, une fois qu'elle a pris sa queue dans sa bouche, ses protestations se transforment en gémissements étouffés. Quand elle sent qu'il est sur le point d'éjaculer, elle se retourne, se penche au-dessus du container poubelle et remonte l'arrière de sa jupe. Mais il est plus rapide qu'elle. Il la lui arrache et il enfonce brutalement son sexe en elle. Elle se cambre pour qu'il ne puisse pas lui résister et, en quelques secondes, c'est terminé et elle le sent se figer, essoufflé. Elle se retourne, embrasse ses lèvres froides en prenant dans sa main sa verge molle et humide. Il recule tout à coup comme s'il venait de recevoir une décharge électrique et il la gifle.

Jessie est trop choquée pour réagir. Elle sent sa joue rougir tandis qu'il remonte sa braguette.

« Dis-toi bien que c'était la dernière fois. Je ne ressens rien pour toi. Absolument rien. Et je ne quitterai jamais ma famille. Tu m'as bien compris ? »

Elle écoute ses pas qui s'éloignent et le bruit de la lourde porte qu'il claque derrière lui. Elle reste là, toute seule, avec cette douleur cuisante du côté gauche de son visage. Elle le sent encore dans son ventre, d'une manière qui lui fait honte à présent. Elle voit son reflet déformé dans une plaque métallique sur le mur et commence à se rajuster, mais sa jupe est en lambeaux et elle doit fermer son manteau pour que cela ne se voie pas. Elle essuie ses larmes, entend la musique joyeuse venant du cours de danse au-dessus d'elle et rassemble son courage. Quand elle veut retourner dans la salle par le chemin par lequel elle est arrivée, la porte donnant sur l'escalier est fermée. Elle lutte en vain pour essayer de l'ouvrir, appelle au secours, mais n'entend rien d'autre que le faible son de la musique.

Elle décide de passer par l'autre côté, suit un long corridor qu'elle ne reconnaît pas et sur le plafond duquel courent des tuyaux de chauffage. Au bout d'un moment, le couloir se divise en deux et la première direction qu'elle choisit la conduit dans une impasse. Elle baisse la poignée d'une autre porte, elle est verrouillée également. Elle retourne sur ses pas et se retrouve dans le couloir avec les tuyaux de chauffage. Au bout d'une vingtaine de mètres, elle a l'impression d'entendre un bruit derrière elle.

« Hé ! Ho ! Y a quelqu'un ? »

Elle tente de se convaincre que c'est lui qui est revenu pour s'excuser, mais le silence règne de nouveau. Elle commence à avoir peur. Se met à courir. Les couloirs se succèdent et elle est certaine maintenant d'entendre des pas derrière elle. Cette fois, elle n'appelle pas. Elle essaie d'ouvrir toutes les portes qu'elle rencontre et quand l'une d'elles cède enfin, elle se précipite dans la cage d'escalier et monte les marches quatre à quatre. Elle croit entendre la porte qu'elle vient de franchir s'ouvrir et se refermer et, quand elle arrive au palier suivant, elle pousse avec une telle violence la porte donnant dans le centre commercial qu'elle va heurter le mur avec un grand bruit.

Jessie Kvium déboule comme une folle dans la galerie marchande où des familles déambulent en poussant leurs caddies. En marchant vers la salle de danse, elle remarque sur le seuil un homme de haute taille avec des égratignures sur le visage. Il est en train d'interroger une des mères, qui l'aperçoit au même moment et qui pointe le doigt dans sa direction.

67

« C'est elle, tu crois ?

– C'est possible. Elle a eu l'impression que quelqu'un la suivait dans le centre commercial. Mais on ne peut pas dire qu'elle se montre très coopérative, ou alors elle ne sait rien. »

Thulin répond à Nylander pendant qu'ils observent Jessie Kvium dans la salle d'interrogatoire à travers la glace sans tain. Elle ne peut pas les voir. Hess n'en est pas certain, mais son instinct lui dit que cette femme porte le genre de lourd secret qui pourrait intéresser l'agresseur qu'ils recherchent. Elle est pourtant très différente des deux précédentes victimes. Laura Kjær et Anne Sejer-Lassen étaient plus bourgeoises et plus préoccupées par leur apparence. Jessie Kvium est délurée et insolente. C'est aussi ce qui fait qu'on la remarque. Dans un groupe de cent femmes, ce serait une Jessie Kvium qui sortirait du lot, et pour un homme, elle est à la fois attirante et intimidante. Pour l'instant, elle est en colère. Elle a une discussion animée avec un jeune agent de police qui monte la garde devant la porte. Elle essaye de le convaincre de la laisser partir et Hess se félicite que le micro dans la pièce soit baissé au maximum. Dehors, la nuit est tombée et il se dit qu'il aimerait bien pouvoir baisser aussi le son de la voix de Nylander.

« Si elle ne vous donne pas les bonnes réponses, c'est peut-être parce que vous ne posez pas les bonnes questions.

– Ou alors qu'elle a besoin de reprendre ses esprits et qu'il nous faut un peu plus de temps.

– Du temps ? »

Nylander a l'air de réfléchir à ce que Thulin vient de dire et sa longue fréquentation des commissaires de police fait que Hess sait déjà ce qu'il va lui répondre.

Thulin et Hess avaient quitté l'hôtel de ville pour se rendre aussitôt dans la cité d'Urbanplanen et aller sonner à la porte de l'appartement de Jessie Kvium. Personne n'avait ouvert et la jeune femme n'avait pas non plus répondu à leurs appels sur son portable. Son dossier aux services sociaux ne faisait mention d'aucune famille proche et n'indiquait que le numéro de son coach communal qui gardait un contact, ou plus exactement un contrôle hebdomadaire de la mère et de la fille. Le coach leur avait appris par téléphone qu'il avait été proposé à Jessie Kvium et décidé par toutes les parties que sa fille prendrait des cours de danse tous les vendredis à 17 h 15 au dernier étage du centre commercial d'Amager.

Dès qu'ils avaient retrouvé la jeune femme, ils avaient compris qu'il s'était passé quelque chose. Elle leur avait dit qu'elle avait eu l'impression d'avoir été suivie quand elle était descendue changer le disque de stationnement de sa voiture. La fouille qu'ils avaient aussitôt effectuée dans les escaliers, les couloirs et les caves n'avait rien révélé d'anormal. Il n'y avait pas de caméra de vidéosurveillance dans les couloirs et le parking souterrain était envahi de gens qui venaient faire leurs courses pour le week-end.

Quand ils l'avaient ramenée à l'hôtel de police, Jessie Kvium était devenue de plus en plus agressive à mesure qu'on l'interrogeait. Elle sentait le vin bon marché et quand ils lui avaient proposé de retirer son manteau, ils avaient remarqué que sa jupe était déchirée. La femme avait prétendu s'être accrochée à sa portière de voiture et elle leur avait demandé ce qu'ils lui voulaient. Ils avaient tenté de lui expliquer de quoi il retournait, mais apparemment, elle ne savait rien. Elle n'avait jamais eu le sentiment d'être suivie avant aujourd'hui et elle était convaincue de savoir qui avait envoyé aux services sociaux la demande anonyme de lui faire retirer la garde de son enfant sous prétexte qu'elle la battait et qu'elle la négligeait.

« Je suis sûre que c'est une des pimbêches de l'école. Elles passent leur temps à me juger parce qu'elles sont mortes de trouille qu'un jour leurs maris trouvent l'herbe plus verte de l'autre côté de la clôture. La nana ne sait même pas écrire !

– Écoutez, Jessie. Nous ne pensons pas que c'est une mère d'élève qui a écrit ce mail de dénonciation. Avez-vous une autre idée de qui cela peut être ? »

Mais Jessie Kvium était sûre de son fait et elle n'en démordait pas. D'ailleurs, les services sociaux avaient fini par croire à sa version des faits, « même si c'était pénible de les avoir sur le dos pendant des jours ».

« Il est très important que vous nous disiez la vérité, Jessie. Pour vous surtout. Nous ne sommes pas là pour vous accuser de quoi que ce soit. Mais si les accusations contenues dans ce mail sont justifiées, son auteur pourrait vous vouloir du mal.

– Mais pour qui est-ce que vous vous prenez, bon Dieu ?! »

Jessie Kvium voyait rouge tout à coup. Elle n'autoriserait personne à l'accuser d'être une mauvaise mère. Elle s'était débrouillée tout seule avec sa fille, sans l'aide du père qui ne lui avait jamais donné une couronne – avec l'excuse, ces dernières années, qu'il était enfermé à la prison de Nyborg pour trafic de drogue.

« Si vous avez des doutes, vous n'avez qu'à demander à Olivia comment elle va ! »

Hess et Thulin n'en avaient aucunement l'intention. La petite fille de six ans buvait un soda et mangeait des biscottes en regardant un dessin animé dans le réfectoire du commissariat, toujours en tutu, en compagnie d'une femme policier en civil. On lui avait fait croire que sa mère avait eu un problème avec sa voiture. Ses vêtements étaient usés et troués, elle était un peu maigre et pas très propre, mais personne n'aurait pu prétendre qu'elle avait l'air d'un enfant maltraité. Les circonstances suffisaient à justifier le fait qu'elle ne soit pas très communicative, et il leur aurait paru indécent de lui demander comment sa mère la traitait.

Dans la salle d'interrogatoire, Jessie Kvium recommence à jurer et à maudire son geôlier, exigeant de s'en aller, mais sa voix est couverte par celle de Nylander :

« Nous n'avons plus le temps. Si vous êtes sûrs d'être sur la bonne voie, prouvez-le ! Faites quelque chose. Sinon, trouvez une autre piste.

– Ça irait peut-être plus vite si on pouvait interroger les gens qui peuvent faire avancer l'enquête, grogne Hess.

– Je vous ai dit de ne plus me parler de Rosa Hartung !

– Je dis juste qu'on ne nous a pas laissés la voir.

– Combien de fois je vous ai répété que vous n'interrogerez pas Rosa Hartung ?

– J'ai arrêté de compter, mais pas assez pour m'en convaincre en tout cas.

– Écoutez, intervient Thulin, il y a peut-être un autre moyen. »

Nylander et Hess cessent leur joute et se tournent vers elle.

« En admettant que le tueur ait choisi Jessie Kvium comme prochaine victime, nous pourrions la laisser continuer à vivre sa vie sans rien changer à ses habitudes, en attendant que l'assassin se manifeste. »

Nylander secoue la tête.

« C'est hors de question. Après deux meurtres, je ne renvoie pas Jessie Kvium dans la nature jusqu'à ce qu'un psychopathe lui tombe dessus.

– Je ne pensais pas à Jessie, je pensais à moi. »

Hess observe Thulin, surpris. Elle mesure 1,67 mètre, au premier abord on a l'impression qu'on pourrait la faire tomber d'une pichenette, mais quand on voit ses yeux, on ne peut pas s'empêcher d'avoir un doute sur le rapport de force.

« J'ai la même taille, la même couleur de cheveux et à peu près le même gabarit que cette femme. Si on peut trouver une poupée qui puisse passer pour sa fille, je pense que nous pouvons mettre en place des leurres pour amener l'agresseur à se manifester. »

Elle a retenu toute l'attention de Nylander.

« Nous ferions cela quand ?

– Le plus vite possible. Il ne faut pas laisser le temps au meurtrier de se demander où elle est. Si Jessie Kvium est sa cible, il connaît ses habitudes. Hess ? Tu en penses quoi ? »

La solution de Thulin est simple. En général, il est plutôt pour les solutions simples, mais celle-là ne lui plaît pas. Il y a trop de choses qu'ils ignorent. Jusqu'alors, l'assassin a toujours eu un coup d'avance sur eux et il lui semble illusoire de croire que, tout à coup, la tendance pourrait s'inverser.

« Je pense qu'on devrait interroger Kvium une dernière fois. Peut-être que… »

La porte s'ouvre sur Tim Jansen, Nylander se tourne, agacé, vers le nouvel arrivant.

« Pas maintenant, Jansen !

– Je crois que si, commissaire. Ou alors, vous pouvez mettre les infos, si vous voulez.

– Pourquoi ? Qu'est-ce qui se passe ?

– Il y a eu une fuite. Les médias sont au courant pour les empreintes de Kristine Hartung. Toutes les stations de radio et toutes les chaînes de télévision déclarent en boucle que l'affaire Hartung n'a peut-être pas été élucidée, en fin de compte. »

68

Le repas mijote dans les casseroles, sur la petite cuisinière de l'appartement de Vesterbro, et Thulin doit monter le son des infos pour couvrir le bruit de la hotte et la sonnerie de la porte d'entrée.

« Va ouvrir à grand-père.

– Vas-y toi-même.

– Sois gentille. J'ai des trucs sur le feu. »

Lee se dirige en traînant les pieds vers le vestibule, son indispensable iPad à la main. Elles viennent de se disputer mais Thulin n'a pas la force de gérer le conflit pour l'instant. La presse a été informée d'une manière ou d'une autre de la présence des empreintes de Kristine Hartung sur les deux bonshommes en marrons trouvés près des cadavres de Laura Kjær et d'Anne Sejer-Lassen. D'après ce que Thulin a pu lire sur le Net, la nouvelle avait été publiée en fin d'après-midi par l'un des deux principaux tabloïds danois, et son concurrent avait suivi le mouvement si vite que personne n'aurait su dire s'il avait eu ses propres sources ou s'il avait simplement repris l'article du premier. Le gros titre disait : « Info-choc : Kristine Hartung est-elle toujours en vie ? » La nouvelle s'était répandue dans quasiment tous les médias comme une traînée de poudre. Mais tous ne faisaient que paraphraser la presse people, déclarant que, « selon une source bien informée au sein de l'hôtel de police », il y aurait un lien entre les deux femmes assassinées et l'affaire Kristine Hartung et que les mystérieuses empreintes retrouvées sur deux bonshommes en marrons avaient jeté le doute sur le fait que Kristine Hartung soit réellement morte. Bref, un condensé de la vérité. Le commissaire Nylander et sa hiérarchie démentaient en revanche qu'il puisse y avoir le moindre doute sur les conclusions de l'enquête sur la disparition de la fille de Rosa et Steen Hartung. Ce revirement de situation était si sensationnel que l'histoire faisait la une partout, et si Thulin avait oublié sa surprise la première fois qu'elle avait entendu parler des empreintes de Kristine Hartung, la rumeur publique se chargeait de la lui rappeler. Chacun y allait de ses supputations et de ses théories, un journal avait même commencé à donner à l'auteur des crimes le surnom de *Tueur aux marrons*, et ce n'était sans doute que le début. Nylander semblait les avoir complètement oubliés, Hess et elle, et il passait son temps à organiser des réunions et à gérer les relations avec les médias.

Quant à elle, elle s'était lancée dans la préparation de leur action à Urbanplanen qui devait avoir lieu le soir même. Nylander avait validé l'idée de tendre un piège à l'agresseur, malgré les réticences de Hess. Jessie Kvium avait été furieuse et scandalisée d'apprendre qu'elle et sa fille ne retourneraient pas chez elles pour le moment, mais ils avaient ignoré ses protestations. On lui fournirait deux brosses à dents et autres produits de première nécessité et elles devraient se préparer à passer cette nuit et les suivantes sous surveillance policière, dans une petite maison à Valby que la commune mettait à disposition des cas sociaux, maison qu'elles connaissaient d'ailleurs déjà pour y avoir passé une semaine de vacances, l'été dernier.

Jessie Kvium leur avait fait part de ses habitudes et, à mesure que les questions des inspecteurs devenaient plus spécifiques et plus intimes, elle avait pris conscience de la gravité de la menace qui pesait sur elle. Thulin l'avait interrogée elle-même, secondée par Hess, et elle s'était imprégnée de ses réponses afin d'être capable de se comporter exactement comme Jessie Kvium à partir de la seconde où elle arriverait dans la cité au volant de sa voiture, qui elle aussi avait été confisquée afin de servir leur action.

Thulin pensait partir aussitôt pour Urbanplanen, mais Jessie Kvium lui avait révélé que le vendredi soir, après le cours de danse d'Olivia, elle participait de 19 à 21 heures à une réunion des Alcooliques anonymes, à Christianshavns Torv. Une démarche exigée par les services sociaux si elle voulait continuer à percevoir certaines allocations familiales en sus du minimum social constituant la base de ses revenus. Sa fille passait en général ces deux heures à dormir sur une chaise dans le couloir, jusqu'à ce que sa maman ait terminé et qu'elle vienne la chercher pour rentrer. Comme il était déjà plus de 19 heures, il fut décidé que Thulin ne commencerait sa vie dans la peau de Jessie Kvium qu'à l'heure où la jeune femme terminerait sa réunion AA.

Pendant que le chef de la brigade d'intervention et ses hommes profitaient de l'attente pour étudier les plans de la cité, et en particulier les accès et les sorties, Thulin était allée chercher Lee chez son camarade Ramazan chez qui elle était allée jouer et elle était rentrée leur préparer des pâtes, avant l'arrivée du grand-père qui devait venir la relayer. Lee avait été contrariée de ce changement de programme parce que ce ne serait pas encore ce soir que sa mère allait l'aider à passer au niveau suivant de League of Legends, le jeu qui était devenu toute sa vie. Thulin avait dû s'avouer que, décidément, elle passait de moins en moins de temps chez elle, en famille.

« Allez ! À table. Si grand-père n'a pas dîné, vous allez pouvoir manger ensemble. »

Lee revient du vestibule et annonce d'un air triomphant :

« Ce n'est pas grand-père. C'est quelqu'un de ton travail, avec la figure tout écorchée et des yeux qui n'ont pas la même couleur. Il est d'accord pour me montrer comment passer au niveau suivant. »

69

Thulin n'avait pas l'intention de perdre du temps à dîner, mais l'apparition de Hess dans son entrée l'oblige à changer ses projets.

« Je suis venu te montrer les plans de la résidence et des appartements. Je voudrais que tu étudies ça avant qu'on parte.

– Tu dois d'abord m'aider, tu as promis ! s'écrie Lee avant que Thulin ait eu le temps de riposter. Tu t'appelles comment ?

– Je m'appelle Mark et, comme je te l'ai déjà dit, aujourd'hui, je ne vais pas avoir le temps de t'aider avec ton jeu, mais une autre fois, je veux bien.

– De toute façon, on se met à table, Lee, intervient Thulin.

– Alors Mark va manger avec nous. Viens, Mark, comme ça tu vas pouvoir m'expliquer. Les fiancés de maman n'ont pas le droit de dîner chez nous, mais toi t'es pas son petit copain, alors tu as le droit. »

Lee disparaît dans la cuisine. Thulin reste un instant plantée devant Hess sans rien dire. Elle ne sait pas comment s'y prendre pour contredire sa fille, alors elle s'efface, un peu maladroitement, et montre le chemin.

Dans la cuisine, Hess s'assied à côté de Lee, qui remplace l'iPad par l'ordinateur portable, pendant que Thulin sort trois assiettes. Avec un charme et une douceur dignes d'une véritable princesse, Lee monopolise l'attention de son invité. Au départ, c'est sans doute voulu comme une provocation envers sa mère, mais à mesure que Hess lui explique les techniques que, pour une obscure raison, il maîtrise à la perfection, la petite fille est subjuguée par les conseils qui vont lui permettre d'arriver dans le royaume enchanté du niveau 6.

« Tu connais Park Su ? Il est connu dans le monde entier !

– Park Su ? » répète Hess avec des points d'interrogation dans ses yeux vairons.

Bientôt, la table est encombrée d'un poster et d'une petite figurine en plastique de l'adolescent coréen. Ils commencent le repas et la conversation sur le jeu s'étend à d'autres jeux, dont Thulin ne savait même pas que sa fille avait entendu parler, mais il s'avère rapidement que Hess ne connaît qu'un seul jeu et n'en a jamais essayé d'autres. Pour la petite fille, c'est comme avoir tout à coup un élève. Elle étale sa science dans un débit rapide et, quand le sujet est épuisé, elle va chercher la cage avec la perruche et son hamster qui bientôt aura un nouveau copain parce qu'elle doit absolument ajouter des noms sur son arbre généalogique.

« Ramazan a quinze noms sur son arbre et moi, je n'en ai que trois. Cinq en comptant le hamster et la perruche. Maman ne veut pas que je mette ses fiancés sur l'arbre, c'est pour ça que je n'ai pas beaucoup de noms, sinon, j'en aurais plein. »

À peu près à ce moment-là, Thulin suggère que Lee aille s'occuper de son niveau 6. Après quelques nouveaux conseils de Hess, elle s'assied enfin sur le canapé pour partir en guerre.

« Maligne, la petite. »

Thulin acquiesce et s'attend à entendre les habituelles questions sur le père de Lee, sa situation de couple et autres considérations d'ordre familial qu'elle n'a aucune envie d'aborder.

Mais Hess se retourne pour prendre sa veste sur le dossier de sa chaise et sort de sa poche une liasse de feuilles qu'il étale sur la table de la cuisine.

« Si tu as une minute, je veux bien que tu jettes un coup d'œil à tout ça. Je vais te faire un petit topo. »

Hess est méticuleux et Thulin écoute, concentrée, suivant ses doigts qui se déplacent sur le plan, montrent les cages d'escalier et les espaces verts entre les barres d'immeubles.

« Toute la cité sera sous surveillance, mais pas trop près, pour ne pas faire fuir l'agresseur. Si toutefois il se manifeste. »

Il mentionne également la poupée, qui sera enveloppée dans une couette pour que Thulin ait l'air de ramener un enfant endormi. Thulin n'a que quelques remarques à faire concernant principalement le positionnement des policiers de surveillance, parce qu'elle veut s'assurer qu'ils n'éveilleront pas la suspicion du meurtrier. Hess insiste, au contraire, sur l'importance de ces mesures de protection.

« On ne peut pas prendre de risques. Si réellement il a désigné Jessie Kvium comme sa prochaine victime, l'assassin connaît la cité comme sa poche et nous devons nous trouver assez près pour pouvoir intervenir rapidement. Si tu te sens en danger, de quelque façon que ce soit, je veux que tu nous préviennes aussitôt. Et si tu veux que quelqu'un te remplace, dis-le-moi maintenant.

– Pourquoi est-ce que je voudrais me défiler ?

– Parce que l'opération n'est pas sans danger. »

Thulin scrute les yeux bleu et vert et, si l'idée ne lui semblait pas si absurde, elle dirait qu'il est inquiet pour elle.

« Tout va bien. Ça ne me pose pas de problème.

– C'est elle que vous devez aller chercher ? »

Sans qu'ils s'en aperçoivent, Lee est revenue dans la cuisine pour prendre un verre d'eau. Elle regarde l'iPad de Thulin posé sur la table et, appuyée contre le mur, elle montre du doigt les images d'un nouveau flash info. La principale nouvelle concerne une fois de plus l'affaire Kristine Hartung et le journaliste ressasse les événements présents et passés de l'affaire.

« Je ne veux pas que tu regardes ça. Ce n'est pas pour les enfants. »

Thulin se lève et d'un geste rapide éteint l'iPad. Elle a expliqué à Lee qu'elle devait retourner travailler ce soir et quand la petite fille, déçue, a insisté pour savoir pourquoi, Thulin lui a répondu que c'était parce qu'elle et ses collègues devaient aller chercher quelqu'un. Elle avait omis de dire qu'ils partaient à la recherche d'un assassin, mais Lee a fait le rapprochement avec Kristine Hartung.

« Qu'est-ce qui lui est arrivé ?

– Retourne jouer dans le salon, ma chérie.

– Elle est morte ? »

Elle pose la question avec une totale candeur, comme elle aurait demandé s'il y avait encore des dinosaures sur l'île de Bornholm. Mais, sous la curiosité, Thulin perçoit une note d'inquiétude et elle se jure que désormais, elle pensera à éteindre les infos en présence de sa fille.

« Écoute, Lee. Hum… »

Thulin ne sait pas quoi dire. Quelle que soit la réponse qu'elle lui fera, elle sera en terrain miné.

« Personne ne le sait. Peut-être qu'elle s'est simplement perdue et qu'elle a du mal à retrouver le chemin pour rentrer chez elle. Si c'est le cas, nous la trouverons. »

C'est Hess qui a répondu. C'est une bonne réponse et le regard de la petite fille s'éclaire à nouveau.

« Je ne me suis jamais perdue. Ils se sont déjà perdus, tes enfants ?

– Je n'ai pas d'enfants.

– Pourquoi ? »

Thulin remarque le sourire amer de Hess. Quand on sonne à la porte, Lee oublie sa question.

70

La cité d'Urbanplanen a été bâtie en 1960, à l'ouest de l'île d'Amager, à moins de trois kilomètres de l'hôtel de ville de Copenhague, pour faire face à la pénurie de logements. Mais à un moment, quelque chose a dérapé et, au commencement de l'année 2000, le gouvernement a dû mettre la cité sur la liste des quartiers sensibles. La commune n'a pas réussi à régler les problèmes à ce jour et, comme à Odinparken, la présence de policiers blancs danois ne manque jamais d'attirer l'attention, même s'ils arrivent en civil en affichant un air décontracté. C'est donc des policiers issus de l'immigration qui ont été postés aux endroits les plus visibles, comme par exemple dans certaines des voitures garées sur le parking, à gauche de l'immeuble où se cache Hess.

Il est presque une heure du matin sur l'horloge digitale du four, dans l'appartement désert situé au rez-de-chaussée. Par chance, il s'est avéré que son locataire l'avait quitté récemment et que son propriétaire l'avait mis en vente, ce qui a permis à la police de le réquisitionner pour cette planque. La lumière est éteinte et, par la fenêtre de la petite cuisine, Hess peut surveiller l'extérieur et les arbres presque nus, le terrain de jeux et les bancs publics, jusqu'à l'entrée conduisant aux escaliers et à l'ascenseur de la barre où réside Jessie Kvium. Bien que la planque soit idéalement située, Hess est nerveux. Le bâtiment de la jeune femme est accessible par quatre entrées différentes aux quatre points cardinaux. Toutes sont surveillées, soit par lui, soit par les autres agents postés autour, et ils peuvent voir en permanence qui entre et sort du bâtiment. Des snipers, capables de toucher une pièce d'une couronne à 200 mètres de distance, ont été placés sur les toits, et à deux minutes de là, un fourgon attend avec à son bord un groupe de plusieurs hommes armés, prêts à intervenir sur un simple appel sur le talkie-walkie. Malgré toutes ces précautions, Hess n'est pas tranquille.

L'arrivée de Thulin s'était déroulée sans problème. Hess avait aussitôt reconnu la petite Toyota Aygo en voyant ses codes allumés quitter l'allée et tourner vers le parking où elle s'était arrêtée sur la place convenue, libérée quelques instants plus tôt par une voiture conduite par un policier en civil.

Thulin portait le bonnet de Jessie Kvium, ses vêtements et son manteau. La jupe seule avait été remplacée par une autre de la même couleur et, de l'endroit où il se trouvait, rien ne permettait de deviner qu'elle n'était pas celle qu'elle prétendait être. Thulin avait sorti de la banquette arrière la couette et la poupée enveloppée à l'intérieur, laborieusement verrouillé la voiture en s'appuyant à la portière, coinçant un peu l'enfant entre elle et la carrosserie, puis elle avait mis le cap sur la porte d'entrée en portant le ballot censé être sa fille avec le léger agacement qui aurait pu être celui de Jessie Kvium. Hess l'avait vue disparaître dans l'immeuble et allumer la lumière. Ils n'avaient pas prévu, en revanche, que l'ascenseur serait en état de marche et occupé pendant un long moment. Mais Thulin avait simplement décidé de monter à pied jusqu'au troisième étage en faisant semblant d'être de plus en plus fatiguée et de devoir s'arrêter à chaque palier.

Elle avait croisé un ou deux locataires en chemin, apparemment sans qu'aucun d'entre eux fasse particulièrement attention à elle. Pour finir, Hess l'avait perdue de vue et il avait retenu son souffle jusqu'à ce que la lumière de l'appartement, avec son petit balcon, s'allume enfin.

Trois heures se sont écoulées à présent, et il ne s'est toujours rien passé. Plus tôt dans la soirée, il y avait du monde sur la place, des gens qui rentraient tard de leur travail et d'autres peu frileux qui restaient dehors pour refaire le monde, tandis que les feuilles mortes tournoyaient autour de leurs têtes. Dans la barre la plus éloignée sur la droite, une petite fête avait démarré dans la cave, où se trouvait le local commun. Une musique de sitar indou avait résonné pendant deux heures environ entre les immeubles, mais la fête s'est terminée et les lumières se sont éteintes progressivement, indiquant qu'il commençait à être tard.

L'appartement de Jessie Kvium est toujours éclairé, mais Hess sait que bientôt il sera plongé dans l'obscurité, parce que Jessie Kvium a l'habitude de se coucher à peu près à cette heure-ci, les rares fois où elle reste chez elle, le vendredi soir.

« 11-7, vous me recevez ? Je vous ai raconté l'histoire de la nonne et des sept nains d'Europol ?

– Non, 1-7. Vas-y, on t'écoute. »

C'est Tim Jansen qui veut distraire ses collègues sur le talkie aux dépens de Hess, de manière mal déguisée. De son poste d'observation devant la fenêtre de la cuisine, Hess ne le voit pas, mais il sait qu'il attend dans une voiture, non loin d'une entrée de l'immeuble, en compagnie d'un jeune coéquipier au teint basané. Même s'il n'aime pas que la radio soit utilisée pour faire des blagues, Hess ne fait pas de commentaire. Lors de la réunion à l'hôtel de police, avant que Hess se rende chez Thulin, Jansen a clairement exprimé ses doutes par rapport à cette opération, parce que Hess n'avait pas de preuve que Jessie Kvium soit réellement en danger. Jansen soupçonnait bien sûr Hess d'être responsable de la fuite à la presse, puisque c'était lui qui avait ouvertement émis des réserves sur la résolution de l'affaire Kristine Hartung. On ne faisait pas ce genre de choses impunément. Depuis plusieurs jours déjà, Hess sentait que Jansen l'avait à l'œil chaque fois qu'il passait à l'hôtel de police, mais depuis que l'affaire a éclaté dans les médias, la plupart de ses collègues se sont également mis à le regarder de travers, ce qui est parfaitement grotesque. Quand les journaux se mettent à faire couler de l'encre sur une affaire criminelle, cela donne rarement de bons résultats et Hess est le premier à se méfier des journalistes. Cette fuite l'a plutôt contrarié. D'ailleurs, il n'est même pas sûr qu'il s'agisse d'une fuite. L'agresseur est par la force des choses au courant de la présence des empreintes et l'idée l'a effleuré que le meurtrier se gaussait peut-être dans son coin de voir leur enquête ainsi ridiculisée aux yeux du public. Il note mentalement de mener sa propre investigation en ce qui concerne les sources des journalistes et attrape son talkie avec humeur en entendant Jansen raconter une nouvelle blague.

« 11-7, merci de libérer le canal radio et de vous concentrer sur l'opération en cours.

– Sinon quoi, 7.3 ? Tu vas appeler la presse à scandale ? »

Quelques rires saluent son sens de la répartie, jusqu'à ce que le chef de groupe s'en mêle et demande le silence. Hess regarde par la fenêtre. La lumière est éteinte chez Jessie Kvium.

71

Thulin reste à distance des sombres baies vitrées, mais se déplace de temps en temps d'une pièce à l'autre pour montrer au meurtrier qu'elle, enfin que Jessie Kvium, est chez elle. En admettant qu'il soit là-dehors, quelque part.

La mise en scène sur le parking avait fonctionné. La poupée était crédible, ses cheveux bruns artificiels étant en grande partie enfouis dans la couverture. L'ascenseur occupé avait été une mauvaise surprise, mais elle avait jugé que Jessie Kvium devait être d'une nature suffisamment impatiente pour préférer monter à pied plutôt que d'attendre. Dans la cage d'escalier, elle avait croisé un jeune couple, mais ils l'avaient à peine regardée. Elle avait ouvert la porte avec la clé de Jessie Kvium et, aussitôt entrée, elle avait refermé soigneusement derrière elle.

Thulin n'avait jamais mis les pieds dans cet appartement, mais elle en connaissait la configuration. Elle avait porté la poupée directement dans l'unique chambre à coucher, dans laquelle se trouvaient le lit de la petite fille et celui de sa mère. Les fenêtres sans rideaux donnaient sur les appartements d'un autre immeuble en béton, en tout point semblable. Elle savait que Hess guettait derrière les fenêtres obscures au rez-de-chaussée, mais elle ignorait qui, aux autres étages, avait vue sur la chambre, alors elle avait posé la poupée sur le lit, l'avait déshabillée et bordée comme elle le faisait avec Lee, à la maison. L'ironie d'être en train de mettre au lit une poupée et de lui souhaiter une bonne nuit dans l'exercice de ses fonctions, au lieu d'être en train de coucher sa propre fille, ne lui avait pas échappé, mais ce n'était pas le moment de penser à cela. Elle était ensuite allée allumer l'écran plat dans la pièce de séjour, conformément à ce que lui avait dit Jessie, et elle s'était assise dans le fauteuil, dos à la fenêtre, pour observer l'appartement.

La dernière personne à y être venue était Jessie Kvium, et visiblement, elle n'avait pas employé son temps à faire le ménage. La pièce était dans un désordre effroyable. Des bouteilles vides, nombreuses, des assiettes sales, des cartons à pizza et de la vaisselle traînaient un peu partout. Il n'y avait pas beaucoup de jouets et tout à coup, Thulin s'était sentie privilégiée. Même s'ils ne pouvaient pas affirmer que Jessie Kvium maltraitait son enfant, on ne pouvait pas dire qu'elle la fasse vivre dans un environnement très sain. Cette réflexion lui avait rappelé sa propre enfance. Comme ce n'était pas un sujet auquel elle avait envie de penser, elle avait porté son attention sur l'écran de télévision.

L'affaire Kristine Hartung faisait toujours la une et le journaliste reprenait l'histoire depuis le début, sous-entendant qu'elle n'avait peut-être pas été élucidée. Apparemment, Rosa Hartung n'avait pas souhaité se prononcer et Thulin commençait justement à s'apitoyer sur la ministre, parce qu'elle et sa famille étaient à nouveau plongées dans un passé qu'ils auraient sans doute préféré oublier, quand le pathos est encore monté d'un cran :

« Restez avec nous pour entendre Steen Hartung, le père de Kristine Hartung, qui a tenu à venir s'exprimer sur notre plateau ce soir. »

Steen Hartung était l'invité de la dernière émission d'infos de la soirée et, dans une longue interview, il a affirmé qu'il n'avait pas le moindre doute sur le fait que sa fille pouvait être en vie quelque part. Il a supplié les téléspectateurs de prévenir la police s'ils détenaient une quelconque information et s'est adressé directement à « la personne qui avait enlevé Kristine » en lui demandant instamment de leur rendre leur fille saine et sauve.

« Elle nous manque terriblement, a-t-il dit. Ce n'est qu'une enfant. Vous devez comprendre qu'elle a besoin de son papa et de sa maman. »

Thulin comprenait Steen Hartung, mais elle n'était pas sûre que sa démarche servirait l'enquête. Immédiatement après son intervention, le réalisateur a diffusé les commentaires lapidaires du ministre de la Justice et du commissaire Nylander, qui l'un et l'autre ont pris leurs distances avec les différentes hypothèses qui circulaient actuellement. Nylander, en particulier, s'est montré extrêmement ferme et presque virulent à l'égard des médias. Thulin l'a trouvé très en forme. Tandis qu'elle regardait l'émission, elle a reçu un SMS de Genz. Il voulait savoir ce qui se passait, parce que les reporters avaient même commencé à lui téléphoner à *lui*. Elle lui a renvoyé un texto dans lequel elle lui recommandait de ne surtout pas se prononcer. Il lui a répondu qu'il ne pouvait le lui promettre que si elle l'accompagnait le lendemain pour son footing matinal de 15 km. Elle a laissé ce dernier message sans réponse.

Le grand battage des médias sur l'affaire Kristine Hartung s'est arrêté vers minuit et d'ennuyeuses rediffusions de vieilles séries ont pris le relais. L'optimisme et l'excitation qui avaient accompagné le départ de Christianshavn plus tôt dans la soirée avaient maintenant cédé la place au doute. Jessie Kvium était-elle la bonne personne ? Le meurtrier avait-il réellement l'intention de s'en prendre à elle ?

Lorsque Thulin entend Jansen raconter des conneries sur son talkie-walkie pour faire passer le temps, cela ne l'étonne pas de lui. Ce type est un imbécile. N'empêche que s'ils se sont trompés en venant ici ce soir, ils auront pris un sérieux retard dans leur enquête. Thulin regarde l'heure à sa montre puis elle se lève et éteint la lumière du salon, comme convenu. Avant qu'elle ait regagné sa place, Hess l'appelle :

« Tout va bien ?

– Oui. »

Elle sent qu'il se détend. Pendant quelques minutes, ils font un point sur la situation et, bien qu'il ne le dise pas, elle sait qu'il est toujours sur le qui-vive. Plus qu'elle, en tout cas.

« Ne fais pas attention à Jansen, lui dit-elle.

– Ne t'inquiète pas. Je ne me formalise pas.

– Je l'entends se vanter du rôle qu'il a joué dans l'affaire Hartung depuis que je suis entrée à la Crim'. En suggérant que l'affaire n'est pas résolue, c'est comme si toi et maintenant les médias vous tiriez à bout portant sur sa virilité avec une carabine à canon scié.

– On dirait que c'est une idée qui t'est déjà passée par la tête ! »

Thulin sourit et s'apprête à répondre, quand le ton de Hess change brusquement :

« Il se passe un truc. Rallume le talkie.

– Quoi ?

– Rallume-le, je te dis. »

La communication est coupée.

Thulin pose le téléphone et regarde devant elle dans le noir. Elle réalise soudain à quel point elle est seule et vulnérable.

72

Hess s'est figé devant la fenêtre. Il sait qu'on ne peut pas le voir du dehors, mais, par précaution, il reste parfaitement immobile. À environ 100 mètres, devant l'entrée qui se trouve à l'extrémité est de la barre où vit Jessie Kvium, un jeune couple avec une nacelle pour bébé vient d'ouvrir le garage à vélos et d'entrer dans l'immeuble. La porte à vérin hydraulique est assez lente et, dans le faisceau de lumière venant du hall, Hess a eu le temps de remarquer un mouvement entre les deux bâtiments. Il croit d'abord que c'est le vent qui agite les branches, mais le mouvement se produit à nouveau. Un individu se met à courir et entre dans le garage à vélos, juste avant qu'il se referme. Hess presse le bouton du talkie.

« *Visiteur* peut-être arrivé. Porte est, à vous.

– On l'a vu, à vous. »

Hess pourrait décrire les lieux sans avoir eu besoin de les voir. Il sait que la porte en question conduit dans le garage à vélos, ensuite on passe sous un porche pour arriver dans le hall, où se trouvent l'escalier et l'ascenseur permettant de monter dans les étages.

Hess sort de l'appartement en fermant derrière lui. Au lieu de quitter l'immeuble, il descend l'escalier vers la cave. Il n'allume pas la lumière mais s'éclaire avec sa lampe de poche. Parce qu'ils ont préparé l'opération, il sait quelle direction prendre lorsqu'il arrive au sous-sol. Il traverse au pas de course le couloir qui passe sous la place. Il a environ 50 mètres à parcourir pour atteindre l'immeuble de Jessie Kvium. Au moment où il ouvre la lourde porte en métal pour y entrer, il entend dans son talkie que le couple et l'enfant se trouvent dans l'ascenseur.

« L'individu non identifié doit être dans l'escalier, mais il n'a pas allumé la lumière et on ne peut pas en être sûrs. À vous.

– On monte et on cherche ! Maintenant ! répond Hess.

– Mais on sait même pas si...

– On y va tout de suite. On discute pas. »

Hess coupe son talkie. Il y a quelque chose qui ne colle pas. L'individu a dû traverser la pelouse dans le noir et ne semble pas avoir essayé de se cacher. Hess réalise qu'il n'aurait pas été surpris de le voir débarquer par le toit, au bout d'un filin d'acier, ou apparaître subitement en poussant le couvercle d'une bouche d'égout. Jamais il n'aurait pensé le voir entrer par la porte. Il retire la sécurité de son pistolet et il est déjà sur le palier du premier étage quand il entend la porte métallique se refermer derrière lui.

73

Thulin a entendu les échanges sur le talkie. Elle regarde par la fenêtre. Huit à neuf minutes se sont écoulées depuis l'arrivée du *visiteur*. Elle ne voit rien sur la place et prend conscience du calme qui règne dans la résidence. La musique s'est arrêtée, on n'entend plus que le bruit du vent. Au moment où ils ont discuté des détails de l'opération, elle n'avait rien contre le plan de rester seule dans l'appartement. À présent, elle comprend que ce n'était pas une bonne idée. Elle n'a jamais été très douée pour l'attente. L'appartement n'a aucune autre issue que la porte d'entrée. Elle n'aurait aucun moyen de s'enfuir si les choses tournaient mal. En entendant frapper à la porte d'entrée, elle pousse un petit soupir de soulagement parce qu'elle se dit que ça doit être Hess ou un autre membre de l'équipe, venu à son secours.

Elle regarde à travers l'œilleton de la porte. Le couloir est sombre et désert. Elle ne voit rien hormis le placard incendie dans le renfoncement de l'entrée de l'appartement d'en face. L'espace d'un instant, elle se demande si elle ne se serait pas trompée. Non, elle est sûre d'avoir entendu frapper. Elle a peut-être eu tort de croire que ces coups signifiaient que le danger était passé, elle enlève la sécurité de son arme et se tient prête. Elle retire la chaîne et tourne le verrou. Puis elle sort dans le corridor, le canon du pistolet braqué devant elle.

Quelques interrupteurs luisent dans le noir, mais elle s'abstient d'allumer. L'obscurité la protège. Toutes les portes des appartements donnant sur le large couloir recouvert de linoléum sont closes et, sur la gauche, elle a une vue dégagée jusqu'au mur du fond. Thulin regarde vers la droite, du côté de l'escalier et de l'ascenseur. Rien. Il n'y a personne.

Dans l'appartement de Jessie, elle entend le craquement du talkie. Une voix répète son nom avec insistance et elle se dirige vers la porte. À l'instant où elle tourne le dos au corridor, l'individu qui l'attendait tapi dans le renfoncement où se trouve l'extincteur bondit sur elle. Elle tombe, renversée par le poids de son agresseur. Deux mains glacées lui serrent le cou et elle entend une voix murmurer à son oreille :

« Si tu me donnes pas ces photos, sale truie, je te tue. »

Avant que l'homme ait eu le temps de prononcer un mot de plus, le coude de Thulin lui atteint le nez une fois, deux fois, et le fracture. Il reste un instant pétrifié de surprise. Il est encore sous le choc quand elle frappe une troisième fois et le plaque au sol dans le vestibule.

74

En arrivant sur le palier de Jessie Kvium, Hess trouve la porte ouverte. Avant même d'entrer, accompagné par deux agents, il entend les hurlements de douleur à l'intérieur. Il allume la lumière. L'appartement est un immense foutoir. Entre le linge sale et les cartons à pizza gît un homme au nez ensanglanté, les bras immobilisés dans le dos. Thulin est assise sur lui, à califourchon. D'une main, elle lui tient les poignets rassemblés à la hauteur des omoplates, pendant que de l'autre, elle lui fouille les poches.

« Qu'est-ce que vous foutez ? Lâchez-moi, putain ! »

Quand elle a fini, les deux agents le remettent debout, les mains toujours bloquées dans le dos, et il crie encore plus fort.

L'homme a environ 40 ans. Il est du genre VRP musclé avec des cheveux pommadés et une alliance au doigt. Il porte juste un tee-shirt et un pantalon de jogging sous sa veste, comme s'il sortait de son lit. Son nez est tordu et enflé, et son petit tour sur le carrelage a étalé le sang sur sa figure.

« Nicolaj Møller. 76, rue Mantua, Copenhague S », lit Thulin sur la carte de Sécurité sociale du type, trouvée entre ses cartes de crédit et ses photos de famille, dans le portefeuille rangé dans la poche intérieure de sa veste avec son portable et une clé de voiture portant le logo Audi.

« Dites-moi ce qui se passe ! J'ai rien à me reprocher !

– Qu'est-ce que vous foutez ici ? »

Thulin s'est plantée devant le gars et, le tenant par le menton, elle l'oblige à tourner son visage ensanglanté vers elle pour voir ses yeux. Il ne comprend manifestement pas ce que cette femme fait là, déguisée en Jessie Kvium.

« Je voulais seulement parler à Jessie. Elle vient de m'envoyer un message pour me demander de venir !

– Vous mentez. Je vous demande ce que vous faites ici.

– Je ne fais rien du tout ! C'est elle qui me prend pour un con.

– Montrez-moi ce message ! »

Hess prend le téléphone des mains de Thulin et le tend au type. Les agents le lâchent et il tape le mot de passe en reniflant.

« Plus vite que ça ! »

Hess ne peut pas cacher son impatience. Il sait instinctivement qu'il va avoir la réponse à son pressentiment, mais il ne sait pas encore comment, ni pourquoi.

« Montrez-moi ce message, tout de suite ! »

Il lui arrache le portable des mains et regarde l'écran.

Il n'y a pas de numéro d'expéditeur, seulement la mention « numéro caché ». Le SMS est bref et parfaitement explicite :

« Viens chez moi, maintenant, ou j'envoie les photos à ta femme. »

Il y a une photo en dessous du texte et Hess l'agrandit pour mieux voir. Le cliché a été pris à quatre ou cinq mètres du sujet et Hess reconnaît les containers à ordures du corridor qui passe sous la salle de danse, dans le centre commercial où ils ont trouvé Jessie Kvium. On y voit deux personnes collées l'une à l'autre, et il n'y a aucun doute sur ce qu'elles sont en train de faire. Celle de devant est Jessie Kvium, vêtue comme Thulin l'est en ce moment, et celle de derrière est Nikolaj Møller, le pantalon sur les chevilles.

Un millier de pensées se bousculent dans la tête de Hess.

« Quand avez-vous reçu ce message ?

– Laissez-moi partir. Je n'ai rien fait !

– Répondez-moi. Quand l'avez-vous reçu !?

– Il y a une demi-heure. Je peux savoir ce qui se passe ? »

Hess regarde l'homme quelques instants sans le voir et brusquement, il se précipite vers la porte.

75

Le Hamac, à Valby, une association de jardins familiaux comprenant cent parcelles, est fermé pour l'hiver. L'été, c'est l'une des oasis les plus fréquentées de la ville, mais quand l'automne approche, les cabanes en bois et leurs potagers attenants sont abandonnés par leurs propriétaires jusqu'au retour du printemps. Une seule petite maison est éclairée, à peu près au centre du grand terrain plongé dans le noir, celle qui appartient à la municipalité de Copenhague.

C'est le milieu de la nuit, mais Jessie Kvium est encore éveillée. Dehors, le vent secoue les arbres et les buissons, et parfois, on dirait qu'il va emporter la petite maison en bois. L'odeur de ses deux pièces n'est pas la même qu'en été. Depuis le lit où elle est couchée auprès de sa fille endormie, Jessie peut voir la lumière du séjour à travers une fente sous la porte. Elle ne parvient toujours pas à se rendre compte qu'il y a réellement deux policiers dans la pièce d'à côté pour les protéger, Olivia et elle. Jessie caresse la joue de sa fille. Il est si rare qu'elle fasse un geste comme celui-là et, bien que les larmes lui montent aux yeux, bien que dans un éclair de lucidité, elle vienne de comprendre que sa fille est la seule chose qui compte dans sa vie de merde, elle sait aussi qu'elle va devoir la confier à quelqu'un d'autre si elle veut que les choses s'arrangent un jour.

Cette journée a été horrible. D'abord la dispute avec Nikolaj, son humiliation au centre commercial, puis la course dans les couloirs, l'interrogatoire à l'hôtel de police et enfin ce placement préventif dans une maison perdue au milieu d'une association de jardins familiaux à Valby. Jessie avait clamé son innocence mais elle était tout de même choquée par les accusations dirigées contre elle. Elle aurait battu sa fille et Olivia serait victime de maltraitances, comme le prétendait cette dénonciation anonyme reçue il y a quelque temps par les services sociaux ? À vrai dire, ce n'était pas tellement ces accusations qui l'avaient choquée, puisqu'elle les avait déjà entendues, c'était la gravité du ton sur lequel on les lui avait répétées. Les deux enquêteurs qui l'avaient interrogée n'étaient pas comme les travailleurs sociaux. On aurait dit qu'ils *savaient* ce qui s'était passé. Elle avait crié et injurié tout le monde autour d'elle, elle s'était énervée comme elle s'imaginait que l'aurait fait une mère injustement accusée, mais elle avait eu beau déployer tous ses talents de comédienne dans ses mensonges, ils ne l'avaient pas crue un seul instant. Même si elle ne comprenait toujours pas pourquoi il avait fallu la mettre en sécurité avec sa fille dans une cabane froide et humide, elle savait au moins qu'elle ne pouvait s'en prendre qu'à elle-même. Comme dans beaucoup d'autres domaines.

Quand elles s'étaient retrouvées seules dans la chambre, Jessie s'était d'abord promis qu'elle allait changer, devenir quelqu'un d'autre, du jour au lendemain. Arrêter de boire et de faire la fête, cesser de s'avilir dans son éternelle tentative d'en trouver un qui mordrait à l'hameçon et qui lui donnerait l'impression d'être aimée. Elle avait effacé le numéro de Nikolaj dans le répertoire de son téléphone, pour être sûre de ne pas être tentée de le rappeler. Mais pourrait-elle s'y tenir ? Ou bien y en aurait-il simplement d'autres comme lui ? Il y en avait eu tant avant lui, des femmes comme des hommes, et sa vie de merde était depuis belle lurette devenue celle d'Olivia, aussi. La pauvre gosse avait tout supporté : les longues journées d'école et de garderie, la solitude sur les terrains de jeux, les soirées dans les bars, les afters chez elle, en sa présence, en compagnie de parfaits étrangers à qui elle laissait le droit de lui faire n'importe quoi, du moment qu'ils rendaient sa vie un peu plus gaie. Elle avait haï sa fille et elle l'avait battue. Parfois, elle s'était dit que si elle ne l'avait pas donnée depuis longtemps à quelqu'un d'autre, c'était uniquement à cause des allocations familiales.

Mais, en dépit de tous ses remords et de son envie sincère de s'amender, Jessie sait bien qu'elle est incapable d'y arriver sans aide extérieure.

Tout doucement, elle soulève son côté de la couette pour se lever sans réveiller Olivia. Malgré le sol glacé sous ses pieds nus, elle prend le temps de border soigneusement la fillette avant de se diriger vers la porte.

76

Le ventre de Martin Ricks gronde bruyamment tandis qu'il fait défiler les photos de femmes nues sur son téléphone. Cela fait maintenant douze ans qu'il est inspecteur à la brigade criminelle et il s'ennuie toujours autant quand on lui confie des tâches comme celle d'aujourd'hui. Heureusement que les sites porno, les paris en ligne et les barquettes de sushis l'aident à passer le temps. Mais il a beau mater des milliers de seins en silicone, de talons hauts et de tenues en latex, cela ne suffit pas à venir à bout de la colère qu'il ressent envers ce connard de Hess et le buzz autour de l'affaire Hartung.

Quand il avait été muté du commissariat de Bellahøj à l'hôtel de police de Copenhague, Martin Ricks était devenu le poulain de l'inspecteur Tim Jansen. Au départ, il n'aimait pas beaucoup ce grand type arrogant avec son regard inquisiteur. Jansen sortait constamment des piques pour se moquer de Ricks, et Ricks, qui manquait de répartie, l'avait d'abord pris pour l'un de ces ignorants qui, depuis l'époque où il était encore collégien à Ribe, le prenaient tous pour un idiot, jusqu'à ce qu'il ait l'opportunité de leur casser la gueule. Mais avec Jansen, ça ne s'était pas passé comme ça parce que l'inspecteur avait très vite considéré comme des qualités son endurance et sa méfiance pathologique envers ses congénères. Ils avaient passé les six premiers mois de leur collaboration dans des voitures, des pièces d'interrogatoire, des salles de réunion, des vestiaires et des réfectoires, et quand la période d'apprentissage de Ricks s'était terminée, ils avaient annoncé au commissaire qu'ils avaient l'intention de continuer à travailler en tandem. Au bout de six ans, ils se connaissaient par cœur et il n'aurait pas été exagéré de prétendre que si les patrons avaient tendance à changer régulièrement, le binôme qu'ils formaient avait acquis une réputation que personne n'aurait osé contester avant que ce trou-du-cul vienne les emmerder.

Hess était bidon. Il avait peut-être été un bon inspecteur du temps où il travaillait à la Crim', mais maintenant, il ne valait pas mieux que ses collègues élitistes et arrogants d'Europol. Ricks se souvenait de lui comme d'un loup solitaire, pas bavard et prétentieux, et il n'avait pas été fâché d'être débarrassé de lui. Mais apparemment Europol en avait eu assez de lui également et, au lieu de se rendre utile, il avait fallu que Hess vienne poser des questions sur une affaire classée. Une enquête qui était de loin la plus belle réussite professionnelle dont Ricks et Jansen pouvaient se prévaloir.

Ricks se rappelait comme si c'était hier ces journées d'octobre de l'an passé. La pression était énorme. Jansen et lui travaillaient vingt-quatre heures sur vingt-quatre et c'était eux qui, suite à un tuyau anonyme, étaient allés interroger et arrêter Linus Bekker avant de déclencher les recherches pour retrouver le corps. Quand, quelques jours plus tard, ils avaient procédé à un nouvel interrogatoire de Linus Bekker à l'hôtel de police, Ricks avait senti instinctivement que ce serait un moment décisif dans sa carrière. Ils avaient de bonnes cartes en main sous forme d'indices et de preuves à jeter au visage du suspect et, comme il s'y attendait, le type avait avoué. Le soulagement était indicible et ils avaient fêté ses aveux avec une cuite monumentale qui s'était terminée tard dans la matinée du lendemain par une mémorable partie de billard au McKluud, le bar western dans le quartier de Vesterbro. On n'avait jamais pu retrouver le corps de la fillette, mais personnellement, il considérait cela comme un détail sans importance.

Et voilà qu'à cause de Hess et de cette conne de Thulin, il se retrouve à jouer les baby-sitters pour une mère alcoolique dans un jardin ouvrier, à Valby. Et pendant qu'eux et le reste de la brigade, Jansen inclus, sont dans le feu de l'action dans la cité d'Urbanplanen, lui se roule les pouces à ne rien foutre en attendant la relève, qui n'arrivera pas avant 6 h 30 demain matin.

La porte de la chambre s'ouvre tout à coup. La femme dont on lui a confié la garde sort en tee-shirt et les jambes nues. Ricks pose son portable, l'écran à l'envers, sur la table. Elle regarde autour d'elle d'un air étonné.

« Où est passé l'autre agent ?

– On ne dit pas “agent”, on dit “inspecteur de police”.

– Alors, où est passé l'autre inspecteur de police ? »

Même si cela ne la regarde pas, Ricks lui répond qu'il est allé chercher des sushis dans la rue principale de Valby.

« Qu'est-ce que vous lui voulez ?

– Rien, je demandais juste, comme ça. Je voudrais parler aux deux inspecteurs de police qui m'ont interrogée aujourd'hui.

– À quel sujet ? Vous pouvez me parler à moi. »

Bien qu'elle soit partiellement cachée par le canapé, Ricks voit que la jeune femme a un beau cul. Il se demande, en passant, s'il a une chance de se la faire avant le retour de son collègue. C'est l'un des nombreux fantasmes de Ricks. Faire l'amour avec un témoin sous protection policière. Il ne l'a encore jamais réalisé.

« Je voudrais leur dire la vérité. Et je veux aussi parler à quelqu'un pour faire placer ma fille dans une famille qui prendra soin d'elle, en attendant que je remette de l'ordre dans ma vie. »

Sa réponse déçoit Martin Ricks. Il lui répond sèchement qu'elle va devoir attendre. Les services sociaux sont fermés. Par contre, il veut bien qu'elle lui raconte « la vérité », si elle en a envie, mais, avant que la jeune femme se soit mise à table, le portable de Ricks sonne.

« Hess, à l'appareil. Tout va bien ? »

Hess est essoufflé et Ricks a l'impression d'entendre une portière de voiture claquer et un moteur qui démarre. Il prend son ton le plus arrogant :

« Pourquoi ça n'irait pas ? Et chez vous, comment ça se passe ? »

Mais il n'entend pas la réponse parce qu'au même moment, une alarme de voiture se déclenche. Quelque part à proximité, dans l'association de jardins familiaux.

La sirène tourne en boucle, énervante, et Ricks s'approche de la fenêtre pour découvrir le véhicule de service garé devant la porte, warning et gyrophare allumés, comme dans un manège de parc d'attractions.

Martin Ricks n'y comprend rien. Il n'y a personne près de la voiture. Il a encore le téléphone à l'oreille et, quand il lui explique, à sa demande, que la sirène de la voiture de police s'est mise en route toute seule, ce connard de Hess lui répond d'une voix pleine d'inquiétude :

« Restez à l'intérieur, ne bougez surtout pas, on arrive.

– Pourquoi ? Qu'est-ce que vous venez foutre ici ? Il est arrivé quelque chose ?

– Restez dans la maison et assurez la protection de Jessie Kvium, tu entends ce que je dis ? »

Martin Ricks hésite un instant. Puis il raccroche. Il n'y a plus que l'alarme qui lui hurle aux oreilles. Si Hess croit qu'il a des ordres à recevoir de lui, il se fout le doigt dans l'œil.

« Qu'est-ce qui se passe ? »

Maintenant, c'est la mère alcoolique qui le regarde d'un air inquiet.

« Rien. Allez vous coucher. »

Sa réponse ne la convainc pas, mais, avant qu'elle ait eu le temps de protester, des pleurs d'enfant résonnent dans la chambre et elle s'y précipite.

Ricks fourre le mobile dans sa poche et ouvre le rabat de son holster. Il n'est pas stupide, il a compris à la conversation qu'il vient d'avoir qu'il y a eu un retournement de situation. Il a peut-être enfin une chance de leur fermer leur clapet à tous. À Hess et à Thulin, mais avant tout à ce Tueur aux marrons, comme les journaux ont commencé à appeler le meurtrier. Dans quelques minutes, le commando va débarquer, mais pour l'instant, la scène est à lui.

Ricks attrape son trousseau de clés dans sa poche et va ouvrir la porte. La tempête secoue violemment la végétation alentour. Son arme de service à la main, il descend l'allée du petit jardin familial comme s'il foulait un tapis rouge.

77

Olivia n'est pas bien réveillée, bien qu'elle soit assise toute droite dans le lit, appuyée à la cloison en bois.

« Qu'est-ce qui se passe, maman ?

– Rien, chérie, recouche-toi. »

Jessie s'assied au bord du lit et caresse les longs cheveux de sa fille.

« Je ne peux pas dormir avec tout ce bruit », chuchote la petite.

Elle enfouit son visage dans le cou de sa maman et, au même moment, la sirène s'arrête.

« Voilà, c'est fini, tu vas pouvoir te rendormir maintenant, mon bébé. »

Un instant plus tard, Olivia a de nouveau sombré dans le sommeil et Jessie songe que ça lui a fait du bien de parler à ce policier. Cela ne suffit pas, bien sûr, elle aurait aimé lui parler plus longtemps pour soulager sa conscience. Mais cette alarme qui s'est brusquement déclenchée a changé l'ambiance. Elle a eu peur, une peur qu'elle n'avait jamais ressentie auparavant, mais à présent que la sirène s'est arrêtée et qu'elle entend à nouveau la sonnerie familière du portable de l'inspecteur de police, quelque part dans le jardin, elle se sent stupide d'avoir réagi de la sorte. Enfin... jusqu'à ce qu'elle se rende compte que personne ne décroche. Elle écoute, attend, la sonnerie s'arrête. Puis elle recommence, mais toujours dans le vide.

Dehors, le vent s'engouffre dans les cheveux de Jessie. Elle a mis ses chaussures, mais il fait un froid glacial et elle regrette de ne pas avoir enroulé une couverture autour de ses jambes avant de sortir. Le téléphone se remet à sonner quelque part près du véhicule, pourtant, elle ne voit le policier nulle part.

« Hé, où vous êtes ? »

Pas de réponse. À pas prudents, Jessie s'approche de la haie de troènes et de la voiture de police garée sur les graviers devant le portillon. Il lui suffirait de faire un pas de plus pour voir la voiture tout entière, et sans doute le téléphone portable qui sonne quelque part à proximité. Tout à coup, ce qu'elle a entendu pendant son interrogatoire à l'hôtel de police lui revient en mémoire. Le danger dont parlaient les deux inspecteurs semble soudain bien réel. Les arbres aux branches nues et les buissons dégarnis lui agrippent les jambes comme une menace devenue vivante. Jessie fait demi-tour et court, elle monte les trois marches en bois du perron, entre dans la maison et referme la porte derrière elle.

Elle a entendu tout à l'heure que les secours étaient en route et elle se dit qu'elle ne doit pas paniquer. Elle verrouille la porte d'entrée puis elle la bloque avec une commode. Elle se précipite dans la cuisine et dans la petite salle de bains pour s'assurer que portes et fenêtres sont bien fermées. Elle trouve un long couteau dans le tiroir de la cuisine. Elle ne voit rien à travers les fenêtres, mais réalise soudain qu'elle est en pleine lumière. S'il y a quelqu'un à l'extérieur, et elle ne doute plus à présent que ce soit le cas, il peut voir chacun de ses gestes. En quelques pas, elle est de retour dans le salon où, après quelques tentatives maladroites, elle réussit à trouver le bon interrupteur et à éteindre dans toutes les pièces.

Jessie est immobile dans le noir. Elle écoute, les yeux fixés sur le jardin. Rien. Seulement le vent qui semble vouloir emporter toute la maison. Elle est à côté du radiateur et s'aperçoit qu'elle l'a éteint en cherchant l'interrupteur. Elle se penche et le rallume. L'appareil se met à ronronner et, dans la lueur rouge de la commande électronique, elle découvre une petite figurine posée à l'endroit où était assis le policier tout à l'heure.

Elle n'identifie pas tout de suite ce qu'elle voit. Et puis, tout à coup, elle réalise. Et bien que ce petit bonhomme en marrons ait l'air parfaitement inoffensif avec ses bras en allumettes tendus vers le plafond, comme s'il se rendait, il la remplit d'effroi, car elle sait qu'il n'était pas sur cette chaise quand elle est sortie tout à l'heure, à la recherche du policier. Quand elle relève la tête, c'est comme si l'obscurité prenait forme sous ses yeux et elle frappe l'air avec la lame du couteau, de toutes ses forces.

78

La voiture de police défonce la barrière de l'association de jardins familiaux et roule à toute allure sur le chemin de terre. Il fait un noir d'encre dans la petite oasis avec ses maisonnettes et ses carrés de potager et seuls les phares leur permettent de distinguer le reflet d'une plaque minéralogique au loin. Thulin s'arrête derrière le véhicule de service et Hess saute de la voiture.

Deux barquettes de sushis traînent sur le sol et un jeune agent est penché au-dessus d'une silhouette à terre. Le policier voit Hess et l'appelle à son secours tout en essayant d'endiguer des deux mains le flot de sang qui s'échappe d'une plaie profonde dans le cou de Martin Ricks. L'inspecteur Ricks gît, immobile, le regard figé sur les arbres sombres au-dessus de sa tête. Hess se précipite vers la maison. La porte est fermée à clé, il l'ouvre d'un coup de pied et repousse la commode qui la bloque. Il fait sombre à l'intérieur, mais, tandis qu'il scrute la pièce, son arme balayant l'obscurité, ses yeux finissent par distinguer des tables et des chaises renversées comme après une lutte. Dans la chambre, la fille de Jessie Kvium pleure dans son lit, effrayée et perdue, ses mains étreignant la couette. Jessie Kvium n'est pas là et c'est Thulin qui fait remarquer à Hess que la porte de la cuisine est ouverte.

Le jardinet à l'arrière est très pentu et, en trois pas, ils arrivent sur une grande pelouse avec un pommier au milieu. Hess et Thulin courent jusqu'à la clôture de brande qui sépare le terrain du terrain voisin, mais ils ne voient personne. Les jardins ouvriers sombres et battus par le vent se succèdent jusqu'aux barres d'immeubles le long du boulevard, et ce n'est qu'en se retournant vers la maison qu'ils la découvrent. Les branches basses du pommier ne sont pas des branches. Ce sont les jambes nues de Jessie Kvium. On l'a assise à l'endroit où le tronc se divise en trois parties. Elle est à califourchon sur la plus grosse, ce qui lui écarte les membres inférieurs de manière grotesque. Sa tête est inclinée sur un côté et ses bras inertes pointent vers le ciel.

« Maman ? »

Le vent porte jusqu'à eux l'appel d'une voix fluette et anxieuse. Puis ils aperçoivent la silhouette de la petite fille qui est sortie dans le froid. Hess est tétanisé et c'est Thulin qui remonte la pente en courant et ramène la fillette à l'intérieur, laissant son coéquipier seul devant l'arbre.

Malgré l'obscurité, Hess a déjà remarqué que les bras de Jessie Kvium sont anormalement tronqués. Même chose pour l'une des jambes. En s'approchant, il voit dans la bouche ouverte de Jessie Kvium un bonhomme en marrons debout, ses bras en allumettes levés vers la cime du pommier.

MARDI 20 OCTOBRE
DE NOS JOURS

79

Thulin court sous la pluie entre les barres d'immeubles. L'eau entre dans ses chaussures et quand enfin elle aperçoit le panneau qu'elle cherche, il indique la direction opposée à celle qu'elle voulait prendre.

C'est le matin de bonne heure et elle vient de déposer sa fille devant l'école. Il y a quelques jours, elle était à Urbanplanen, et à ce moment-là, elle ignorait que Hess habitait lui aussi cette cité HLM, mais pour une raison ou pour une autre, cela ne la surprend pas. Les regards amicaux, et circonspects, de femmes en niqab lui rappellent qu'elle est en train de se faire remarquer, et tandis qu'elle cherche son chemin, elle s'agace que Hess soit une fois de plus introuvable alors que la capitale est sens dessus dessous.

Depuis bientôt quatre jours, les médias diffusent des reportages et des interviews en boucle filmés sur les trois scènes de crime, devant le palais de Christiansborg, l'hôtel de police et l'institut médico-légal. Il y a des portraits des trois femmes assassinées et de Martin Ricks, qui a rendu son dernier souffle sur les graviers de l'association de jardins familiaux. Des entretiens avec des voisins, des témoins, des membres des familles des victimes passent également en boucle sur les médias. On peut entendre aussi les avis des experts et de leurs contradicteurs, des déclarations de fonctionnaires de police, en particulier celles du commissaire Nylander, qui s'est exprimé à plusieurs reprises devant les micros des journalistes, souvent en interview croisée avec le ministre de la Justice. Et puis il y a Rosa Hartung qui, après avoir perdu sa fille, doit aujourd'hui supporter la douleur d'apprendre que l'affaire n'est peut-être pas entièrement élucidée. Quand les rédactions en ont assez de répéter toujours les mêmes choses, elles se mettent à jouer aux devinettes, spéculant sur le prochain drame et son échéance.

Depuis vendredi, Hess et Thulin n'ont pas beaucoup dormi. Après le choc du double meurtre dans le jardin ouvrier, ils avaient repris l'enquête avec leur équipe, posé d'innombrables questions, au porte-à-porte et au téléphone, récolté des tonnes d'informations sur la cité d'Urbanplanen et sur les jardins familiaux de Valby, entrepris de débrouiller les relations familiales et amoureuses compliquée de Jessie Kvium. La petite fille de six ans, qui heureusement n'avait pas eu le temps de voir le cadavre de sa mère, avait subi toutes sortes d'examens et les médecins avaient pu observer de nombreuses traces de maltraitances, de malnutrition et de violences corporelles. Un psychologue s'était entretenu avec elle, sans aborder d'autre sujet cependant que sa tristesse liée à la mort de sa mère, et il avait été étonné de la capacité de la petite fille à mettre des mots sur son chagrin. Il était de bon augure que les grands-parents d'Olivia – qui ne demandaient pas mieux que de s'occuper d'elle – soient venus pour la ramener à Esbjerg, mais il fallait évidemment attendre la décision du tribunal quant à l'attribution de sa garde. Grâce à Thulin, la fillette et ses grands-parents n'avaient pas été importunés par les journalistes qui, de toute façon, préféraient relater les dernières nouvelles du Tueur aux marrons.

Thulin détestait de manière générale que la presse mythifie les criminels. Et celui-là tout particulièrement, parce qu'elle était convaincue qu'il cherchait sciemment à semer la terreur et tirait une jouissance de cette notoriété. Mais il était impossible d'endiguer le flot médiatique tant que les expertises scientifiques et les interrogatoires n'avaient pas fait avancer l'investigation, malgré l'énorme somme d'informations récoltées. Genz et son équipe travaillaient vingt-quatre heures sur vingt-quatre, sans résultat probant pour l'instant. On n'avait pas réussi à déterminer l'origine du SMS envoyé sur le téléphone portable de Nikolaj Møller, et aucun témoignage n'avait permis d'identifier la personne qui avait surveillé les faits et gestes de Jessie Kvium. Ni dans la cité où elle vivait, ni dans le centre commercial, le jour J, où ils étaient retournés pour visualiser toutes les bandes des caméras de surveillance. Une fois encore, le criminel s'était volatilisé, sans laisser de traces.

Grâce au médecin légiste, il était établi avec certitude que Jessie Kvium était morte aux alentours de 1 h 20, que les amputations avaient été pratiquées avec le même instrument que celui qui avait été utilisé dans les deux affaires précédentes et qu'elle était en vie quand on lui avait coupé les deux mains et un pied – au moins au moment où on lui avait coupé les mains. Ils savaient aussi que les empreintes digitales trouvées sur le bonhomme en marrons que Jessie Kvium avait dans la bouche étaient celles de Kristine Hartung. Enfin, il ne faisait plus aucun doute que les dénonciations à l'encontre des trois femmes assassinées avaient été envoyées par la même personne. En ce qui concernait l'identité de leur expéditeur, les services sociaux de la mairie et leurs employés n'avaient pas été d'une grande aide, et le labyrinthe de serveurs informatiques par lequel les trois mails avaient voyagé rendait la tâche impossible. Ils étaient à tel point dans l'impasse que Nylander avait mobilisé toutes ses équipes et mis sous protection policière plusieurs femmes choisies parmi les dénonciations reçues par les centres d'appels.

Bref, l'atmosphère à l'hôtel de police était littéralement polluée par cette situation. Martin Ricks n'était peut-être pas un enquêteur exceptionnel, mais avec deux jours d'absence en six ans de service, il faisait partie du décor au même titre que l'étoile dorée au-dessus de l'entrée principale. En outre, l'homme avait une fiancée, ce que la plupart ignoraient. La veille à midi, il y avait eu une minute de silence pour lui rendre hommage et le silence avait été assourdissant. Plusieurs de ses collègues avaient pleuré, et l'enquête était teintée de cette rage sourde qui suit invariablement le décès d'un policier dans l'exercice de ses fonctions.

Mais ce qui tracassait surtout Hess et Thulin, c'était de savoir comment le criminel avait réussi à déjouer leur piège la nuit du meurtre. Ils lui avaient tendu une embuscade à Urbanplanen et, d'une manière ou d'une autre, il l'avait appris. Il n'y avait pas d'autre explication, mais Thulin n'arrivait pas à comprendre comment. Le meurtrier s'était ensuite rendu à Valby, dans les jardins familiaux, ce qui ne pouvait s'expliquer que s'il avait au mininimun été au courant du fait que Jessie Kvium et sa fille avaient séjourné là-bas l'été précédent et deviné qu'elles pouvaient éventuellement s'y trouver. Le SMS reçu par Nikolaj Møller avait été envoyé avant le double meurtre, à 00 h 37 exactement, à l'aide d'un téléphone à carte sans abonnement, de quelque part à l'intérieur de l'association de jardins familiaux, et c'était ce qu'il y avait de plus effrayant dans cette histoire. Leur assassin avait suffisamment de longueurs d'avance pour avoir attiré le mari infidèle et perplexe à Urbanplanen, où celui-ci avait été accueilli par la police, ce que Thulin interprétait comme une volonté délibérée de leur couper l'herbe sous le pied et de les ridiculiser. Comme il l'avait fait précédemment en envoyant un SMS à Laura Kjær après l'avoir tuée. En ajoutant à cela l'absence de résultat malgré l'énorme somme de travail accompli, il n'y avait rien d'étonnant à ce que la rencontre avec le commissaire Nylander ne se soit pas très bien passée.

« Pourquoi ne voulez-vous pas nous laisser interroger Rosa Hartung ? De quoi est-ce que vous avez peur ? »

Hess avait mis à nouveau en avant le fait que ces meurtres avaient, d'une manière ou d'une autre, à voir avec la ministre des Affaires sociales Rosa Hartung et la disparition de sa fille l'année précédente.

« C'est un non-sens de mener ces nouvelles enquêtes sans reprendre l'ancienne. Trois empreintes digitales sur trois bonshommes en marrons ! Comment ça pourrait être une coïncidence ? Et ce n'est pas tout ! À la première victime, il manquait une main, à la deuxième, les deux, et la troisième a été amputée des deux mains et d'un pied. À votre avis, qu'est-ce que ce salopard a prévu pour la prochaine fois ? C'est pourtant une évidence ! Rosa Hartung est soit la clé, soit la cible ! »

Nylander avait gardé son calme et répété que la ministre avait déjà été interrogée, et qu'elle avait d'autres soucis.

« Lesquels ? Quels soucis peut-elle avoir qui soient plus importants que *ça* ?

– Calmez-vous, Hess.

– Je demande, juste.

– D'après les services secrets, la ministre aurait été victime de harcèlement et de menaces sur sa personne au cours des dernières semaines.

– Pardon ?

– Et vous n'avez pas pensé qu'il nous serait utile d'être au courant, était intervenue Thulin.

– Non, parce qu'il n'y a aucune raison pour que cela ait quelque chose à voir avec les affaires en cours ! La PET, c'est-à-dire le service de renseignements, nous a informés que la dernière menace avait été taguée sur le capot de la voiture ministérielle le lundi 12 octobre, à l'heure où le meurtrier était occupé à assassiner Anne Sejer-Lassen. »

La réunion s'était terminée dans la colère et le ressentiment. Hess et Nylander étaient sortis de la pièce, et Thulin s'était retrouvée toute seule, luttant contre le sentiment que cette débâcle était à l'image de leur investigation.

Enfin, elle a échappé à la pluie et elle marche sur la coursive abritée vers l'appartement 37C. Des pots de peinture, de vernis pour plancher et des bouteilles de white-spirit sont entassés de part et d'autre de la porte, ainsi qu'une grosse machine qui, pour autant que Thulin puisse en juger, doit être une ponceuse à parquet. Elle frappe énergiquement à la porte, mais bien sûr, personne ne répond.

« Vous êtes la personne pour le parquet ? »

Thulin regarde le Pakistanais de petite taille qui vient de sortir d'un appartement voisin, un gamin aux yeux bruns accroché à ses basques. L'homme est habillé d'un grand poncho de pluie orange vif, comme s'il était en chemin pour Guantanamo. Des gants de jardinage et des sacs-poubelle révèlent à Thulin qu'il va sans doute simplement ramasser les feuilles mortes dans la résidence.

« Personnellement, je n'y vois pas d'inconvénient, du moment que vous êtes une professionnelle, parce que franchement, le propriétaire se prend pour Bob le Bricoleur, alors qu'il a deux mains gauches. Vous connaissez Bob le Bricoleur ?

– Euh… oui.

– Je suis content qu'il ait décidé de vendre. Ce n'est pas un endroit pour lui, ici. Mais s'il veut trouver un client, il faut que les choses soient faites dans les règles de l'art. J'ai bien voulu repeindre les murs et le plafond derrière lui, parce qu'il est incapable de voir la différence entre un pinceau et une pelle, mais je ne poncerai pas ses parquets. Et il est hors de question qu'il essaye de le faire lui-même.

– Ce n'est pas de mon ressort non plus, malheureusement. »

Thulin lui montre son badge pour se débarrasser de lui. Il est légèrement surpris, mais il reste là, à la regarder.

« Ce n'est pas vous qui allez racheter, j'espère ? Parce que ça reviendrait au même.

– Non, ce n'est pas moi. Est-ce que vous savez si Bob le Bricoleur est chez lui, monsieur ?

– Vous n'avez qu'à entrer voir vous-même. Il ne verrouille jamais sa porte. »

Le Pakistanais écarte Thulin et ouvre la porte en donnant un petit coup d'épaule parce qu'elle bloque un peu.

« Ça aussi, c'est un problème. Quel genre de personne s'amuse à laisser sa porte ouverte à Odinparken ? Je le lui ai dit, mais il prétend qu'il n'a rien à voler et que ça n'a aucune importance, mais moi je dis juste, *Allahou Akbar !* »

Le Pakistanais reste bouche bée. Thulin comprend sa réaction. La pièce, qui sent fortement la peinture fraîche, ne contient presque rien. Une table, quelques chaises, un paquet de cigarettes, un téléphone portable, des cartons de fast-food et, sur les journaux étalés par terre, des pots de peinture et des brosses. Hess ne doit pas y passer beaucoup de temps. Thulin ne sait pas pourquoi, mais elle a l'intuition que son appartement à La Haye, ou quel que soit l'endroit où il habite en temps normal, ne doit pas être beaucoup mieux aménagé que celui-ci. Ce n'est pourtant pas l'aménagement qui a provoqué leur surprise à tous les deux.

Partout des petits bouts de papier, des photos et des coupures de presse ont été punaisés aux murs et, dans les espaces laissés vides, des mots et des lettres ont été écrits à même les cloisons. Reliés par des dessins, des flèches et des traits sinueux, tous les détails de leurs enquêtes s'étalent comme une gigantesque toile d'araignée sur les surfaces fraîchement peintes. Il a apparemment commencé dans un coin de la pièce avec l'affaire Laura Kjær, puis il a continué à s'étendre sur le support vierge au fur et à mesure que survenaient les meurtres suivants, y compris celui de Martin Ricks, faisant des allers-retours à coups de stylo feutre, insérant des croquis de bonshommes en marrons, ajoutant des noms, indiquant des adresses de scènes de crime matérialisées par des photos ou notées à même les murs. En guise de Post-it, il a indifféremment utilisé des factures froissées ou des morceaux de carton à pizza, mais il a manifestement manqué de papier assez rapidement. Au pied du mur se trouve une photo de Rosa Hartung venant d'un article de journal déchiré, avec au-dessus la date de son retour au Parlement. La photo est reliée à celle de Laura Kjær par un trait de feutre rouge et une myriade de traits ondulent ainsi, reliant entre elles les différentes informations de manière incompréhensible à première vue, jusqu'à une colonne distincte dans laquelle on peut lire : « Christiansborg : Menaces, harcèlement, PET. » Tout en haut, il y a une vieille photo de Kristine Hartung à 12 ans et, au milieu d'un cercle tracé au marqueur rouge, le nom de LINUS BEKKER en lettres d'imprimerie. Dans cette zone aussi des notes ont été prises à même le mur, la plupart d'entre elles illisibles, sans doute parce que Hess avait du mal à écrire à bout de bras, juché sur le petit escabeau de peintre qui se trouve toujours sur place.

Thulin regarde la gigantesque toile avec des sentiments mitigés. Quand ils se sont quittés la veille, Hess était replié sur lui-même et peu communicatif, et comme elle n'a pas réussi à le joindre ce matin au téléphone, elle ne savait que penser. Mais à en croire les murs de son appartement, il est loin d'avoir baissé les bras. D'un autre côté, il y a quelque chose de dément dans ce qu'elle et le concierge ont sous les yeux. Le but de l'opération a sans doute été, au départ, d'avoir une vue d'ensemble cohérente, mais ce n'est pas l'effet obtenu et même un cryptologue avisé ou un Prix Nobel de mathématiques aurait sans doute des difficultés à distinguer autre chose sur ces murs que les premiers signes d'une névrose obsessionnelle ou carrément l'œuvre d'un psychotique.

En voyant son travail saccagé, l'homme lâche en ourdou ce que Thulin devine être une bordée de jurons, et l'arrivée de Hess ne fait qu'attiser sa colère. Il est essoufflé et trempé des pieds à la tête. Il n'est vêtu que d'un tee-shirt, d'un short et d'une paire de chaussures de jogging. De sa peau et de son haleine s'échappe un nuage de vapeur dans l'air froid. Thulin est surprise de voir qu'il a un corps musclé et affûté, bien qu'il ne semble pas être en très bonne condition physique.

« Vous êtes fou, ou quoi ? On venait de tout repeindre !

– Je repasserai une couche. Vous m'aviez bien dit qu'il en fallait deux, non ? »

Thulin observe Hess, appuyé d'une main au chambranle de la porte. Elle remarque qu'il tient dans son autre main une chemise plastifiée roulée sur elle-même.

« Il y avait déjà deux couches. Il y en avait même trois ! »

Le petit garçon aux yeux bruns en a eu assez d'attendre son père et le Pakistanais doit à contrecœur le rattraper sur la coursive. Avec un bref regard à Hess, Thulin lui emboîte le pas.

« Je t'attends dans la voiture. Nylander veut nous voir. Nous avons rendez-vous au ministère des Affaires sociales pour interroger Rosa Hartung dans une heure. »

80

« Je vous dérange ? »

Tim Jansen, sur le seuil de la porte, a des poches sous les yeux, le regard vide, et Nylander sent une vague odeur d'alcool pénétrer dans le bureau avec lui.

« Non, je t'en prie, entre. »

Dans le dos de Jansen, l'unité bourdonne d'activité. Hier, après l'hommage rendu à Martin Ricks, Nylander lui a dit qu'il ne voulait pas qu'il continue à travailler sur l'enquête. Ce n'est donc pas pour cela qu'il semble prendre tout son temps. Hess et Thulin sortent de son bureau et Jansen ne leur rend pas leur salut. Il regarde droit devant lui, comme s'il ne les avait ni vus, ni entendus, ce qui est déjà en soi une bonne raison pour que le commissaire l'invite à entrer.

Nylander a brièvement transmis aux deux inspecteurs le message qu'il avait pour eux. Il avait été en relation ce matin avec le ministère des Affaires sociales et Rosa Hartung avait fait savoir, par l'intermédiaire de son spin doctor, Frederik Vogel, qu'elle était prête à lui apporter toute l'aide qu'elle pouvait dans leur enquête.

« Je vous rappelle que Madame la ministre n'est pas une suspecte et qu'elle n'a rien à se reprocher. Je dois donc insister sur le fait qu'il s'agit d'un entretien et non d'un interrogatoire. »

Nylander avait compris que la situation ne plaisait pas du tout au conseiller, qui avait demandé à sa ministre de refuser cet *entretien.* C'était donc elle qui avait insisté pour les aider. Malgré cette information, Hess, que Nylander aimait décidément de moins en moins, était revenu à l'attaque :

« Est-ce que cela veut dire que vous allez rouvrir l'enquête sur la disparition de Kristine Hartung ? »

Nylander avait bien noté qu'il avait parlé de « la disparition » de Kristine Hartung et non de la « mort de Kristine Hartung ».

« Certainement pas, et ce n'est pas discutable. Si c'est trop difficile à comprendre, vous n'avez qu'à retourner presser des sonnettes à Urbanplanen. »

La veille au soir, Nylander avait essayé de botter en touche en ce qui concernait un nouvel interrogatoire de Rosa Hartung, mais la pression venant d'en haut était devenue forte. Le spectacle auquel il avait assisté dans l'association de jardins familiaux était cauchemardesque et, avec le meurtre de l'inspecteur Martin Ricks, l'enquête avait pris un caractère personnel pour beaucoup de monde. Une vie est une vie, et il ne devrait pas y avoir de différence entre la mort d'un policier et celle d'une citoyenne lambda, mais le meurtre de sang-froid de l'enquêteur de 39 ans qui, d'après le médecin légiste, avait été attaqué par-derrière et s'était fait trancher la carotide, avait touché dans leur ADN chacun des membres de la brigade.

Ce matin, à 7 heures, Nylander avait été convoqué par sa hiérarchie à une réunion extraordinaire pour faire son rapport. Il n'avait eu aucun mal à décrire l'exceptionnelle mobilisation de ses équipes, ni à énumérer les nombreuses démarches et pistes suivies, qui – il en était certain – ne manqueraient pas de porter rapidement leurs fruits. Mais bien qu'il n'ait pas mentionné une seule fois son nom, l'ombre de Kristine Hartung planait sur toute l'affaire. C'était comme si ses interlocuteurs attendaient simplement qu'il ait terminé pour aborder le réel sujet de la réunion : les fichues empreintes digitales sur les bonshommes en marrons.

« À la lumière de ce qui s'est passé, y a-t-il lieu, à votre avis, commissaire, de mettre en doute l'issue de l'affaire Kristine Hartung ? »

Le sous-directeur de la police avait formulé sa question de la manière la plus diplomatique qui soit, mais elle n'en demeurait pas moins insultante. En tout cas, c'est ainsi que Nylander l'avait reçue. Le moment était crucial, et le commissaire avait senti tous les regards posés sur lui. Les hauts fonctionnaires présents devaient tous se féliciter à cet instant de ne pas être à sa place, car la question ouvrait sur un champ de mines plus dangereux qu'une voie de ravitaillement au Moyen-Orient. Mais Nylander avait répondu « Non » et ajouté qu'en considérant l'affaire Hartung isolément, rien ne permettait de dire que celle-ci n'était pas résolue. L'investigation avait été menée avec la plus grande rigueur, et toutes les alternatives avaient été soigneusement étudiées, avant que les preuves aient été remises au tribunal et le coupable condamné.

Certes, on avait retrouvé près des trois femmes assassinées trois figurines portant les empreintes presque effacées de Kristine Hartung. Ce à quoi on pouvait trouver des tas d'explications. Il pouvait s'agir d'une sorte de signature visant à critiquer la ministre des Affaires sociales et les institutions de ce pays et il fallait évidemment mettre au plus vite la ministre sous protection rapprochée. Quant aux marrons, ils pouvaient provenir du stand que Kristine Hartung avait monté au bord de la route quand elle était encore en vie. Mais tout cela n'était pour l'instant que conjectures. Une seule chose était sûre, aucun élément tangible ne permettait d'étayer la rumeur prétendant que la petite fille pourrait être en vie quelque part. Afin de museler complètement ses supérieurs, Nylander était même allé jusqu'à dire que le meurtrier semait peut-être intentionnellement le doute et l'incertitude et que leur devoir de professionnels était de s'en tenir aux faits avérés et aux certitudes.

« Si j'en crois les bruits de couloir, tous vos inspecteurs ne partagent pas le même avis.

– Alors, n'écoutez pas les bruits de couloir. Il y en a peut-être un parmi eux qui a un peu trop d'imagination, ce qui n'a rien d'étonnant, sachant que l'inspecteur auquel je pense n'était pas présent au moment de l'énorme travail d'investigation que nous avons accompli l'année dernière.

– De qui est-ce qu'on parle, bon Dieu ! » s'était exclamé un superintendant.

Le lieutenant du commissaire Nylander, serviable, avait cité Mark Hess, l'officier de liaison qui avait eu quelques problèmes récemment à La Haye. Nylander avait senti aux grognements méprisants que personne dans la pièce ne tenait en haute estime un officier de liaison susceptible de compliquer les relations déjà tendues entre la police danoise et Europol. Il pensait que la discussion s'arrêterait là, mais c'est alors que le sous-directeur avait déclaré qu'il se souvenait très bien de Hess et que le type était loin d'être un imbécile. Il avait peut-être un petit pète au casque, si on voulait bien lui pardonner l'expression, mais c'était certainement l'un des meilleurs enquêteurs qu'il ait connus à la brigade criminelle.

« Vous dites que Hess se trompe ? Espérons que vous dites vrai ! Surtout que le ministre de la Justice a pris sur lui de déclarer à la radio il y a à peine une heure qu'il n'y avait aucune raison d'enquêter à nouveau sur l'affaire Kristine Hartung. Nous avons quand même quatre meurtres et un tueur de flic dans la nature, il serait peut-être temps qu'il se passe quelque chose. Et je crois que ce serait donner des verges pour se faire battre que de ne pas examiner toutes les pistes, sous prétexte de se couvrir. »

Nylander avait répliqué qu'il ne cherchait aucunement à se couvrir, mais un climat de suspicion planait au-dessus de la table en acajou de la salle de conférences. L'une de ses principales qualités étant de réfléchir vite, il s'était empressé d'ajouter que c'était la raison pour laquelle il avait l'intention de donner l'ordre dès aujourd'hui de réinterroger Rosa Hartung. On saurait ainsi très vite si elle ou son ministère avaient connaissance d'éléments permettant de conduire à l'assassin.

Sur ce, Nylander avait quitté la salle la tête haute, sans montrer qu'un doute s'était insinué en lui. Avait-il ou non commis une erreur en classant l'affaire Hartung, à l'époque ?

Il reprend toute l'affaire en pensée, mais ne parvient toujours pas à voir où est la faille, s'il y en a une. En revanche, il sait qu'il peut renoncer à tout plan de carrière à l'hôtel de police, et même à l'intérieur des frontières de la capitale, s'il n'y a pas bientôt une percée dans cette enquête.

« Il faut me laisser continuer à bosser sur l'enquête, chef.

– Écoute, Jansen. Nous en avons déjà parlé. Rentre chez toi. Prends une semaine.

– Je ne veux pas rentrer chez moi. Je veux me rendre utile.

– C'est hors de question. Je sais combien Ricks comptait pour toi. »

Tim Jansen, qui ne s'est pas assis sur la chaise de designer que lui avait proposée Nylander, va se poster près de la fenêtre pour regarder la cour et ses colonnades.

« Qu'est-ce qui se passe, en ce moment ?

– Tout le monde est à pied d'œuvre. Je te promets qu'on te tiendra informé dès qu'on saura quelque chose.

– Alors, ils n'ont toujours aucune piste, Hess et la connasse ?

– Va te reposer, Jansen. Tu n'as plus les idées claires. Tu as besoin de dormir.

– C'est à cause de Hess que Martin est mort. Tu le sais, n'est-ce pas ?

– Personne n'est responsable de la mort de Ricks, à part son meurtrier. D'ailleurs, c'est moi, et non pas Hess, qui ai donné le feu vert à cette opération. Si tu as besoin d'un coupable, alors il va falloir t'en prendre à moi.

– Sans Hess, Ricks ne serait pas sorti tout seul de la maison. C'est à cause de Hess qu'il a déconné.

– Je ne comprends pas ce que tu me dis. »

D'abord, Jansen ne répond pas. Il continue de regarder par la fenêtre.

« Pendant trois semaines, nous n'avons pratiquement pas dormi… Nous nous sommes donnés à fond, et nous avons fini par découvrir la preuve et par obtenir des aveux… et voilà que ce connard débarque de La Haye et qu'il se met à bavasser comme quoi on aurait foiré cette enquête… »

Les mots viennent lentement, Jansen a le regard lointain.

« Mais il se trompe, n'est-ce pas ? L'affaire a été résolue. Vous n'avez rien foiré du tout, si ? »

Jansen ne répond pas. Il regarde dans le vide. On dirait qu'il n'est pas vraiment là. Son téléphone sonne et il quitte le bureau pour prendre l'appel. Nylander le regarde sortir. Soudain, il se surprend à espérer qu'il va sortir quelque chose de ce nouvel interrogatoire de la ministre.

81

Les fonctionnaires du ministère des Affaires sociales apportent des caisses et les posent sur la table ovale blanche, sous les hauts plafonds de la salle de conférences.

« Voilà, tout devrait être là. Si vous avez besoin d'autre chose, n'hésitez pas à me le demander, dit le chef de cabinet, avant de se diriger vers la porte. Je vous souhaite bon courage. »

Pendant quelques instants, les caisses sont baignées par la lumière du soleil entrant par la fenêtre, les particules de poussière dansent au-dessus, puis les nuages se rassemblent à nouveau dans le ciel de Copenhague, laissant aux lampes du designer Louis Poulsen le soin d'assurer l'éclairage. Les inspecteurs de police se jettent sur le contenu des caisses, mais Hess en a sa claque d'éplucher des dossiers et le simple fait de les regarder le décourage. Il y a encore quelques jours, il se trouvait dans une autre salle de conférences devant une autre montagne de documents, à l'hôtel de ville de Copenhague, et c'est un peu comme si le meurtrier avait décidé sciemment de le plonger dans un cauchemar kafkaïen de rapports à analyser. Il estime approximativement le nombre de chemises à compulser et il lui paraît évident qu'il doit procéder différemment, sortir des sentiers battus. Le problème, c'est qu'il ne sait pas comment.

L'interrogatoire de Rosa Hartung était la lueur d'espoir à laquelle il s'était accroché jusqu'alors. Après un échange stérile avec Vogel, son conseiller, au cours duquel il avait insisté une fois de plus sur le fait qu'il s'agissait d'un entretien et non d'un interrogatoire, ils étaient entrés tous les trois dans le bureau où les attendait la ministre. Rosa Hartung avait déclaré ne connaître aucune des victimes, bien qu'ils aient laborieusement décliné le CV de chacune d'entre elles. Hess ne doutait pas qu'elle se soit donné beaucoup de mal pour essayer de se souvenir si elle les avait déjà croisées, elles ou leurs familles, mais il ne semblait pas que ce fût le cas. Il avait même dû lutter contre un sentiment de pitié. Cette femme belle et intelligente dont la fille était morte avait, durant la brève période où il l'avait connue, eu le temps de se dégrader de façon spectaculaire. Son regard était devenu flou et fuyant, comme celui d'une bête traquée, et elle avait beau essayer de les contrôler, Hess voyait bien que ses mains tremblaient, tandis qu'elle manipulait des photos et des documents.

Il avait malgré tout durci le ton, parce qu'il était certain que Rosa Hartung était la clé. Les trois femmes assassinées avaient un point commun. Leurs enfants étaient tous victimes de violences ou de maltraitances. Dans le cas de chacune d'elles, l'auteur des crimes avait envoyé aux services sociaux un courrier anonyme demandant que leurs enfants soient éloignés de force de leur foyer et dans les trois dossiers, le système avait failli, innocenté les parents et omis d'agir dans l'intérêt des enfants. Le criminel avait laissé un bonhomme en marrons portant les empreintes digitales de Kristine Hartung près des trois cadavres, ce qui pouvait suggérer que l'assassin souhaitait par ce détail mettre Rosa Hartung face à ses responsabilités. Il était tout simplement impossible que ces affaires ne disent rien à la ministre.

« Je suis désolée, je ne comprends pas ce que ces femmes ont à voir avec moi et je ne sais rien sur ces affaires.

– Alors, parlez-nous des menaces que vous avez subies dernièrement. Je crois savoir que vous avez reçu un mail pour le moins désagréable et qu'on a écrit « assassin » sur le capot de la voiture ministérielle. Avez-vous une idée de qui a pu faire ça ? Et pourquoi ?

– Les Renseignements m'ont posé les mêmes questions, et j'avoue que je ne sais pas qui... »

Hess avait volontairement évité de relier les menaces aux affaires de meurtre, car si l'acte de vandalisme sur la voiture ministérielle avait été commis en même temps que l'assassinat d'Anne Sejer-Lassen, comme le prétendait le PET, le service de renseignements, les deux choses étaient nécessairement indépendantes l'une de l'autre. Sauf s'ils avaient affaire à une association de malfaiteurs, mais rien ne l'indiquait pour l'instant.

Thulin avait fini par perdre patience :

« Mais vous devez bien avoir une idée ? Visiblement, vous ne faites pas l'unanimité parmi vos concitoyens et vous devez bien savoir si vous avez commis une action susceptible d'amener quelqu'un à vouloir se venger de vous ? »

Vogel, le spin doctor, s'était insurgé contre le ton de l'inspectrice Thulin, mais Rosa Hartung avait insisté pour continuer à essayer de leur venir en aide. Malheureusement, elle ignorait de quelle façon. Tout le monde savait que la cause des enfants lui était chère. Elle s'était battue pour le retrait du milieu familial chaque fois qu'un enfant souffrait de maltraitances, et elle avait demandé à toutes les communes du pays de mettre en place un service de dénonciation comparable à celui qui existait à l'hôtel de ville de Copenhague. L'enfance maltraitée était son marqueur politique, et sa première action ministérielle avait été d'inciter les municipalités à se mettre plus sérieusement au travail. Cette initiative était plus que jamais nécessaire, suite à de trop nombreux cas de maltraitances graves dans certaines communes du Jutland. Il était inévitable qu'elle ait eu des contradicteurs, en particulier dans les communes et au sein des familles qui avaient eu à subir ces mesures de sévérité accrue.

« Certains ont peut-être estimé que vous aviez trahi les enfants ? avait suggéré Thulin.

– Je ne pense pas.

– Pourquoi pas ? Un ministre en poste peut se laisser distraire par…

– Ce n'est pas mon genre. Non que cela vous regarde, mais j'ai été enfant, moi aussi, et j'ai moi aussi eu besoin d'une famille d'accueil à un moment de ma vie, alors je sais de quoi je parle et je ne trahirai jamais un enfant. »

Lorsque Thulin avait remis Rosa Hartung à sa place, les yeux de la ministre avaient envoyé des flammes, et même si Hess était content qu'elle ait posé la question, il avait compris à ce moment-là ce qui valait à Rosa Hartung son immense popularité. Après plusieurs années à son poste, il y avait encore en elle cette sincérité que les politiciens s'efforcent de retrouver devant les caméras en prime time, mais chez elle, elle était authentique.

« Et les bonshommes en marrons ? Est-ce que vous voyez une raison pour laquelle on voudrait vous confronter à ces figurines, ou même seulement à des marrons ? »

Bien qu'on soit en automne, la signature du tueur était pour le moins originale, et si Hess ne se trompait pas en pensant que Rosa Hartung était la clé de l'énigme, il espérait qu'elle aurait une idée à ce sujet.

« Non, je regrette. Cela m'évoque seulement le stand que Kristine dressait devant la maison à l'automne. Quand elle et

Mathilde s'asseyaient derrière cette table au bord de... Mais je vous ai déjà dit tout ça. »

La ministre refoulait ses larmes et Vogel avait essayé d'interrompre l'entretien, mais Thulin avait rétorqué qu'ils avaient encore besoin de son aide. La ministre ayant préconisé plusieurs placements de force dans diverses communes, Thulin et Hess souhaitaient étudier les dossiers traités durant son mandat. Le criminel pouvait se révéler être une personne concernée par ces retraits du milieu familial qui aurait voulu se venger de la ministre et du système qu'elle représentait. Rosa Hartung avait acquiescé à l'intention de Vogel et il était parti demander au chef de cabinet de faire le nécessaire. Suite à quoi Hess et Thulin s'étaient levés et l'avaient remerciée de les avoir reçus. Mais alors qu'ils prenaient congé, ils furent pris de court par la question de la ministre :

« Avant de partir, pouvez-vous me dire s'il y a encore une petite chance que Kristine soit encore en vie ? »

Ils étaient tous les deux restés cois. C'était la question la plus prévisible, pourtant ils n'y étaient pas préparés. Finalement, Hess avait répondu :

« L'enquête concernant la disparition de votre fille est une affaire classée. Un homme a avoué et il a été condamné.

– Et ces empreintes digitales... trois fois ?

– Si le meurtrier vous en veut et qu'il a des raisons de vous en vouloir, vous laisser imaginer qu'elle est vivante est sans doute la façon la plus cruelle de vous faire souffrir.

– Mais vous n'en êtes pas sûrs.

– Comme je viens de vous le dire...

– Je ferai tout ce que vous voudrez. Trouvez-la, s'il vous plaît.

– Vous nous demandez l'impossible, madame Hartung... Comme je vous l'ai dit... »

Hess n'était pas allé au bout de sa phrase et la ministre n'avait rien ajouté. Elle s'était contentée de les regarder avec des yeux brillants. Quand Vogel était venu la chercher, elle s'était ressaisie. On avait mis à leur disposition la salle de conférences du ministère, et Nylander avait dépêché pas moins de dix inspecteurs pour les aider à compulser les dossiers.

Thulin arrive avec une nouvelle caisse, qu'elle pose sur la table.

« C'est la dernière. Je vais aller lire sur un ordinateur dans la pièce d'à côté. Au travail ! Bon courage à tous ! »

L'élan d'optimisme qu'avait ressenti Hess quand il avait obtenu le droit de parler avec la ministre est retombé comme un soufflé. À nouveau, ils sont condamnés à se plonger dans des tonnes de documents, à lire page après page des histoires d'enfances sacrifiées, de blessures psychologiques, d'interventions vaines des services sociaux, jouant ainsi le jeu du meurtrier dont le but est probablement de confronter la police et les autorités à cette réalité.

Hess sent qu'il manque de sommeil. Il a du mal à mettre de l'ordre dans ses idées et n'arrive pas à se concentrer. Le criminel se cache-t-il quelque part dans ces dossiers ? Ce serait logique. Mais obéit-il à une logique ? Il doit depuis longtemps avoir prévu qu'ils se jetteraient sur ces affaires-là précisément. Pourquoi prendrait-il le risque de s'accuser lui-même ? Et pourquoi ces bonshommes en marrons ? Pourquoi amputer des mains et des pieds, pourquoi en vouloir aux mères plutôt qu'aux pères, et où a disparu Kristine Hartung ?

Hess s'assure que la chemise plastifiée est toujours dans la poche intérieure de sa veste et il emboîte le pas à Thulin.

« Viens, on s'en va. Dis-leur de nous appeler s'ils trouvent quelque chose.

– On va où ?
– On reprend tout depuis le début. »
Hess sort sans vérifier que Thulin le suit. En chemin, il aperçoit Vogel qui lui fait un signe de tête glacial en fermant la porte du bureau de la ministre.

82

« Pourquoi venez-vous me parler de l'affaire Hartung ? Je croyais que Nylander avait dit que ce n'était pas le sujet.

– Je n'en sais rien, demande à Hess. Mais je vous préviens, tous les deux, s'il est question de machette et de dépeçage de porc, moi, je m'en vais. »

Ils sont dans le bureau de Genz, au laboratoire de la police scientifique, et Thulin fait un signe de tête agacé vers Hess, qui est en train de fermer la porte pour qu'ils ne soient pas dérangés. Ils ont quitté le ministère et ont traversé toute la ville pour retrouver Genz dans le bâtiment en forme de cube, avec ses cages de verre et ses blouses blanches. En chemin, Hess a demandé à Thulin de s'assurer qu'il était là, pendant que lui-même finissait une conversation sur son portable. Genz a semblé agréablement surpris de son appel, mais il a déchanté aussitôt quand elle lui a dit que c'était Hess qui voulait revoir quelques bricoles avec lui. Thulin avait espéré qu'il serait trop occupé pour les recevoir, mais apparemment, l'un de ses rendez-vous venait justement de se décommander et il avait tout son temps. Thulin commence à regretter d'avoir suivi son collègue. Ils se trouvent exactement là où Genz leur a montré la première empreinte du pouce de Kristine Hartung à l'écran et elle a l'impression que l'événement remonte à une éternité. En voyant une lampe à souder, divers objets en piteux état et un camping-gaz allumé, elle en déduit que Genz était en train de chauffer du plastique pour en éprouver la flexibilité. Son regard aimable mais vigilant se pose sur Hess, tandis que celui-ci s'approche de la table.

« Nous venons te parler de l'affaire Hartung parce que moi, je crois qu'elle a toute son importance, au contraire. Comme tu sais, nous n'étions présents ni l'un ni l'autre à l'époque où a été menée l'enquête et j'ai besoin de ton aide car tu es le seul en qui j'aie confiance. Si tu crains que cela te vaille des ennuis, tu n'as qu'à me le dire et on s'en va. »

Genz le regarde quelques instants sans rien dire, puis il sourit.

« Je suis un homme curieux. Tant que tu ne me redemandes pas de dépecer un cochon, ça devrait aller. Qu'est-ce que tu veux savoir ?

– Je veux voir les preuves qui ont fait tomber Linus Bekker.

– J'en étais sûr. »

Thulin a bondi de sa chaise. Hess lui prend la main.

« Écoute-moi, s'il te plaît. Jusqu'à maintenant, nous n'avons fait que des choses auxquelles le meurtrier devait s'attendre. Il faut que nous trouvions un moyen de le devancer. Si c'est une perte de temps de remettre le nez dans cette affaire ancienne, nous le saurons très vite et je te promets qu'ensuite tu ne m'entendras plus prononcer le nom de Kristine Hartung. »

Hess la lâche. Thulin a un petit moment d'hésitation, puis elle se rassoit. Elle a remarqué que Genz avait vu Hess lui prendre la main, et cela la gêne à présent de ne pas la lui avoir arrachée aussitôt. Hess ouvre le gros dossier qu'il a apporté avec lui.

« Le 18 octobre de l'année dernière, Kristine Hartung disparaît dans l'après-midi en rentrant d'un entraînement de handball. Sa disparition est très rapidement signalée à la police et l'enquête commence sérieusement quand, deux heures plus tard, on retrouve sa bicyclette et son sac dans un bois. Les trois semaines suivantes, on recherche en vain la fillette. Elle semble s'être volatilisée. C'est alors que la police reçoit un tuyau, anonyme, suggérant d'aller jeter un coup d'œil chez un certain Linus Bekker, 23 ans, qui vit au rez-de-chaussée d'une barre HLM à Bispebjerg. Jusque-là, c'est juste ?

– Tout à fait. J'ai moi-même participé à la perquisition et le tuyau était bon, n'est-ce pas ? »

Hess ne répond pas et continue à tourner les pages de son dossier.

« La police se rend donc chez ce Linus Bekker, qu'on interroge à propos de Kristine Hartung et chez qui, comme tu viens de le dire, on effectue une perquisition. Le type a un profil suspect. Il n'a pas de travail, il n'a pas fait d'études, il est presque complètement désocialisé. Il habite seul, passe son temps devant son ordinateur et ne vit pratiquement que pour le poker en ligne. En outre, et c'est sans doute ça le détail le plus important, il a fait trois ans de prison pour avoir violé une adolescente et sa mère dans une maison à Vanløse, où il avait pénétré par effraction à l'âge de 18 ans. Bekker peut également se prévaloir de quelques condamnations légères pour outrage aux mœurs et il est suivi en ambulatoire à l'antenne psychiatrique locale pour des problèmes mentaux. Au départ, Linus Bekker nie toute implication dans le crime de Kristine Hartung.

– Il a même prétendu qu'il était complètement guéri. Mais ensuite, nous avons examiné le contenu de son ordinateur, ou plus exactement nos experts informatiques l'ont craqué.

– Précisément. Si j'ai bien compris, Linus Bekker était un hacker assez habile. Autodidacte, mais passionné. Son goût pour l'informatique lui est venu en prison, où il a suivi des cours. On découvre donc que depuis six mois, il pirate les archives de la police et collectionne des photos de cadavres et de scènes de crime. »

Thulin, qui s'était pourtant juré de se taire pour gagner du temps, se sent obligée de contredire Hess à ce moment-là :

« Techniquement, on ne peut pas dire qu'il les piratait. Il avait intercepté un cookie d'accès sur un ordinateur qui était relié au logiciel, et comme c'était un vieux logiciel mal protégé, il n'avait eu aucun mal à entrer en réutilisant le cookie. C'est un scandale que la police n'ait pas changé ce logiciel depuis si longtemps.

– Si tu veux. Quoi qu'il en soit, Bekker avait eu la possibilité de mater des centaines de photos de scènes de crime et je suppose que ça a dû être un choc quand on l'a découvert.

– Pas juste un choc. Plutôt l'effet d'une bombe, intervient Genz. Le type était parvenu à voir des images auxquelles personne ne doit avoir accès à part nous. L'historique de son ordinateur a montré qu'il avait utilisé son mot de passe pour se vautrer dans la contemplation des crimes les plus horribles.

– C'est ce que j'ai cru comprendre. Avec une prédilection pour les crimes sexuels commis contre des femmes. Ses préférences allaient apparemment aux femmes nues et violentées, mais dans certains cas aussi aux enfants, et plus particulièrement aux petites filles. Bekker a d'ailleurs admis qu'il avait des pensées obsessionnelles sadiques et que ces photos lui procuraient une satisfaction sexuelle. Pourtant, il a continué à nier avoir touché Kristine Hartung, ce que d'ailleurs rien ne suggérait encore à ce moment-là.

– Effectivement. Jusqu'à ce que nous analysions les semelles d'une paire de chaussures trouvée à son domicile.

– Parle-nous de ça.

– C'est assez simple. Nous avons tout examiné dans son appartement et, entre autres, une vieille paire de baskets blanches posée sur un journal dans un placard. Après analyse, on a pu constater que la terre présente sur les semelles était identique à celle prélevée à l'endroit de la forêt où on a découvert le vélo de Kristine Hartung et son sac de sport. Il n'y avait aucun doute possible. Mais ensuite, il s'est mis à mentir à ce propos.

– Tu parles de l'explication qu'il a donnée quant au moment où il s'est rendu dans cette forêt ?

– Oui. Il a prétendu, si ma mémoire est bonne, que, de la même façon qu'il était attiré par les photos d'archives, il était fasciné par les scènes de crime. Quand on avait parlé aux infos de la disparition de Kristine Hartung, il était allé voir l'endroit où ça s'était passé. Il faudra que tu demandes à Tim Jansen ou à quelqu'un d'autre de t'en dire plus, mais je crois qu'il a dit être resté un moment derrière le cordon de sécurité de la police avec les autres badauds et que cela l'avait fait bander d'être là.

– Je reviendrai à ce détail plus tard. Ce qui m'intéresse, c'est qu'à ce moment-là, le type nie toujours avoir tué Kristine Hartung. De manière générale, il a un peu de difficulté à rendre compte précisément de son emploi du temps, il admet avoir des black-out liés à sa schizophrénie paranoïde, mais il affirme n'être pour rien dans la mort de la petite fille, y compris après qu'on a retrouvé sur une étagère, dans le parking couvert où il garait sa voiture, l'arme tachée du sang de Kristine Hartung, la fameuse machette. »

Hess feuillette le dossier et retrouve le passage :

« "Et ce n'est que lorsque Jansen et Ricks l'interrogent dans les locaux de l'hôtel de police et qu'ils lui montrent les photos de l'arme du crime qu'il se décide enfin à avouer." C'est toujours à peu près juste ?

– J'ignore ce qui s'est passé lors des interrogatoires, mais pour le reste, cela me semble exact.

– Parfait, alors on peut partir maintenant ? »

Thulin jette un regard dur à Hess.

« Je ne vois pas à quoi tout cela peut nous servir. Qu'est-ce qu'on en a à faire de ce type ? Visiblement, il était fou à lier, alors, pourquoi perdre du temps avec lui pendant qu'un autre meurtrier est en train de nous échapper ?

– Je ne dis pas que Linus Bekker est sain d'esprit. Ce que je crois, c'est qu'il a dit la vérité, jusqu'au jour où, brusquement, il a avoué le meurtre.

– Arrête, Hess.

– Qu'est-ce que tu veux dire ? » demande Genz, brusquement intrigué.

Hess pose l'index sur le dossier.

« Linus Bekker a été arrêté à deux reprises pour outrage à la pudeur l'année qui a précédé l'affaire Kristine Hartung. La première fois dans la cour d'une résidence d'étudiants à Odense, où une jeune fille avait été violée et tuée par son compagnon deux ans plus tôt. La deuxième fois, dans le parc d'Amager Fælled, où une femme avait été assassinée par un chauffeur de taxi dix ans auparavant, et cachée dans les buissons. Les deux fois, on avait vu Bekker se masturber sur les anciennes scènes de crime, il avait été arrêté et avait purgé une peine légère.

– L'affaire est entendue, donc !

– Au contraire. Tout cela prouve justement que Linus a parfaitement pu avoir l'idée de se rendre à l'endroit où Kristine Hartung avait disparu quand il a entendu la nouvelle aux infos. Ce serait une réaction incompréhensible pour n'importe qui d'autre, mais pour quelqu'un qui souffre d'une perversion comme la sienne, c'est parfaitement cohérent.

– Alors, pourquoi il ne l'a pas dit au moment où on l'a arrêté ? C'est ce qu'aurait fait un innocent. Ce n'est qu'après qu'on a analysé la terre sous ses baskets qu'il a trouvé cette explication.

– Ça n'a rien de surprenant, à mon avis. Il a pu commencer par espérer que la police ne le découvrirait pas. Il s'était quand même passé trois semaines, déjà, et, sans connaître Linus Bekker personnellement, j'imagine qu'il n'avait pas très envie d'avoir à nouveau à parler de son fantasme lié aux scènes de crime. Mais évidemment, quand on l'a confronté à l'analyse de la terre sous ses chaussures, il a été obligé d'avouer la vérité. »

Thulin se lève à nouveau.

« On tourne en rond. Je ne vois pas l'intérêt de chercher ce qui est vrai ou pas dans les explications fumeuses d'un psychopathe déjà condamné, alors, personnellement, je retourne au ministère.

– On est des flics et on doit chercher la vérité là où elle est : Linus Bekker était dans cette forêt. Et il y était précisément au moment où il a dit y avoir été. »

Hess sort une chemise en plastique de la poche intérieure de sa veste et en extrait une pile de photocopies. Avant qu'il les pousse vers Thulin, elle note qu'il s'agit de la chemise qu'il avait à la main ce matin, à Odinparken, alors qu'il revenait de son jogging.

« La Bibliothèque royale conserve des articles et des photos dans ses archives numériques, et parmi les photos prises ce soir-là dans la forêt, sur la scène de crime présumée, j'ai trouvé ceci. La première photocopie est celle d'un article de journal paru le lendemain de la disparition de Kristine Hartung. Les suivantes sont des agrandissements. »

Thulin connaît déjà la photo illustrant l'article. Elle est devenue quasiment iconique parce que c'est l'une des premières que la presse ait publiées sur l'affaire Kristine Hartung. On y voit une zone de la forêt dans la lumière des projecteurs, des policiers et la brigade cynophile, probablement en train d'organiser les recherches. Tout le monde a l'air sombre et en regardant la photo, on ressent la gravité de la situation. En arrière-plan se trouvent les journalistes, les photographes et les curieux maintenus à distance par une bande jaune. Thulin est à deux doigts de recommencer à râler à cause de la perte de temps. Mais sur le cliché suivant, elle voit où Hess veut en venir. La photo est très agrandie, grossière et très pixellisée. Elle représente un groupe de visages en gros plan et Thulin comprend qu'il doit s'agir des badauds amassés derrière le cordon de sécurité. Puis, presque caché par les épaules des gens devant lui, au troisième ou au quatrième rang, elle reconnaît le visage de Linus Bekker. L'agrandissement fait que ses yeux ne sont plus que deux trous noirs et flous, mais la forme de sa tête et les cheveux blonds clairsemés ne laissent aucune place au doute.

« La question est de savoir comment il peut se trouver là, alors que dans ses aveux il explique avoir été au même moment en train de rouler quelque part dans le nord du pays, avec le cadavre de Kristine Hartung, à la recherche d'un endroit pour l'enterrer.

– Ça alors… »

Genz a récupéré la pile de photocopies des mains de Thulin, qui ne sait pas encore très bien comment réagir.

« Pourquoi est-ce que tu n'as rien dit jusqu'ici ? Tu aurais dû montrer tout ça à Nylander !

– Il fallait d'abord que je vérifie avec le photographe à quel moment exactement la photo avait été prise. J'attendais la confirmation qu'elle avait effectivement été prise ce soir-là, et je l'ai eue tout à l'heure, dans la voiture. Et en ce qui concerne Nylander, je voulais en parler avec toi avant.

– Cela dit, cette photo ne prouve pas l'innocence de Bekker. Il a parfaitement pu tuer Kristine Hartung, cacher le cadavre dans la voiture et retourner dans la forêt voir ce que faisait la police avant de prendre la route vers le nord.

– C'est vrai, il y a toutes sortes de comportements dans la nature. Mais je trouve également étrange l'absence totale de poussière d'os sur la machette, si on part du principe qu'il l'a débitée avant de l'enterrer. Ça commence à faire beaucoup de choses inexpliquées…

– Mais pourquoi Linus Bekker aurait-il avoué un crime qu'il n'a pas commis ? C'est absurde.

– Il peut y avoir des tas de raisons à cela. Mais je propose que nous allions lui poser la question nous-mêmes. Parce que je suis à peu près sûr que le meurtrier de Kristine Hartung est également celui que nous cherchons. Et avec un peu de chance, Linus Bekker va nous aider à le retrouver. »

83

Il y a à peu près 100 kilomètres jusqu'à Slagelse et, d'après le GPS, ils auraient dû rouler une heure et quart, mais lorsque Thulin quitte l'avenue Grønningen et s'engage sur l'ancienne place du Cirque où se trouvent l'hôpital et la division psychiatrique de haute sécurité, il s'est à peine écoulé une heure.

Ça leur a fait du bien de sortir de la ville et de voir défiler les champs et les bois dans leur robe automnale. Partout flamboyaient des rouges, des jaunes et des bruns chauds. Bientôt les couleurs auront disparu, ils entreront dans la partie triste de l'automne où tout devient gris. Thulin a essayé de profiter du paysage, bien que ses pensées soient restées au laboratoire de la police scientifique.

Alors qu'ils étaient encore avec Genz, Hess avait approfondi sa théorie. Si Linus Bekker n'était coupable d'aucun crime envers Kristine Hartung, cela signifiait que quelqu'un d'autre avait eu intérêt à diriger les soupçons vers lui. Avec son casier judiciaire et une déviance psychologique apte à attirer l'attention de la police, Linus Bekker était le bouc émissaire parfait, dès lors qu'il entrait dans le collimateur des flics. Mais le criminel – et Hess ne faisait plus référence ici à Linus Bekker – devait avoir préparé son coup depuis longtemps et avoir eu dès le départ l'intention de faire croire que Kristine Hartung était morte et enterrée. Le tuyau anonyme sur Linus Bekker qui avait permis de résoudre l'affaire Kristine Hartung semblait désormais suspect.

Hess avait d'abord demandé à Genz les conclusions de la police technique en ce qui concernait l'appel qui avait conduit la police à Bekker. Genz s'était aussitôt mis à pianoter sur son clavier pour retrouver le rapport des experts informatiques. L'appel anonyme, passé un lundi matin de bonne heure, n'était malheureusement pas arrivé sur le 112, le numéro d'urgence sur lequel les appels étaient systématiquement enregistrés, mais sur une ligne fixe, plus précisément celle du secrétariat du commissaire Nylander. En soi, cela n'avait rien d'extraordinaire, Nylander avait été si présent dans les médias que n'importe quelle personne suivant un peu l'actualité avait de fortes chances de penser à lui en premier, si elle avait un tuyau à donner. Le correspondant avait appelé d'un téléphone à carte sans abonnement et il n'avait pas été possible de l'identifier. La piste s'arrêtait là. La secrétaire qui avait répondu à l'appel avait – d'après le rapport – seulement pu affirmer que l'interlocuteur était un homme de langue danoise qui avait, en quelques mots, conseillé à la police d'interroger un dénommé Linus Bekker et de fouiller son appartement, en relation avec l'affaire Kristine Hartung. Il avait répété le nom Linus Bekker avant de raccrocher.

Hess avait demandé à Genz de bien vouloir relire tous les éléments du rapport scientifique de l'affaire Hartung dans les plus brefs délais. Une fois que l'enquête avait été dirigée vers Bekker, d'autres pistes, jugées erronées, avaient certainement été abandonnées, et c'était ces pistes-là qui intéressaient Hess. C'était un travail chronophage, mais Genz avait accepté de s'y atteler. Il avait cependant demandé à Hess ce qu'il devait répondre si quelqu'un s'apercevait qu'il fourrait son nez dans les pièces à conviction et les indices d'une affaire classée.

« Si tu ne veux pas avoir de problème, tu leur dis que c'est moi qui te l'ai demandé. »

Du coup, Thulin avait pensé à sa propre situation et à ce qu'elle devrait dire, elle. Ce qu'ils étaient en train de faire ne serait nullement du goût de Nylander. S'il le découvrait, cette désobéissance pouvait compromettre ses chances d'entrer au NC3. Pourtant, elle n'avait pas téléphoné à Nylander. À la place, elle avait appelé l'un des enquêteurs occupés à éplucher des rapports au ministère des Affaires sociales à la recherche de personnes susceptibles de vouloir du mal à Rosa Hartung. Il lui avait dit qu'il n'y avait rien de nouveau, hormis le fait que beaucoup de lettres reflétaient une grande colère contre les pouvoirs publics. Forte de ce scoop, elle avait décidé d'adhérer au projet de Hess, qui avait aussitôt appelé l'hôpital de haute sécurité pour essayer d'obtenir une entrevue avec Linus Bekker. Le chef du service de psychiatrie étant en rendez-vous, il avait expliqué dans les grandes lignes à son remplaçant le motif de sa requête, lui précisant qu'ils étaient déjà en route et pensaient arriver dans une heure environ.

« Tu es sûre que tu veux venir avec moi ? Je comprendrais que tu ne souhaites pas te compromettre.

– Tout va bien. »

Thulin avait encore du mal à croire que la démarche allait servir à quelque chose. Il était tellement plus facile de croire Linus Bekker quand il prétendait avoir commis le crime, ce qui n'était pas incompatible avec le fait qu'il se soit trouvé quand même derrière la bande de sécurité de la police. Connaissant Tim Jansen et feu Martin Ricks, elle les savait capables de se montrer grossiers, voire violents, lorsqu'il s'agissait d'obtenir les aveux d'un suspect, mais quelle que soit la pression qu'ils avaient pu faire subir à Linus Bekker sur le moment, il avait eu tout le temps de se rétracter ensuite. Alors, pourquoi douter de la sincérité de ses aveux ? Malgré ses prétendus black-out, Bekker s'était souvenu de suffisamment de détails pour que la police puisse reconstituer un scénario plausible. L'homme s'était même prêté à une reconstitution au cours de laquelle on avait consigné tous ses faits et gestes à partir du moment où il avait vu par hasard la jeune fille avec son sac de sport, alors qu'il se promenait en voiture sans destination précise, jusqu'à la nuit suivante, où il s'était retrouvé dans une forêt au nord du pays avec le cadavre. Il avait décrit le viol et la strangulation, et s'était rappelé avoir roulé plusieurs heures avec le corps de la fillette dans le coffre de sa voiture, sans savoir ce qu'il allait en faire. Lors de son témoignage au tribunal, il avait même demandé pardon aux parents de Kristine pour son crime.

C'est forcément la vérité. Tout le reste n'est qu'affabulation. C'est la dernière pensée qui traverse l'esprit de Thulin lorsqu'elle s'arrête devant le sas d'entrée de l'unité psychiatrique de haute sécurité.

84

La toute récente unité psychiatrique de haute sécurité, construite sur son propre périmètre de forme carrée, non loin de l'hôpital psychiatrique, est entourée d'une double muraille de 6 mètres de hauteur, avec au milieu ce qu'on appelle une fosse aux crocodiles. On ne peut y accéder que par son côté sud, où un sas permet d'entrer dans le parking. Hess et Thulin vont se placer devant la grande et lourde porte avec son miroir de surveillance et ses interphones.

Contrairement à Hess, Thulin n'a jamais mis les pieds dans un quartier de haute sécurité, même si elle en a évidemment entendu parler. Cet endroit, plus connu sous le nom de QHS psychiatrique, est la plus grande unité pénitentiaire pour malades mentaux du pays. Les quelque trente détenus qui s'y trouvent ont été jugés sur la base de ce qu'on appelle le décret pour dangerosité particulière, que les instances juridiques peuvent utiliser dans les rares cas où l'on estime que le criminel jugé est un danger permanent pour ses congénères. Quand cette dangerosité est mise sur le compte d'une pathologie mentale, le détenu est enfermé dans ce QHS psychiatrique, un établissement à mi-chemin entre un hôpital psychiatrique et une prison de haute sécurité. Ceux qui y sont internés le sont toujours pour une durée indéterminée. Parmi les détenus, appelés ici des patients, on trouve des assassins, des pédophiles, des tueurs en série et des pyromanes. Certains d'entre eux ne seront jamais autorisés à reprendre leur place dans la société, parce que leur pathologie les rend imprévisibles et que les psychiatres jugent qu'ils le resteront indéfiniment.

La porte automatique s'ouvre et Thulin emboîte le pas à Hess dans une sorte de garage complètement vide, à l'intérieur duquel un gardien reçoit les visiteurs derrière un guichet en verre blindé. Derrière lui, un autre gardien surveille les écrans des caméras de vidéosurveillance. Il y en a beaucoup. À sa demande, Thulin remet au premier gardien son téléphone, sa ceinture, ses lacets et tout autre objet pouvant être utilisé comme arme envers les autres ou soi-même. Hess et Thulin doivent également confier au gardien leur arme de service. Pour Thulin, le plus frustrant est son téléphone, parce qu'on lui enlève ainsi la possibilité de rester en contact avec ses collègues du ministère, ce qu'elle n'a pas anticipé. Un scanner corporel lui évite d'être fouillée au corps. Puis ils attendent un petit moment dans le garage, le temps qu'on vienne leur ouvrir la porte suivante. Ils pénètrent alors dans un autre sas, dont la porte ne se débloque que lorsque la précédente est entièrement refermée. À l'autre bout de la pièce dans laquelle ils entrent, un infirmier baraqué portant un badge au nom de Hansen leur ouvre la dernière porte métallique à l'aide d'une télécommande.

« Bienvenue chez nous. Suivez-moi. »

À première vue, avec ses couloirs bien éclairés donnant sur des petites cours attrayantes, l'unité psychiatrique ressemble à l'une de ces infrastructures modernes qui accueillent des séminaires. Cette impression disparaît lorsqu'ils remarquent que tout le mobilier est boulonné au sol ou aux murs, comme dans un bateau. Le cliquettement incessant des trousseaux de clés et les passages de sas continuent, comme dans une prison traditionnelle, à mesure qu'ils avancent vers leur destination. En chemin, ils croisent plusieurs patients, assis sur des canapés ou engagés dans des parties de ping-pong. Ils sont barbus et pour la plupart abrutis de médicaments, tous ou presque portent des sandales de thalassothérapie. Thulin leur trouve un air affligé. Elle se fait la réflexion qu'on pourrait se croire dans une maison de retraite si elle ne reconnaissait pas certains de ces pensionnaires pour avoir vu leur photo dans les journaux et, même si à présent leurs visages sont ceux de vieillards au regard éteint, elle sait que tous sans exception ont des morts sur la conscience.

« Vous tombez très mal. Je ne comprends pas pourquoi je n'ai pas été prévenu avant. »

Le docteur Weiland, professeur en psychiatrie, n'est pas content. Bien que Hess ait déjà expliqué au téléphone à son remplaçant le motif de leur visite, il doit recommencer.

« Je suis désolé, docteur, mais nous devons absolument lui parler.

– Linus Bekker est en progrès. Il ne doit pas être confronté à des histoires de mort et de violence, sinon il risque de régresser. Il fait même partie des patients à qui il est formellement interdit d'avoir accès à un quelconque média, sauf pour regarder un programme nature, une heure par jour.

– Nous poserons à Linus Bekker uniquement des questions auxquelles il a déjà répondu. Il est indispensable que nous puissions le rencontrer. Si vous refusez, je vais devoir demander un mandat du juge, ce sera long et cela risque de coûter des vies humaines. »

Thulin voit que l'argument déstabilise le thérapeute. Il hésite encore un instant, car il n'aime pas voir son autorité bafouée par un vulgaire inspecteur de police.

« Attendez-moi ici. S'il est d'accord, j'accepterai de vous laisser lui parler, mais je vous préviens que je ne le forcerai à rien. »

Peu après, le médecin-chef revient et indique d'un signe de tête à Hansen que Linus Bekker a dit oui, et il s'en va. Hansen le suit brièvement des yeux puis il se tourne vers Hess et Thulin pour leur donner les consignes de sécurité.

« Aucun contact physique. Si vous voyez le moindre signe de nervosité chez le patient, vous tirez aussitôt la sonnette d'alarme qui se trouve dans le parloir. Nous serons derrière la porte en cas de problème. Je compte sur vous pour qu'il n'y en ait pas. »

85

Le parloir mesure environ 5 mètres sur 3. L'épaisse vitre blindée évite la présence de barreaux et permet d'avoir une vue dégagée sur un jardin verdoyant et sur le mur de 6 mètres qui se trouve derrière. Quatre chaises en plastique entourent une petite table carrée et la symétrie parfaite du mobilier s'explique par les tire-fonds qui le maintiennent fixé au sol. Linus Bekker est déjà assis sur l'une des chaises lorsqu'on fait entrer Thulin et Hess dans la pièce.

Il est étonnamment petit. À peine 1,65 mètre. C'est un homme jeune et presque chauve. Il a un visage poupin mais son corps est athlétique. On dirait un gymnaste, avec son pantalon de jogging et son tee-shirt blanc.

« Je peux m'asseoir sur la chaise près de la fenêtre ? Je préfère être assis près de la fenêtre. »

Linus Bekker s'est levé et il les regarde comme un collégien intimidé.

« Pas de problème. Asseyez-vous où vous voulez. »

Hess se présente et il présente Thulin. Elle sent qu'il s'efforce d'être aimable et rassurant, il va même jusqu'à le remercier d'avoir pris le temps de les recevoir.

« Du temps, j'en ai plus qu'il n'en faut. »

Linus Bekker a dit cela sans ironie et sans sourire. C'est un simple constat. Ses yeux se déplacent nerveusement dans ses orbites. Thulin s'assied sur la chaise en face de celle du jeune homme et Hess lui explique qu'ils sont venus le voir parce qu'ils ont besoin de son aide.

« Je ne sais pas où est le corps. Je suis vraiment désolé, mais je ne me rappelle rien d'autre que ce que j'ai déjà raconté.

– Ne vous en faites pas, ce n'est pas ce que nous sommes venus vous demander.

– Vous étiez sur l'affaire, à l'époque ? Je ne me souviens pas de vous. »

Linus Bekker a l'air vaguement effrayé. Son regard est sans malice, presque naïf. Il se tient bien droit sur sa chaise en s'arrachant la peau des ongles. Ses cuticules sont rouges et déchiquetées.

« Non, nous n'avons pas participé à l'enquête. »

Hess lui raconte le mensonge convenu. Il lui montre son badge Europol et lui explique qu'il est profiler à La Haye :

« En étudiant le comportement et la personnalité de criminels comme vous, le profilage pourra dans l'avenir aider à résoudre des enquêtes concernant des crimes similaires. »

Hess lui raconte qu'il est au Danemark en ce moment pour aider la police de Copenhague, à laquelle appartient Thulin, ici présente, à mettre en place un département spécialisé dans ce domaine. C'est pourquoi il a demandé à rencontrer certains détenus, triés sur le volet, afin de les interroger sur l'état psychologique dans lequel ils se trouvaient dans la période qui a précédé leur crime, et il espère sincèrement que Linus Bekker acceptera de participer à cette étude.

« Pourquoi est-ce qu'on ne m'a pas prévenu de votre visite ?

– Il y a eu un malentendu. Vous auriez dû en être informé, ne serait-ce que pour que vous ayez le temps de vous préparer à cet entretien. Il vous appartient de décider si vous acceptez de m'aider. Si vous ne voulez pas, nous repartirons. »

Linus Bekker regarde par la fenêtre en rongeant ses envies et Thulin est presque sûre qu'il va refuser.

« Je veux bien vous aider, dit-il. Je vais aider les autres par mon exemple, c'est ça ?

– Exactement. Et je vous en remercie. C'est vraiment gentil de votre part. »

Hess emploie les minutes suivantes à vérifier divers renseignements avec Linus Bekker. Âge, adresse, situation familiale. Niveau d'études. Il lui demande s'il est droitier ou gaucher, s'il a déjà été hospitalisé. Bref, il lui pose toutes sortes de questions anodines dont il connaît déjà les réponses et qui ont pour unique fonction de détendre Linus et d'instaurer un climat de confiance. Thulin doit admettre que Hess s'y prend à la perfection et elle regrette d'avoir douté de leur couverture. Cette comédie prend du temps et elle a un peu l'impression d'être dans l'œil du cyclone en train de parler de choses sans importance, pendant que la tempête fait rage autour d'eux. Mais Hess en vient enfin à ce qui s'est passé la veille du meurtre :

« Vous avez dit que vous ne vous souveniez pas très bien de ce jour-là. Que vous n'en aviez gardé que des flashes.

– Oui. J'avais des black-out à cette période. Ma maladie me donnait des vertiges. Je n'avais pas dormi depuis plusieurs jours parce que j'avais passé trop de temps à regarder des photos d'archives.

– Racontez-moi comment vous avez commencé à consulter ces archives.

– C'était un rêve de jeunesse. Si j'ose m'exprimer ainsi. J'avais ce besoin, cette… »

Bekker s'interrompt et Thulin devine qu'une partie de ses médicaments vise à le débarrasser de ses pulsions sadiques et de sa fascination pour la mort.

« … J'avais vu dans des émissions d'enquêtes criminelles qu'on prenait des photos des scènes de crime, mais je ne savais pas où on les conservait. Pas avant de réussir à entrer dans le serveur de l'institut médico-légal. Après, ça a été facile. »

Thulin n'en doute pas. Le manque de protection de ces données ne peut s'excuser que par le fait qu'il était inimaginable que quelqu'un puisse un jour avoir l'idée de hacker les archives numériques dans lesquelles sont stockées les photos de cadavres et de scènes de crime. Jusqu'à ce que Linus Bekker craque le mot de passe.

« Est-ce que vous aviez raconté à quelqu'un ce que vous aviez réussi à faire ?

– Non. Je savais que c'était interdit. Mais… comme je vous l'ai dit…

– Ça vous faisait quoi de voir ces images ?

– Je croyais que ça me faisait du bien. Parce que regarder ces photos calmait mes… pulsions. Mais maintenant j'ai compris que c'était le contraire. Qu'elles m'excitaient. Qu'elles m'obsédaient. Je me souviens que ce jour-là, j'avais besoin de prendre l'air. Alors je suis allé faire un tour en voiture. Après, j'ai du mal à me rappeler. »

Le regard contrit de Linus Bekker se pose sur Thulin et, malgré l'air enfantin et sincère du jeune homme, elle ne peut s'empêcher d'avoir la chair de poule.

« Votre entourage savait-il que vous aviez ces absences ? Vous en aviez parlé à quelqu'un ?

– Non, je ne voyais jamais personne. J'étais presque tout le temps chez moi. Quand j'allais quelque part, c'était pour voir les endroits.

– Quels endroits ?

– Les scènes de crime. Anciennes ou récentes. À Odense, par exemple, et dans le parc d'Amager Fælled, où je me suis fait choper. Et d'autres, aussi.

– Est-ce que vous avez eu des absences, aussi, les autres fois ?

– C'est possible. Je ne me souviens pas. C'est pour ça que ça s'appelle des absences.

– Qu'est-ce que vous vous rappelez exactement sur le jour du meurtre ?

– Pas grand-chose. C'est difficile à dire, parce que je confonds avec ce qu'on m'a raconté.

– Est-ce que vous vous souvenez, par exemple, avoir suivi Kristine Hartung dans la forêt ?

– Non, pas vraiment. Mais je me souviens de la forêt.

– Mais si vous ne vous souvenez pas d'elle, comment pouvez-vous être sûr que c'est vous qui l'avez agressée et tuée ? »

Linus Bekker a l'air un instant surpris et on dirait que la question est totalement inattendue pour cet homme qui a accepté sa culpabilité depuis longtemps.

« Parce que c'est ce qu'ils m'ont dit ! Et après, ils m'ont aidé à me rappeler les détails.

– Qui ?

– Les inspecteurs qui m'ont interrogé. Ils avaient trouvé des preuves. La terre sous les semelles de mes baskets. Le sang sur la machette dont je m'étais servi pour…

– Au départ, vous avez dit que vous étiez innocent. Vous vous souveniez de la machette ?

– Non. Mais après, tout semblait coller, alors…

– Quand on a retrouvé la machette, vous avez d'abord affirmé que vous ne l'aviez jamais vue. Que quelqu'un d'autre avait dû la mettre sur cette étagère, dans le parking, près de votre voiture. C'est seulement plus tard, pendant un autre interrogatoire, que vous avez avoué et dit que la machette vous appartenait.

– C'est vrai. Mais les médecins m'ont expliqué que c'était à cause de ma maladie. Quand on est schizophrène paranoïde, on a tendance à modifier la réalité.

– Vous n'auriez pas une idée de qui aurait pu la mettre là, en admettant que ce ne soit pas vous ?

– C'est moi qui ai placé la machette là où elle était... Moi et personne d'autre. Je crois que je ne suis pas très doué pour répondre à vos questions... »

Linus Bekker jette un coup d'œil inquiet vers la porte, comme s'il avait envie de fuir, mais Hess se penche vers lui et essaye de croiser son regard.

« Vous vous en sortez très bien, Linus, au contraire. J'ai besoin de savoir s'il y avait quelqu'un qui était proche de vous, à cette période. Une personne qui savait ce que vous ressentiez. Quelqu'un à qui vous auriez fait des confidences – que vous veniez de rencontrer ou avec qui vous correspondiez par Internet, ou...

– Il n'y avait personne. Je ne comprends pas ce que vous me voulez. Je crois que j'aimerais retourner dans ma chambre, maintenant.

– Ne vous inquiétez pas, Linus. Si vous voulez bien me faire confiance, je crois que nous allons retrouver ensemble ce qui s'est vraiment passé ce jour-là. Et ce qui est arrivé à Kristine Hartung. »

Linus Bekker, qui avait fait mine de se lever, regarde Hess d'un air troublé.

« Vous croyez ?

– J'en suis sûr. Il suffit que vous me disiez avec qui vous étiez en contact. »

Hess pose un regard confiant sur Linus Bekker, sans cligner. Pendant quelques instants, on dirait que le détenu au visage poupin et inquiet va se laisser convaincre. Mais brusquement, Linus Bekker éclate de rire.

Il a un véritable fou rire. Complètement éberlués, Hess et Thulin regardent le petit homme essayer en vain de se calmer. Quand enfin il se remet à parler, c'est comme s'il avait retiré un masque. Il n'y a plus sur son visage le moindre signe d'inquiétude ou de timidité.

« Pourquoi est-ce que vous ne vous contentez pas de me poser la question franchement ? Arrêtez de me raconter toutes ces conneries et venons-en au fait.

– Que voulez-vous dire ?

– Que voulez-vous dire ? »

Linus Bekker singe la voix de Hess, les yeux écarquillés, le sourire moqueur.

« Vous mourez d'envie de savoir pourquoi j'ai avoué un crime que je n'ai pas commis. »

La métamorphose de Linus Bekker est extraordinaire. Cet homme est fou. Fou à lier. Thulin a envie d'appeler le psychiatre pour qu'il puisse voir par lui-même les prétendus progrès de son malade. Hess tâche de garder le contrôle de la situation.

« D'accord. Alors allez-y, dites-moi pourquoi.

– Vous n'avez qu'à trouver ça tout seul. Ce n'est pas pour ça qu'on vous paye ? J'avoue que j'ai du mal à croire qu'on vous ait fait venir d'Europol pour me tirer les vers du nez ! Vous êtes sûr de ne pas l'avoir trouvé dans une pochette-surprise, votre badge ?

– Je ne comprends pas ce qui vous prend, Linus. Si vous n'avez rien à voir avec la mort de Kristine Hartung, il est encore temps de le dire. Nous pouvons vous aider à rouvrir le dossier et à obtenir un nouveau jugement.

– Je n'ai pas besoin de votre aide. Si nous sommes encore dans un État de droit, je serai chez moi pour Noël. Ou en tout cas, dès que le Tueur aux marrons aura fini sa récolte. »

Ses mots frappent Thulin comme un coup de massue. Hess aussi se fige. Bekker sait qu'il a tapé dans le mille. Il sourit, Thulin essaye de rester impassible mais c'est comme si la pièce s'était assombrie, tout à coup.

« Le Tueurs aux marrons… ?

– Le Tueur aux marrons. L'unique raison pour laquelle vous êtes ici. Le gentil petit Hansen, vous savez, le petit trapu qui vous a fait entrer, il oublie toujours de désactiver le télétexte en bas de l'écran. 38 caractères par phrase, mais c'est déjà pas mal. Qu'est-ce qui vous a retenus aussi longtemps ? Votre patron ne voulait pas que vous alliez fouiner dans sa belle petite affaire classée ?

– Que savez-vous du Tueur aux marrons ?

– *Entre, monsieur Marron, entre…* »

Taquin, Linus Bekker continue de fredonner la comptine. Hess s'énerve :

« Je vous ai demandé ce que vous saviez.

– C'est trop tard, maintenant. Il a beaucoup trop d'avance. C'est pour ça que vous êtes là, à mendier. Parce qu'il se moque de vous et que vous ne savez plus quoi faire.

– Vous savez qui il est ?

– Je sais *ce* qu'il est. Il est le maître. Et il s'est servi de moi pour accomplir son œuvre. Sinon, je n'aurais jamais avoué.

– Dites-nous qui il est, Linus.

– Dites-nous qui il est, Linus. »

Linus Bekker singe Hess de nouveau.

« Et la fille ?

– Quoi, la fille ?

– Qu'est-ce que vous savez ? Où est-elle ? Que lui est-il arrivé !?

– Quelle importance ? Elle a dû bien s'amuser… »

Linus Bekker les regarde d'un air innocent, puis un sourire malsain plisse ses lèvres. Thulin n'a pas le temps de réagir quand Hess se jette sur lui. Mais Bekker s'y attendait et il tire le cordon au même instant. L'alarme se met en route dans un vacarme infernal. À la seconde où la lourde porte en métal s'ouvre à la volée, et où deux infirmiers baraqués se précipitent dans la pièce, Linus Bekker redevient le petit collégien timide au regard inquiet qu'il était à leur arrivée.

86

La grande porte donnant sur l'extérieur met un temps fou à s'ouvrir et Hess n'a pas la patience d'attendre. Tandis que le gardien derrière sa vitre blindée est en train de restituer à Thulin les objets qu'ils ont déposés en arrivant, il se faufile dehors et fonce vers le parking. Quand Thulin sort à son tour, la gifle du vent et de la pluie glacée lui paraît aussi douce qu'une caresse. Elle aspire profondément l'air froid pour se nettoyer de Linus Bekker.

Ils se sont fait virer cul par-dessus tête de l'unité psychiatrique de haute sécurité. Les gardiens ont fait venir le professeur Weiland qui a exigé une explication sur ce qui s'était passé dans le parloir. Linus Bekker a joué une comédie parfaitement crédible. Il s'est éloigné de Hess et de Thulin avec un air effrayé, comme s'ils venaient de le martyriser physiquement et moralement. Il s'est plaint au psychiatre que Hess l'avait attrapé par le cou et lui a posé des questions bizarres sur la mort et les meurtriers, et le médecin a évidemment pris son parti. Ni Hess, ni Thulin n'avaient pensé qu'il serait nécessaire d'enregistrer l'entretien, et même s'ils avaient voulu le faire, leurs portables étaient restés chez le gardien. Ils savaient qu'il ne servirait à rien de contredire Linus Bekker.

Cette longue expédition a été une catastrophe et, quand Thulin écoute sa messagerie en marchant vers la voiture, cela n'arrange pas son humeur. Elle a eu quatre appels pendant qu'ils étaient à l'intérieur du QHS et en entendant le premier message, elle accélère le pas.

« Il faut qu'on retourne au ministère, dit-elle à Hess qui l'attend près de la portière. Ils ont trouvé des cas qui méritent d'être vérifiés. »

Thulin déverrouille la porte à distance, mais Hess ne monte pas dans la voiture.

« On s'en fout du ministère. Notre tueur ne se trouve pas dans un quelconque dossier auquel il nous a lui-même conduits. Tu n'as pas écouté ce que Bekker a dit ?

– Si, j'ai entendu un psychopathe raconter des conneries et j'ai vu mon coéquipier péter les plombs. Rien d'autre. »

Thulin s'assied au volant et jette le pistolet et les affaires de Hess sur le siège à côté d'elle. Elle regarde l'heure au tableau de bord et calcule qu'ils ne seront pas de retour en ville avant la nuit et qu'une fois de plus, elle va devoir faire garder Lee par son grand-père. Hess a à peine le temps de s'asseoir qu'elle a déjà démarré en trombe.

« Bekker savait que nous viendrions. Il attend ça depuis le jour de sa condamnation. Il sait qui nous cherchons, lance Hess en claquant la porte en marche.

– Il ne sait rien du tout. Linus est un criminel et un pervers sexuel qui a lu quelques télétextes. C'est un provocateur qui a pris un malin plaisir à jouer avec nous, et toi, tu es tombé dans le panneau. Mais qu'est-ce qui t'a pris, bon Dieu ?!

– Il sait qui l'a enlevée.

– Bien sûr que non. C'est lui qui a kidnappé Kristine Hartung. Tout le monde sait que cette gamine est morte et enterrée. Il n'y a que toi qui refuses de te mettre ça dans la tête. Pourquoi aurait-il avoué un crime qu'il n'a pas commis ?

– Parce qu'il a tout à coup compris qui l'avait fait. Une personne pour qui il était prêt à porter le chapeau, parce que dans sa tête malade, il avait l'impression de participer à une grande œuvre machiavélique. Une personne qu'il admirait – à qui il voulait ressembler. Et à qui Linus Bekker a-t-il envie de ressembler, à ton avis ?

– À personne. Ce type est cinglé, je te dis ! La seule chose qui l'intéresse, c'est la mort et la destruction.

– Exactement. Donc, il s'agit de quelqu'un qui a accompli quelque chose dans ce domaine qui fascine Linus Bekker. Une chose qu'il a dû voir dans ces archives de photos de cadavres qu'il a hackées. »

Thulin commence lentement à comprendre ce qu'il tente de lui expliquer. Elle pile au carrefour, évitant de justesse d'encastrer la voiture dans un gros camion projetant des gerbes d'eau sur son passage. Une longue file de véhicules roule dans le sillage du camion et Thulin doit attendre pour redémarrer. Elle sent que Hess la regarde.

« Excuse-moi d'avoir dépassé les bornes. C'était une faute professionnelle. Mais tu comprends, si Linus ment, cela signifie qu'on ne sait toujours pas ce qui est arrivé à Kristine Hartung. Ni même si elle est réellement morte. »

Thulin ne répond pas. La route est momentanément dégagée et elle accélère tout en tapant un numéro sur son portable. Hess n'a pas complètement tort. Même si cela l'agace de l'admettre. Elle doit attendre quelques secondes, mais Genz finit par décrocher. La liaison n'est pas bonne. On dirait que lui aussi est en voiture.

« Salut ! Pourquoi est-ce qu'on n'arrive pas à vous joindre ? Comment ça s'est passé avec Bekker ?

– C'est pour ça que je t'appelle. Est-ce que tu as accès à tout ce qu'il est allé regarder dans les archives de scènes de crime ? Toutes les photos qu'il a pu voir en hackant le système. »

Genz semble surpris par la question.

« Je suppose que oui. Il faut que je vérifie. Pourquoi ?

– Je t'expliquerai plus tard. Mais pour faire court, nous avons besoin de savoir quelles photos l'ont particulièrement intéressé. Il doit y avoir un moyen de voir lesquelles étaient ses préférées, de faire la liste de celles sur lesquelles il a cliqué le plus souvent. Éventuellement celles qu'il a téléchargées, s'il y en a. Nous pensons qu'elles peuvent contenir des indices importants et nous en aurions besoin rapidement, si possible. Mais je préférerais que tu me les fasses passer sans que Nylander soit au courant, d'accord ?

– Ok. Je choperai l'un des informaticiens en rentrant. Mais tu ne veux pas plutôt attendre qu'on sache si Jansen tient quelque chose ?

– Jansen ?

– Il ne t'a pas appelée ? »

Thulin a une petite inquiétude, tout à coup. Elle n'a plus du tout repensé à Jansen depuis qu'elle l'a croisé ce matin en sortant du bureau de Nylander. Il avait une mine de papier mâché. Il était renfermé et sombre et elle avait été soulagée de voir que Nylander l'avait convoqué dans son bureau. Elle pensait qu'il l'avait convaincu de rentrer chez lui. Quelque chose lui dit à présent que ce n'était pas le cas.

« Pourquoi m'aurait-il appelée ?

– Pour te donner l'adresse dans le port sud. Je viens de l'entendre demander du renfort sur le canal de la police. Il semblait croire que les suspects se trouvaient là-bas.

– Les suspects ? Quels suspects ? Jansen n'est même pas sur cette affaire !

– Ah. Alors, on a dû oublier de lui dire parce qu'il est en train de faire une descente dans une maison où il pense que se cachent les criminels. »

87

Au volant de la voiture de police, Tim Jansen vérifie le contenu du magasin de son Heckler & Koch et arme le pistolet. Les renforts seront là dans dix minutes, au plus tôt, mais il s'en fout, parce qu'il n'a jamais eu l'intention de les attendre. L'assassin de Ricks est peut-être dans ce bâtiment et il veut être seul avec lui pour cette confrontation. Il a appelé du renfort parce que, au moins, s'il a un problème, on saura où le trouver. Et si on lui demande pourquoi il est entré seul, il prétendra qu'il a dû agir vite, parce que la situation avait évolué alors que ses collègues n'étaient pas encore sur place.

Jansen sent le vent froid sur son visage en sortant de la voiture. L'ancienne zone industrielle du port sud est devenue à présent un quartier où l'on trouve de grands entrepôts transformés en garde-meubles pour les particuliers, des terrains vagues et quelques rares immeubles d'habitation coincés entre deux hangars. Le vent charrie du sable et des détritus et il n'y a pas la moindre voiture alentour quand il s'approche du bâtiment d'un pas déterminé.

Si on ne regarde que la partie donnant sur la rue, une construction de deux étages, on pourrait facilement prendre la bâtisse pour une habitation, mais en s'approchant, on peut voir sur la façade écaillée les restes d'une enseigne indiquant qu'elle abritait jadis une boucherie industrielle. Au rez-de-chaussée, une vitrine, percée d'une porte, est entièrement occultée par un rideau noir empêchant de regarder à l'intérieur. Jansen s'engage dans une allée qui longe la boutique et permet d'accéder à l'arrière, où se trouve un long bâtiment de plain-pied, indépendant de celui sur rue, et qui, si l'on en croit les grandes portes et les rampes de déchargement, doit être l'ancienne usine de boucherie. À gauche, il aperçoit un jardin mal entretenu avec des clôtures renversées et quelques arbres fruitiers décharnés qui semblent sur le point de s'envoler à chaque bourrasque. Il se tourne à nouveau vers la maison et remarque une porte de service. Aucune plaque n'indique le nom des propriétaires ou des locataires. À droite, un pauvre conifère est en train de se dessécher dans un pot de terre cuite. Il plonge la main dans la poche de son imperméable, retire la sécurité de son arme et frappe à la porte.

Depuis la mort de Martin Ricks, Jansen flotte dans un brouillard. Depuis l'instant où il a vu le corps sans vie de son coéquipier, dans la lumière des gyrophares et la cacophonie des sirènes et des chiens policiers courant au bout de leur laisse dans les recoins des jardins familiaux, il est dans un état d'hébétude. En arrivant d'Urbanplanen, il ignorait le sort de son ami, et tout à coup, il avait été confronté à l'incompréhensible spectacle. Il avait d'abord refusé de croire que cette silhouette livide était son collègue, d'imaginer que la mort avait pu réduire Ricks à cette dépouille inerte couchée à ses pieds. Mais c'était un fait et, bien que, les heures suivantes, Jansen se soit presque attendu à ce que Ricks réapparaisse subitement et se mette à engueuler tout le monde parce qu'on l'avait laissé couché sur le gravier, cela ne s'est pas produit.

Ils avaient commencé à travailler ensemble, par hasard, mais dans le souvenir de Jansen, ils avaient immédiatement été sur la même longueur d'onde. Ricks avait très exactement les qualités requises pour que Jansen puisse le supporter au quotidien. Il n'était pas très intelligent, il manquait de répartie, il ne parlait pas beaucoup et pas très longtemps à la fois, mais il était endurant et loyal dès le moment où on avait gagné sa confiance. Ricks avait une attitude de saine méfiance vis-à-vis de tout et de tout le monde, parce qu'il s'était fait marcher sur les pieds pendant la majeure partie de son enfance, et Jansen avait immédiatement compris comment exploiter son potentiel. Il était la tête et Ricks les jambes, et ils partageaient une même aversion pour les patrons, les avocats et les universitaires qui avaient en commun de ne rien connaître au travail de policier. À eux deux, ils avaient fait enfermer tant de voyous, de Pakis, de maris qui battaient leurs femmes, de violeurs et d'assassins qu'ils auraient dû être augmentés cent fois et couverts de médailles jusqu'à leur retraite. Mais la société ne fonctionne pas ainsi. Le monde est injuste. C'est ce qu'ils se disaient en fêtant en tête à tête leurs succès dans les bars et les boîtes de nuit jusqu'à tomber ivres morts, ou quand ils allaient faire un tour dans leur bordel préféré, dans les quartiers est de la capitale.

Tout cela était terminé, à présent. Et tout ce que Ricks récolterait pour sa peine, c'était son nom gravé sur le mur de l'hôtel de police, en compagnie de ses trop nombreux collègues morts dans l'exercice de leurs fonctions. Jansen n'était pas un sentimental, mais hier matin, tandis qu'il marchait sous les colonnades pour venir travailler, cette pensée l'a bouleversé. Il est resté chez lui pendant deux jours. La nuit du meurtre, il était trop choqué pour se rendre utile autrement qu'en apportant à la compagne de Ricks la nouvelle de ce qui s'était passé et, au petit matin, sa femme l'avait trouvé assis dans le noir, apathique, dans la véranda de leur maison, à Vanløse. Le lendemain, sa femme et ses enfants s'étaient rendus à une fête d'anniversaire, lui était resté à la maison sous prétexte de monter l'étagère IKEA qui attendait dans une caisse, en pièces détachées, dans la chambre des garçons. Le plan de montage s'était révélé incompréhensible et, vers dix heures et demie, il avait attaqué la bouteille de vin blanc. Quand sa femme était rentrée en fin d'après-midi avec les enfants, il avait titubé jusqu'à la cabane au fond du jardin où il avait continué à la vodka et au Red Bull. Lorsqu'il s'était réveillé par terre en sursaut, au milieu de la nuit, sa première idée avait été de retourner bosser de toute urgence.

Mais ça avait dû attendre le lundi. Quand il était arrivé, l'hôtel de police bourdonnait déjà d'activité, et on l'avait salué avec compassion. Nylander avait bien sûr refusé qu'il revienne sur l'affaire, alors il avait rassemblé une poignée de collègues dans le vestiaire et leur avait fait promettre de le tenir au courant dès qu'il se passerait quelque chose de décisif dans la chasse au tueur. Certains n'avaient pas eu l'air très chauds à cette idée, mais les autres pensaient comme lui que l'incompétence de Hess et de Thulin était à l'origine de la mort de Ricks. Pour commencer, c'était certainement une indiscrétion du premier qui avait alerté la presse, et à présent que Ricks était mort, toutes ces questions que les gens se posaient à propos de l'affaire Kristine Hartung étaient une insulte à sa mémoire.

Il ne s'était rien passé de décisif avant que les collègues aient été appelés ce matin au ministère des Affaires sociales. La mission qu'on lui avait confiée lui semblant sans intérêt, Jansen était parti faire un tour à Greve avec le véhicule de service, s'était acheté un pack de bières en chemin et en avait bu quelques-unes avant d'aller frapper à la porte du petit appartement en rez-de-chaussée qu'habitait Ricks, près de la gare. Il avait trouvé sa compagne en larmes. Elle l'avait invité à entrer et il avait accepté une tasse de thé. Il était en train de la boire quand un inspecteur l'avait appelé du ministère. Les dossiers compulsés avaient permis de repérer un certain nombre de personnes ayant toutes les raisons de haïr l'État, la société, la ministre des Affaires sociales et le monde entier. En écoutant l'énumération des cas en question, Jansen en avait repéré un susceptible de fournir un mobile plus sérieux que les autres. Après s'être assuré que Hess et Thulin n'en avaient pas encore été informés, il avait raccroché et s'était excusé auprès de la compagne de Ricks, puis il s'était rendu à l'adresse que lui avait communiquée son collègue.

« Qui est-ce ? grogne une voix derrière la porte.

– C'est la police ! Ouvrez ! »

Jansen frappe avec impatience et pose une main sur la crosse du pistolet dans sa poche. On ouvre enfin la porte, et un visage ridé regarde dans l'entrebâillement d'un air craintif. Jansen cache sa surprise devant la vieille femme qui dégage une forte odeur de tabac froid et de mauvaise nourriture.

« Je voudrais parler à Benedikte Skans et Asger Neergaard. »

La vieille femme secoue la tête.

« Ils n'habitent plus ici. Ils ont déménagé il y a six mois.

– Ils ont déménagé ? Où ça ?

– Je n'en sais rien. On ne me l'a pas dit. De quoi s'agit-il ?

– Tu vis seule ici ?

– Oui. Mais je ne me souviens plus quand je vous ai autorisé à me tutoyer. »

Jansen hésite. Ce n'était pas comme ça qu'il avait vu les choses. La vieille femme tousse et resserre son cardigan troué autour d'elle.

« À part ça, je peux faire quelque chose pour vous ?

– Non, c'est sans importance. Excusez le dérangement. Au revoir.

– C'est ça, au revoir. »

Jansen s'éloigne et la vieille referme la porte. Pendant quelques secondes, il ne sait pas quoi faire. La réponse de la bonne femme l'a pris de court. Il s'apprête à retourner dans la chaleur de la voiture pour rappeler son collègue au ministère quand son regard est attiré par une fenêtre au premier étage. Il réalise qu'il est en train de contempler un mobile avec des petits oiseaux, du genre de ceux qu'on accroche au-dessus d'un lit de bébé, et Jansen sait aussitôt que si la femme a dit vrai, et que Benedikte Skans et Asger Neergaard ont déménagé depuis six mois, cet objet ne devrait pas se trouver là.

Jansen frappe à nouveau, plus fort cette fois. Quand la vieille ouvre la porte, il pousse le battant et entre sans demander la permission, son arme à la main. Il traverse à grands pas l'étroit couloir, pénètre dans la cuisine, puis dans le séjour, qui à l'époque devait être la boutique où on vendait la viande. Après s'être assuré que la pièce est vide, il se dirige vers l'escalier du premier étage au pied duquel la sorcière fait maintenant un rempart de son corps.

« Pousse-toi !

– Il n'y a rien là-haut ! Vous n'avez pas le droit de…

– Ta gueule et dégage ! »

Il la bouscule et gravit les marches quatre à quatre, poursuivi par ses imprécations. Le pistolet braqué devant lui, il ouvre les portes du premier étage, le doigt posé sur la détente. Les deux premières pièces sont des chambres à coucher, la dernière, une chambre d'enfant.

Le mobile s'agite doucement au-dessus d'un lit de bébé, mais à part ça, la pièce est vide et Jansen songe un instant qu'il s'est peut-être trompé. Mais il se retourne et découvre le mur derrière la porte. Aussitôt, il est convaincu qu'il vient d'élucider l'affaire qui a coûté la vie à Martin Ricks.

88

Il fait déjà nuit, et d'habitude, à cette heure de l'après-midi, les derniers véhicules quittent le quartier industriel du port sud et les rues sont désertes. Mais pas aujourd'hui. Devant le bâtiment décati qui à une époque était l'une des plus grandes boucheries de Copenhague circulent une foule de policiers et de techniciens de la police scientifique, leur mallette de prélèvements à la main. Les voitures sont garées pare-chocs contre pare-chocs et toutes les fenêtres de la maison côté rue sont illuminées par les puissants projecteurs des experts. De la chambre du premier étage, Hess entend parfois les sanglots de la vieille femme qu'on interroge dans le salon du rez-de-chaussée, ses pleurs se mêlant aux instructions précipitées, aux bruits de pas, au grésillement des talkies et à la discussion enflammée entre Thulin et Jansen devant la porte :

« Qui t'a donné l'info qui t'a incité à venir ici ?

– Pourquoi on m'aurait donné une info ? J'étais peut-être juste sorti faire un tour !

– Et pourquoi tu ne m'as pas appelée ?

– Vous appeler ? Hess et toi, tu veux dire ? Pour quoi faire ? »

La photo doit remonter à deux ans environ. Dans un joli cadre noir au verre poussiéreux, elle est posée sur l'oreiller du lit de bébé, à côté d'une tétine et d'une mèche de cheveux fins d'un blond presque blanc. La jeune maman sur la photo est debout près d'une couveuse, un bébé dans les bras enveloppé dans une couverture, et elle sourit en regardant l'objectif. Ses traits crispés révèlent une intense fatigue et, comme elle est en chemise d'hôpital, Hess en déduit que la photo doit avoir été prise peu après l'accouchement. Les yeux de la femme ne sourient pas. Il y a quelque chose de fragile, une absence dans ce regard, comme si on venait de lui tendre l'enfant et qu'elle jouait un rôle auquel elle n'est nullement préparée.

Il s'avère que la Benedikte Skans de la photo n'est autre que la jolie infirmière à l'air grave qu'ils ont rencontrée, Thulin et lui, dans le service pédiatrique du Rigshospitalet, le jour où ils sont allés interroger Hussein Majid à propos de Magnus Kjær et de Sofia Sejer-Lassen. Depuis, ses cheveux ont poussé, son visage a vieilli et son sourire a complètement disparu. Mais c'est elle, et Hess ne parvient pas à trouver le lien.

Alors qu'il s'éloignait de l'unité psychiatrique de haute sécurité en compagnie de Thulin, il sentait sa conversation avec Linus Bekker grossir dans sa tête comme une tumeur maligne. Toute son énergie était concentrée sur l'espoir de découvrir un indice parmi les photos d'archives hackées par Bekker, un détail qui le conduirait à l'assassin. C'est alors que les nouvelles avaient commencé à arriver. D'abord par le biais de Genz, puis par celui d'un inspecteur qu'ils avaient laissé au ministère, mais qui était parti en renfort au port sud, suite à l'appel de Jansen. Il ne fallait pas beaucoup d'imagination pour deviner que Tim Jansen avait été alerté par l'un des policiers en train d'éplucher des dossiers au ministère des Affaires sociales, mais le détail semblait sans importance par rapport à l'incroyable bond que le cas de Benedikte Skans et de son compagnon avait fait faire à leur enquête.

« Vous en êtes où ? »

Nylander vient tout juste d'arriver et Jansen semble soulagé qu'il vienne interrompre sa dispute avec Thulin.

« Le bail est au nom de Benedikte Skans. 28 ans, infirmière au Rigshospitalet. Benedikte Skans et son compagnon se sont vu retirer il y a quelques années la garde de leur enfant. Le bébé a été placé en famille d'accueil et Benedikte Skans a fait un procès à la commune, alerté la presse et attaqué la ministre des Affaires sociales parce que c'était elle qui était à l'origine de l'augmentation des éloignements d'enfants de leur environnement familial.

– Rosa Hartung ?

– En personne. Les médias ont tout gobé, jusqu'à ce qu'ils réalisent que la mesure était justifiée et qu'ils enterrent l'affaire. Peu de temps après, l'enfant est décédé dans sa famille d'accueil. Benedikte Skans a été internée dans un hôpital psychiatrique et elle n'en est ressortie qu'au printemps de cette année. Elle a pu reprendre son ancien poste et s'est réinstallée ici avec son compagnon, mais comme vous pouvez le voir, ils n'ont pas oublié. »

Hess contemple le mur de la chambre et il n'écoute pas ce que dit Jansen. Il connaît la plupart des détails de l'affaire pour avoir lu la copie du dossier qu'un inspecteur a eu la présence d'esprit d'apporter du ministère des Affaires sociales : Benedikte Skans passe la majeure partie de sa jeunesse à Tingbjerg, à fumer des joints et à faire la fête. Elle est renvoyée d'un poste d'apprentie vendeuse dans une boutique de mode puis, à l'âge de 21 ans, elle est reçue au concours de l'école d'infirmières, à Copenhague. Elle termine ses études et passe l'examen haut la main. À la même période, elle rencontre son fiancé, Asger Neergaard, qui était deux classes au-dessus d'elle au collège, à Tingbjerg. Entre-temps, il est devenu soldat de la garde royale, affecté à la caserne de Slagelse, et il a servi en Afghanistan. Ils s'installent ensemble dans l'ancienne boucherie désaffectée. Benedikte Skans est embauchée comme infirmière au service pédiatrique du Rigshospitalet, et elle et son compagnon décident de faire un enfant. Mais il apparaît dans le dossier qu'à partir du moment où Benedikte tombe enceinte, elle commence à montrer des signes de nervosité et de haine de soi. À l'âge de 26 ans, elle met au monde un petit garçon prématuré, mais après cette naissance, elle fait une grave dépression post-partum et le père n'est apparemment pas en mesure de l'aider. L'assistante sociale qui suit l'affaire décrit l'ex-soldat de 28 ans comme un individu immature et renfermé, agressif face à certaines situations, en particulier dans les moments où Benedikte Skans le pousse à bout. La municipalité met en place un accompagnement des parents et diverses aides, mais au bout de six mois, l'état psychique de Benedikte Skans s'aggrave et elle est diagnostiquée comme bipolaire. Quand les services sociaux peinent à un moment donné à joindre la petite famille pendant deux semaines d'affilée, la police est prévenue et elle fait une visite au domicile, ce qui se révèle être une bonne décision. Elle trouve le petit garçon de sept mois gisant dans son lit, sans connaissance, couvert d'excréments et de vomissures, et montrant de graves signes de malnutrition. À l'hôpital, les médecins découvrent que l'enfant souffre d'asthme et d'une allergie aux arachides. Les morceaux de barre de chocolat aux noisettes qu'on vient de lui donner ont failli le tuer.

Bien que l'intervention de la police ait vraisemblablement permis de sauver la vie de son fils, Benedikte Skans se met dans une colère terrible. Défendue par un avocat commis d'office, elle attaque les autorités en se servant entre autres de la presse. Elle est interviewée plusieurs fois et trouve avec ces articles une tribune pour se plaindre de la façon dont sa famille a été traitée par le système. « Si je suis une mauvaise mère, alors il y en a beaucoup d'autres », dit le gros titre sur l'une des coupures de presse qui figurent au dossier. Les services sociaux n'ayant pas divulgué les informations concernant les maltraitances dont l'enfant a été victime, vu de l'extérieur, Benedikte Skans semble avoir un bon dossier. En tout cas, jusqu'à ce que Rosa Hartung s'exprime et rappelle à la presse et aux municipalités danoises que c'est dans l'intérêt des enfants qu'on doit interpréter le plus durement possible le paragraphe 42 du Code civil sur les mesures d'éloignement des enfants de leur milieu familial. Suite à cette allocution de la ministre, les médias comprennent que la commune doit avoir eu des raisons valables de placer l'enfant et ils cessent de crier au scandale. C'est alors que le drame survient. Le petit garçon, qui a été placé dans une famille, dans le nord du Jutland – ce qui au demeurant a donné de bons résultats dans un premier temps –, succombe à une affection pulmonaire au bout de deux mois. Benedikte Skans agresse physiquement l'assistante sociale qui lui apporte la nouvelle et son suivi psychologique en hôpital de jour se transforme en un internement d'office à l'hôpital psychiatrique Sankt Hans, à Roskilde. Elle est relâchée au printemps et autorisée à reprendre, à l'essai, son poste d'infirmière au service pédiatrique du Rigshospitalet, à Copenhague.

Hess referme le dossier et frémit après cette dernière information, le mur derrière la porte indiquant clairement que la jeune femme est très loin d'avoir entièrement recouvré sa santé mentale.

« À mon avis, elle et son fiancé sont complices, continue Jansen. Ils avaient tous les deux le sentiment d'avoir été traités avec injustice et, pour humilier et ridiculiser la ministre des

Affaires sociales, ils ont fomenté dans leur esprit malade une vengeance permettant de montrer les failles du système et de punir par la même occasion les femmes réellement incapables à leurs yeux de s'occuper de leurs enfants. Comme tu vois, il n'y a aucun doute quant à celle qu'ils visaient en priorité. »

Jansen a raison sur ce dernier point, car si une partie de la chambre est un mausolée à la mémoire de l'enfant défunt, l'autre est l'expression d'une obsession maladive pour Rosa Hartung. D'un bout à l'autre du mur sont collés des gros titres et des photos de presse sur la disparition de sa fille, y compris des clichés de paparazzi de la ministre éplorée. Des manchettes de tabloïds comme « Débitée et enterrée », ou « Violée avant d'avoir été découpée en morceaux » sont accrochées à côté d'une photo de Rosa Hartung vêtue de noir, en train de pleurer lors d'une commémoration. Et il y a des tas d'autres coupures de ce genre, « Rosa Hartung, brisée » et « Malade de chagrin ». Ensuite, on remarque une ellipse dans le temps, et à droite apparaissent de nouvelles coupures de presse, qui doivent remonter à trois ou quatre mois, avec des titres tels que « Rosa Hartung est revenue ». Sur un article fixé au mur avec des punaises, on peut voir un cercle tracé au feutre rouge entourant l'annonce que Rosa Hartung sera de retour au gouvernement le jour de l'ouverture du Parlement, le premier mardi d'octobre, et à côté, une page A4 couverte de selfies de Kristine Hartung et le texte : « Bonne rentrée, tu vas crever, salope. »

Ce qui est beaucoup plus inquiétant, c'est qu'à partir de là, les coupures de journaux sont remplacées par d'autres photos. Celles-là ne sont pas des photos de presse mais des clichés datant probablement de la fin du mois de septembre, parce qu'on y voit les premiers signes de l'automne. Ils montrent la maison de la ministre prise sous divers angles, son mari, son fils, un gymnase, la voiture ministérielle, son ministère et le palais de Christiansborg. Il y a aussi des cartes imprimées à partir de Google Maps et divers itinéraires situés à l'intérieur de la zone du grand Copenhague.

La quantité d'indices est renversante et elle fracasse le fragile édifice de pensées cohérentes que Hess avait commencé à construire en sortant du QHS. Est-ce que leur visite à Linus Bekker a été inutile ? Il a beau essayer, il ne parvient plus à retrouver l'idée qui lui est venue, mais autre chose le perturbe. De toute évidence, une nouvelle menace rôde. Une épée de Damoclès qui se trouve juste au-dessus de leur tête et qui devrait requérir toute leur attention en ce moment, alors qu'ils pensent avoir pris le contrôle de la situation. C'est la raison pour laquelle Hess est toujours en train d'étudier ce mur et la profusion de photos, tandis que Nylander demande à Jansen :

« Où sont-ils actuellement ?

– La femme n'a pas été vue à son travail à l'hôpital depuis qu'elle a demandé un congé maladie il y deux jours, et nous ne parvenons pas non plus à localiser son compagnon. Nous ne savons pas grand-chose sur lui, parce qu'ils n'ont jamais été mariés et que les éléments que nous avons concernent principalement Benedikte Skans, mais nous sommes en train de récupérer son dossier de l'armée. Le Renseignement a été informé de ce que nous avons découvert ?

– Oui. La ministre a été mise en sécurité. Qui est la vieille dame ?

– C'est la mère d'Asger Neergaard. Apparemment, elle habite avec eux. Elle prétend ne pas savoir où ils sont, mais nous n'en avons pas encore terminé avec elle.

– Nous pensons donc que le jeune couple est coupable des meurtres ? »

Hess entend Thulin couper la parole à Jansen, l'empêchant de répondre, tandis que de son côté, il vient de remarquer quatre punaises sur le mur. L'une d'elles a encore un petit morceau de papier coincé entre la pointe et la pastille, comme si une photo avait été arrachée à la hâte.

« Nous n'en savons rien pour l'instant. Avant de tirer des conclusions, nous devons d'abord…

– Qu'est-ce que nous ne savons pas ? On a tous des yeux pour voir ! s'énerve Jansen.

– Justement ! Il y a des tas d'éléments sur ce mur concernant Rosa Hartung, mais pas un seul qui ait trait aux meurtres sur lesquels nous enquêtons en ce moment. Si le couple était impliqué dans la mort de ces femmes et de Ricks, il devrait y avoir quelque chose qui pointe dans ce sens, or il n'y a rien !

– Sauf que la femme est infirmière dans un service où elle a pu rencontrer au moins deux des victimes quand elles sont venues consulter avec leurs enfants, mais ça, ce n'est peut-être rien à tes yeux ?

– Non, ce n'est pas rien. Il faut évidemment arrêter ce couple et l'interroger, mais ça ne va pas être facile, maintenant que tu as ameuté la cavalerie et informé toute la ville que nous sommes là à les attendre ! »

Hess ne trouve nulle part la photo qui aurait dû être accrochée avec les quatre punaises, et derrière lui, il entend Nylander interrompre avec autorité la prise de bec entre Jansen et Thulin :

« Comme je vois les choses, Thulin, Jansen a bien fait d'intervenir. D'après le docteur Weiland, qui a eu l'amabilité de me téléphoner personnellement, Hess et toi étiez trop occupés à harceler Linus Bekker à l'unité psychiatrique de haute sécurité, malgré mon interdiction formelle. Tu as quelque chose à dire à ce sujet ? »

Hess sait qu'il devrait prendre la défense de Thulin, mais à la place, il s'adresse à Jansen :

« Est-ce que tu crois que la bonne femme a eu le temps de faire disparaître quelque chose de cette pièce avant que tu entres ?

– Qu'est-ce que vous êtes allés foutre avec Linus Bekker ? »

La discussion reprend derrière lui, tandis qu'il réfléchit à l'endroit où il cacherait un objet si tout à coup la police venait frapper à la porte. Il tire vers lui une commode appuyée contre le mur et une photo pliée en quatre tombe sur le sol. Il s'empresse de la ramasser et la déplie.

Le jeune homme, que Hess suppose être Asger Neergaard, est grand et fier. Il se tient debout à côté de la portière d'une voiture, un trousseau de clés à la main. Il porte un costume sombre et la carrosserie noire brille au soleil comme si elle venait d'être lustrée à la peau de chamois. Le costume et la voiture coûteuse jurent avec la boucherie décrépite qu'on voit en arrière-plan. Tout d'abord, Hess ne comprend pas pourquoi la mère d'Asger a tenté de faire disparaître justement cette photo-là. Mais il la regarde plus attentivement et la compare à celle de la voiture ministérielle de Rosa Hartung, et là, il n'a plus aucun doute : la voiture ministérielle et celle à côté de laquelle Asger Neergaard est photographié sont une seule et même voiture. Mais avant que Hess ait eu le temps de partager sa découverte, Genz, vêtu de la combinaison blanche de sa profession, passe la tête par la porte.

« Excusez-moi de vous déranger. On vient de commencer les relevés dans l'ancienne usine et il y a quelque chose que j'aimerais vous montrer. On a trouvé une pièce qui semble avoir été aménagée pour garder quelqu'un prisonnier pendant un long moment. »

89

C'est la fin de l'après-midi et la circulation est dense sur l'autoroute E20 au sud-est de Copenhague. Asger klaxonne rageusement pour obliger les gens à se rabattre, mais plus personne ne sait conduire dès qu'il tombe trois gouttes et il est obligé de doubler impatiemment par la droite. La voiture ministérielle est une Audi A8 3.0 TDI et c'est la première fois qu'il a l'occasion de vraiment faire chanter le moteur. Il se fout de se faire remarquer, parce que maintenant, il s'agit avant tout de fuir. Tout est allé de travers, et Asger sait que la police ne mettra pas longtemps à comprendre que c'est lui et Benedikte qu'elle recherche, si elle ne le sait pas déjà.

Pourtant, jusqu'à il y a trente-cinq minutes exactement, tout s'était déroulé à la perfection. Il s'était assuré d'avoir un alibi en accompagnant le gosse jusque dans les vestiaires du club de tennis et en saluant le vieux gardien qui faisait toujours son petit tour pour vérifier les filets avant l'heure de l'entraînement. Ensuite, il était allé garer la voiture derrière la halle des sports, entre les pins. Puis il était retourné à l'intérieur par une porte latérale qu'il avait entrouverte un peu plus tôt. La halle était pratiquement vide à ce moment-là et il n'avait eu aucun mal à arriver dans les vestiaires sans rencontrer personne. Le gosse était en train de se changer et il n'avait rien entendu. Mais, alors qu'il était là comme un con, avec sa cagoule sur la tête et ses mains gantées en train de préparer le tampon de chloroforme, il avait entendu un bruit de pas. Le gardien était entré, et bien qu'Asger ait tout juste eu le temps de se débarrasser de son masque, il y avait eu un moment de flottement quand Gustav s'était rendu compte qu'Asger était là. Le gardien, quant à lui, avait plutôt eu l'air soulagé.

« Ah, vous êtes là. Je viens d'avoir un appel du PET. Ils m'ont demandé de récupérer Gustav, parce qu'ils n'arrivaient pas à vous joindre, mais je vais pouvoir vous les passer. »

Le vieil homme avait tendu le téléphone à Asger. L'un des arrogants gardes du corps de cette garce de Hartung lui avait ordonné de ramener immédiatement Gustav à sa mère, au ministère, en raison d'une urgence : la police avait découvert la planque des meurtriers présumés, dans une ancienne boucherie du port sud. Asger avait senti sa gorge se nouer. Puis il avait réalisé qu'ils ignoraient encore que c'était lui qu'ils cherchaient. Il avait eu droit à une réprimande parce qu'il n'avait pas répondu sur son portable, puis il avait quitté le club avec Gustav. Le gardien les surveillait toujours alors qu'il faisait monter Gustav dans la voiture, sans savoir qu'il n'avait nullement l'intention de le ramener au ministère.

« Pourquoi est-ce qu'on passe par là ? Ce n'est pas la bonne route pour aller...

– Ferme-la et donne-moi ton portable. »

Le garçon sur la banquette arrière est trop surpris pour réagir.

« Donne-moi ce téléphone ! Tu es sourd ou quoi ?! »

Gustav obéit, Asger tend le bras pour lui prendre le portable et il le jette par la vitre ouverte. Gustav l'entend se fracasser sur l'asphalte mouillé. Asger sent bien que la situation effraie l'enfant, mais il s'en fout. La seule chose dont il se soucie maintenant, c'est de savoir où ils vont, parce que Benedikte et lui ont discuté de tout sauf de l'endroit où ils comptaient aller. Asger pensait qu'ils seraient déjà loin quand la police se rendrait compte qu'il y avait un problème, mais les choses ne se sont pas passées comme prévu. Sa tête est sur le point d'exploser, il craint le pire, mais se rassure en se disant que Benedikte ne lui en voudra pas. Ce n'est tout de même pas sa faute si leur plan a foiré. Elle lui pardonnera, c'est sûr. Et tant qu'ils seront ensemble, tout ira bien.

Asger avait eu ce sentiment dès le premier instant où il avait plongé son regard dans les yeux sombres de Benedikte. Ils s'étaient rencontrés au vieux collège de Tingbjerg, avec ses rideaux à embrasses. Il était deux classes au-dessus d'elle et il était fou amoureux d'elle depuis ce jour-là. Ils avaient séché les cours, bu, fumé et envoyé chier le monde entier, allongés dans l'herbe derrière la glissière de sécurité de la rocade. Benedikte était la première fille avec qui il avait couché. Mais ensuite, il s'était fait renvoyer de l'école à cause des bagarres et il l'avait perdue de vue parce qu'il avait atterri dans une maison de correction, dans le sud du Jutland. Dix ans plus tard, il l'avait retrouvée par hasard dans la ville libre de Christiania, où elle était allée faire la fête avec une copine infirmière de l'hôpital, et dès le lendemain, ils avaient parlé de s'installer ensemble.

Asger adorait quand elle venait se blottir dans ses bras et qu'elle lui disait qu'elle se sentait en sécurité avec lui, mais au fond, il avait toujours su que c'était elle la plus forte des deux. Il était heureux à l'armée mais, après deux séjours en Aghanistan comme chauffeur de véhicules de patrouille et de ravitaillement, il avait dû démissionner parce qu'il s'était mis à avoir des crises d'angoisse et à se réveiller la nuit, baigné de sueur et terrifié. Il suffisait que Benedikte lui prenne la main et qu'elle la tienne bien serrée pour qu'il se calme aussitôt. Au moins jusqu'à la crise suivante. Quand elle rentrait de ses gardes, elle lui parlait des enfants dont elle s'occupait à l'hôpital et un jour, elle lui avait dit qu'elle aimerait bien avoir une famille. Asger avait vu dans ses yeux à quel point cela comptait pour elle. Alors ils s'étaient trouvé un endroit pas cher, avec de la place, dans une boucherie désaffectée où personne d'autre n'avait envie d'habiter, et quand Benedikte était tombée enceinte, il s'était domicilié chez un vieux copain de l'armée, pour qu'elle puisse toucher l'allocation de parent isolé dont ils avaient besoin pour s'en sortir.

Asger n'avait pas compris ce qui lui était arrivé après l'accouchement et il s'était dit que c'était la faute du gamin. Son placement en famille d'accueil avait évidemment été un choc, mais, d'un autre côté, il n'avait pas vraiment eu le temps de s'attacher à lui. Après la naissance, il avait dû travailler comme une brute sur des chantiers pour ramener de l'argent à la maison. Lui trouvait que Benedikte était une bonne mère, en tout cas bien meilleure que la sienne, qui venait d'ailleurs toujours les squatter et lui taper du fric pour pouvoir se saouler la gueule. Benedikte avait pris un avocat, ameuté les journaux et la télévision et pesté contre cette garce de ministre Rosa Hartung, mais ça n'avait pas suffi et un jour, elle lui avait annoncé en pleurant que les journalistes ne voulaient plus les aider. Peu de temps après, le gosse était mort dans sa famille d'accueil, suite à une maladie des poumons, et c'était ça qui avait tout fichu en l'air. Benedikte avait été obligée de se faire hospitaliser après une prise de bec avec une connasse des services sociaux, et tous les jours, après son travail sur les échafaudages, Asger partait à Roskilde en voiture pour lui rendre visite à l'hôpital psychiatrique. Au début, elle était trop abrutie de médicaments pour pouvoir contrôler les muscles de son visage, et il avait eu droit à de longues explications de la part d'une psychiatre qu'il avait eu terriblement envie d'envoyer valdinguer contre le mur. Asger ne lisait pas très bien, mais on lui demandait quand même de lire des magazines et des journaux à Benedikte, et quand enfin il rentrait s'enfermer dans l'ancienne boucherie, le soir, il se sentait seul et impuissant. Souvent, il avait été obligé de se saouler devant l'écran plat pour réussir à s'endormir. L'automne dernier, quand la fille de la ministre avait été enlevée, les choses avaient commencé à s'arranger.

Ça avait été une immense consolation pour Benedikte que la ministre des Affaires sociales ait aussi perdu un enfant et, un après-midi où il était venu lui rendre visite, c'était elle-même qui avait préparé le journal sur la chaise pour qu'il le lui lise à haute voix. C'était le jour où ils avaient arrêté les recherches et classé l'affaire. Les articles s'étaient espacés avec le temps, mais Benedikte avait retrouvé le sourire, et quand la neige était arrivée et que le lac derrière l'hôpital avait gelé, ils avaient commencé à faire de longues promenades. Au tout début du printemps, alors qu'Asger pensait que toute cette histoire était oubliée, les journaux avaient annoncé que Hartung reviendrait prendre son poste au ministère, après l'été. Ils disaient qu'elle se réjouissait à cette perspective. Benedikte avait pris la main d'Asger et elle l'avait gardée longtemps dans la sienne, et Asger s'était dit que tant qu'elle lui tiendrait la main, il ferait tout ce qu'elle lui demanderait.

Ils avaient commencé à planifier les choses dès que Benedikte était sortie de l'hôpital. Au départ, ils avaient prévu de terroriser Rosa Hartung avec des mails et des SMS anonymes, d'entrer chez elle par effraction et de tout casser, peut-être de l'écraser en voiture et de la laisser sur le bord de la route. Mais quand Benedikte était entrée sur son site internet pour chercher une adresse mail, elle était tombée sur une annonce disant que la ministre cherchait un nouveau chauffeur. C'est à partir de ce moment-là que le projet avait pris forme et qu'ils avaient trouvé comment détruire Rosa Hartung.

C'était Benedikte qui avait rédigé la lettre de candidature d'Asger. Elle avait tout le temps de le faire, parce qu'elle venait juste de reprendre son ancien poste, à l'essai, après son congé maternité et son long arrêt maladie. Très vite, il avait été convoqué pour un entretien avec un sous-fifre du ministère, ce qui avait répondu à la question qu'ils se posaient. Ces crétins ne savaient rien de sa relation avec Benedikte, ni du conflit qu'ils avaient eu avec la ministre par journalistes interposés, sans doute parce qu'il était domicilié à une autre adresse. Lors de l'entretien, il avait mis en avant son passé de soldat, sa flexibilité et son absence d'obligations familiales. Ensuite, il avait eu une petite conversation tranquille avec un type du service de renseignements qui avait pour mission de valider les candidatures du point de vue de la sécurité. Quand ils avaient appris qu'il avait décroché le poste, Benedikte et lui avaient fêté l'événement en écrivant à Hartung un courrier haineux, avec des photos de sa fille qu'ils avaient récupérées l'année précédente sur sa page Facebook, une façon de lui souhaiter une bonne rentrée à Christiansborg.

Le jour même où la lettre arrivait au ministère, Asger prenait ses fonctions de chauffeur ministériel et il rencontrait Rosa Hartung pour la première fois. Il était venu la chercher devant sa grande et luxueuse villa dans le quartier d'Østerbro et Vogel, son conseiller, un connard arrogant à qui Asger avait tout de suite eu envie de démonter la tête, l'avait mis au courant de ce qu'on attendait de lui. Peu après, ils avaient peint la voiture de la ministre avec le sang des rats qu'ils avaient égorgés dans l'ancienne usine derrière chez eux. Ils avaient prévu un tas d'autres chicaneries pleines de cruauté mais avaient été largement dépassés par les horribles meurtres dont on parlait dans tous les médias, et surtout par les mystérieuses empreintes sur des bonshommes en marrons auxquelles Rosa Hartung était confrontée. En soi, tout cela était plutôt réjouissant, y compris pour Benedikte, mais c'est alors que la rumeur avait commencé à circuler et elle leur avait fait l'effet d'une bombe : la fille de Rosa Hartung, que tout le monde croyait morte et enterrée, était peut-être encore en vie.

La nouvelle avait attisé à nouveau leur désir de vengeance, mais Rosa Hartung était désormais protégée par le PET. Même Asger ne pouvait plus l'approcher sans que la police secrète s'en mêle, alors Benedikte avait commencé à lui poser des questions sur le gosse de la ministre et ils avaient décidé que ce serait encore plus efficace de s'en prendre à lui. Asger s'était même dit que dans le meilleur des cas, on accuserait le meurtrier en série s'ils kidnappaient le gosse. En sortant de l'autoroute, il réalise l'ironie de la chose, puisque à présent c'est lui et Benedikte qui vont se retrouver en cavale pour des crimes qu'ils n'ont pas commis.

La pluie frappe contre le pare-brise et la lumière du jour a complètement disparu lorsqu'il entre sur l'aire de repos. Dans la lumière des phares, il aperçoit la fourgonnette qu'ils sont allés louer chez Hertz tôt ce matin. Il se gare à 20 mètres et arrête le moteur. Asger prend ses affaires dans la boîte à gants et se retourne rapidement vers le gosse.

« Tu bouges pas de là avant que quelqu'un vienne te chercher, d'accord ? Tu restes là, tu m'entends ? »

Le garçon hoche la tête, effrayé. Asger sort de la voiture, claque la portière et court rejoindre Benedikte qui est descendue du fourgon et l'attend sous la pluie, alors qu'elle n'a que son sweat à capuche et son mince gilet en doudoune sur le dos.

Elle a l'air fâché. Elle devine sans doute à son visage que tout ne s'est pas déroulé comme prévu. Asger lui explique, un peu essoufflé, ce qui s'est passé.

« Il n'y a plus que deux possibilités, mon amour. Soit on se barre d'ici et on disparaît de la circulation pour toujours, soit on file au premier commissariat pour tout leur expliquer avant que la situation empire. Qu'est-ce que tu en penses ? »

Benedikte ne dit rien. Elle ne réagit même pas quand il ouvre avec impatience la portière de la camionnette de location et lui tend la main pour qu'elle lui donne les clés. Elle reste debout sous la pluie, les yeux fixés sur un point derrière lui, avec ce regard grave et ce silence qui depuis trop longtemps ont remplacé son beau sourire. Asger se retourne et voit que c'est le visage angoissé du gamin appuyé à la vitre teintée de la voiture ministérielle qu'elle regarde avec autant d'insistance. À ce moment-là, il comprend que rien ne la fera changer d'avis. Au contraire.

90

Tout en s'efforçant de marcher à la même allure que l'agent des services secrets dans les escaliers de Christiansborg, Rosa essaye en vain de joindre Steen sur son portable. Elle a besoin de l'avoir au bout du fil, car elle sait que lui seul pourra comprendre ce qu'elle ressent en ce moment. Il y a un instant, on a autorisé l'agent de renseignements à interrompre sa réunion avec le Premier ministre pour l'informer qu'une descente de police avait peut-être permis de retrouver la planque de l'assassin des trois femmes et de l'inspecteur de police. Rosa refoule ses sentiments depuis longtemps, mais maintenant que Steen l'a convaincue que les empreintes sur les bonshommes en marrons devaient nécessairement signifier quelque chose, elle a commencé à céder à l'espoir. Ce que la police vient de découvrir pourrait être la percée qu'ils attendaient et pourtant, elle ne peut pas s'empêcher d'être terrifiée.

Lorsque Rosa passe la porte donnant sur Prins Jørgens Gård, un accès normalement réservé aux employés du château, plusieurs agents du PET l'attendent. Ils la conduisent jusqu'à une voiture noire aux vitres fumées, assurant sa protection de tous les côtés, et, après avoir roulé les quelque cent mètres qui séparent Christiansborg de l'entrée du ministère des Affaires sociales, ils recommencent la même procédure, aux aguets, tandis qu'elle sort de la voiture et se dirige vers l'entrée.

Rosa ignore les questions des journalistes qui campent devant toutes les portes, elle entre, passe la sécurité et rejoint Liu, qui l'attend devant l'ascenseur ouvert afin de l'accompagner à l'étage où se trouvent les autres. Depuis que les médias se sont emparés des rumeurs sensationnelles concernant Kristine, Rosa s'est vu poser des tas de questions auxquelles elle refuse pour le moment de répondre. Au début, elle en avait voulu à Steen quand il s'était mis à délirer sur le stand de Kristine au bord de la route, sur son amie Mathilde et les animaux ou autres petits personnages en marrons qu'elles avaient l'habitude de fabriquer. Elle savait qu'il buvait, et elle savait aussi qu'il faisait de son mieux pour se montrer fort, tous les jours, alors qu'il était peut-être encore plus affecté qu'elle. Ils s'étaient disputés sur la signification des empreintes sur les deux bonshommes en marrons retrouvés lors des deux premiers meurtres, sur l'importance de cette découverte, sur le fait que Kristine avait ou non tenu son stand devant la maison l'automne dernier, mais elle avait fini par comprendre que, quoi qu'elle dise, Steen ne se laisserait pas dissuader. Personne ne partageait sa théorie, la police moins que quiconque, et pourtant, il avait fini par la convaincre. Non qu'elle se soit rangée à ses arguments, mais elle avait confiance en lui et surtout elle *voulait* le croire. Steen, qui avait été l'ombre de lui-même depuis le drame, avait soudain repris courage, et quand, d'une voix tremblante, elle lui avait demandé s'il pensait vraiment que leur fille pouvait être encore en vie, il avait acquiescé en prenant ses mains dans les siennes, et elle avait fondu en larmes. Ils avaient refait l'amour, alors qu'ils ne se touchaient plus depuis six mois, Steen lui avait fait part de son plan et elle y avait adhéré, sans savoir si elle serait capable de le suivre jusqu'au bout. Vendredi soir, il était apparu dans une émission d'informations à la télévision où il avait annoncé devant les caméras qu'il croyait que Kristine était encore en vie. Comme l'année dernière, il avait demandé aux gens de s'adresser à la police s'ils savaient quelque chose, et il avait supplié le criminel de libérer leur fille. Rosa avait fait l'effort de regarder la transmission en compagnie de leur fils, qu'elle avait préparé du mieux qu'elle pouvait. Gustav n'avait montré que colère et incompréhension et Rosa avait parfaitement compris son trouble et sa réticence. Il avait même failli lui faire regretter la décision qu'ils avaient prise.

Plus tard cette nuit-là, on les avait appelés, Steen et elle, pour les informer qu'un troisième bonhomme en marrons avait été retrouvé sur une troisième scène de crime et qu'il portait également les empreintes de Kristine, et cela n'avait fait que raviver leurs espoirs, alors que le commissaire de police et les deux inspecteurs qui l'avaient interrogée plus tôt dans la journée avaient insisté sur le fait qu'il n'y avait aucune raison particulière d'espérer.

Les nombreux messages de téléspectateurs ayant vu Steen aux infos n'avaient rien donné, et l'enquête personnelle menée par Steen sur les déplacements de Kristine le jour de sa disparition avait été vaine, elle aussi. Pendant tout le week-end, il avait essayé de reconstituer les différents itinéraires que sa fille aurait pu prendre en sortant du gymnase, espérant trouver de nouvelles hypothèses ou des témoignages qui auraient permis d'expliquer ce qui avait pu se passer. En sa qualité d'architecte, il avait accès aux plans des réseaux d'égouts, des tunnels et des générateurs électriques qui auraient pu servir à dérober rapidement Kristine à la vue des passants. Son entreprise était aussi inutile que s'il avait voulu chercher une aiguille dans une meule de foin, mais Rosa avait été émue de voir quelle énergie il mettait à aller au bout de son idée. C'est pourquoi elle était si pressée de lui transmettre les nouvelles à cause desquelles on était venu interrompre sa désagréable réunion au château.

Le Premier ministre était venu l'accueillir sur le seuil de la porte.

« Bonjour, Rosa. Comment ça va ? »

Il l'avait embrassée.

« Ça pourrait aller mieux, mais merci de poser la question. J'ai relancé plusieurs fois Gert Bukke pour obtenir un rendez-vous, mais il refuse de me rencontrer. Je crois urgent de commencer à nous tourner vers un autre groupe.

– Je ne parlais pas de Bukke. Il semble évident qu'en ce qui le concerne, il ne souhaite plus marcher avec nous. Je parlais de Steen et toi. »

Rosa pensait avoir été convoquée pour faire son rapport sur l'échec des négociations autour de la loi de finances, mais en voyant que le ministre de la Justice était là lui aussi, elle avait compris qu'il s'agissait d'autre chose.

« Je ne veux pas qu'il y ait de malentendu entre nous. Nous comprenons évidemment votre situation, mais, comme tu le sais, le gouvernement a déjà été pas mal bousculé ces dernières années et ce qui se passe en ce moment ne fait rien pour arranger les choses. La petite allocution de Steen dans les médias était une critique non déguisée du travail du ministère de la Justice. Le ministre a pourtant été clair sur le fait que la tragique affaire de la disparition de votre fille a fait l'objet d'un sérieux travail d'investigation. Tout a été examiné dans les moindres détails. Tout a été mis en œuvre pour vous venir en aide, ce pour quoi tu as publiquement exprimé ta gratitude. Et maintenant, voilà que ton mari vient mettre en doute la crédibilité du ministre.

– J'irais jusqu'à dire qu'il a mis en doute la crédibilité de tout le gouvernement, était intervenu le ministre de la Justice.

Le téléphone de mon ministère n'arrête plus de sonner. Les journalistes cherchent toutes sortes d'informations, l'opposition veut que l'affaire soit réexaminée, certains veulent même me traîner devant une commission gouvernementale pour que je m'explique, et je ne suis pas homme à me dérober. Mais ce matin, c'est au Premier ministre lui-même qu'on a demandé de commenter l'affaire.

– Ce que je n'ai nullement l'intention de faire. Mais cela montre bien la pression que subit le gouvernement.

– Que souhaitez-vous que je fasse ?

– Je vais te demander de t'aligner sur la déclaration officielle du ministre de la Justice. C'est-à-dire de prendre des distances avec les propos de ton mari. Je comprends que ce soit difficile, mais j'ai besoin que tu te montres à la hauteur de la confiance que je t'ai témoignée en te laissant reprendre ta place au gouvernement. »

Rosa était furieuse. Elle avait rétorqué qu'il y avait *réellement* matière à se poser des questions sur cette affaire. Le Premier ministre avait essayé de trouver un compromis, tandis que le ministre de la Justice paraissait de plus en plus mécontent. C'est à ce moment-là qu'ils avaient été interrompus. Rosa n'en a rien à faire de leurs états d'âme, ils peuvent aller se faire voir. Elle laisse un court message sur la boîte vocale de Steen et entre dans son bureau, Liu sur ses talons.

« Comment ça s'est passé chez le Premier ministre ? »

C'est Vogel qui a posé la question.

« On s'en fiche. Qu'est-ce que vous savez ? »

Vogel, deux agents des services secrets, son chef de cabinet et quelques secrétaires sont rassemblés autour de la table. Elle s'assied pendant qu'ils lui résument la situation. Le PET a appelé le ministère il y a dix minutes pour communiquer le nom de la locataire de la maison dans le port sud, et Engells a aussitôt sorti le dossier de Benedikte Skans. Ils lui rappellent les détails de l'affaire, bien que Rosa s'en souvienne parfaitement, et Engells et Vogel y vont chacun de leurs hypothèses. L'un des deux agents du PET reçoit un appel et il sort de la pièce pour répondre. Le deuxième agent demande à Rosa si elle a le souvenir d'avoir été récemment en contact avec Benedikte Skans ou éventuellement avec son compagnon. Ils n'ont pas encore trouvé de photo du fiancé, mais ils en ont à revendre de Benedikte Skans, du temps où son affaire avait intéressé la presse.

« C'est elle, là. »

Rosa reconnaît aussitôt la jeune femme aux yeux sombres et pleins de colère qui l'a bousculée il y a une semaine dans la salle des pas perdus. Elle portait un sweat à capuche rouge et un gilet en doudoune. C'était également ce jour-là qu'on avait écrit des injures sur le capot de sa voiture en lettres de sang.

« Je vous le confirme. Je l'ai vue aussi. »

L'agent note ce que Vogel vient de dire, et Engells continue la lecture du dossier, dans lequel il apparaît qu'on a enlevé à Benedikte Skans son bébé, un garçon, qui par la suite est tragiquement décédé dans sa famille d'accueil. Tout à coup, Rosa demande d'une voix blanche :

« Pourquoi Gustav n'est-il pas encore là ? »

Vogel lui prend la main.

« Le chauffeur est allé le chercher, ils arrivent. Tout va bien, Rosa.

– Que pouvez-vous nous dire d'autre sur Benedikte Skans ? Y avait-il quelqu'un avec elle le jour où vous l'avez vue à Christiansborg ? » reprend l'agent de renseignements.

Mais l'inquiétude ne veut plus la lâcher à présent. Pour une raison ou pour une autre, Rosa se souvient que le chauffeur lui a demandé hier si c'était lui ou Steen qui devait conduire Gustav au tennis aujourd'hui. Engells reprend et elle se fige :

« Nous ne savons pas grand-chose sur le compagnon, qui est aussi le père de l'enfant, à part qu'il a été plusieurs fois envoyé en Afghanistan comme chauffeur et qu'il s'appelle Asger Neergaard... »

Vogel se fige également, et ils échangent un regard.

« Vous avez bien dit Asger Neergaard ?

– Oui... »

Rosa consulte aussitôt une appli sur son téléphone, tandis que Vogel se lève si précipitamment que sa chaise se renverse. C'est une appli de sécurité que Steen et elle ont installée l'année dernière et qui s'appelle « Find my child ». Elle leur permet de savoir à tout moment où se trouve le téléphone de Gustav. Mais le GPS est muet. Le portable de Gustav n'émet aucun signal. Avant que Rosa ait eu le temps de quitter l'écran des yeux, le premier agent du PET entre dans le bureau en retirant son oreillette. Rosa lève la tête et il lui suffit de croiser son regard pour sentir le sol se dérober sous ses pieds, exactement comme le jour où Kristine a disparu.

91

Assis à côté de Thulin à la grande table de la salle de réunion, Hess réalise qu'il n'écoute plus depuis plusieurs minutes. Son regard éteint est tourné vers la cour aux colonnades, depuis longtemps plongée dans l'obscurité. Autour de lui résonnent des voix surexcitées, stressées, qui lui rappellent la gravité de la situation. Il a déjà vécu ça. Quel que soit l'endroit du monde où cela arrive, c'est le même scénario qui se joue quand un enlèvement se produit. À la seule différence que la tension est plus grande quand il s'agit de l'enfant d'une éminente femme politique.

Il y a presque cinq heures que la voiture ministérielle a été retrouvée sur une aire de repos, au bord d'une autoroute, au sud-est de Copenhague. Aucune trace du gamin, de Benedikte Skans ou d'Asger Neergaard. Aucune revendication de la part des kidnappeurs. Depuis la découverte de la voiture, on a lancé l'une des plus larges investigations de l'histoire du Danemark. Tous les aéroports, gares, ponts, débarcadères de ferry-boats, toutes les frontières et toutes les côtes sont surveillés ou arpentés par une patrouille, et Hess a le sentiment que la totalité des véhicules du parc automobile de la police sillonnent les routes. La direction des opérations est menée conjointement par le PET et la police de Copenhague, même les hommes de la défense civile ont été arrachés à leur dîner et projetés dans la nuit automnale. Leurs collègues norvégiens, suédois et allemands ont depuis longtemps été prévenus, Interpol et Europol sont informés, mais Hess espère sincèrement qu'aucune aide extérieure ne sera nécessaire. Car s'ils répondent, cela signifiera qu'ils ont la preuve que les ravisseurs ont traversé une ou plusieurs frontières et la probabilité de retrouver Gustav se réduira. Et celle qu'il soit en vie encore plus. Dans les affaires d'enlèvement, la règle numéro 1 veut que les plus grandes chances de récupérer la victime se situent dans les vingt-quatre premières heures, pendant que la piste est encore chaude. Chaque nouvelle journée diminue ces chances et Hess sait par les statistiques de La Haye que cette évaluation est fondée sur de vraies affaires d'enfants disparus. Il s'efforce de ne pas penser à l'affaire de kidnapping à laquelle il a été mêlé il y a quelques années, et qui avait nécessité une collaboration entre la police allemande et la police française. Un petit garçon de deux ans, natif de Karlsruhe, avait disparu et son ravisseur, de langue française, avait demandé au père banquier une rançon de deux millions d'euros pour lui rendre son enfant. Hess était présent au moment prévu pour la transaction. Mais l'argent n'avait jamais été récupéré à l'endroit convenu, et un mois plus tard, on avait découvert le cadavre du gosse dans un égout, à 500 mètres seulement du domicile du banquier. L'autopsie avait révélé un traumatisme crânien, sans doute parce que le kidnappeur avait fait tomber l'enfant en s'enfuyant, à proximité de la bouche d'égout, le jour même où il l'avait enlevé. On n'avait jamais mis la main sur le criminel.

Les circonstances de l'enlèvement de Gustav sont heureusement différentes, et il y a encore lieu d'espérer. Des inspecteurs de la brigade criminelle interrogent en ce moment les collègues et collaborateurs d'Asger Neergaard, au ministère des Affaires sociales et à Christiansborg, ainsi que ceux de

Benedikte Skans au service pédiatrique du Rigshospitalet. Pour l'instant, personne n'a la moindre idée de la façon dont ils ont procédé, ni de l'endroit où le couple a pu emmener l'enfant, mais il est trop tôt pour abandonner cette piste. Des bulletins d'information diffusent en boucle des photos de Gustav Hartung, ce qui devrait empêcher les ravisseurs de se montrer en public avec lui. Ce qui est une bonne et une mauvaise chose. Bonne, parce que la plupart des citoyens danois seront rapidement en mesure de reconnaître Gustav et d'informer aussitôt les autorités s'ils l'aperçoivent. Mauvaise, parce que cela peut mettre une telle pression sur ses ravisseurs qu'ils risquent de commettre l'irréparable dans un moment de panique. La question avait longuement été débattue par les services secrets et par la direction de la police judiciaire, mais la discussion n'avait servi à rien finalement parce que les parents eux-mêmes avaient insisté pour qu'on lance un avis de recherche. Hess comprenait leur décision. Ils n'avaient pas eu le temps de se remettre du drame qu'ils avaient vécu un an auparavant que déjà ils étaient plongés dans un autre. Ils ne voulaient négliger aucune piste, mais Hess n'aurait pas su dire si c'était la bonne décision.

À sa droite, Thulin questionne Genz d'une voix impatiente. Il est en train de faire à Nylander son rapport provisoire depuis son bureau à l'institut médico-légal. Le téléphone du commissaire a été mis sur haut-parleur.

« Où on en est du traçage du signal de leurs téléphones portables ?

– Les téléphones d'Asger Neergaard et de Benedikte Skans sont éteints depuis 16 h 17 aujourd'hui, ce qui correspondrait à l'heure de l'enlèvement. Il est possible qu'ils aient d'autres téléphones sans abonnement, mais ceux-là, je n'ai aucun moyen de...

– iPads, ordinateurs portables ? Il y avait un iPad et un portable Lenovo dans la maison. Billets électroniques sur les avions, les ferries, les trains ? Retraits de carte bleue ?

– Pour le moment, nous n'avons rien d'utilisable. C'est plus long de récupérer les fichiers effacés sur le Lenovo, parce qu'il est en mauvais état.

– Bref, vous n'avez rien foutu ! Je te rappelle qu'il y a urgence, Genz ! S'il y a des fichiers effacés sur le Lenovo, vous n'avez qu'à les retrouver avec Power Data Recovery, ça devrait tout de même pas être si compliqué…

– Calme-toi, Thulin. Il sait ce qu'il a à faire. Genz, tu nous rappelles dès que vous avez quelque chose.

– Bien sûr. On est à fond. »

Nylander coupe la communication et glisse son téléphone dans sa poche. Thulin ressemble à un boxeur qui vient d'apprendre qu'il ne va finalement pas monter sur le ring.

« Autre chose ? Il faut qu'on avance », dit Nylander.

Jansen pousse son bloc-notes au milieu de la table.

« J'ai eu l'hôpital psychiatrique de Roskilde au téléphone. Ça ne nous sert pas à grand-chose de savoir ça maintenant, mais il n'y a aucun doute sur le fait que Benedikte Skans a gravement pété un câble après la mort de son gosse. Le psychiatre à qui j'ai parlé m'a dit que même si elle avait fait de gros progrès pendant son internement, il ne pouvait pas exclure qu'elle soit capable d'avoir un comportement violent. Vachement rassurant quand on pense que la bonne femme travaille dans un service pédiatrique.

– Mais personne ne sait où elle est. Et avec Asger Neergaard, on en est où ?

– Ancien soldat, 30 ans, envoyé deux fois en Afghanistan comme chauffeur, d'abord dans la 7e division, puis dans la 11e. Bon dossier militaire, mais quand on interroge ses camarades à la caserne, il y en a qui pensent qu'il avait d'autres raisons de quitter l'armée que parce qu'il en avait marre.

– Mais encore ?

– Certains disent qu'il commençait à avoir les mains qui tremblaient et qu'il évitait de fréquenter les autres. Il paraît qu'il était devenu nerveux et agressif. Bref, il montrait des symptômes de stress post-traumatique. Quoi qu'il en soit, il n'a jamais été soigné pour quoi que ce soit de ce genre. Mais comment le Renseignement a pu valider sa candidature au poste de chauffeur ministériel, ça reste un mystère. Il y a des têtes qui vont tomber, à mon avis.

– Et aucune des personnes à qui vous avez parlé ne sait où il est ?

– Même pas sa mère. Ou alors, elle refuse de le dire.

– Ok, alors on arrête cette réunion et on continue à chercher. Nous n'avons rien, et ce n'est pas assez. Le mobile contre Rosa Hartung est indiscutable, et il faut retrouver ce gamin le plus vite possible. En ce qui concerne la responsabilité du couple dans les quatre meurtres, on va attendre d'avoir récupéré le gosse sain et sauf pour y consacrer des ressources.

– En admettant qu'ils aient quelque chose à voir avec les meurtres. »

C'est la première fois que Hess ouvre la bouche depuis le début de cette réunion, et Nylander le regarde comme s'il était un étranger demandant à entrer dans la salle. Hess s'empresse de poursuivre avant qu'on lui claque la porte au nez :

« Jusqu'ici, rien dans les éléments dont nous disposons n'indique qu'ils aient commis ces crimes. Ils ont harcelé Rosa Hartung avec des menaces de mort et prémédité et exécuté l'enlèvement de son fils, certes. Mais rien ne prouve qu'ils soient des meurtriers. De surcroît, Asger Neergaard a un alibi pour au moins l'un des trois meurtres, celui d'Anne Sejer-

Lassen, puisque, selon le PET, il était au même moment dans une cour à deux pas du ministère, en compagnie de Rosa Hartung et de sa secrétaire, près de la voiture ministérielle.

– Mais pas Benedikte Skans.

– Ce qui ne veut pas dire qu'elle a tué Anne Sejer-Lassen. Quel mobile le couple aurait-il pu avoir, d'ailleurs ?

– Ne commence pas à essayer de nous embrouiller parce que tu cherches des excuses pour être allé interroger Linus Bekker sans mon accord, Hess. Benedikte Skans et Asger Neergaard sont nos deux principaux suspects et je propose qu'on aborde votre visite à l'unité psychiatrique de haute sécurité à un autre moment.

– Je ne cherche pas d'excuses...

– Écoute, Hess, si Thulin et toi vous n'aviez pas perdu votre temps avec cette visite inutile et que vous étiez restés au ministère à éplucher des dossiers, vous seriez probablement tombés sur Benedikte Skans et Asger Neergaard plus tôt, et Gustav Hartung n'aurait peut-être pas été enlevé ! Tu comprends ce que je veux te dire ? »

Hess se tait. La même idée lui a déjà traversé l'esprit et, quelques instants, il se sent coupable, même s'il sait qu'il ne faut pas. Nylander sort de la pièce, Jansen et les autres lui emboîtent le pas. Thulin prend sa veste sur le dossier de sa chaise.

« L'important pour le moment, c'est de retrouver le gosse. S'ils n'ont pas commis ces crimes, toi et moi on le prouvera. »

Thulin n'attend pas sa réponse. Hess la regarde s'éloigner dans le couloir. À travers la vitre, il voit les inspecteurs s'affairer et courir dans tous les sens. Il se fait la réflexion qu'on se croirait dans une fourmilière, comme lorsqu'une affaire est en train d'atteindre son point culminant et qu'elle est près d'être résolue. Mais Hess n'a pas cette impression. Pour lui, le pire reste à venir et quand il se lève enfin, c'est pour sortir prendre l'air.

92

Asger n'a pas de problème avec la conduite de nuit. Ses yeux s'habituent vite à l'obscurité, il s'y sent en sécurité et il a généralement l'impression de contrôler la situation, même à vive allure et sous la pluie, comme c'est le cas en ce moment.

C'est en Afghanistan qu'il a réellement commencé à apprécier de rouler dans le noir. Quand il fallait transporter des troupes ou du matériel d'un camp à l'autre, cela se passait parfois après la tombée de la nuit, et, alors que nombre de ses camarades, chauffeurs comme lui, se sentaient en danger dans ces cas-là, pour lui, c'était l'inverse. Pour commencer, il adore conduire. Lorsqu'il est au volant, lorsque son champ de vision se modifie en fonction du paysage qu'il traverse, sur lequel son cerveau doit se concentrer, c'est comme si ses pensées le laissaient enfin en paix. En Afghanistan, il avait découvert que ce sentiment devenait encore plus fort la nuit. Même s'il y avait moins de choses à voir. L'obscurité le rassurait, elle lui apportait une tranquillité et un équilibre mental qui habituellement lui faisaient défaut. Mais aujourd'hui, c'est différent. La route couleur anthracite est flanquée des deux côtés d'une épaisse forêt. Il la distingue à peine et pourtant, il a l'impression à chaque instant que quelque chose va sortir du sous-bois, bondir sur lui et l'avaler tout entier. Il a des picotements sur la peau et ses oreilles bourdonnent. Quand il écrase la pédale d'accélérateur, c'est comme s'il essayait d'échapper à son ombre.

Il y a des barrages de police partout, et ils doivent sans cesse changer de direction. Ils ont commencé par rouler vers Gedser, puis vers Helsingør pour prendre un ferry pour la Suède, mais sur les deux itinéraires, ils se sont fait doubler par des voitures de police avec sirène et gyrophare, et leur destination n'était pas difficile à deviner. Asger a maintenant mis le cap au nord, vers Sjællands Odde. Le pont du grand Belt est trop évident et de ce fait exclu, mais Asger se dit qu'un ferry vers le Jutland pourrait ne pas être surveillé, même s'il n'y croit qu'à moitié. Il se demande ce qu'ils vont faire si cette route est bloquée également parce qu'il n'a pas de plan de secours. Benedikte, à côté de lui sur la banquette, se contente de se taire et de regarder à travers le pare-brise d'un air sombre.

Asger n'était pas chaud à l'idée d'emmener le môme, mais Benedikte ne lui avait pas laissé le choix et, dans un sens, il la comprenait. S'ils abandonnaient maintenant, ils auraient fait tout ça pour rien, et cette pouffiasse de ministre ne comprendrait jamais le mal qu'elle avait fait. Il était de bonne guerre qu'elle aussi traverse l'enfer à présent, et Asger n'avait aucun scrupule à enlever ce gosse qui ne pouvait s'en prendre qu'à sa mère s'il se retrouvait brinquebalé à l'arrière d'une camionnette.

Asger écrase le frein. Un bref instant, il perd le contrôle du fourgon, qui dérape sur l'asphalte mouillé, jusqu'à ce qu'il relâche la pédale et redresse la trajectoire. À travers les arbres détrempés, il aperçoit au loin une lueur bleue de gyrophares et, bien qu'il ne puisse pas encore voir les voitures de police, il sait qu'un nouveau barrage l'attend après le prochain virage. Il se gare sur le bas-côté et éteint les phares.

« Et maintenant, qu'est-ce qu'on fait ? »

Benedikte ne répond pas. Asger reprend la route en sens inverse. Il roule à tombeau ouvert tout en passant en revue à voix haute les options qui leur restent. Quand enfin, elle dit quelque chose, ce n'est pas ce qu'il attendait :

« Prends le premier chemin que tu vois, dans la forêt.

– Pour quoi faire ? Où est-ce que tu comptes aller ?

– Ne discute pas et entre dans la forêt. »

Dès qu'ils aperçoivent un chemin forestier, Asger s'y engage et il s'enfonce dans les bois, aussi vite que le permet le terrain cahoteux. Il vient de deviner le plan de Benedikte. Elle a compris qu'ils étaient cernés et que la seule chose à faire était de se cacher en attendant que la tempête se calme. C'est Asger qui a été soldat, et c'est lui qui aurait dû avoir cette idée, mais comme à l'accoutumée, c'est Benedikte qui a trouvé la solution au problème. Après qu'ils ont roulé trois ou quatre minutes, elle lui demande de stopper la voiture. Mais Asger n'est pas de cet avis : les arbres ne sont pas encore assez serrés.

« Il faut qu'on aille plus loin. Ils vont nous voir…

– Arrête-toi, tout de suite ! »

Asger obtempère. Il éteint le moteur, mais laisse les feux allumés. Benedikte reste un instant immobile. Il ne voit pas son visage, il entend seulement sa respiration et la pluie qui tambourine sur le toit du fourgon. Dans le noir, elle prend un objet dans la boîte à gants, puis ouvre la portière.

« Où tu vas ? On peut pas rester ici ! »

Benedikte sort et claque la portière. Asger se retrouve seul avec l'écho de sa propre voix. Il la voit contourner la cabine dans la lumière des codes et, lorsqu'elle s'éloigne vers l'arrière de la camionnette, inquiet, il la rejoint.

« Qu'est-ce que tu vas faire ? »

Benedikte le bouscule et tire la porte coulissante. Asger voit briller dans sa main droite l'arme tranchante et se rappelle soudain avoir rangé son couteau militaire dans la boîte à gants ce matin, quand ils sont allés chercher le véhicule chez le loueur. Il comprend tout à coup, et bien qu'il soit le premier surpris de se rendre compte qu'il a des sentiments pour le petit morveux, il la retient. Mais il sent sa force et sa détermination.

« Lâche-moi ! Lâche-moi, je te dis ! »

Ils se battent dans le noir et la lame atteint Asger à l'aine tandis qu'elle essaye de se dégager.

« C'est juste un petit garçon, Béné ! Ce n'est pas lui qui nous a fait du mal ! »

Enfin, il parvient à la prendre dans ses bras. Elle devient toute molle et se met à pleurer, puis ses pleurs se muent en sanglots irrépressibles. Il ne sait pas combien de temps ils restent ainsi dans le noir, serrés l'un contre l'autre au milieu de la forêt, mais il a l'impression que cela dure une éternité. Il songe en la berçant tendrement que c'est le meilleur moment qu'il ait vécu avec elle depuis très longtemps. Il sait que Benedikte a ressenti la même chose. Ils ont perdu, mais ils s'aiment. Il ne peut pas voir son visage, toutefois ses pleurs diminuent. Il lui prend doucement le couteau des mains et le jette à ses pieds dans les broussailles.

« On va libérer le gamin. On s'en sortira mieux si on n'est que tous les deux. Dès que les flics l'auront retrouvé, ils se calmeront, d'accord ? »

En sentant le corps de sa bien-aimée contre lui, Asger ne doute plus qu'ils vont s'en sortir. Il caresse son visage et embrasse ses larmes. Il la sent hocher la tête et renifler. Elle s'accroche à sa main, mais de l'autre, il fait glisser la portière. S'il explique au petit garçon dans quelle direction marcher, il tombera rapidement sur un barrage de police et, entre-temps, Benedikte et lui auront eu le temps de s'enfuir.

Asger est le premier alerté par le bruit. Il scrute l'obscurité. Entend un moteur approcher. Il regarde dans la direction par laquelle ils sont arrivés, sans lâcher la main de Benedikte. À 50 mètres, les feux avant d'une voiture se reflètent dans les flaques d'eau du chemin et bientôt, Benedikte et lui sont aveuglés comme deux lapins. Le véhicule stoppe, le chauffeur reste quelques instants au volant, il les observe, puis il coupe le moteur et les phares.

Le chemin est plongé dans le noir. Mille idées se bousculent dans la tête d'Asger. Il pense d'abord qu'il doit s'agir d'une voiture de police banalisée, mais les policiers ne resteraient pas aussi passifs dans cette situation. Puis il se dit que c'est peut-être un paysan, ou un garde-chasse. Pour finir, il réalise qu'il n'y a qu'une seule raison pour que quelqu'un se trouve à cette heure-ci, en pleine nuit, sur ce chemin de terre : eux. Il est pourtant sûr que personne ne les a vus entrer dans la forêt et depuis longtemps il a fait en sorte que leurs téléphones ne soient plus repérables.

Asger sent la main de Benedikte se crisper et, quand il entend une portière s'ouvrir, il lance, sans obtenir de réponse :

« Ho ! Qui est là ? »

Il entend un bruit de pas sur le chemin et sait que dans un instant, il aura la réponse à sa question. Il s'accroupit pour tenter de remettre la main sur le couteau.

93

Les mains protégées par des gants en latex, Thulin vide le contenu de la poubelle sur deux journaux publicitaires étalés sur le carrelage de la cuisine. Elle prend une fourchette dans un tiroir et commence à fouiller dans les ordures. Une odeur rance d'aliments pourris, de mégots de cigarettes et de conserves vides lui retourne l'estomac, tandis qu'elle déplie des tickets de caisse dans l'espoir de trouver un indice sur l'endroit où le couple a pu s'enfuir. Genz et son équipe ont déjà fait le tour de la maison principale, mais Thulin préfère faire ses propres prélèvements. Il n'y a rien. Juste des listes de supermarché, des reçus de pressing, probablement pour le nettoyage de l'uniforme que porte Asger Neergaard pour conduire Rosa Hartung. Thulin abandonne les ordures après avoir terminé. Elle se trouve dans l'ancienne boucherie et, à part les deux véhicules de patrouille qui surveillent le quartier un peu plus loin, elle est seule. Genz et son équipe ont bien travaillé. Rien ne laisse imaginer que le couple pourrait avoir un autre point de chute que cette maison, et aucun élément sur place n'indique que les jeunes gens ont étudié des itinéraires ou prévu une planque quelque part. Plus tôt dans la journée, on a constaté que l'un des frigos à viande, dans l'ancienne usine, a été aménagé avec un matelas par terre, une couverture synthétique, un W-C chimique portable et deux illustrés de Mickey, un endroit où Gustav Hartung aurait pu être gardé prisonnier.

Thulin frémit à cette idée mais, en même temps, rien de ce qu'elle a vu dans cette maison ne lui fait penser que ses habitants puissent être deux meurtriers de sang-froid. Pas comme elle se représente ce profil d'individus. En revanche, tout prouve qu'Asger Neergaard habite bien ici et non à l'adresse qu'il a déclarée à l'état civil, une chambre qu'il louerait à un ancien collègue de l'armée. Thulin a aussi constaté que l'ancien militaire avait une certaine prédilection pour les femmes dénudées des mangas. Mais elle n'a pas découvert d'autres signes de transgression que celui-là. A priori, ce qui le caractérise serait plutôt que, malgré son jeune âge, il aime regarder les vieilles séries comiques de la télévision danoise illustrant pour la plupart une époque révolue de prairies verdoyantes et de drapeau national flottant dans la brise. Il les regarde sur un écran plat de première génération, à l'aide d'un lecteur DVD poussiéreux, vautré sur un canapé en cuir défoncé. Le moins qu'on puisse dire est que tout cela ne dessine pas aux yeux de Thulin le portrait d'un dangereux psychopathe.

Les indices révélateurs des centres d'intérêt de Benedikte Skans lui paraissent plus alarmants : fascicules juridiques sur le thème du placement d'office d'enfants victimes de maltraitances, extraits de textes de loi sociale décryptés et commentés dans la marge, parutions spécialisées sur la maltraitance enfantine, etc. Parmi ses affaires personnelles, rangés dans les tiroirs d'une commode du séjour, on a également trouvé des dossiers et des classeurs remplis de documents sur l'affaire concernant son petit garçon et de courriers entre elle, les autorités et son avocat commis d'office. Presque chaque page comportait des remarques écrites à la main, souvent illisibles et toujours suivies de points d'interrogation ou d'exclamation.

Thulin sentait la colère et la frustration de la mère derrière ces commentaires. Il y avait aussi des livres de poésie que Benedikte avait conservés de ses années de collège – dans l'un d'entre eux, elle avait gardé une photo d'elle et d'Asger assis sur une pelouse derrière une affreuse glissière de sécurité –, ses bulletins scolaires, son diplôme de l'école d'infirmières et divers dépliants proposant une remise en forme physique et morale après une grossesse et un accouchement.

Plus Thulin apprend à connaître le couple, moins elle arrive à croire qu'ils puissent être les auteurs des crimes sur lesquels ils enquêtent, Hess et elle. Il est également impossible de les imaginer capables de déjouer l'énorme travail d'investigation de la police pendant plusieurs semaines et elle est arrivée à la conclusion que Hess a raison de se montrer sceptique et de l'avoir fait savoir à Nylander.

Ce matin, en découvrant le mur de son appartement, dans le quartier de Nørrebro, elle n'avait pas été loin de penser qu'il avait perdu la boule, voire qu'il était suspect qu'il s'obstine à croire que Kristine Hartung était encore en vie. Sans compter que ses initiatives peu orthodoxes d'aller voir Genz à l'institut médico-légal et Linus Bekker à l'unité psychiatrique de haute sécurité plaidaient également dans ce sens. Elle avait dû se rappeler qu'elle ne savait rien de Hess ni de son passé et qu'elle n'avait pas le droit de le juger. Après leur visite à la prison psychiatrique, elle avait déjà commencé à gamberger, mais à présent, elle se voit bien retourner là-bas avec lui pour essayer de tirer les vers du nez de cette petite ordure de Linus Bekker et pour découvrir ce qu'il sait sur les meurtres du Tueur aux marrons et sur Kristine Hartung.

Mais pour l'instant, il s'agit de Gustav Hartung, et quand Thulin a terminé d'inspecter les derniers tiroirs des dernières commodes dans les chambres du premier étage, elle décide d'aller aider Genz avec le Lenovo portable qui semble lui poser problème. Elle descend l'escalier et prend le corridor vers l'entrée, lorsque soudain, elle a l'impression d'entendre un bruit et s'arrête. Une alarme sonne quelque part, apparemment pas dans la maison où elle se trouve. Le hurlement est à la fois moins sonore et moins rapide qu'une alarme antivol de voiture, mais tout aussi insistante. Elle retourne sur ses pas, traverse la cuisine et s'engage dans le couloir reliant la maison à l'usine. Quand elle ouvre la porte de séparation entre les deux bâtiments, le bruit s'amplifie. La grande halle tout en longueur est plongée dans le noir et elle s'arrête, parce qu'elle ignore où se trouvent les interrupteurs. Une idée lui traverse l'esprit : si le jeune couple n'est pas impliqué dans les assassinats, le véritable meurtrier peut être caché ici, dans l'obscurité. Elle chasse cette pensée. Il n'y a aucune raison que l'assassin vienne dans cet endroit. Malgré tout, elle sort son arme et enlève la sécurité.

À l'aide de la torche de son téléphone, Thulin éclaire ses pas à travers l'ancienne boucherie industrielle. Elle marche en direction du bruit, passant un frigo après l'autre, y compris celui qui a peut-être été aménagé pour accueillir Gustav Hartung. Certains frigos sont complètement vides, mis à part les crochets à viande suspendus au plafond, mais la plupart sont encombrés de caisses et de vieilleries.

Elle s'arrête devant l'une des dernières pièces de réfrigération. C'est de là que vient le bruit et, après avoir fait deux pas à l'intérieur, elle comprend qu'elle se trouve dans la pièce qu'Asger a aménagée pour y faire de la musculation. Dans le faisceau de la torche, elle découvre deux kettlebells usés, une barre d'haltères, un vieux vélo d'appartement et un punching-ball qui se disputent l'espace exigu avec une paire de bottes militaires couvertes de boue et un treillis crasseux. Le plus marquant dans cette salle de sport improvisée est l'odeur. Bien que le lieu soit une ancienne boucherie, aucune des autres pièces ne sent autant la viande avariée que celle-ci. Elle vient de se faire cette réflexion quand elle perçoit un mouvement dans un coin. Aussitôt, elle oriente le faisceau lumineux dans cette direction et, bien que la lumière blanche frappe les bestioles de plein fouet, elles ne réagissent pas. Quatre ou cinq rats sont occupés à ronger frénétiquement le bas de la porte d'un minifrigo posé dans un coin à côté d'un tas d'outils de jardin et d'une planche à repasser pliée. Une lumière clignote en haut du réfrigérateur et c'est lui qui émet le bip sonore parce que les rats sont venus à bout du joint en caoutchouc qui assurait la fermeture hermétique. Thulin s'approche et doit pousser les rongeurs du bout du pied pour les faire fuir. Effrontés, ils lui passent entre les jambes, s'arrêtent à quelques mètres, puis commencent à faire des allers-retours en couinant, hystériques. Elle ouvre avec précaution la porte et doit mettre une main sur sa bouche pour ne pas vomir.

94

« Vous êtes sûr que Benedikte Skans était de garde la nuit du vendredi 16 octobre au samedi 17 octobre ?

– Certain. L'infirmière en chef, qui travaillait aussi cette nuit-là, vient de me le confirmer. »

Hess remercie l'inspecteur et interrompt la communication en arrivant à l'étage où se trouve le bureau de Rosa Hartung, au ministère des Affaires sociales. Il est presque 23 heures et l'accueil bourdonne d'une fébrilité contrôlée et de sonneries de téléphones portables. Quelques enquêteurs sont encore en train d'interroger les membres du personnel, deux secrétaires répondent à leurs questions à voix basse, reniflant, les yeux rouges. Des barquettes de sushis que personne n'a encore eu le cœur d'attaquer traînent sur les tables.

« La ministre est dans son bureau ? »

La secrétaire personnelle de Rosa Hartung, une femme de type asiatique qui semble dans tous ses états, acquiesce à la question de Hess. Il se dirige vers les portes en acajou tout en se remémorant le code de déverrouillage de l'écran de l'iPad qu'il vient d'emprunter dans la salle de repos des chauffeurs, à Christiansborg.

Thulin a eu raison de lui rappeler que le plus urgent, pour l'instant, était le fils Hartung. En quittant l'hôtel de police, Hess s'était donc d'abord rendu au ministère des Affaires sociales pour participer aux recherches sur les déplacements du couple et les endroits où ils auraient éventuellement pu se trouver, en interrogeant toutes les personnes qui côtoyaient Asger Neergaard au quotidien. Il en avait vite conclu que personne ne savait rien. Les enquêteurs avaient bien fait leur boulot et le fait que Hess parle lui-même aux gens n'apporterait rien de plus. Asger Neergaard ne fréquentait personne et il n'était pas du genre à s'étendre sur sa vie privée, sur ses activités en dehors du travail ni sur quoi que ce soit qui aurait pu leur être utile. Hess s'était donc concentré sur l'opinion que les gens avaient de lui. À certains, le chauffeur avait semblé bizarre dès le départ – mystérieux, silencieux, peut-être un peu dangereux –, mais pour l'inspecteur, ces descriptions étaient nécessairement faussées par ce que les témoins avaient appris des événements récents. Les chaînes de télévision passaient en boucle l'avis de recherche de Gustav Hartung depuis plusieurs heures, avec la description des ravisseurs présumés, et l'information sensationnelle que l'un d'eux se révélait être le chauffeur personnel de Rosa Hartung. Si l'on avait le moindre doute sur le fait que l'histoire allait faire vendre du papier, il suffisait de jeter un coup d'œil par la fenêtre sur la horde de camions régie et de journalistes qui s'étaient rassemblés sur la petite place devant le ministère. Cette large couverture des événements signifiait aussi que les souvenirs des témoins étaient d'ores et déjà altérés par les médias. Les quelques témoignages auxquels Hess prêtait foi dépeignaient Asger Neergaard comme un être introverti et un peu simplet qui restait dans son coin et employait ses pauses à fumer au bord du canal en passant des coups de fil, contrairement à ses collègues qui préféraient rester au chaud dans la salle de repos des chauffeurs, au palais de Christiansborg.

Hess s'y était rendu aussi, et un chauffeur d'un certain âge lui avait rapporté comment il avait à plusieurs reprises dû aider Asger à ouvrir le verrou pour entrer dans le garage où on garait les voitures ministérielles pour la nuit. Ne serait-ce que pour cette raison, il était fort peu probable que sa compagne et lui aient été en mesure de planifier dans leurs détails les meurtres très élaborés de Laura Kjær, Anne Sejer-Lassen et Jessie Kvium.

Cette hypothèse est devenue encore plus improbable lorsqu'un autre collègue d'Asger Neergaard, le chauffeur attitré du ministre de l'Environnement, a montré à Hess le calendrier électronique dont il se servait. Chaque chauffeur est en effet tenu de justifier tous ses déplacements en notant sur l'écran du journal de bord présent dans chaque véhicule l'endroit où il se trouve, à quel moment et pour quelle raison. Le regard de Hess est très vite tombé sur une certaine date dans l'emploi du temps de Neergaard, après quoi il est aussitôt retourné au ministère des Affaires sociales. En chemin, il a appelé un enquêteur à qui il a demandé de se rendre sur le lieu de travail de Benedikte Skans. Et à présent, il veut faire le point avec Rosa Hartung sur les informations qu'il a récoltées.

En entrant dans le bureau de la ministre, il se trouve en présence d'une mère morte d'inquiétude. Elle a les mains qui tremblent, les yeux rouges et pleins d'angoisse. Il remarque que son mascara a coulé malgré une tentative maladroite pour l'essuyer. Son mari est là aussi en train de parler au téléphone. Il fait mine de raccrocher en voyant Hess, mais Hess secoue la tête pour lui faire comprendre qu'il n'y a rien de nouveau. Rosa Hartung et son mari ont choisi de rester au ministère, d'une part parce qu'on devait les interroger à propos d'Asger Neergaard, d'autre part parce que, ici, ils sont mis au courant en permanence de ce qui se passe. Hess devine aussi qu'ils n'ont pas très envie d'être seuls. Chez eux, ils vont se retrouver en tête à tête avec leur inquiétude. Ici, au moins, ils ont l'impression de faire quelque chose, même si ce quelque chose ne consiste qu'à demander aux enquêteurs comment avance l'enquête, au fur et à mesure que ceux-ci interrogent des témoins.

Laissant Steen Hartung terminer sa conversation téléphonique, Hess propose d'un regard à Rosa Hartung de le rejoindre à la table de conférences.

« On peut s'asseoir un moment ? J'ai quelques questions à vous poser, auxquelles j'espère que vous pourrez répondre. Vous m'aideriez beaucoup.

– Où en êtes-vous ? Qu'est-ce qui se passe en ce moment ?

– Malheureusement, il n'y a rien de nouveau pour l'instant. Mais tout le monde est sur le pont, toutes les voitures sur les routes, et toutes les frontières surveillées. »

Il lit l'effroi dans ses yeux et il sait qu'elle sait que son fils est en danger de mort, mais il est obligé d'amener la conversation sur la découverte qu'il vient de faire. Il attend qu'elle ait digéré le fait qu'il n'a rien à lui apprendre sur Gustav et pose l'iPad sur la table de façon à ce qu'ils puissent regarder l'écran tous les deux.

« Vendredi 17 octobre, à 23 h 57, votre chauffeur, Asger Neergaard, a noté dans son journal de bord électronique qu'il était arrivé avec la voiture ministérielle devant le Diamant Noir, pour vous ramener d'une réception à laquelle vous vous étiez rendue, à la Bibliothèque royale. Il écrit ensuite qu'il est resté en stand-by dans le hall jusqu'à 00 h 43, heure à laquelle il écrit : “Journée terminée. Je rentre.” Est-il exact qu'il a attendu dans le hall ce soir-là et que vous n'êtes partis qu'à l'heure qu'il a indiquée ?

– Je ne vois pas en quoi c'est important. Ni ce que cela a à voir avec Gustav. »

Hess ne veut pas ajouter à son angoisse en lui rappelant que c'est l'heure présumée du troisième et du quatrième meurtre. Si l'heure indiquée sur le journal de bord est exacte, Asger Neergaard ne pouvait pas se trouver dans les jardins pour tuer Jessie Kvium et Martin Ricks et procéder à l'amputation de deux mains et d'un pied, avant que Thulin et lui arrivent. Et comme Hess vient d'avoir la confirmation que Benedikte Skans était de garde à l'hôpital cette même nuit, l'information est primordiale.

« C'est important pour diverses raisons que je ne peux pas vous exposer maintenant. Mais je vous serais très reconnaissant d'essayer de vous souvenir. Est-il exact qu'il a attendu, et que vous n'êtes rentrés qu'à cette heure-là ?

– Le problème, c'est que je ne sais pas pourquoi il a écrit cela dans son journal de bord, parce que je n'étais pas à cette réception. Je m'étais décommandée.

– Vous n'y étiez pas ? »

Hess s'efforce de cacher sa déception.

« Non, Frederik, Frederik Vogel, mon conseiller, avait annulé pour moi.

– Vous en êtes certaine ? Vous êtes absolument sûre que vous n'y étiez pas ? Asger Neergaard a écrit que...

– J'en suis sûre. Au départ, il était question que Frederik et moi y allions à pied, parce que ce n'est pas très loin du ministère. Mais quelques heures avant, nous en avons discuté ensemble. C'était le soir où mon mari passait à la télévision et Frederik a jugé que ce ne serait pas trop grave si je n'y allais pas. Et, évidemment, j'étais soulagée, parce que je préférais rester avec Gustav...

– Mais si Vogel a décommandé, pourquoi est-il écrit dans le journal de bord que le chauffeur... ?

– Je n'en sais rien. Posez la question à Frederik.

– Où est-il ?

– Il avait un truc à faire, il ne va sans doute pas tarder. Mais en attendant, j'aimerais bien que vous me disiez ce qui a été mis en œuvre pour retrouver mon fils. »

Le grand bureau de Frederik Vogel est désert et sombre. Hess entre et ferme la porte derrière lui. La pièce est agréable, bien plus chaleureuse que les espaces impersonnels que Hess a pu voir dans le reste du ministère. On se croirait dans un salon. Il se surprend à penser que les femmes doivent trouver l'endroit sexy dans sa décontraction. Lampes dessinées par le célèbre designer danois Verner Panton, épais tapis de laine, canapés italiens bas et des tas de coussins partout. Il ne manque qu'une chanson de Marvin Gaye. Hess est un peu envieux. Il sait qu'il n'aurait jamais l'énergie nécessaire pour créer ce genre d'ambiance.

Ce n'est pas la première fois ce soir que Hess se demande où est passé le conseiller de la ministre. Les enquêteurs de la brigade criminelle avaient interrogé Frederik Vogel, 37 ans, à 19 heures aujourd'hui, pour lui demander ce qu'il savait sur Asger Neergaard. Le conseiller s'était contenté de se montrer étonné d'apprendre qu'Asger Neergaard puisse être l'homme qu'ils décrivaient. Quand Hess était revenu au ministère, il y a deux heures, Vogel n'y était plus. D'après la secrétaire, il était sorti faire une course en ville. Ce qui n'avait pas manqué de surprendre Hess, alors que sa ministre était au milieu d'une grave crise et harcelée par les médias.

Hess ne sait pas grand-chose sur Vogel. Rosa Hartung lui a dit tout à l'heure qu'il avait toujours été pour elle d'un grand soutien. Ils avaient fait leurs études de sciences politiques ensemble à l'université de Copenhague, puis leurs chemins s'étaient séparés lorsque Vogel avait été reçu à l'école de journalisme. Ils étaient restés en contact et, au fil des années, Frederik Vogel était devenu un ami de la famille. Quand elle avait été nommée ministre, le prendre comme spin doctor avait semblé une évidence. Il avait été une aide précieuse pour elle et sa famille pendant l'année difficile qui avait suivi la disparition de Kristine, et c'est probablement à lui qu'elle devait d'avoir retrouvé le courage de revenir.

« Comment a-t-il réagi au fait que votre mari et vous espériez encore que votre fille soit en vie ? avait demandé Hess à Rosa Hartung.

– Frederik est très protecteur, alors il a commencé par être inquiet. Pour mon poste, surtout. Mais à présent, il nous soutient à cent pour cent. »

Hess fouille un peu pour se faire une idée de l'homme dont le bureau est jonché de documents datant de l'affaire Benedikte Skans, de notes manuscrites sur la stratégie à adopter face à la presse, mais, à part ça, il ne trouve rien d'intéressant. Au moins jusqu'à ce qu'il effleure par mégarde le trackpad du MacBook posé sur la table. Sur l'écran commencent à défiler des photos de Vogel dans différentes situations professionnelles : Vogel devant le siège de l'Union européenne à Bruxelles, Vogel serrant la main de la chancelière allemande dans la salle des pas perdus du palais de Christiansborg, Vogel à New York devant le World Trade Center Memorial et Vogel aux côtés de Rosa Hartung dans un camp de l'UNICEF. Mais parmi les photos officielles apparaissent tout à coup des photos privées de Frederik Vogel en compagnie de la famille Hartung : à des anniversaires, des matches de handball et des sorties dans le parc d'attractions de Tivoli. Un tas de photos de famille traditionnelles avec toujours Frederik Vogel au milieu.

Hess essaye de se dire que tout cela est plutôt sympathique. Qu'il s'est trompé dans ses préjugés qui lui faisaient voir dans le conseiller Vogel un serpent machiavélique et froid. Mais soudain, il comprend ce qui le gêne dans ces photos. Steen Hartung ne figure sur aucune d'entre elles. En revanche, il ne compte plus les selfies de Vogel avec Rosa et les enfants. Comme si c'était lui qui était marié avec elle.

« La secrétaire de Madame la ministre m'a dit que vous souhaitiez me voir ? »

La porte du bureau vient de s'ouvrir sur le conseiller de la ministre, dont la curiosité se change en méfiance lorsqu'il baisse les yeux vers l'écran de l'ordinateur qui éclaire toujours le visage de Hess. Ses vêtements sont trempés et ses cheveux pendent, mouillés, sur son visage, avant qu'il ne les rejette en arrière.

« Où en êtes-vous ? Vous avez retrouvé le chauffeur ?

– Pas encore. Et vous non plus, nous n'arrivions pas à vous mettre la main dessus.

– J'avais des choses à faire en ville. J'ai essayé d'empêcher ces sales vautours de journalistes de fouiner dans les réseaux sociaux de Gustav et de s'en servir. Et la fiancée ? Vous l'avez trouvée ? Pas encore ? On peut savoir ce que vous foutez ?

– Nous y travaillons. Mais pour l'instant, j'ai besoin de vous pour autre chose.

– Je n'ai pas de temps à consacrer à autre chose. Soyez bref. »

Hess remarque qu'en allant poser son manteau sur la chaise et en prenant son téléphone dans la poche, Vogel a discrètement refermé le couvercle de l'ordinateur.

« Le vendredi 16 octobre, vous avez décommandé, au nom de votre ministre, une réception à la Bibliothèque royale. Vous en aviez discuté quelques heures auparavant, et elle vous avait prévenu que son mari était invité sur un plateau de télévision. Vous lui auriez répondu qu'elle pouvait parfaitement se permettre de ne pas aller au Diamant Noir.

– C'est possible. À part que la ministre n'a pas besoin de mon autorisation pour se décommander d'une soirée. Elle est libre de faire ce qu'elle veut.

– Mais la ministre fait souvent ce que vous lui conseillez de faire.

– Je ne sais pas quoi répondre à cela. Pourquoi cette question ?

– C'est sans importance. Vous me confirmez que c'est vous qui avez annulé cette soirée ?

– C'est moi qui, à la demande de la ministre, ai téléphoné à l'organisateur pour prévenir qu'elle ne viendrait pas.

– Avez-vous également prévenu Asger Neergaard que la ministre s'était décommandée et qu'il n'aurait pas à la ramener de cette soirée ?

– Oui. Évidemment.

– Il est écrit dans son journal de bord qu'il travaillait ce soir-là. Il y est même écrit qu'il était en stand-by dans le hall du Diamant Noir, entre minuit et une heure moins le quart du matin, à attendre que la soirée se termine pour la raccompagner chez elle.

– Qui peut croire ce que ce type a écrit dans son journal de bord ? Il avait peut-être besoin de se créer un alibi pour je ne sais quelle autre chose qu'il a faite ce soir-là. Je suis pratiquement sûr de lui avoir dit qu'il était libre, mais qu'est-ce que ça peut faire, alors qu'on est en train de chercher Gustav Hartung ?

– C'est assez essentiel, au contraire. Alors ? Vous lui avez dit, ou vous ne lui avez pas dit ?

– Je suis à peu près certain de lui avoir dit, ou alors, j'ai demandé à quelqu'un de s'en occuper.

– Qui ?

– Pourquoi est-ce si important, bon Dieu ?

– Donc, il est possible que vous ne l'ayez pas prévenu et qu'il ait réellement attendu dans le hall de la bibliothèque ce soir-là ?

– Si c'est vraiment tout ce que vous avez à me demander, vous me faites perdre mon temps.

– Et vous, qu'avez-vous fait ce soir-là ? »

Vogel se dirigeait vers la porte, il se retourne et regarde Hess.

« Vous étiez censé accompagner la ministre au Diamant Noir, mais à partir du moment où la soirée a été annulée, cela vous a permis de faire autre chose, non ? »

L'esquisse d'un sourire amusé passe sur le visage de Vogel.

« Vous n'êtes pas en train de me dire ce que je crois que vous êtes en train de me dire ?

– Que croyez-vous que je suis en train de vous dire ?

– Je crois que vous êtes en train d'essayer de savoir où je me trouvais à l'heure où un crime a été commis, au lieu de vous occuper de l'enlèvement du fils de Madame la ministre. Mais j'espère me tromper. »

Hess se contente de le regarder.

« Si vous tenez à le savoir, je suis rentré chez moi pour regarder Steen Hartung à la télévision, de manière à me préparer aux conséquences que pourrait avoir son intervention. J'étais seul, sans témoin, et j'ai eu tout le temps de commettre toutes sortes de crimes et de bricoler avec des marrons toute la nuit. C'est ça que vous vouliez entendre ?

– Et la nuit du 6 octobre ? Et le soir du 12 octobre, vers 18 heures ?

– Je vous raconterai tout cela quand vous me convoquerez pour un interrogatoire en règle, en présence de mon avocat. En attendant, je vais continuer à faire mon travail, et je trouve que vous devriez faire le vôtre. »

Vogel prend congé d'un hochement de tête. Hess n'a pas très envie de le laisser filer, mais son portable sonne au même moment, et Vogel en profite pour s'éclipser.

Hess voit sur l'écran que c'est Nylander et il décide de lui parler de la découverte qu'il vient de faire et de ses soupçons concernant le conseiller de la ministre Hartung, mais le commissaire le devance :

« Nylander à l'appareil. Fais arrêter les recherches au ministère des Affaires sociales et à Christiansborg.

– Pourquoi ?

– Parce que Genz a repéré Skans et Neergaard. Il a réussi à entrer dans leur ordinateur, il a trouvé une facture de location chez Hertz dans la boîte mail et il a appelé la société. Le couple a loué une voiture de bonne heure ce matin dans le quartier de Vesterbro, et Genz a pu tracer le véhicule grâce aux mouchards que Hertz a placés dans toutes ses voitures, au cas où elles seraient volées. Prévenez tout le monde et rentrez à l'hôtel de police faire votre rapport.

– Et le... »

Nylander a déjà raccroché. Hess, furieux, quitte le bureau au pas de charge.

Après avoir communiqué l'ordre de Nylander à un enquêteur, il continue vers la sortie sans ralentir. En passant devant la porte entrouverte du bureau de la ministre, il a quand même le temps de voir Vogel poser un bras protecteur autour des épaules de Rosa Hartung.

95

Malgré la pluie, avec un gyrophare en marche, il ne faut pas plus de quarante minutes pour se rendre dans le nord de l'île de Seeland. Pourtant, le trajet lui semble interminable. Quand il arrive sur la nationale sans éclairage qui traverse la forêt, Hess n'a aucun mal à deviner où il doit tourner. Juste avant un chemin de terre, il trouve les fourgons vides qui ont transporté le groupe d'intervention stationnés au bord de la route en compagnie de plusieurs véhicules de patrouille. Hess montre son badge à deux agents trempés jusqu'aux os et il est autorisé à continuer. Si on l'a laissé passer, c'est que l'opération est terminée, ce qui ne lui apprend pas comment, mais il n'a pas envie de perdre du temps à poser la question aux agents, qui de toute façon ont peu de chances d'être au courant, puisqu'ils n'étaient pas sur place.

Hess a roulé vite depuis Copenhague et il doit se forcer à lever le pied sur le chemin défoncé. Il n'a pas respecté l'ordre de Nylander qui lui demandait de retourner à l'hôtel de police, et en chemin, il s'est employé à en savoir plus sur Frederik Vogel. Ce qu'il aurait sans doute dû faire depuis longtemps.

Quelque chose lui disait qu'Asger Neergaard pourrait prouver qu'il était bien au travail le 16 octobre. Il vient d'avoir au téléphone la secrétaire de la ministre qui lui a confirmé avoir été réveillée cette nuit-là, un peu après une heure et demie du matin, par Neergaard qui s'inquiétait de savoir où était la ministre, parce qu'il l'attendait depuis plus d'une demi-heure dans le hall du Diamant Noir. Elle s'était excusée auprès du chauffeur qu'il n'ait pas été prévenu que la ministre avait décommandé la soirée. Si Neergaard se trouvait effectivement à la Bibliothèque royale, il ne serait pas difficile de trouver des témoins qui l'y avaient vu. Et si, de son côté, Benedikte Skans était bien de garde cette nuit-là, le couple n'avait pas pu tuer Jessie Kvium et Martin Ricks, et Vogel devenait un client intéressant. Il ne semble pas avoir d'alibi à l'heure des meurtres dans les jardins familiaux et Hess a hâte de demander à Asger Neergaard s'il sait quelque chose sur l'emploi du temps de Vogel au moment des deux meurtres précédents. Peut-être pourra-t-il même le renseigner sur les relations entre la ministre Hartung et son conseiller. Peut-être y a-t-il là un mobile auquel Hess et Thulin n'ont pas pensé, et Hess a de nouveau envie d'appeler Thulin, qu'il a déjà essayé de joindre à deux reprises depuis son départ.

Des phares approchent en sens inverse sur l'étroit chemin de terre, et il doit se garer sur le côté pour laisser passer une ambulance. La sirène n'est pas allumée, mais Hess ignore si c'est une bonne ou une mauvaise nouvelle. Ensuite arrive une voiture de police banalisée, et dans l'ombre de la banquette arrière, il aperçoit fugitivement Nylander, très occupé à parler au téléphone. Il repart, passe à côté de quelques agents du groupe d'intervention qui retournent à pied vers la nationale. À leurs visages graves, Hess pressent déjà la mort. Lorsqu'il arrive devant le périmètre de sécurité, il comprend que la situation n'est pas celle qu'il attendait.

Un grand nombre de policiers se meuvent sur une surface d'environ dix mètres sur dix, dans la lumière puissante des projecteurs. Au centre du périmètre de sécurité se trouve le fourgon de location avec son logo Hertz. L'une des portières est ouverte, ainsi que la porte latérale, par laquelle on peut voir l'intérieur parfaitement vide du véhicule. À côté de la roue avant gauche se dessine une silhouette allongée, recouverte d'un drap blanc. Dix mètres plus loin, une autre.

Hess saute de la voiture, indifférent à la pluie et au vent. Le seul visage qu'il reconnaisse est celui de Jansen, et même s'il ne l'aime pas, c'est à lui qu'il s'adresse :

« Où est le gamin ?

– Qu'est-ce que tu fais là ?

– Où est-il ?

– Le gosse va bien. Il n'a rien, apparemment, mais on l'a emmené en observation. »

Hess est soulagé, mais il sait du même coup qui sont les deux individus sous les draps blancs.

« C'est le groupe d'intervention qui l'a trouvé et qui l'a fait sortir du fourgon. Tout va bien. On n'a pas besoin de toi ici, Hess.

– Dis-moi ce qui s'est passé.

– Rien du tout. On les a trouvés comme ça. »

Jansen soulève le drap blanc à côté de l'aile avant gauche de l'utilitaire. Le jeune homme, en qui Hess reconnaît Asger Neergaard, contemple le ciel avec des yeux morts. Son torse est transpercé d'une multitude de coups de couteau.

« À première vue, la femme s'est acharnée sur lui. Nous sommes à 6 kilomètres d'un barrage routier. Ils se sont probablement engagés dans ce chemin pour se cacher. Ils ont dû réaliser que c'était foutu. Elle s'est servie du couteau militaire de son fiancé pour le tuer, puis elle s'est tranché la gorge. Les corps étaient encore chauds à notre arrivée. Ça s'est passé il y a moins de deux heures. Et puisque tu ne me poses pas la question, je vais te répondre : non, ça ne me réjouit pas.

J'aurais préféré qu'ils pourrissent en prison pendant trente ans, après ce qu'ils ont fait à Ricks. »

Hess sent maintenant la pluie tomber sur sa figure. Jansen relâche la toile, et il n'y a plus que la main inerte de Neergaard qui dépasse. Hess a l'impression qu'il la tend vers Benedikte Skans, qui gît à quelques mètres de lui dans la boue, dissimulée par le drap de la police scientifique.

96

« Qu'est-ce qu'ils disent ? Ils doivent bien savoir quelque chose ! »

Rosa sait que Frederik Vogel n'a pas les réponses, mais elle ne peut pas s'empêcher de l'interroger.

« Ils enquêtent, ils cherchent, le commissaire a promis de nous appeler aussitôt que...

– Je veux qu'on me dise ce qui se passe. Demande-leur encore une fois, Frederik.

– Écoute, Rosa...

– Nous avons le droit de savoir ! »

Elle voit bien que son ami et conseiller trouve inutile de rappeler l'hôtel de police, mais il cède à sa supplique. Elle lui est profondément reconnaissante de l'aide qu'il lui apporte et elle sait qu'il fera tout ce qu'il peut pour lui être agréable, qu'il soit d'accord ou pas avec sa façon de procéder. Il a toujours été comme ça. Rosa n'en peut plus d'attendre. Il est 01 h 37, il y a un quart d'heure que Steen et Vogel sont rentrés avec Gustav de l'hôpital. Elle a déjà longuement harcelé les deux policiers postés devant son domicile afin d'éloigner la horde des journalistes, mais ils n'étaient au courant de rien. Seul le commissaire peut répondre à toutes les questions qu'elle brûle de poser à propos de Kristine.

Rosa s'était mise à pleurer à la seconde où elle était arrivée avec Steen dans le service de traumatologie de l'hôpital central de Copenhague, où un Gustav légèrement choqué avait été admis pour qu'on l'examine. Elle craignait le pire, mais il n'avait rien, et après quelques examens, on l'avait enfin laissée serrer son fils dans ses bras. Apparemment, on ne lui avait fait aucun mal, et à le voir maintenant, à sa place habituelle dans la cuisine, en train de manger la tartine de pâté de foie sur du pain complet que Steen lui a préparée, Rosa n'arrive pas à réaliser qu'il vient sûrement de frôler la mort. Elle lui caresse les cheveux.

« Tu veux manger autre chose ? Je peux te faire des pâtes, si tu veux.

– Non merci. Est-ce que je peux aller jouer sur ma console ? »

Rosa sourit, parce que la réponse est un signe de bonne santé, mais elle se dit qu'il y a encore trop de choses qu'elle ignore.

« Est-ce que tu peux me dire ce qui s'est passé exactement, Gustav ? Qu'est-ce qu'ils ont dit ?

– Je vous ai déjà tout raconté.

– Alors, recommence.

– Ils m'ont emmené et après, ils m'ont enfermé dans une camionnette. Ils ont roulé longtemps, et puis ils ont arrêté la voiture et ils ont commencé à se disputer, mais il pleuvait et je n'entendais pas ce qu'ils disaient. Ensuite, il y a eu un long silence, et à la fin, les policiers ont ouvert la porte, je ne sais rien d'autre.

– Pourquoi est-ce qu'ils se disputaient ? Est-ce qu'ils ont parlé de ta sœur ? Tu sais où ils voulaient t'emmener ?

– Maman !

– Gustav, je t'en supplie. C'est important !

– Chérie, tu peux venir un instant, s'il te plaît ? »

Steen entraîne Rosa dans le salon pour que Gustav ne puisse pas les entendre, mais elle refuse de se calmer.

« Pourquoi la police n'a-t-elle encore trouvé aucune trace de Kristine dans la maison où habitaient les ravisseurs ? Pourquoi est-ce qu'elle ne leur a pas fait avouer où ils la gardent ? Pourquoi est-ce qu'on ne nous dit rien ?

– Il peut y avoir beaucoup de raisons à cela. L'essentiel est qu'ils les aient arrêtés. Ne t'inquiète pas, je suis sûr qu'ils vont la retrouver maintenant. »

Rosa aimerait tellement que Steen dise vrai. Elle se réfugie dans les bras de son mari, jusqu'à ce qu'elle sente que quelqu'un les observe. Vogel est debout sur le pas de la porte et, en réponse à son regard interrogateur, il lui dit qu'il n'a pas eu besoin d'appeler l'hôtel de police, parce que le commissaire vient d'arriver.

97

Nylander regarde autour de lui dans le grand hall d'entrée. Il est déjà venu ici il y a neuf mois environ, pour annoncer à la famille Hartung que l'enquête sur la disparition de leur fille était désormais terminée, élucidée et classée. Cependant, il a l'impression de voir la pièce pour la première fois. Ou plutôt, c'est comme un *déjà-vu* et, l'espace d'un instant, il se dit que ça doit être ainsi, d'être en enfer. Être contraint de rejouer la même scène épouvantable, encore et encore. Mais Nylander sait aussi que sa présence ici est nécessaire et qu'il se sentira mieux aussitôt qu'il aura repassé le seuil de cette porte en sens inverse. Il pense déjà à la conférence de presse qu'il donnera une fois de retour à l'hôtel de police, après avoir informé sa hiérarchie de la situation. Contrairement à celles qu'il a dû donner au cours des deux dernières semaines, celle-ci sera teintée de triomphe.

Et pourtant, quand ils étaient arrivés dans cette forêt, un peu plus tôt dans la nuit, en compagnie du groupe d'intervention, quand ils avaient trouvé, gisant sur le sol détrempé, les corps sans vie de Benedikte Skans et d'Asger Neergaard, cela n'en prenait pas le chemin. Ça avait été un soulagement, bien sûr, de retrouver le fils de la ministre sain et sauf à l'intérieur du fourgon, mais avec deux criminels réduits au silence, il allait avoir quelques difficultés à obtenir les explications et les aveux indispensables pour clore le dossier avec la conviction nécessaire. Mais, alors qu'il broyait du noir à l'arrière d'une voiture avec vue sur le cul de l'ambulance transportant à l'hôpital le fils de la ministre, alors qu'il se demandait par quel tour de passe-passe il allait faire taire les doutes qui subsistaient dans cette affaire, il avait reçu l'appel de l'inspecteur Thulin. Il était assez paradoxal que ce soit elle qui lui apporte la nouvelle du contenu du miniréfrigérateur dans l'usine de boucherie désaffectée, sachant que Hess avait depuis quelque temps déteint sur elle et qu'aux yeux du commissaire, elle était devenue encore plus agaçante qu'elle ne l'était déjà. Mais ce qu'elle lui avait révélé par ce coup de fil avait été une parfaite conclusion à cette soirée. Il lui avait ordonné d'appeler Genz aussitôt pour sécuriser les éléments au plus vite et, après avoir raccroché, il avait cessé de s'inquiéter des sceptiques qui n'allaient pas manquer de s'exprimer à la conférence de presse ou à l'hôtel de police.

« Bonjour, comment va Gustav ? »

Rosa et Steen Hartung sont venus à sa rencontre dans le hall et le mari répond :

« Bonjour, commissaire. Il va bien. Il est en train de manger.

– Je suis heureux de l'apprendre. Je ne vais pas vous déranger très longtemps. Je suis simplement venu vous dire que nous considérons que les affaires criminelles sur lesquelles nous avons travaillé ces derniers temps sont désormais résolues et que nous…

– Qu'avez-vous appris sur Kristine ? »

Rosa Hartung interrompt Nylander dans le speech qu'il avait préparé, mais il s'y attendait, alors il va directement au passage dans lequel il annonce avec calme et autorité que malheureusement, il n'y a rien de nouveau en ce qui concerne Kristine.

« Les circonstances autour de la mort de votre fille ont été démêlées l'année dernière, et cette nouvelle affaire ne change rien aux conclusions auxquelles nous étions arrivés à ce moment-là. Comme j'ai essayé plusieurs fois de vous le faire remarquer, les modus operandi étaient totalement différents. Vous aurez évidemment un compte rendu exhaustif de ma part aussitôt que nous aurons définitivement clos le dossier. »

Nylander voit la frustration sur le visage des deux parents. Malgré tout, ils le mitraillent de questions sur des points de détail :

« Et ces empreintes digitales ?

– Elles doivent bien avoir une explication...

– Que disent les criminels ? Vous ne les avez pas interrogés à ce sujet ?

– Croyez bien que je comprends votre déception, mais vous devez faire confiance à la police. Les experts ont examiné avec le plus grand soin le véhicule dans lequel Gustav a été enlevé, ainsi que le domicile des ravisseurs. Mes inspecteurs ont enquêté sur leurs lieux de travail. Nous n'avons trouvé nulle part le moindre indice permettant de croire que Kristine soit encore en vie. Il ne semble pas qu'ils aient eu quoi que ce soit à voir avec elle. Malheureusement, tous les deux s'étaient donné la mort avant que nous les retrouvions. Sans doute pour éviter d'être arrêtés et jugés. Ils ne sont plus en mesure de répondre à nos questions, mais, comme je vous l'ai dit, rien ne porte à croire que leur interrogatoire nous aurait de quelque manière que ce soit éclairés sur le sort de Kristine. »

Nylander voit bien qu'aucun des deux n'est disposé à lâcher le mince espoir auquel ils s'accrochaient encore, et l'assaut de Rosa Hartung est agressif et brutal :

« Vous n'êtes pas infaillibles ! Et vous n'êtes sûrs de rien ! Ces bonshommes en marrons portant les empreintes digitales de ma fille existent, et si vous n'avez trouvé aucun indice sur Kristine, c'est peut-être parce que vous vous êtes trompés de coupables !

– Non, Madame la ministre. En ce qui concerne les coupables, nous sommes sûrs. À cent pour cent. »

Nylander leur fait part des preuves irréfutables qui ont été découvertes ce soir dans l'ancienne boucherie industrielle. Jusqu'à cet instant, il avait songé à ces pièces à conviction avec un frémissement de joie, mais en terminant son exposé, il voit dans les yeux de Rosa Hartung qu'il vient de tuer son dernier espoir. Elle le regarde sans le voir et il se demande tout à coup si cette femme se relèvera un jour de cette épreuve. Cette idée le déstabilise et lui fait honte. Il a subitement envie de prendre ses mains dans les siennes et de lui dire que ça va s'arranger, d'une manière ou d'une autre. Qu'ils ont encore un fils. Qu'ils ont encore leur mariage. Tant de raisons de vivre. Mais, au lieu de ça, il se met à bredouiller que la police ne sait pas encore comment les empreintes digitales de leur fille se sont retrouvées sur ces marrons, ni comment ces bonshommes sont arrivés entre les mains des criminels, mais que cela ne change rien à l'affaire.

La ministre ne l'écoute plus. Nylander prend congé et part à reculons, jusqu'au moment où il estime qu'il peut se permettre de leur tourner le dos. Quand il sort de la maison et referme tout seul la porte derrière lui, il lui reste vingt minutes avant d'aller faire son rapport à sa hiérarchie. Il court vers sa voiture. Il a du mal à respirer.

98

Hess traverse à toute allure les pavés mouillés de la cour à colonnades. Sur l'écran plat de l'accueil, à l'entrée de l'hôtel de police, défilent des images en direct filmées devant le domicile de Rosa Hartung, mais il ne prend même pas la peine de lever les yeux. Il monte quatre à quatre les escaliers de la rotonde. En arrivant à la brigade criminelle, il aperçoit en passant ses collègues en train de décapsuler des bouteilles de bière pour fêter la fin de l'enquête. Une longue journée touche à sa fin, mais pour Hess, elle n'est pas terminée.

« Où est Nylander ?

– En réunion.

– Il faut que je lui parle. C'est urgent. Je dois le voir immédiatement ! »

La secrétaire a pitié de lui et entre dans la salle de conférences, laissant Hess à la porte. Ses chaussures sont maculées de boue et ses vêtements trempés par la pluie. Il a les mains qui tremblent et il ne sait pas si c'est à cause de l'excitation ou du froid dans la forêt, où, pendant plusieurs heures, il a empêché le médecin légiste de travailler en paix. Mais il n'est pas reparti bredouille.

« Je n'ai pas le temps de vous parler, Hess. La conférence de presse démarre dans un instant. »

Nylander vient de sortir de la salle après avoir pris congé de quelques huiles. Hess sait d'expérience que c'est le moment que tout commissaire attend toujours avec impatience : celui où il peut déclarer publiquement qu'une enquête est terminée et relâcher enfin la pression. Mais il doit parler à Nylander avant qu'il rencontre la presse et court à côté de lui dans le couloir en lui expliquant que l'affaire n'est pas encore résolue.

« Écoutez, vieux. Je vous avoue que je ne suis pas surpris que vous réagissiez comme ça...

– Premièrement, Benedikte Skans et Asger Neergaard ne connaissaient aucune des trois femmes assassinées. Rien dans leur curriculum ne permet de dire qu'ils aient même eu l'occasion de les croiser.

– Je ne suis pas d'accord.

– Deuxièmement, le couple n'avait aucun mobile pour les tuer, et encore moins pour leur couper les mains et les pieds. Leur colère était entièrement dirigée contre Rosa Hartung, pas contre les femmes et les mères en général. Par l'intermédiaire de l'hôpital, Benedikte Skans a éventuellement pu avoir accès aux dossiers médicaux des enfants des victimes, mais si réellement elle et son compagnon sont derrière les dénonciations aux services sociaux, pourquoi n'en a-t-on trouvé aucune trace ?

– Parce que nous n'avons pas fini de tout vérifier, Hess.

– Troisièmement, Benedikte Skans a un alibi pour les meurtres de Jessie Kvium et de Martin Ricks la nuit du 16 au 17 octobre, et je suis à peu près sûr que son compagnon en a un aussi. S'il s'avère que Neergaard se trouvait effectivement dans le hall du Diamant Noir, ni l'un ni l'autre n'a pu commettre les crimes commis cette nuit-là. Il est donc peu vraisemblable qu'ils aient commis les deux précédents.

– Je n'ai aucune idée de ce que vous me racontez, mais si vous avez des preuves, je veux bien les entendre... à un autre moment. »

Nylander est passé par la salle de réunion pour récupérer les notes dont il a besoin pour rencontrer les journalistes mais, lorsqu'il veut en repartir, Hess lui a barré la route.

« Et enfin, j'ai longuement discuté avec le médecin légiste. Il semble à première vue que Benedikte Skans se soit tranché elle-même la carotide, mais lorsqu'on reconstitue son geste, il n'est pas naturel et il y a de fortes raisons de penser que quelqu'un aurait pu essayer de faire passer son meurtre pour un suicide.

– Je l'ai eu en ligne. Il a ajouté qu'il y a tout autant de raisons de penser qu'elle s'est réellement donné la mort.

– En outre, les coups de couteau sur le torse d'Asger Neergaard sont situés légèrement trop haut par rapport à la taille de Benedikte Skans, et en admettant qu'elle ait voulu que son fiancé et elle meurent ensemble, il me semble un peu surprenant qu'on les ait trouvés à dix mètres l'un de l'autre, comme si elle avait essayé de s'enfuir. »

Nylander veut dire quelque chose, mais Hess ne lui en laisse pas le temps :

« S'ils avaient été capables de réaliser des mises en scène d'assassinats aussi élaborées, jamais ils n'auraient eu une idée aussi stupide que d'enlever un gosse dans une voiture de location facile à repérer !

– Alors, qu'est-ce que vous feriez à ma place ? »

Pris de court, Hess se lance dans un discours désordonné. Il parle de Linus Bekker et des archives de photos de scènes de crime qu'il faudrait étudier attentivement. Il dit qu'il a relancé un expert informatique afin qu'il lui envoie les éléments qu'il a déjà réclamés à Genz plus tôt dans la journée.

« Et puis il y a le conseiller de Rosa Hartung, Frederik Vogel, dont il faudrait vérifier l'alibi le jour et à l'heure des meurtres !

– Tu n'as manifestement pas écouté mon message sur ton répondeur, Hess… »

Il se retourne en entendant Thulin qui vient d'entrer dans la salle de réunion et qui le regarde, une petite pile de photos à la main.

« Quel message ?

– Je te charge de le mettre au courant, Thulin. Il faut que j'y aille. »

Nylander remet le cap sur la porte, mais Hess l'arrête en l'agrippant par l'épaule.

« Et qu'est-ce que vous faites des empreintes sur les bonshommes en marrons ? Vous ne pouvez tout de même pas aller voir les médias en prétendant que l'affaire est résolue avant d'avoir trouvé une explication à ce mystère ?! Trois femmes assassinées pourraient vite devenir quatre femmes assassinées, ou plus, si vous faites erreur.

– Je ne fais pas erreur, Hess. Il n'y a que vous à ne pas l'avoir encore compris. »

Nylander se dégage brusquement de l'emprise de Hess et fait un signe de tête à Thulin tout en rajustant ses vêtements. Hess lui lance un regard interrogateur, et elle lui tend, avec une légère hésitation, la pile de photos avec laquelle elle est arrivée. La première représente quatre mains humaines sectionnées jetées pêle-mêle sur une grille de réfrigérateur.

« Je les ai trouvées chez Benedikte Skans et Asger Neergaard. Dans un minifrigo qui se trouvait dans une des chambres froides de la boucherie industrielle… »

Hess feuillette, incrédule, le tas de photos de mains de femmes amputées. Il s'arrête sur un autre cliché. Cette fois, il s'agit d'un pied de femme, scié à la cheville, rangé au fond du bac à légumes comme une *installation* de Damien Hirst.

Il n'y comprend plus rien et il a du mal à trouver ses mots :

« Mais… pourquoi tout cela n'a-t-il pas été découvert par les techniciens de la police scientifique quand ils étaient sur place, plus tôt dans la journée ? La maison était bien verrouillée ? Est-ce que quelqu'un d'autre a pu les placer là ultérieurement ?

– Rentrez chez vous, Hess, bon Dieu ! »

Il lève les yeux et croise le regard de Nylander.

« Mais les empreintes ? La fille des Hartung… Si on s'arrête de la chercher maintenant et qu'elle n'est pas morte… »

Nylander s'en va et Hess reste planté là, sonné. Lorsqu'il se tourne vers Thulin pour chercher un soutien auprès de sa coéquipière, il surprend dans ses yeux une expression de pitié. Elle a l'air désolée, mais pas à cause de Kristine Hartung. Pas à cause de la jeune fille disparue et jamais retrouvée, pas à cause de mystérieuses empreintes sur des bonshommes en marrons, mais à cause de lui. Il voit dans ses yeux qu'elle pense qu'il a perdu la raison et tout sens commun, et ce constat lui fait horreur, parce qu'il ignore si elle a raison de le croire.

Hess trébuche à reculons vers la porte, il titube dans le couloir, tandis qu'elle crie son nom. Il traverse la cour aux colonnades sous la pluie et, sans avoir besoin de se retourner, il sent le regard de Thulin qui le suit par la fenêtre. Les derniers mètres avant de quitter l'hôtel de police, il se met à courir.

VENDREDI 30 OCTOBRE
DE NOS JOURS

99

Hess n'a pas le souvenir d'avoir déjà vu la neige arriver aussi tôt dans l'année. On n'est que l'avant-dernière journée d'octobre, et il y a déjà deux ou trois centimètres de neige dans les rues. Par les grandes baies vitrées du terminal international de l'aéroport, Hess la regarde tomber en fumant la Camel qui, il l'espère, va lui permettre d'arriver jusqu'à Bucarest sans souffrir de manque.

Hess ne s'est aperçu qu'il neigeait qu'en claquant la porte de son appartement pour la dernière fois, il y a trois quarts d'heure, alors qu'il sortait dans l'air cristallin pour aller prendre le taxi qui l'attendait. La lumière du jour l'avait ébloui, et il avait retrouvé avec soulagement sa vieille paire de lunettes de soleil dans la poche intérieure de sa veste, car il n'était pas sûr qu'elles y soient. À vrai dire, il n'était plus sûr de grand-chose. Il s'était réveillé avec une énorme gueule de bois et trouver ses lunettes à leur place lui avait donné le sentiment que ce serait malgré tout une bonne journée. Pendant le trajet, il a apprécié que l'automne soit enterré de manière aussi radicale en ce jour de départ, et sa bonne humeur ne l'avait pas encore quitté alors qu'il se pliait aux contrôles de sécurité de l'aéroport et plongeait dans son atmosphère internationale.

Entouré de touristes et d'étrangers parlant toutes les langues, Hess a déjà l'impression d'avoir laissé Copenhague derrière lui. Il vérifie son vol au tableau et constate avec satisfaction qu'il est temps d'embarquer. La neige n'a pas commencé à perturber le trafic aérien, encore un signe que la chance est avec lui. Il attrape la poignée du sac contenant ses quelques rares effets et se dirige vers la porte d'embarquement. En voyant son reflet dans la vitrine d'un magasin de vêtements de l'aéroport, il réalise que sa tenue est peut-être encore moins adaptée au climat de Bucarest qu'à celui de Copenhague. Est-ce qu'il fera chaud en Roumanie ? Ou bien va-t-il trouver là-bas un temps froid et neigeux ? Il se dit qu'il devrait peut-être s'acheter une parka et une paire de Timberland, mais la gueule de bois et le désir impérieux qu'il a de quitter le pays prennent le dessus, et il se contente d'un croissant et d'un café à emporter, dans un Starbucks.

Le feu vert de La Haye était arrivé hier soir, sous la forme d'un appel de la secrétaire de Freimann et d'un billet d'aller simple pour la Roumanie. Paradoxalement, la nouvelle était tombée alors qu'il était encore plus mal en point qu'au moment où on l'avait expédié à Copenhague, il y a trois semaines. Il avait passé ces dix derniers jours à mariner dans l'alcool qu'on servait si généreusement dans les nombreux bars de la capitale danoise et, quand il avait reçu l'appel, il pouvait à peine parler au téléphone. Au bout de quelques secondes, on lui avait passé Freimann en personne qui lui avait annoncé que le résultat de son évaluation avait penché en sa faveur.

« Mais si, à partir de maintenant, nous avions à constater le moindre manquement, la moindre désobéissance ou la plus petite désertion de votre part, la sanction tomberait aussitôt. Votre supérieur à Copenhague s'est prononcé à votre égard de manière favorable et il s'est porté garant de votre engagement au travail, alors ces conditions ne devraient pas être trop difficiles à respecter. »

Hess s'était abstenu de répondre avec de trop longues phrases et il n'avait pas jugé utile de préciser que les compliments de Nylander avaient sans doute principalement pour but de se débarrasser de lui. Quand la nouvelle avait atteint son cerveau, il avait téléphoné à François pour le remercier de son aide et avait ressenti un énorme soulagement à la perspective de retourner bientôt travailler sous la carapace de tortue d'Europol. Après un petit tour à Bucarest, certes, et une énième opération européenne, mais ce serait toujours mieux qu'ici.

De surcroît, la situation s'était débloquée pour l'appartement. L'acte définitif n'était pas encore signé, mais, contre toute attente, l'agent immobilier avait réussi à lui trouver un acquéreur. Sans doute parce que Hess avait consenti une baisse de 200 000 couronnes, un jour où il était particulièrement saoul. Hier soir, fort tard, Hess avait donc remis ses clés au concierge, qui avait semblé aussi heureux de se débarrasser de lui que l'étaient Nylander et le reste de la bande, à l'hôtel de police. Le petit Pakistanais avait poussé le zèle jusqu'à proposer de poncer le parquet et de s'occuper des dernières finitions, si cela devait aider Hess à vendre plus facilement. Hess l'avait remercié, mais, pour être honnête, il n'en avait rien à foutre des planchers et des baisses de prix, du moment qu'il se débarrassait de cette merde et n'était plus jamais obligé d'y remettre les pieds.

Son seul regret est la manière un peu étrange dont il a quitté Naia Thulin, mais c'est un problème si minime qu'il est exagéré de le qualifier de regret. Sans doute quelqu'un s'est-il chargé de lui parler de son passé et des raisons pour lesquelles elle a le droit de penser qu'il débloque. Peut-être a-t-elle raison, après tout. En tout cas, depuis, il a arrêté de gamberger sur des histoires de marrons et d'empreintes digitales. L'enquête est résolue, l'affaire classée. La découverte des membres amputés dans l'ancienne usine a été décisive, et à présent qu'il se trouve dans cette file d'attente, sa carte d'embarquement téléchargée sur l'écran de son portable, prête à être présentée à l'hôtesse, il a du mal à se souvenir pourquoi il était à ce point en désaccord avec elle. Le seul souvenir qu'il gardera de son séjour à Copenhague sera son beau regard clair, et il s'en veut un peu de ne pas lui avoir téléphoné pour lui dire au revoir. Mais il peut encore se rattraper. C'est dans ces dispositions qu'il disparaît à l'intérieur de la carlingue du moyen-courrier pour la Roumanie et va rejoindre la place 12B.

Le regard outré de l'homme d'affaires assis à côté de lui lui révèle qu'il empeste l'alcool, mais Hess s'en fout et il s'enfonce dans son siège avec l'intention de profiter de deux bonnes heures de sommeil. Mais avant, il va s'offrir un petit verre réparateur. Alors qu'il vient de prendre cette bonne résolution, un SMS de son ami François signale son arrivée par un bip sonore.

« *I'll pick you up at the airport. We go straight to the headquarter. Make sure you read the case before arrival !* »

Hess avait zappé ce détail, mais ce n'est pas trop grave puisqu'il a le temps de lire le dossier pendant le voyage, à condition bien sûr de sacrifier sa sieste et de commencer tout de suite. À contrecœur, il presse l'icône mail sur son mobile pour la première fois en une semaine et s'aperçoit qu'il n'a pas reçu la pièce jointe. Un nouvel échange par SMS avec François révèle que l'erreur doit venir de lui.

« *Check again. Emailed you the case at 10.37 pm, you lazy Danish sod.* »

Hess comprend pourquoi il n'a pas reçu le courrier de François. Un fichier très lourd, joint à un précédent mail, sature sa boîte. Il s'agit des éléments que Thulin avait demandé à Genz de lui fournir, après leur visite à Linus Bekker. Ils lui sont envoyés par le technicien qu'il avait lui-même relancé. Concrètement, il s'agit de la hit-list des photos d'archives de scènes de crime auxquelles Bekker s'est le plus intéressé, avant d'être arrêté et d'avouer le meurtre de Kristine Hartung.

Ce mail étant désormais obsolète, il le sélectionne avec l'intention de le supprimer, mais, tout bien réfléchi, il ne résiste pas à l'envie d'y jeter un coup d'œil. La rencontre avec Linus Bekker n'a rien eu de plaisant, mais d'un point de vue psychologique, sa personnalité reste fascinante, et Hess a encore un peu de temps devant lui pendant que les derniers passagers se fraient un passage dans l'allée centrale et trouvent leur siège. Il double-clique sur le fichier et, en quelques secondes, les photos avec lesquelles Linus Bekker a le plus pris son pied s'affichent sur le petit écran de son téléphone. Les photos ne sont pas très grandes, mais cela suffit amplement.

À première vue, il semble que la préférence de Linus Bekker aille aux assassinats dont les victimes sont des femmes. Elles ont en général entre 25 et 45 ans, nombre d'entre elles sont des mères, à en juger par les objets qu'on devine en arrière-plan : tracteurs en plastique, parc pour bébé, vélo avec siège enfant, etc. Quelques rares clichés sont en noir et blanc, mais la plupart sont en couleurs et l'ensemble couvre des meurtres de femmes sur une période allant des années 1950 jusqu'à l'arrestation de Linus Bekker. Il y a des femmes nues, des femmes habillées, des brunes, des blondes, des petites et des grandes. Tuées par balle, à l'arme blanche, étranglées, noyées ou battues à mort. Certaines ont été violées avant d'être assassinées. Hess a énormément de mal à accepter l'idée que ce pot-pourri sadique et grotesque ait pu exciter ce jeune homme sexuellement. Il sent que le croissant de chez Starbucks ne va pas tarder à remonter. Quand, par habitude, il fait redéfiler les photos à l'envers pour revenir à la première avant de refermer le fichier, son poids trop important fait bugger le smartphone et l'écran se fige sur une image à laquelle Hess n'avait pas fait attention au départ.

Le cliché date d'il y a trente ans et il a été pris dans une salle de bains. Sous l'image on peut lire la date et le lieu du crime : « Île de Møn, 31 octobre 1989 ». Le corps nu d'une femme mutilée et recroquevillée sur elle-même gît sur le carrelage, maculé d'un sang noir coagulé. Elle doit avoir à peu près 40 ans, mais c'est difficile à dire avec précision car son visage a été tabassé jusqu'à le rendre méconnaissable. C'est le débitage du corps qui a attiré l'attention de Hess. Un bras et une jambe ont été tranchés et détachés du torse, manifestement au prix d'importants efforts – comme s'ils avaient été coupés avec une hache très lourde à manier. La sauvagerie du tableau dénonce une rage meurtrière, et bien que la scène ne rappelle rien de particulier à l'inspecteur Hess, il ne peut s'empêcher de la contempler.

« *All passengers seated.* »

Le personnel navigant ferme les derniers porte-bagages et le chef de cabine raccroche le combiné du téléphone près du cockpit.

Il s'avère que la photo de la femme nue dans la salle de bains appartient à une série de plusieurs crimes commis à la même adresse et au même moment, c'est-à-dire à Møn, le 31 octobre 1989. Les corps de deux adolescents, une fille et un garçon, sont photographiés dans une cuisine, lui assis contre un four, elle affalée sur la table, la tête dans son assiette de porridge, les deux présentant plusieurs blessures par balles. Hess fait défiler les photos de la scène de crime et constate avec surprise que la victime suivante est un policier d'un certain âge qu'on voit allongé, mort, dans une cave. Vu l'état de son visage, Hess devine que lui aussi a dû être tué avec la hache. Le cliché du vieil homme étant le dernier de la série, Hess s'apprête à revenir au premier cliché, celui de la femme découpée en morceaux, quand il remarque la parenthèse et le chiffre en dessous de celui du policier : (37). Il comprend alors qu'il doit s'agir de l'annotation de l'expert concernant le nombre de fois où Linus Bekker a cliqué dessus.

« Tous les appareils électroniques doivent être éteints à présent, merci. »

Hess hoche la tête pour montrer au steward qu'il a bien compris le message et ce dernier continue dans l'allée pour répéter la même phrase aux autres passagers. Que Linus Bekker ait regardé la photo d'un policier assassiné 37 fois lui paraît incompréhensible, alors que son obsession concerne de toute évidence les femmes. Hess fait défiler rapidement plusieurs clichés en se concentrant cette fois sur la petite annotation entre parenthèses. Aucun n'a récolté autant de clics que celui du policier assassiné. Même pas la femme dans la salle de bains, qui n'arrive qu'à (16).

Hess sent son estomac se nouer. La photo de ce policier mort doit avoir une importance primordiale – à moins que l'informaticien ne se soit simplement trompé. Du coin de l'œil, il sent que le chef de cabine est sur le point de revenir à sa hauteur et il maudit l'écran trop petit du téléphone, qui l'oblige à zoomer sur la photo avec ses doigts tremblants à cause des effets secondaires de l'alcool pour chercher les détails qui pourraient lui avoir échappé. La tâche est impossible. Ses yeux nagent dans un quadrillage flou de pixels qui ne le renseignent pas sur ce qui a pu amener Linus Bekker à faire une fixation sur cette photo-là en particulier.

« Là, c'est maintenant ! Veuillez avoir l'obligeance d'éteindre ce téléphone, je vous prie ! »

Cette fois, le steward reste à côté de Hess, qui est sur le point d'obtempérer quand le zoom agrandit soudain la partie supérieure du cliché, faisant apparaître en gros plan les étagères qui se trouvent au-dessus du cadavre. Hess se fige. Dans un premier temps, son cerveau refuse d'enregistrer ce qu'il vient de remarquer. Il fait un zoom arrière, et le temps s'arrête.

Trois étagères en bois brut sont accrochées au mur de la cave, au-dessus du policier mort. Toutes les trois sont encombrées de petits personnages enfantins : des bonshommes en marrons, des bonnes femmes en marrons, des animaux en marrons. Des grands et des petits, certains inachevés ou amputés, d'autres poussiéreux et sales. Ensemble, ils forment une impressionnante armée de laissés-pour-compte muets, au regard vide.

Le choc le paralyse. Sans savoir pourquoi il en est aussi certain, l'inspecteur Hess sait qu'il vient de découvrir la raison pour laquelle Linus Bekker a regardé cette photo 37 fois.

L'avion commence à rouler sur la piste et, avant que le chef de cabine ait eu le temps d'intervenir, Hess se précipite vers la cabine de pilotage.

100

Le salon business de l'aéroport de Copenhague est désert et sent le parfum, le café et le pain frais. Hess a dû négocier plus de cinq minutes avec l'hôtesse d'accueil avant de pouvoir y accéder. Son jeune visage a des traits parfaits et, bien qu'elle sourie et hoche la tête avec amabilité, elle a manifestement des difficultés à associer l'aspect et le comportement du client qu'elle a en face d'elle avec le badge de policier européen qu'il brandit sous son nez en lui expliquant l'urgence de sa requête. Il faut qu'un vigile d'origine somalienne vienne confirmer la validité du document pour qu'elle accepte enfin de le laisser entrer dans le sacro-saint espace.

Il se dirige aussitôt vers les trois ordinateurs mis à la disposition des clients, au fond du salon. Les quelques personnes qui se trouvent dans la pièce sont occupées avec leur smartphone et le brunch basses calories qu'elles sont en train d'ingérer, assises à de petites tables rondes. Les chaises à haut dossier installées devant les écrans doivent être surtout utilisées par les quelques enfants qui parfois accompagnent leurs parents en voyage d'affaires. Hess prend place devant un clavier et il jure et peste intérieurement en tapant des mots de passe et en se laissant guider à travers le réseau de sécurité d'Europol pour accéder enfin à sa boîte mail. Il y a plusieurs vols pour Bucarest dans le courant de la journée, éventuellement avec une escale dans quelque lugubre ville allemande. Son retard suscitera au minimum de l'agacement s'il arrive aux oreilles de Freimann, mais il n'a pas le choix. Dès l'instant où il ouvre à nouveau le fichier des photos favorites de Linus Bekker et revoit les bonshommes en marrons, il oublie son supérieur allemand.

Sur le grand écran de l'ordinateur, les figurines muettes de la photo vieille de trente ans sont encore plus glaçantes à regarder, bien que Hess ne soit pas encore très sûr de ce que sa découverte implique. Il réfléchit. Linus Bekker a contemplé cette scène de crime avec plus d'intérêt qu'il n'en a prêté aux autres. Les 37 fois où il est allé la regarder le prouvent, alors que la victime ne correspond pas à ce qui émoustille habituellement Linus Bekker. Mais pourquoi Bekker a-t-il attaché autant d'importance à cette photo ? Quand il l'a découverte la première fois, il y a près d'un an et demi, moment où il a commencé à hacker les archives de la police, il n'y avait rien dans les journaux à propos d'un criminel qui tuait les femmes et laissait des bonshommes en marrons sur le lieu du crime. Ce meurtrier n'existait pas du temps où Bekker a cédé à sa curiosité morbide – et, vu sous cet angle, il n'y a aucune raison pour qu'il ait trouvé un quelconque intérêt à cette armée artisanale de bonshommes. Pourtant, Hess est intimement convaincu que c'est ce détail qui a attiré Linus Bekker dans cette photo.

Il se demande tout à coup si la fascination de Linus Bekker serait née de quelque chose qu'il aurait pu lire dans les procès-verbaux du crime de Møn en 1989. Un rapport de police de l'époque pourrait expliquer pourquoi l'affaire l'a intéressé, par exemple s'il s'était aperçu en le lisant qu'il connaissait les victimes ou le lieu, ce qui aurait pu le pousser à regarder avec tant d'insistance la photo du vieux policier mort sous ces étagères peuplées de bonshommes en marrons. Mais aucun rapport de police n'est joint aux photos. Ni à celles du carnage de l'île de Møn, ni aux autres affaires rattachées aux documents que Linus Bekker a regardés de manière illicite. Dans les archives de scènes de crime, on ne conserve que les photographies des victimes et les lieux où elles ont trouvé la mort. Les rapports de police sont conservés dans des archives digitales distinctes et, d'après ce que Hess se rappelle de l'affaire Linus Bekker, il n'y avait aucun signe qu'il soit entré ailleurs dans le système que dans ces archives photographiques qui lui permettaient de donner libre cours à ses fantasmes sexuels.

Ce qui n'aide pas Hess à résoudre son casse-tête. Sa migraine est revenue, et il commence à regretter d'avoir frappé à la porte du cockpit comme un fou furieux et forcé un pilote allemand à le laisser descendre de l'avion qui était sur le point de décoller pour Bucarest. À l'heure, qui plus est. Hess lève les yeux vers les panneaux affichant les prochains départs, mais son regard se trouble, il voit le visage de Linus Bekker et entend son rire. Il décide de refaire défiler toutes les photos. Il commence tout en haut de la série et plonge une fois de plus dans l'immonde kaléidoscope. Les images se succèdent et chaque scène surpasse la précédente dans son horreur et la souffrance qu'elle évoque. Hess n'arrive pas à comprendre ce qui faisait rire Bekker de si bon cœur. Il devine qu'il doit s'agir d'un détail que seul un être perverti comme Linus Bekker aurait pu remarquer. Tout à coup, il sait. Il sait avant de l'avoir vu – il comprend parce que c'est la pire chose qu'il parvienne à imaginer, une chose si absurde qu'elle est en mesure d'exciter une personne comme Linus Bekker.

Il revient au début de la série sans s'attarder sur les images qu'il commence à connaître jusqu'à la nausée. Cette fois, sa recherche se concentre sur un seul détail. Il ne regarde plus le sujet principal des clichés, mais tout ce qu'il y a autour, devant, derrière. Il observe le mobilier, les objets apparemment sans importance. Dès la neuvième photo, il a trouvé ce qu'il cherchait. La photo représente une scène de crime comme les autres. Le texte en dessous de l'image situe le crime à « Risskov, le 22 septembre 2001 ». À première vue, rien ne la distingue des autres. Une femme blonde, d'environ 35 ans, est allongée sur le sol, sans vie, dans une villa, ou un appartement. Elle porte une jupe marron foncé, une chemise blanche déchirée, des chaussures à talons hauts dont l'un des talons est cassé. Derrière elle, on aperçoit des jouets et un parc, la table à gauche de l'image est dressée avec soin pour deux personnes, mais le dîner n'a jamais eu lieu. Le crime a été commis avec une rage meurtrière, sans doute dans la partie droite de la pièce où on voit des meubles renversés et beaucoup de sang. Mais c'est le parc qui a attiré le regard de Hess. À cause du minuscule et insignifiant bonhomme en marrons accroché à un barreau à côté d'un hochet.

Le sang de l'inspecteur Hess coule plus fort dans ses veines, ses oreilles bourdonnent. Il continue la chasse, et à présent, c'est comme si son regard isolait du premier coup l'objet de sa quête. Tout le reste devient futile, seul ce petit personnage en marrons existe au monde. À la 23e image, il s'arrête à nouveau.

« Nyborg, 2 octobre 2015. » Cette fois, c'est une jeune femme dans une petite voiture noire. À travers le pare-brise, on voit qu'elle est assise au volant, le haut du corps renversé sur un siège bébé attaché à la place du passager. Elle aussi est bien habillée, comme si elle allait à une soirée ou à un rendez-vous galant. Elle a un œil crevé, mais il n'y a presque pas de sang sur l'image et le meurtre a l'air plus contrôlé que celui de Risskov. Un petit bonhomme en marrons est suspendu au rétroviseur au premier plan de l'image. On ne le voit qu'en ombre chinoise, mais il n'y a pas d'erreur possible. Il est bien là.

Il lui reste encore près de 40 photos à examiner, mais Hess se déconnecte et quitte le salon VIP. En descendant l'escalier roulant vers le niveau des arrivées, il réalise que des crimes étalés sur près de trente ans ne peuvent pas avoir le même auteur. C'est impossible. On s'en serait rendu compte. La police aurait fait quelque chose. Mais il est vrai qu'un petit bonhomme en marrons n'a rien de macabre en soi, surtout pas à l'automne. Hess se dit qu'il ne voit peut-être que ce qu'il a envie de voir.

En remplissant les papiers au comptoir de Car Rental, il repense à l'expression de Linus Bekker. C'était ça le fameux dénominateur commun que Bekker avait repéré. Le bonhomme en marrons comme signature d'un meurtrier qui ne s'arrêtait jamais de tuer. Quand on lui remet enfin les clés et qu'il court vers le parking de la société de location de voitures, il s'est mis à neiger dru.

101

Thulin vide son casier et claque la porte un peu plus brusquement que nécessaire. Elle évite le regard des deux enquêteurs qui ont levé les yeux de leur écran. Elle a fait exprès de ne prévenir personne que c'était son dernier jour à la Crim', et elle n'a pas l'intention de le dire maintenant. Non pas que cela fasse une grande différence. Personne ne lui manquera et elle ne manquera probablement à personne. C'est ainsi qu'elle l'a voulu, depuis le premier jour, et à présent que c'est le dernier, cela lui convient parfaitement d'être aussi invisible que possible. Elle est tombée par hasard sur Nylander il y a un instant, parce qu'il passait dans le couloir, accompagné de sa cour d'enquêteurs, pour se rendre à la dernière des très nombreuses conférences de presse qu'il a données ces derniers temps. Avec l'excuse aujourd'hui que les derniers rapports des légistes et les résultats des analyses ADN sont arrivés et que cela va permettre de clore l'enquête. Thulin s'est demandé si ce n'était pas juste parce qu'il aime se trouver sous les feux des projecteurs. C'est en tout cas l'impression qu'il donnait, quand il posait aux côtés du ministre de la Justice dans son costume un peu trop lustré et que, dans un élan de générosité, il avait salué sa perquisition au port sud comme le véritable tournant de l'enquête.

Nylander s'est arrêté et lui a souhaité bonne chance.

« Salut, Thulin, tu diras bonjour à Wenger de ma part. »

Il parlait d'Isak Wenger, le nouveau patron de Thulin au NC3, et au ton de sa remarque, Thulin avait compris que Nylander considérait désormais que le rapport de force entre leurs deux départements était modifié et qu'il essayait déjà de lui faire regretter son choix. Quant à elle, elle avait presque oublié l'évolution de carrière qu'elle avait elle-même mise en branle, jusqu'à ce que le patron du NC3 l'appelle en personne lundi dernier pour la féliciter personnellement pour la résolution de l'enquête.

« Mais ce n'est pas seulement pour cela que je vous appelle. J'espère que vous avez toujours envie de venir travailler chez nous. »

Wenger lui avait proposé le poste, bien qu'elle n'ait pas déposé de candidature, ni obtenu la recommandation de Nylander. Wenger lui avait dit ensuite que si elle acceptait, il s'occuperait des formalités avec son actuel patron, de façon à ce qu'elle puisse commencer au NC3 après avoir pris quelques vacances bien méritées, et c'est avant tout à ce congé que Thulin se prépare à présent. Une semaine entière seule avec Lee et du temps pour faire plein de choses, parce que, même si tout s'est passé pour le mieux ces derniers jours, Thulin n'a pas arrêté de réfléchir aux détails de l'enquête pour s'assurer que celle-ci avait eu l'issue qu'elle devait avoir.

La découverte des mains d'Anne Sejer-Lassen et de Jessie Kvium et du pied de Jessie Kvium dans le minifrigo de l'ancienne boucherie industrielle était une preuve si incontestable que Thulin n'avait pu que se ranger aux conclusions du commissaire Nylander. Hess avait certes soulevé un certain nombre de questions sans réponse, mais le plus probable était malgré tout qu'il était tellement obsédé par cette affaire qu'il n'arrivait plus à y voir clair – à moins que ce ne soit à cause de ses problèmes personnels.

C'était en tout cas l'avis de Nylander, qui avait confié à Thulin sans beaucoup de compassion que Hess avait quitté la brigade criminelle en son temps à cause d'un drame personnel. Il ne connaissait pas tous les détails de l'affaire, car il ne faisait pas lui-même partie du département à l'époque, mais une nuit de mai, il y avait un peu plus de cinq ans, l'épouse de Hess, une jeune femme de 29 ans, était morte dans l'incendie de leur appartement, à Valby.

Thulin avait été touchée par cette information. Dans le rapport de police qu'elle était allée chercher dans la banque de données, il était indiqué que le feu avait pris vers 3 heures du matin et qu'il s'était propagé très rapidement. Les habitants de l'immeuble avaient été évacués, mais la violence de l'incendie avait empêché les pompiers d'accéder à l'appartement, situé sous les combles. Quand on était venu à bout des flammes, on avait retrouvé le cadavre calciné de la femme dans la chambre à coucher. Son mari, Mark Hess, inspecteur de la police criminelle de Copenhague, avait été informé du décès par téléphone, car il se trouvait alors à Stockholm pour une enquête. La cause de l'incendie était demeurée inconnue. Installation électrique défaillante, lampe à pétrole allumée, œuvre d'un pyromane, toutes les hypothèses avaient été examinées, sans résultat probant. L'épouse de Mark Hess était enceinte de sept mois, et le couple s'était marié un mois plus tôt.

Thulin s'était sentie terriblement mal en lisant le rapport. Il expliquait beaucoup de choses sur la personnalité de Hess, mais, d'un autre côté, elle n'arrivait toujours pas à le comprendre. Quoi qu'il en soit, il ne sert plus à rien de s'attarder sur les différentes questions que Hess avait soulevées, et c'est sans doute pour cela qu'elle a été soulagée d'apprendre par

Nylander ce matin qu'il a été gracié par Europol et qu'il est déjà en route pour une mission à Bucarest. C'était très bien ainsi. Elle avait tenté en vain de le joindre une fois ou deux, mais il ne l'avait pas rappelée et, quand Lee lui avait demandé quand elle reverrait « le monsieur avec les drôles de z'yeux », parce qu'elle voulait lui montrer où elle en était dans son jeu, Thulin avait été un peu prise de court. La même chose s'était produite tout à l'heure, quand elle avait appelé pour prendre des nouvelles de Magnus Kjær, pour qui on avait trouvé une place dans une institution en attendant de lui choisir une famille d'accueil. Une responsable du service lui avait parlé des progrès du petit garçon et, lorsqu'elle avait également mentionné le fait qu'il avait à plusieurs reprises réclamé « le policier », Thulin n'avait pas su comment réagir à cela non plus. Elle a décidé de chasser Hess de ses pensées, et en général, elle n'a aucune difficulté à exclure les gens de sa vie. L'exemple le plus récent étant Sebastian. Même s'il continue à lui laisser régulièrement des messages, elle ne voit pas de raison particulière de le rappeler.

« Vous êtes Naia Thulin ? »

Un coursier à bicyclette la regarde d'un air interrogateur quand elle revient dans son bureau vide et, en dépit de ce qu'elle s'est promis, Hess est la première personne à laquelle elle pense en voyant le bouquet, un mélange de fleurs d'automne dans les tons rouge et orange, dont elle ne connaît pas les noms parce que les fleurs ne l'ont jamais intéressée. Elle accuse réception du cadeau à l'aide du stylo électronique que lui tend le coursier, et il repart cahin-caha sur ses chaussures de cycliste. Thulin ouvre la carte et se félicite que tous ses collègues soient rassemblés dans la cantine, agglutinés devant l'écran plat sur lequel la conférence de presse de Nylander est retransmise en direct.

« Merci pour le footing. Bonne chance chez NC3. Allez ! Casse-toi de ce bureau ☺. »

Thulin sourit, puis jette la carte de Genz dans la corbeille. Quand elle dévale l'escalier de la rotonde, en route pour les vacances et la fête de Halloween de la classe de Lee, elle a laissé le bouquet sur le comptoir du secrétariat, où elle sait qu'il sera apprécié.

Dehors, il neige toujours, et Thulin regrette un peu de ne plus avoir de véhicule de service à sa disposition, en attendant d'intégrer son nouveau poste. Ses baskets sont rapidement trempées, et elle accélère le pas sur le trottoir enneigé de Bernstorffsgade vers la gare centrale pour prendre le train jusqu'à Dybbølsbro.

Quand elle a rejoint Genz, ce matin, il n'avait pas encore commencé à neiger. Elle avait décidé de marquer son dernier jour à la Crim' en acceptant son invitation à aller courir. Maintenant qu'ils ne vont plus être collègues, cela semblait une bonne manière de mettre fin à leur relation, et en outre, elle avait une idée derrière la tête. Ils avaient décidé de courir sur Strandvejen en longeant le bord de mer. À 6 h 30, elle était venue le chercher devant chez lui. Il habitait un appartement dans les jolis ensembles immobiliers modernes de Nordhavn, le quartier portuaire au nord de Copenhague. Elle avait été un peu surprise que Genz ait les moyens de vivre dans un endroit comme celui-là, mais d'un autre côté, cela allait avec ses bonnes manières de savoir aussi gérer ses finances.

Leur jogging avait commencé dans des conditions idéales. Ils avaient vu le soleil se lever sur le détroit d'Øresund tandis qu'ils couraient tout en faisant un point sur l'enquête ; arrivant à la conclusion que le drame familial était le mobile ; supposant que l'infirmière avait rassemblé des informations sur les enfants maltraités et sur leurs mères pour sélectionner leurs victimes ; imaginant que Benedikte Skans et Asger Neergaard avaient envoyé les mails de dénonciation à partir d'un cybercafé en utilisant un moteur de recherche dont le serveur se trouvait en Ukraine, plutôt que d'utiliser leurs propres ordinateurs ; regrettant tous deux que le contenu du minifrigo ait échappé à la fouille préliminaire effectuée par les experts de la police scientifique. En ce qui concernait l'objet contondant et l'outil tranchant employés pour tuer les victimes et les amputer, ils n'avaient pas été retrouvés, mais, en tant qu'infirmière, Benedikte Skans avait accès aux blocs opératoires de l'hôpital et aux instruments qui s'y trouvent. Ces instruments étaient actuellement examinés et analysés au laboratoire.

Genz avait déclaré pour finir qu'à son avis, il n'y avait pas lieu de douter des résultats de l'enquête, mais Thulin le soupçonnait d'être plus intéressé par le jogging que par leur conversation. Elle avait regretté d'avoir mentionné en sa présence une prédilection pour la course d'endurance, parce qu'il était rapidement devenu évident qu'il était contraint de freiner pour qu'elle soit en mesure de le suivre. Au bout de 8 kilomètres ils avaient fait demi-tour, et elle était restée derrière, comme un joggeur amateur pris en remorque par un marathonien kenyan. Il avait tout de même remarqué au bout d'un moment qu'elle était plusieurs mètres à la traîne et il avait ralenti l'allure afin de poursuivre la conversation. Si elle avait cru à un moment que son invitation était une excuse pour la séduire, elle s'était fourvoyée. Ce type mettait autant de passion à courir qu'à faire son travail.

Thulin avait dû économiser son souffle pour continuer à courir, et elle s'était tue un long moment, mais quand ils avaient dû s'arrêter au feu rouge, au fort de Charlottenlund, elle avait tout de même exprimé sa frustration de ne pas avoir appris pourquoi et par quel miracle les meurtriers avaient placé des bonshommes en marrons portant les empreintes digitales de la fille Hartung sur chacune des scènes de crime. On n'avait pas découvert le moindre marron – avec ou sans empreintes – à l'adresse du jeune couple, et où Benedikte Skans et Asger Neergaard se les étaient procurés demeurait un mystère.

« Peut-être que l'explication de Nylander est la bonne. Le couple aurait acheté les bonshommes sur le stand que Kristine et son amie avaient installé au bord de la route, avant sa disparition, avait hasardé Genz.

– Tu trouves que c'est vraisemblable ? Steen Hartung ne pense même pas que les filles aient fabriqué de bonshommes en marrons cette année-là.

– Peut-être qu'il se trompe. Benedikte Skans était internée à Roskilde, mais Asger Neergaard peut très bien être passé en voiture dans le quartier et avoir eu une idée derrière la tête, déjà à ce moment-là.

– Et par le plus grand des hasards, il se serait fait doubler par Linus Bekker, tu veux dire ? »

Genz avait haussé les épaules et lui avait souri.

« Ce n'est pas moi qui ai lancé l'hypothèse. Moi, je suis un simple technicien. »

Bref, ils n'auraient jamais de réponses définitives à leurs questions, mais décidément, cette histoire de marrons dérangeait Thulin. Comme s'il y avait un détail qu'ils n'avaient pas vérifié, ou pas pris en compte. Entre-temps, Genz et elle étaient arrivés à la gare de Svanemøllen, et la neige avait commencé à tomber. Thulin avait couru se mettre à l'abri sur le quai et Genz avait continué son jogging sans elle, en faisant un petit détour par Fælledparken, histoire de faire bon poids, bonne mesure.

« Je cherche les élèves de grande section de maternelle ?

– Allez voir dans la classe. Sinon, vous n'avez qu'à vous diriger au bruit. »

Thulin secoue la neige de ses vêtements et quitte les deux instituteurs en déguisement d'Halloween qu'elle a trouvés dans la salle des fêtes. Elle est arrivée pile à l'heure à l'école, située dans une petite rue non loin de la gare de Dybbølsbro, et se promet que désormais, ce sera tout le temps comme ça. Elle est beaucoup trop souvent arrivée en retard, ou pas venue du tout, aux diverses réunions et manifestations qui ont eu lieu à l'école de Lee, et elle ne manque pas de remarquer la lueur d'étonnement dans les yeux des autres parents lorsqu'elle entre dans la classe. Ils sont groupés le long des murs, près des citrouilles, tandis que les enfants en costumes d'Halloween courent à droite à gauche dans la confusion la plus totale. Halloween n'est que demain, mais comme c'est le week-end, l'école a décidé d'organiser la fête aujourd'hui. Les filles sont habillées en sorcières et les garçons en monstres, certains avec des masques macabres et sanguinolents, et les parents poussent des cris d'horreur et feignent la terreur quand les gosses passent près d'eux. La maîtresse, une jeune femme de l'âge de Thulin, est également déguisée en sorcière, avec une longue robe décolletée, des bas résille et des escarpins noirs, le tout couronné d'un maquillage livide et de lèvres rouge sang. Sans oublier le grand chapeau pointu. On dirait un personnage d'un film de Tim Burton, et il n'est pas difficile de deviner pourquoi en ce vendredi après-midi, les papas, en particulier, sont plus exaltés qu'à l'accoutumée.

Tout d'abord, Thulin ne trouve ni Lee, ni son grand-père parmi les monstres, petits et grands, mais soudain, elle aperçoit une tête de zombie en caoutchouc au crâne fendu avec la masse jaunâtre du cerveau coulant sur le front. Le masque vient d'un jeu qui s'appelle « Plants vs Zombies », et c'était le seul déguisement que Lee voulait quand elle avait traîné Thulin dans la boutique Les Cigares du Pharaon, rue Skindergade. Lee est en compagnie de son grand-père, en train de lui remettre le crâne en place pour éviter que la cervelle tombe dans sa nuque.

« Salut maman, tu m'as reconnue ?

– Non, où es-tu ? Je ne te vois pas ! »

Elle se tourne, regarde autour d'elle, et quand elle se retourne à nouveau, Lee a retiré le masque et montre son visage transpirant et triomphant.

« C'est moi qui vais marcher devant quand on va entrer pour la fête de la citrouille.

– Génial ! J'ai hâte de voir ça.

– Tu vas rester ?

– Bien sûr.

– Tu veux que je tienne le masque un peu, pour que tu ne meures pas de chaud ? demande Aksel en essuyant le front de la petite fille.

– C'est bon, grand-père. »

La tête de zombie pendant sur sa nuque, Lee traverse la pièce en courant pour rejoindre son copain Ramazan, déguisé en squelette.

« Tout va bien ? »

Aksel la regarde et elle sait qu'il parle de sa dernière journée à l'hôtel de police.

« Ouais, super, terminé, oublié, je passe à autre chose. »

Aksel est sur le point de faire un commentaire, mais la maîtresse frappe dans ses mains.

« On va y aller. Les enfants, venez près de moi, dit-elle d'une voix enjouée, puis elle s'adresse aux parents : Avant de nous rendre dans la salle des fêtes, nous allons achever la semaine thématique sur l'*automne*. Les enfants ont préparé trois exposés qu'ils sont impatients de vous présenter. »

Thulin remarque à ce moment-là que la classe est toujours décorée sur le thème de l'automne avec les arbres généalogiques dont lui a si souvent parlé sa fille. Elle n'a assisté qu'une fois à une représentation donnée par les enfants – un spectacle de cirque, où l'un des numéros consistait à faire passer les gamins déguisés en lions à travers un tonneau percé des deux côtés, trois fois de suite. Les applaudissements hystériques des autres parents lui avaient fait recroqueviller les pieds d'agacement dans ses baskets.

Ce n'est pas très différent cette fois-ci. Le premier groupe d'enfants exhibe des planches sur lesquelles ils ont collé des branches et des feuilles mortes ramassées dans les bois, pendant que les parents, sourire aux lèvres, immortalisent la scène avec l'appareil photo de leur portable. Thulin réalise qu'elle associera longtemps les feuilles mortes au spectacle effrayant de Laura Kjær, Anne Sejer-Lassen et Jessie Kvium. Le groupe suivant, qui vient présenter la collection de personnages en marrons de la classe, ne fait qu'aggraver son malaise.

Enfin, c'est le tour de Lee. Elle et Ramazan grimpent sur l'estrade en compagnie de plusieurs autres enfants et se mettent à expliquer qu'on peut également manger des marrons.

« Mais il faut d'abord fendre l'écorce ! On fait ça pour pas qu'ils explosent quand on les met dans le four ! Ils doivent griller à une température de 225 degrés exactement ! Ensuite, on les mange avec du beurre et du sel ! »

Lee s'est exprimée d'une voix haute et claire, et Thulin est sur le point de tomber sur le cul de surprise, car le petit être belliqueux qu'est sa fille ne s'est jamais, à sa connaissance, intéressée à ce qui se passait dans une cuisine. Deux plateaux couverts de marrons chauds circulent parmi les parents, tandis que la maîtresse se tourne vers Ramazan, qui a apparemment oublié sa réplique.

« Ramazan, est-ce que tu peux nous dire à quoi il faut faire attention, quand on veut faire griller des marrons et les manger ?

– Il faut choisir la bonne variété. Celle qu'on appelle des marrons comestibles.

– Exactement. Il existe beaucoup de variétés de marrons, mais la seule qu'on peut manger est le marron comestible, aussi appelé la châtaigne. »

Ramazan acquiesce, prend un marron et se met à le mâcher bruyamment sous les yeux de ses parents souriants et fiers. La maîtresse reprend en racontant que les enfants ont eux-mêmes ramassé et fait griller les marrons que leurs parents sont en train de déguster, mais Thulin ne l'écoute plus. Quelque chose la dérange. Elle est troublée, et elle ne comprend pourquoi qu'en entendant les parents éclater de rire à une anecdote racontée par la maîtresse.

« Qu'est-ce que vous entendez par beaucoup de *variétés de marrons* ? »

La question arrive trop tard et hors contexte. La maîtresse regarde Thulin d'un air surpris, les quelques parents qui ont fini de rire à l'anecdote précédente, également.

« Je croyais qu'il n'existait que deux sortes de marrons. Ceux qui se mangent et ceux avec lesquels on fabrique des bonshommes en marrons, je me trompe ?

– En réalité, il en existe bien plus que cela. Mais Ramazan va nous en parler justement…

– Combien ?

– Combien de quoi ?

– Combien de sortes de marrons existe-t-il ? »

Dans la classe, les rires se sont tus. Les regards des parents passent de la maîtresse à Thulin, pour revenir à la maîtresse. Même les enfants se taisent. La question de Thulin a été posée d'un ton dur et inquisiteur, sans la note de politesse qui accompagnait les précédentes. La maîtresse sourit, un peu gênée parce qu'elle ignore pourquoi elle doit subitement subir cet examen.

« Je ne les connais pas toutes. Je crois qu'il existe plusieurs espèces de marrons comestibles, comme par exemple la châtaigne européenne, la châtaigne du Japon, et il y a aussi plusieurs variétés de marrons, comme le…

– Avec lesquels est-ce qu'on fabrique les bonshommes en marrons ?

– On peut les fabriquer avec n'importe quels marrons. Mais le plus courant au Danemark est bien sûr le marron d'Inde… »

Plus personne ne parle. Les parents regardent Thulin, qui regarde fixement la maîtresse. Du coin de l'œil, elle aperçoit l'expression de Lee qui est sans doute en train de vivre l'instant le plus embarrassant de toute sa vie. Et Thulin s'en va. Alors qu'elle traverse la salle des fêtes en courant vers la sortie, elle entend que la fête commence.

102

« Si tu viens pour me proposer une nouvelle séance de jogging, je vais devoir te demander d'attendre la semaine prochaine. »

Genz sourit. Quand Thulin pénètre dans le grand laboratoire, il est en train d'enfiler son ciré. Un petit sac de voyage et une mallette de forme allongée sont posés à ses pieds. Elle sait déjà par la réceptionniste qu'il rentre à l'instant d'une scène de crime et qu'il doit maintenant se rendre à un séminaire professionnel qui a lieu ce week-end à la salle des expositions de Herning. Mais Thulin a réussi à passer le cerbère. Elle a tenté en vain de l'avoir au téléphone pendant le trajet en taxi et elle est soulagée de le trouver à son poste, même si, visiblement, elle tombe mal.

« Ce n'est pas pour ça que je suis là. J'ai besoin de ton aide.

– On peut en parler en chemin vers ma voiture ?

– Peux-tu me dire avec quelle variété de marrons étaient fabriqués les bonshommes laissés près des victimes, avec les empreintes digitales de Kristine Hartung ?

– Quelle variété ? »

Genz, qui est en train de faire le tour de son labo pour éteindre les lampes halogènes, s'arrête un instant pour la regarder.

« Qu'est-ce que tu veux dire ? »

Thulin a monté les marches quatre à quatre, et elle n'a pas encore repris son souffle.

« Un marron est un terme générique. Il y a différentes sortes de marrons. De quelle sorte étaient ceux qui nous intéressent ?

– Je ne peux pas te répondre, là, comme ça.

– Est-ce que c'était des marrons d'Inde ?

– Pourquoi est-ce que tu me demandes ça ? Qu'est-ce qui se passe ?

– Ce n'est sûrement rien du tout. Mais si tu ne t'en souviens pas, j'imagine que ça doit être écrit dans l'un de vos rapports de labo.

– Sans doute, mais comme je te l'ai dit, j'étais sur le départ.

– Écoute, Genz, si ce n'était pas important, je ne te le demanderais pas. Tu peux vérifier maintenant, s'il te plaît ? »

Genz la regarde d'un air incrédule. Avec un soupir, il s'assied devant l'ordinateur. Quelques secondes plus tard, elle peut suivre tout ce qu'il fait sur le grand écran au mur. Genz ouvre un dossier informatique et fait défiler une série de rapports numérisés. Il en choisit un et double-clique dessus. La masse de données est énorme, mais Genz survole le rapport avec la rapidité de l'habitude et ne s'arrête qu'en arrivant au passage intitulé : « Variété et origine ».

« Dans le premier cas, c'est-à-dire celui de Laura Kjær, l'empreinte se trouvait sur une châtaigne, ou plus exactement une *Castanea sativa x crenata*. Ça te va comme réponse ?

– Et les autres ? »

Le regard de Genz s'attarde un moment sur elle pour lui faire comprendre qu'elle exagère.

« Allez, s'il te plaît, c'est important ! »

Genz continue de feuilleter son dossier électronique, double-clique sur un autre rapport, puis sur un troisième et, quand il a terminé, Thulin connaît la réponse avant qu'il ne la lui donne :

« Le résultat est le même dans les trois cas, *Castanea sativa x crenata*. C'est bon, maintenant ?

– Tu en es sûr ? Il n'y a aucun doute ?

– Écoute, Thulin, j'ai confié cette partie des analyses à mes assistants pendant que je me concentrais sur les empreintes, alors je ne peux pas t'assurer…

– Il est malgré tout peu probable que tes assistants aient pu se tromper trois fois, n'est-ce pas ?

– Effectivement. Cela dit, aucun d'eux n'est expert en châtaignes, et la procédure normale aurait été de faire appel à quelqu'un de compétent en la matière, qui aurait identifié la variété de fruit avec certitude. Est-ce que tu pourrais me dire où tu veux en venir ? »

Thulin ne répond pas. Elle a passé deux coups de fil dans le taxi en venant. L'un à Genz, qu'elle n'a pas réussi à joindre, l'autre à Steen Hartung. Steen Hartung lui avait répondu d'une voix blanche. Avec un peu de mauvaise conscience, après s'être excusée du dérangement, elle avait expliqué qu'elle était en train de mettre la dernière main à son rapport et qu'elle avait besoin qu'il lui rappelle quelle sorte de marrons Kristine et son amie avaient ramassés dans leur jardin pour fabriquer les petits bonshommes. Steen Hartung n'avait pas eu assez d'énergie pour s'étonner de la question et, quand elle avait ajouté qu'il s'agissait d'une simple formalité, il avait répondu sans faire de commentaire. Dans leur jardin, les Hartung avaient un marronnier d'Inde.

« Ce qui signifie que nous avons un problème et que nous devons contacter l'expert dont tu parles le plus vite possible. »

103

Dans le parc forestier de Dyrehaven, le sol est couvert de neige fraîche, du portail rouge à la maison de Peter Liep, et Rosa Hartung a décidé de courir sur le chemin plutôt que sur la route, qui est aussi glissante qu'une patinoire. Quand elle arrive au bout du parc et qu'il n'y a plus devant elle que les silhouettes fantomatiques des attractions désertes de Bakken, elle tourne à droite et s'engage dans un chemin à l'abri des arbres, où il n'y a presque pas de neige. Ses jambes lui font mal, mais l'air est froid et limpide et elle s'oblige à continuer, dans l'espoir que l'effort viendra à bout de son chagrin.

Il y a près de dix jours qu'elle n'est pas sortie de chez elle. Toute la volonté qu'elle avait mobilisée pour reprendre son travail au ministère s'est évaporée quand elle a admis que tout espoir de revoir un jour Kristine était du domaine du rêve. La vie était redevenue terne et sans intérêt. Bien que Vogel, Liu et Engells se soient montrés extraordinairement prévenants avec elle, et qu'ils aient fait des pieds et des mains pour la convaincre de revenir au ministère, ils en avaient été pour leurs frais. Elle était restée chez elle et, quoi qu'ils en disent, elle savait que ses jours en tant que ministre étaient comptés. En public, le Premier ministre et le ministre des Finances n'avaient à son endroit que des discours de compassion, mais en coulisse, il n'y avait aucun doute sur le fait que Rosa Hartung appartenait au passé du parti. Quand l'eau aurait un peu coulé sous les ponts, on l'expédierait quelque part à l'arrière-ban, soit pour sa désobéissance envers le Premier ministre, soit parce qu'on la jugeait instable, et Rosa s'en fichait royalement.

Ce qu'elle ne pouvait pas ignorer en revanche, c'était l'étendue de son chagrin, et ce matin, elle était allée voir son psychiatre, qui lui avait conseillé de reprendre des antidépresseurs. C'est pour cette raison que, dès son retour à la maison, elle avait enfilé sa tenue de sport – comme elle faisait chaque jour, après le déjeuner, du temps où elle travaillait chez elle –, mais cette fois, c'était dans l'espoir que la production d'endorphines liée à la course à pied lui remonterait suffisamment le moral pour lui éviter un nouveau traitement.

La deuxième raison pour laquelle elle avait décidé d'aller courir était qu'aujourd'hui, un transporteur venait chercher les affaires de Kristine. Après la consultation, Rosa avait eu la faiblesse de suivre le conseil du psychiatre de se débarrasser une fois pour toutes de ce qui avait appartenu à sa fille, sous prétexte qu'elle devait cesser de s'accrocher au passé. Un acte symbolique qui selon lui l'aiderait à aller de l'avant. Rosa avait donc appelé un déménageur, et elle avait indiqué à la jeune fille au pair quels objets dans la chambre de Kristine il pouvait emporter : quatre gros cartons pleins de vêtements et de chaussures, le bureau et son lit sur lequel Rosa était si souvent allée s'asseoir. Elle avait donné à la jeune fille au pair le numéro de téléphone d'une œuvre de bienfaisance qui se trouvait Nordre Frihavnsgade pour leur dire qu'un transporteur viendrait leur déposer tout cela, puis elle était sortie de chez elle, elle était montée dans sa voiture et elle avait roulé jusqu'à Klampenborg pour aller courir dans le parc forestier.

En chemin, elle s'était dit qu'elle devrait appeler Steen pour lui faire part de sa décision, mais elle n'en avait pas eu le courage. Ils ne se parlaient presque plus. Le message du commissaire avait été limpide, mais il n'avait pas empêché Steen de continuer à s'accrocher à son espoir, et c'était plus que Rosa ne pouvait supporter. Il avait refusé de signer les papiers de présomption de décès qu'il avait pourtant lui-même demandés à l'avocat, et elle savait qu'il continuait à aller frapper aux portes des gens, dans les quartiers où Kristine aurait pu passer le jour de sa disparition. C'était son associé, Bjarke, qui l'avait prévenue. Il lui avait parlé avec une profonde inquiétude des plans de canalisations d'égouts, de lotissements et de réseaux routiers qui traînaient en permanence sur sa table à dessin, et lui avait dit qu'il quittait le cabinet tous les après-midi sans dire où il allait. La veille, Bjarke l'avait suivi, et il l'avait vu errer sans but dans un lotissement non loin de la salle de sport. Bjarke avait dû regretter de l'avoir appelée, car Rosa avait simplement poussé un soupir résigné. La quête de Steen était insensée, mais si on allait par là, il y avait tant de choses qui l'étaient. Ils auraient dû rester soudés tous les deux et se concentrer sur Gustav, mais pour l'instant, ni l'un ni l'autre n'en avaient la force.

Quand Rosa revient au portail rouge, elle est éreintée. Elle a la peau couverte d'une sueur glacée et désagréable. Un nuage de vapeur sort de sa bouche. Elle doit rester un long moment appuyée à la barrière, avant de trouver la force de retourner s'asseoir au volant de sa voiture garée sur le parking. Sur le chemin du retour, après avoir passé la statue de Knud Rasmussen et juste avant d'arriver à la station essence d'Arne Jacobsen, une brèche déchire la couverture nuageuse. La neige a cessé de tomber, et lorsque les rayons du soleil illuminent un instant le ciel de plomb, le paysage se transforme en un gigantesque tapis de cristaux scintillants et elle doit plisser les yeux pour ne pas être éblouie. En se garant dans l'allée devant la maison, sa respiration est différente de ce qu'elle était au moment où elle est partie – plus calme –, comme si à présent elle descendait jusque dans son ventre au lieu de rester bloquée quelque part entre sa gorge et sa poitrine, comme dans un évier bouché. Elle descend de voiture, remarque les larges traces de la camionnette du transporteur dans la neige et ressent une sorte de soulagement à l'idée que ce soit fait. Par habitude, elle se dirige vers le cellier, à l'arrière de la maison. Elle passe toujours par là en revenant de son jogging, pour ne pas salir l'entrée avec la boue de ses baskets. Elle n'a pas le courage de faire des étirements, ne pense qu'à aller s'écrouler sur le canapé, avant d'être submergée par l'idée que les affaires de Kristine ont été emportées pour toujours. La neige vierge, fraîchement tombée, crisse sous ses pas. Elle tourne à l'angle de la maison, avance jusqu'au porche qui abrite l'entrée du cellier et, brusquement, elle s'arrête.

Sur le paillasson, devant la porte, se trouve un objet qu'elle n'identifie pas tout de suite. Elle s'approche et voit à présent qu'il s'agit d'une fragile couronne qui, à cause de la neige, sans doute, lui fait penser à une décoration de Noël. Ce n'est qu'en se baissant qu'elle voit que la couronne est composée d'une série de personnages en marrons se tenant par la main pour former une ronde.

Rosa sursaute et, aux aguets, regarde autour d'elle. Mais il n'y a personne. Le jardin est couvert d'une neige fraîche et intouchée, y compris les branches du vieux marronnier d'Inde. Il n'y a dans la neige que les traces de ses propres pas. Elle contemple un instant la couronne, effrayée, la ramasse et entre dans la maison. On lui a posé beaucoup de questions sur les bonshommes en marrons et sur ce qu'ils pouvaient vouloir dire, et jusqu'à aujourd'hui, elle n'avait jamais pensé à autre chose qu'à ces personnages que Kristine et Mathilde passaient des heures à fabriquer sur la table de la cuisine, quand venait l'automne. Mais au moment où elle monte les marches vers le premier étage, sans prendre la peine de retirer ses chaussures de sport mouillées, c'est une autre idée, bien plus désagréable et pas encore très précise, qui lui vient à l'esprit.

Dans la chambre de Kristine, elle trouve la jeune fille au pair occupée à passer l'aspirateur dans les endroits où se trouvaient les meubles. Quand Rosa l'éteint et lui brandit sous le nez la couronne qu'elle tient à la main, elle la regarde, affolée.

« *Who brought this, Alice ? How did it get here ?* »

La jeune employée ne sait rien. Elle n'a jamais vu cet objet et ignore comment il est arrivé devant la porte du cellier et qui peut l'y avoir mis.

« *Come on, Alice ! It's important !* »

Rosa réitère sa question, s'obstine, elle a forcément vu quelque chose, mais la jeune fille, perplexe, répond qu'hormis le transporteur qui est venu chercher les affaires, elle n'a vu personne depuis le départ de Rosa. En voyant des larmes dans ses yeux, Rosa se rend compte qu'elle est en train de crier au visage de la pauvre Alice pour obtenir d'elle une réponse que manifestement elle ne détient pas.

« *I'm sorry, Alice. I'm so sorry...* »

Rosa baisse les yeux vers la décoration qu'elle a posée sur le plancher pour prendre dans ses bras la jeune fille qui renifle toujours. La petite ronde est composée de cinq personnages en marrons reliés les uns aux autres avec du fil de fer. Ils ressemblent à ceux que la police lui a montrés. Rosa remarque que deux d'entre eux sont plus grands que les trois autres. Comme s'il s'agissait des parents. Un papa et une maman en marrons tenant par la main leurs trois petits enfants en marrons. Une famille en marrons en train de faire la ronde.

Et brusquement, les écailles lui tombent des yeux. Rosa comprend pourquoi on a posé cet objet devant sa porte à elle et pourquoi c'était elle et personne d'autre qui devait le découvrir. Elle se souvient du jour où elle a vu un objet semblable. Elle se rappelle qui le lui avait donné, et surtout, pourquoi. Tout devient parfaitement limpide, bien que sa raison refuse de l'admettre. Ça ne peut pas être ça. Cette histoire remonte à si loin.

« *Let me call the police, Rosa. It's better to call the police.*

– *No ! No police. I'm okay.* »

Rosa s'éloigne d'Alice. Lorsque, quelques instants plus tard, elle saute dans sa voiture et repart, c'est avec le sentiment que quelqu'un la surveille, et ce, depuis très longtemps.

104

Le trajet jusqu'au centre-ville lui semble long et semé d'embûches. Elle change de voie chaque fois qu'elle peut et, au carrefour de Trianglen, ainsi qu'à celui de Kongens Have, elle brûle les feux rouges. Les souvenirs déferlent dans sa tête. Certains lui reviennent dans leur entièreté, d'autres sont morcelés et flous, comme si sa mémoire cherchait à les reconstituer après coup pour leur donner un sens. Quand elle arrive au ministère, elle cherche une place de stationnement à un endroit où sa voiture n'attirera pas l'attention, et lorsque enfin elle réussit à se garer, elle se précipite vers l'entrée de service. Soudain, elle réalise qu'elle a oublié sa carte d'accès, mais le gardien la reconnaît et la laisse entrer.

« Liu, j'ai besoin de ton aide. »

Elle trouve sa secrétaire dans son bureau, en rendez-vous avec deux jeunes juristes qui viennent d'être embauchées. Liu est manifestement étonnée de voir débarquer Rosa et la conversation autour de la table s'arrête aussitôt.

« Bien sûr. On peut remettre cette réunion à plus tard, si tu veux. »

Liu prend congé des deux jeunes femmes qui jettent des regards curieux à Rosa en sortant. Elle se souvient qu'elle est toujours dans sa tenue de jogging, trempée de sueur, et que ses chaussures de sport sont couvertes de boue.

« Qu'est-ce qui se passe ? Tu vas bien ? »

L'empathie de Liu fait plaisir, mais Rosa n'a pas le temps de s'en émouvoir.

« Tu sais où sont Engells et Vogel en ce moment ?

– Je n'ai pas vu Vogel de la journée mais je crois qu'Engells est en réunion, quelque part dans le bâtiment. Tu veux que je les appelle ?

– Non, laisse tomber. On va se débrouiller toutes les deux. Le ministère a accès au registre des familles d'accueil et des placements d'enfants, n'est-ce pas ?

– Oui, bien sûr… Pourquoi ?

– J'ai besoin de renseignements concernant un placement en famille d'accueil. Le dossier doit se trouver dans les archives de la commune d'Odsherred. Je crois qu'il date de 1986, mais je n'en suis pas sûre.

– 1986 ? C'est loin. Je ne suis pas certaine qu'il soit numérisé.

– Essaye quand même, d'accord ? »

Liu lui lance un regard surpris, et Rosa regrette le ton abrupt sur lequel elle vient de lui parler.

« Ne me demande pas d'explications. Contente-toi de m'aider, s'il te plaît.

– Ok… »

Liu commence à pianoter sur le clavier de son ordinateur portable, et Rosa la regarde avec gratitude. Elle rentre un code qui lui permet d'avoir accès au registre de la commune d'Odsherred, et Rosa avance une chaise pour pouvoir suivre sa recherche à l'écran.

« Les parents s'appelaient Petersen, précise-t-elle. Ils habitaient Kirkevej, n° 35, à Odsherred. Le père, Poul, était instituteur. La mère, Kirsten, faisait de la céramique. »

Les doigts de Liu courent sur le clavier à mesure que Rosa lui dicte les informations.

« Il n'y a rien qui sort, tu as leurs numéros de Sécurité sociale ?

– Non, je les ai oubliés, mais je peux te donner le numéro de la pensionnaire qu'ils avaient déjà. Rosa Petersen. »

Liu tape le numéro de Sécurité sociale que lui donne Rosa, puis s'arrête et se tourne vers elle.

« Mais c'est toi… ?

– Oui. Continue. Je ne peux pas t'expliquer de quoi il s'agit. Je suis obligée de te demander de me faire confiance. »

Liu hoche la tête, déroutée, et continue de taper jusqu'à ce qu'elle ait trouvé ce qu'elle cherche.

« Enfant, fille, Rosa. Née Juul Andersen. Adoptée par parents d'accueil Poul et Kirsten Petersen.

– Maintenant, je voudrais que tu te serves de leurs numéros de Sécurité sociale et que tu retrouves un dossier datant de 1986. »

Liu s'exécute, poursuit la recherche, mais au bout de quelques minutes, elle secoue la tête.

« Il n'y a rien en 86. Comme je te l'ai dit, la numérisation des données n'est pas encore terminée, alors peut-être que…

– Essaye 87 ou 85. Un garçon a été placé chez les Petersen, avec sa sœur.

– Tu as le nom du garçon, ou…

– Non, je n'ai rien. Ça n'a pas duré longtemps. Quelques semaines ou quelques mois, peut-être… »

Liu continue à taper pendant que Rosa parle. Tout à coup, ses doigts restent suspendus au-dessus des touches. Elle a les yeux fixés sur l'écran.

« Je crois que j'ai quelque chose. 1987. Toke Bering… et sa jumelle, Astrid. »

Une page, avec un numéro de dossier en en-tête et du texte ensuite, s'affiche à l'écran. La police est ancienne et on voit que le document a été écrit sur une machine à écrire. Les noms ne lui disent rien. Elle ne se souvenait pas non plus que les enfants étaient jumeaux, mais elle sent que c'est eux.

« Apparemment, ils ont passé trois mois avec vous, avant d'être placés ailleurs.

– Placés où ? J'aimerais savoir ce qu'ils sont devenus. »

Liu s'écarte pour lui permettre de voir elle-même les pages du dossier. Et quand Rosa a fini de lire les trois feuillets dactylographiés de l'assistante sociale, elle tremble de tout son corps. Des larmes coulent sur ses joues et elle a envie de vomir.

« Dis-moi ce qui se passe, Rosa. Je n'aime pas te voir comme ça. Tu veux que j'appelle Steen ou… Je ne sais pas ? »

Rosa secoue la tête. Le souffle court, elle se force à relire le texte. Cette fois parce qu'elle se dit qu'il doit y avoir un message pour elle, quelque part. Quelque chose que le donateur de cette couronne de bonshommes en marrons veut qu'elle fasse. Est-il déjà trop tard ? Tout cela est-il arrivé à cause de ça ? Est-ce là ce qu'elle est supposée comprendre ? Sa punition est-elle de vivre le restant de ses jours en le sachant ?

Cette fois, Rosa s'arrête à chaque détail, réfléchissant avec angoisse aux moyens qui lui restent d'intervenir, s'il n'est pas trop tard. Tout à coup, tout devient clair. En lisant le nom de l'endroit où les jumeaux ont été placés, elle sait que c'est là qu'elle doit se rendre. C'est forcément là.

Rosa mémorise l'adresse inscrite dans le dossier et elle se lève.

« S'il te plaît, Rosa, dis-moi ce qui se passe. »

Elle ne répond pas car un message en numéro caché vient d'arriver sur son téléphone. Ce message contient seulement un émoji avec un doigt posé sur la bouche et Rosa comprend que si elle veut savoir un jour ce qui est arrivé à Kristine, elle doit se taire.

105

La neige tombe dru et le peu que Hess réussit à voir du paysage à travers le pare-brise est blanc et sans contours. Sur l'autoroute, cela ne le dérangeait pas, parce que les chasse-neige passaient avec une régularité de métronome, mais depuis qu'il a quitté la E47 pour prendre la nationale en direction de Vordingborg, il est parfois contraint de réduire sa vitesse à 20 km/heure pour ne pas risquer de déraper et de finir dans le pare-chocs de la voiture devant lui.

Pendant le trajet entre Copenhague et le nord de l'île de Seeland, il a appelé les commissariats de Risskov et de Nyborg, mais, comme il le craignait, personne n'a pu l'aider. Le plus difficile a été d'apprendre quelque chose sur le meurtre de Risskov, en 2001. L'enquête remontant dix-sept ans en arrière, la police d'Aarhus n'a pas manifesté beaucoup de bonne volonté et il a dû s'entretenir avec trois interlocuteurs différents, avant qu'une inspectrice le prenne en pitié et exhume le dossier des archives pour l'informer que l'affaire n'avait jamais été résolue mais qu'elle était classée depuis longtemps. Elle n'était pas au courant personnellement, mais elle voulait bien lui lire une partie du rapport par téléphone. Ce qu'il a entendu ne lui a rien appris, ou pas grand-chose. La victime était laborantine et mère célibataire. Le soir d'automne où le crime avait eu lieu, elle avait fait garder sa fille parce qu'elle recevait un ami à dîner. Quand l'ami était arrivé, il l'avait trouvée morte sur le plancher du salon, poignardée, et il avait appelé la police. Deux ans plus tard, l'enquête avait été classée parce qu'on avait épuisé tous les suspects et toutes les pistes possibles.

L'affaire de Nyborg, un meurtre survenu en 2015, était un peu différente. La victime était maman d'un petit garçon de trois ans et l'enquête était encore en cours, parce que le père de l'enfant, l'ancien compagnon, qui était aussi le principal suspect, était encore recherché. On pensait qu'il se cachait à Pattaya. Le mobile aurait été la jalousie et l'argent. Le type était connu pour fréquenter les voyous. L'inspecteur principal chargé de l'affaire avait élaboré une théorie selon laquelle le suspect aurait suivi la victime en voiture et assisté à un rendez-vous entre la jeune femme et un footballeur professionnel, marié, avec qui elle avait une liaison. Alors qu'elle était sur le chemin du retour, il l'aurait obligée à se rabattre sur la voie d'arrêt d'urgence, après quoi il l'aurait frappée avec une arme blanche d'un type inconnu, qui lui avait endommagé le cerveau en passant à travers l'orbite de son œil gauche. L'ancien compagnon ayant peu de chances d'être responsable des meurtres sur lesquels Hess avait enquêté à Copenhague, il a demandé à l'inspecteur concerné s'il avait pensé à d'autres coupables à l'époque, des gens qui auraient été proches de la victime, sans être de sa famille : un ami, un amant répudié ou un soupirant éconduit. Mais l'inspecteur lui a répondu par la négative et, à la façon dont il l'a fait, Hess a senti qu'il se sentait accusé d'avoir bâclé l'enquête. Il n'a pas insisté. Avant de raccrocher, il a essayé quand même d'en savoir plus sur le bonhomme en marrons qu'il avait vu sur les clichés de l'intérieur de la voiture.

« A-t-on montré les photos de la scène de crime aux personnes interrogées et est-ce que l'une de ces personnes a été surprise par la présence de certains détails ? Quelqu'un aurait-il remarqué un objet qui n'aurait pas dû se trouver dans la voiture ? »

L'inspecteur a paru surpris par la question.

« Comment le savez-vous ? Pourquoi me demandez-vous ça ?

– C'est le cas ?

– La mère de la victime s'est étonnée de la présence d'un bonhomme en marrons suspendu au rétroviseur. D'après elle, sa fille était allergique aux fruits à coque depuis toute petite, et elle ne comprenait pas ce que ce bonhomme faisait dans sa voiture. »

L'inspecteur de police, qui n'aimait pas que subsistent des zones d'ombre dans ses enquêtes, s'était employé à trouver une explication à ce mystère. En allant interroger l'école maternelle que fréquentait le fils de la victime, il avait appris que les enfants de la classe de ce petit garçon avaient justement fabriqué des bonshommes en marrons ces dernières semaines. Il n'était donc pas impossible que la maman ait suspendu l'œuvre de son fils au rétroviseur de sa voiture sans tenir compte de son allergie. L'hypothèse de l'inspecteur avait beau être plausible, Hess ne croyait pas un instant qu'elle soit vraie. Mais qui irait s'étonner de la présence d'un bonhomme en marrons en septembre ou en octobre ? Personne. Hess sentait que ses questions avaient ouvert chez son confrère un abîme de doute et de remises en question qu'il s'est empressé de combler. Il ne voulait pas faire de vagues, tant qu'il ne travaillait que sur des présomptions.

N'ayant aucun moyen pour l'instant de creuser plus avant dans ces deux affaires, Hess a mis le cap au sud, espérant trouver quelqu'un pour lui en dire un peu plus sur ce qui s'était passé sur l'île de Møn, le 31 octobre 1989. Møn dépend heureusement de la circonscription de Vordingborg, ce qui lui évitera d'aller se planter dans une congère quelque part au fin fond de la province. Mais à vrai dire, il commence à regretter son coup de tête, c'est pour cela qu'il n'a contacté ni Thulin, ni Nylander. En montant les marches enneigées du commissariat de Vordingborg, il se dit qu'il ne les appellera pas non plus aujourd'hui. Depuis la révélation qu'il a eue dans l'avion, il a pris conscience de la tâche impossible à laquelle il s'est attaqué. Même si réellement un seul et même criminel terrorisait et tuait des femmes depuis toutes ces années, le prouver va demander autant de temps qu'il lui en a fallu à lui pour le faire.

À l'accueil bondé du commissariat de Vordingborg, Hess explique sans vergogne qu'il fait partie de la brigade criminelle de Copenhague et qu'il souhaiterait parler au commissaire. Tout le monde est débordé, pour la simple raison que les routes sont glissantes et que les gens ont passé la journée coincés dans des carambolages, mais une bonne âme prend malgré tout le temps de lui indiquer un couloir derrière lui et de lui conseiller de demander un dénommé Brink.

Hess pénètre dans un open space pas très bien entretenu, où un sexagénaire au visage grêlé et aux cheveux roux, dont le poids doit dépasser le quintal, est en train d'enfiler son manteau tout en téléphonant :

« Eh bien, laisse-le sur place, ce tas de ferraille, s'il ne veut pas démarrer. J'arrive ! »

L'homme coupe la communication et met le cap sur la sortie. Hess, qui se trouve sur son chemin, ne fait pas mine de vouloir s'écarter.

« Je voudrais parler à un dénommé Brink.

– Je suis sur le départ, vous allez devoir attendre lundi. »

Hess fouille dans sa poche pour présenter son badge, mais le type s'éloigne déjà dans le corridor en remontant la fermeture éclair de sa parka.

« J'ai des questions à vous poser sur une affaire, c'est important...

– Je n'en doute pas, mais moi, je suis en week-end. Adressez-vous à l'accueil, vous trouverez sûrement quelqu'un pour vous renseigner. Je vous souhaite une bonne journée !

– Je ne crois pas que je trouverai des réponses à mes questions à l'accueil. Il s'agit d'une affaire criminelle remontant à 1989, survenue sur l'île de Møn. »

La grande silhouette de Brink se fige au milieu du couloir. L'homme reste quelques instants ainsi, de dos, et quand il se retourne pour croiser le regard de Hess, il a l'air de quelqu'un qui se retrouve nez à nez avec un fantôme.

106

Le commissaire Brink n'oubliera jamais le 31 octobre 1989. Rien de ce qu'il a pu vivre dans sa carrière de policier ne peut rivaliser avec les souvenirs qu'il a de ce jour-là. Encore aujourd'hui, tant d'années plus tard, assis en face de l'inspecteur Hess dans l'open space à demi plongé dans la pénombre, avec la neige qui tombe devant la fenêtre, il ne peut cacher son émotion.

Il était arrivé à la ferme d'Ørum, l'après-midi de la veille de ses 29 ans, suite à une demande de renforts lancée par Marius Larsen, qui dirigeait le commissariat en ce temps-là. Marius Larsen, surnommé « le Shérif », s'était rendu chez Ørum suite à l'appel d'un ou plusieurs voisins se plaignant que les bêtes du fermier s'égaillaient dans leurs champs. Ce n'était pas la première fois que cela arrivait. Ørum, un père de famille de 40 ans, exploitait cette petite ferme tout en travaillant à mi-temps à l'embarcadère du ferry. Il n'avait pas de formation d'éleveur, ni de passion particulière pour ce métier, et les fermiers alentour prétendaient qu'il essayait juste d'arrondir ses fins de mois en faisant un peu d'élevage. Il avait acheté la ferme pour une bouchée de pain à une vente par adjudication, et comme les bêtes, les étables et les prés étaient vendus avec l'ensemble, il avait dû se dire qu'il ferait aussi bien de les rentabiliser. Ça n'avait pas été une réussite.

De manière générale, l'argent, ou plutôt le manque d'argent, était la première chose qui venait à l'esprit quand on parlait de la famille Ørum. Certains disaient que c'était cela qui l'avait poussée à devenir famille d'accueil. Chaque fois qu'un enfant ou un adolescent venait séjourner à la ferme des Ørum, cela mettait un peu de beurre dans les épinards, et, au fil des ans, il y en avait eu pas mal. Dans la petite communauté, on avait bien senti que les parents n'adhéraient pas aux méthodes pédagogiques douces qui étaient devenues à la mode à cette époque, mais, d'un autre côté, on estimait que les enfants et les jeunes qu'ils prenaient sous leur aile n'avaient pas à se plaindre de ce que leur séjour là-bas pouvait leur apporter. Ils avaient le bon air de la campagne, les champs et les bêtes, et en même temps, ils apprenaient à travailler pour mériter leur pain quotidien. Les enfants d'Ørum, qu'il s'agisse des pensionnaires ou des enfants biologiques du couple, étaient facilement reconnaissables dans la petite communauté locale, parce qu'ils étaient les plus mal habillés et qu'ils portaient, en général, des vêtements peu adaptés à la saison. La famille avait tendance à rester dans son coin, mais en ce qui concernait les enfants placés, on mettait leur timidité sur le compte de la vie difficile qu'ils avaient eue avant. Alors, même si on n'appréciait pas beaucoup les Ørum, on les respectait, parce que – que ce soit par intérêt ou pour d'autres raisons – ils aidaient des enfants qui n'avaient pas grand-chose d'autre dans la vie. On ne tenait donc pas rigueur au père Ørum quand on le voyait boire un coup de trop après son travail au port, assis tout seul dans sa vieille Opel pourrie.

C'était avec cette connaissance approximative du sujet que Brink et un collègue étaient arrivés, il y avait près de trente ans, dans la cour de ferme, en même temps que l'ambulance que le Shérif avait également demandée. Le cochon mort derrière le tracteur n'était qu'un avant-goût du carnage qui les attendait à l'intérieur. Les deux enfants biologiques du couple Ørum gisaient dans la cuisine, abattus par balles, alors qu'ils prenaient leur petit déjeuner. Ils avaient ensuite retrouvé la mère découpée en morceaux dans la salle de bains, puis, dans la cave, le cadavre encore chaud de Marius Larsen, assassiné à coups de hache dans la figure, avec l'outil qui avait servi à débiter la mère Ørum.

Le père Ørum n'était pas là. Sa vieille Opel était bien garée sous le hangar, mais lui n'était nulle part. La mort de Marius Larsen remontant à moins d'une heure, ils s'étaient dit que le fermier ne pouvait pas être bien loin, mais malgré des recherches intensives, on ne l'avait pas trouvé. C'était le nouveau propriétaire de la ferme qui, trois ans plus tard, était tombé par hasard sur le corps du père Ørum dans la boue d'une marnière, juste derrière la maison. Apparemment, il s'était suicidé avec son fusil de chasse. Probablement juste avant que Brink et son collègue arrivent sur place. Les experts en balistique avaient déterminé que l'arme trouvée dans la marnière était également celle qui avait été utilisée pour tuer les deux adolescents dans la cuisine et le cochon dans la cour, le compte était bon et l'affaire résolue.

« Vous avez réussi à savoir pourquoi Ørum avait fait ça ? »

Hess a écouté le récit de Brink en prenant des notes, mais à présent, il lève les yeux vers le policier de l'autre côté de la table.

« Peut-être qu'il se sentait coupable. Qu'il s'en voulait à cause de ce que lui et sa femme avaient fait subir aux enfants qu'ils avaient pris en pension.

– Quels enfants ?

– Les jumeaux. Ceux qui étaient dans la cave. »

Dans un premier temps, on avait simplement constaté que les jumeaux, une fille et un garçon, étaient encore en vie. Les ambulanciers s'étaient occupés d'eux, pendant que Brink et son collègue lançaient les recherches pour rattraper Ørum, après que le reste de la brigade les avait rejoints. Mais quand Brink était redescendu dans la cave un peu plus tard, il avait constaté que l'endroit était rien moins qu'ordinaire.

« On aurait dit un cachot. Elle était équipée de cadenas, de chaînes, de barreaux aux fenêtres. On y a trouvé des vêtements, des manuels scolaires et un matelas dont on n'avait pas très envie de savoir à quoi il avait servi. »

Dans une vieille armoire, une importante collection de cassettes vidéo leur avait appris par la suite ce qui s'était passé.

« Que s'était-il passé ?

– Pourquoi est-ce important ?

– Parce que ça l'est. »

Brink regarde Hess et inspire profondément.

« Les Ørum violaient et martyrisaient la petite fille. Ça a commencé le jour de l'arrivée des jumeaux et ça a duré tout le temps où ils sont restés là-bas. Ils lui imposaient toutes sortes de pratiques sexuelles. Avec Ørum ou avec les enfants adolescents, que le couple forçait à participer. Sur l'une des cassettes, on les voyait traîner la fillette dans la porcherie… »

Brink se tait. Il se pince l'oreille et cligne des paupières. Hess remarque qu'il a les yeux qui brillent, tout à coup.

« Je suis un grand garçon, et je peux supporter beaucoup de choses. Mais quelquefois, j'entends encore le garçon supplier la mère Ørum d'intervenir…

– Qu'est-ce qu'elle faisait ?

– Rien. C'était elle qui filmait. Sur une autre cassette, on la voyait enfermer le garçon dans la cave en lui disant qu'il n'avait qu'à fabriquer ses bonshommes en marrons en attendant que ce soit fini. Et c'est ce qu'il faisait. Chaque fois, apparemment. La cave était remplie de ces foutues figurines… »

Hess imagine la scène. Comme dans une version pervertie du roman d'Astrid Lindgren, *Les farces d'Emil*, le garçon était enfermé dans une cave par sa mère adoptive, pendant qu'on martyrisait sa sœur de l'autre côté du mur. Hess se demande quels dégâts une telle expérience a pu occasionner chez un être aussi jeune.

« J'aimerais consulter le dossier.

– Pourquoi ?

– Je ne peux pas vous donner tous les détails, mais je dois retrouver ces jumeaux le plus vite possible. »

Hess s'est levé pour signifier l'urgence de sa requête, mais Brink reste assis.

« C'est en relation avec le profilage que vous êtes en train de faire de ce détenu à l'unité psychiatrique de haute sécurité ? »

Brink le regarde avec l'air de lui demander s'il le prend pour un con. C'était l'explication que Hess avait donnée en arrivant. Il avait jugé qu'il était plus facile de continuer à construire sur le même mensonge que d'en inventer un nouveau et avait raconté qu'il aidait actuellement la police danoise sur le profilage de Linus Bekker, qui avait développé une obsession sur une photo prise sur la scène de crime à Møn en 1989. Il avait pensé que moins il en disait sur ce qu'il était en train de faire, mieux ça valait.

« Écoutez, je crois qu'on va en rester là. Rappelez-moi le nom de votre supérieur à la Crim'.

– S'il vous plaît, Brink, c'est important.

– Pourquoi devrais-je vous aider ? J'ai déjà gaspillé une heure, que j'aurais dû employer à déneiger l'allée de ma sœur.

– Parce que je ne suis pas sûr que ce soit Ørum qui ait tué votre collègue Marius Larsen. Ni aucun des autres, d'ailleurs. »

Le policier le regarde un instant comme s'il allait pouffer d'un rire incrédule. Mais quand il répond enfin, on dirait qu'il essaye de se convaincre lui-même :

« Ça ne peut pas être le garçon. Nous l'avions brièvement évoqué à l'époque, mais c'est impossible. Il n'avait que dix ou onze ans. »

Hess ne fait pas de commentaire.

107

Le moins qu'on puisse dire des rapports de police sur le bain de sang survenu sur l'île de Møn en 1989, c'est qu'ils sont exhaustifs. Heureusement, le processus de numérisation des dossiers d'archives du commissariat de Vordingborg est assez avancé pour que Hess puisse voir les détails de l'enquête sur un écran, plutôt que de se plonger dans les pages poussiéreuses des classeurs qui l'entourent, même si en temps normal c'est ce qu'il préfère. Il balaie des yeux les étagères autour de lui, frappé par la masse de misère humaine qui doit s'accumuler, oubliée, dans les registres de l'État sous la forme d'archives papier ou sur des serveurs informatiques.

« Vous êtes numéro… 7 sur la liste d'attente. »

Brink l'avait conduit au sous-sol et lui avait ouvert la salle d'archives, une petite pièce poussiéreuse et étouffante aux murs couverts de rayonnages encombrés de boîtes et de classeurs. Le local n'ayant aucune fenêtre, il n'était éclairé que par de longs tubes de néon au plafond, à l'ancienne. La dernière fois que Hess avait vu ce genre d'éclairage, il était encore à l'école. L'endroit lui rappelle à quel point il déteste les caves et les sous-sols.

Brink lui avait révélé que la masse des éléments réunis sur cette affaire était si importante que c'était la première qu'on avait décidé de numériser, pour gagner de la place, aussitôt que le système avait été mis en place, il y a quelques années.

C'était grâce à cette décision que Hess était maintenant en train de lire l'affaire sur un vieil ordinateur essoufflé. Brink lui avait proposé son aide et il avait presque insisté pour rester, mais Hess avait préféré qu'il le laisse tranquille. Il avait été dérangé plusieurs fois par la sonnerie de son portable, entre autres par les appels de François, qui devait avoir constaté, à présent, qu'il n'était pas à bord de l'avion, à Bucarest.

Hess savait très exactement ce qu'il cherchait, mais cela ne l'avait pas empêché de se laisser absorber par les détails. La description du moment où la police avait découvert les jumeaux avait été un passage pénible. Ils étaient serrés dans les bras l'un de l'autre, dans un angle de la cave, le garçon faisant barrière de son corps pour protéger sa sœur qui semblait en état de choc. Il avait refusé de la lâcher quand on avait voulu les emmener dans l'ambulance, et son comportement était décrit comme celui d'une « bête sauvage ». Un examen médical avait confirmé le soupçon de maltraitances et d'abus sexuels dont témoignait la pièce en sous-sol. On avait essayé de les interroger, en vain. Le garçon avait refusé de dire un mot et la fille, qui semblait à peine capable de comprendre les questions qu'on lui posait, avait tenu des propos totalement incohérents. Le psychologue qui avait assisté à leur interrogatoire expliquait qu'elle avait refoulé les souvenirs de ce qu'elle avait vécu et qu'elle s'était réfugiée dans un monde imaginaire. Le juge avait dispensé les deux enfants d'être présents lors du procès. Ils avaient d'ailleurs déjà été placés dans de nouvelles familles d'accueil, à l'autre bout du pays. Hess en avait déduit qu'il avait été décidé de séparer les jumeaux afin de leur donner une chance d'oublier ce qu'ils avaient vécu et de commencer une nouvelle vie. Ce qui, sur le papier, paraissait une bonne idée.

La première chose que Hess note sur son bloc-notes est évidemment le nom des enfants, Toke et Astrid Bering, ainsi que leurs numéros de Sécurité sociale. C'est d'ailleurs quasiment les seules informations consignées dans le rapport de police. Dans un document fourni par leur assistant social, il est mentionné qu'ils avaient été déposés sur les marches de la maternité d'Aarhus en 1979, âgés de quelques semaines, et que leurs noms leur avaient été donnés par les sages-femmes. Sans entrer dans les détails, il était simplement indiqué que les enfants avaient vécu dans plusieurs familles d'accueil avant d'être placés dans la famille Ørum, à la Ferme des châtaigniers, comme on appelait l'endroit où s'était déroulé le drame.

Fort de cette information, à chaque page qu'il lit, Hess a le sentiment de s'approcher de la vérité. Une impression qui dure jusqu'au moment où il tape les numéros de Sécurité sociale des jumeaux dans le registre RX de l'état civil.

« Vous êtes numéro… 3 sur la liste d'attente. »

Le registre RX, qui se révèle souvent très utile dans le cadre d'une investigation policière, est un fichier croisé de plusieurs registres d'état civil qui permet, par exemple, de voir les différents endroits où a été domicilié un individu et à quel moment. Face au nom de chaque personne, se trouvent la liste chronologique de ses adresses et les dates auxquelles il en est parti. Il est également indiqué si la personne en question s'est mariée, si elle a divorcé, si elle a été arrêtée, inculpée ou expulsée du territoire, et si elle a commis, à un moment ou à un autre, un acte susceptible d'intéresser la police.

Mais ce qui aurait dû être une simple formalité se transforme en un nouveau casse-tête.

Après un séjour dans une institution pour enfants démunis, le registre indique que Toke Bering est parti dans une famille d'accueil sur l'île de Langeland, puis dans une autre, sur l'île d'Als. Il a séjourné ensuite successivement dans trois nouvelles familles avant qu'on perde complètement sa trace à l'âge de 17 ans. Après quoi, on ne trouve plus aucune adresse ni aucun événement liés à son numéro de Sécurité sociale.

Si Toke Bering était mort, ce serait inscrit dans ce registre, mais dans le cas du garçon, les informations s'arrêtent purement et simplement. Hess téléphone aussitôt à l'état civil pour demander une explication. La fonctionnaire qu'il a au bout du fil se borne à faire le même constat que lui, et elle se contente de suggérer que Toke Bering a dû quitter le pays.

Hess profite de l'occasion pour demander des renseignements sur la sœur, mais, là encore, il n'apprend que ce qu'il sait déjà. Astrid Bering avait elle aussi été placée dans diverses familles d'accueil après son séjour à la Ferme des châtaigniers, mais travailleurs sociaux et pédopsychiatres avaient dû modifier par la suite leur stratégie, car aux familles d'accueil avaient succédé divers centres pour jeunes handicapés mentaux. Entre 18 et 27 ans, il n'y a aucune adresse enregistrée, ce qui laisse penser qu'elle a pu séjourner à l'étranger. Puis, à nouveau, les centres pour personnes atteintes de maladies mentales se succèdent. Jusqu'à il y a un peu moins d'un an, où elle disparaît des radars, à l'âge de 38 ans. Hess contacte son dernier domicile connu, mais entre-temps, le centre a changé de directeur et le nouveau n'a aucune idée de l'endroit où Astrid Bering est partie après avoir quitté l'établissement.

« Vous êtes numéro... 2 sur la liste d'attente. »

Il décide finalement d'aller à la pêche et appelle systématiquement toutes les anciennes familles d'accueil des jumeaux pour savoir si, par hasard, elles auraient eu des nouvelles de l'un ou de l'autre, et si elles savent où ils se trouvent aujourd'hui. Il procède par ordre chronologique, ce qui veut dire qu'il commence par les familles dans lesquelles ils ont vécu avant leur séjour à la Ferme des châtaigniers. Après deux appels, il en est toujours au même point. On lui répond avec courtoisie, mais personne n'a eu de contact avec les jumeaux par la suite. Hess appelle la troisième famille d'accueil.

« Mairie d'Odsherred, bureau des familles, que puis-je faire pour vous ? »

L'ancienne ligne fixe des Petersen, une famille d'accueil à Odsherred, ayant été coupée, l'appel de Hess atterrit directement au bureau des services sociaux de la mairie. Il se présente et explique qu'il est à la recherche de Poul et Kirsten Petersen, demeurant Kirkevej, n° 35, à Odsherred, pour leur demander des renseignements sur des jumeaux qu'ils ont pris en pension en 1987.

« Alors j'espère que vous avez une ligne directe avec le Tout-Puissant, parce que, d'après ce que je vois sur mon écran, Poul et Kirsten Petersen sont tous les deux décédés. Lui est mort il y a sept ans, sa femme deux ans plus tard.

– De quoi sont-ils morts ? »

C'est par déformation professionnelle que Hess demande la cause des décès, mais la voix lasse au bout du fil déclare qu'elle ne peut pas lui répondre, parce que le renseignement ne figure pas sur son écran. Mais, sachant qu'ils sont partis à quelques années d'intervalle aux âges vénérables de 73 et 79 ans, la cause des décès n'a sans doute pas grand intérêt.

« Ils avaient des enfants ? Des enfants qui étaient déjà nés à l'époque où les jumeaux ont séjourné chez eux ? »

Hess pose la question parce que des frères et sœurs, même s'ils ne sont pas liés par le sang, peuvent parfaitement rester en contact après la mort des parents.

« Non, pas d'après ce qui apparaît sur mon ordinateur.

– Bien, je vous remercie. Au revoir, madame.

– Ah, si, attendez. Ils avaient déjà une fille qui avait été placée chez eux précédemment et qu'ils ont adoptée par la suite. Rosa Petersen. »

Hess allait raccrocher quand son interlocutrice ajoute cette précision. C'est évidemment un hasard, et son bon sens lui dit qu'il y a des milliers de personnes qui portent ce prénom. Mais on ne sait jamais.

« Est-ce que vous auriez le numéro de Sécurité sociale de cette Rosa Petersen ? »

Hess note le numéro et demande à la fonctionnaire de rester en ligne, tandis qu'il se tourne vers l'ordinateur. Après avoir appris à l'aide du registre RX que Rosa Petersen s'est mariée il y a quinze ans et a pris le nom de famille de son mari, Mark Hess n'a plus aucun doute : Rosa Petersen et Rosa Hartung sont une seule et même personne. Tout à coup, il a du mal à rester assis.

« Pouvez-vous me dire exactement ce qui est écrit dans ce dossier sur le séjour des jumeaux chez les Petersen en 1987 ?

– Il n'y a rien d'écrit du tout. Je vois seulement que les jumeaux n'ont vécu chez eux que trois mois.

– Pourquoi ne sont-ils pas restés plus longtemps ?

– Ce n'est pas indiqué. Et maintenant, je suis en week-end. »

Hess garde le téléphone à l'oreille, alors que la fonctionnaire a déjà raccroché. Les jumeaux n'étaient restés que trois mois chez les Petersen et Rosa, leur fille adoptive. Et tout de suite après, ils avaient atterri dans la famille Ørum sur l'île de Møn. Hess n'en a pas appris plus que cela, mais c'est évidemment là que se trouve le lien : le séjour dans la famille Petersen, le garçon dans la cave de la Ferme des châtaigniers, les bonshommes en marrons laissés près des cadavres, des victimes découpées et mutilées pour faire penser à des personnages en marrons, un criminel qui fabrique son propre bonhomme avec des morceaux d'êtres humains…

Hess a les doigts qui tremblent. Il fait tourner les pièces du puzzle dans sa tête en essayant de le reconstituer. Dès le départ, il s'est agi de Rosa Hartung avec ces empreintes digitales qui pointaient dans sa direction. Depuis le début, il cherchait sans savoir pourquoi le lien qu'il vient de découvrir. Il se lève, parce que, enfin, il voit clair, mais une fois debout, il est pris de vertige devant la tâche qui lui reste à accomplir.

Il commence par appeler Rosa Hartung. Les sonneries se succèdent avant d'être remplacées par la messagerie vocale. Il raccroche et s'apprête à rappeler, mais un numéro inconnu apparaît sur son écran de téléphone.

« Allô, c'est Brink. Excusez-moi de vous déranger. Je me suis renseigné à droite, à gauche, mais personne ne sait ce que sont devenus les jumeaux.

– Merci, Brink. Je vous prie de m'excuser, je n'ai pas le temps de vous parler. »

Brink avait proposé à Hess de l'aider en passant des coups de fil, et Hess n'avait accepté que pour se débarrasser de lui. Il est agacé que le commissaire éprouve le besoin de lui faire son rapport.

« Je n'ai rien trouvé dans les registres non plus. Le garçon, surtout, a complètement disparu. Je me suis renseigné auprès de la plus jeune fille de ma sœur, qui était dans la classe des jumeaux à l'époque, mais elle non plus n'avait pas réussi à les joindre quand elle a essayé d'organiser une réunion d'anciens élèves de l'école communale, il y a deux ans.

– Écoutez, Brink, il faut vraiment que j'y aille ! »

Hess raccroche et rappelle Rosa Hartung, trépignant sur place devant l'ordinateur, mais elle ne répond toujours pas. Cette fois, il lui laisse un message et décide de téléphoner à son mari, mais au même moment, il reçoit un SMS. Il croit d'abord que c'est Rosa Hartung, mais le texto est du commissaire Brink :

« Je vous envoie la photo de classe du cours de CM2 en 1989. Je ne sais pas si ça peut vous être utile. Ma nièce me dit que la fille devait être malade le jour où la photo a été prise, mais le garçon est celui qui est assis tout à fait sur la gauche. »

Hess s'empresse de faire apparaître la photo en pièce jointe et l'examine attentivement. Il y a moins de vingt élèves sur le vieux cliché jauni, peut-être parce qu'il s'agit d'une école de village. Une rangée d'enfants est debout, une autre assise devant, sur des chaises. Ils portent tous des vêtements de couleurs claires, quelques filles ont un chignon et des épaulettes, les garçons, des Reebok et des polos Lacoste ou Kappa. Une fille assise sur une chaise brandit un panneau annonçant « Classe de CM2 A ». Elle a de grandes boucles d'oreilles et l'air d'avoir pris un coup de soleil dans un solarium. La plupart des élèves sourient à l'objectif, comme si quelqu'un, le photographe peut-être, avait dit quelque chose de très amusant.

Dès qu'on a posé les yeux sur le garçon assis tout à fait à gauche, on ne voit plus que lui. Il n'est pas très grand pour son âge. À vrai dire, il a même l'air d'avoir un retard de croissance par rapport aux autres garçons. Ses vêtements sont usés et minables. C'est son regard qui est remarquable. Il fixe l'objectif, impassible, et semble être le seul à ne pas avoir trouvé la blague amusante.

Hess l'étudie attentivement. Les cheveux, les pommettes, le nez, le menton, les lèvres. Tous ces traits qui se modifient si radicalement au cours des années qui suivent immédiatement l'âge que le garçon a sur cette photo. Hess a l'impression de le reconnaître et, en même temps, pas tout à fait. Ce n'est qu'en zoomant sur ses yeux qu'il sait qui il est. C'est une évidence et pourtant, c'est impossible. Quand il réalise brutalement ce que cela implique, la première chose qui lui vient à l'esprit, c'est qu'il est trop tard.

108

Ses chevilles sont fines et élégantes et les escarpins à hauts talons lui vont à merveille. Il la laisse sortir de la salle de presse la première et prendre un peu d'avance dans le couloir, afin d'avoir tout le loisir d'admirer ses jambes. Elle se retourne, lui dit quelques mots et Nylander acquiesce avec un sourire. Il n'a pas écouté parce qu'il est en train de se demander comment va démarrer l'aventure qu'il a déjà décidé d'avoir avec elle. Et pourquoi pas dès aujourd'hui ? Il pourrait lui offrir un café dans un bar-hôtel du quartier de la gare, où il lui parlerait de ses perspectives d'avenir. Il la remercierait pour le travail fourni jusqu'ici et lui proposerait d'intégrer le service de communication de la police. S'il a bien interprété les signaux, il ne devrait pas avoir besoin de beaucoup de préliminaires pour l'emmener dans une chambre pendant une heure ou deux, avant de rentrer chez lui préparer les cocktails pour la petite sauterie que son épouse organise tous les vendredis. Nylander a depuis longtemps décidé qu'il aimait toujours sa femme, ou en tout cas sa vie de famille. Mais son épouse a trop à faire avec les enfants, l'association de parents d'élèves qu'elle préside et leur vie mondaine, alors il ne voit pas pourquoi il ne pourrait pas se distraire un peu, du moment qu'il reste discret. Et aujourd'hui particulièrement. Après la semaine qu'il vient d'avoir, il estime qu'il a bien mérité une petite récompense.

L'affaire s'était conclue comme il le souhaitait, la dernière conférence de presse était terminée et il s'en était tiré avec brio. Peu de gens étaient capables de comprendre l'art de funambule qu'il y avait à se mouvoir avec sérieux et crédibilité dans le paysage médiatique. Nylander savait depuis longtemps qu'une déclaration publique, bien préparée en amont, pouvait faire avancer sa carrière au sein de l'hôtel de police, au bureau du procureur ou même au ministère de la Justice. Il avait constaté que son statut progressait en fonction du temps où on pouvait le voir à la télévision ou sur les podiums. Il avait muselé ses détracteurs et il se fichait que les gens disent qu'il tirait trop la couverture à lui. Il n'avait pas été avare de compliments envers ses équipes, en particulier envers Tim Jansen. C'est vrai qu'il n'avait pas jugé utile de donner trop d'importance à Hess et à Thulin, bien que la petite ait eu la chance de tomber sur les membres amputés, mais, d'un autre côté, elle n'avait qu'à ne pas désobéir à ses ordres en allant interroger Linus Bekker. Pas plus tard que cet après-midi, il s'était dit qu'il n'était pas fâché d'être débarrassé d'elle. Même si c'était pour la voir partir au NC3. Bientôt, on se battrait pour venir travailler dans son département et, à long terme, des filles comme Thulin seraient tout juste bonnes à nourrir les cochons, même s'il était obligé d'admettre que ce drôle de petit oiseau avait quelque chose de spécial.

En revanche, il n'aimait vraiment pas ce Mark Hess. Il en avait dit le plus grand bien lors d'un entretien téléphonique avec un patron d'Europol, mais c'était uniquement pour ne plus l'avoir dans ses pattes. Hess n'avait plus mis les pieds à l'hôtel de police depuis que l'enquête avait été résolue et Nylander avait dû demander aux autres de s'occuper de rédiger ses rapports, en plus des leurs. À présent, il était soulagé de le savoir hors du pays. Il est donc extrêmement surpris de voir que c'est lui qui l'appelle sur son portable.

Il envisage un instant de rejeter l'appel, mais tout à coup, il devine pourquoi Hess lui téléphone et il se dit qu'il va bien s'amuser, au contraire. Tout à l'heure, il a appris par l'un de ses collaborateurs qu'un Français d'Europol avait téléphoné pour savoir pourquoi Hess ne s'était pas présenté comme convenu à Bucarest. Nylander a écouté l'information sans y prêter attention parce qu'elle ne l'intéressait pas. Mais à présent, il s'imagine que Hess va lui servir je ne sais quelle excuse comme quoi il a raté le vol et lui demander d'appeler La Haye pour le dédouaner vis-à-vis de ses supérieurs. S'il ne tenait qu'à lui, Hess serait licencié sur l'heure. Tandis qu'il réfléchit à une excuse plausible qui lui éviterait de le récupérer dans son service, il porte son téléphone à son oreille.

Trois minutes et trente-huit secondes plus tard, la conversation est terminée. La durée exacte de la conversation est affichée sur l'écran que Nylander regarde d'un air hébété. La terre vient de s'ouvrir sous ses pieds. Son cerveau continue à lutter contre ce que Hess lui a raconté, mais au fond de lui, il sait que c'est possible. Il réalise soudain que la chargée de communication est en train de lui parler, la bouche en cœur, mais il la plante là et il se met à courir. Il entre en trombe dans son département, où il attrape par le bras l'inspecteur le plus proche.

« Rassemblez un commando d'intervention immédiatement. Et trouvez Rosa Hartung ! Tout de suite ! »

109

Steen Hartung est trempé. La neige a recommencé à tomber dans le lotissement où il erre depuis des heures. L'alcool des petites bouteilles est la seule chose qui parvienne à le réchauffer, mais il sera bientôt en rupture de stock. Il note dans un coin de sa tête qu'il doit passer devant la station-service de Bernstorffsvej en rentrant. Il remonte une énième allée enneigée, passe en revue une nouvelle armée de citrouilles couvertes d'un bonnet blanc et sonne à une porte de plus. En attendant qu'on lui ouvre, il se retourne un instant pour regarder ses traces et les gros flocons blancs qui voltigent dans le quartier comme à l'intérieur d'une boule à neige. Certaines portes s'ouvrent, d'autres pas, et Steen parvient maintenant à deviner au temps d'attente si celle devant laquelle il se tient va rester fermée. Mais, alors qu'il vient juste de tourner les talons et de redescendre les marches du perron, il entend qu'on ouvre derrière lui, malgré tout. Le regard de l'homme lui est familier. C'est un parfait étranger, pourtant, Steen a l'impression de l'avoir déjà vu quelque part. Mais il est fatigué, il marche en vain depuis plusieurs heures, et l'épuisement le fait douter de lui-même. Au fond de lui, il sait que sa quête n'a d'autre fonction que d'apaiser sa souffrance. Il étudie des cartes et des plans, sonne à des tas de portes, mais commence à accepter que tous ses efforts ne mèneront à rien.

S'adressant aux yeux qui lui sont familiers, il ânonne les questions habituelles, espérant recueillir de nouvelles informations. Il présente d'abord la situation – ensuite, il exprime son espoir que la personne se souvienne de quelque chose, qu'il lui revienne quelque souvenir, aussi anodin soit-il, de cet après-midi du 18 octobre, l'année dernière, où sa fille a dû passer à bicyclette précisément dans cette rue. Il montre une photo de son visage tirée à l'imprimante, dont la neige a délayé les couleurs. Mais, avant qu'il soit arrivé au bout de son discours, l'homme secoue la tête. Steen hésite un instant, tente encore de lui expliquer sa requête, mais il secoue la tête à nouveau et fait mine de refermer la porte. Steen craque. Il ne peut plus se contrôler :

« Je me souviens de vous. Qui êtes-vous ? Je sais que je vous ai déjà vu quelque part ! »

Sa voix est pleine de suspicion, comme s'il avait soudain reconnu le coupable. Il met le pied dans la porte pour empêcher l'homme de la refermer.

« Moi aussi je me souviens de vous, ce qui n'a rien d'étonnant, puisque vous êtes déjà venu sonner chez moi la semaine dernière pour me poser les mêmes questions. »

Steen met quelques secondes à admettre qu'il a raison. Pétri de honte, il lui présente ses excuses, descend les marches du perron à reculons et bat en retraite. Il entend l'homme lui demander si ça va, mais il ne répond pas. Il commence à courir dans les bourrasques de neige et ne s'arrête qu'au bout de la rue, où est garée la voiture. Il s'accroche à la carrosserie pour ne pas tomber. Pour ne pas s'écrouler. Il sait bien que son incapacité à lâcher prise a fait de lui un bouffon pathétique, il se hisse derrière le volant et éclate en sanglots. Assis dans l'obscurité de la voiture couverte de neige, pleurant comme un enfant, il sent avec indifférence son téléphone vibrer dans sa poche intérieure. À cause de Gustav, il s'oblige à prendre l'appareil dans sa veste. Il voit qu'il a reçu de très nombreux appels de chez lui et la peur l'envahit. Il décroche. Ce n'est pas Gustav, mais la jeune fille au pair. Steen résiste à l'envie de raccrocher sans rien dire. Mais Alice lui dit qu'il doit trouver Rosa le plus vite possible, parce qu'il y a un problème. Il ne comprend pas ce qu'elle raconte, pourtant, les mots « bonshommes en marrons » et « police » l'arrachent au cauchemar qu'il est en train de vivre pour le plonger dans un autre.

110

Les trois fourgons de la brigade d'intervention, gyrophares allumés et sirènes hurlantes, stoppent toute circulation sur l'Aaboulevard. Nylander est derrière eux dans le cortège et, pendant tout le trajet pour sortir de la ville et parvenir à destination, il se dit qu'il doit y avoir une autre explication que celle que Hess lui a donnée sur le portable. Il retourne sans cesse à la photo de classe qu'il a reçue par MMS et, bien qu'il reconnaisse parfaitement l'homme qui se cache derrière le visage enfantin, tout à fait à gauche, il ne parvient pas à le croire.

Les sirènes s'arrêtent avant d'être sur place pour éviter d'alerter le suspect et, quand les fourgons parviennent devant l'entrée de l'institut médico-légal, ils se répartissent comme convenu. En moins de quarante-cinq secondes, le quartier est cerné, et tandis que les premiers curieux commencent à se poster derrière les fenêtres du bâtiment cubique, Nylander se dirige vers l'entrée principale, où tout semble être comme à l'accoutumée. Une musique d'ambiance emplit le hall. Près de la corbeille de fruits posée sur le comptoir, on discute de projets de week-end entre collègues et, quand l'hôtesse au parfum citronné répond à Nylander que Genz est dans son laboratoire pour une réunion exceptionnelle, il jure intérieurement et se maudit d'avoir écouté Hess et déclenché tout ce ramdam.

Il refuse d'enfiler les chaussons de protection en plastique bleu que les visiteurs se voient proposer à l'entrée à cause de la neige et, sous le regard surpris des techniciens de la police scientifique, le commissaire et trois enquêteurs marchent au pas de charge en direction du grand laboratoire où Nylander s'est rendu si souvent quand il voulait vérifier lui-même si les pièces à conviction correspondaient bien au rapport reçu ou à la description donnée par téléphone.

Le labo est désert. Ainsi que le bureau attenant, qui est l'espace privé de Genz. La normalité qui règne dans les deux pièces est réconfortante. Tout est net et bien rangé, et un reste de café dans une tasse en plastique posée sur la table devant le grand écran confère au lieu une atmosphère paisible.

La réceptionniste, qui a pris sur elle de les accompagner, note sans paraître surprise que son patron n'est pas à son poste et propose de se mettre à sa recherche. Après son départ, Nylander commence à réfléchir à la manière dont il va ficher en l'air la vie et la carrière de Hess pour se venger de la situation grotesque dans laquelle il vient de le fourrer. Il est certain que Genz va lui fournir une explication, quand il arrivera. Il éclatera de rire et dira que ce n'est pas du tout lui sur cette photo. Qu'il ne s'est jamais appelé Toke Bering, qu'il n'a pas passé plusieurs années de sa vie à fomenter une vengeance et qu'il n'est évidemment pas le criminel psychopathe pour lequel Hess tente de le faire passer.

Soudain, à travers la vitre qui sépare le laboratoire du bureau de Genz, il aperçoit sur la table quelques objets qu'il n'avait pas remarqués tout à l'heure. La carte d'identité du chef du laboratoire de la police scientifique, ses clés, son téléphone professionnel et son badge d'accès à l'institut sont soigneusement alignés sur la table, comme s'il les avait posés là pour ne plus jamais s'en servir. Ce n'est toutefois pas ça qui fait frissonner d'horreur le commissaire, mais l'innocent petit bonhomme en marrons qui trône à côté, narquois, assis sur une boîte d'allumettes.

111

Hess parvient à joindre Nylander alors qu'il s'engage sur la bretelle du dernier tronçon d'autoroute vers Copenhague. Il a essayé de l'appeler plusieurs fois en chemin, mais cet imbécile n'a pas décroché, et à présent, il n'est pas très causant :

« Qu'est-ce que vous voulez ? J'ai du boulot !

– Vous l'avez trouvé ? »

Le laboratoire était désert. Aucune trace de Genz, hormis la petite signature laissée à l'intention de ses poursuivants. Ses collaborateurs excusaient son absence, prétendant qu'il devait être parti pour un séminaire professionnel dans le Jutland, mais, après enquête, il s'est avéré qu'il n'était pas inscrit parmi les participants.

« Et chez lui, tout simplement ?

– C'est là que nous nous trouvons en ce moment. Il habite un grand appartement au dernier étage d'un immeuble moderne dans le port nord. Mais il est vide. Et quand je dis vide, il n'y a plus rien. Ni meubles, ni objets personnels, et je parierais qu'il n'a même pas laissé d'empreintes digitales. »

Hess n'y voit pas à plus de 20 mètres sur l'autoroute, mais il écrase quand même la pédale d'accélérateur.

« J'espère qu'au moins vous avez récupéré Rosa Hartung ? Nous avons la preuve, maintenant, que toute cette histoire tourne autour de Rosa Hartung, et si Genz...

– Non, nous ne l'avons pas repérée pour l'instant. Personne ne sait où elle est. Son téléphone est éteint et nous n'avons plus aucun moyen de retrouver sa trace. Son mari ne sait absolument pas où elle est et, apparemment, la jeune fille au pair l'a vue partir en voiture aussitôt après qu'elle a découvert une espèce de couronne fabriquée avec des bonshommes en marrons.

– Décrivez-la-moi.

– Je ne l'ai pas vue.

– Vous ne pouvez pas tracer Genz ? Avec son portable ? Ou sa voiture ?

– Il a laissé son portable au bureau et il n'y a pas de mouchard sur les véhicules de la police scientifique. D'autres idées ?

– L'ordinateur de son laboratoire. Demandez à Thulin de craquer le mot de passe, qu'on voie ce qu'il y a dedans.

– Nous avons déjà une équipe sur le coup.

– Appelez Thulin. Elle y arrivera en quelques…

– Thulin est partie. »

Il y a quelque chose de macabre dans la façon dont Nylander a prononcé cette phrase. Hess l'entend se déplacer, avec plusieurs autres personnes, dans une cage d'escalier qui résonne et il en déduit que la perquisition dans l'appartement de Genz est terminée.

« Comment ça, partie ?

– Il semble qu'elle soit venue rendre visite à Genz à l'institut médico-légal, plus tôt dans la journée. Un technicien qui travaille à l'expertise des véhicules les a vus passer, Genz et elle, dans la voiture de Genz, il y a quelques heures. Je n'en sais pas plus.

– Il y a quelques heures ? Vous avez essayé de lui téléphoner au moins ?

– Sans succès, et je viens d'apprendre qu'on a retrouvé son téléphone dans un container à ordures devant l'institut médico-légal. »

Hess est assommé par tout ce qu'il vient d'apprendre. Il freine et se rabat pour se garer sur la voie d'arrêt d'urgence. Plusieurs voitures l'engueulent à grands coups de klaxon et il évite de justesse un camion. Dès qu'il est en sécurité, il stoppe le moteur.

« Genz n'a pas besoin d'elle. Il l'a peut-être simplement déposée quelque part. Elle est sûrement chez elle avec sa...

– Nous avons vérifié, Hess. Thulin a disparu. Vous avez une idée de l'endroit où elle pourrait être ? »

Hess a entendu la question, même si le bruit de la circulation est assourdissant. Il tente de sortir de son engourdissement cérébral, mais la seule chose qui bouge encore dans l'habitacle, ce sont les essuie-glaces qui vont et viennent, inlassablement.

« Hess !

– Non, aucune. »

Hess entend une portière de voiture claquer à l'autre bout de la ligne et la communication est coupée. Inutilement, il garde quelques instants le portable collé à son oreille. Sur la chaussée, les voitures tracent leurs sillons dans la neige. Ses essuie-glaces continuent leur va-et-vient.

Il aurait dû l'appeler. Il aurait dû l'appeler de l'aéroport à la minute où il a compris qu'il y avait un problème. S'il l'avait fait, en ce moment, elle serait en train de visionner les photos de scènes de crime que Linus Bekker a regardées, et elle ne serait pas allée voir Genz. Mais il ne l'a pas fait, et le sentiment qui lui serre la gorge en cet instant lui apprend qu'il y avait plus de raisons à cela qu'il n'a envie de l'admettre.

Hess tente de se raccrocher à des pensées rationnelles. Il ne veut pas croire qu'il soit déjà trop tard. Il ignore pourquoi Thulin est allée voir le directeur du laboratoire de la police scientifique, mais si elle est montée de plein gré avec lui dans une voiture, c'est qu'elle ne sait pas qui il est. Genz n'a donc aucune raison de lui faire du mal, ni de gaspiller son temps avec elle. À moins que Thulin n'ait trouvé une nouvelle piste et qu'elle ne soit allée le trouver pour lui parler de sa découverte.

Cette pensée est effrayante. Mais Thulin n'est qu'un obstacle infime sur le chemin de Genz, et elle ne le détournera pas de ses plans. C'est de Rosa Hartung qu'il s'agit. Ça a toujours été Rosa Hartung. Rosa Hartung et le passé.

Soudain, Hess sait ce qu'il a à faire. C'est un pari hasardeux, peut-être plus une vue de l'esprit qu'une pensée réfléchie, mais toutes les autres possibilités sont soit trop invraisemblables, soit déjà assurées par Nylander et la nouvelle investigation qui a été lancée à Copenhague. Il se retourne pour regarder défiler les phares antibrouillard des voitures qui le doublent en faisant gicler la neige noire sous leurs roues. Lorsqu'il voit une brèche s'ouvrir pendant quelques secondes, assez pour que le flot suivant ait le temps de l'éviter, il écrase la pédale de l'accélérateur et traverse l'autoroute dans le sens de la largeur, vers un passage provisoire qu'il aperçoit dans la glissière médiane, dû à des travaux sur l'autoroute. Les pneus de sa voiture dérapent sur la neige et, pendant quelques dixièmes de seconde interminables, il a l'impression que les roues tournent dans le vide et que la voiture fait du surplace comme une boule sur un terrain de bowling. Enfin, il sent que la gomme adhère à nouveau, il traverse le terre-plein central et reprend l'autoroute en sens inverse. Il s'infiltre de justesse entre deux camionnettes en faisant hurler le klaxon et ne réussit à redresser le véhicule qu'une fois arrivé sur la file de droite.

Hess retourne là d'où il est venu. Peu de temps après, le compteur indique 140 km/heure et il a la file de gauche pour lui tout seul.

112

« Je t'accorde que c'est une belle journée pour une balade en forêt, mais je ne vois que des bouleaux ordinaires, Thulin. »

Après la remarque de Genz, Thulin observe avec plus d'attention le paysage à travers le pare-brise et les vitres latérales. Même sans la neige, ils auraient probablement eu du mal à trouver des marronniers, mais avec la fine pellicule blanche qui recouvre toute l'île de Møn, la tâche semble impossible.

Ils roulent sur une petite départementale étroite et sinueuse et Genz jette un coup d'œil à sa montre.

« Ça valait le coup d'essayer. Mais je te propose qu'on retourne au pont, où tu trouveras facilement quelqu'un pour te conduire à la gare. Il faut que je reprenne la route du Jutland. D'accord ?

– D'accord... »

Thulin a admis qu'ils sont venus jusqu'ici pour rien et elle se laisse retomber lourdement sur son siège.

« Excuse-moi de t'avoir fait perdre ton temps.

– Pas de problème. Comme tu l'as dit très justement, c'était ma route. »

Thulin a froid et elle est fatiguée, mais elle s'efforce tout de même de répondre au sourire de Genz.

Ils n'avaient pas mis longtemps à retrouver l'experte qui avait secondé le laboratoire de la police scientifique pour identifier les marrons sur lesquels se trouvaient les empreintes de

Kristine Hartung. Ingrid Kalke, professeure de botanique à la faculté de sciences naturelles et de biologie de l'université de Copenhague, était très jeune pour être déjà professeur. Elle ne devait pas avoir plus de 35 ans, ce qui ne l'avait pas empêchée de se prononcer avec une belle autorité. Depuis son bureau, elle leur avait confirmé, par Skype, que les marrons qu'on lui avait demandé d'expertiser n'appartenaient pas à une variété très répandue au Danemark.

« Les bonshommes découverts sur les scènes de crime ont été fabriqués avec des marrons comestibles. Le climat ici est trop froid pour les châtaigniers, mais on en trouve malgré tout quelques-uns au Danemark, entre autres au bord du Limfjord, le bras de mer qui sépare l'île de Vendsyssel-Thy du reste de la péninsule du Jutland. Cette variété en particulier est un hybride entre la châtaigne européenne et la châtaigne japonaise, qu'on appelle la *castanea sativa x crenata*. À première vue, elle appartiendrait à la variété appelée Marigoule, qui n'est pas une châtaigne rare en soi. Ce qui est plus surprenant, c'est que celle-ci semble issue d'un croisement avec la variété appelée Bouche de Bétizac. La majorité des experts prétendent qu'elle a disparu dans notre pays. Pour ma part, j'en ai entendu parler pour la dernière fois il y a plusieurs années, quand la plupart des spécimens ont succombé à un certain champignon, mais je vous ai déjà dit tout ça, non ? »

La jeune professeure avait donc déjà révélé à l'assistant de Genz la particularité des marrons concernés, et Thulin a remarqué que Genz était devenu très silencieux quand la professeure le lui avait rappelé, sans doute parce qu'il trouvait embarrassant pour son service que ces informations ne soient pas arrivées aux oreilles de la police avant aujourd'hui.

L'enquête aurait pu s'arrêter là si Thulin n'avait pas posé une dernière question :

« Où exactement se trouvaient les *derniers* spécimens de cette variété Marigoule-Bétizac ? »

La professeure Ingrid Kalke avait contacté l'un de ses collaborateurs pour ne pas dire de bêtises, et il s'était avéré que les derniers châtaigniers de cette espèce qu'on avait pu répertorier poussaient dans certaines parties de l'île de Møn. Elle leur avait toutefois rappelé qu'à sa connaissance, ils n'existaient plus aujourd'hui. Avant de prendre congé de la professeure, Thulin avait malgré tout noté les zones concernées, situées le long de la côte de Falster. Puis elle avait expliqué à Genz l'importance de cette découverte.

Si les châtaignes portant les empreintes digitales de Kristine Hartung n'étaient pas de vulgaires marrons d'Inde, et qu'elles ne pouvaient en aucun cas venir du stand de Kristine et Mathilde, leur provenance était encore plus mystérieuse qu'ils ne le pensaient. Il n'y avait plus d'explication logique au fait que Benedikte Skans et Asger Neergaard aient pu se les procurer, et encore moins avec les empreintes de Kristine Hartung dessus. Le scénario que Nylander avait décrit aux médias ne collait plus. En contrepartie, Thulin avait trouvé encourageant d'apprendre que les derniers spécimens de châtaignes de la variété sur laquelle on avait découvert les empreintes de Kristine Hartung ne se trouvaient que dans de rares endroits du Danemark, et plus précisément sur l'île de Møn. Si cette espèce était aussi rare que le prétendait la biologiste, la localité où il en restait peut-être encore quelques spécimens pourrait leur fournir des indices susceptibles de faire avancer l'enquête. Sur le criminel ou sur Kristine Hartung.

Genz avait compris à ce moment-là que Thulin était en train de dire qu'il était possible que l'affaire ne soit pas encore élucidée. Que Hess pouvait avoir raison en prétendant que quelqu'un avait essayé de faire croire que le jeune couple était responsable des meurtres.

« Tu plaisantes, n'est-ce pas ? »

Genz avait ri de son hypothèse et, dans un premier temps, il avait refusé de la conduire sur l'île de Møn, à la chasse aux châtaigniers. Même quand elle avait fait valoir que Møn était sur son chemin, ou presque, puisqu'il allait dans le Jutland. Mais il avait secoué la tête, jusqu'à ce qu'il réalise qu'elle irait de toute façon. Alors il avait cédé, et elle lui en avait su gré, d'une part parce qu'elle n'avait pas de véhicule de service à sa disposition, d'autre part parce qu'elle aurait besoin de son aide pour reconnaître l'espèce, en admettant qu'elle s'y trouve encore.

Malheureusement, les choses ne se sont pas passées comme elle l'espérait. Pourtant, Genz y avait mis du sien. Malgré la neige, ils avaient parcouru le trajet en une heure et demie, mais quand ils étaient arrivés dans la partie de l'île mentionnée par la professeure, ils n'y avaient trouvé que de vieilles souches enfouies sous la neige, ou encore des constructions nouvelles à l'endroit où auraient dû se trouver les fameux châtaigniers. Soucieuse d'examiner une dernière possibilité, Thulin avait demandé à Genz de s'éloigner de la route principale et de retourner vers le pont qui relie l'île au Seeland, en prenant la petite départementale sinueuse sur laquelle ils roulaient en ce moment, avec la forêt d'un côté et les champs de l'autre. Mais la neige rendait la conduite de plus en plus difficile, et, alors que Genz avait conservé sa bonne humeur jusqu'alors, il était rapidement devenu évident qu'ils allaient devoir laisser tomber le projet.

Thulin pense tout à coup à sa fille et au grand-père qui doivent depuis longtemps avoir terminé de fêter Halloween à l'école, et elle décide de les appeler pour leur dire qu'elle est sur le chemin du retour.

« Tu n'as pas vu mon portable ? »

Elle cherche dans toutes ses poches, mais elle a beau fouiller, elle n'arrive pas à mettre la main dessus.

« Non. Par contre, j'ai une théorie sur la façon dont ces châtaignes si rares ont pu se retrouver chez les Hartung et entre les mains de la fille. La famille a pu faire une expédition sur l'île, se promener sur la falaise, ramasser quelques châtaignes et les rapporter, non ?

– C'est possible. »

La dernière fois que Thulin a eu son portable en main, elle se souvient qu'elle se trouvait dans le laboratoire de Genz. Cela la trouble d'avoir pu l'oublier, car cela ne lui arrive absolument jamais. Elle s'apprête à recommencer à fouiller dans ses poches quand son regard est attiré par quelque chose à l'extérieur. Tout d'abord, elle n'est pas sûre de ce qu'elle a vu, mais l'image reste sur sa rétine et elle réalise ce qui l'a un instant distraite de la recherche du téléphone.

« Stop ! Arrête-toi tout de suite !

– Pourquoi ?

– Arrête-toi, je te dis ! »

Genz appuie sur la pédale de frein, et la voiture fait quelques embardées avant de s'immobiliser. Thulin ouvre brusquement la porte et sort dans le paysage immobile. On est au milieu de l'après-midi, mais le soleil est déjà en train de se coucher. À sa droite s'étendent des champs enneigés, à perte de vue, à gauche, des arbres avec leur lourd manteau blanc. Et là, à quelques mètres en arrière, un arbre gigantesque se dresse au bord de la route. Il est beaucoup plus grand que tous les autres. Son tronc a le diamètre d'un tonneau, il doit faire au moins 20 ou 25 mètres de hauteur, et sa ramure est couverte de neige. À vrai dire, rien ne prouve que ce soit un châtaignier. À part la neige qui alourdit ses branches, il est nu et décharné, pourtant, Thulin est sûre qu'elle ne s'est pas trompée. Elle s'approche.

La neige crisse sous ses pas et, lorsqu'elle arrive sous l'arbre, où elle est moins épaisse, elle sent aussitôt des petites bogues sous ses semelles. Elle n'a pas emporté de gants, alors elle creuse à mains nues et ramasse les châtaignes.

« Genz ! »

Elle est déçue et agacée de voir qu'il est resté près de la voiture et qu'il ne partage pas son enthousiasme. Elle a délicatement dégagé les bogues enneigées et en a extrait les fruits bruns, qui ressemblent beaucoup aux marrons sur lesquels on a relevé les empreintes digitales de Kristine Hartung. Thulin tente de se remémorer les caractéristiques citées par la professeure.

« Viens voir ! Ça pourrait correspondre !

– Écoute, Thulin, même si ce sont les mêmes, ça ne prouve rien. La famille Hartung est venue voir la falaise de Møn, ils sont rentrés par cette route, et la fille a rapporté quelques châtaignes à Copenhague. »

Thulin ne répond pas. Tout à l'heure, quand ils sont passés à côté de l'arbre, elle ne l'avait pas remarqué. Mais maintenant qu'elle est devant le châtaignier, elle s'aperçoit que la forêt, à cet endroit, est moins épaisse qu'ailleurs. Près de l'arbre, un chemin sinueux caché sous un tapis de neige parfaitement vierge s'enfonce entre les arbres.

« On va prendre ce chemin et voir où il mène.

– Pourquoi ? Il n'y a rien par là.

– Qu'est-ce que tu en sais ? Le pire qui puisse nous arriver, c'est de nous enneiger. »

Thulin revient vers la voiture d'un pas décidé. Genz est debout près de la portière, il la regarde, mais lorsqu'elle contourne la voiture en lui tournant le dos pour rejoindre la place du passager, son regard se perd sur un point dans le lointain, tout au bout du chemin étroit.

« Eh bien, allons-y, si tu y tiens. »

113

Automne, 1987

Les mains du petit garçon sont sales, et il a de la terre sous les ongles. Il essaye maladroitement de faire un trou dans le marron avec l'alêne, mais c'est difficile et Rosa doit lui montrer comment on s'y prend. Il ne faut pas piquer, il faut creuser. Tourner l'alêne jusqu'à ce qu'elle perce l'écorce et entre dans la chair du fruit. On commence par faire un trou pour le cou dans les deux châtaignes, puis on enfonce la moitié d'une allumette dans la plus grosse, et on plante la deuxième dessus. Ensuite, on perce à nouveau pour les bras et les jambes – c'est mieux si les trous sont profonds, pour que les allumettes tiennent bien.

C'est la petite fille qui est la plus douée. Les doigts du garçon sont malhabiles. Les marrons lui échappent sans cesse et roulent sur l'herbe mouillée, où Rosa doit les ramasser pour qu'il réessaye. Rosa et la petite fille éclatent de rire. Pas pour se moquer de lui. D'ailleurs, il ne le prend pas mal. Enfin si, peut-être les deux premières fois où ils étaient allés tous ensemble fouiller dans les buissons, pour ramasser des bogues sous le grand châtaignier, avec papa et maman, et qu'ils étaient assis comme maintenant, dans le jardin de derrière, sur la marche de la vieille cabane pour enfants posée au milieu d'un tapis de feuilles mortes. Rosa avait ri de sa maladresse, et le petit garçon l'avait regardée d'un air effrayé. Sa sœur aussi. Alors Rosa les avait aidés tous les deux, et ils avaient compris qu'elle ne riait pas par méchanceté.

« Entre, monsieur Marron, entre ! »

Rosa chante en montrant au petit garçon comment faire pour que son bonhomme soit aussi beau que les autres et mérite d'aller les rejoindre sur l'étagère en bois. Elle a expliqué aux jumeaux que plus ils en fabriqueraient, plus ils gagneraient d'argent quand ils iraient les vendre sur le stand qu'ils vont installer au bord de la route. Rosa n'a jamais eu de frères et sœurs, et même si elle sait que les jumeaux ne sont pas là pour toujours, probablement même pas jusqu'à Noël, elle préfère ne pas y penser. Elle aime bien les savoir là lorsqu'elle se réveille le matin. Quand elle se lève de bonne heure le samedi ou le dimanche et qu'il n'y a pas école, elle peut aller dans la chambre d'amis, qui se trouve de l'autre côté de celle de papa et maman. Les jumeaux ne se fâchent pas contre elle, même si elle les réveille. Ils se frottent les yeux et attendent qu'elle leur dise ce qu'ils doivent faire. Curieux, ils écoutent les idées de Rosa pour de nouveaux jeux, et cela lui est égal qu'ils ne parlent pas beaucoup et que, de leur côté, ils ne proposent jamais rien. Elle est toujours très excitée de leur raconter ses dernières trouvailles. Elle a des tas d'idées amusantes et c'est comme si son imagination devenait plus vive à présent qu'elle a d'autres interlocuteurs que papa et maman, qui se contentent de pousser des « Oh ! » et des « Ah ! » et de s'extasier devant son inventivité.

« Rosa, tu peux venir ici une seconde ?

– Pas maintenant, maman, on joue !

– Allez, viens, s'il te plaît. Il n'y en a pas pour longtemps. »

Rosa court le long du potager où papa a laissé une bêche plantée au milieu des rangs de pommes de terre et des groseilliers à maquereau.

« Qu'est-ce qu'il y a ? »

Elle trépigne d'impatience à la porte du cellier de la petite maison de lotissement. Maman lui demande de retirer ses bottes en caoutchouc et d'entrer. Rosa est surprise que son père et sa mère soient là tous les deux à l'attendre, avec des sourires bizarres, et elle réalise que cela fait sans doute longtemps qu'ils observent leurs jeux dans le jardin.

« Tu aimes bien jouer avec Toke et Astrid ?

– Oui, qu'est-ce que vous avez à me dire ? Je peux y retourner ? On est occupés ! »

Ça l'énerve de poireauter dans ce cellier, avec ses vêtements de pluie, pendant que les jumeaux l'attendent dans la cabane. S'ils arrivent à finir les bonshommes en marrons ce matin, ils auront le temps de les ranger dans les cagettes que papa a empilées dans le garage et de monter le stand avant le déjeuner, alors elle est pressée.

« Nous avons décidé de garder Toke et Astrid. Ils resteront ici pour toujours. Qu'est-ce que tu en dis ? »

Le lave-linge se met à ronronner derrière papa, et les deux adultes la regardent fixement.

« Ils n'ont pas eu une vie facile, il est temps pour eux de trouver un bon foyer, et maman et moi trouvons que ce serait bien pour eux d'être ici, avec nous. Si tu es d'accord, bien sûr. Tu es d'accord ? »

Rosa ne s'attendait pas à cette question. Elle ne sait pas ce qu'elle en pense. Elle croyait qu'ils allaient lui demander s'ils voulaient emporter les tartines de pâté de foie dans le jardin. Ou s'ils voulaient de l'orangeade, ou un ou deux biscuits. Mais ce n'est pas ça. Alors elle répond ce que les deux visages souriants en face d'elle souhaitent qu'elle réponde :

« Oui. C'est une bonne idée. »

Un instant plus tard, papa et maman traversent le jardin détrempé, maman en bottes de caoutchouc, papa pieds nus dans ses Birkenstock. Ils ont l'air heureux. Ils n'ont pas mis d'imperméable, même pas de pull, mais ça ne paraît pas les déranger. Ils foncent vers la cabane de jeux, vers les jumeaux qui les voient arriver, assis sur les marches du perron où ils ont continué à fabriquer des bonshommes en marrons. Rosa reste à la porte du cellier, comme on le lui a demandé. Elle n'entend pas ce qu'ils se disent, mais elle voit papa et maman s'asseoir auprès du petit garçon et de la petite fille. Ils prennent tout leur temps. Rosa observe les réactions des jumeaux. Tout à coup, la petite fille se jette dans les bras de papa et elle se serre contre lui. Puis le petit garçon se met à pleurer. Il reste assis, sans rien faire, et il pleure. Maman met le bras autour de ses épaules et elle le console, puis papa et maman se tournent l'un vers l'autre et ils se sourient avec une expression que Rosa n'a jamais vue sur leurs visages. Les portes de la grande écluse du ciel s'ouvrent. Un déluge tombe sur la scène que Rosa est en train de contempler et, tandis qu'elle reste toute seule sur le seuil de la souillarde, ils vont se réfugier tous les quatre en riant sous le porche de la cabane.

« Nous comprenons parfaitement votre décision. Où sont-ils, maintenant ?

– Dans la chambre d'amis. Je vais les chercher.

– Comment va votre fille ?

– Malgré les circonstances, je pense qu'elle va bien. »

Rosa est assise à la table de la cuisine. Elle les écoute parler dans le corridor. Puis, par l'entrebâillement de la porte, elle voit sa maman passer dans le couloir et entrer dans la chambre d'amis, tandis que son papa reste avec le monsieur et la dame que Rosa a vus sortir de la voiture blanche garée dans la rue, devant la fenêtre de la cuisine. À présent, ils chuchotent et Rosa n'entend plus ce qu'ils se disent. Il y a eu beaucoup de chucho-

tements dans la maison depuis une semaine. Rosa a hâte que ça s'arrête. Ça a commencé juste après qu'elle leur a raconté l'histoire. Elle ne se sait plus d'où elle la tenait – peut-être de cette fois, il y a longtemps, à la maternelle. Elle s'était souvenue de la réaction des adultes quand une fille qui s'appelait Berit avait raconté aux grands ce qui s'était passé dans la salle de sieste : elle jouait avec les garçons quand l'un d'entre eux lui avait demandé de lui montrer sa zézette. Il lui avait proposé de lui donner 50 øre pour la voir. Berit la lui avait montrée, et ensuite elle avait demandé aux autres garçons s'ils voulaient la voir aussi. Il y en avait plusieurs qui voulaient, et Berit avait gagné beaucoup de pièces. Elle leur avait aussi permis de lui mettre des trucs dans la zézette, à condition de donner une pièce de 25 øre en plus.

Les adultes avaient eu très peur. On avait aussi chuchoté beaucoup ce jour-là dans la salle de sieste, et entre les parents dans le vestiaire, et ensuite, un tas de nouvelles règles avaient été mises en place, qui n'étaient pas du tout amusantes. Rosa avait presque oublié Berit, mais un soir, alors que papa et maman avaient passé toute une journée à acheter et à monter deux nouveaux lits, et à repeindre la chambre d'amis, l'histoire était revenue toute seule dans sa tête, sans qu'elle ait eu besoin de réfléchir.

À travers la fente dans la porte, elle voit passer les deux petites silhouettes, la tête basse. Elle les entend descendre les marches du perron, où papa a déjà apporté leurs affaires. Dans le couloir, maman demande à la dame où seront envoyés les enfants, maintenant.

« Nous n'avons pas encore trouvé de nouvelle famille d'accueil, mais espérons que ça ira vite. »

Les adultes disent au revoir, et Rosa va se cacher dans sa chambre. Elle n'a pas envie de voir les jumeaux. Elle a mal au ventre. C'est comme si elle avait un nœud dedans. Mais elle ne peut pas changer l'histoire maintenant, parce qu'elle a dit ce qu'elle a dit, et qu'on n'a pas le droit de mentir sur ce genre de choses. On doit les garder à l'intérieur de soi et ne jamais en parler à personne. Quand Rosa voit le cadeau posé sur son lit, elle a l'impression qu'elle va vomir. Cinq petites bonshommes en marrons font la ronde, reliés les uns aux autres avec du fil de fer, comme s'ils se tenaient par la main. Deux des bonshommes sont légèrement plus grands que les autres, comme si c'était le papa et la maman avec leurs trois enfants.

« Voilà, Rosa. Ils sont partis… »

Rosa bouscule papa et maman. Elle les entend l'appeler, étonnés, quand elle se précipite dehors. La voiture blanche vient tout juste de déboîter du trottoir et accélère vers le virage. Rosa court aussi vite qu'elle peut, en chaussettes, derrière la voiture. La dernière chose qu'elle voit avant que la voiture blanche disparaisse à sa vue, c'est le regard du petit garçon qui la fixe à travers la lunette arrière.

114

Quand elle s'engage enfin dans l'allée forestière, il fait presque nuit. La neige a recommencé à tomber et elle a quasiment recouvert les traces de pneus que Rosa devine dans la lumière des phares.

Elle était d'abord allée trop loin et avait été obligée de s'arrêter et de frapper à la porte d'une maison au bord de la route pour demander son chemin. Elle n'est jamais venue sur l'île de Møn, et même si ça avait été le cas, elle aurait sans doute fait la même erreur. En suivant les indications de la femme qui l'a renseignée tout à l'heure, et en reprenant à l'envers la route par laquelle elle était arrivée, elle s'était aperçue qu'elle était passée à côté de l'immense châtaignier et du sentier qui entrait dans la forêt sans les voir. Le chemin sinueux qui se faufile entre les vieux arbres décharnés et les grands sapins l'oblige à prendre des virages serrés, mais en roulant dans les traces, elle réussit à maintenir la même vitesse sans partir dans le décor. Lorsque les traces deviennent moins profondes et finissent par disparaître tout à fait sous les rafales de neige, elle est prise de panique. Il n'y a pas de ferme à cet endroit. Il n'y a personne. Il n'y a rien du tout. Juste un chemin au milieu de la forêt. Si elle s'est à nouveau trompée, il sera peut-être trop tard.

Alors que Rosa est sur le point de céder au désespoir, la forêt s'éclaircit tout à coup, et la route débouche sur une grande cour de ferme enneigée entourée d'arbres immenses. L'endroit ne ressemble pas du tout à ce qu'elle imaginait. La description qui en était faite dans le rapport qu'elle avait consulté sur son ordinateur au ministère lui avait donné l'impression d'une maison à l'abandon, laide et mal entretenue, qui n'avait rien à voir avec ce qu'elle a sous les yeux. L'endroit est idyllique. Rosa arrête la voiture, coupe le moteur et oublie de fermer la portière avant de s'élancer vers la maison en regardant partout, son haleine formant des nuages de vapeur autour d'elle.

La ferme est composée de deux corps de bâtiment. La maison d'habitation a un étage et un toit de chaume. C'est une propriété ancienne, rénovée avec goût, comme celles que décrit Morten Korch dans ses romans en milieu rural. La façade chaulée en blanc est éclairée par des lampes d'extérieur dernier cri, dont le faisceau illumine la moitié de la cour et donc elle, également. À chaque angle, sous le toit de chaume, on aperçoit de petites coupoles de verre dans lesquelles Rosa reconnaît des caméras de vidéosurveillance. À travers les fenêtres à petits carreaux, elle aperçoit une lueur chaleureuse et mouvante au rez-de-chaussée. En lisant l'inscription au-dessus de la porte d'entrée qui indique en belles lettres noires et soignées *Ferme des châtaigniers,* elle a la confirmation qu'elle se trouve au bon endroit. Rosa ne peut plus se retenir. Elle se met à crier, de toutes ses forces, et son cri résonne dans la cour et rebondit sur les cimes des arbres :

« *Kristine… !* »

Son appel fait lever un vol de corbeaux. Les charognards plongent parmi les flocons de neige et s'envolent au-dessus des champs. Ce n'est que lorsque le dernier oiseau de malheur a disparu qu'elle remarque l'individu debout, à la porte de la grange.

Il est grand. Au moins 1,85 mètre. Il porte une veste imperméabilisée et tient un seau de maçon avec des bûches dans une main et une hache dans l'autre. Son visage est doux et jeune, et elle ne le reconnaît pas immédiatement.

« Tu as trouvé le chemin… c'est bien. Je te souhaite la bienvenue. »

C'est une simple constatation. Son ton est presque aimable. Après un bref regard, il traverse la cour vers la porte d'entrée, la neige crissant sous ses semelles.

« Où est-elle !?

– La ferme n'est plus comme elle était en ce temps-là. Quand je l'ai achetée, j'ai failli la laisser en l'état pour que tu voies ce que tu nous as fait. Mais finalement, c'était trop déprimant.

– Où est-elle !?

– Elle n'est pas là. Tu pcux fouiller, si tu veux. »

Le cœur de Rosa bat très fort dans sa poitrine. Cette situation est surréaliste. Elle a du mal à respirer. L'homme s'est arrêté sur le seuil de la porte. Il l'ouvre en grand et s'efface avec courtoisie tout en tapant ses bottes contre le mur pour retirer la neige.

« Allons, Rosa. Finissons-en. »

115

La maison est sombre et glacée. Elle hurle le nom de Kristine dans les couloirs et inspecte chaque pièce. Elle monte quatre à quatre les marches de l'escalier entre le rez-de-chaussée et le premier étage et ouvre les portes des chambres mansardées, en vain. Il n'y a rien, pas un meuble, pas un objet, seulement cette odeur de vernis et de bois neuf qui flotte partout. C'est une maison vide, qui semble ne jamais avoir été habitée. Elle redescend l'escalier et l'entend qui fredonne un air, une vieille comptine enfantine. Quand elle la reconnaît, son sang se glace. En entrant dans le salon, elle le trouve accroupi, de dos, en train de tisonner les braises dans le poêle. La hache émerge du seau de maçon à côté de lui et elle la prend d'un geste rapide. Il ne réagit pas. Il reste dans la même position, se retourne, la regarde. Tandis qu'elle s'assure une bonne prise sur le manche de la hache, prête à s'en servir, elle sent qu'elle a les mains qui tremblent.

« Dis-moi ce que tu as fait de... »

Il repousse la porte du poêle et baisse le loquet avec soin.

« Elle est bien, là où elle est. Ce n'est pas comme ça qu'on dit, d'habitude ?

– Je te demande ce que tu as fait de ma fille ?!

– En tout cas, c'est ce qu'ils me disaient, à moi, quand je demandais où était ma sœur. C'est un peu paradoxal quand on y pense. On enferme des jumeaux dans une cave et on laisse papa faire tout ce qu'il veut, pendant que maman lui donne de nouvelles idées et filme le spectacle. Et puis ensuite, on sépare les jumeaux pendant des années, sous prétexte que c'est mieux pour eux… »

Rosa ne sait pas quoi dire. Il se relève et elle resserre sa prise autour du manche de la hache.

« Savoir qu'elle est bien là où elle est ne sert à rien, je trouve. Finalement, ce qui fait le plus mal, c'est de ne pas savoir. Tu n'es pas d'accord avec moi ? »

Cet homme est fou. Tous les scénarios que Rosa a imaginés sur la route sont inutiles. Il ne sert à rien d'en appeler à la raison, de chercher des stratégies ou d'élaborer un plan face à ce regard tranquillement posé sur elle. Elle fait un pas vers lui.

« Je ne sais pas ce que tu cherches. Et ça m'est égal. Je veux que tu me dises où est ma fille et ce que tu lui as fait. Tu m'entends ?!

– Ou bien quoi ? Tu vas te servir de ce truc-là, peut-être ? »

Il désigne la hache d'un geste indifférent et c'est comme si, d'un simple regard, il la réduisait en poussière entre les mains de Rosa. Sa gorge se serre. Il a raison. Elle ne se servira pas de cette hache, parce que si elle le fait, elle n'aura jamais aucune certitude. Elle a beau retenir ses larmes, elles coulent sur ses joues et elle voit l'esquisse d'un sourire glisser sur le visage de l'homme qui la regarde calmement.

« Je propose qu'on passe à l'étape suivante tout de suite. Nous savons tous les deux ce que tu aimerais savoir, et je veux bien te le dire. La seule question est : jusqu'à quel point veux-tu le savoir ?

– Je ferais n'importe quoi… mais dis-le-moi. Pourquoi est-ce que tu refuses de me le dire… ? »

Son geste est si rapide qu'elle n'a pas le temps de réagir. Tout à coup, il est debout à côté d'elle et presse quelque chose de mou et humide sur son visage. Une puissante odeur lui pique les narines. Elle tente de s'arracher à son étreinte, mais il est trop fort. Sa bouche est collée à son oreille et il dit doucement :

« Voilà… c'est bien, respire. C'est bientôt terminé. »

116

La lumière est aveuglante. Rosa cligne des paupières. Elle a du mal à ouvrir les yeux. En premier, elle voit un plafond et des murs blancs. Sur sa gauche, un peu écartée du mur, une table basse en inox reflète la lumière du plafonnier et, associée aux moniteurs qu'elle découvre contre l'autre mur, elle confère à la pièce des allures de chambre d'hôpital. C'est ça. Elle est couchée dans un lit d'hôpital et tout cela n'était qu'un mauvais rêve. Sauf que lorsqu'elle essaye de se lever, elle s'aperçoit qu'elle ne peut pas. Alors elle se rend compte qu'elle n'est pas allongée sur un lit, mais sur une table d'opération, en acier également, et que ses membres nus sont attachés à la table, en étoile, par de solides sangles de cuir. Elle se met à crier, mais la sangle qui lui retient la tête passe entre ses lèvres et l'empêche de produire autre chose que des sons étouffés et inarticulés.

« Re-bonjour. Ça va ? »

Rosa se sent groggy et elle n'arrive pas à le voir.

« L'anesthésie ne dure que dix à douze minutes. Peu de gens le savent, mais les marrons d'Inde communs contiennent un poison appelé l'esculine qui, dosé comme il faut, est aussi efficace que le chloroforme. »

Les yeux de Rosa s'agitent dans leurs orbites, mais décidément, elle ne parvient qu'à entendre sa voix.

« Trêve de banalités, nous avons beaucoup de choses à faire, alors ce serait bien si maintenant tu arrivais à rester éveillée. D'accord ? »

Il traverse brièvement son champ de vision dans une combinaison en plastique blanc. Dans une main, il tient une mallette allongée qu'il pose sur la table en inox. Tout en l'ouvrant, il lui explique que l'histoire de Kristine a commencé le jour où, après des années de recherches, il a reconnu Rosa dans une émission d'information.

« Je commençais à me dire que je ne te retrouverais jamais. Mais subitement, tu es passée des derniers rangs de l'Assemblée au poste de ministre des Affaires sociales. Avoue que c'est cocasse que je retrouve ta trace justement après cette promotion… ! »

Rosa remarque que sa combinaison blanche est la même que celle des experts de la police scientifique. Il porte un masque blanc sur la bouche et un bonnet bleu sur les cheveux. Ses mains gantées de latex soulèvent le couvercle de la mallette. En tournant la tête aussi loin qu'elle peut sur la gauche, elle aperçoit deux compartiments dans l'habillage en mousse du flight case. Il lui cache le contenu du premier, mais dans le deuxième, elle voit une sorte de batte en acier scintillant. L'une des extrémités de la barre se termine par une boule métallique de la taille d'un poing fermé hérissée de petites piques, l'autre côté par une poignée prolongée par une pointe d'au moins 5 ou 6 centimètres. À la vue de cette arme redoutable, elle se met à tirer sur ses liens de cuir et à se débattre, tandis qu'il lui explique que la lecture d'un vieux rapport des services sociaux à la mairie d'Odsherred lui a appris depuis des années la raison pour laquelle sa sœur et lui avaient été envoyés à la Ferme des châtaigniers.

« Je sais bien qu'à l'époque, tu n'étais encore qu'une fillette innocente et capricieuse. Mais figure-toi que ton petit mensonge a eu de graves conséquences. Alors, tu comprends, chaque fois qu'en ta qualité de ministre, tu t'es prononcée en faveur de tous ces pauvres enfants, moi, ce que je voyais à ton expression satisfaite, c'est que tu avais tout oublié de cette histoire. »

Rosa hurle. Elle voudrait lui dire que ce n'est pas vrai, mais ses cris sont ceux d'une bête aux abois. Du coin de l'œil, elle le voit reposer la barre métallique et prendre à la place l'objet qui se trouve dans le premier compartiment de la mallette.

« J'aurais pu te tuer, mais je trouvais qu'en faisant cela, je t'aurais laissée t'en sortir à bon compte. Ce que je voulais, c'est que tu ressentes dans ton corps toute la souffrance dont tu as été la cause. Mais je ne savais pas comment m'y prendre. En tout cas, pas avant que je découvre que tu avais une fille, qui de surcroît avait à peu près le même âge que ma sœur à l'époque où tu as raconté ton petit mensonge. C'est là que m'est venue l'idée. J'ai commencé à observer vos vies, surtout celle de Kristine, évidemment, et, comme elle n'était pas très maligne et qu'elle vivait la vie banale d'une enfant gâtée de la bourgeoisie, je n'ai eu aucun mal à connaître ses habitudes et à élaborer un plan. Ensuite, je n'avais plus qu'à attendre l'automne. C'est toi, au fait, qui lui as appris à fabriquer des bonshommes en marrons ? »

Rosa essaye de se repérer dans l'espace. Il n'y a ni fenêtre, ni escalier, ni porte dans son champ de vision, mais à tout hasard, elle se remet à crier. Bien que le bruit qu'elle parvient à produire soit considérablement atténué par le bâillon de cuir qu'elle a dans la bouche, il emplit quand même la pièce et lui donne une énergie sauvage qui l'aide à continuer à se débattre pour se libérer. Quand elle n'en peut plus, la voix de son geôlier est beaucoup plus proche tout à coup, et elle s'aperçoit qu'il est juste à côté d'elle, en train de bricoler quelque chose.

« Ça m'a fait plaisir de voir ça. Sur le moment, je ne savais pas encore à quoi cela allait me servir, mais j'ai trouvé très poétique qu'elle vende sur le bord de la route ces bonshommes en marrons avec son amie. Pendant deux jours, j'ai même pu cesser de la suivre à la sortie de la salle de sport, comme je le faisais depuis quelque temps. Un jour, à quelques rues de chez vous, je l'ai arrêtée pour lui demander de m'indiquer le chemin de l'hôtel de ville et je l'ai poussée dans le fourgon. Je l'ai endormie et puis je suis allé déposer son vélo et son sac de sport dans les bois, histoire de donner un peu de boulot à la police. Et puis nous sommes partis. Je dois avouer que tu l'as très bien élevée. Elle était confiante et gentille et, crois-moi, on ne devient comme ça que si on a de bons parents… »

Rosa pleure. Sa poitrine se soulève et s'affaisse au rythme des sanglots qui se fraient un chemin dans sa gorge et luttent pour sortir. Elle se laisse submerger par le sentiment qu'elle a mérité ce qui lui arrive. Tout est de sa faute, et il est normal qu'elle soit punie. Quelle que soit la façon dont cela s'est passé, c'est elle qui n'a pas su protéger sa fille.

« Ce qui est amusant, c'est qu'il y a quatre chapitres à cette histoire. Je viens de te raconter le premier. Maintenant, on va faire une petite pause, et je te raconterai la suite plus tard. Ça te va ? »

Rosa tente de tourner la tête vers lui en entendant le bruit strident qui s'élève à ce moment-là. L'instrument est en acier ou en aluminium, à peu près de la taille d'un fer à repasser. Il est équipé de deux manettes, d'un carénage en métal et d'un guide avec des soudures grossières et artisanales. Rosa met un petit moment à comprendre que le bruit vient de la lame rotative placée à l'avant de l'outil. Soudain, elle sait pourquoi ses bras et ses jambes sont attachés de manière à ce que seuls ses pieds et ses mains dépassent de la table d'opération et, avant qu'il ait eu le temps de poser la lame sur l'un de ses os carpiens, elle se remet à hurler derrière son bâillon de cuir.

« Ça va ? Tu m'entends ? »

La voix arrive jusqu'à elle et la lumière blanche l'aveugle à nouveau. Elle cherche un instant à se repérer et à se souvenir de ce qui s'est passé avant qu'elle perde connaissance. Elle est d'abord soulagée de constater qu'il ne s'est rien produit de plus grave, puis elle sent l'engourdissement de son bras gauche. En tournant la tête de ce côté, elle est prise de panique. Une pince hémostatique empêche le sang de gicler de la plaie ouverte, là où se trouvait précédemment sa main, et par terre, dans le seau de maçon bleu, elle aperçoit l'extrémité de ses doigts.

« Le chapitre deux commence ici, dans cette cave. Quand vous avez commencé à comprendre qu'il y avait un problème, Kristine et moi étions déjà ici. »

Il continue à lui parler en tournant autour de la table, avec l'outil et le seau. Du sang, *son* sang, a éclaboussé la combinaison blanche en plastique jusqu'à l'épaule de son bourreau et le masque sur sa bouche. Elle le regarde.

« Je savais que sa disparition allait mettre le pays sens dessus dessous, et je m'étais bien préparé. La cave n'était pas comme ça, quand j'étais enfant, mais pour l'occasion, j'avais aménagé les lieux de manière à ce que, même si on trouvait la maison, on ne découvre pas l'accès au sous-sol. Évidemment, Kristine était très surprise quand elle s'est réveillée ici.

“Effrayée” est peut-être le mot juste. Je lui ai expliqué que j’avais besoin de faire une petite incision sur sa jolie menotte pour prélever son ADN afin que la police parte sur la piste d’un autre criminel, et je dois dire qu’elle a pris cela avec un certain courage. Bien sûr, elle a passé énormément de temps ici, toute seule, parce que j’avais mes propres obligations à Copenhague. Tu dois te demander en ce moment comment elle allait, si elle était triste et si elle avait peur, et à cela je préfère te répondre sincèrement que oui. Elle m’a supplié maintes et maintes fois de la laisser rentrer chez ses parents. C’était très touchant. Mais bon, rien ne dure éternellement, et quand, au bout d’un mois, la tempête s’est apaisée autour de sa disparition, il a été temps de prendre congé. »

Ce qu’elle vient d’entendre lui fait plus mal que la douleur dans son bras. Elle se remet à pleurer, et c’est comme si sa poitrine allait se déchirer.

« Ça, c’était le deuxième chapitre. On va refaire une pause. Essaye de t’évanouir un peu moins longtemps cette fois, je n’ai quand même pas toute la journée. »

Il place le seau sous sa main droite. Rosa voudrait l’implorer d’arrêter, mais de sa bouche ne sortent que des sons incompréhensibles. L’instrument se met à bourdonner, la lame de la scie circulaire à tourner, et elle à hurler de douleur quand le métal attaque la chair de son poignet. Son corps se tend comme un arc vers le plafond lorsqu’elle sent la lame riper sur le cartilage osseux et se frayer un chemin dans l’espace entre deux os, où elle trouve une prise. La douleur est inimaginable. Et elle ne s’arrête pas lorsque soudain, il débranche l’outil. À travers ses cris étouffés, Rosa entend sonner une alarme. C’est ce bruit qui a alerté l’homme et l’a obligé à interrompre son intervention. Il observe les moniteurs sur le mur, la meuleuse à la main. Rosa suit son regard. Elle remarque un mouvement sur l'un des écrans et comprend que ces écrans correspondent aux caméras de vidéosurveillance qu'elle a vues devant la maison. Quelque chose est entré dans le champ d'une caméra, à une certaine distance. Peut-être une voiture. C'est la dernière idée qui lui traverse l'esprit avant qu'elle ne perde à nouveau connaissance.

117

Sous l’effort, la plaie sur son cuir chevelu s’ouvre à nouveau et le sang coule sur son visage. Thulin doit respirer à fond pour ne pas s’évanouir. Le gaffer est enroulé maladroitement autour de sa tête, mais elle parvient à respirer par une narine. Elle a les mains attachées, ce qui l’empêche d’arracher la bande adhésive. Elle est couchée en chien de fusil dans le coffre de la voiture et, aussitôt qu’elle a repris quelques forces, elle recommence à appuyer avec son genou à l’endroit où elle pense que se trouve la serrure. Elle tend tous ses muscles, pressant la nuque et le haut du dos contre le siège arrière. Elle insiste, appuie encore, tandis que du sang et de la morve dégoulinent de sa narine. Mais la serrure tient bon. Et à présent, elle sent qu’une vis s’enfonce dans sa chair en dessous du genou. Le manque d’oxygène l’a épuisée et elle renonce, se roule en boule et se concentre sur sa respiration.

Elle ignore depuis combien de temps elle est enfermée dans ce coffre, mais les dernières minutes lui ont paru une éternité, à cause d’un hurlement strident et des cris d’une femme qui lui usent les nerfs. Les cris sont assourdis, comme si la femme était bâillonnée ou qu’elle les entendait à travers une bouche de ventilation, mais Thulin n’a jamais de sa vie entendu un hurlement aussi déchirant. Si elle pouvait, elle se boucherait les oreilles, d’autant qu’elle se doute de ce qui est en train de se passer à quelques mètres. Mais elle est impuissante, elle a les mains et les pieds attachés, et les liens autour de ses poignets sont si serrés que ses doigts sont insensibles.

En revenant à elle, tout à l'heure, elle n'a pas compris où elle était, parce qu'elle était dans le noir. Mais rapidement, la moquette tout autour et le métal au-dessus de sa tête lui ont indiqué qu'elle devait se trouver dans le coffre d'une voiture. Sans doute celle avec laquelle elle était arrivée en compagnie de Genz. Quand la forêt s'était brusquement éclaircie et qu'ils étaient entrés dans la cour, elle avait porté toute son attention sur la ferme et ses deux corps de bâtiment. Elle était sortie de la voiture, dans la neige immaculée, avait noté la présence des grands châtaigniers qui entouraient la cour et, en voyant l'inscription au-dessus de la porte, elle avait sorti son arme de service. La ferme à toit de chaume était sombre et peu accueillante, mais dès qu'elle avait avancé de quelques pas, les détecteurs de présence avaient déclenché l'éclairage extérieur et révélé la présence des caméras de vidéosurveillance. La porte d'entrée était fermée à clé et, à première vue, il n'y avait rien ni personne à l'intérieur. Mais Thulin était certaine d'être arrivée au bon endroit.

Elle avait commencé à faire le tour des bâtiments à la recherche d'un autre accès et, au moment où elle s'apprêtait à casser une vitre du salon et à entrer dans la maison, Genz l'avait rejointe pour lui annoncer qu'il avait trouvé une clé sous le paillasson. Cela ne l'avait même pas étonnée. Au contraire, elle s'était reproché de ne pas y avoir pensé elle-même. Ils étaient entrés ensemble. Elle marchait devant, frappée par l'odeur de vernis et de bois neuf. C'était comme d'arriver dans une maison qui n'aurait jamais été habitée. Mais en approchant du poêle, dans l'angle du salon qu'elle n'avait pas pu voir de l'extérieur, elle avait pu constater qu'elle s'était trompée et que quelqu'un vivait là. Deux ordinateurs, du matériel électronique, plusieurs téléphones portables, des bols remplis de châtaignes, des plans, des éprouvettes et divers instruments de laboratoire encombraient un bureau blanc, et sur le plancher, quelqu'un avait laissé deux jerricans remplis d'essence. Au-dessus de la table étaient accrochées des photos de Laura Kjær, d'Anne Sejer-Lassen et de Jessie Kvium. Le portrait de Rosa Hartung trônait au-dessus des trois autres. Il y avait aussi plusieurs photos d'elle et de Mark Hess prises à leur insu.

Thulin en avait eu froid dans le dos. Elle avait retiré la sécurité de son arme et s'était préparée à inspecter le reste de la maison. Comme elle n'avait pas son téléphone sur elle, elle avait demandé à Genz d'appeler Nylander pour lui faire part de leur découverte.

« Malheureusement, je ne peux pas faire ça, Thulin.

– Qu'est-ce que tu veux dire ?

– J'attends quelqu'un, et l'arrivée de la police risque de me déranger. »

La réponse était si étrange qu'elle s'était retournée, perplexe. Genz se tenait sur le seuil de la porte du salon. La lumière était toujours allumée dans la cour derrière lui et, comme il était à contrejour, elle ne voyait que sa silhouette, pas l'expression de son visage. L'espace d'un instant, elle avait cru reconnaître l'individu qu'elle avait aperçu un soir sur l'échafaudage, en face de son appartement.

« Qu'est-ce que tu racontes ? Appelle-le, s'il te plaît, fais vite ! »

C'est alors qu'elle avait vu la hache que Genz tenait à la main. Il la laissait pendre, tranquillement, comme le prolongement naturel de son bras.

« Je savais que c'était risqué d'utiliser les châtaignes de la ferme. Mais plus tard, tu comprendras que je ne pouvais pas faire autrement. »

Un court instant, elle l'avait regardé en silence, médusée. Et puis elle avait compris ce qu'il venait de dire et la bêtise qu'elle avait commise en lui demandant son aide. Elle avait braqué son arme sur lui, mais au même instant, il avait abattu la hache sur elle, du côté opposé à la partie tranchante. Elle avait eu le temps d'écarter la tête, mais pas assez vite.

Résultat, elle vient de reprendre conscience dans l'obscurité de ce coffre de voiture avec un terrible mal de tête. Elle a été réveillée par un bruit de voix. Celles de Genz et d'une femme, très bouleversée, qui faisait penser à celle de Rosa Hartung. Elles venaient de la cour, mais ensuite, elles se sont tues. Et plus tard, la femme s'est mise à crier.

Thulin retient son souffle et écoute. L'outil s'est arrêté. Les cris aussi. Elle ne sait pas si cela signifie que bientôt, elle aussi sera soumise à la même torture. Elle pense à Lee, et à son grand-père, à la maison, et elle ne peut s'empêcher d'avoir peur de ne peut-être plus jamais revoir sa fille.

Tout à coup, elle croit entendre le bruit d'un moteur qui approche dans le lourd silence qui l'entoure. D'abord, elle n'en croit pas ses oreilles, puis la voiture entre dans la cour de la ferme et s'arrête. Cette fois, il n'y a pas de doute.

« Thulin ! »

Elle reconnaît sa voix. Se dit d'abord que c'est impossible, que ça ne peut pas être lui. Qu'est-ce qu'il ferait là alors qu'il est censé être en route pour un endroit très loin d'ici. La simple idée de sa présence lui redonne espoir. Thulin répond, crie aussi fort qu'elle peut. Mais le son qu'elle parvient à produire est ridiculement faible. Il ne l'entend pas. Il est trop loin. Alors, elle cesse de crier et se met à taper. Ses pieds cognent contre les parois du coffre avec un son creux. Elle recommence, une fois, deux fois, dix fois.

« *Thulin !* »

Il continue à crier son nom. En entendant le son de sa voix s'éloigner, elle devine qu'il doit être entré dans la maison. Il va tomber tout droit dans la gueule de Genz, qui sait sûrement qu'il est là, puisque le bruit de l'outil s'est arrêté. Elle se remet frénétiquement à donner des coups de pied dans le noir, ses forces décuplées par l'inquiétude.

118

La porte d'entrée n'est pas verrouillée, Hess entre dans la maison et constate rapidement que le rez-de-chaussée et le premier étage sont déserts. Pistolet tendu, il redescend les escaliers en courant et traverse en sens inverse la maison plongée dans l'obscurité. Il n'y trouve aucun signe d'une présence humaine, hormis les traces mouillées qu'il a laissées en arrivant sur les grandes lattes du plancher. Revenu dans le coin bureau à côté du poêle, il regarde à nouveau les photos des trois femmes assassinées, de Rosa Hartung, et celles où il est photographié en compagnie de Thulin. Il tend l'oreille. Rien. Il n'y pas un bruit, à l'exception de sa propre respiration, mais le poêle est encore chaud, et il sent la présence de Genz partout.

L'état de la ferme l'a étonné. Ce n'était pas la maison mal entretenue et délabrée décrite dans le rapport de police, et la surprise l'avait un instant fait douter. Mais il a bien reconnu la voiture de Rosa Hartung dans la cour, malgré la couche de neige qui la recouvrait, et il a jugé qu'elle se trouvait sûrement là depuis au moins une heure. En revanche, il n'a pas vu la voiture dans laquelle Genz et Thulin devaient être arrivés. Elle est probablement cachée quelque part à proximité ou repartie ailleurs. Hess garde espoir que la première option soit la bonne. Il a aussitôt remarqué les caméras de vidéosurveillance, et il sait que si Genz est là, il l'a vu arriver. Raison pour laquelle il n'a pas hésité à appeler Thulin d'abord, puis Rosa Hartung. Si elles sont dans le coin – et en vie –, il y a une petite chance pour qu'elles l'entendent. Malheureusement, aucune des deux n'a répondu à ses appels et Mark Hess écoute ce silence inquiétant, le souffle court.

Bien qu'il y soit déjà allé, il retourne dans la cuisine en essayant de se remémorer la vieille photo de la scène de crime. Les deux adolescents étaient l'un assis, l'autre couché, sans vie, de part et d'autre de la table sur laquelle se trouvaient encore les restes du petit déjeuner, mais ce n'est pas ce qui l'intéresse. Ce qui l'intéresse, c'est la porte dont il se souvient au fond de l'image. Il se rappelle qu'elle permettait d'accéder à la cave où on avait retrouvé Marius Larsen et les jumeaux, mais à présent qu'il est là, dans cette cuisine flambant neuve, si propre et si bien rangée qu'elle semble tout droit sortie d'une page du catalogue IKEA, il n'arrive plus à se repérer. Les cloisons ont été déplacées, les perspectives sont différentes. Au milieu de la pièce se dresse un plan de travail avec six feux de cuisson et une hotte aspirante en inox. Le long des murs, il y a un frigo américain, deux placards blancs à deux portes, un évier en porcelaine, un lave-vaisselle et un immense four sur la porte duquel personne n'a encore pensé à retirer le film de protection. Il n'y a plus de porte nulle part, seulement un passage conduisant à l'arrière-cuisine.

Il retourne précipitamment dans l'entrée, regarde en haut de l'escalier et en dessous, dans l'espoir qu'une porte ou une trappe apparaisse soudain, mais il doit se rendre à l'évidence, il n'y plus aucun accès à la cave. Il se dit qu'elle n'existe peut-être plus. Que Genz, ou quel que soit son nom, l'a comblée depuis des années afin qu'elle ne soit plus là pour lui rappeler ce qui s'y passait du temps où on les y enfermait, sa sœur et lui.

Une série de coups, lointains, le mettent en état d'alerte, mais il ne parvient pas à identifier le bruit. Ni sa provenance. Rien ne bouge à l'extérieur, hormis les flocons de neige tombant sur les pavés de la cour dans les faisceaux des lampes. Il retourne dans la cuisine, avec l'intention cette fois de poursuivre ses recherches dans la souillarde, puis de ressortir par la porte de service pour examiner l'arrière de la maison et voir s'il y trouve des fenêtres ou un soupirail ou quoi que ce soit qui puisse éclaircir le mystère de cette cave disparue. Mais en passant devant le plan de travail, il s'arrête. Une idée toute bête vient de le traverser. Il s'approche du premier placard, celui qui se trouve à peu près à l'endroit où il se souvient avoir repéré l'entrée de la cave sur la photo. Il ouvre les deux battants en grand, mais ne voit à l'intérieur que des étagères vides. Alors, il ouvre le deuxième et remarque aussitôt une poignée blanche. La paroi postérieure et les étagères ont été démontées mais, au fond, il devine les contours d'une porte métallique percée dans le mur de la cuisine. Il entre dans le placard vide et abaisse la poignée. La lourde porte pivote sur son axe.

Une lumière blanche, crue, éclaire une volée de marches en béton conduisant trois mètres plus bas. Il se rappelle à quel point il déteste les caves. Toutes les caves. Celle d'Odinparken, celle qui se cachait sous le garage de Laura Kjær, celles de la cité d'Urbanplanen et du commissariat de police de Vordingborg. Et maintenant celle-ci. Il retire la sécurité de son arme et descend les marches une à une, les yeux rivés sur le sol, tout en bas. Debout sur la cinquième marche, il remarque sur la sixième un morceau de plastique froissé et collé sur lui-même. En le poussant de la pointe de son arme, il reconnaît une paire de chaussons de protection bleus, comme ceux que lui et ses collègues se mettent aux pieds quand ils se déplacent sur une scène de crime. Mais cette paire-ci est usagée et tachée de sang. En regardant les marches suivantes, il voit des traces de pas, sanglantes, tournées dans le sens de la montée, s'arrêtant là où ont été abandonnés les chaussons en plastique. Il comprend brusquement et se retourne vers le haut de l'escalier et la porte blanche, mais la silhouette de Genz se découpe déjà sur le seuil. La seconde d'après, la hache traverse la distance qui les sépare en sifflant. Hess a juste le temps de penser à Marius Larsen, le policier assassiné, avant que le métal entre en collision avec son front.

119

Sous la maison de sa grand-mère paternelle se trouvait une cave moisie et rongée de salpêtre. Le sol en pierre était irrégulier et les murs en parpaings nus. L'endroit était parcimonieusement éclairé par des ampoules sales, suspendues au plafond à de vieilles douilles en porcelaine, au bout de fils électriques gainés d'une soie effilochée par les années. Un monde de confusion et de désordre, un labyrinthe de couloirs et de petites pièces très différent de celui qui se trouvait de l'autre côté de la porte.

Le rez-de-chaussée avait une couleur jaunâtre. Il revoit les meubles rustiques, la tapisserie à fleurs, les stucs au plafond, les épais rideaux et les cigarillos puants de sa grand-mère. Une impressionnante pyramide de cendre s'élevait en permanence dans la coupelle Herbert Krenchel, à côté du fauteuil de jardin où elle était restée assise, dans son salon, jusqu'au jour où on l'avait emmenée en maison de retraite. Hess détestait cette maison, mais il détestait encore plus la cave. Il n'y avait pas de fenêtre, pas d'air, pas la moindre issue hormis l'escalier branlant vers lequel il courait ventre à terre, l'obscurité sur ses talons, après être allé chercher une énième bouteille d'alcool, qu'il posait sur la petite console, à portée de main de sa grand-mère.

C'est le cœur au bord des lèvres et avec le même sentiment de panique que lorsqu'il était gosse que Hess se réveille dans la cave de la Ferme des châtaigniers. Quelqu'un lui frappe la figure avec rage et il sent le sang couler de son arcade sourcilière.

« Qui sait que tu es là ? Réponds ! »

Il est assis par terre, le dos contre un mur. Genz le gifle à tour de bras. Il est vêtu d'une combinaison plastifiée et on ne voit que ses yeux entre le masque maculé de sang qui recouvre sa bouche et la capuche bleue rabattue sur sa tête. Hess ne peut pas se protéger le visage parce qu'il a les mains attachées dans le dos avec ce qui semble être des liens en plastique.

« Personne...

– Donne-moi ton doigt ou je te le coupe. Allez, donne ! »

Genz le pousse par terre et il se penche au-dessus de lui. La joue collée au sol, Hess cherche son arme des yeux et l'aperçoit à plusieurs mètres de lui. Genz lui attrape un pouce et le pose sur la Touch ID d'un iPhone. En se redressant, Hess s'aperçoit que Genz regarde l'historique des appels de *son* téléphone. Il a beau se préparer mentalement à l'explosion de colère qui ne manquera pas d'éclater dans un instant, le coup de pied qu'il reçoit sur le coin de la tête n'est pas loin de lui faire perdre connaissance à nouveau.

« Tu as appelé Nylander il y a neuf minutes ! C'est-à-dire juste avant de descendre de voiture, je suppose.

– Ah oui, j'avais oublié. »

Hess reçoit un nouveau coup de pied du même côté de la figure, et cette fois, il doit cracher le liquide chaud qui lui emplit la bouche pour ne pas s'étrangler. Il se promet de ne plus essayer d'être drôle, mais le renseignement est utile. S'il y a neuf minutes qu'il est arrivé à la ferme, qu'il a reconnu la voiture de Rosa Hartung et téléphoné à Nylander, la cavalerie ne va pas tarder à débarquer de Vordingborg. Sauf si la neige l'en empêche.

Hess crache une nouvelle fois et remarque une deuxième flaque de sang qui ne peut pas venir de lui. Il suit la trace le long du sol jusqu'à une plaie ouverte à l'extrémité d'un bras. Rosa Hartung est couchée, immobile, sur une table en inox, avec une pince chirurgicale fixée à son poignet pour retenir le sang à l'endroit où aurait dû se trouver sa main gauche. Il se rend compte que la pièce dans laquelle ils se trouvent ressemble à une grande salle d'opération. La main droite semble également avoir subi un début d'amputation. Un seau dans lequel Hess aperçoit la main gauche de la ministre attend en dessous. Sa nausée monte d'un cran.

« Qu'est-ce que tu as fait de Thulin ? »

Genz ne répond pas. Il lui jette son téléphone et s'en va à l'autre bout du local, où Hess l'entend déplacer bruyamment des objets, pendant qu'il tente de se relever.

« Laisse tomber, Genz. Ils savent qui tu es et tu sais qu'ils te retrouveront. Où est-elle ?

– Ils ne trouveront rien du tout. Tu as oublié qui est Genz. »

Hess sent l'odeur de l'essence avant de voir Genz revenir, un bidon à la main. Il a déjà commencé à asperger les murs et, en passant devant la table sur laquelle gît Rosa Hartung, il l'arrose copieusement, avant de continuer à répandre le combustible dans le reste de la pièce.

« Genz a un peu d'expérience dans le domaine de l'expertise scientifique, vois-tu ? Quand ils arriveront, il n'y aura plus aucune trace de lui. Genz est venu au monde pour accomplir une mission, et le temps qu'ils comprennent, il sera trop tard.

– Écoute-moi, Genz…

– Laisse tomber. Je suppose que tu as dû découvrir par hasard ce qui s'est passé ici jadis, mais n'essaie pas de me faire croire que tu comprends ce que je ressens et que je bénéficierai de circonstances atténuantes et autres foutaises.

– Je me fous de ce que tu ressens. Tu étais sans doute déjà psychopathe à la naissance, je regrette simplement qu'on soit venu te libérer de cette cave, à l'époque. »

Genz le regarde, sourit, un peu surpris, et Hess n'a pas le temps de se préparer au troisième coup de pied qu'il reçoit dans la figure.

« J'aurais dû te libérer depuis longtemps de ta vie de merde. La dernière fois que j'ai laissé passer l'occasion, tu avais le dos tourné et tu regardais le cadavre de la pute Kvium accroché dans l'arbre du jardin familial. »

Hess crache encore et évalue les dégâts dans sa bouche. Il a plusieurs dents qui bougent à la mâchoire supérieure et un goût de métal sur la langue. Le criminel se cachait dans l'obscurité du jardin familial où il venait de tuer Jessie Kvium, et l'idée ne l'avait même pas effleuré.

« À vrai dire, j'ai toujours pensé que tu étais quantité négligeable. La rumeur disait que tu étais un loser égocentré mis au rebut chez Europol, et voilà que tu te pointes au labo pour découper des porcs et me parler de Linus Bekker. C'est à ce moment-là que j'ai compris qu'il n'y avait pas que Thulin dont je devais me méfier. Au fait, je vous ai vus tous les deux en train de jouer au papa et à la maman avec la gamine avant d'aller à Urbanplanen. Tu n'as pas craqué pour cette petite pute, quand même ?

– Où elle est ?

– Parce que dans ce cas, je tiens à te dire que tu n'es pas le premier. J'ai pu assister à quelques-unes de ses parties de jambes en l'air depuis mon poste d'observation, et j'ai le regret de t'informer que tu n'es pas du tout son genre. En revanche, je te promets de lui dire au revoir de ta part avant de lui trancher la gorge. »

Genz déverse le reste du jerrican d'essence sur Hess. Le liquide lui pique les yeux ainsi que les plaies anciennes et plus récentes qu'il a sur le cuir chevelu, et il retient son souffle jusqu'à ce qu'il sente que le bidon est vide. Il secoue la tête et se débarrasse des gouttes dans ses cheveux. Quand il ouvre à nouveau les yeux, Genz a retiré sa combinaison de protection et jeté dans un coin la boule de plastique blanc froissé, le masque et la capuche. Il se tient au pied de l'escalier en béton qui remonte dans la cuisine. À la main, il tient un bonhomme en marrons et, regardant Hess droit dans les yeux, il frotte la jambe de la figurine sur le grattoir d'une boîte d'allumettes. Le soufre s'enflamme. Lorsqu'il juge que la flamme est assez grande, il jette le bonhomme par terre, sort en marche arrière et ferme la porte de la cave derrière lui.

120

Le dossier de la banquette arrière cède avec un grand *crac*, basculant vers l'avant de quelques centimètres, suffisamment pour que la lumière de la cour entre dans la malle de la voiture par l'étroite fente. Enfin, Thulin n'est plus dans le noir. Elle reste un petit moment immobile dans le coffre, la bouche contre la fente, en nage, à bout de souffle. En tournant un peu la tête, elle parvient à regarder dehors par la vitre latérale. Un mince rai de lumière provenant de l'éclairage de la cour de ferme lui permet de savoir que la voiture de Genz est garée dans la grange.

Elle n'avait pas réussi à fracturer la serrure du coffre, mais, à un moment, elle avait senti que la paroi derrière elle commençait à bouger quand elle mettait tout son poids contre le hayon avec ses genoux, et elle s'était mise à utiliser le haut de son dos comme bélier. Elle continue à donner des coups de boutoir pour agrandir l'ouverture et se glisser dans l'habitacle. Si elle réussit à trouver dans la voiture un objet tranchant pour couper le gaffer avec lequel il lui a attaché les pieds et les mains, il sera peut-être encore temps. Le silence venant de la maison est intolérable, mais si elle parvient à entrer, si elle retrouve son arme, ils seront deux contre un. Et puis, Hess n'est pas stupide. S'il a réussi à arriver jusqu'à la ferme, c'est qu'il a compris que Genz était le meurtrier et que c'est de lui qu'il doit se méfier. Cette dernière pensée a tout juste eu le temps de lui traverser la tête lorsqu'elle entend le feu se déclarer. On dirait une voile qui se gonfle avec un claquement sec sous le souffle d'une rafale de vent. Cela se produit très près de l'endroit où Thulin se trouve, sans doute quelque part à l'intérieur de la maison, probablement là où tout à l'heure elle a entendu les cris qui se sont depuis longtemps éteints.

Thulin retient son souffle et tend l'oreille. Il n'y a pas de doute, un incendie gronde et elle commence déjà à sentir la fumée. Alors qu'elle se contorsionne pour se glisser tout entière à l'arrière de la voiture, elle réfléchit à ce que cela signifie. Puis elle se rappelle les deux jerricans posés à côté de la table du séjour. Elle avait noté leur présence pendant une fraction de seconde en entrant, mais ensuite, les photos sur le mur et le soudain revirement de Genz avaient détourné son attention. Si l'incendie fait partie du plan, alors Hess est dans une situation catastrophique. Elle progresse vers l'habitacle. Le bas de son corps suit enfin et elle se retrouve couchée sur le siège arrière de la voiture. En se poussant sur ses coudes, elle réussit à se redresser et s'apprête à attraper la poignée de la portière avec ses deux mains liées. En pensée, elle est déjà à l'étape suivante, elle a trouvé l'outil pour se libérer et elle s'élance vers la maison. C'est alors qu'elle le voit apparaître sur le seuil, à travers l'entrebâillement des portes de la grange.

Il continue à répandre le produit inflammable derrière lui, jusqu'à ce que ses pieds touchent la neige sur l'escalier du perron. Alors il jette le bidon à l'intérieur, puis une allumette enflammée, et il se retourne vers la dépendance. Elle le voit marcher droit vers elle. Elle imagine les flammes qui se propagent dans la maison comme un feu de brousse. Quand la silhouette de Genz se dessine entre les deux portes, le feu a déjà atteint le premier étage.

Elle se jette par terre entre les deux sièges à la seconde où il fait coulisser les grands battants en bois. La lueur sauvage et mouvante illumine l'habitacle. Thulin se fait toute petite. Il ouvre la portière du conducteur et, quand il se met au volant, elle sent son poids contre sa joue, à travers le siège. Un cliquetis lui indique qu'il vient d'insérer la clé dans le contact, le moteur démarre et, au moment où la voiture se met en mouvement et déboule dans la cour enneigée, Thulin entend les premières vitres exploser sous l'effet de la chaleur.

121

Depuis quelque temps déjà, Hess pensait à la mort avec indifférence. Pas parce qu'il n'aimait plus vivre, mais parce que être encore en vie était devenu trop douloureux. Il n'avait pas consulté, il n'avait pas demandé d'aide à ses quelques rares amis et il n'avait écouté les conseils de personne. Il s'était contenté de fuir. Il avait couru aussi vite que ses jambes pouvaient le porter, l'obscurité sur ses talons, et parfois il avait réussi à la distancer. Il avait fait halte parfois, dans de petites oasis, dans des contrées étrangères, en Europe, où son esprit s'était laissé distraire par des impressions inconnues et de nouveaux défis. Mais l'obscurité avait toujours fini par le rattraper. Et avec elle, les souvenirs et les visages des morts qui avec les années étaient devenus légion. Il n'avait personne, il n'était personne, et la dette qu'il avait accumulée n'était pas vis-à-vis des vivants. Il en était arrivé à penser que si la mort devait frapper, elle serait la bienvenue. Mais à présent qu'elle est là, dans cette cave, il pense différemment.

Quand la porte s'était refermée derrière Genz et que le feu s'était mis à courir, il avait aussitôt rampé vers l'outil ensanglanté qu'il avait remarqué par terre derrière la table sur laquelle gisait Rosa Hartung. Il n'était pas difficile d'imaginer à quoi il avait servi. Avec les dents de la lame diamant, il avait mis moins d'une seconde à scier les liens autour de ses poignets. Il avait fait la même chose avec ses pieds. Alors que le feu avait eu le temps d'enflammer la moitié de la pièce et commençait à lécher les pieds du lit de Rosa Hartung, il était allé récupérer son arme et son portable. Des nuages de fumée noire flottaient au plafond et, surveillant les flammes qui s'approchaient de lui, il avait détaché les lanières de cuir qui maintenaient prisonnier le corps mutilé. Au moment où les flammes avaient bondi du sol pour envahir la table en inox, il avait emporté le corps inerte de la ministre vers le seul coin de la cave que Genz n'avait pas aspergé d'essence.

Mais le sursis ainsi obtenu était minuscule. Le feu dévorait déjà les parois en aggloméré et il n'allait pas tarder à prendre au plafond, sans compter qu'ils étaient tous deux imbibés d'essence. Ce n'était plus qu'une question de secondes avant que le feu atteigne l'angle où ils se trouvaient, ou que la température soit si élevée qu'ils risquent d'entrer en combustion spontanée. La porte par laquelle Genz était sorti était l'unique issue, mais il n'avait pas réussi à l'ouvrir, la poignée étant déjà si brûlante que sa veste, dont il voulait se servir comme manique, s'était enflammée aussitôt.

La nappe de fumée noire qui s'accumule sous le plafond continue de s'épaissir et c'est alors qu'il remarque les petites volutes de fumée qui courent vers un joint entre les plaques en fibre de bois, juste au-dessus de sa tête. Il attrape à nouveau la scie circulaire, pose la lame sur le joint et s'en sert comme d'un pied-de-biche. Dès le premier essai, il parvient à casser un angle suffisamment large pour y passer les doigts et il tire dessus jusqu'à ce que la plaque tombe.

Dessous, il trouve un soupirail avec deux barreaux à l'intérieur, par lequel il aperçoit les feux arrière d'un véhicule en train de traverser la cour. Il tire de toutes ses forces sur les barreaux et, en voyant la voiture de Genz disparaître dans la nuit, Hess croit sa dernière heure arrivée. Il se retourne vers le brasier qui gronde et baisse les yeux vers Rosa Hartung, couchée à ses pieds. C'est son bras tronqué qui lui donne l'idée. L'outil à la main, il se tourne à nouveau vers la petite fenêtre, songeant avec soulagement que ces barreaux ne sont pas plus épais que les os que la scie a coupés tout à l'heure. La lame rentre dans le premier comme dans du beurre et bientôt, tous les barreaux sont tombés et Hess peut soulever le loquet et ouvrir la fenêtre du soupirail.

Sentant que la peau de son dos commence à griller, il soulève Hartung et la pose dans l'encadrement, puis il se hisse au-dessus de la ministre. Il plonge dehors et l'entraîne dans sa chute. Les cheveux dans sa nuque et son polo ont déjà pris feu. Il roule dans la neige. Il tousse, se relève et commence aussitôt à traîner Rosa Hartung loin du brasier. Il a l'impression d'être en feu lui aussi et rêve de se jeter dans la neige pour se rafraîchir, il éructe et crache. À vingt mètres de la maison, il dépose la ministre contre une murette en pierres sèches et se met à courir.

122

Tout en Thulin lui hurle qu'elle doit faire quelque chose. Recroquevillée dans le noir, derrière le siège conducteur, elle sent l'allure de la voiture et son moindre mouvement. Elle essaye de se souvenir du trajet à travers la forêt pour déterminer à quel moment Genz sera le plus concentré sur sa conduite et le moins vigilant sur ce qui se passera autour de lui. La neige et l'obscurité devraient jouer en sa faveur. La route est loin d'être sûre, il est déjà tombé une dizaine de centimètres de neige. Elle se demande comment l'attaquer pour avoir une chance d'avoir le dessus alors qu'elle a les mains et les pieds attachés, mais chaque seconde qu'elle passe à réfléchir au lieu d'agir lui semble une terrible perte de temps. Elle devrait être là-bas, à la ferme. Elle n'a pas osé lever la tête et regarder par la vitre quand ils sont sortis de la grange, mais elle a entendu la violence de l'incendie.

Thulin sent tout à coup que Genz a réduit son allure. Elle a l'impression que la voiture entame une grande courbe, et tous ses muscles se tendent. Ils doivent être arrivés au virage qui se trouve à mi-chemin entre la ferme et la route. Elle se redresse subitement et, dans le même mouvement, elle lève ses mains liées et les jette en avant comme un lasso. Mais les yeux dans le rétroviseur, à peine éclairés par le tableau de bord, l'ont vue trop vite. On aurait dit qu'il s'y attendait.

Il lève un bras et, d'un coup violent, il arrête le geste de Thulin et la repousse en arrière. Lorsqu'elle tente sa chance une deuxième fois, il lâche volant et pédales et se retourne. Une pluie de coups de poing s'abat sur sa tête. La voiture s'arrête, le moteur tournant au ralenti. Thulin gît, assommée, sur la banquette arrière, respirant péniblement par le nez.

« Si tu me permets de te faire un compliment, tu étais le seul flic de la Crim' dont je pensais vraiment devoir me méfier. Ce qui veut dire en même temps que je sais absolument tout de toi. Je connais même ton odeur dans l'effort quand tu transpires comme une petite truie. Comment te sens-tu ? »

Sa question n'a aucun sens. Il savait depuis le départ qu'elle était là et, quand il pose la pointe du couteau sur le gaffer qui lui entoure la tête, elle croit d'abord qu'il va le lui enfoncer dans la gorge. Au lieu de ça, il fait une entaille dans l'adhésif, de sorte qu'elle peut elle-même le détacher de ses mains nouées et respirer un grand coup.

– Où ils sont ? Qu'est-ce que tu leur as fait ?

– Tu le sais, Thulin. »

Couchée sur la banquette, elle a du mal à respirer. Elle pense à la ferme en flammes.

« Hess n'avait plus très envie de vivre de toute façon. Au fait, il m'a demandé de te passer le bonjour avant de te trancher la gorge. Si ça peut te consoler. »

Thulin ferme les yeux. Le rapport de force est inégal et elle sent les larmes lui monter aux yeux. Elle pleure sur Hess et Rosa Hartung, mais surtout sur Lee, sa petite fille, qui n'a rien fait pour mériter ça.

« La fille Hartung, c'était toi aussi… ?

– Oui, j'étais obligé.

– Mais pourquoi… ? »

Elle a parlé d'une toute petite voix et elle déteste ça. Il ne répond pas tout de suite. Puis il pousse un long soupir et, quand elle lève les yeux vers lui, on dirait qu'il scrute l'obscurité pour réfléchir à sa question. Enfin, il revient sur terre et tourne vers elle son visage noir de suie.

« C'est une longue histoire, Thulin, et je suis pressé. Et toi, tu as besoin de repos. »

Sa main qui tient encore le couteau se met en mouvement et elle lève les bras en un geste de défense.

« Geeeeeeeeeeeenz... ! »

L'appel transperce le silence. Elle ne reconnaît pas la voix rauque qui a crié. Elle résonne comme si elle venait du fin fond de la forêt, ou d'une caverne. Genz se fige et scrute l'obscurité. Elle ne peut pas voir son visage, mais son dos, raide, exprime une incrédulité totale. Thulin se rassoit avec peine, elle suit des yeux le faisceau des phares qui éclairent le chemin enneigé, et elle comprend pourquoi.

123

Il a l'impression que sa poitrine est sur le point d'exploser, ses côtes lui font un mal de chien et son cœur bat comme un marteau. D'épais nuages blancs s'échappent par à-coups de sa bouche, ses bras tremblent dans l'air glacé. Il a du mal à garder son pistolet braqué sur la voiture, arrêtée à 75 mètres devant lui. Il vient d'émerger de la profonde obscurité du bois et se tient debout sur le chemin, les pieds dans la neige, légèrement au-delà du faisceau des phares.

Quand il a commencé sa course effrénée entre les arbres, il était éclairé par la ferme en feu derrière lui. Les flammes jetaient leurs lueurs furieuses dans son dos et il suivait les ombres allongées des troncs. La route qui mène à la ferme est sinueuse et, un peu avant d'atteindre la nationale, elle dessine une courbe, comme un C majuscule. Son calcul était de prendre un raccourci à travers la forêt et de couper la route à la voiture de Genz. Mais à mesure qu'il s'enfonçait dans les arbres, la lumière de l'incendie est devenue moins forte. La réverbération de la neige l'a un peu aidé, mais très vite, il a dû courir à l'aveugle. Tout était noir autour de lui, seuls les troncs d'arbres, d'un noir légèrement plus profond, se découpaient dans l'obscurité et il s'en est servi pour maintenir le même cap et garder la même allure, malgré les obstacles qu'il rencontrait. Plusieurs fois, il a trébuché et roulé dans la neige, jusqu'à finir par perdre le sens de l'orientation. C'est alors qu'il a aperçu la faible lueur des phares, sur sa gauche. La voiture était encore loin devant lui et elle continuait à avancer. Mais soudain, il lui a semblé qu'elle ralentissait pour finir par s'arrêter tout à fait. Et quand il a rejoint le chemin, elle était derrière lui, moteur tournant au ralenti et phares allumés.

Hess ne sait pas pourquoi la voiture a stoppé, et il ne veut pas y penser. Il sait que Genz se cache dans le noir, derrière le pare-brise de cette voiture, et il ne bougera plus de l'endroit où il est. Il reste patiemment planté au milieu du chemin, son pistolet braqué. Le vent souffle doucement dans les arbres. Tout à coup, le bruit inattendu d'une sonnerie de téléphone portable crève la nuit. Il réalise que c'est le sien. À l'intérieur de l'habitacle, il a l'impression de voir un écran s'illuminer à la place du conducteur. Avec un peu d'hésitation, il plonge une main dans sa poche et en extrait son portable en gardant les yeux fixés sur la voiture.

La voix au bout du fil est froide et détimbrée :

« Où est Hartung ? »

Hess devine la silhouette de Genz derrière le volant. La question lui rappelle que la seule chose qui le fait courir est le mal qu'il veut faire à Rosa Hartung et il s'efforce de contrôler sa respiration pour paraître le plus calme possible.

« Elle va bien. Elle attend dans la cour que tu reviennes lui dire ce que tu as fait à sa fille.

– Tu mens. Tu ne peux pas avoir réussi à la sortir de la maison à temps.

– Ta scie artisanale est capable de venir à bout de beaucoup plus dur que des os. Un véritable expert de la scientifique aurait pensé à ça avant de la laisser sur place, tu ne crois pas ? »

Silence. Hess sait que Genz est en train de se remémorer la configuration de la cave et les mouvements qu'il a accomplis pour en sortir, afin d'évaluer la véracité de ses allégations, et un instant, il craint que Genz retourne à la ferme malgré l'arrivée imminente de la police.

« Tu lui diras que je reviendrai m'occuper d'elle une autre fois. Pousse-toi, j'ai Thulin avec moi.

– Je m'en fous. Sors de la voiture. Couche-toi par terre, bras écartés. »

Silence.

« Sors de cette voiture, Genz ! »

Hess vise la voiture et l'unique point de mire qu'il ait à l'intérieur. Mais Genz a anticipé son geste et l'écran derrière le pare-brise s'éteint.

Hess se demande ce qui va se passer et tout à coup, la voiture repart. Le moteur hurle comme si son chauffeur écrasait l'accélérateur. Les gaz d'échappement s'élèvent dans la lumière rouge des feux arrière, les pneus patinent sur la piste enneigée, mais aussitôt que les roues trouvent une adhérence, la voiture bondit en avant.

Hess jette son téléphone et vise. La voiture roule droit sur lui, sa vitesse s'accroissant à chaque mètre. Il tire un premier coup, puis un deuxième et un troisième. Il tire les cinq premiers coups en direction du radiateur, mais il ne se passe rien. Il tremble trop. Il essaye à nouveau, les deux mains crispées sur la crosse, tire encore plusieurs fois, sa confiance en lui diminuant à chaque nouvelle tentative. C'est comme si la voiture était protégée par un écran invisible. Lorsqu'elle est à 30 mètres, il réalise tout à coup que si Thulin est dans la voiture, il risque de la toucher. Ses doigts se figent sur la détente. Dans le hurlement du moteur, il reste là, au milieu du chemin, son arme levée vers le ciel, l'index inerte. Il se rend compte qu'il va se faire écraser, qu'il n'a plus le temps de se jeter sur le côté. Au dernier instant, il enregistre un mouvement derrière le pare-brise et brusquement, la voiture change de trajectoire. Il sent une vague de chaleur au moment où l'aile de la voiture frôle sa hanche droite, mais il la voit continuer sa course et sortir du chemin de terre. Les sons explosent. Métal froissé, verre brisé, moteur en surrégime, klaxon hurlant. Deux silhouettes emmêlées traversent le pare-brise et s'envolent vers les arbres comme deux poupées de chiffon sans volonté. On les croirait enlacées, mais elles tournoient en l'air et se séparent, l'une poursuivant sa trajectoire parabolique, l'autre, stoppée brutalement par un tronc, se fondant dans l'obscurité.

Hess court. Le capot de la voiture est enroulé autour d'une souche, mais les phares sont toujours allumés, éclairant le conducteur qui a percuté l'arbre. Une grosse branche perpendiculaire lui a transpercé la poitrine. Ses jambes s'agitent dans le vide. Quand Hess s'approche, il le supplie :

« Aide-moi… s'il te plaît…

– Où est Kristine Hartung ? »

Genz le regarde avec un air presque étonné.

« Réponds. »

Il s'éteint, collé à l'arbre, faisant presque un avec lui, la tête penchée et les bras écartés, comme l'un de ses bonshommes en marrons. Tandis que Hess, fou d'inquiétude, part à la recherche de Thulin dans le noir, il sent les châtaignes craquer sous ses pieds.

MARDI 3 NOVEMBRE
DE NOS JOURS

124

Le petit cortège de trois véhicules descend la rampe et quitte la zone de débarquement du ferry, alors que le soleil se lève sur le port de Rostock. La ville est froide et ventée. Les trois voitures mettent le cap sur leur destination finale, située à deux heures de route. Hess ferme la marche au volant de la troisième et, bien qu'il soit impossible de prédire l'issue de l'expédition, il est content d'avoir quitté Copenhague. À l'hôtel de police, tout le monde est sous le choc et chacun essaye de faire porter le chapeau à son voisin. Pendant ce temps-là, Hess allume tranquillement son autoradio sur une autoroute allemande, sous un généreux soleil de novembre, loin de cette foire d'empoigne où tout le monde jette de la boue à la tête de tout le monde en attendant de trouver un bouc émissaire.

Quand il avait été annoncé officiellement que Genz était le Tueur aux marrons, la nouvelle avait fait l'effet d'une bombe. En sa qualité de patron de la police scientifique, il passait pour un dieu aux yeux de ses collaborateurs, et certains de ses disciples au sein du département avaient encore du mal à croire qu'il ait réellement plusieurs morts sur la conscience et surtout qu'il ait pu abuser de sa fonction de la sorte. Dans le camp de ses détracteurs, il y en avait pour dire qu'on lui avait laissé trop de pouvoir, ce que, d'ailleurs, ils avaient souvent fait remarquer sans qu'on daigne les écouter. Mais la critique et les index pointés allaient bien plus loin. En particulier dans les médias. La brigade criminelle, qui avait employé Genz et profité de ses talents sans modération et sans jamais nourrir le moindre soupçon à son égard, avait été fustigée. La direction de la police – qui l'avait placé au poste qu'il occupait – en avait également pris pour son grade. Pour l'instant, le ministre de la Justice, durement éprouvé, n'avait pas encore pris de sanctions, attendant pour cela que l'enquête sur l'ampleur des crimes de Simon Genz soit menée à son terme.

Pendant que la presse faisait monter la sauce autour de l'affaire, Hess et ses collègues cherchaient les pièces manquantes pour reconstituer le puzzle. Ce qui impressionnait Hess tout particulièrement, c'était la manière dont Genz était parvenu à infléchir la direction de l'enquête au fur et à mesure qu'il commettait les meurtres. Orientant dès le début Thulin et Hess sur la piste du bonhomme en marrons et de l'empreinte digitale qui s'y trouvait pour faire entrer Rosa Hartung dans le jeu. Les lançant, sur les traces du téléphone de Laura Kjær, jusqu'au bureau d'Erik Sejer-Lassen, pendant qu'il tuait la femme de celui-ci dans leur maison de Klampenborg. Sélectionnant ses victimes, Laura Kjær, Anne Sejer-Lassen et Jessie Kvium, en lisant les dossiers de leurs enfants dans les registres informatiques du service de pédiatrie du Rigshospitalet – il s'était avéré en effet que la fille de Jessie Kvium avait elle aussi été hospitalisée suite à des accidents domestiques –, envoyant des lettres de délation aux services sociaux, dans le but de confronter la police et les autorités à l'incompétence du système. Déjouant le piège qu'ils avaient essayé de tendre au meurtrier présumé, à la cité d'Urbanplanen, en leur jetant dans les bras l'amant de Jessie Kvium. Et, parce qu'il s'était senti en danger après la visite de Thulin et de Hess à Linus

Bekker, Genz avait été obligé de placer les membres amputés chez Skans et Neergaard, profitant de ce qu'il venait faire des relevés sur place dans le cadre de ses fonctions. Retrouvant pour finir le jeune couple dans les bois grâce au traceur de la voiture louée chez Hertz et les tuant tous les deux, selon toute vraisemblance, avant de prévenir Nylander de l'endroit où ils se trouvaient. Chaque nouvelle découverte était plus effrayante que la précédente, et Hess ne doutait pas d'en faire d'autres. Ne serait-ce qu'en ce qui concernait le rôle que Genz avait joué dans la disparition de Kristine Hartung, l'année précédente.

Quant au curriculum de Genz, Hess avait également creusé plus avant dans les renseignements qu'il avait pu obtenir dans le fichier croisé de l'état civil. Les jumeaux orphelins avaient donc été séparés après leur séjour dans la famille Ørum. Quand Toke Bering avait eu 17 ans et que les services sociaux avaient épuisé les familles d'accueil, on avait finalement décidé de l'envoyer dans une école à l'ouest de l'île de Seeland, comme pensionnaire. Et là, la chance lui avait enfin souri. Il avait été adopté par un homme d'affaires d'un certain âge, sans enfant, qui avait de la fortune et avait créé une bourse en faveur de jeunes socialement défavorisés. L'homme s'appelait Genz et il lui avait offert un nouveau départ dans la vie en l'inscrivant dans un lycée d'élite à Sorø, sous le nouveau patronyme de Simon Genz. Le jeune homme s'était rapidement distingué d'une manière remarquable. L'initiative de son bienfaiteur ne s'était malheureusement révélée un succès qu'en surface. À l'âge de 21 ans, Simon avait été reçu à l'université d'Aarhus pour suivre un cursus d'ingénierie informatique et c'est là qu'il avait rencontré sa première victime, la laborantine assassinée à Risskov en 2001. En lisant attentivement le compte rendu de l'affaire établi par la police d'Aarhus, il apparaissait que

« l'étudiant Simon Genz, vivant dans la résidence étudiante située en face du domicile de la victime, aurait vu l'ex-petit ami de la victime le jour du meurtre ». En d'autres termes, Genz, qui était voisin de la jeune femme, était allé proposer son aide pour élucider un meurtre qu'il avait probablement lui-même commis.

Quand, peu de temps après, son mécène avait succombé à une crise cardiaque, Genz avait hérité d'une somme considérable et profité de son indépendance retrouvée pour aller s'installer à Copenhague, où il avait changé de cursus et intégré l'école de police, poursuivant l'humble projet de devenir technicien dans la police scientifique. Ses excellents résultats et sa motivation l'avaient vite fait remarquer, mais, apparemment, cette formation lui avait surtout permis d'apprendre à accéder aux registres de l'état civil et à modifier ses informations personnelles, de manière à ce que personne ne l'associe plus jamais à Toke Bering. Le récit de sa progression professionnelle avait également été une lecture édifiante, et assez terrifiante, sachant qu'elle avait abouti à la réouverture de deux enquêtes non élucidées sur des meurtres de femmes survenus en 2007 et en 2011, à cause des bonshommes en marrons qu'on avait remarqués après coup sur les photos des scènes de crime.

À partir de 2014, il avait travaillé à la fois pour la Bundespolizei en Allemagne et pour Scotland Yard en sa qualité d'expert renommé, jusqu'à sa nomination à la tête de l'Institut national de la police scientifique, à Copenhague. En briguant ce poste, il pensait sans doute déjà qu'il faciliterait la mise en œuvre de son projet de vengeance contre Rosa Hartung qui, peu de temps auparavant, était devenue une célébrité en devenant ministre des Affaires sociales. Peu après, Genz avait racheté la Ferme des châtaigniers, qu'il avait fait rénover avec l'argent qui lui restait de l'héritage et, quand les feuilles avaient commencé à tomber, à l'automne dernier, il était fin près pour mettre son projet à exécution. En tant que technicien en chef de la police scientifique, il avait eu tout loisir de contrôler l'enquête et les différentes pistes suivies par la brigade criminelle. D'abord, il avait placé les indices qui avaient situé l'enlèvement de Kristine au mauvais endroit, puis ceux qui avaient permis la condamnation de Linus Bekker. En épluchant son ordinateur au laboratoire, Thulin avait découvert que Genz avait su bien avant la police que Linus Bekker avait eu accès aux archives de scènes de crime. Et bien sûr, il n'en avait parlé à personne. Il avait trouvé en Bekker le bouc émissaire idéal, et ça avait dû être un jeu d'enfant pour lui de prélever un peu de sang à Kristine, de le déposer sur la lame de la machette et de placer celle-ci dans le garage de la résidence qu'habitait Linus Bekker, avant de passer l'appel anonyme qui avait permis à la police de la découvrir. Que Bekker ait ensuite décidé d'avouer le crime avait dû être pour Genz une amusante surprise, bien que superflue, au vu des preuves existantes.

Le problème majeur de Hess avait été de ne trouver aucune information dans les affaires de Genz sur ce qui était réellement arrivé à Kristine Hartung. Il avait dû soigneusement effacer, détruire ou brûler tout ce qui aurait pu les mettre sur la voie, comme en témoignaient à présent les restes noircis de la Ferme des châtaigniers. Il lui restait l'espoir de soutirer quelques renseignements aux deux téléphones portables récupérés dans l'épave de la voiture, mais tous deux étaient flambant neufs et avaient servi pour la première fois le jour où on les avait retrouvés. L'historique du GPS de la voiture avait en revanche révélé plusieurs visites dans un endroit situé au sud-est de Rostock, en Allemagne du Nord. De prime abord, l'information n'avait pas semblé primordiale étant donné les précédentes collaborations de Genz avec la police allemande, mais quand Hess s'était approché des compagnies de ferry-boats desservant les îles de Falster et Lolland, la piste de Rostock était devenue intéressante. En effet, une voiture de location abandonnée attendait depuis vendredi au débarcadère du port de Rostock, c'est-à-dire depuis le jour où Genz était mort, empalé sur une branche de châtaignier. En s'adressant à la société de location en Allemagne, Hess avait appris que le véhicule avait été loué au nom d'une femme.

« *Der Name der Vermieterin ist Astrid Bering* », avait dit la préposée au bout du fil.

À partir de là, tout s'était accéléré. Hess s'était servi de ses relations dans la police allemande et, après moult détours, il s'était avéré que la jumelle de Genz était effectivement domiciliée en Allemagne, à la périphérie d'une petite commune du nom de Bugewitz, à deux heures de route environ de Rostock et non loin de la frontière polonaise. Hess se souvenait avoir remarqué, en consultant le registre croisé de l'état civil, qu'Astrid Bering avait disparu des radars après un séjour dans un hôpital psychiatrique il y a un peu moins d'un an, mais si elle et son jumeau étaient restés en contact, ce que semblait prouver l'historique du GPS de Genz, sa sœur était peut-être la seule personne au monde à savoir ce qu'il était advenu de Kristine Hartung.

« Thulin, réveille-toi. »

Un téléphone portable vient de se mettre à sonner quelque part dans le monticule qui occupe le siège à côté de Hess et Thulin sort sa tête endormie de la doudoune dans laquelle elle s'est emmitouflée.

« Ce sont peut-être les Allemands. Comme j'étais au volant, je leur ai demandé d'appeler sur ton téléphone s'il y avait du nouveau, mais tu peux me le passer, si tu veux.

– C'est bon, je ne suis pas une demeurée, je suis capable de parler allemand aussi, figure-toi ! »

Hess sourit tandis que Thulin extirpe son portable de sa poche, avec une flagrante mauvaise humeur matinale et quelques difficultés. Elle a le bras gauche en écharpe, en raison d'une double fracture, et tellement d'hématomes sur le visage qu'elle ne ressemble plus à rien. Hess n'est pas beaucoup plus joli à voir et, au buffet du petit déjeuner qu'ils ont pris sur le ferry il y a une demi-heure, ils formaient un drôle de couple. En remontant dans la voiture, elle lui a demandé s'il voyait un inconvénient à ce qu'elle fasse un petit somme et il a pris le volant.

Depuis samedi après-midi, ils avaient travaillé sans relâche pour essayer de découvrir quelque chose sur ce qui avait pu arriver à Kristine Hartung. Leurs employeurs respectifs leur avaient accordé quelques jours pour clore l'enquête et se remettre de leurs émotions, et Hess soupçonnait Thulin de manquer de sommeil. Il lui était en outre infiniment reconnaissant, car sans le coup de pied qu'elle avait envoyé à Genz dans la voiture alors qu'il était en train de foncer sur lui, il serait sans doute mort. Il avait trouvé Thulin allongée, sans connaissance, à quelques mètres de l'arbre dans lequel était accroché le cadavre de Genz, et il n'avait pas pu voir si elle était gravement blessée. Aussitôt qu'il avait entendu les sirènes de police, il l'avait portée jusqu'à la route et chargée dans le premier véhicule de secours pour qu'on la conduise à l'hôpital le plus proche.

« *Yes... Gut... I understand... Danke.* »

Thulin raccroche. Son regard est un peu plus vif que tout à l'heure.

« Qu'est-ce qu'ils ont dit ?

– Le groupe d'intervention nous attend sur un parking à 5 kilomètres de la maison. Un villageois a confirmé qu'une femme habite à cette adresse. Son âge pourrait correspondre à celui d'Astrid Bering.

– Mais encore ? »

Hess lit sur le visage de Thulin qu'il y a autre chose, mais il n'arrive pas à déterminer si c'est positif ou négatif.

« La femme ne sort pas beaucoup de chez elle. Elle ne fréquente personne. Mais on l'a aperçue plusieurs fois en train de se promener dans les bois en compagnie d'un enfant de 12-13 ans, qu'on supposait être… son fils. »

125

Le soleil brille derrière l'occultant de la fenêtre. Les valises sont posées à ses pieds, sur le tapis de coco, et Astrid attend dans l'entrée que la petite famille à vélo se soit éloignée, pour que personne ne la voie sortir de la maison. Elle n'a que quinze pas à franchir jusqu'au garage où est rangée la Seat cabossée, mais elle piétine d'impatience, car il faut aussi qu'elle ait le temps de revenir chercher Mimi, avant le passage d'un nouveau cycliste ou d'une autre voiture.

Astrid avait veillé une grande partie de la nuit, folle d'inquiétude, se demandant ce qui avait pu se passer et, à 6 heures ce matin, elle a décidé d'ignorer les ordres de son frère et de s'enfuir. Elle a ouvert le petit cellier et réveillé gentiment l'enfant. Puis elle lui a demandé de s'habiller pendant qu'elle préparait le petit déjeuner, qui s'était limité à deux biscottes et une pomme pour Mimi, car elle n'avait pas osé retourner faire des courses depuis la semaine dernière. Son frère lui avait dit qu'ils partiraient dès qu'il arriverait et leurs bagages étaient prêts depuis vendredi soir. Mais il n'était jamais arrivé. Astrid avait attendu et attendu et, de son poste d'observation à la fenêtre de la cuisine, elle avait surveillé la route et guetté en retenant son souffle les phares qui surgissaient de temps à autre de l'obscurité. Mais chaque fois, les véhicules étaient passés sans ralentir devant la petite maison isolée au milieu des champs et des bois. À chaque nouvelle voiture, elle était partagée entre la peur et le soulagement, mais que pouvait-elle faire d'autre que continuer à attendre ? Un jour de plus, et encore un. Normalement, il l'appelait à heures fixes, matin et soir, pour s'assurer que tout allait bien, mais depuis vendredi matin, il n'avait pas téléphoné. Elle ne l'avait pas appelé non plus, pour la simple et bonne raison qu'elle ne connaissait pas son numéro. Il lui avait dit que ce serait trop dangereux et elle l'avait écouté, comme elle l'écoutait toujours, parce qu'il était le plus fort des deux et qu'il savait ce qui était le mieux pour eux.

Sans son frère, Astrid aurait sombré dans la drogue, l'alcool et la haine de soi. Infatigable, il lui avait constamment trouvé de nouveaux foyers et de nouvelles institutions, où on avait essayé de nouvelles méthodes et mis en place de nouveaux protocoles de soin. Inlassablement, il avait écouté les discours des soignants et leurs avis sur les dommages irréversibles qu'avait subi son esprit et elle n'avait jamais compris que sa souffrance à elle était également celle de son frère. Elle savait bien sûr de quoi il était capable, pour l'avoir vu à l'œuvre ce jour-là, dans la ferme de la famille Ørum, il y a bien longtemps, mais, parce qu'elle était obsédée par sa propre douleur, elle n'avait pas vu la sienne avant qu'il ne soit trop tard.

Il y a environ un an, alors qu'elle était une fois de plus internée dans l'une de ces institutions où elle avait passé la majeure partie de sa vie, il était venu la chercher et il l'avait fait monter dans une voiture. Ils avaient pris un ferry pour traverser le bras de mer entre Gedser et Rostock, puis ils avaient roulé vers le sud jusqu'à cette petite maison de campagne, habitable à l'année, qu'il avait achetée à son nom. Elle n'avait rien compris. Mais le lieu et les couleurs de l'automne étaient féeriques ce jour-là, et elle avait été touchée et reconnaissante de l'amour qu'il lui témoignait par ce cadeau. Ensuite seulement, il lui avait expliqué pourquoi il avait acheté la maison et à quoi elle devait servir.

C'était un soir, alors qu'il avait débarqué en compagnie de la petite fille inconsciente, enfermée dans le coffre. Astrid avait été horrifiée. Elle avait reconnu le visage de la fillette pour l'avoir vu sur les innombrables avis de recherche diffusés depuis un mois sur l'écran de télévision de la salle commune de l'institution où elle séjournait au moment de l'enlèvement. C'est d'un ton triomphant qu'il lui avait rappelé qui était sa mère. Quand elle s'était opposée à son projet, il s'était mis dans une colère terrible et il lui avait dit qu'il allait devoir tuer la petite fille sur-le-champ si elle refusait de s'occuper d'elle. Il l'avait installée dans le cellier, qu'il avait spécialement aménagé. En repartant, il l'avait prévenue qu'il avait disposé des caméras de surveillance partout dans la maison et qu'il allait suivre tous leurs faits et gestes. Ce jour-là, son frère lui avait fait peur, encore plus peur que le jour où elle l'avait vu, une hache à la main, à côté du policier mort.

Au début, elle avait évité tout contact avec la petite fille. Elle ne s'approchait d'elle que deux fois par jour, quand elle ouvrait la porte du cellier pour lui déposer de la nourriture. Mais le bruit de ses pleurs avait fini par devenir insupportable, et le chagrin de la fillette lui avait rappelé sa propre captivité. Alors, au bout de quelque temps, Astrid lui avait permis de venir prendre ses repas à la table de la cuisine avec elle. Ou à regarder des séries pour enfants dans le salon sur les chaînes allemandes. Astrid avait fini par se dire qu'elles étaient deux prisonnières vivant sous le même toit et que le temps passerait plus vite si elles le partageaient. Évidemment, quand la petite profitait d'un moment d'inattention de sa part pour essayer d'atteindre la porte, elle était obligée de l'enfermer à nouveau dans le cellier. En soi, ce n'était pas grave qu'elle fasse du bruit puisqu'il n'y avait aucun voisin alentour, mais c'était quand même désagréable, et pour finir, Astrid avait été surprise de s'apercevoir qu'elle avait pris cette petite fille en pitié. Après Noël et le nouvel an – qu'elle n'avait pas eu l'énergie de fêter –, Astrid avait décidé d'établir un emploi du temps, pour que les jours passent de manière constructive.

La journée commençait par un petit déjeuner qui était suivi par des activités scolaires. Une fois où elle était allée faire ses courses dans une ville un peu plus importante de la région, Astrid avait fait l'acquisition d'une trousse d'écolier rose dragée et de cahiers de mathématiques et d'anglais et, dans la mesure de ses capacités, elle avait commencé à donner des cours à la petite fille sur la table de la cuisine. Pour le danois, elle s'aidait d'un site Internet. L'enfant avait adhéré à son initiative avec reconnaissance. Le matin, elles étudiaient ces trois matières, puis elles préparaient ensemble le repas et déjeunaient. Ensuite venait la dernière activité de la journée, la gymnastique, qui se passait toujours dans le salon. C'est pendant un cours de gymnastique que, pour la première fois, elles avaient éclaté de rire ensemble parce qu'elles avaient l'air trop bête à courir sur place en levant haut les genoux. C'était à la fin du mois de mars, et Astrid s'était sentie plus heureuse qu'elle ne l'avait été depuis très longtemps. Après ce jour, elle s'était mise à appeler la fillette Mimi, le surnom le plus mignon qu'elle connaisse.

L'ambiance était différente quand son frère venait les voir, ce qu'il faisait au moins une fois par semaine. Astrid et Mimi ne se parlaient plus, elles se renfermaient comme des condamnées face à leur bourreau. Son frère sentait malgré tout le lien qui s'était tissé entre elles, et il avait réprimandé Astrid à plusieurs reprises, une première fois au téléphone parce que la vidéosurveillance lui avait révélé les libertés qu'elle accordait à la prisonnière. Quand ils mangeaient tous les trois ensemble dans un profond silence, il lui arrivait souvent d'observer Mimi, l'air mauvais, pendant qu'elle débarrassait la table, et Astrid le surveillait comme le lait sur le feu. Mais il ne s'était jamais rien passé. Il n'avait frappé Mimi qu'une fois, lui donnant une simple gifle, après qu'elle avait tenté de s'évader, l'été dernier.

Dans la période qui avait précédé cet épisode, il était devenu insupportable de rester à l'intérieur à cause de la chaleur. Elles avaient déménagé la classe sur la terrasse, derrière la maison, y compris le cours de gymnastique. Un jour, Mimi avait demandé si elles ne pourraient pas aller faire un tour en forêt et Astrid n'y avait pas vu d'inconvénient. La forêt était vaste, et elle n'y rencontrait presque jamais personne. En outre, elles étaient loin du Danemark, et avec sa coupe courte et ses vêtements qui la faisaient ressembler à un garçon, la fillette était très différente de ce qu'elle était quand elle était arrivée ici. Mais, au cours de l'une de ces promenades, que son frère avait permises dans un moment de grande générosité, Mimi avait essayé de s'enfuir. Elles avaient aperçu d'autres promeneurs et, comme chaque fois que cela se produisait, elles avaient fait demi-tour pour rentrer à la maison. C'est à ce moment-là que Mimi avait lâché la main d'Astrid et qu'elle avait essayé de rejoindre les promeneurs, un couple de personnes âgées. Astrid avait ensuite dû traîner la petite fille, complètement hystérique, jusqu'à la maison, et sur les films de surveillance, on voyait clairement que quelque chose était arrivé. Quelques heures plus tard, le frère avait débarqué, et la sanction avait été un mois de quarantaine. La petite fille n'avait plus le droit de sortir du cellier que pour se rendre aux toilettes. Quand la punition avait été terminée, Astrid l'avait emmenée sur la terrasse et lui avait offert une énorme glace. Elle lui avait dit combien elle l'avait déçue, Mimi lui avait demandé pardon et Astrid avait serré le petit corps menu dans ses bras. Depuis, tout allait bien, elles avaient retrouvé leurs habitudes et les cours, et Astrid aurait voulu que cela continue ainsi pour toujours. Mais l'automne était arrivé – et son frère aussi, avec les châtaignes.

« Reste là, Mimi. Je reviens tout de suite. »

La famille à bicyclette a disparu. Astrid ouvre la porte d'entrée et sort dans l'air froid, une valise dans chaque main. Elle court vers le garage tout en calculant dans sa tête jusqu'où elles vont pouvoir arriver aujourd'hui, si elle roule sans s'arrêter. Elle n'a pas de projet particulier, parce qu'elle est toute seule et que jusqu'alors c'était son frère qui s'occupait de ce genre de chose. Mais elle a Mimi maintenant, et tant qu'elle sera là, elle est sûre que tout ira bien. Elle sent qu'un lien les unit et il y a longtemps qu'elle a remisé très loin dans sa tête l'idée que l'enfant a eu un autre foyer que celui qu'elle a maintenant auprès d'elle. Après tout, c'est peut-être même un avantage que son frère ne soit pas là, car Astrid a toujours craint qu'il lui fasse du mal, le jour où tout serait terminé.

C'est la dernière pensée qui lui traverse la tête avant qu'elle entre dans le garage et qu'une main gantée se pose sur sa bouche. Des hommes vêtus de noir, avec des cagoules et des armes, ressemblant à des soldats, la poussent contre le mur du garage.

« Wie viele gibt es im Haus !? »

« Das Mädchen, wo ist sie !? »

« Antworte[1] *! »*

Astrid est trop choquée pour répondre. On lui arrache les bagages des mains. Ce n'est que lorsqu'un homme de haute

1. En allemand dans le texte : « Il y a combien de personnes dans la maison !? » « La fille, où est-elle !? » « Répondez ! »

taille, à la gueule cassée et aux yeux de deux couleurs différentes, s'adresse à elle en danois qu'elle parvient à bégayer qu'ils ne peuvent pas lui prendre sa petite fille. Une boule se forme dans sa gorge et ses larmes se mettent à couler car il ne l'écoute pas.

« Où est-elle ? » continue-t-il à lui demander.

Elle réalise tout à coup qu'ils vont entrer dans la maison avec leurs fusils d'assaut et leurs effrayantes cagoules et, en pensant à la peur de Mimi, elle dit à l'homme ce qu'il veut entendre, avant de s'écrouler à ses pieds.

126

La cuisine est vide d'une manière qui lui fait penser qu'elle ne reviendra jamais ici. Assise sur le tabouret devant la table recouverte d'une toile cirée, elle attend que sa mère revienne la chercher parce qu'elle n'a pas le droit de sortir seule.

Ce n'est pas sa vraie maman, mais la dame a dit qu'elle devait l'appeler comme ça. Plutôt qu'Astrid. Surtout quand elles sont à l'extérieur. Elle n'a pas oublié sa vraie maman, ni son père et son petit frère. Elle pense à eux. Elle rêve d'eux. Mais rêver fait mal et elle a appris à faire ce qu'on lui dit, en attendant le jour où elle réussira à s'enfuir. Elle a souvent essayé, en vrai et en imagination, mais ça n'a jamais marché. Pourtant, un étrange espoir est en train de naître en ce moment, tandis que, attentive, elle regarde par la fenêtre en direction du garage.

Ça a commencé il y a quelques jours déjà, quand l'homme n'est pas revenu. Maman avait fait les bagages, comme il le lui avait demandé, et elle avait reçu l'ordre de l'attendre ici, sur ce tabouret où elle est assise en ce moment. Mais il n'était pas venu. Ni ce jour-là, ni le lendemain, ni le surlendemain. Il n'avait pas non plus téléphoné, et maman avait semblé encore plus nerveuse et inquiète qu'à l'accoutumée.

Quand elle l'a réveillée ce matin, elle a tout de suite entendu à sa voix qu'elle avait pris une décision.

Partir peut être une bonne chose. Partir de cette maison qu'elle déteste, loin de cet homme et de ses caméras qui la suivent partout. Mais pour aller où et pour trouver quoi ? Un endroit encore pire ?! Elle n'a pas encore osé suivre jusqu'au bout cette pensée, ce n'est donc pas de là que vient l'espoir. Il vient du rai de lumière qui entre par la porte entrebâillée et du fait que maman ne soit pas encore de retour.

Elle pose lentement les pieds par terre et se lève, la porte est ouverte, la voie est libre. C'est peut-être sa dernière chance. Dans l'angle de la cuisine, sous le plafond, le voyant rouge de la caméra clignote. Elle pose un pied hésitant devant l'autre.

127

Dire que Nylander déteste être en train de faire le pied de grue avec un groupe d'intervention étranger à la lisière d'une forêt du nord de l'Allemagne en attendant de savoir si Kristine Hartung se trouve à l'intérieur de la petite maison en bois devant laquelle ils sont en planque serait un euphémisme.

La situation lui a quelque peu échappé, et ce, depuis vendredi dernier, jour où on était venu lui tirer le tapis sous les pieds. Qui plus est, il avait dû supporter cette humiliation devant les caméras de télévision. Par l'intermédiaire d'une chargée de communication, celle-là même qu'il avait eu l'intention de sauter dans une chambre d'hôtel, la direction de la police l'avait obligé à faire amende honorable et à reconnaître son erreur, face au rebondissement inattendu dans l'enquête qu'il avait un peu hâtivement classée. Bien entendu, il avait également été contraint de rendre à César ce qui lui appartenait, en félicitant publiquement Hess et Thulin de l'avoir définitivement résolue.

Nylander ne pouvait s'empêcher de songer que si son supérieur lui avait coupé les couilles et les avait épinglées sur la façade de l'hôtel de police, l'effet aurait été le même. Mais il avait fait ce qu'on lui demandait, après quoi il avait supervisé le travail de ses propres inspecteurs et experts chargés de creuser dans les rares possessions terrestres laissées par Simon

Genz, dans l'espoir de trouver des traces de la fille Hartung, une autre affaire que Nylander avait définitivement enterrée devant les caméras de télévision quelques jours auparavant.

Le commissaire a donc de bonnes raisons d'avoir l'impression d'être dans la merde jusqu'au cou, ce qui ne l'a pas empêché de venir jusqu'ici, à bord de l'une des trois voitures parties de l'hôtel de police de Copenhague, très tôt ce matin. Dans un instant, le suspense sera terminé, et de deux choses l'une : soit ce sera la curée, soit Kristine Hartung ne sera pas dans cette maison, ce qui limiterait les dégâts en ce qui le concerne. Son affaire resterait un mystère sur lequel il pourrait continuer de broder un peu devant la presse. Mais si Kristine Hartung est dans la maison, il peut se préparer à vivre un enfer. À moins de refiler la patate chaude en expliquant que ses erreurs sont entièrement dues au fait que quelqu'un, c'est-à-dire quelqu'un d'autre que lui, avait commis l'impardonnable erreur d'engager un psychopathe tel que Genz pour occuper un poste aussi important.

Le commando allemand a encerclé la maison, et les hommes commencent leur progression en binômes. Soudain, ils s'arrêtent. La porte d'entrée s'ouvre, et une petite silhouette sort de la maison en courant. Nylander la suit des yeux. Elle arrive au milieu de la pelouse humide de rosée dans le jardin mal entretenu et s'arrête, étonnée. Elle les regarde.

Tout le monde est comme pétrifié. Ses traits sont différents. Elle a grandi et son regard est devenu sombre et sauvage. Mais Nylander a observé sa photo si souvent qu'il la reconnaît aussitôt.

128

L'attente est trop longue. Rosa craint que ce ne soit pas bon signe. Ils ne peuvent pas voir la maison de là où ils sont, mais on leur a dit qu'elle se trouvait à 500 mètres, de l'autre côté des labours et de la haie vive. Le soleil brille, mais le vent est d'un froid mordant, bien qu'ils soient à l'abri derrière deux fourgons de police allemands.

Quand on leur avait fait savoir que la police suivait une nouvelle piste, en Allemagne, Rosa et Steen avaient insisté pour être du voyage. Apparemment, la sœur du criminel vivait dans une maison de campagne habitable à l'année, proche d'un village non loin de la frontière polonaise, et il était possible que Genz ait été en chemin pour la retrouver au moment où il avait été tué sur le chemin forestier desservant la Ferme des châtaigniers. Il était fort probable que sa sœur était sa complice et qu'elle savait quelque chose à propos de Kristine. À présent que le criminel avait été réduit au silence, c'était leur ultime espoir, et ils s'étaient montrés très fermes dans leur volonté d'accompagner le convoi en Allemagne.

C'était la toute première question que Rosa avait posée quand elle s'était réveillée, à l'hôpital, après plusieurs opérations. Elle avait ouvert les yeux pour croiser le visage baigné de larmes de Steen, et quand elle avait compris qu'elle se trouvait dans un véritable hôpital, et non pas dans une cave en train de vivre un cauchemar, elle lui avait aussitôt demandé si l'homme avait parlé. Steen avait secoué la tête, et elle avait lu dans ses yeux que pour lui, désormais, cela n'avait plus d'importance. Il était simplement soulagé que Rosa soit en vie, et elle avait lu le même soulagement dans le regard de son fils. Ils étaient bouleversés de la voir ainsi mutilée. Le clamp au bout de son bras gauche avait sans doute contribué à lui sauver la vie, parce qu'il avait stoppé l'hémorragie, mais la main coupée avait été dévorée par les flammes. Le médecin avait promis que les douleurs disparaîtraient. Dans quelque temps, on pourrait lui mettre une prothèse sur mesure, et elle s'y habituerait. La nouvelle main lui éviterait au moins de s'arrêter, surprise, en se voyant dans la glace avec son bras bandé à la hauteur du poignet, là où aurait dû être sa main gauche.

Étrangement, cela ne la dérangeait pas vraiment. Elle n'était pas brisée par cette amputation. Elle se surprenait même à penser que le sacrifice était infime. Elle aurait tout donné. Sa main droite également – qu'on avait réussi à rafistoler –, ses deux pieds et sa vie tout entière pour pouvoir remonter le temps et sauver Kristine. Un sentiment de culpabilité l'avait submergée dans son lit d'hôpital et, inconsolable, elle s'était reproché le péché qu'elle avait commis il y a bien longtemps, quand elle-même était une petite fille. Tout était de sa faute, et même si elle avait employé la majeure partie de sa vie d'adulte à essayer de réparer le mal qu'elle avait fait, cela n'avait servi à rien. Au contraire, c'était Kristine qui avait payé pour ses erreurs, alors qu'elle n'était coupable d'aucun autre crime que d'être née de son ventre. Cette prise de conscience avait été terrible. Steen avait essayé de la convaincre de cesser de se faire des reproches, mais Kristine n'était plus là, l'homme qui l'avait kidnappée avait disparu lui aussi, et il ne se passerait plus une seconde sans que Rosa regrette qu'il ne l'ait pas enlevée elle, à la place de Kristine.

La veille au soir, alors qu'elle était en pleine autoflagellation, la nouvelle était arrivée et, avant le lever du jour, elle et Steen s'étaient empressés de prendre place dans le convoi qui partait pour l'Allemagne. Quelques heures plus tard, en arrivant sur le parking où avaient attendu dans un premier temps les fourgons des forces d'intervention, Steen avait entendu, lors d'un échange entre les policiers allemands et les policiers danois, que l'été dernier, on avait vu la femme résidant à cette adresse dans les bois, en compagnie d'un enfant qui pouvait avoir l'âge de Kristine. Les policiers danois n'avaient pas voulu confirmer l'information, et quand l'action avait été lancée, on avait demandé à Steen et à Rosa de rester près des voitures en compagnie de deux agents allemands.

Rosa se rend compte tout à coup qu'elle s'empêche d'espérer que Kristine puisse être encore en vie. Elle a une fois de plus laissé renaître en elle un espoir, un rêve ou une chimère qui mourra dans un instant. Cette nuit, alors qu'elle s'habillait pour partir, elle s'était surprise à choisir des vêtements qu'elle savait que Kristine reconnaîtrait. Son jean bleu marine, son pull vert, sa vieille veste de demi-saison et ses bottes fourrées à tiges courtes, que Kristine appelait ses « bottes nounours ». Elle s'en était défendue, vis-à-vis d'elle-même, en se disant qu'il fallait bien qu'elle mette quelque chose, mais elle savait que la seule raison pour laquelle elle avait choisi de s'habiller de cette façon était qu'elle avait recommencé à espérer d'enfin pouvoir courir vers sa fille, la serrer dans ses bras et déverser sur elle tout son immense amour.

« Je voudrais rentrer à la maison, Steen. On peut s'en aller, s'il te plaît ?

– Quoi ?

– Ouvre la voiture. Elle n'est pas là.
– Mais ils ne sont même pas encore revenus !
– Je préfère qu'on ne reste pas partis trop longtemps. Je voudrais rentrer auprès de Gustav.
– Non. Nous allons attendre encore un peu.
– Ouvre cette voiture tout de suite ! Tu m'entends ?! »
Elle s'acharne sur la poignée, mais Steen refuse de déverrouiller la portière. Il regarde un point derrière elle et Rosa se retourne malgré elle pour suivre son regard.
Deux silhouettes marchent vers eux. Elles viennent de sortir de la haie et traversent le champ labouré en direction de la nationale où sont garées les voitures de police, levant les pieds bien haut, sans doute parce que la glaise leur colle aux semelles. L'une des deux est la femme inspecteur, celle qui s'appelle Thulin. L'autre, que Thulin tient par la main, ressemble à première vue à un petit garçon de 12 ou 13 ans, aux cheveux courts et ébouriffés. Ses vêtements pendent sur son corps comme ceux d'un épouvantail, et il garde les yeux au sol parce qu'il a du mal à soulever les pieds dans la boue. Mais quand soudain le petit garçon lève la tête et qu'il regarde dans sa direction, Rosa n'a aucun doute. Elle sent un trou dans son estomac, et lorsqu'elle se tourne vers son mari pour s'assurer qu'il voit la même chose qu'elle, le visage de Steen est déjà en train de se décomposer et ses larmes de dégouliner sur ses joues. Rosa se met à courir dans le champ. Kristine lâche la main de la femme policier et elle court aussi, vers sa maman, la vraie.

MERCREDI 4 NOVEMBRE
DE NOS JOURS

129

Sa cigarette a un drôle de goût, et Hess n'est pas aussi pressé que d'habitude de retrouver l'atmosphère cosmopolite de l'aéroport. Il est à la porte du terminal 3 et, malgré la pluie, il fait le pied de grue avec l'espoir de voir arriver Thulin.

Les émotions d'hier vibrent encore en lui, et s'il devait les oublier quelques secondes, les journaux du Net sur son téléphone portable et son iPad se chargeraient de les lui rappeler. Les retrouvailles du couple Hartung avec leur fille et de Gustav avec sa sœur ont déjà relégué en page 2 les articles sur Simon Genz, et hormis le risque imminent d'une nouvelle guerre au Moyen-Orient, c'est la principale information de la journée. Même Hess avait eu du mal à retenir ses larmes en voyant les parents enlacer leur fille au milieu de ce champ battu par les vents, et quand, tard dans la soirée, il s'était écroulé sur son lit à Odinparken, il avait dormi dix heures d'affilée, pour la première fois depuis plusieurs années.

Il s'est levé ce matin dans un état de bien-être qu'il n'avait pas ressenti depuis très longtemps, et il est allé avec Thulin et sa fille – qui prolongeaient leurs vacances de la Toussaint – rendre visite à Magnus Kjær dans l'institution où il a été placé. L'ex-beau-père de Magnus, Hans Henrik Hauge, avait été arrêté par la police de la route durant le week-end, sur une aire d'autoroute dans le Jutland. Mais ce n'était pas pour ça que Hess voulait voir Magnus. Pendant que le chef de service les informait qu'on lui avait dégotté une bonne famille d'accueil, Magnus et Lee avaient trouvé un terrain d'entente grâce à leur passion commune pour League of Legends. Les gens qui allaient l'accueillir habitaient Gilleleje, dans le nord de l'île de Seeland, ils avaient dix ans d'expérience et un autre pensionnaire, un garçon à peine plus jeune que Magnus, à qui ils souhaitaient apporter la présence d'un frère ou d'une sœur. La première rencontre entre Magnus et la famille s'était manifestement bien passée, même si Magnus avait dit en rentrant que s'il avait eu le choix, il aurait préféré habiter chez « le policier avec les yeux ». Alors, Thulin avait décidé d'aller faire un tour avec Lee, pendant que Hess et Magnus jouaient ensemble une petite heure. La partie s'est soldée par la conquête d'une tour, par la destruction d'un grand nombre de sbires et par un unique champion, avant que Hess dise au revoir à Magnus en lui donnant un morceau de papier sur lequel il avait écrit son numéro de téléphone. Avant de passer la porte de l'institution, il s'était assuré une dernière fois que la future famille d'accueil avait les qualités requises.

Lee, Thulin et lui s'étaient ensuite rendus à l'Experimentarium, où ils avaient commandé le poisson du jour. Tandis que Lee se dépêchait de retrouver le labyrinthe de la lumière, Thulin et lui étaient restés à table au milieu des familles nombreuses, des cris et des hurlements. Tous deux savaient qu'il devait retourner à Bucarest un peu plus tard dans la journée, et l'intimité naturelle et l'entente dans lesquelles ils avaient vécu ces dernières journées avaient soudain cédé la place à une gêne et à des échanges légèrement embarrassés. Hess s'était noyé dans son regard et en avait perdu la parole. Heureusement, la petite fille était revenue à la table en courant et elle les avait entraînés dans la « tanière du lion », où on pouvait mesurer la puissance de son rugissement en hurlant de toutes ses forces, la tête enfoncée dans une caisse percée d'un trou. Ensuite, Thulin avait dû s'en aller, mais avant de prendre congé, elle lui avait promis de faire un saut à l'aéroport pour lui dire au revoir. Ça lui avait fait plaisir. Hess avait filé à Odinparken où il avait rendez-vous avec le concierge et avec l'agent immobilier.

Ce dernier était déprimé. Son acquéreur s'était désisté sous prétexte qu'il avait trouvé quelque chose dans un quartier un peu moins « sensible », du côté d'Østerbro. Le concierge avait été plus contrarié par la nouvelle que Hess, qui s'était contenté de lui remettre son trousseau de clés en lui disant merci et à la prochaine. En route pour l'aéroport, il s'était senti suffisamment fort pour demander au taxi de faire une halte au cimetière de Vestre Kirkegård.

C'était la première fois qu'il se rendait sur la tombe. Il ne savait pas exactement où elle se trouvait et il avait dû se rendre au bureau d'accueil où on lui avait indiqué une allée conduisant à un bosquet. Comme il le craignait, la sépulture était affreusement déprimante : une pierre gravée, une plante rampante et un peu de gravier blanc. Il s'était senti coupable. Il avait posé une fleur, cueillie dans les bois, sur le gravier et il avait retiré son alliance, puis il l'avait enterrée sous la pierre. Elle aurait sans doute voulu qu'il fasse cela depuis longtemps, mais même à présent, ce n'avait pas été facile. Debout devant la tombe, pour la première fois il avait laissé les souvenirs affluer librement et, en se dirigeant vers la sortie, il s'était senti plus léger qu'en entrant.

Un énième taxi passe devant le terminal 3 dans une gerbe d'eau, Hess écrase sa cigarette et tourne le dos à la pluie. Thulin ne viendra plus, et c'est sans doute mieux ainsi. Il vit comme un SDF, au jour le jour, sans maîtriser sa vie. Il plonge la main dans sa poche pour chercher sa carte d'embarquement sur son smartphone et, tandis qu'il monte l'escalier roulant vers le contrôle des passeports, il remarque qu'il a reçu un message.

« Bon voyage », dit simplement le texto. En voyant le nom de l'expéditeur, il clique aussitôt sur l'image jointe.

Il ne comprend pas immédiatement ce qu'elle représente. Puis il voit qu'il s'agit d'un dessin d'enfant représentant un arbre avec des branches sur lesquelles sont collées des photos de lui, d'une perruche et d'un hamster, et il éclate de rire. De tout son cœur. Quand il passe sous le portique de la sécurité, il a déjà regardé le dessin à de nombreuses reprises, et chaque fois, il n'a pas pu s'empêcher de rire.

« Tu lui as envoyé ? Il l'a reçu ? »

Lee regarde Thulin avec insistance, tandis qu'elle pose son téléphone et cherche un tiroir de cuisine où ranger l'arbre généalogique.

« Oui, c'est bon. Allez, va ouvrir à grand-père !

– Quand est-ce qu'il va revenir ?

– Je n'en sais rien. Allez, va ouvrir ! »

Lee file vers la porte d'entrée. Lorsque Thulin avait envoyé le message, ça avait été pour elle le point d'orgue d'une étrange journée. La visite au jeune Kjær avec Hess et Lee avait été un moment chargé d'émotion, et quand Lee les avait convaincus de faire un tour dans l'enfer familial de l'Experimentarium, cela n'avait pas arrangé les choses. Alors qu'ils étaient à table, entourés d'enfants hurlants et de paniers à pique-nique, elle avait brusquement senti rôder le spectre d'une vie qui ressemblerait à celle des familles qui les entouraient. Elle savait parfaitement que Hess n'était pas ce genre d'homme, mais à un moment donné, il l'avait regardée bizarrement et il avait eu l'air d'être sur le point de lui dire quelque chose. Subitement, elle s'était mise à penser à la maison en banlieue, à l'épargne retraite et à l'énorme supercherie de la cellule familiale. Quelques secondes plus tard, elle lui promettait de venir lui dire au revoir à l'aéroport, mais c'était seulement pour sortir de là et courir aux abris.

Quand elles étaient rentrées chez elles, Lee avait tout à coup insisté pour qu'elle imprime les photos qu'elle avait prises de Hess avec son portable à la « tanière du lion », et elle avait collé son portrait sur l'arbre généalogique qu'elle avait fait à l'école.

Thulin s'était d'abord opposée à cette idée, mais une fois que la photo s'était retrouvée sur l'arbre, la présence de Hess ne lui avait pas paru plus saugrenue que celle de la perruche et du hamster. Pour finir, Lee lui avait demandé d'envoyer la photo de l'arbre généalogique à Mark Hess.

Thulin hésite encore devant les tiroirs de la cuisine. Elle sourit et décide finalement que l'arbre peut rester ainsi épinglé au mur. Pas à un endroit trop voyant. À côté de la hotte aspirante, par exemple. Juste un jour ou deux.

130

Linus Bekker respire le grand air pour la première fois depuis plus d'un an, mais il a l'impression que de lourds nuages noirs planent au-dessus de sa tête. Le quai de la gare de Slagelse est désert, un petit sac à dos contenant les objets personnels qu'il a eu envie d'emporter avec lui en quittant l'unité psychiatrique de haute sécurité est posé à ses pieds. Il vient de sortir de prison. Il se dit qu'il devrait se sentir heureux et soulagé, mais ce n'est pas le cas. Il est libre, oui, mais pour quoi faire ?

D'un côté, il se dit qu'il devrait suivre le conseil de son avocat et réclamer des dommages et intérêts pour le préjudice subi. Il a purgé une peine bien supérieure à celle dont il aurait dû écoper pour le seul vrai crime qu'il avait commis cette fois-ci, c'est-à-dire hacker les archives de scènes de crime. L'argent, c'est très bien, songe-t-il, mais il sait que cela ne suffira pas à le consoler de sa déception. Son aventure avec le Tueur aux marrons ne s'est pas terminée comme il l'espérait. Depuis son interrogatoire l'année dernière, il avait cru qu'il était une pièce essentielle du puzzle et il avait vécu dans l'attente. Au départ, il n'avait pas bien compris qui avait placé cette machette dans le garage, mais quand les inspecteurs lui avaient demandé pour la centième fois d'avouer son crime, en lui montrant la photo de l'arme posée sur l'étagère, il avait remarqué le petit bonhomme en marrons à l'arrière-plan de l'image. Et tout était devenu clair à ses yeux. Alors il avait avoué, et chaque jour passé dans l'enfer de l'hôpital, il avait attendu avec impatience que l'automne arrive et que le Tueur aux marrons lui dévoile la suite de son plan. Cela avait valu la peine puisque les nouvelles de ses nouveaux crimes avaient commencé à arriver au moment où il les attendait. Mais ensuite, la fête avait été gâchée, et le Tueur aux marrons s'était révélé n'être qu'un vulgaire amateur, à qui il avait eu tort de faire confiance.

Le train arrive, Linus Bekker ramasse son baluchon et monte dans le wagon. Assis près de la fenêtre, il se sent encore abattu par l'ennui de son existence. Jusqu'à ce qu'il remarque la présence d'une maman sur la banquette d'en face, avec sa petite fille. La femme lui sourit et hoche poliment la tête à son intention. Linus Bekker lui rend la politesse et sourit également.

Le train démarre. Les nuages noirs s'en vont, et Linus Bekker songe que finalement, il trouvera bien un moyen de s'occuper.

REMERCIEMENTS

Merci à Lars Grarup, qui a insisté pour que j'écrive un roman policier. La première fois, c'était il y a cinq ou six ans, quand il est devenu rédacteur en chef du quotidien *Politiken* en ligne, après avoir été directeur des programmes pour Danmarks Radio, époque où je l'ai rencontré.

À Lene Juul, directrice de la maison d'édition Politikens Forlag, qui a aidé Lars Grarup à me convaincre. J'ai fini par relever le défi, mais j'avoue m'être dégonflé à mi-chemin. Lene a continué d'y croire, et elle m'a offert le temps et la tranquillité dont j'avais besoin.

À Emilie Lebech Kaae, productrice et passionnée de littérature. Pour son soutien fantastique, et son optimisme, quand j'ai eu le plus besoin de l'un et de l'autre.

À mes amis Roland Jarlgaard et Ole Sas Thrane. Pour avoir lu la toute première version du roman et m'avoir donné le courage de poursuivre. Un merci tout particulier à Ole pour m'avoir fait profiter de ses extraordinaires connaissances en informatique.

Au scénariste Michael W. Horsten, pour m'avoir prêté une oreille attentive au tout début de l'écriture. À Nina Quist et Esther Nissen, pour m'avoir secondé dans mes recherches. Merci à Meta Louise Foldager et à Adam Price pour la patience qu'ils me montrent chaque jour dans nos locaux communs.

Merci aussi à ma sœur Trine, pour ses merveilleux encouragements et la foi qu'elle a en moi.

À mon agent Lars Ringhof, pour son énorme expérience, la finesse de son jugement et ses conseils nombreux et excellents.

À Anne-Christine Andersen, mon éditrice chez Politikens Forlag, pour son exigence, sa patience et son extraordinaire talent.

À Suzanne Ortmann Reith, pour son coaching et sa bonne humeur contagieuse.

Et enfin, un immense merci à ma femme, Kristina. Pour son amour, et pour n'avoir jamais cessé de croire au Tueur aux marrons.

Composition Nord Compo
Impression CPI Brodard et Taupin en février 2019
Éditions Albin Michel
22, rue Huyghens, 75014 Paris
www.albin-michel.fr
ISBN : 978-2-226-43899-7
N° d'édition : 23269/01 – N° d'impression : 3032605
Dépôt légal : mars 2019
Imprimé en France